애프터

6

AFTER WE FELL
by Anna Todd

애프터 6

초판 1쇄 발행 2019년 4월 25일
초판 2쇄 발행 2020년 4월 10일

지은이 | 안나 토드
옮긴이 | 강효준

발행인 | 금교돈
편집인 | 문경선
디자인 | 장선희
마케팅 | 이종웅, 김민정

발행 | 콤마
주소 | 서울시 중구 세종대로 21길 30
등록 | 2013년 11월 7일 제301-2013-205호
내용 문의 | 02-724-7855~7
구입 문의 | 02-724-7851
인스타그램 | @comma_and_style

ISBN 979-11-88253-13-5 04840
      979-11-88253-02-9 04840(세트)

* 잘못된 책은 구입하신 곳에서 바꾸어 드립니다.

AFTER

애프터

6 혼돈

이 책을 읽는 모든 독자들에게,
무한한 사랑과 감사의 마음을 전합니다.

1 · 하딘

"어제 킥복싱은 어땠어?"

랜던이 얼굴을 찌푸리며 물었다. 짚더미가 담긴 자루를 옮기면서 잔뜩 힘을 쓰는 중이었다. 한 포대를 부려놓고 허리에 손을 얹으며, 힘들어 죽겠다는 표정을 지었다.

"좀 도와주면 안 되나?"

"응, 안 돼."

나는 카렌의 온실 의자에 앉아 한 발을 나무 선반 위에 올려놓았다.

"킥복싱은 괜찮았어. 트레이너가 여자인데, 좀 밥맛 없어."

"왜? 그 여자가 네 엉덩이를 걷어차서?"

"뭐? 아니거든."

"근데 왜 도망갔어? 테스한테 체육관 이용권 같은 건 사주지 말라고 그렇게 말했는데. 네가 그걸 제대로 쓸 리가 없잖아."

'테스'라는 이름이 오르내리는 걸 들으니 짜증이 확 일었다. 남의 입에서 '테스'라는 이름이 불리는 건 죽을 만큼 싫다.

'랜던이잖아.'

속으로 되뇌었다. 당장은 모든 게 걱정이지만, 랜던 만큼은 걱정할 필요 없다.

"화가 나서 빌어먹을 아파트에 있는 걸 죄다 부숴버리고 싶었거든. 서랍장에 있는 물건들을 다 끄집어내서 던져버렸어. 그러다 처박아 놓은 회원권을 발견한 거지. 그래서 그걸 꺼내 들고, 신발을 신고, 집을 나섰지."

"서랍장에 있는 물건을 다 내팽개쳤다고? 테사가 널 죽일지도….."

랜던은 고개를 흔들며 짚더미 자루들 위에 털썩 앉았다. 아무리 엄마의 부탁이라도, 왜 이 거지 같은 물건들을 옮겨주겠다고 나선 건지 모르겠다.

"테사는 절대 모를 거야…, 이제 여기 없으니까."

랜던에게 주지시켰다. 랜던이 곤란한 표정으로 쳐다보았다.

"미안."

"그래."

한숨을 내쉬었다. 위트 있게 받아 칠 힘도 없다.

"네가 테사랑 함께 지낼 때는… 적어도 안쓰럽다고 생각지는 않았는데."

잠시 침묵이 흘렀다.

"엿이나 먹어."

나는 벽에 머리를 기댔다. 랜던이 나를 노려보는 게 느껴졌다.

"말이 안 되는 것 같아."

랜던이 덧붙였다.

"너한텐 안 되겠지."

"테사한테도. 아니 누구한테도."

"그 누구한테도 해명하고 싶지 않아."

내가 일갈했다.

"근데 왜 여기 있나?"

대답 대신 나는 온실을 둘러보았다. 나도 내가 여기서 뭘 하고 있는 건지 모르겠다.

"딱히 갈 곳도 없어."

'설마 내가 테사를 그리워한다고 생각하는 건가? 테사하고 같이 있지 못할 바에 차라리 여기 서서 자기하고 떠드는 게 낫다고 생각하는 거야?'

랜던은 곁눈질로 나를 보았다.

"네 친구들은 다 어쩌고?"

"지금 테사한테 약 먹인 그 빌어먹을 놈들을 말하는 거야? 아니면 테사를 두고 내기를 걸자고 부추겼던 놈을 말하는 거야."

나는 드라마틱한 효과를 노리며 한 놈 한 놈을 손가락으로 꼽았다.

"것도 아니면 호시탐탐 테사의 팬티 속에 손을 집어넣으려는 놈을 말하는 거냐. 계속 할까?"

"됐어. 네 친구들 죄다 이상한 놈들이라고 말하고 싶지만, 참는다."

랜던이 짜증을 냈다.

"그래서, 이제 넌 뭘 할 건데?"

이 녀석을 죽이는 것보다 평화롭게 지내는 게 낫다고 판단하고, 나는 어깨를 으쓱했다.

"지금 내가 하고 있는 거."

"그러니까 여기서 얼쩡거리며 나랑 있겠다는 거지?"

"얼쩡거리는 건 아니야. 네가 하라고 한 걸 하는 중이야. 더 나은 '나'를 추스르는 일."

나는 허공에 따옴표까지 그리며 짓궂게 말했다.

"테사가 가고 난 다음에 통화해봤어?"

랜던에게 물었다.

"오늘 오전에 도착했다고 문자 왔더라."

"반스 출판사에 있는 거지?"

"직접 알아보지 그래?"

빌어먹을 랜던 자식, 짜증난다니까.

"내가 테사를 모르냐? 거기 말고 어디 있겠어?"

"트레버라는 남자도 있잖아."

랜던이 잽싸게 대꾸하더니 씨익 웃는다. 아휴, 이걸, 확 목을 졸라⋯. 내가 녀석에게 달려든대도 별로 다치진 않을 거다. 그냥 1미터쯤 붕 떴다 떨어지겠지. 멍도 안 들 텐데⋯.

"빌어먹을 트레버 자식을 잊고 있었네."

관자놀이를 세게 문지르며 신음처럼 말했다. 트레버는 제드 녀석만큼 날 열받게 만든다. 그저 테사에게 접근하는 게 나쁜 의도는 아닐 거라 믿을 뿐이다. 근데 그게 더 화가 난다. 그 녀석을 더 위험한 존재로 만드는 거니까.

"그래서, 자기 향상 프로젝트의 다음 단계는 뭔데?"

랜던이 씨익 웃었다. 그러다 갑자기 표정이 진지하게 바뀌었다.

"하딘, 네가 이러니까 정말 기분 좋고 자랑스러워. 진짜로 노력하는 모습을 보니 정말 좋다. 이런 네 모습을 테사가 보게 된다면, 큰 의미가 될 거야."

발을 내리고 의자를 흔들흔들거렸다. 이런 얘기를 하다니, 가슴 속에서 뭔가 꿈틀거리는 것 같았다.

"나한테 설교 따위 하지 마. 아직 아니야. 겨우 하루 지났을 뿐이라고."

길고, 비참하고, 외로운 하루다.

랜던은 눈이 둥그레졌다. 연민이 가득 담긴 눈빛이었다.

"진지하게 말하는 거야. 넌 술도 안 마셨고, 싸움질도 안 하고, 체포되지도 않았어. 그런데도 아버지랑 얘기하러 온 거잖아."

입이 떡 벌어졌다.

"아빠가 너한테 말했어?"

이런 망할.

"아니, 아무 말씀도 안 하셨어. 나 여기 살잖아, 네 차를 봤다고."

"아…."

"네가 아버지랑 대화를 나누는 건 너나 테사 모두한테 정말로 큰 의미가 될 거 같아."

계속 떠들어댈 참인가 보다.

"그만 좀 할래?"

잽싸게 어깨를 움츠리며 애원하듯 말했다.

"빌어먹을. 네가 내 정신과 상담의라도 되냐? 네가 나보다 더 나은 놈인 것처럼 굴지 마. 날 상처 입은 가엾은 동물 취급도 하지 말고. 네가 고쳐줄….”

“칭찬을 그냥 칭찬으로 받아들일 순 없냐?”

랜던이 나를 올려다보며 말했다.

“내가 너보다 낫다는 게 아냐. 그냥 친구로서 네 옆에 있어주려는 것 뿐이야. 너한텐 아무도 없다며. 이젠 테사도 떠났고. 누구 하나 심적으로 지지해줄 사람이 없잖아.”

랜던이 나를 빤히 쳐다보았다. 나는 시선을 피했다.

“사람 밀어내는 거 그만해, 하딘. 날 좋아하지 않는다는 거 알아. 네 아버지와의 관계에 나도 책임이 있다는 이유로 날 미워하잖아. 그래도 난 테사와 너를 진심으로 좋아해. 네가 듣고 싶든 아니든.”

“듣고 싶지 않아.”

버럭 소리를 질러버렸다. 저 녀석은 왜 저런 얘기를 지껄이는 걸까? 내가 여기 온 건…, 모르겠다, 얘기하고 싶어서다. 그게 누구든…. 저 녀석한테 나를 좋아한단 소리나 들으려는 게 아니라.

‘근데 왜 나한테 관심을 갖는 거지?’

랜던을 처음 만났을 때부터 지금까지, 줄곧 나는 녀석에게 못되게 굴었다. 그래도 랜던을 미워하지는 않았다.

“글쎄, 그래도 이건 네가 겪어내야 할 일 중 하나야.”

랜던은 일어서더니 온실에서 나갔다. 나만 혼자 덩그러니 남았다.

“빌어먹을.”

괜히 발길질을 해댔다. 앞에 있던 나무 선반을 제대로 걷어찼다. 와장창 부서지는 소리가 온실 안에 가득했다. 나는 놀라 펄쩍 뛰었다.

“안 돼, 안 돼!”

꽃 상자와 화분, 자질구레한 물건들이 땅에 떨어지기 전에 잡으려고 했지만 눈 깜짝할 사이였다. 물건들이 죄다 바닥에 떨어졌다. 이런 일이 벌어져선 안 된다. 소란을 일으킬 의도는 눈곱만큼도 없었다. 내 발밑에 흙더미와 흩어진 꽃, 깨진 화분 조각들이 나뒹굴었다. 싹 다 치워야겠다, 카렌이….

"어머, 세상에."

카렌의 목소리가 들렸다. 뒤를 돌아보았다. 카렌이 모종삽을 들고 온실 입구에 서 있었다.

망했다.

"부수려고 했던 거 아니에요, 맹세해요. 그냥 헛발질을 했는데, 우연히 선반을 걸어찼어요. 잡으려고 했어요!"

변명을 쏟아냈다. 카렌은 부서진 화분 조각들을 향해 걸어왔다.

그녀는 화분 잔해들을 뒤지며 파란색 꽃화분 조각을 찾아 모으려고 애를 썼다. 절대 다시 원상태로 만들 수 없을 것 같은데도 말이다. 카렌은 아무 말도 하지 않았다. 훌쩍거리는 소리가 들렸다. 카렌이 흙범벅인 손으로 뺨을 훔치고 있었다.

잠시 후, 카렌이 입을 열었다.

"이 화분은 내가 어릴 때부터 가지고 있던 거야. 여기다 처음으로 예쁜 꽃을 옮겨 심었단다."

"저는…."

뭐라고 말해야 할지 모르겠다. 지금껏 온갖 것들을 다 깨부쉈지만, 이번만큼은 진짜 사고였다. 기분이 완전히 더러워졌다.

"이 화분이랑 본차이나 그릇들은 할머니가 남겨주신 유일한 유품이야."

카렌이 울음을 터뜨렸다. 내가 산산조각으로 박살을 내버린 그 그릇들.

"죄송해요. 저는…."

"괜찮다, 하딘."

카렌은 한숨을 내쉬며 화분 조각들을 쓰레기 더미로 옮겼다.

아니다, 안 괜찮다. 카렌의 갈색 눈동자를 보니 똑똑히 알 수 있었다. 카렌이 얼마나 상처를 받았는지. 눈빛 속에 담긴 슬픔을 보니 묵직한 죄책감이 가슴을 짓눌렀다. 카렌은 조각난 화분을 멍하니 쳐다보았고, 나는 그런 그녀를 묵묵히 바라보았다. 커다란 갈색 눈동자에, 착한 마음을 지닌 카렌의 어릴 적 모습이 떠올랐다. 그녀는 분명 나 같은 못된 애들한테도 친절한 착한 아이였을 거다. 카렌의 할머니도 생각해보았다. 카렌에게 잘해주셨겠지. 그리고 애지중지 소중히 간직해온 물건들을 카렌한테 주셨을 거다.

나는 인생에서 온전한 건 한 번도 가져본 적이 없다.

"저녁식사 준비하러 갈게. 곧 다 될 거야."

카렌이 마침내 말했다. 그러고는 한 번 더 눈가를 훔치고, 온실을 나섰다. 조금 전 그녀의 아들이 나갈 때와 똑같은 모습으로.

2 · 테사

스미스가 종종걸음으로 두리번거리며 돌아다녔다. 그러더니 다가와 정중하게 악수를 청했다. 너무 귀여워 어쩔 줄을 모르겠다. 꼬맹이가 자질구레한 일을 하고 있는 내게 와서 질문 공세를 퍼부었다.

"하딘 형은 어딨어요?"

대답할 수가 없었다. 하딘을 WCU에 남겨두고 왔다는 얘기를 해야 한다니 조금 슬퍼졌다. 그래도 이 꼬마가 너무 귀여워서 고통이 조금 완화되는 것 같았다.

"WCU는 어딘데요?"

나는 최선을 다해 미소를 지었다.

"여기서 아주 멀어."

스미스는 영롱한 초록빛 눈동자를 깜박였다.

"하딘 형도 와요?"

"안 올 거 같아. 음, 넌 하딘을 좋아하는구나?"

나는 웃으며 낡은 갈색 원피스를 옷장에 쑤셔 넣었다.

"조금요. 하딘 형은 재밌거든요."

"나도 재밌는 사람이야!"

짓궂게 말했지만, 스미스는 수줍게 미소를 지었다.

"별로인 거 같은데."

너무 직설적인 대답이다. 나는 웃음이 터져버렸다.

"하딘은 내가 재밌다고 생각하는데."

거짓말이었다.

"형이 그랬어요?"

스미스는 나를 따라 짐 푸는 걸 도와주며 내 옷을 함께 개었다.

"그럼, 근데 너한테 말해주진 않을 거야."

"왜요?"

"나도 몰라."

나는 어깨를 으쓱했다. 아마 내가 그닥 재밌지 않아서겠지. 좀 웃겨보려 하면, 어쩐지 더 안 웃기니까.

"누나의 하던 형한테 여기 와서 살라고 얘기해줘요. 누나처럼."

이 꼬마가 제대로 돌직구를 날렸다. 선전포고하는 왕 같은 기세로.

사랑스러운 꼬마의 말에 가슴이 아팠다.

"그래, 얘기할게. 누나 옷 안 개줘도 돼."

스미스의 조막만 한 손아귀에서 푸른색 스커트를 가져오려 했다.

"나, 이런 거 좋아해요."

스미스는 스커트를 등 뒤로 감췄다. 이런 꼬맹이를 보고 어떻게 미소 짓지 않을 수 있을까?

"넌 장차 좋은 남편이 되겠구나."

나는 미소를 지었다. 나를 보고 웃어주는 스미스의 볼에 보조개가 움푹 패었다. 스미스가 전보다는 나를 조금 더 좋아하게 된 것 같았다.

"남편이 되는 건 싫어요."

콧잔등을 찡긋하며 스미스가 말했다. 어른처럼 말하는 이 당돌한 다섯 살배기를 보니 어이가 없었다.

"나중에 마음이 바뀔 거야."

또 짓궂게 말했다.

"아니야."

이 대답을 끝으로 우리의 대화는 끝이 났다. 그 뒤로는 옷을 다 갤 때까지 서로 입을 다물고 있었다.

시애틀에서의 첫날이 이렇게 저물어간다. 내일은 새 사무실에서의 첫날이다. 엄청나게 긴장되고 불안하다. 솔직히 난 새로운 것들을 좋아하지 않는다. 늘 겁이 났으니까. 나는 모든 상황을 통제하고, 새로운 환경에 진입할 때면 탄탄한 계획을 세우곤 했다. 그런데 이번 이사는 계획을 세울 시간이 없었다. 새 학교에 수강 신청도 못 했다. 까놓고 말하자면 그닥 기대가 되지도 않았다. 내 마음속 어딘가에서 나 자신을 꾸짖고 있었다. 스미스는 완벽하게 개놓은 옷들을 침대에 쌓아놓고 슬그머니 사라졌다.

내일은 일을 마치고 나가서 시애틀을 좀 돌아봐야겠다. 왜 이 도시를 이다지도 사랑하게 됐는지 다시 한 번 느껴봐야겠다. 몇 시간이나 보낸 이 방이 어쩐지 낯설었다.

그러니까, 나는 지금…, 외로운 거다.

3 · 하딘

로건이 거품까지 꿀떡거리며 맥주 한 잔을 단숨에 비웠다. 그러더니 잔을 내려놓고 입을 쓱 닦았다.

"스테프는 사이코야. 테사한테 그런 짓을 할 거라고 누가 생각했겠어."

로건은 트림을 꺼억 했다.

"댄까지 가담했잖아. 연루된 놈이 또 나오면…."

나는 낮게 으르렁거렸다. 로건은 진지한 눈빛으로 나를 쳐다보더니 고개를 끄덕였다.

"아무도 몰랐어. 그러니까…, 내가 아는 한은. 어쨌든 아무 얘기도 못 들었어."

짙은 갈색 머리카락에 키가 큰 여자가 로건 옆에 와서 섰다. 로건은 여자에게 팔을 둘렀다.

"네이트하고 첼시가 금방 올 거야."

로건이 여자에게 속삭였다.

"커플 데이트로군."

내가 신음을 토해냈다.

"이제 가봐야겠다."

자리에서 일어서자 로건이 나를 붙들었다.

"커플 데이트는 아니야. 트리스탄은 이젠 싱글이거든. 네이트하고 첼시도 사귀는 건 아니야. 그냥 섹스하는 사이."

여기 왜 온 건지 모르겠다. 그렇지만 랜던도 나한테 거의 말을 걸지 않았고, 카렌은 저녁식사 내내 슬픈 얼굴로 앉아 있었다. 더 이상 테이블에 그들과 함께 앉아 있을 수가 없었다.

"짐작하건대, 제드도 오지?"

로건이 고개를 저었다.

"안 올 거 같아. 제드는 그 일 때문에 너보다 더 화난 거 같았어. 그날 이후로 우리한테 한마디도 안 하는 걸 보면."

"누구도 나보다 더 열 받을 순 없어."

나는 이를 악물었다. 옛 친구들과 어울리는 건 '더 나은 나'가 되는 데 별 도움이 되지 않는다. 그 사실이 너무 짜증났다. 어떻게 감히 내 앞에서 제드가 나보다 더 테사를 걱정한다고 말할 수 있지?

로건은 손사래를 쳤다.

"그런 뜻이 아니야…. 내가 잘못 말했네. 맥주나 한잔하면서 열 식혀."

네이트와 첼시라는 여자, 트리스탄이 바를 가로질러 걸어왔다.

"술 안 마셔."

최대한 자제하며 조용히 말했다. 로건은 기분을 풀어주려 했지만 짜증스럽기만 했다. 모두 다 짜증스러웠다. 모든 게 다.

트리스탄은 어깨로 나를 툭 쳤다.

"오랜만이다."

괜히 분위기만 어색해졌다. 싱긋 웃는 사람조차 없었다.

"스테프가 한 짓은 일단 내가 사과할게. 그런 짓을 저지를 줄은 꿈에도 몰랐어."

트리스탄이 겨우 말을 꺼냈지만 더 어색해졌다.

"그 얘기라면 한마디도 더 하고 싶지 않아."

대화를 끊으며 단호하게 말했다.

그들은 삼삼오오 모여 술을 마시면서 나하곤 상관없는 얘기를 떠들어댔다. 그동안 나는 내내 테사 생각만 했다.

'테사는 지금 뭘 하고 있을까? 시애틀이 마음에 들까? 크리스찬네 집은 편안할까? 크리스찬과 킴벌리는 테사한테 잘해줄까?'

물론 그렇겠지. 킴벌리와 크리스찬은 좋은 사람들이니까. 그러면서 나는 정작 중요한 질문만은 슬슬 피하고 있었다. 테사는, 내가 그녀를 그리워하는 것처럼 나를 그리워할까?

"한잔할래?"

네이트가 코앞에 잔을 들이미는 바람에 상념에서 벗어났다.

"아냐, 이거면 돼."

테이블에 놓인 탄산음료를 가리켰다. 네이트는 어깨를 으쓱하더니 술을 단숨에 들이켰다.

지금 당장 이것만큼은 하고 싶지 않았다. 토할 때까지 퍼마시는 짓이 얘들한테는 좋을지 몰라도 나한테는 아니다. 이들은 그 누구도 마음으로부터 더 나은 사람이 되라고, 더 나은 삶을 살라고 다독이고 격려해주는 사람 따위는 없으니까. 더 좋은 사람이 되고 싶을 만큼 자신을 사랑하는 사람을 만나본 적도 없을 테니까.

　'너에게 좋은 사람이 되고 싶어, 테스.'

　테사에게 딱 한 번 이런 말을 했던 적이 있다. 지금까지 내가 한 일 중에 가장 잘한 일이다.

　"갈게."

　자리에서 일어났지만, 아무도 알아차리지 못한 것 같았다. 다시는 이런 술집에서 상관도 없는 이런 인생을 사는 사람들과 어울리지 않으리라 결심했다. 이들은 빼면 나한테 남는 사람은 없겠지. 사실 나를 신경 써주는 사람도 없는걸, 뭐. 상관없다. 이들이 하는 짓이라곤 술 마시고, 소란 피우고, 아무하고나 자는 것뿐이다. 나는 그 끝도 없는 파티의 한 떨거지일 뿐이었다. 이들은 나에 대해서 아무 것도 모른다. 우리 아빠가 이 대학교의 총장이라는 것조차. 아마 총장이 뭐 하는 사람인지도 모를 거다.

　테사처럼 나를 속속들이 아는 사람은 없다. 그 누구도 테사가 그랬던 것처럼 나를 신경 써주지 않는다. 테사는 늘 생각지도 못한 기습적인 질문을 퍼부어댔다.

　'무슨 생각해?' '그런 쇼가 왜 좋아?' '첫 번째로 가지고 있는 추억이 뭐야?'

　그 모든 걸 다 알고 싶어 하는 테사를 이상하게 여겼다. 하지만 사실은…, 내가 특별한 사람이 된 것만 같았다. 이런 엉뚱하고 우스꽝스러운 질문으로 내 모든 생각을 알고 싶어 하고 나를 아껴주는 사람. 그런데 왜 이렇게 마음이 내키지 않는지 모르겠다. 마음 속 절반은 당장 시애틀의 크리스찬네 집 문을 박차고 들어가, 테사에게 다시는 떠나지 않겠다고 약속하고 싶었다. 하지만 그건 쉽지 않다. 더 강하고 고집 센 마음 한 구석에서는 내가 얼마나 한심한 인간인지 자꾸만 되뇌고 있었다. 그리고 그 마음이 언제나 이긴다. 난 정말 구제불능 한심한 인간이다. 하는 짓이라곤 주변 사람들의 삶을 망쳐버리는 것뿐. 그러니까 나는 테사를 위해 떠나야 한다. 그게 내가 내린 결론이다. 내게 틀렸다고 말해줄 그녀조차 없는 이 상황은 더욱 돌이킬 수 없다. 과거에 벌어졌던 일들이 진실로 판명된 지금은 더욱.

더 나은 사람이 되라던 랜던의 충고는 실로 번듯하다. 하지만 그런 다음엔? 내가 앞으로도 쭉 그럴 수 있을까? 화가 나 보드카를 찾지 않는다고 해서 테사에게 충분히 좋은 남자가 됐다고 할 수 있을까?

내가 얼마나 형편없는지 인정하지 않는 게 더 쉬운 길이다. 뭘 하고 있는 건지 나도 잘 모르겠지만, 지금 당장은 아무 것도 답이 되지 않는다. 오늘 밤엔, 아파트에 처박혀 테사가 좋아하는 텔레비전 프로그램이나 봐야겠다. 말도 안 되는 줄거리에, 발연기가 난무하는 최악의 프로그램이지만. 그걸 보면 테사가 옆에 앉아 일일이 나한테 설명해주던 모습이 떠오른다. 무슨 내용인지 뻔히 아는데도 말이다. 그런 것들조차 사랑스러웠다. 짜증도 좀 나긴 했지만. 작은 디테일까지 미주알고주알 얘기하는 테사의 열정이 사랑스러웠다.

엘리베이터에서 내리면서 긴 밤을 보낼 계획을 하고 있었다. 결국 그 거지 같은 프로그램을 보고, 밥을 먹고, 샤워를 하고, 테사의 입술이 나를 감싸고 있는 걸 상상하겠지. 그리고 최선을 다해 바보 같은 짓을 안 하려 애 쓰겠지. 아마도 어젯밤 엉망진창으로 만들어놓은 집을 치워야 할 거다.

아파트 현관 앞에 멈춰 서서 복도 쪽을 돌아보았다. 왜 현관문이 부쉬져 있지? 테사가 왔나? 아니면 누가 또 침입한 건가? 어떤 게 더 화가 날지는 잘 모르겠다.

"테사?"

발로 현관문을 밀었다. 가슴이 철렁 내려앉았다. 바닥에 테사 아버지가 피투성이가 된 채로 고꾸라져 있었다.

"이게 대체 무슨 일이죠?"

현관문을 있는 대로 쾅 소리 나게 닫았다.

"조심해."

리차드는 신음을 내뱉었다. 그의 시선을 따라 어깨 너머 복도 쪽으로 눈을 옮겼다. 뭔가 움직이는 게 눈에 띄었다.

남자 하나가 서성거렸다. 나는 어깨에 힘을 주고 필요하다면 언제라도 달려들 채비를 했다. 하지만 남자가 리차드의 친구라는 걸 곧 깨달았다…. 채드, 남자의 이름이 떠올랐다.

"대체 뭐야? 왜 당신이 여기 있어?"

남자에게 물었다.

"여자애를 봤으면 했는데, 너로군."

남자가 비웃었다. 이 더러운 자식이 테사를 입에 올리다니. 피가 거꾸로 솟는다.

"당장 이 사람 데리고 여기서 꺼져."

내 집에 끌고 들어온 거지 같은 잡동사니들을 싸잡아 가리켰다. 리차드의 피가 마룻바닥에 흥건했다. 채드는 어깨를 돌리며 고개를 이리저리 움직였다. 침착하려 애는 쓰지만 불안한 것 같았다.

"문제는 저 남자가 나한테 엄청난 돈을 빚지고 있다는 거지. 게다가 그걸 갚을 능력도 없고."

남자는 더러운 손톱으로 팔에 난 빨간 점들을 긁었다.

빌어먹을 약쟁이 같으니라고.

나는 한 손을 들어 손바닥을 보였다.

"그건 내 알 바 아니고. 나가라고 다시 말하진 않을 거야. 그리고 당신한텐 한 푼도 줄 수 없어."

채드는 히죽거리며 비웃을 뿐이었다.

"넌 내가 누군지 모르고 지껄이는구나, 애송이 자식!"

남자는 리차드의 갈비뼈를 걷어찼다. 리차드는 바닥에 쓰러진 채 일어나지도 못하고 불쌍하게 낑낑거리고만 있었다. 빌어먹을 약쟁이들이 내 집에서 깽판을 치도록 놔둘 기분이 아니었다.

"당신이나 이 남자나 내 알 바 아니지. 내가 당신 같은 인간을 무서워할 거라 생각했다면, 잘못 짚었어."

으름장을 놓았다. 이번 주에 빌어먹을 일이 또 일어나기야 하겠어?

아니다, 잠깐만, 당장 그 대답을 하고 싶진 않다.

채드 앞으로 다가가자 그가 뒷걸음질을 쳤다. 그럴 줄 알았다.

"친절하게 대하는 건 이게 마지막이야, 딱 한 번 더 말한다. 당장 나가. 안 그러면 경찰을 부를 테니까. 경찰이 올 때까지는 봐줄게. 아니면 죄다 패버릴 거니까. 이럴 때를 대비해서 방망이를 상비해놓았지.”

복도 쪽 벽장으로 걸음을 옮겼다. 그리고 벽에 기대어놓았던 무기를 손에 잡았다. 확실하게 다짐 받으려고 야구방망이를 천천히 들어올렸다.

“이 자가 빚진 돈을 못 받으면, 내가 이 자한테 하는 짓은 다 네 책임이야. 이 자의 피가 네 손에 묻는 거라고.”

“무슨 짓을 하든 난 상관없다니까.”

말은 이렇게 했지만, 나조차도 확신이 들지 않았다.

“그러시겠지.”

남지는 거실을 둘러보았다.

“그게 얼만데?”

“오백 달러.”

“당신한테 줄 돈 같은 건 없어.”

아버지가 약쟁이란 게 드러났을 때, 테사가 어떤 기분이 들까. 그걸 생각하니 채드의 면전에 오백 달러를 던져주고 끝내고 싶었다. 그저 이 남자를 눈앞에서 치우고 싶을 뿐이다. 테사 아버지에 대해 내가 짐작한 게 맞았다는 걸 확인하자 기분이 더 나빠졌다. 테사는 내 말에 반신반의했지만, 내가 옳았다. 이 거지 같은 것들이 빨리 사라져버렸으면 좋겠다.

“이백 달러면 어때?”

남자가 협상을 시도했다. 중독자의 눈에서 구걸의 눈빛이 반짝였다.

“좋아.”

믿을 수가 없었다. 내 집에 쳐들어와서 테사 아버지를 흠씬 패놓은 약쟁이한테 돈을 주려고 하다니. 줄 돈도 없는 주제에 말이다. 이제 어떡하지? 이 자식을 데리고 ATM에라도 가야 하나? 빌어먹을, 엿 같은 상황이다. 어떤 빌어먹을 자식이 이것들을 집까지 끌어들인 거야?

나다. 그 빌어먹을 자식이 바로 나였다.

테사를 위해서다. 오로지 테사를 위해.

주머니에서 지갑을 꺼내, 막 인출한 팔십 달러를 남자에게 건넸다. 그리고 침실로 들어갔다. 손에는 여전히 야구방망이를 들고 있었다. 아버지와 카렌이 크리스마스 선물로 준 손목 시계를 잡아 남자에게 던졌다. 머리통에라도 맞아서 박살이 났으면 했지만, 채드는 솜씨 좋게 시계를 낚아챘다. 이걸 바랐겠지…, 그걸로 뭔가를 바꿀 수 있을 테지.

"오백 달러보다 훨씬 더 비싼 거야. 받고 꺼져."

말은 그렇게 했지만, 남자가 가버리는 게 싫었다. 다가와 도발을 해주길 바랐다. 그래야 남자의 머리통을 뽀개놓을 수 있으니까.

채드는 웃었다. 그러더니 기침을 해댔고, 그러면서도 또 웃었다.

"다음번을 기대하지, 릭."

남자는 협박조로 말하고는 현관문을 나섰다.

나는 남자를 따라가 야구방망이로 리차드를 가리켰다.

"채드라고? 다시 한 번만 내 눈에 띄면, 그땐 죽여버릴 거야."

그러고는 남자의 추악한 면전에서 문을 있는 힘껏 닫아버렸다.

4 · 하딘

발로 리차드의 다리를 툭툭 건드렸다. 나도 참 제정신이 아닌가 보다. 온 집안이 개판이 된 건 이 사람 때문이다.

"미안하네."

리차드가 몸을 일으키려 애쓰며 신음을 뱉어냈다. 잠시 후, 리차드는 움찔 하더니 다시 딱딱한 나무 바닥에 누웠다. 자칫 감정에 휘말려 이 남자를 일으켜 세워줄 뻔했다. 그러나 이 시점에서 뭘 어떻게 도와주겠는가.

"의자에 앉혀드릴게요. 근데 샤워하기 전엔 내 소파에 앉지 마요."

"알았다."

리차드는 중얼거리며 눈을 감았다. 나는 그를 들어 올리려 몸을 굽혔다. 예상했던 대로 리차드는 무겁지 않았다. 키가 컸는데도 말이다.

그를 끌어당겨 식탁 의자에 앉혔다. 리차드는 몸을 숙이며 두 팔로 상체를 감싸 안았다.

"이제 어떡해요? 뭘 더 해줘야 하죠?"

가만히 물었다. 테사가 있었으면 어떻게 했을까? 아마 그녀라면 리차드를 씻기고, 먹을 걸 만들어줬을 거다. 그래도 난 아무 것도 하지 않을 거다.

"날 좀 데려다다오."

리차드는 떨리는 손으로 헤진 티셔츠의 목선을 들어올렸다. 그 티셔츠는 테사가 준 거였다. 여기서 가고 나서 내내 저 티셔츠를 입고 있었던 거야? 리차드는 입가에 묻은 피를 닦았다. 그리고 그 손으로 느릿느릿 턱을 문지르고는 쑥대강이가 된 머리카락을 만졌다.

"어디로요?"

처음 아파트에 들어섰을 때 경찰을 불렀어야 했다. 채드한테 시계를 주지 말았어야 했나보다…. 그땐 제대로 판단할 수가 없었다. 테사를 이 위험에서 지켜야겠다는 생각뿐이었다. 하지만 테사는 이미 여기 없다…, 테사는 너무나 멀리 있다.

"왜 그런 놈을 여기까지 끌어들인 거예요? 테사가 있었더라면…."

내 목소리가 떨렸다.

"걘 떠났잖니. 테사가 여기 없다는 거 알고 있었다."

리차드가 안간힘을 쓰며 말했다. 말하는 게 힘든 건 알겠지만, 대답을 들어야겠다. 점점 인내심에 한계가 오고 있다.

"며칠 전에도 여기 왔었죠?"

"그래. 뭐 좀 먹고 샤, 샤워하려고."

리차드는 숨을 헐떡였다.

"샤워하고 뭘 먹으러 왔다고요?"

"그래, 처음엔 버스를 타고 왔어. 근데 채드가…."

그는 괴로운 듯 숨을 내쉬더니 몸을 뒤척였다.

"그가 나를 데려다주겠다고 했다. 그러더니 안에 들어오자마자 돌변했어."

"대체 안으로는 어떻게 들어왔는데요?"

"테시의 여분 키가 있었어."

'이 사람이 가져간 걸까…? 아니면 테사가 준 걸까?'

궁금해졌다. 리차드는 싱크대 쪽으로 고갯짓을 했다.

"저기 서랍에서 가져갔지."

"그러니까 내 아파트에서 열쇠를 훔쳐가서 언제든 여기 오려고 했다는 거죠? 샤워하고 싶을 때마다? 그런 다음 약쟁이 채드를 내 집에 끌어들이고, 그 자식한테 당해 이 꼴이 된 거라고요? 빌린 돈을 안 줘서?"

어떻게 내가 이 에피소드 중간에 불쑥 끼어들어 얘기를 끝내버린 거지?

"아무도 집에 없었으니까. 그게 중요할 거라 생각 못 했다."

"그랬겠죠. 그게 바로 문제라고요! 테사가 여기 있었다면 어쩔 뻔했어요? 당신의 이런 꼴을 테사가 보면 기분이 어떨지 생각 안 해봤어요?"

드디어 인내심이 바닥났다. 당장이라도 이 거지 같은 노인네를 내 아파트에서 끌어내고 싶었다. 피를 흘리며 복도에 뒹굴든 말든. 하지만 그럴 수가 없었다. 이 남자의 딸과 사랑에 빠져버렸으니까. 그랬다가는 테사에게 지금보다 더 큰 상처를 주게 될 테니까. 사랑이란 게 정말 빌어먹을 만큼 위대하다.

"음… 그럼 이제 어떡하죠?"

나는 턱을 문질렀다.

"병원에 데려다드릴까요?"

"병원은 필요 없다. 그냥 반창고나 두어 개 줘. 테시한테 전화해서 미안하다고 좀 전해줄래?"

나는 리차드의 말을 묵살했다.

"싫어요. 테사는 이번 일 모르게 할 거예요. 이런 걸로 걱정하게 만들기 싫어요."

"알았다."

리차드는 의자에 앉아 다시 한 번 몸을 뒤척였다.

"약은 얼마나 오랫동안 한 거예요?"

리차드가 침을 삼켰다.

"안 했다."

들릴락 말락 한 목소리였다.

"거짓말할 생각 말아요. 내가 병신인 줄 알아요? 그냥 얘기해요."

리차드는 딴 생각에 빠진 것 같았다.

"일 년쯤 됐다. 그래도 테사랑 맞닥뜨렸던 그날부터 끊으려고 노력했다."

"테사가 알면 억장이 무너지겠군요."

진짜 그래야 할 거다. 혹시라도 잊어버리면 몇 번이나 상기시켜줄 용의도 있다.

"안다, 걔를 위해서라도 더 나은 사람이 되려고 했다."

'우린 둘 다….'

"그럼 얼른 재활하고 싶겠군요. 테사가 이런 당신을 알아보기라도 했다간…."

말을 잇지 못했다. 나도 테사에게 전화를 해야 하나 말아야 하나 결정하지 못했으니까. 이 사태를 얘기하고, 자기 아버지한테 어떻게 해줄지 물어봐야 하나. 그건 답이 아닌 것 같다. 이런 일로 신경 쓰게 하고 싶지는 않다, 지금 당장은. 그녀의 필생의 꿈이 현실로 이루어지려는 지금 이 순간에 말이다.

"방에 있을게요. 편하게 샤워하고, 뭐 좀 드세요."

부엌에서 느긋하게 걸어나가 침실로 들어갔다. 방문을 닫고 그 앞에 기대섰다. 내 생애 가장 긴 24시간이다.

얼굴에서 헤벌쭉한 미소가 떠날 줄을 몰랐다. 킴벌리와 크리스찬이 새 사무실을 보여줬기 때문이다. 사방 벽은 깨끗한 흰색이었고, 몰딩과 출입문은 딱 떨어지는 짙은 그레이 빛으로 칠해져 있었다. 책상과 책장은 반들반들 윤이 나는 모던한 블랙이었다. 사무실 크기는 예전과 비슷했지만 전망이 끝내줘서 심장이 멎을 뻔했다. 반스 출판사 건물은 시애틀 시내에 있었다. 도시는 변화의 소용돌이 속에서도 끊임없이 움직이며 발전하고 있다. 그리고 내가 그 중심에 있다.

"정말 멋져요. 감사합니다!"

기쁨과 의욕에 넘쳐 소리를 질렀다. 누군가 들었다면 정규직이라도 된 줄 알았을 거다.

"필요한 곳들은 전부 걸어갈 수 있는 거리에 있어요. 커피숍이나 맛집도 근처에 다 있고."

크리스찬은 자랑스러운 듯 도시 전경을 내려다보았다. 한 팔로 약혼녀의 허리를 감싸 안는 것도 잊지 않았다.

"허세 좀 그만 부려요."

킴벌리가 짓궂게 놀려댔다. 크리스찬은 킴벌리의 이마에 부드럽게 입을 맞추었다.

"자, 그럼 우린 사라져 드리죠. 이제 일합시다."

크리스찬은 장난기를 담아 엄숙한 척 말했다. 킴벌리는 크리스찬의 넥타이를 잡아끌고 사무실에서 나갔다.

책상을 쓰기 편하게 정리하고, 앉아서 원고를 조금 읽었다. 그리고 점심시간이 될 때까지 사무실 사진을 10장도 넘게 찍어 랜던에게 보냈다. 또 하딘에게도. 하딘이 답을 보내지 않을 걸 알지만, 어쩔 수가 없었다. 이 멋진 광경을 보여주고 싶었으니까. 그리고 혹시나 사진을 보면 하딘이 이리로 이사하기로 마음을 바꾸지는 않을까 싶어서였다.

아…, 사진을 보내놓고 궁색하게 자기변명이나 하고 있다니. 그렇대도 하딘이 너무 보고 싶다. 미치도록. 하딘에게 답이 오기를 간절히 바랐다. 한 줄짜리 메시지라도 상관없다. 뭐라도 보내줬으면…. 하지만 아무 것도 오지 않았다.

랜던은 보내는 사진마다 관심과 애정 가득한 답장을 보내줬다. 심지어 반스 출판사 로고가 찍힌 머그잔을 들고 찍은 가식적인 셀카까지도. 충동적으로 하딘에게 사진을 보낸 뒤, 후회는 점점 더 커져갔다. 혹시나 내 생각과는 다르게 사진이 쓰이는 건 아닐까? 하딘이라면 충분히 그러고도 남는다. 내가 떠났다는 걸 상기하려고 그 사진들을 볼지도 모른다. 아니면 내가 압력을 가하려고 사진을 우르르 보내고 있다고 생각할지도 모른다. 진짜 그런 의도는 손톱만큼도 없었는데.

변명의 메시지라도 다시 보내야 할 것 같다. 아니면 실수로 보낸 거라고 말해야 하나. 어떻게 말해야 믿어줄지 잘 모르겠다. 둘 다 아니다. 내가 너무 오버하는 거다. 그저 사진일 뿐인데. 하딘이 어떻게 해석하든 그건 내 책임이 아니다. 하딘이 어떤 생각과 감정이든 그건 그의 마음이다.

사무실을 나서서 휴게실로 향했다. 사각 테이블 한쪽에 트레버가 태블릿을 앞에 두고 앉아 있었다.

"시애틀에 온 걸 환영해요."

트레버의 푸른 눈동자가 환하게 빛났다.

"안녕하세요."

열정이 가득 담긴 그의 미소에 화답했다. 가져간 카드를 커다란 자판기에 댔다. 버튼 몇 개를 누르자 피넛 크래커가 나왔다. 너무 긴장을 했는지 배고픈 줄도 모르고 있었다. 내일부터는 점심을 먹으러 나가야겠다. 근처에 뭐가 있는지 탐색을 좀 해보고 나서 말이다.

"지금까지의 시애틀은 맘에 들어요?"

트레버가 물었다. 양해를 구하는 표정으로 트레버를 쳐다보았다. 그가 고개를 끄덕였고, 나는 그의 맞은편에 의자를 끌어다 앉았다.

"아직 제대로 보진 못했어요. 어제 도착했거든요. 근데 이 새 건물은 진짜 맘에 들어요."

여자 두 명이 휴게실로 들어와 트레버를 보고 미소 지었다. 한 명이 나에게도 미소를 지어 보였다. 나는 손을 살짝 흔들며 답례했다. 둘은 이야기를 시작했다. 그러다가 까만 머리에 키가 작은 여자가 냉장고를 열어 전자레인지용 음식을 꺼냈다. 다른 여자는 손톱을 뜯고 있었다.

"꼭 둘러봐요. 정말 아름다운 도시예요."

넋을 놓고 크래커를 우적거리는 나에게 트레버가 다짐하듯 말했다.

"스페이스 니들이랑 퍼시픽 사이언스 센터, 미술관, 뭐든 말해봐요."

"스페이스 니들 보고 싶어요. 파이크 플레이스 마켓요."

조금씩 불편해지기 시작했다. 옆에 있는 여자들이 나를 쳐다보며 조용히 수군거렸기 때문이다. 나, 오늘 꽤나 예민한가 보다.

"꼭 가봐요. 어디에서 지낼지는 정했어요?"

트레버는 태블릿 잠금 장치를 열려고 검지로 화면을 쓱 그었다. 그러면서도 온통 나에게서 눈을 떼지 않았다.

"지금은 킴벌리와 크리스찬 씨 집에 있어요…. 한두 주쯤, 적당한 집을 찾을 때까지만요."

목소리에 다급함이 묻어 있어서 나조차도 당황스러웠다. 결국 또 남의 집에서 머물러야 한다는 사실이 죽도록 싫었다. 내 힘으로 구한, 내 집에 살았으면 좋겠다. 누구에게도 부담을 주고 싶지 않다.

"내가 있는 건물에 빈 방이 있는지 알아볼게요."

트레버가 선뜻 제안했다. 그는 넥타이를 고쳐 매고, 양복 깃을 훑으며 매무새를 가다듬었다.

"고마워요, 근데 당신이 살고 있는 곳은 내 예산을 벗어날 거예요."

조심스럽게 트레버에게 상기시켰다. 그는 재무 팀장이고, 나는 한낱 인턴 직원이다. 물론 인턴치고는 꽤 넉넉한 급여를 받긴 하지만. 그래도 아마 트레버가 사는 건물 쓰레기장에 살기에도 빠듯할 거다.

트레버가 얼굴을 붉혔다.

"알았어요."

그제야 우리 사이의 엄청난 임금 격차를 깨달은 듯했다.

"그럼 다른 괜찮은 곳이 있는지 알아봐줄게요."

"고마워요."

그에게 웃어 보였다.

"내 집이 생기면 시애틀이 더 편해질 것 같아요."

"시간은 좀 걸리겠지만, 당신도 이곳을 사랑하게 될 거예요."

트레버의 웃는 모습을 보니 어쩐지 마음이 따뜻해지는 것 같았다.

"퇴근 후에 약속 있어요?"

생각할 틈도 없이 불쑥 내가 물었다.

"네, 있어요."

트레버가 선뜻 대답하더니, 머뭇거리며 말했다.

"근데 취소할 수 있어요."

"아니에요. 당신이 근처를 구경시켜 줄 수도 있겠구나 했어요. 이 동네를 잘 알잖아요. 근데 선약이 있으면, 신경 쓰지 마세요."

시애틀에서 친구들을 사귈 수 있었으면 좋겠다.

"구경시켜 주고 싶어요. 나, 그냥 조깅하려고 했어요."

"조깅이요?"

나는 콧잔등을 잔뜩 찌푸렸다.

"왜요? 재밌잖아요."

"그닥 재밌을 것 같진 않은데요."

내가 깔깔거리자, 트레버가 괜히 찡그리는 척하며 고개를 저었다.

"일 끝나면 거의 매일 조깅을 해요. 나도 이 도시를 탐구하는 중이거든요. 도시의 레이아웃을 파악하는 데는 제일 좋은 방법이에요. 나중에 같이 해요."

"글쎄요⋯."

별로 매력적인 제안은 아니었다.

"걸을 수도 있는데."

트레버가 껄껄거렸다.

"나는 발라드라는 동네에 살아요. 꽤 근사한 동네예요."

"나도 들어본 적 있어요."

집 구할 때 사이트를 뒤지다가 본 적이 있었다.

"그럼 발라드를 산책해보죠."

두 손을 가지런히 모아 다리 위에 올렸다.

하딘이 이 사실을 알면 어떤 기분일까. 하딘은 트레버를 경멸한다. 그리고 나와 거리를 두기로 하고 힘든 시간을 보내고 있다. 하딘이 멀리 있다는 이유로 트레버를 가까이하는 건 아니다. 나는 트레버를 친구로 느낀다. 누군가와 로맨틱한 사이가 되는 건 질색이다. 특히나 하딘이 아닌 사람과는 더욱.

"좋아요."

트레버가 미소를 지었다. 내가 같이 가겠다고 해서 적잖이 놀란 모양이다.

"점심시간이 끝나서, 난 사무실로 가야겠어요. 우리 집 주소는 문자로 보내줄게요. 괜찮으면 퇴근하고 바로 같이 가고요."

"바로 가요. 적당한 신발을 신었거든요."

나는 플랫 슈즈를 가리켰다. 하이힐을 신고 오지 않은 나를 칭찬해주고 싶었다.

"그럼 5시에 사무실로 데리러 갈게요."

트레버가 자리에서 일어섰다. 나도 따라 일어섰다. 크래커 포장지를 구겨서 쓰레기통에 던져 넣었다.

"암튼 저 여자가 어떻게 직장을 얻었는지 너무 잘 알겠지?"

등 뒤에서 여자가 하는 소리가 들렸다.

뒤를 돌아 여자들이 앉아 있는 쪽을 보았다. 여자들은 황급히 입을 다물고 테이블로 시선을 떨구었다. 내 얘기를 하고 있던 게 분명했다. 시애틀에서 친구를 사귄다는 게 가능할지….

"저 둘이 말하는 건 가십뿐이에요. 무시해요."

트레버가 내 어깨에 손을 올려 휴게실 밖으로 이끌며 속삭였다.

사무실로 돌아와 책상 서랍을 열고 휴대전화를 꺼냈다. 부재중 전화가 두 통이나 와 있었다. 하딘이었다. 당장 전화를 해야 하나? 하딘이 두 번이나 전화를 했다는 건 무슨 일이 있다는 거다. 전화해봐야겠다. 아, 난 이런 식으로 스스로를 설득하고 있구나.

하딘은 전화벨이 울리자마자 받더니 헐레벌떡 말했다.

"전화 왜 안 받는 거야?"

"무슨 일 있어?"

나는 살짝 패닉에 빠져 의자에서 벌떡 일어섰다.

"아니, 아니야. 아무 일도 없어."

하딘이 한숨을 쉬었다. 한마디씩 할 때마다 달싹거리는 하딘의 핑크색 입술이 선명하게 그려졌다.

"사진들은 왜 보냈어?"

사무실을 둘러보았다. 혹시 사진이 하딘을 화나게 만든 건가?

"새 사무실을 보고 기분이 너무 좋아서, 너도 같이 봤으면 했어. 기분 나쁘게 하려던 건 아니야. 미안해…."

"아냐, 그냥 좀 헷갈려서."

하딘이 덤덤하게 말하더니 잠잠해졌다. 잠시 침묵이 흐르고 내가 먼저 입을 열었다.

"더는 안 보낼게. 보내지 말걸 그랬어."

사무실 창문에 이마를 기대고 창밖 거리를 멍하니 쳐다보았다.

"괜찮아…. 거긴 어때? 맘에 들어?"

하딘의 목소리는 침울했다. 시무룩해진 표정이 떠올랐다. 울상이 된 그의 얼굴을 환하게 펴주고 싶었다.

"대답 안 했잖아!"

하딘이 버럭 소리를 질렀다. 으이구, 그럴 줄 알았다.

"여기 꽤 마음에 들어."

나는 침착하게 대답했다.

"완전히 반해버린 것처럼 들리는군."

"정말 마음에 들어. 지금은…, 적응 중이야. 거긴 별일 없어?"

얼른 물었다. 그의 목소리를 조금이라도 더 듣고 싶었다.

"아무 일 없어."

하딘은 바로 대답했다.

"이러는 거 어색하진 않고? 네가 그랬잖아. 전화 통화하는 건 싫다고. 근데 네가 전화해서 난….."

"아냐, 안 어색해."

하딘이 말을 이었다.

"통화하는 건 하나도 안 어색해. 내 말은 매일 몇 시간씩 의무적으로 통화하는 게 싫다는 거지. 함께 있지도 못하는데 통화만 하는 건, 고문이나 마찬가지야."

"그럼, 나랑 얘기는 하고 싶은 거야?"

하딘의 기분을 알 것도 같았다. 그의 입으로 직접 대답을 듣고 싶었다.

"물론."

수화기 너머로 자동차 경적 소리가 들렸다. 운전 중인 모양이다.

"그래서, 뭐? 계속 전화로만 떠들어대? 친구처럼?"

화난 기색은 전혀 없었다. 그저 궁금한 것 같았다.

"나도 모르겠어. 그래도 한번 해볼 수는 있잖아?"

이렇게 떨어져 있는 건, 전에 헤어졌던 거랑은 완전히 다른 느낌이다. 이건 좋은 의도로 떨어져 있는 거니까 헤어진 것과 다르다. 아직 하딘과 깨끗이 정리할 건지, 마음의 결정을 내리지 못했다. 쓸데없는 생각은 좀 뒤로 미루고, 천천히 생각해보기로 했다.

"소용없을 거야."

"우리가 서로를 무시하고 말도 안 하는 건 싫어. 서로 거리를 좀 두자고 했던 건 변함없어."

하딘에게 확실히 말했다.

"좋아, 그럼 시애를 얘기 좀 해줘."

마침내 수화기에서 하딘의 대답이 들려왔다.

6 · 테사

오후의 절반을 하딘과 통화하면서 보냈다. 일은 하나도 제대로 끝내지 못했다. 새 사무실에서의 첫날이 이렇게 끝났다. 사무실 문 앞에서 트레버를 기다렸다.

하딘은 차분하고 말투 또한 분명했다. 마치 뭐에 홀린 것 같았다. 복도에 서 있는데, 우리가 아직도 소통하고 있다는 생각에 행복해졌다. 이제 더 이상 서로를 피하지 않는다는 게 진전된 상황을 말해준다. 마음 깊은 곳에서는 쉽지 않을 거란 생각이 들기도 했다. 이런 식으로 전화로 얘기하고, 늘 현실의 하딘을 원하는 나를 괴롭히면서 지내는 거말이다. 하딘이 여기에, 함께 있었으면 좋겠다. 나를 안아주고, 입을 맞추며, 웃게 만들어주기를. 하지만 아직까지는 괜찮다. 헤어지는 슬픔에 비하면 훨씬 나은 선택이다.

한숨을 내쉬며, 벽에 머리를 기댔다. 트레버한테 퇴근하고 약속 있냐고 물어본 게 후회되기 시작했다. 집에 가서 하딘이랑 통화하는 게 나았을 텐데. 내가 기다리는 사람이 하딘이었으면. 그의 사무실이 내 사무실 바로 옆이면 좋겠다. 그래서 하루에도 몇 번이나 내 사무실에 들러주었으면. 나도 몇 번쯤은 그의 사무실에 갈 핑계를 만들겠지. 크리스찬은 하딘이 그러겠다고 하면 분명 자리를 마련해줄 거다. 전에도 하딘이 다시 회사로 돌아왔으면 좋겠다고 몇 차례나 말했으니까.

점심시간도 함께 보낼 수 있겠지. 아마 예전 사무실에서 나누었던 짜릿한 추억들을 새로 만들 수도 있을 테지. 우리 모습을 상상하기 시작했다. 하딘이 내 뒤에 서 있고, 나는 책상 위에 몸을 구부리고, 그는 내 머리카락을 움켜쥐고….

"미안해요, 좀 늦었죠. 회의가 길어졌어요."

트레버가 달콤한 상상을 방해했다. 나는 깜짝 놀랐다. 너무 놀라 조금 민망했다.

"음, 괜찮아요."

머리카락을 귀 뒤로 넘기며 침을 꿀꺽 삼켰다.

"기다리고 있었어요."

내가 무슨 상상을 하고 있었는지 알기라도 한다면…. 어휴, 다행이다. 트레버는 전혀 모를 거다. 도대체 무슨 생각을 하는 거야.

트레버는 이리저리 텅 빈 복도를 살폈다.

"가볼까요?"

건물을 나오는 동안 몇 마디를 나누었다. 사람들이 거의 퇴근한 듯, 사무실이 조용했다. 트레버는 동생이 오하이오에서 새 직장을 얻었다고 말했다. 그리고 다음 달에 있을 동료 크리스탈의 결혼식 때 입을 새 양복을 사러 쇼핑몰에 갔다는 얘기도. 엉뚱하게도, 트레버는 양복이 몇 벌이나 있을까 궁금해졌다.

각자의 차에 올랐다. 트레버의 BMW를 따라 복잡한 시내를 지났다. 한적한 발라드 지역에 도착했다. 오기 전에 블로그를 뒤져보니, 이 지역은 시애틀에서 가장 힙한 동네였다. 카페와 비건 레스토랑, 멋진 펍들이 넓지 않은 길 옆으로 즐비했다. 트레버네 건물 지하 주차장에 차를 댔다. 나한테 이런 고급 아파트를 얻으라니, 트레버의 제안이 떠올라 혼자 피식 웃었다. 트레버가 자기 양복을 가리키며 미소를 지었다.

"옷은 좀 갈아입어야겠죠?"

아파트에 도착하자 트레버가 우왕좌왕했다. 나는 널찍한 거실을 둘러보았다. 가족사진과 신문, 잡지에서 스크랩한 기사를 넣은 액자들이 벽난로 위 선반을 가득 채우고 있었다. 커피 테이블에는 와인 병을 녹여 만든, 무슨 모양인지 모를 장식품이 놓여 있었다. 어느 한 구석에도 먼지라곤 없었다. 꽤 인상적이었다.

"준비됐어요!"

트레버가 빨간색 운동복 지퍼를 올리며 침실에서 나왔다. 캐주얼하게 입은 그의 모습은 항상 눈길을 사로잡는다. 뭐랄까, 평소에 보는 그의 모습과는 상당히 달랐다.

두 블럭 정도 걷고 나니, 둘 다 몸이 떨렸다.

"배고프죠, 테사? 뭐라도 좀 먹어야겠어요."

트레버에게서 입김이 새어 나왔다.

나도 고개를 끄덕였다. 뱃속에서 꼬르륵 소리가 요동치고 있었다. 그러고 보니 점심으로 겨우 피넛 크래커를 먹은 게 다였다.

트레버가 좋아하는 레스토랑으로 가기로 하고, 거리에서 멀지 않은 작은 이탈리안 레스토랑으로 들어갔다. 달콤한 마늘향이 코끝을 가득 채웠다. 자리를 안내 받는 동안 벌써 침이 가득 고였다.

7 · 하딘

"그러니까 훨씬…, 말쑥해 보이네요."

리차드가 새하얀 타월로 깔끔하게 면도한 얼굴을 닦으며 욕실에서 나왔다.

"몇 달 만에 처음 면도한 것 같구나."

그는 맨들맨들한 턱을 문질렀다. 내 어이없는 표정을 보고 리차드가 웃는 둥 마는 둥 했다.

"여기서 지내게 해줘서 다시 한 번 고맙네…."

리차드의 목소리가 점점 잦아들었다.

"영원히 있으라는 건 아니에요. 그 난장판을 생각하면 아직도 열받으니까."

주문한 피자를 한 입 베어 물었다. 결국엔 리차드와 같이 먹게 되었다. 테사에게 부담을 덜어줄 방법을 찾아야 한다. 테사는 요즘 너무 많은 일들을 겪고 있으니까. 이 엉망진창의 상황을 내가 수습할 수 있다면, 그래서 테사한테 도움이 된다면, 그렇게 할 거다.

"그래, 아직도 날 안 쫓아내고 있는 게 놀라울 따름이지."

리차드는 껄껄 웃었다. 얼굴에 비해 눈이 너무 커 보였다. 새하얀 피부에 다크서클이 두드러졌다. 한숨이 나왔다.

"그러게요."

짜증이 났지만 인정하고 말았다. 내가 노려보자 리차드는 부르르 몸을 떨었다. 내가 무서워서 그러는 게 아니다. 정확하지는 않지만 약 기운이 떨어져서 그러는 것 같았다.

지난주에 몰래 들어와서 여기에 약을 숨겨놓은 건 아니겠지. 만약 그렇다면 당장 내쫓아버릴 수밖에 없다. 테사와 나, 둘 모두를 위해서 말이다. 나는 빈 접시를 들고 자리에서 일어났다. 싱크대에 더러운 접시가 산처럼 쌓여 있었지만 식기세척기에 집어넣는 것조차 지금은 하고 싶지 않았다.

"대신 설거지나 하세요!"

리차드를 향해 소리쳤다. 그의 웃음소리가 복도에 울려 퍼졌다. 그가 부엌으로 들어오는 걸 보고 욕실로 들어가 문을 닫았다.

테사에게 다시 전화해 목소리를 듣고 싶었다. 오늘 하루, 남은 시간을 어떻게 보내고 있는지 궁금했다. 퇴근하고 나서는 뭘 할까? 혹시 전화기를 바라보며 바보처럼 실실거리고 있는 건 아닐까? 내가 그랬던 것처럼 말이다. 그럴 리는 없겠지.

이제야 알겠다. 지난 날, 내가 저지른 모든 잘못이 내 발목을 잡고 있다는 걸. 그래서 테사를 내게 보낸 거다. 아름다운 보상을 가장한 가차 없는 처벌. 겨우 몇 달 테사를 가졌던 건 그녀를 빼앗아가기 위함이었다. 일상적인 통화 한 통에도 이렇게 목을 매고 있다니. 언제쯤 내 운명에 굴복하여 현실을 부정하는 단계에서 벗어날까. 현실 부정, 그래, 바로 그거다.

나는 이 모든 것은 바꿀 수 있다. 나는 테사에게 필요한 사람이 될 수 있다. 테사를 내 지옥 같은 삶에 끌어들이지 않고, 내가 그녀 곁으로 가는 거다.

빌어먹을, 또 전화를 하고 있다. 전화벨이 울리고 또 울렸다. 그러나 그녀는 받지 않는다. 6시가 다 되어가니, 분명 퇴근하고 집에 갔을 텐데. 대체 어딜 간 거야? 크리스찬에게 전화를 할까 말까 망설이면서 운동화를 신었다. 느릿느릿 신발끈을 묶고, 재킷을 걸쳤다.

크리스찬에게 전화를 했다간 테사가 불같이 화를 낼 거다. 아니, 그이상일 거다. 하지만 여섯 번이나 전화를 했는데도 받지 않았다. 빌어먹을, 서로의 공간을 인정하기로 한 건 정말 짜증난다.

"나갔다 올게요."

달갑지 않은 손님에게 말했다. 리차드가 고개를 끄덕였다. 한 움큼 쥔 포테이토칩을 입에 욱여넣느라 대답할 틈이 없는 것 같았다. 어쨌든 이제 싱크대는 깨끗해졌다.

근데 난 대체 어딜 가는 거야?

잠시 후, 작은 체육관 주차장에 차를 세웠다. 여기서 뭘 어쩌자는 건지, 이게 정말 도움이 될지 모르겠다. 점점 짜증이 올라오고 있다. 생각나는 거라곤, 테사에게 욕을 퍼붓거나 시애틀로 쫓아가는 것뿐이다. 아마 둘 다 하진 않을 거다…, 상황을 더 나쁘게 만들 뿐이니까.

접시를 순식간에 비웠다. 음식을 주문하면서 휴대전화를 차에 두고 왔다는 걸 깨달았다. 마음이 불안해졌다. 누가 나한테 전화를 하겠어. 아무리 그렇게 되뇌어도 하딘이 문자메시지를 보냈을 거라는 생각이 떠나질 않았다. 트레버는 자기가 읽었던 타임지 기사에 대한 얘기를 끊임없이 해댔다. 그 얘기에 집중하려고 애를 썼지만 허사였다. 하딘이 혹시라도 전화하지 않았을까 하는 생각이 머릿속에서 떠나지 않았다. 저녁식사 내내 나는 정신이 딴 데 가 있었고, 트레버도 눈치챈 것 같았다. 친절한 그가 대놓고 말하지 않았을 뿐이다.

"안 그래요?"

트레버의 목소리에 퍼뜩 정신이 들었다. 무슨 얘기를 하고 있었는지 잠깐 기억을 더듬어보았다. 헬스 케어 기사였던 것 같다.

"네, 맞아요."

거짓말이다. 뭘 맞장구치고 있는지도 모르겠다. 얼른 계산서나 가져다주면 좋겠다. 내 마음을 알아챘는지, 마침 젊은 남자 종업원이 계산서를 테이블 위에 놓았다. 트레버가 잽싸게 지갑을 꺼냈다.

"제 건 제가…."

말하는 순간 트레버는 벌써 지폐 몇 장을 계산서에 넣어 보냈다.

"내가 낼게요."

가만히 그에게 감사 인사를 했다. 문 위에 걸려 있는 커다란 시계를 슬쩍 보니 7시가 지나 있었다. 이곳에서 한 시간도 넘게 있었던 거다. 트레버가 손뼉을 치며 일어나자고 했다. 안도의 한숨이 흘러나왔다.

트레버의 집으로 돌아오면서, 작은 커피숍을 지나쳤다. 트레버가 들어가자는 눈짓을 했다.

"다른 날로 다시 잡아요."

슬쩍 웃으며 말했다.

"계획 세우는 것처럼 들리는군요."

한쪽 입꼬리가 쓱 올라가며, 트레버가 반쯤 미소를 지었다. 그의 트레이드마크다. 우리는 그의 아파트까지 쭉 걸어왔다.

얼른 작별 인사를 하고 차에 올라탔다. 타자마자 휴대전화를 확인했다. 걱정과 절망감에 기진맥진해졌다. 불안한 마음은 적중했다. 부재중 전화 9통, 모두 하딘에게 온 거였다.

바로 전화를 걸었지만, 음성사서함으로 넘어갈 뿐이었다. 트레버의 아파트에서 킴벌리의 집으로 가는 길은 멀고 지루하기만 했다. 시애틀의 교통 사정은 최악이다. 꼬리에 꼬리를 무는 자동차 행렬에 엄청난 소음. 여기저기 울려대는 경적 소리와 이리저리 차선을 바꾸는 차들까지. 정신이 하나도 없었다. 집 근처 진입로에 들어서자 머리가 깨질 것처럼 아팠다.

현관에 들어서니 킴벌리가 와인 잔을 들고 흰색 가죽 소파에 앉아 있었다.

"오늘 어땠어요?"

킴벌리는 몸을 기울여 앞에 있던 테이블에 잔을 놓았다.

"좋았어요. 근데 시애틀 교통은 정말 최악이에요."

나는 죽는 소리를 하며 창가 옆 진홍색 의자에 털썩 앉았다.

"머리 아파 죽겠어요."

"와인 한 잔 해요. 두통이 좀 가실 거예요."

킴벌리는 거실을 가로질러 걸어왔다. 말릴 새도 없이 스파클링 와인을 날씬하게 빠진 잔에 따라 내게 건넸다. 한 모금 홀짝거려보니 톡 쏘는 맛이 시원했다. 달콤함이 입안에 가득 번졌다.

"고마워요."

미소로 인사하고 한 모금 제대로 마셨다.

"트레버랑 같이 있었죠?"

킴벌리는 너무 참견쟁이다…, 밉지는 않지만.

"저녁식사 같이 했어요. 물론 친구로서."

솔직하게 대답했다.

"다시 한 번 대답해봐요. '친구'라는 말을 몇 번이나 쓰나 보게."

킴벌리의 짓궂은 말에 웃음이 나왔다.

"그걸 확실하게 해두려고요. 우리가…, 친구라는 거요."

그녀의 갈색 눈동자가 호기심으로 반짝거렸다.

"당신이랑 트레버랑 친구로 지내기로 한 거 하딘도 알아요?"

"아뇨, 근데 하딘한테도 말하려고요. 하딘이 트레버를 그다지 좋아하진 않지만요."

킴벌리가 고개를 끄덕였다.

"하딘을 뭐라 할 순 없겠네요. 트레버가 수줍음만 없었다면 모델이 됐을 텐데. 그 사람 파란색 눈동자 들여다본 적 있어요?"

킴벌리가 손부채질을 하며 허풍을 떨었다. 우리는 애들처럼 깔깔거렸다.

"초록색 눈동자는 안 좋아하나, 당신?"

크리스찬이 불쑥 현관에 나타났다. 들고 있던 와인 잔을 딱딱한 마롯바닥에 떨어뜨릴 뻔했다. 킴벌리가 크리스찬을 향해 미소를 지었다.

"당연히 좋아하죠."

크리스찬은 고개를 가로저으며 수줍은 듯 미소를 지었다.

"나도 모델이 될 수 있었을 텐데 말이지."

크리스찬은 찡긋, 윙크를 날렸다. 내 입장에선 크리스찬이 화내지 않아서 안심이었다. 킴벌리랑 나눈 트레버 얘기를 하딘이 들었다면, 아마 테이블을 뒤엎었을 거다.

크리스찬은 킴벌리 옆 소파에 앉았다. 킴벌리는 냉큼 그의 다리 위에 올라앉았다.

"하딘은 어떻게 지낸대요? 서로 연락은 하죠?"

크리스찬이 물었지만, 나는 시선을 피했다.

"네, 잘 지낸대요."

"아무튼 그 친구도 참 고집쟁이야. 본인 상황에 맞게 제안했는데도 거절했거든요. 그 생각만 하면 아직도 기분이 좀 언짢군요."

크리스찬은 미소를 지으며 킴벌리 목덜미를 안고 귀 밑에 부드럽게 입을 맞췄다. 이 두 사람은 공공연하게 아무 데서나 애정 행각을 하는 군. 시선을 피하려 했지만 그럴 수 없었다. 그런데….

"무슨 제안을 하셨어요?"

내 목소리에는 놀라움이 그대로 드러났다.

"아, 얘기 안 했던가요? 하딘도 여기 오길 원했거든요. 그 친구, 한 학기밖에 안 남았잖아요. 조기 졸업할 거라고, 아닌가요?"

'뭐라고? 난 왜 이런 사실을 모르고 있는 거야?'

하딘이 조기 졸업을 한다는 얘기는 금시초문이다.

"어, 네…, 그렇겠네요."

크리스찬은 두 팔로 킴벌리를 꼭 감싸 안았다.

"그 친구는 천재야. 조금만 노력했다면 학점도 만점을 받을지도…."

"하딘이 정말 똑똑하긴 하죠…."

동의할 수밖에 없었다. 사실이니까. 하딘을 보면 의외의 면에 깜짝 깜짝 놀라고, 호기심이 일 때가 있다. 그게 내가 하딘을 사랑하는 가장 큰 이유 중에 하나이기도 하다.

"훌륭한 작가도 될 수 있을 거고."

크리스찬은 킴벌리의 와인 잔을 들어 한 모금 홀짝였다.

"그 친구가 왜 글을 안 쓰겠다고 결정했는지 모르겠어. 다른 작품들도 더 읽고 싶었는데 말이지."

크리스찬은 한숨을 내쉬었다. 킴벌리는 크리스찬의 은빛 넥타이를 풀어주었다.

새로운 정보로 정신이 아득해졌다. 하딘이…, 글을 쓴다고? 하딘이 신입생 시절 몇 가지 끄적거린 적이 있다는 얘기를 아무렇지도 않게 했던 적이 있다. 그래도 자세히 얘기한 적은 없었다. 글 쓰는 얘기를 꺼내기라도 하면 하딘은 항상 대화 주제를 바꾸곤 했다. 콧방귀를 뀌면서. 그래서 나는 하딘이 글 쓰는 걸 하찮게 생각하는 줄로만 알았다.

"아, 네."

남은 와인을 마시고 자리에서 일어나, 와인 병을 가리켰다.

"더 마셔도 될까요?"

킴벌리가 고개를 끄덕였다.

"마시고 싶은 만큼 마셔요. 와인 창고에 가득 있거든요."

킴벌리는 다정하게 미소를 지었다. 와인을 석 잔째 마시고 나자, 두통은 눈 녹듯이 사라졌다. 대신 호기심이 폭발했다. 크리스찬이 하던 얘기를 또 꺼내길 기다렸지만 그런 일은 일어나지 않았다. 온통 사업 얘기만 했다. 반스 출판사가 영화와 TV 분야로 사업을 확장하기 위해 미디어 그룹과 어떻게 협의 중인지 장황하게 늘어놨다. 관심 주제였지만, 방에 올라가 하딘에게 전화를 하고 싶어 안달이 났다. 적당한 기회를 포착해서, 굿 나이트 인사를 하고 양해를 구했다.

"그 와인 병도 가져가요!"

킴벌리가 반쯤 남은 와인 병을 가리키며 말했다. 감사 인사를 전하고 와인 병을 가져왔다.

9 · 하딘

아파트에 도착했다. 아직도 다리가 욱신거린다. 체육관에서 망할 놈의 샌드백을 얼마나 걷어찼는지 모른다. 냉장고 안에서 물병을 꺼내며, 소파에서 잠든 남자를 애써 모른 척했다. 다 테사를 위한 거야. 병에 담긴 물의 절반을 꿀꺽거리며 마셨다. 운동 가방을 뒤져 휴대전화를 꺼내 전원을 켰다. 막 전화를 하려던 순간, 액정에 테사의 이름이 떴다.

"여보세요?"

땀에 젖은 티셔츠를 머리 위로 벗어 바닥에 던지면서 전화를 받았다.

"안녕."

이 말이 전부였다. 나는 테사와 얘기하고 싶었다. 테사도 그럴까.

셔츠를 발로 찼다가 다시 집었다. 테사가 나를 보고 있었다면, 내 행동을 보고 눈살을 찌푸렸을 테니까.

"별 일 없었어?"

"도시 이곳저곳을 좀 다녀봤어."

그녀는 차분하게 대답했다.

"바로 전화했는데, 음성사서함으로 넘어가더라고."

테사의 목소리를 들으니 뻗쳤던 열이 좀 누그러졌다.

"그 체육관에 갔었어."

침대에 누웠다. 테사가 내 곁에, 내 가슴에 머리를 기대고 있으면 좋을 텐데. 시애틀 말고 바로 내 곁 말이다.

"체육관에? 와, 잘했네!"

테사가 얼른 덧붙였다.

"나, 신발 벗고 있어."

"알았어….."

키득거리는 소리가 들렸다.

"왜 이딴 소리까지 하는지 모르겠네. 근데, 너 술 마셨어?"

몸을 일으켜 한쪽 팔꿈치로 침대에 비스듬히 기댔다.

"와인 조금."

테사가 순순히 인정했다. 어쩐지…, 바로 알아차렸어야 했는데.

"누구랑?"

"킴벌리하고, 반스 씨…, 크리스찬 말이야."

"아."

낯선 도시에서 테사가 밤에 나가 술을 마신다면 어떻게 받아들여야 할지 모르겠다. 하지만 지금은 그런 얘기를 꺼낼 타이밍이 아니다.

"크리스찬 말이, 너 완전 훌륭한 작가라던데."

테사의 말투에 비난조가 뚜렷했다.

'빌어먹을.'

"왜 그딴 소리를 했대?"

가슴이 쿵쾅거리기 시작했다.

"몰라. 넌 왜 이제 글을 쓰지 않는 건데?"

와인에 취한 테사의 목소리에는 호기심이 가득 담겨 있었다.

"모르겠어. 내 얘기는 하고 싶지 않아. 네 얘기랑, 시애틀 얘기랑, 왜 네가 나를 피하는지에 대해 얘기하고 싶어."

"크리스찬이 그 얘기도 했어. 너, 다음 학기에 졸업할 거라고."

내 말은 무시한 채 테사가 계속 말했다.

크리스찬이 쓸데없이 오지랖을 떤 모양이다.

"맞아, 그런데?"

"난 전혀 몰랐어."

테사는 짜증이 나는 듯 한숨을 쉬었다. 이리저리 발을 질질 끌고 돌아다니는 소리도 들렸다.

"일부러 숨겼던 건 아니야. 그냥 그렇게 된 거지. 넌 졸업하려면 멀었잖아. 그러니까 졸업이라는 화제는 별로 중요하지 않잖아. 어디 딴 데로 가려던 것도 아니었고."

"잠시만."

도대체 뭘 하고 있는 거야? 와인은 얼마나 마신 거고? 알아들을 수 없게 중얼거리는 소리와 낑낑대는 소리가 들렸다. 참지 못하고 결국 물었다.

"뭐 하고 있는 거야?"

"뭐라고? 아, 머리카락이 셔츠 단추에 걸렸어. 미안, 근데 듣고 있었어, 맹세해."

"근데 왜 네 보스한테 내 얘기를 캐물은 거야?"

"크리스찬이 먼저 꺼냈어. 몇 차례나 너한테 자리를 주겠다고 했는데 네가 거절했다고. 그래서 네가 화제에 올랐어."

테사는 일부러 강조하듯 말했다.

"옛날 얘기야."

그게 무슨 제안이었는지 정확하게 기억도 안 난다. 그러니 일부러 숨긴 건 아니다.

"시애틀에 대한 내 생각은 늘 명확했잖아."

"또 시작이구나."

테사가 화난 표정을 짓고 있는 게 훤히 보였다. 얼른 화제를 바꿔야겠다.

"왜 전화 안 받았어? 몇 번이나 했는데."

"전화기를 트레버 차에 두고 와서…."

테사가 중간에 말을 뚝 끊었다.

나는 침대에서 벌떡 일어나 방 안을 이리저리 서성였다. 그럴 줄 알았다.

"동네 구경시켜준 것뿐이야, 친구로서. 그게 다야."

테사가 재빨리 변명했다.

"빌어먹을 트레버 자식이랑 같이 있느라고 내 전화를 안 받았다는 거야?"

침묵이 길어질수록 맥박이 점점 빨라지기 시작했다. 그러다 테사가 일갈했다.

"트레버 얘기로 나한테 싸움 걸 생각 하지 마. 그 사람은 친구야. 그리고 여기 없는 사람은 너잖아. 내 친구까지 네가 고른 순 없어. 알아들어?"

"테사…."

경고의 메시지를 담아 말했다.

"하딘 앨런 스캇!"

테사가 소리를 치더니 깔깔거리며 웃음을 터뜨렸다.

"왜 웃어?"

받아쳐 놓고 나도 슬며시 웃음이 나오는 건 어쩔 수가 없었다. 빌어먹을, 너무나 공감이 된다.

"나도…, 모르겠어!"

테사의 웃음소리가 고막을 뚫고 들어와 심장에 파고들었다. 가슴이 따뜻해졌다.

"당장 와인 잔 내려놓으시지."

짓궂게 말했지만 테사가 너무나 보고 싶었다.

"할 수 있으면 해봐."

테사가 장난스럽게 도전장을 내밀었다.

"내가 거기 있었다면, 넌 당장 꼬리 내렸을 거야."

"네가 여기 있었으면, 넌 뭘 할 건데?"

나는 침대로 돌아갔다. 내가 생각하고 있는 걸 테사도 똑같이 생각하는 걸까? 테사하고 이럴 수 있을 거란 생각은 못 했다. 특히 이렇게나 취한 상태로.

"테레사 린 영, 지금 나하고 폰섹스라도 하려는 거야?"

테사를 놀리려고 말했다. 그러자 마자 테사는 와인이 목에 걸린 듯 격렬하게 기침을 해댔다.

"뭐?! 아니! 그냥 물어본 거야!"

테사가 비명에 가까운 소리를 질렀다.

"물론, 지금은 아니라고 하겠지."

공포에 질린 테사의 말투를 비웃으며 농담을 던졌다.

"뭐…, 하고 싶은 거라도 있어?"

테사가 속삭였다.

"진심이야?"

생각만으로도 사타구니가 움찔거렸다.

"아마도…, 잘 모르겠어. 하딘, 트레버 때문에 화났어?"

테사의 목소리는 와인을 몇 병 마신 것보다도 훨씬 더 나를 황홀하게 만들었다.

젠장, 그래서 테사가 그 녀석이랑 같이 있었다니 짜증이 나 죽겠다. 하지만 지금 당장은 그걸 따지고 싶지 않았다. 테사가 꿀꺽 술을 넘기는 소리가 크게 들렸다. 뒤이어 유리잔의 쨍그랑 소리가 들렸다.

"빌어먹을 트레버 따위 관심도 없어."

거짓말이다. 그러고 나서 명령조로 말했다.

"와인 좀 그만 마셔."

테사가 어떨지 뻔히 보인다.

"그러다가 술병 난다고."

수화기 너머로 몇 차례 더 꿀꺽거리는 소리가 크게 들렸다.

"넌 멀리서도 이래라저래라 하는구나."

테사는 또 다시 와인을 마셨다. 긴장감을 고조시키려는 모양이다.

"난 어디에 있어도 너한테 이래라저래라 할 수 있어."

나는 손가락으로 입술을 더듬으며 씨익 웃었다.

"나, 무슨 얘기 좀 해도 돼?"

테사가 나지막하게 물었다.

"응, 제발 말해줘."

"오늘 너 생각했어. 네가 사무실에 처음 왔던 날 말이야…."

"그 빌어먹을 자식이랑 같이 있을 때도 내 생각을 했다는 거야?"

제발 그렇다고 대답해 주길.

"트레버 기다리고 있을 때."

"더 얘기해봐. 무슨 생각을 했는지."

내가 재촉했다. 빌어먹을, 너무 헷갈린다. 테사와 얘기할 때마다 '잠시 휴지기' 따위를 갖고 있다는 느낌은 들지 않았다. 모든 게 늘 그랬던 것 같은 느낌이다. 이 순간 달라진 거라곤 내가 테사를 만지고 볼 수 없다는 것뿐. 제기랄, 너무 만지고 싶다. 혀로 테사의 부드러운 피부를 핥고 싶다….

"무슨 생각을 하고 있었냐면…."

테사가 말을 꺼내다가 다시 술을 한 모금 마셨다.

"부끄러워하지 마."

내가 재촉했다.

"너무 좋았다는 거, 또 하고 싶다는 거."

"누구랑?"

테사의 입으로 직접 듣고 싶었다.

"너랑, 누구도 아닌 너 말이야."

"좋았어."

나도 모르게 미소가 지어졌다.

"넌 아직도 내 거야, 테사. 네가 우릴 떨어져 있게 만들었지만, 넌 여전히 나만을 위한 거라고."

할 수 있는 한 최대한 부드럽게 말했다.

"나도 알아."

가슴이 벅차올랐다. 테사의 말 한마디에 마음속 깊은 곳에 안도감이 흘러넘쳤다.

"그럼 넌 내 거야?"

조금 전보다 자신감 넘치는 목소리로 테사가 물었다.

"그럼, 언제나."

'나는 선택의 여지가 없었어, 너를 만난 그날부터.'

이 말을 덧붙이고 싶었다. 하지만 잠자코 초조하게 테사의 답변을 기다렸다.

"좋았어."

그리고 테사가 덧붙였다.

"그럼 이제, 나한테 어떻게 해줄 건지 말해봐. 소소한 거 하나라도 빼먹으면 안 돼."

사고는 흐릿해졌고 머리는 무거웠지만, 기분은 최고였다. 나는 입이 귀에 걸릴 만큼 활짝 웃고 있었다. 그리고 와인과 하딘의 목소리에 취해 있었다. 하딘의 장난기 어린 이런 모습을 너무나 사랑한다. 그가 즐기고 싶다면, 나는 기꺼이 응해줄 거다.

"아, 그건 아니지."

하딘이 냉정하게 말했다.

"뭘 하고 싶은지 네가 먼저 말해봐."

나는 와인 마개를 잡아당겼다.

"난 벌써 했어."

"와인을 좀 더 마셔봐. 넌 취했을 때만 하고 싶은 걸 말하더라."

"알았어."

나무로 된 서늘한 침대 모서리를 검지로 훑었다.

"네가 이 침대에 나를 엎드리게 한 다음…, 전에 책상에서 했던 것처럼 해줬으면 좋겠어."

부끄러움은 사라지고 목에서부터 시작된 열기가 뺨까지 오르는 게 느껴졌다. 하딘은 나지막한 소리로 욕설을 내뱉었다. 내가 이렇게까지 생생하게 말할 줄은 몰랐을 거다.

"그런 다음?"

하딘이 조용히 물었다.

"그러니까…."

아무래도 용기가 필요할 것 같아 술 한 모금을 더 마셨다. 하딘하고 나는 이런 걸 해본 적이 없다. 전에 몇 번 야한 메시지를 보내긴 했지만, 이건…, 이건 좀 달랐다.

"그냥 말해, 부끄러워하지 말고."

"넌 내 엉덩이를 잡고 있어, 항상 그랬던 것처럼. 나는 진정해보려고 침대 시트를 움켜쥐고 있고. 네 손가락이 내 안으로 깊숙이 들어오고… 움직일 때마다 흔적을 남기면서…."

나는 허벅지를 단단히 붙였다. 수화기 너머로 하딘의 거친 숨소리가 들렸다.

"네 몸을 만져봐."

하딘의 말에 얼른 방 안을 둘러보았다. 누군가 우리의 은밀한 대화를 엿듣는 것만 같았다.

"뭐? 싫어."

나는 수화기를 감싸며 속삭였다.

"아냐, 해봐."

"여기서…, 그럴 순 없어. 저들이 들을 거란 말이야."

하딘 말고 다른 사람이랑 이런 얘기를 하는 거라면 소름이 끼쳤을 거다. 와인을 마셨던 아니든 간에.

"아니, 그 사람들은 못 들을 거야. 그러니까 해봐. 하고 싶잖아."

하딘은 어떻게 내 마음을 알지? 진짜 내가 하고 싶은 건가?

"침대에 누워서 눈을 감고 다리를 활짝 벌려봐. 그 다음에 어떻게 해야 할지 얘기해줄게."

하딘이 부드럽게 속삭였다. 그의 목소리가 나긋나긋해질수록, 어길 수 없는 명령처럼 느껴졌다.

"하지만…."

"해보라니까."

권위적인 그의 말투에 당혹스러워졌다. 내 안에서는 호르몬과 자아가 처절하게 사투를 벌이고 있었다. 하딘이 나를 만족시켜줄 거란 믿음은 거부할 수 없었다. 그가 나에게 해줄 난잡한 짓들 말이다. 갑자기 방 안 온도가 10도쯤 올라간 것 같았다.

"좋아, 이제 내 말에 복종하는 거야."

아무 대답도 안 했는데, 하딘은 먼저 시작하고 있었다.

"팬티를 내릴 때 알려줘."

'아….'

나는 살금살금 문으로 걸어가 조용히 문을 잠갔다. 킴벌리와 크리스찬, 그리고 스미스의 방은 모두 위층에 있다. 그래도 내가 아는 한, 둘은 아직 내가 있는 1층에 있을 거다. 숨을 죽이고 바깥 소리에 귀를 기울였다. 위층에서 문이 닫히는 소리가 들렸다. 기분이 나아졌다.

와인 병을 쥐고 서둘러 다 마셔버렸다. 안에서 일던 뜨뜻한 온기가 조그만 섬광이 되더니 불길이 되어 타올랐다. 바지를 벗고 침대에 오르면서, 너무 깊게 생각하지 않으려고 애를 썼다. 겨우 얇은 면 티셔츠와 팬티 차림이 되었다.

"아직 있는 거지?"

하딘이 물었다. 분명 사악한 미소가 만면에 번져 있을 거다.

"응, 준비 중이었어."

내가 이런 짓을 하다니 믿을 수가 없다.

"너무 깊게 생각하지 말고. 나중에 나한테 고마워할 거야."

"내가 무슨 생각을 하는지 다 알려고 하지 마."

짓궂게 말했지만, 하딘 말이 맞기를 바란다.

"내가 보여줬던 거 기억하지?"

나는 고개를 끄덕였다. 하딘이 나를 보고 있지 않다는 것조차 잊어버리고 있었다.

"긴장해서 아무 대답도 못 하는 건 긍정의 의미로 받아들일게. 좋아. 그럼 손가락으로 내가 전에 만졌던 곳을 건드려봐…."

11 · 하딘

테사가 헐떡거리는 소리가 들렸다. 내가 시키는 대로 잘 따라 하고 있군. 그 모습을 완벽하게 그려볼 수 있다. 그녀가 침대에 누워 다리를 활짝 벌리고 있는 모습을.

'이런 빌어먹을.'

"내가 거기 있었으면 좋겠다, 널 바라보면서."

나도 따라 신음을 내뱉었다. 온몸의 피가 페니스로 쏠리는 걸 억지로 무시하는 중이다.

"넌 그거 좋아하잖아. 나 보는 거…."

수화기를 통해서 테사의 신음 소리가 들렸다.

"젠장, 완전 좋아하지. 너도 내가 보는 걸 좋아하잖아."

"나도 좋아. 머리카락 움켜쥐는 걸 네가 좋아하는 것처럼."

반사적으로 한 손을 가랑이 사이로 가져갔다. 내 혀의 움직임에 따라 몸부림치는 테사를 상상할 수 있었다. 그녀가 내 이름을 신음하며 머리카락을 움켜쥐는 모습이 머릿속에 가득했다. 손바닥을 페니스에 대고 지그시 힘을 주며 움직였다. 오직 테사만이 이토록 강렬하고 빠르게 나를 달아오르게 만들 수 있다.

테사의 신음 소리가 작아지고 있다. 아무래도 좀 더 응원해줘야겠다.

"더 빨리, 테스, 손가락으로 원을 그리듯이 움직여봐, 더 빨리. 내가 거기 있다고, 그게 나라고 상상해봐. 내 손가락이 네 안에서 원을 그리고 있어. 널 미치도록 뜨겁게 만들지. 널 절정에 이르게 할 거야."

나는 목소리를 최대한 낮췄다. 혹시라도 우리 집 불청객이 복도를 어슬렁거릴 수도 있으니까.

"오, 맙소사."

테사가 숨을 헐떡이며 다시 신음을 내뱉었다.

"내 혀로, 네 살갗을 샅샅이 훑고 있어. 입술로 너를 짓누르며, 깨물고, 빨고, 농락하고 있어⋯."

나는 운동복 반바지를 내리고, 페니스를 부드럽게 문질렀다. 눈을 지그시 감고 오직 테사의 신음과 부드러운 헐떡임, 낑낑거리는 애원에만 집중하고 있었다.

"내가 해줬던 것처럼, 너도 네 몸을 만져봐."

테사가 내게 속삭였다. 테사가 쾌락에 빠져들고 있는 동안, 매트리스 위에서 테사의 허리가 활처럼 휘는 장면이 실제인 것처럼 떠올랐다.

"이미 그러고 있지."

내가 중얼거리자 테사가 작은 소리로 흐느꼈다.

젠장, 너무 보고 싶다.

"다시 말해줘."

테사가 애원했다. 이 순간만큼은 순진무구한 테사의 모습이 사라지는 게 정말 좋다…. 테사는 이런 난잡한 얘기 듣는 걸 좋아했다.

"너랑 섹스하고 싶어. 널 침대에 눕히고, 너와 사랑을 나누고 싶어. 강하고 빠르고 파워풀하게. 내가 네 안으로 점점 더 깊숙이 들어가는 동안, 네가 내 이름을 외치게…."

"나…."

테사가 목구멍 깊숙이 신음을 토해냈다. 그러다 갑자기 숨을 멈추었다.

"계속 해줘, 하딘, 계속 말해줘. 네 목소리 듣고 싶어."

테사가 절정에 도달하는 소리가 들렸다. 테사는 온몸을 뒤틀며, 부드럽게 흐느끼면서 베개나 매트리스를 악물고 있을 거다. 그 모습을 상상하는 것만으로도 나는 절정으로 치닫는다. 나는 테사의 이름을 부르며, 목마른 신음을 토하면서, 박서 팬티에 모든 걸 쏟아냈다.

한참 동안 둘이 호흡을 맞추어 헐떡거리는 소리밖에 들리지 않았다. 하지만 계속 이러고 있을 순 없었다.

"이건 정말…."

테사가 가쁘게 숨을 토해냈다. 숨을 고르는 동안 가슴이 들썩거렸다.

"나, 잠깐 시간이 필요해."

테사가 키득거렸다. 입꼬리가 쏙 올라가며 미소가 지어졌다. 그녀는 말을 이어 나갔다.

"여기로 오면서, 우린 끝났다고 생각했었어."

"너하고 하고 싶은 게 아직 많은데. 이를 어쩌나, 그걸 하려면 우리가 같이 있어야 하는데."

"네가 이리로 오면 되잖아."

테사가 잽싸게 대답했다. 나는 전화기를 스피커폰으로 바꿨다.

"내가 거기 있는 게 싫다며. 서로를 위해 공간이 필요하다고, 기억 안 나?"

"알아."

테사는 살짝 슬픈 듯한 말투였다.

"우리에겐 공간이 필요해…. 그리고 이러는 게 우리한테 좀 좋은 것 같아. 안 그래?"

"아니."

거짓말이다. 테사가 옳은 것 같다. 나는 그녀가 떠난 뒤 더 나은 인간이 되려고 노력하는 중이다. 혹시라도 테사가 나를 또 쉽게 용서해준다면, 이 동기마저 쉽게 잃어버릴 것 같아 두렵다. 혹시 우리가…, 서로에게 돌아갈 방법을 찾으면, 조금이라도 달라져 있기를 바란다. 테사를 위해. 그리고 영원히 지속되기를. 그러면 그녀가 말한 '악순환의 고리'가 끊어지는 거다.

"보고 싶어, 정말, 많이."

나도 안다, 테사가 나를 사랑한다는 거. 작은 신뢰가 하나씩 회복될 때면 가슴에 얹힌 짐이 조금씩 들어 올려지는 것 같은 기분이다.

"나도."

"'나도'라고 말하지 마. 그건 그냥 내 말을 따라하는 것처럼 들린단 말이야."

테사가 투덜거렸다. 뿌듯함에 미소가 번졌다.

"그건 전에 내가 한 말이잖아. 마음대로 막 쓰면 안 돼."

나는 짐짓 엄하게 말했고, 테사는 웃음을 터뜨렸다.

"나도 할 수 있다고."

테사가 유치하게 응수했다. 옆에 있었다면 나를 놀리듯 혀를 쏙 내밀었을 거다.

"맙소사, 오늘 막간다?"

침대에서 몸을 굴려 일어섰다. 샤워를 해야겠다.

"내가 좀 그래."

"거침이 없으시군. 전화로 널 자위하게 만들 줄이야."

나는 키득거리며 복도로 걸어갔다. 맨발로 걷기에는 복도 바닥이 너무 차가웠다. 나는 주춤거렸다. 그러다 갑자기 말소리가 들려서 전화기를 바닥에 떨어뜨렸다.

"미안하네."

리차드의 목소리가 바로 곁에서 들렸다.

"여기가 그래도 좀 따뜻한 거 같아서…."

내가 잽싸게 전화기를 드는 걸 보자, 리차드가 입을 다물었다. 하지만 너무 늦었다.

"누가 있어?"

전화기 너머 테사가 소리치는 게 쩌렁쩌렁 들렸다. 나른하고 느긋했던 그녀는 순식간에 사라졌다. 금세 경계 태세가 되었다.

"하딘, 누구냐고?"

테사의 목소리는 격앙되었다.

'망했다.'

테사 아버지에게 입 모양으로 '잘하는 짓이네요'라고 쏘아붙이고는 휴대전화를 잡았다. 나는 잽싸게 욕실로 들어갔다.

"그게…."

"우리 아빠였어?"

거짓말을 하고 싶었지만 바보 같은 생각이다. 더 이상 바보짓을 안 하려고 노력 중인데 말이다.

"맞아."

테사가 소리 지르기를 가만히 기다리고 있었다.

"왜 아빠가 거기 있어?"

"그러니까…."

"네가 우리 아빠를 집에 있게 한 거야?"

이 상황을 뭐라 설명해야 할지 패닉에 빠졌다. 다행히 내가 할 말을 테사가 모두 정리해주었다.

"뭐, 그 비슷한 거야."

"좀 헷갈린다."

"나도 그래."

"얼마나 있었는데? 왜 나한테 얘기 안 했어?"

"미안…, 겨우 이틀밖에 안 됐어."

욕조에 물 받는 소리가 들렸다. 아마 테사도 기분이 나쁘지는 않은 것 같았다. 질문 공세가 이어졌다.

"대체 아빠가 왜 거길 간 거야?"

전부 다 사실대로 말한 순 없다, 지금 당장은.

"달리 갈 곳이 없었나 봐."

나는 샤워를 시작했고, 테사는 한숨을 쉬었다.

"알았어…."

"화났어?"

"화 안 났어. 좀 혼란스러워…."

목소리에는 궁금증이 가득 담겨 있었다.

"네가 집에 우리 아빠를 들였다니, 믿을 수가 없어."

"나도 그래."

좁은 욕실이 수증기로 가득 찼다. 손바닥으로 거울을 닦았다. 내 모습이 꼭 껍데기만 남은 유령처럼 보였다. 잠을 못 자서 눈 아래에 커다란 다크서클이 생겼다. 내 유일한 숨구멍은 전화기를 통해 들려오는 테사의 목소리뿐이다.

"나한테는 굉장히 의미 있는 일이야, 하딘."

마침내 테사가 입을 열었다.

"그래?"

내가 예상했던 것보다 훨씬, 훨씬 더 나은 반응이었다.

"당연하지."

갑자기 현기증이 일었다. 마치 주인한테 보상 받은 애완견이라도 된 느낌이었다. 그런데도 놀라울 만큼 기분이 괜찮았다.

"그래…."

무슨 말을 더 해야 할지 모르겠다. 테사 아버지의 상태를 말하지 않은 건, 음, 조금 죄책감이 들긴 했다. 하지만 지금은 때가 아니기도 하고, 전화로 얘기하는 건 더더욱 아니다.

"네가 집에 갔을 때…, 우리 아빠가 있었다는 거야?"

테사가 소근거렸다. 어딘가에서 웅웅 소리가 울렸다. 목소리가 밖으로 새지 않게 환기팬을 틀었나 보다.

"암튼, 리차드랑 한방을 쓰는 건 아냐. 내가 또 그런 타입은 아니잖아."

분위기를 가볍게 만들려고 농담을 했다. 테사가 키득거렸다.

"그러시겠죠."

"그런 쪽으론 좀 끌리지 않아서 말이지."

나는 씨익 미소를 지었다.

"절대로 널 공유하진 않을 거야. 너희 아버지라 할지라도."

테사는 우웩 구역질하는 소리를 냈고, 나는 웃음이 터졌다.

"더러워."

"나 좀 더러워."

내가 응수하자 테사가 키득거렸다. 와인 덕분에 테사의 유머 감각이 살아났나 보다. 나? 글쎄, 실실 웃고 있는 모습을 딱히 변명하고 싶지는 않다.

"샤워해야 해. 사정한 속옷을 입고 내내 여기 서 있었어."

나는 박서 팬티를 끌어내렸다.

"나도."

테사가 대꾸했다.

"너처럼 엉망이 된 건 아니지만…, 그래도 샤워해야 해."

"오케이…, 우린 둘 다 옷을 벗어야 해…."

"이미 다 했잖아."

테사가 웃으며 말했다.

"잘 자, 테사."

"응, 너도."

테사는 인사를 하고도 전화를 계속 들고 있었다. 내가 먼저 전화를 끊었다.

뜨거운 물줄기가 온몸으로 쏟아졌다. 테사와 폰섹스를 하다니, 여전히 믿기지 않는다. 이건 위대한 변화 정도가 아니다. 그 이상이다. 이건 그녀가 여전히 나를 신뢰하고 있다는 의미다. 자신의 비밀스러운 모습을 낱낱이 보여줄 만큼 나를 신뢰한다는 뜻이다. 우리가 샤워를 함께 했던 게 겨우 2주 전이었다니 믿을 수가 없다.

"난 이 타투가 제일 좋더라."

테사는 타투를 만지더니 젖은 속눈썹을 깜빡거리며 나를 올려다보았다.

"난 그거 싫은데."

팔꿈치 근처에 있는 큰 꽃무늬를 따라 손가락으로 훑고 있는 테사를 힐끗 내려다보았다.

"모르겠어. 이 꽃이 네 모든 어둠을 감싸 안고 있는 것처럼 아름다워."

테사의 손가락은 바로 그 밑에 있던 말라 비틀어진 해골 무늬를 훑고 있었다.

"난 한 번도 그렇게 생각해본 적 없는데."

엄지로 테사의 턱을 받쳐 내 눈을 보게 했다.

"넌 항상 내 밝은 면만 보는 것 같아…. 밝은 면이라곤 손톱만큼도 없는 나한테, 어떻게 그럴 수 있지?"

"그렇지 않아. 언젠가는 너도 그걸 볼 수 있을 거야."

테사는 미소를 지으며 까치발을 들고 내 입꼬리에 입을 맞췄다. 물줄기가 우리 사이로 쏟아져 내려왔고, 입술을 떼기 전 테사는 한 번 더 미소를 지었다.

"네 말이 맞길 나도 바랄게."

물줄기에 대고 속삭였다. 너무 작은 소리여서 테사조차 듣지 못했다.

추억이 밀려들었다. 씻어내리려고 애를 써도 기억은 더욱 생생히 되살아났다. 테사는 내 생각을 지배하고 있다. 늘 그랬다. 나에게 칭찬을 아끼지 않았고, 진짜 내 모습보다 훨씬 더 좋은 사람이라며, 끊임없이 나를 설득했다. 그 생각을 하니 미칠 것 같았다.

테사가 나를 보는 것처럼 나도 자신을 볼 수 있었으면 좋겠다. 내가 테사에게 좋은 사람이라고 말할 때, 그걸 순순히 믿을 수 있게 되면 좋겠다. 하지만 이렇게 형편없는데, 그게 어떻게 사실이 될 수 있겠는가?

'나한테는 굉장히 의미 있는 일이야, 하딘.'

지금처럼만 계속 유지해나간다면, 그래서 나를 곤경에 빠뜨릴 짓거리를 더 이상 하지 않는다면 어떨까? 나는 테사에게 의미 있는 일을 꾸준히 할 수 있을까? 그녀를 더 이상 비참하게 만들지 않고, 행복하게 해줄 수 있을까? 그리고 혹시, 정말 혹시라도, 테사가 말한 내 안의 밝은 면을 나 스스로 보게 될 날이 올까? 우리에게도 희망이라는 게 있을까?

12 · 테사

캠퍼스로 차를 몰아 들어가자, 온몸에 긴장감이 느껴졌다. WCU 시애틀 캠퍼스는 켄 씨가 얘기했던 것만큼 작지 않았다. 어쩐지 시애틀의 길들은 죄다 구불구불하고 언덕을 오르내리도록 설계한 것 같다.

오늘은 모든 게 계획대로 진행될 수 있도록 철저히 준비했다. 첫 수업에 늦지 않으려고 집에서 2시간이나 일찍 떠났다. 그중 절반은 꽉 막히는 도로 위에서 라디오를 들으며 보냈다. 오늘 아침까지는 대체 왜 이런 방송이 인기가 있는지 이해할 수 없었다. 그런데 어떤 정신 나간 여자가 절친한 친구가 남편과 바람을 피웠다는 얘기를 했다. 그 두 사람은 여자의 고양이 -이름이 마찌라고 했던가- 까지 데리고 야반도주를 했단다. 여자는 눈물을 흘리며 얘기했는데, 그럼 뭐 좀 나아지는 건가…. 아무튼, 사람들은 자신의 기구한 사연을 얘기하려고 라디오 진행자에게 전화를 하나보다. 그런데 어느새 나도 여자의 구구절절한 얘기에 빠져들고 있었다. 그러다 결국 여자한테는 그 남자가 없는 게 더 낫다는 결론을 내리게 되었다.

대학 본관부터 들렀다. 새 학생증과 주차증을 받아야 했다. 수업 시간까지 겨우 30분밖에 남지 않았다. 첫 수업부터 지각할지도 모른다는 생각에 안달이 났다. 운 좋게도, 학생 주차장에서 자리를 쉽게 찾았다. 첫 수업 강의실과 가까운 곳이었다. 그래서 15분쯤 일찍 강의실에 도착할 수 있었다.

맨 앞줄에 앉자 외로움이 밀려왔다. 수업 전에 카페에서 랜던을 만나지도, 그가 옆자리에 있지도 않다는 현실을 맞닥뜨렸다. 지난 6개월 동안, 대학 생활 내내 그래 왔는데.

강의실은 학생들로 가득 찼다. 나 말고 여학생은 딱 한 명, 죄다 남자들뿐이었다. 이 수업을 괜히 신청했다는 후회가 들기 시작했다. 별로 듣고 싶지도 않았는데. 역시 정치학 수업 같은 건 듣지 말았어야 했다.

밝은 갈색 피부의 잘생긴 남자가 내 옆 빈자리에 앉았다. 남자를 쳐다보지 않으려 애를 썼다. 남자는 완벽하게 다림질된 빳빳한 흰색 셔츠에 넥타이를 매고 있었다. 환한 미소까지 장착한 그는 꼭 정치인처럼 보였다. 내가 쳐다보자 남자가 활짝 웃었다.

"뭐, 필요한 거라도 있어요?"

목소리에는 권위와 매력이 동시에 담겨 있었다. 그래, 아마도 언젠가는 정치인이 되겠지.

"아뇨. 죄, 죄송해요."

나는 더듬거리며 시선을 피했다.

강의가 시작되고, 더는 그를 신경 쓰지 않았다. 수업이 끝날 때까지 노트 필기를 하고, 강의 계획서를 반복해서 읽고, 캠퍼스 지도를 들여다보는 데 집중했다.

다음 수업인 예술사는 훨씬 좋았다. 평범한 예술 학도들에 둘러싸여 있으니 마음이 편안해졌다. 옆에 앉은 파란색 머리 남자가 자신을 마이클이라고 소개했다. 교수님은 학생들에게 쭉 돌아가며 자기소개를 시켰다. 이 강의실에서 나만 영문학 전공 학생이었다. 그래도 다들 친절했고, 마이클은 유머 감각이 뛰어났다. 그는 수업 내내 농담을 던져서 교수님을 포함한 모두를 즐겁게 해주었다.

마지막 수업인 창작 글쓰기는, 확실히 가장 재미있는 수업이었다. 나는 완전 푹 빠져서 빈 종이에 내 생각을 적어 내려갔다. 자유롭고 재미있었다. 이 수업이 정말 좋다. 교수님이 우리를 자유롭게 놔두셔서, 수업이 끝날 때까지 겨우 10분쯤 지난 느낌이었다.

나머지 한 주도 비슷하게 흘러갔다. 나는 좀 더 편하게 살아가는 방법을 찾은 것 같은 기분과 여전히 헷갈리는 것 같다는 생각 사이에서 오락가락하고 있었다. 하지만 무엇보다도, 절대 오지 않을 무언가를 기다리는 것 같은 느낌을 지울 수 없었다.

금요일 저녁이 될 때까지, 온몸이 긴장으로 똘똘 뭉쳐 있어서 너무 지쳤다. 이번 주는 내내 수많은 도전의 연속이었다. 좋은 면과 나쁜 면에서 모두. 랜던과 함께 다니던 예전 캠퍼스의 익숙함이 그리웠다. 공강 시간에 하딘과 만나곤 했던 것과 심지어 환경공학관에 가득 했던 꽃들과 제드까지도 그리웠다.

제드. 제드에게 연락도 안 했다. 그 파티에서 나를 구해 엄마네 집까지 데려다준 그날 이후로. 제드는 치욕스러운 범죄에서 나를 구해주었다. 그런데 나는 감사 인사조차 제대로 못 했다. 들고 있던 정치학 교재를 내려놓고 휴대전화를 들었다.

"여보세요?"

딱 일주일밖에 지나지 않는데, 제드의 목소리는 낯설기만 했다.

"잘 있었어? 나 테사."

뺨을 씹으며 제드의 대답을 기다렸다.

"음, 안녕."

심호흡을 하고, 해야겠다고 생각한 말을 꺼냈다.

"정말 미안해. 고맙다는 인사를 좀 더 빨리 했어야 하는데. 이번 주가 너무 빨리 지나갔어. 한편으론 그때의 기억을 다시 되살리기 싫기도 했고. 아, 이건 좋은 변명이 아니네. 나, 형편없지? 정말 미안해, 그리고…."

말이 두서없이 쏟아졌다. 제드가 말을 막았다.

"괜찮아. 바빴다는 거 나도 잘 알아."

"그래도 더 일찍 연락했어야 했는데. 그날 일에 대해 내가 얼마나 고마워하는지 알지?"

제드가 날 좀 이해해줬으면 하는 심정으로 절박하게 말했다. 내 허벅지를 훑던 댄의 손이 떠올라 몸서리가 쳐졌다.

"그때 네가 안 왔더라면, 무슨 짓을 당했을지…."

"테사."

내 말을 막으려는 듯 제드가 말했다. 부드러운 말투였다.

"무슨 짓을 하기 전에 내가 막았잖아. 그러니까 그 생각은 더 이상 하지 마. 그리고 고마워할 필요도 없고."

"그래도 고마운걸! 스테프 때문에 얼마나 상처 받았는지 몰라. 난 한 번도 걔한테 상처 준 적 없는데. 너희들한테도…."

"제발 나를 걔들하고 싸잡아 얘기하지 말아줄래?"

제드는 조금 모욕적인 듯했다.

"아, 미안해. 네가 거기에 연루되었단 말이 아니야. 그러니까 너희 친구들 무리 말이야."

경솔하게 생각 없이 마구 나온 말들을 얼른 사과했다.

"그래."

제드가 중얼거렸다.

"암튼, 우린 더 이상 같이 어울리지 않아. 트리스탄은 며칠 후에 뉴올리언스로 떠날 거고. 사실 그날 이후로 스테프는 학교에서 한 번도 본 적 없어."

"아…."

잠시 말을 끊고 방 안을 둘러보았다. 이 거대하고, 낯선, 내가 머물고 있는 방을.

"제드, 사과할 게 하나 더 있어. 하딘한테 보낸 메시지 때문에 너한테
뭐라고 했던 거. 스테프가 실토했어. 자기가 한 짓이라고."

그 이름을 입에 올렸을 때 온몸이 떨렸지만, 최대한 티를 내지 않으
려고 애를 썼다. 제드는 웃음이 섞인 한숨을 쉬었다.

"그러니까, 내가 그런 짓을 한 유력한 용의자로 보였다는 거잖아."

제드의 대답은 의외로 다정했다.

"그래…, 어떻게 지내?"

"시애틀은…, 좀 다른 거 같아."

"시애틀에 있는 거야? 난 하딘이 너희 엄마 집에 가서…."

"아니, 나 시애틀이야."

내가 하딘 때문에 못 떠났을 거라 생각했다고 말하기 전에 얼른 그
의 말을 끊었다.

"새 친구들은 좀 사귀었어?"

"네 생각은 어때?"

싱긋 웃으며 침대를 가로질러 반쯤 남은 물 잔을 잡았다.

"곧 사귀게 될 거야."

제드가 웃자, 나도 따라 웃었다.

"글쎄, 잘 모르겠어."

회사 휴게실에서 수군거리던 두 여자가 떠올랐다. 이번 주 내내 그
여자들을 마주칠 때마다 자기들끼리 키득거리는 것 같았다. 나를 비웃
고 있다는 인상을 지울 수가 없었다.

"너무 늦게 전화해서 진짜 미안해."

"테사, 괜찮다니까. 사과 그만해. 그럴 필요 없어."

"미안."

또 미안하단 소리를 했다. 나는 손바닥으로 이마를 찰싹 때렸다. 저번에 그 웨이터, 로버트도, 제드도 나한테 사과를 너무 많이 한다는 소리를 했다. 아마 그 말이 맞을 거다.

"조만간 이쪽에 올 일 있어? 아니면 혹시 우리…, 여전히 친구로 지낼 순 없는 건가?"

제드가 부드러운 어조로 물었다.

"우린 친구로 지내도 돼."

내가 다짐하듯 말했다.

"근데 그쪽으로 가게 될지는 잘 모르겠어."

내심 이번 주말에 집에 가고 싶었다. 하딘이 너무 보고 싶었고, 교통 체증 덜한 도로도 너무 그리웠다.

'근데 내가 왜 거길 집이라고 부르는 거지?'

겨우 6개월 살았을 뿐인데. 그러다 곧 깨달았다. 하딘 때문이다. 그가 있는 곳이라면 그게 어디든지 나에겐 집처럼 느껴지니까.

"음, 그럼 내가 조만간 시애틀로 여행을 가야겠구나. 그쪽에 친구들이 몇 있거든."

제드가 먼저 제안했다.

"그래도 괜찮겠어?"

잠시 뜸을 들이더니 제드가 물었다.

"그럼! 당연히 괜찮지."

"알았어. 부모님 뵈러 플로리다에 가는 중이야. 비행기 시간 늦어서

막 뛰어가는 중이었어. 그니까 다음 주말쯤에나 가능할 것 같은데?"

"그래, 좋아. 미리 알려줘. 플로리다에서 즐거운 시간 보내고."

인사를 전하고 전화기를 노트 더미에 내려놨다. 그러자 금세 전화기가 진동했다. 액정에 하딘의 이름이 선명했다. 심호흡을 하고, 가슴이 떨리는 걸 애써 외면하면서 전화를 받았다.

"뭐 하는 중이야?"

그가 다짜고짜 물었다.

"음, 아무 것도 안 했어."

"어딘데?"

"크리스찬네 집이야. 넌?"

나는 살짝 비꼬는 투로 대답했다.

"집이지."

하딘이 당연하다는 듯 말했다.

"여기 아님 내가 어딜 가겠어?"

"글쎄, 혹시 체육관?"

하딘은 꾸준히 체육관에 다니고 있었다. 이번 주 내내 매일 갔다.

"막 왔어. 지금은 집."

"잘 지냈어? 단답형 대장?"

"똑같지."

하딘의 말투는 퉁명스러웠다.

"무슨 일 있어?"

"아니, 다 좋아. 넌 어때?"

하딘이 잽싸게 화제를 전환했다. 왜 그러는지 궁금했지만, 억지로 캐묻고 싶지는 않았다.

"괜찮았어. 긴 하루였지만. 여전히 정치학 수업은 맘에 안 들어."

"수강 취소하라고 벌써부터 얘기했잖아. 사회 과학 쪽 선택 과목으로 다른 걸 골라도 된다고."

하딘이 잔소리를 했다. 나는 침대에 누웠다.

"괜찮아질 거야."

"밤에도 집에 있을 거야?"

경고의 뜻이 분명한 음성으로 하딘이 물었다.

"응, 벌써 잠옷 입었어."

"좋았어."

뭐야, 어이가 없었다.

"좀 전에 제드하고 통화했어."

불쑥 말했다. 매도 먼저 맞는 게 나으니까. 수화기 너머로 침묵이 흘렀다. 하딘의 거친 숨소리가 잦아들길 참을성 있게 기다렸다.

"뭐라고?"

하딘의 목소리가 날카로워졌다.

"제드한테 감사 인사하려고 전화했어…, 지난번 일 말이야."

"그건…."

하딘이 씩씩거리며 간신히 화를 참고 있는 것 같은 소리가 들렸다.

"테사, 우리 그 문제는 다 해결한 줄 알았는데."

"그랬지, 근데 지난 번 일로 제드한테 신세를 진 건 사실이잖아. 그때 제드가 안 나타났다면, 난…."

"알아, 안다고!"

하딘이 벌컥 소리를 질렀다. 하딘과 이 문제로 논쟁을 벌이고 싶지는 않았다. 그렇다고 계속 숨기기만 하는 것도 능사는 아니었다.

"걔가 이쪽에 한번 오겠대."

"걘, 거기 안 갈 거야. 토론은 이걸로 끝."

"하딘….."

"테사, 안 돼. 걘 거기 안 갈 거야. 내가 여기서 최선을 다해 막을 거니까, 오케이? 나 지금 이성을 잃지 않으려고 기를 쓰는 중이거든. 빌어먹을! 계속 우기면 아무 도움도 안 되는 거 알지?"

별 수 없었다. 한숨이 나왔다.

"알았어."

제드 얘기로 시간을 더 끌어봤자 누구에게도 좋은 끝이 아닐 거다. 심지어 제드에게도. 제드를 또 끌어들일 수는 없다. 제드하고는 영원히 플라토닉한 친구 관계마저 될 수 없을 것 같다. 하딘 때문이 아니라, 어쩌면 제드 때문에.

"고마워. 네가 지금처럼 항상 쉽게 따라와준다면….."

'뭐라고?'

"난 절대 순순히 따라가주지 않을 거야, 하딘. 그게 대체….."

"진정해. 농담이야. 깐깐하게 굴지 마."

하딘이 얼른 말을 막았다.

"또 내가 알아야 할 거 있어?"

"없어."

"좋았어. 그럼 이제 얘기해봐. 오늘은 네가 심취해 있는 그 개떡 같은 라디오 방송에서 무슨 얘기가 나왔는지."

라디오에서 들은 한 여자 얘기를 했다. 고등학교 때 사귀었던, 옛 연인을 찾고 있는 여자였다. 그러는 동안 이웃집 남자의 아이를 임신했다는 엽기적이고 충격적인 이야기였다. 고양이 마찌 얘기를 하면서, 나는 히스테릭하게 웃음을 터뜨렸다. 어떻게 다른 남자의 아이를 임신하고 있으면서 옛 사랑을 찾을 수 있을까? 말도 안 된다고 했지만, 하딘은 내 말에 동의하지 않았다. 당연히 그 두 남녀가 과거에 연애했던 당사자들이라고 믿고 있었다. 그리고 나더러 시답지 않은 라디오 프로그램에 빠져 있다고 놀려댔다. 하딘이 나를 따라 웃었다. 나는 눈을 감았다. 꼭 하딘이 내 옆에 누워 있는 것 같았다.

13 · 하딘

"미안하네!"

리차드가 거친 숨을 토해냈다. 온몸이 땀으로 젖어 있었다. 그는 힘없이 턱에 묻은 토사물을 닦았다. 문틀에 기대 이 남자를 토사물 사이에 그냥 두고 가버릴지 말지 고민했다. 그는 하루 종일 이러고 있었다. 토하고, 몸을 떨고, 식은땀을 흘리고, 앓는 소리를 내면서.

"몸이 완전히 망가졌나…."

또 다시 변기에 기대 토사물을 게워냈다. 물을 뿜어내는 간헐천 같다. 빌어먹을, 멎져 죽겠다. 그래도 이번엔 변기에 제대로 하긴 했다.

"제발 그런 거면 좋겠네요."

한마디 던지고 화장실을 떠났다. 부엌 창문을 활짝 열었다. 차가운 공기가 밀려들었다. 싱크대 선반에서 깨끗한 컵을 꺼냈다. 수도를 틀자 삐걱거리는 소리가 났다. 고개를 절레절레 흔들었다.

'저 남자를 집에 들여서 대체 뭘 어쩌려는 거지?'

남자는 내 빌어먹을 화장실에서 해독을 하고 있나 보다. 한 번 더 한 숨을 쉬고 물을 마셨다. 그리고 크래커 한 봉지를 들고, 화장실로 가서 세면기 위에 올려놓았다. 나는 리차드의 어깨를 툭툭 쳤다.

"이거 좀 먹어요."

리차드가 고개를 끄덕였다. 정신 착란이거나 금단 증상일 수도 있다. 그의 피부는 온통 창백했고 끈적였다. 꼭 진흙덩어리 같았다. 크래 커를 먹는 게 도움이 될지는 잘 모르겠다. 그래도 당분 섭취가 도움이 될 수도 있다.

"고맙네."

마침내 리차드가 신음을 내뱉었다. 그를 그냥 두고 나왔다. 온 화장 실을 돌아다니며 토하겠지. 이 침실은 테사가 없으니 전 같지 않았다. 잠자리에 들 때면 항상 침대는 엉망이었다. 테사가 했던 것처럼 침대 시트를 정리해보려고 몇 번이나 해봤지만 실패했다. 옷가지들은 깨끗 한 거, 더러운 거 할 것 없이 바닥에 뒹굴고 있었다. 빈 물병과 음료수 캔이 테이블에 널려 있고, 무엇보다, 춥다. 히터가 켜져 있지만 그래도 방 안은… 추웠다.

테사에게 잘 자라는 문자메시지를 보내고 눈을 감았다. 꿈꾸지 않고 잠들기를 기도하며…, 딱 한 번이라도.

"테사?"

복도에서부터 테사를 불렀다. 집에 왔다는 걸 알려주기 위해서

다. 아파트는 조용했다. 부드럽게 웅웅거리는 소리가 집 안에 가득했다. 누구랑 전화 통화를 하고 있나?

"테사!"

한 번 더 테사를 부르며 침실 문을 열었다. 눈앞에 들어온 광경에 발걸음이 얼어붙었다. 테사가 흰 시트 위에 널브러져 있었다. 금발 머리는 땀에 젖어 이마에 찰싹 붙었고, 한 손은 침대 헤드를, 다른 한 손은 검은색 머리카락을 붙잡고 있었다. 테사가 엉덩이를 관능적으로 흔들어댔다. 끓어오르던 피가 한순간에 얼어버렸다. 테사의 크림색 허벅지에 제드의 머리가 파묻혀 있었다. 그는 양손으로 테사의 몸을 더듬고 있었다.

당장이라도 달려가 놈의 멱살을 쥐고 벽에 집어던지고 싶었다. 하지만 두 발이 땅에 붙어 있었다. 비명이라도 질러보려고 애를 썼지만 입조차 벌어지지 않았다.

"아, 제드."

테사가 신음했다. 두 손으로 귀를 막았지만 아무 소용없었다. 테사의 목소리가 곧장 뇌리에 박혔다. 빠져나가지 않고 계속 메아리쳤다.

"너무 아름다워."

제드가 달콤하게 속삭이자 테사는 또 한 번 신음했다. 제드가 테사의 가슴을 더듬었다. 그의 입술이 테사를 덮쳤고, 손끝으로 그녀의 온몸을 쓰다듬었다.

나는 그대로 얼어붙어 있었다.

그들은 나를 보지 못했다. 내가 방에 있는 것조차 알아차리지 못했다. 테사가 제드의 이름을 불렀다. 그가 테사의 허벅지 사이에서 고개를 들었다. 그리고 마침내 나를 보았다. 그는 입술로 테사의 몸에서부터 턱까지, 샅샅이 핥고 있었다. 그러면서도 시선은 나에게 꽂혀 있었다. 나의 두 눈은 그들의 벌거벗은 몸을 떠나지 못했다. 내 몸에서 빠져나온 정신이 갈기갈기 찢겨 차가운 바닥에 던져졌다. 더 이상 보고 있을 수가 없었다. 하지만 끝까지 보고 있어야 했다.

"사랑해."

제드가 나를 향해 히죽거리며 테사에게 말했다.

"나도 사랑해."

테사가 흐느끼며 말했다. 제드가 테사 안으로 밀고 들어가자, 타투가 가득한 그의 등을 테사의 손톱이 파고들었다. 마침내 내가 소리 지르자 목소리가 터져 나왔다. 그리고 그들의 신음소리가 잠잠해졌다.

"빌어먹을!"

나는 일어나 앉아 협탁에 놓여 있던 유리잔을 쥐었다. 다음 순간 와장창 부서지는 소리와 함께 유리 조각들이 흩어졌다.

14 · 하딘

방 안을 서성였다. 분노에 차서 두 손으로 축축이 젖은 머리카락을 쥐어뜯었다. 밟고 있는 옷가지와 책들이 맨발 아래 생생하게 느껴졌다.

"하딘? 무슨 일이야?"

잠결인 듯 테사의 목소리는 푹 잠겨 있었다. 전화를 받아주다니, 안도의 한숨을 내쉬었다. 지금 당장 테사가 필요했다. 비록 목소리 뿐이더라도 말이다.

"나…, 잘 모르겠어."

목쉰 소리로 수화기에 대고 말했다.

"무슨 일인데?"

"자고 있었어?"

"그럼, 지금 새벽 3시야. 무슨 일이야, 하딘?"

"그냥 잠이 안 와서."

나는 깜깜한 방의 어둠을 가만히 응시했다.

"아…."

테사는 안심한 듯 긴 숨을 토해냈다.

"걱정했잖아."

"제드랑 또 통화했어?"

느닷없이 물었다.

"뭐? 아니, 아까 얘기한 다음엔 안 했지."

"걔한테 전화해서 오지 말라고 해."

정신 나간 소리처럼 들렸지만 상관없었다.

"이 시간에 어떻게 전화를 해. 너, 정신 나간 거 아냐?"

꽤나 방어적이다…, 하지만 테사를 비난할 순 없다.

"아냐. 신경 쓰지 마."

폭 한숨을 내쉬었다.

"하딘, 왜 그러는데?"

걱정스러운 목소리였다.

"아무 것도 아니야, 그냥….."

전화를 끊고, 화면이 꺼질 때까지 전원 버튼을 길게 눌렀다.

15 · 테사

"하루 종일 잠옷을 입고 있으려는 건 아니죠?"

부엌 카운터 테이블 앞에 앉아 있는 나를 보고, 킴벌리가 물었다.

입안 가득 시리얼을 우물거리는 바람에 대답할 수는 없었다. 근데 오늘 내 계획은 바로 그거였다. 어젯밤 하딘과 통화를 한 다음 도통 잠을 이룰 수가 없었다. 그 뒤로 메시지를 몇 통 더 보냈지만 하딘은 지금까지 아무 연락도 없었다. 전화하고 싶었지만, 어제 부랴부랴 전화를 끊는 모습이 떠올라 놔두는 게 낫겠다 싶었다. 게다가 여기 와서 적응하느라 킴벌리하고 통 시간을 보내지 못했다. 시간이 나면 대부분 하딘과 통화하며 노닥거리거나, 새 수업 과제를 하느라 바빴다. 아침 먹으면서라도 킴벌리와 떠들며 시간을 보내야겠다.

"누나는 옷을 안 입는구나."

스미스가 불쑥 끼어들었다. 입에 있는 시리얼을 뿜을 뻔했다.

"아냐, 입을 거야."

"네 말이 맞아, 스미스. 테사 누나는 옷을 안 입네."

킴벌리가 낄낄거렸고, 나는 살짝 눈을 흘겼다.

그때, 크리스찬이 부엌으로 들어와 킴벌리의 뺨에 입을 맞추었다. 스미스는 아빠를 향해 미소를 날리고는, 곧 새엄마가 될 킴버리를 다시 쳐다보았다.

"잠옷이 더 편해서 그래."

스미스에게 대꾸하자 그가 맞장구를 치듯 고개를 끄덕였다. 스미스는 자기가 입은 스파이더맨 잠옷을 물끄러미 내려다보았다.

"스파이더맨 좋아하니?"

화제를 돌리려 말을 꺼냈다. 스미스는 고사리손으로 토스트를 집으며 대답했다.

"아뇨."

"근데 그 잠옷을 입고 있잖아."

"킴벌리 엄마가 사준 거예요."

스미스는 턱짓으로 킴벌리를 가리켰다. 그러더니 귓속말을 했다.

"킴벌리한텐 내가 싫어한단 소리하면 안 돼요. 울 수도 있거든요."

나는 웃음을 터뜨렸다. 스미스는 스무 살처럼 보이는 다섯 살짜리 애어른이다.

"그래, 안 할게."

그에게 약속했다. 우리는 편안한 침묵 속에서 아침식사를 마쳤다.

16 · 하딘

랜던은 모자에 묻은 물기를 바닥에 흔들어 털었다. 그리고 과장된 몸짓으로 젖은 우산은 벽에 기대 세웠다. 나를 도와주러 왔다는 공치사를 하고 싶은 모양이었다.

"도대체 뭐가 그렇게 급해서, 비가 이렇게 오는데 숨넘어갈 듯 오라는 거야?"

반쯤은 뻐기며 반쯤은 걱정스러운 듯 말했다. 그리고 웃통을 벗은 나를 보며 덧붙였다.

"나는 널 도우러 '옷'이라는 걸 입고 달려왔다고. 대체 무슨 일인데?"

나는 손짓으로 리차드를 가리켰다. 리차드는 소파에 널브러져 잠이 들었다.

"저 사람."

랜던은 한쪽으로 기대서서 나를 쳐다보았다.

"누군데?"

랜던이 심드렁하게 물었다. 그러더니 느닷없이 몸을 똑바로 세우고 입을 떡 벌렸다.

"혹시 테사 아버지야?"

"아니, 지나가던 노숙자야. 내가 데리고 들어와 소파에서 재웠지. 요새 유행이잖아."

랜던은 내 비아냥거림에 아랑곳하지 않았다.

"근데 왜 여기 있어? 테사도 알아?"

"알지. 근데 그건 몰라. 저 사람이 닷새째 금단 현상에 시달리면서 우리 집 온갖 데에 토하고 돌아다닌다는 건."

리차드는 잠결에 신음 소리를 냈다. 나는 체크무늬 셔츠를 입은 랜던의 팔을 붙들고 복도 쪽으로 끌고 왔다. 의붓형제들에게 어울리는 이슈는 아니다.

"금단 현상?"

랜던이 놀라 물었다.

"뭐? 마약 같은 거?"

"응. 그리고 알콜중독도."

랜던은 잠시 생각에 잠긴 것 같았다.

"아직 네 술을 못 찾아낸 거야?"

랜던은 한쪽 눈썹을 찡긋 올렸다.

"아니면 이미 다 마셔버린 건가?"

"이제 술 같은 거 우리 집에 없어, 자식아."

랜던은 널브러져 자고 있는 남자를 뚫어져라 쳐다보았다.

"근데 내가 뭘 어째야 하는지 여전히 모르겠는데."

"네가 이 사람 좀 돌봐주면 돼."

내 말에 랜던이 펄쩍 뛰며 한 걸음 뒤로 물러섰다.

"말도 안 돼!"

최대한 속삭이듯 말했지만, 비명 소리에 가까웠다.

"진정해."

나는 랜던의 어깨를 툭툭 두드렸다.

"딱 하룻밤만이야."

"헛소리 마. 여기서 저 사람이랑 있으라니, 말도 안 돼. 난 저 사람을 알지도 못하잖아!"

"나도 잘 몰라."

내가 맞받아쳤다.

"그래도 넌 나보다는 가까운 사이잖아. 네가 멍청이에서 탈피한다면 언젠가 장인어른이 될지도 모르는데."

랜던의 말이 가슴에 콱 박혔다. 장인어른이라고? 머릿속으로 몇 번이고 되뇌어도 어색한 타이틀이다. 소파에서 뒹굴고 있는 거대한 덩어리의 남자를 물끄러미 바라보았다.

"보고 싶단 말이야."

애원조로 내가 칭얼거렸다.

"누구…, 테스?"

"그래. 테, 사."

또박또박 다시 말해줬다. 랜던은 긴장한 아이마냥 양손을 비비며 안절부절못했다.

"음, 테사가 이리로 오면 되잖아? 나한테 맡기는 건 좋은 생각이 아닌 것 같아."

"소심하게 굴지 좀 마. 위험하거나 뭐 그런 사람은 아니야."

나는 말을 이어나갔다.

"그냥 여기서 나가지 못하게만 하면 돼. 음식이랑 물은 다 있으니까."

"꼭 애완견 말하듯이 하는구나…."

랜던이 따끔하게 지적했다. 짜증이 일어 관자놀이를 문질렀다.

"요점만 말해봐. 도와줄 거야, 말 거야?"

랜던이 나를 무섭게 노려보았다. 나는 말을 덧붙였다.

"테사를 위해서 말야."

야비한 짓이었지만, 어쨌든 효과가 있을 거다. 랜던은 잠깐 생각하다가 마침내 고개를 끄덕였다.

"딱 하룻밤만이야."

슬며시 웃음이 나왔다.

우리의 '거리 두기' 조약을 무너뜨린 나를 보면 테사가 어떻게 나올까. 그래도 딱 하룻밤인걸 뭐. 지금 당장 나에게는 테사와의 하룻밤이 절실하다. 나는 테사가 필요하다. 이번 주 동안은 내내 전화 통화와 문자메시지로 충분했다. 하지만 그 악몽을 꾸고 난 지금, 그 무엇보다 테사를 만나야 한다. 나 외에 그 누구도 테사를 건드리지 않았다는 사실을 내 눈으로 확인해야 한다.

"테사도 네가 가는 거 알아?"

랜던이 침실로 나를 따라 들어왔다. 나는 바닥을 뒤적이며 걸칠 만한 티셔츠를 찾았다.

"내가 도착하면 알게 되겠지."

"테사가 둘이 통화한단 얘기를 하긴 했어."

'정말 테사답지 않은 일이군.'

"왜 테사가 너한테 우리가 폰섹스한다는 얘기를 한 거지…?"

랜던의 눈이 동그래졌다.

"우왓! 뭐야! 그런 뜻이 아니야…, 맙소사."

랜던은 귀를 싸쥐었다. 하지만 너무 늦었다. 그의 두 뺨이 빨갛게 물들었다. 나는 방 안이 떠나가라 깔깔거리며 웃었다.

"테사하고 내 얘기를 할 땐 좀 더 구체적인 대화를 하라고. 지금껏 그것도 몰랐어?"

수화기 너머로 들려오던 테사의 신음 소리가 떠올라 씨익 미소를 지었다.

"그래, 확실히 알았어."

랜던이 인상을 쓰며 재차 말했다.

"내 말은, 너희 둘이 전화 통화 엄청 많이 한다는 뜻이었어."

"그리고…? 테사가 행복한 것 같았어?"

그의 얼굴에서 순식간에 미소가 사라졌다.

"왜 그런 걸 물어?"

랜던의 낯빛에 걱정의 그늘이 드리워졌다.

"그냥 궁금해서. 조금 걱정되기도 하고. 예상했던 것만큼 시애틀 생활이 설레거나 행복한 거 같지 않았거든."

"나도 잘 모르겠어."

랜던이 말했다.

"사실 그렇게 행복한 것 같진 않아. 근데 잘 모르겠어. 그게 내가 똥멍청이라 그런 건지, 아니면 시애틀이 생각만큼 마음에 들지 않아서 그러는 건지."

나는 솔직한 심정을 털어놓았다.

"전자이길 바란다. 테사가 거기서 행복했으면 좋겠거든."

랜던이 말했다.

"나도 그래. 어느 정도는."

랜던은 바닥에 있던 더러운 블랙진을 발로 툭 걸어찼다.

"그거 입으려고 했던 건데."

한마디 쏘아붙이고, 허리를 숙여 바지를 집어 들었다.

"다른 깨끗한 옷은 없냐?"

"지금은 없어."

"테사 가고 난 다음에 빨래는 한 거냐?"

"그럼…."

거짓말이었다.

"으이그."

랜던은 내 블랙 티셔츠에 있는 얼룩을 가리켰다. 머스터드 소스인가?

"빌어먹을."

티셔츠를 벗어 다시 바닥에 휙 던졌다.

"입을 옷이 없군."

서랍장 맨 아래 서랍을 뒤졌다. 구석에서 블랙 티셔츠 뭉치를 발견하고 안도의 한숨이 나왔다.

"이건 어때?"

랜던은 옷장에 걸려 있던 다크 블루진을 가리켰다.

"싫어."

"왜 싫어? 넌 블랙진 말고 다른 건 안 입더라."

"바로 그거지."

"단벌에 빨지도 않고, 그러니까…."

"다섯 벌이나 있다고."

얼른 정정해주었다.

"다 똑같은 스타일이라서 그렇지."

발끈하며 랜던을 지나쳐 옷장으로 가 행거에 걸린 블루진을 끄집어 냈다. 아, 이런 컬러는 정말 싫다. 이건 엄마가 크리스마스 선물로 사준 거다. 절대 입지 않겠다고 맹세했는데, 이걸 들고 있다니. 사랑을 위해. 테사가 보면 기절할지도 모르겠다.

"꽤…, 잘 맞는데."

랜던은 웃음을 참으려고 아랫입술을 꽉 깨물었다.

"꺼져."

나는 가운뎃손가락을 들어 보이고, 가방에 짐을 쑤셔 넣었다.

20분쯤 지나고, 우리는 다시 거실로 나왔다. 리차드는 여전히 자고 있었다. 랜던은 꽉 끼는 내 진을 보고 언짢은 기색을 드러냈고, 나는 시애틀에 갈 준비를 마쳤다.

"저 사람 일어나면 뭐라고 말해줘야 해?"

"네가 말하고 싶은 대로 해. 잠깐 엿 먹여도 재밌겠다. 네가 나인 척해봐. 아니면 왜 저 사람이 여기 있는지 모르는 척해보든가."

나는 웃음을 터뜨렸다.

"그럼 헷갈려서 엄청 허둥거릴 텐데."

랜던은 내 생각이 한심한지, 나를 문밖으로 밀어냈다.

"운전 조심해. 길이 미끄러워."

"접수 완료."

랜던이 또 잔소리를 하기 전에 얼른 가방을 매고 집을 나섰다.

운전하는 내내 어젯밤 꾸었던 악몽이 머릿속에서 떠나질 않았다. 너무나 선명했고, 빌어먹을 만큼 생생했다. 테사가 그 자식의 이름을 부르는 소릴 분명히 들었다. 테사의 손톱이 그 자식의 살갗을 긁는 소리마저 들렸다.

지옥 같은 생각을 떨쳐버리려 라디오 볼륨을 올렸다. 소용이 없었다. 우리가 함께했던 추억들을 곱씹어보기로 했다. 강박처럼 오직 테사 생각에 사로잡혀 있는 것보다는 나을 거다.

"저 아가들 좀 봐!"

꼬물거리는 조그만 생명체들을 가리키며 테사가 새된 소리를 냈다.

"그래, 귀엽네."

나는 테사를 끌고 가게를 지나가며 영혼 없이 말했다.

"머리에 리본을 맞춰 달았네."

테사는 활짝 웃었다. 여자들은 왜 아기들이나 뭔지 모를 호르몬
이 넘쳐 날 때 저런 망측한 하이톤의 목소리를 낼까? 테사도 마찬가
지였다.

"그래."

나는 비좁은 디저트 카페 통로에서 건성으로 대답했다. 테사는
그날 밤 저녁에 쓸 무슨 치즈를 사야 한다며 진열장을 훑어보고 있
었다. 그러면서도 온통 아기들 생각뿐인 모양이었다.

"정말 귀엽잖아, 인정할 건 인정해."

테사는 나를 향해 활짝 웃었다. 나는 애써 무시하며 고개를 가로
저었다.

"하딘. 저 아가들 정말 귀엽지 않아?"

"그래. 귀엽네…."

나는 덤덤하게 대답했다. 테사는 입을 앙다물고 팔짱을 낀 채 나
를 쳐다보았다.

"너도 나중에 네 아기는 물고 빨고 하는 그런 부모가 될 거야."

테사의 얼굴에서 미소가 사라졌다. 그제야 자기가 무슨 말을 했
는지 깨달았나보다.

"네가 애들을 원한다면 말이야."

울상이 되면서 테사가 덧붙였다. 나는 테사의 얼굴에 입을 맞추
어 찡그린 얼굴을 펴주고 싶었다.

"그렇겠지, 뭐. 애들까지 원하지 않으면 너무 나쁜 놈 같잖아, 내가."

이 말만큼은 테사의 머릿속에 각인시켜주고 싶었다.

"그래…."

테사는 순순히 대답했다. 그러고는 바로 치즈를 찾아내 장바구니에 털썩 던져 넣었다. 계산대에 서서 차례를 기다리면서도 표정은 밝아지지 않았다. 물끄러미 그녀를 내려다보다가 팔꿈치로 툭 찔러 보았다.

"어이, 여보세요."

테사가 어두운 눈빛으로 나를 올려다보았다. 내가 무슨 말을 할지 기다리고 있는 듯했다.

"우리가 아이 얘기 더 이상 하지 않기로 했던 거 알지만…."

내가 말을 꺼내자 테사는 시선을 바닥으로 떨궜다. 나는 장바구니를 발치에 놓으며 한 번 더 불렀다.

"나 좀 봐."

두 손으로 테사의 뺨을 감싸 쥐었다. 그리고 이마를 테사의 이마에 갖다 대었다.

"괜찮아. 깊게 생각하고 한 말 아니야."

별 말도 없이 테사는 어깨를 으쓱했다. 테사는 시선을 피해 매장 안을 두리번거렸다. 하필이면 왜 공공장소에서 그런 얘기를 꺼냈는지 후회하는 눈치였다.

"그럼, 아이 얘기는 다시 꺼내지 말자. 그런 얘기는 문제만 될 뿐 우리 사이에 아무 도움도 안 되니까."

재빨리 테사의 입술에 입을 맞췄다. 그리고 다시 길게 입을 맞췄다. 테사는 자그마한 두 손을 내 재킷 주머니에 찔러 넣었다.

"사랑해, 하딘."

바로 우리 차례가 되었다. 계산원 앞에서 테사는 헛기침을 했다.

"사랑해, 테스. 네가 아이는 필요 없다고 생각하게 될 정도로 너를 사랑해줄게."

테사에게 다짐했지만, 그녀는 내게서 얼굴을 돌렸다. 울상이 된 얼굴을 숨기고 싶었다는 거, 나도 안다. 하지만 그땐 정말 나는 아무 상관도 없었다. 그 질문의 답을 분명히 알고 있었고, 원하던 걸 이미 얻었으니까.

계속 운전하면서, 나는 궁금해졌다. 내가 멍청한 얼간이가 아니었던 적이 내 인생에 단 한 번이라도 있긴 했나?

17 · 테사

『폭풍의 언덕』을 한 손에 쥐고, 방에서 거실 소파로 터덜터덜 걸어 나갔다. 킴벌리가 환하게 웃으며 한마디 했다.

"너무 퍼져 있는 거 아니에요, 테사? 당신의 친구이자 멘토로서, 오늘 꼭 당신을 끌고 나가야 할 책임감을 느끼네요."

킴벌리의 금발은 매끈하게 손질되어 있었고, 화장은 지나치게 완벽했다. 킴벌리는 다른 여자들의 시기와 질투를 한 몸에 받을 만한, 딱 그런 여자다.

"멘토요? 진심이에요?"

내가 키득거리자 킴벌리가 나를 흘겨보았다.

"알았어요, 멘토는 취소. 친구로 할게요."

"퍼져 있다기보다, 공부해야 할 게 너무 많아요. 그리고 오늘 밤은 아무 데도 가고 싶지 않아요."

"겨우 스무 살이라고요, 아가씨. 스무 살처럼 굴어요! 내가 그 나이땐 하루 종일 나가 놀았어요. 수업도 거의 들어가지 않고, 남자들도 만나고…, 엄청 많이요."

킴벌리는 하이힐 굽으로 딱딱한 마룻바닥을 톡톡 두드렸다.

"그러셨어요? 그런데 지금은?"

크리스찬이 불쑥 들어서며 말참견을 했다. 손에는 무슨 테이프 같은 걸 들고 있었다.

"당신만큼 멋진 사람은 없었어요, 물론."

킴벌리가 찡긋 윙크를 하자 크리스찬이 웃음을 터뜨렸다.

"젊은 아가씨랑 데이트한 덕에 난 풋풋한 대학생 청년들이랑 경쟁했다니까."

크리스찬의 초록색 눈망울은 유머로 반짝 빛났다.

"이봐요, 난 그렇게 어리지 않다니까요."

킴벌리는 크리스찬의 가슴팍을 툭 쳤다.

"겨우 열두 살 차이지."

크리스찬이 꼭 집어 말하자, 킴벌리가 눈을 흘겼다.

"그래도 당신은 마음은 젊잖아요. 마흔 살처럼 구는 테사하고는 정반대로."

"물론이지, 허니."

"자, 그러니까 저 아가씨한테 대학생 때 하지 말아야 할 것들을 알려 주라고."

크리스찬은 씨익 웃으며 킴벌리의 엉덩이를 툭 쳤다. 그리고 거실에서 나갔다. 킴벌리는 입이 귀에 걸려 희희낙락하고 있었다.

"아우, 저 남자 너무 사랑스럽다니까."

킴벌리가 호들갑을 떨었고, 나는 장단을 맞추어주었다. 사실이긴 하니까.

"테사, 오늘 밤 우리랑 같이 나가요. 크리스찬이 사업 파트너랑 시내에 재즈 클럽을 새로 오픈했거든요. 진짜 멋져요. 당신도 즐겁게 보낼 수 있을 거예요."

"크리스찬은 재즈 클럽도 가지고 있어요?"

"그냥 투자만 한 거예요. 직접 운영하는 건 아니고."

킴벌리는 수줍게 웃으며 속삭였다.

"토요일마다 게스트 뮤지션이 공연을 한대요. 스탠딩 콘서트 같은 거요."

"다음 주말쯤은 어때요?"

당장 옷을 차려입고, 클럽 같은 델 나가기는 좀 싫었다.

"좋아요, 그럼 다음 주말엔 꼭 가요. 내가 어떻게든 끌고 나갈 거야. 근데 스미스도 나가기 싫대요. 나한테 재즈는 클래식에 비하면 아무것도 아니라고 일장 연설을 하더라고요."

킴벌리는 깔깔거렸다.

"한두 시간 후에 베이비시터가 올 거예요."

"내가 돌봐줄 수 있어요. 집에 있을 거니까요."

"아니에요, 그럴 필요 없어요."

"근데 그러고 싶어요."

"음, 훨씬 좋긴 하겠네요. 편하기도 하고. 스미스가 사실 그 베이비시터를 별로 좋아하지 않거든요."

"스미스는 나도 별로 안 좋아해요."

나는 멋쩍게 웃었다.

"그래도 다른 사람들보다는 당신한테 훨씬 말을 많이 하는 걸요."

킴벌리는 자신의 약혼반지를 내려다보았다. 그러더니 고개를 들어 벽난로 선반에 걸린 스미스의 사진을 바라보았다.

"스미스는 정말 사랑스러워요…, 조심성이 너무 많긴 하지만."

킴벌리는 조용히 말했다. 생각이 많은 듯했다.

그때였다. 침묵을 깨며 초인종 소리가 들렸다.

킴벌리는 의아한 표정으로 나를 보았다.

"어머, 이런 대낮에 누가 온 걸까요?"

마치 내가 그 답을 알고 있다는 듯, 킴벌리가 물었다.

"이런…, 이런…, 이런…, 누가 왔는지 좀 봐요!"

킴벌리는 현관문 앞에서 소리를 질렀다. 그녀가 있는 쪽으로 고개를 돌렸다. 이런, 나도 모르게 입이 떡 벌어졌다.

"하딘!"

조금의 망설임도 없이 그의 이름을 소리쳐 불렀다. 순식간에 아드레날린이 솟구치며 그를 향해 달려갔다. 나무 바닥에 발이 미끄러지며, 얼굴을 바닥에 박을 뻔했다. 나는 자세를 가다듬고 다시 뛰어들었다. 그리고 그 어느 때보다 힘껏 그의 품에 안겼다.

심장이 멎는 줄 알았다. 테사가 휘청거리며 넘어질 뻔하는 바람에 말이다. 하지만 금세 중심을 잡고 일어서, 내 두 팔에 뛰어와 힘차게 안겼다. 이건 전혀 생각지도 못했던 환대다.

테사가 어색한 표정으로 눈도 마주치지도 않고 달갑지 않은 인사를 건넬 줄 알았는데. 내 생각은 틀렸다, 완전히. 테사는 두 팔로 내 목을 꽉 끌어안았고, 나는 그녀의 머리카락에 코를 파묻었다. 향긋한 바닐라 향이 났다. 품에 안긴 그녀의 존재가, 따뜻한 환대가, 순식간에 온몸을 휘감았다.

"안녕."

나는 겨우 입을 떼었다. 테사가 나를 물끄러미 올려다보았다.

"꽝꽝 얼었잖아."

테사는 양손을 내 뺨에 갖다 대었다. 금세 두 볼이 따뜻해졌다.

"밖에 진눈깨비가 오거든. 집으로 돌아가는 길은 더 최악일 거야…."

다시 테사를 쳐다보니, 그녀의 시선이 바닥을 향해 있었다.

"어쩐 일이야?"

테사가 내게 속삭였다. 다른 사람한테 안 들리게 하려고 애쓰는 것 같았다.

"오면서 크리스찬에게 전화했어요."

일부러 킴벌리에게 알려주었다. 안 보고 있는 척하면서도 그녀의 입술에 싱긋 미소가 번졌다.

'못 떨어져 있겠죠?'

킴벌리가 테사의 등 뒤에서 입 모양으로 내게 말했다. 저 여자는 정말 최고로 성가신 사람이다. 대체 크리스찬은 저 여자를 어떻게 견디는지 모르겠다.

"테사가 쓰는 방 맞은편에 묵으면 될 거예요."

킴벌리가 한마디 하더니 자리를 비켜주었다. 테사에게서 몸을 떼고, 그녀를 향해 미소를 지었다.

"미, 미안해!"

테사가 얼굴을 붉히며 집 안을 둘러보았다.

"내가 왜 이러나 모르겠어. 익숙한 얼굴을 보니, 너, 너무 반가워서."

"나도 정말 보고 싶었어."

테사가 민망해하지 않았으면 좋겠다. 테사는 자신감이 부족해서 늘 상황을 부정적인 쪽으로 해석하려 한다.

"나, 마루에서 미끄러졌어."

테사가 불쑥 말하더니 또 다시 얼굴을 붉혔다. 웃음이 나오는 걸 가까스로 참으며 입술을 깨물었다.

"나도 봤어."

피식 웃음이 나왔다. 테사도 고개를 흔들더니 웃음을 터뜨렸다.

"진짜 여기 있을 거야?"

"그럼, 너만 괜찮다면."

테사의 눈동자가 반짝 빛났다. 푸른빛이 도는 그녀의 회색 눈동자가 그 어느 때보다 환하게 빛났다. 머리카락은 자연스럽게 곱슬거렸고 화장기 없는 피부는 투명하기 그지없었다. 한마디로 테사는 나무랄 데 없이 완벽해보였다. 그녀의 모습을 상상하며 보낸 지난 몇 시간은 쓸모없는 것이었다. 내 앞에 서 있는 그녀를 보고 있으니, 머릿속에서 그려낸 그녀의 모습은 완전하지 못했다. 세세한 것들…, 목덜미에 난 작은 반점이나 매끈한 입술선, 반짝이는 눈동자, 이런 건 상상이 불가능했다.

그녀는 헐렁한 티셔츠를 걸치고 우스꽝스러운 바지로 미끈한 다리를 감추고 있었다. 테사는 티셔츠를 고쳐 입고 매무새를 다듬었다. 침대에서 이런 넝마 같은 옷을 입어도 죽이게 섹시한 여자는 오로지 테사 뿐이다. 흰색 티셔츠 안으로 검정색 브라가 보였다. 내가 진짜 좋아하는 레이스 브래지어를 입었구나. 내가 그녀의 티셔츠 속까지 훤히 보고 있다는 걸 테사가 알까….

"왜 생각이 바뀐 거야? 다른 짐들은?"

테사는 복도 쪽으로 나를 데리고 가며 물었다.

"다른 사람들 방은 전부 위층에 있어."

테사는 내 음탕한 생각들을 눈치채지 못한 것 같았다. 아니면 알고도 모른 척하는 건지….

"짐은 이게 다야. 하룻밤만 있을 거니까."

테사가 우뚝 멈춰 섰다.

"겨우 하룻밤 있을 거라고?"

테사의 눈이 내 얼굴을 의아한 듯 쳐다보고 있었다.

"응, 내가 여기로 이사라도 온 줄 알았어?"

물론 그랬을 거다. 테사는 나를 굳게 믿고 있으니까.

"아니."

테사는 시선을 돌렸다.

"그냥, 하룻밤보다는 더 있을 줄 알았지."

분위기가 묘해졌다. 내 이럴 줄 알았다.

"여기가 네가 쓸 방이야."

테사가 방문을 열었다. 하지만 나는 안으로 들어가지 않았다.

"네 방은 맞은편?"

목소리가 떨렸다. 내가 들어도 바보 같았다.

"응."

테사는 중얼거리면서 손톱 끝만 바라보고 있었다.

"내가 여기 온 거 진짜 괜찮은 거지?"

"그럼. 정말 보고 싶었어."

테사의 얼굴에서 반색하던 기색이 사라졌다. 우리 둘 다 말은 하지 않았지만, 예전 기억들이 동시에 떠오른 거다. 머저리같이 굴었던 나, 시애틀에 오는 건 질색을 하던 나 말이다. 하지만 테사가 나를 보자마자 달려와 안겼던 모습은 절대 잊지 못할 거다. 온갖 감정이 얽혀 있던, 갈망이 가득한 그녀의 표정. 나도 똑같았다. 아니, 더했다. 테사가 없는 동안 나는 제정신이 아니었다.

"우리 아파트에서 마지막 날, 사실 내가 널 쫓아낸 거나 마찬가지였 잖아."

그날 일이 떠오르는 듯 테사의 안색이 달라졌다. 우리 사이에 커다 란 장벽이 쳐졌고, 테사는 억지로 미소를 지었다.

"아, 이런 얘기를 왜 꺼냈는지 모르겠네."

나는 손등으로 이마를 쓱 문질렀다. 테사는 자기가 머물고 있는 방 을 보더니, 다시 앞쪽 방으로 몸을 돌리며 말했다.

"여기다 짐 풀자."

테사가 내 가방을 집어 들더니, 방으로 들어가 침대 위에 놓고 풀기 시작했다. 테사는 티셔츠들과 박서 팬티 뭉치를 끄집어내더니 콧등을 찌푸렸다.

"이거 깨끗한 거야?"

나는 고개를 가로저었다.

"팬티는 깨끗한 거야."

테사는 가방을 몸에서 최대한 멀찌감치 떨어뜨려 들었다.

"아파트가 어떤 꼴일지 상상도 하기 싫다."

테사의 입꼬리가 미소를 띠며 슬쩍 올라갔다.

"다행인 건 네가 그 꼴을 이제 안 봐도 된다는 거지."

내가 짓궂게 말했다. 테사의 미소가 슬며시 사라졌다. 이런 병신 같은 말을 농담이라고 던지고 있다니. 도대체 왜 이러는 거니?

"아, 그런 뜻은 아니었어."

어떻게든 내뱉은 말을 주워 담으려고 재빨리 변명을 했다.

"긴장 풀어. 나잖아, 하딘."

테사의 말투는 의외로 부드러웠다.

"그래."

한숨을 내쉬며 말을 이어나갔다.

"너무 멀리 떨어져 있는 거 같았어. 우리 지금 사귀는 것도, 헤어진 것도 아닌 어정쩡한 관계잖아. 너무 오래 못 보기도 했고. 네가 너무 보고 싶었어. 너도 내가 보고 싶기를 바랐고."

'우와, 내 말이 이렇게 빠를 줄이야.'

테사는 싱긋 웃었다.

"나도 그랬어."

"너도 뭘 그랬는데?"

확실한 말을 듣고 싶었다.

"하딘, 네가 보고 싶었어. 늘 얘기했잖아."

"그래, 알아."

테사에게 가까이 다가갔다.

"그냥 네가 하는 말을 듣고 싶어서."

테사의 머리카락을 귀 뒤로 넘겨주었다. 테사가 내게 몸을 기댔다.

"형아, 언제 왔어요?"

조그만 목소리가 불쑥 들렸다. 테사는 얼른 내게서 몸을 뗐다.

빌어먹을, 완전 멋지군.

테사의 침실 앞에 스미스가 서 있었다.

"지금 막."

제발 이 꼬맹이가 얼른 사라지기를, 그래서 우리가 막 하려던 걸 계속 할 수 있기를.

"여기 왜 왔는데요?"

스미스가 방으로 들어서며 물었다. 나는 테사를 가리켰다. 테사는 벌써 멀찌감치 떨어져서 가방 안에 든 옷가지를 꺼내고 있었다.

"저 누나 보러."

"아."

스미스가 발끝을 내려다보며 조용히 대답했다.

"내가 온 거 싫어?"

조심스럽게 물었다.

"상관없어요."

스미스는 어깨를 으쓱했다. 나는 스미스에게 미소를 지었다.

"좋았어, 네가 상관한다 해도 난 안 갈 생각이었어."

"나도 알아요."

스미스도 미소를 지으며, 테사와 나만 남기고 돌아갔다. 하느님, 감사합니다.

"스미스는 널 좋아해."

테사가 말했다.

"그래, 뭐 괜찮긴 하지."

내가 어깨를 으쓱거리자 테사가 웃었다.

"너도 좋아하잖아."

"아냐, 안 좋아해. 방금 말했잖아. 괜찮긴 하다고."

테사가 눈을 흘겼다.

"네, 그러시겠죠."

테사 말이 맞다. 나도 스미스를 좋아하긴 한다. 적어도 지금껏 만나 본 다섯 살짜리 꼬맹이들 중엔 제일 낫다.

"오늘 밤에 킴이랑 크리스찬이 클럽 오픈식 때문에 나가거든. 그동안 내가 스미스를 돌봐주기로 했어."

"넌 왜 같이 안 가?"

"몰라, 그냥 가고 싶지 않아."

"으흠."

새어나오는 미소를 숨기려고 입술을 꼬집었다. 테사가 아무 데도 나가고 싶지 않았다니, 가슴이 떨렸다. 나와 전화 통화를 하면서 밤을 보내고 싶었기를.

테사는 어색한 눈빛으로 나를 보았다.

"혹시, 넌 가고 싶으면 가도 돼. 나랑 같이 있을 필요는 없으니까."

뾰로통한 기색으로 테사를 쳐다보았다.

"뭐? 내가 너도 없이, 그 거지 같은 클럽에나 가려고 여기까지 운전
해서 온 줄 알아? 나랑 같이 있는 게 싫은 거야?"

테사는 내 눈을 똑바로 쳐다보았다. 내 옷더미를 한아름 안고서.

"그걸 말이라고 해? 너랑 있고 싶지."

"좋았어, 네가 싫다고 해도 난 안 갈 생각이었거든."

농담을 던졌다. 테사는 웃지 않았다. 대신 어이없는 표정을 지을 뿐.
하지만 그마저도 미치도록 귀여웠다.

"어디 가?"

테사는 내 옷을 들고 문밖으로 나갔다. 그녀는 재밌다는 표정으로,
한편으로는 관능적인 표정으로 나를 쳐다보았다.

"빨래하러."

그러고는 복도 끝으로 사라졌다.

19 · 테사

세탁기를 돌리면서 온갖 생각이 넘쳐났다. 하딘이 왔다. 여기, 시애
틀에. 부탁하거나 애걸하지도 않았는데 제 발로 온 거다. 단 하룻밤이
라도 나에게는 큰 의미다. 이 사건이 우리가 바람직한 방향으로 한 걸
음 내딛은 것이길 바란다. 우리 관계를 생각하면…, 아직도 갈등 속에

있다. 우리는 늘 너무 많은 문제에 휩싸이고, 의미 없는 다툼을 벌인다. 우리는 너무 다른 사람이고, 앞으로 잘 풀릴지 이제는 잘 모르겠다.

하지만 지금 당장은, 하딘이 이곳에서 함께 하는 한, 더 바랄 게 없었다. 이 장거리 연애인지 우정인지 모를 관계를 명확하게 규명하는 것 말고는. 그리고 이 상황이 우리를 어디로 데려갈지 궁금한 것 말고는.

"하딘이 나타날 줄 알았다니까요."

킴벌리가 등 뒤에서 말을 건넸다.

뒤를 돌아보자, 킴벌리가 세탁실 문지방에 기대어 있었다.

"난 몰랐어요."

킴벌리는 깜짝 놀란 표정을 지어 보였다.

"알았어야죠. 당신들 같은 커플은 보다보다 처음 봐요."

나는 한숨을 내쉬었다.

"우린 사실 이제 커플도 아니에요…."

"영화의 한 장면처럼 뛰어가 안겼잖아요. 하딘이 온 지 15분도 안 됐는데, 당신은 그의 빨래를 하고 있고요."

킴벌리는 턱짓으로 세탁기를 가리켰다.

"하딘 옷이 너무 더러워서요."

영화니 뭐니 했던 킴벌리의 말은 못 들은 체하며 대꾸했다.

"둘은 절대 못 헤어져요. 오늘 밤 당신은 나갔어야 했어요. 제대로 차려입고, 하딘이 시애틀에 오지 않은 대가로 뭘 잃었는지를 보여줬어야 한다고요."

킴벌리는 윙크를 하고 세탁실을 떠났다.

하딘과 내가 못 헤어질 거란 킴벌리의 말은 맞는 거 같다. 그를 만나고 난 다음 쭉 그래 왔으니까. 하딘을 밀어내려 아무리 애써봐도 허사였다. 그를 맞닥뜨릴 때마다 가슴 속에서 무언가 꿈틀거리는 걸 감출수가 없었다.

되돌아보면 내가 있는 곳이면 어디든 하딘이 나타났다. 나 또한 기회만 있으면 그에게 달려가곤 했다. 클럽하우스가 너무나 싫었지만, 내 안에 있는 뭔가가 항상 나를 그곳으로 이끌었다. 그곳에 가면 하딘을 볼 수 있었으니까. 그때는 인정하기 싫었다. 그러면서도 그의 주변을 맴돌며 그를 열망했다. 하딘이 내게 잔인하게 굴 때조차도. 수업 시간에 하딘이 나를 물끄러미 쳐다보다가 인사를 건네면 외면하곤 했던 기억이 났다. 벌써 그 일이 아주 오래 전에 일어났던 것만 같다.

세탁기에서 벨이 울려 퍼뜩 정신을 차렸다. 서둘러 하딘이 묵기로 한 방으로 갔다. 방은 비어 있었다. 가방은 여전히 침대 위에 있었지만, 그는 보이지 않았다. 내 방으로 갔다. 하딘이 내 책상 앞에 서 있었다. 손으로 내 노트의 표지를 쓰다듬고 있었다.

"뭐해?"

"그냥. 네가 요새 어디서 사는지 보고 싶어서. 네 방말이야."

"아."

'네 방'이라고 말하는 순간, 하딘은 미간을 살짝 찌푸렸다.

"이건 수업 노트야?"

하딘이 검정 가죽 장정의 노트를 들었다.

"창작 글쓰기 수업 노트야."

하딘에게 고개를 끄덕여 보였다.

"혹시 읽었어?"

하딘이 읽었을지도 모른다고 생각하니 살짝 긴장이 되었다. 과제물로 딱 한 작품 쓰기는 했지만, 내 인생이 그렇듯, 항상 결말은 하딘과 연관된 것이었다.

"조금."

"그냥 과제일 뿐이야."

나는 더듬거리며 변명했다.

"첫 번째 과제가 자유로운 형식의 에세이였거든. 그래서….'

"진짜 잘 썼어."

하딘은 칭찬을 하면서 노트를 책상에 내려놓았다. 그러더니 다시 들고 첫 장을 펼쳤다.

"나는 누구인가."

하딘이 첫 문장을 소리 내어 읽었다.

"부탁인데, 하지 마."

하딘은 의뭉스러운 미소를 지었다.

"언제부터 숙제를 보여주면서 부끄러워했다고?"

"이건 너무 개인적인 거라…. 숙제로 제출할지 어쩔지 잘 모르겠어."

"네가 쓴 종교학 저널 읽었어."

하딘의 말에 가슴이 철렁 내려앉았다.

"뭐라고?"

부디 잘못 들은 거였으면. 아닐 거다. 하딘이 그걸 읽었을 리가 없다….

"종교학 저널, 네가 아파트에 두고 갔더라. 우연찮게 발견했어."

너무 창피했다. 나는 아무 말도 못 하고 서 있었다. 하딘은 그런 나를 물끄러미 보고 있을 뿐이다. 그건 너무 사적인 기록이다. 교수님 빼고는 누구도 그걸 볼 거라 생각하지 않았다. 내 깊은 속내까지 하딘이 들여다보았다고 생각하니 굴욕감이 밀려왔다.

"읽지 말았어야지. 왜 그랬어?"

애써 그의 시선을 피했다.

"다 내 얘기던데, 뭘."

하딘이 둘러대듯 말했다.

"그게 요점이 아니잖아, 하딘."

심장이 목구멍으로 튀어나올 것 같았다. 숨을 쉴 수가 없었다.

"그땐 정말 안 좋은 시기였어. 그래서 개인적인 생각들을 잔뜩 적었고. 절대 그런 의미가 아니라…."

"정말 잘 썼던데, 테스. 아주 잘 썼어. 읽는 내내 네가 그런 감정이었다는 게 정말 너무 가슴이 아팠어. 근데 네가 썼던 문장 하나하나는 정말 완벽했어."

어떻게든 나를 추어올리려 애쓰는 건 알겠지만, 그럴수록 더 창피해졌다.

"넌 어땠겠어, 만약에 네가 완전히 개인적인 감정으로 쓴 글을 내가 읽었다면 말이야."

하딘의 칭찬을 무시해버렸다. 그의 눈동자에서 공포가 스쳤다. 나는 고개를 갸웃거렸다.

"왜?"

"아무 것도 아니야."

하딘은 고개를 가로저었다.

테사의 눈빛을 보니 말문이 막혔다. 그래도 솔직해져야만 한다. 자기 글이 얼마나 괜찮은지 테사도 알았으면 좋겠다.

"적어도 열 번은 읽은 거 같아."

솔직히 털어놨다. 테사는 눈을 동그랗게 떴지만, 나를 쳐다보진 못했다. 그녀의 입술이 달싹거렸다.

"창피해할 것 없어. 나만 봤어."

내가 미소를 짓자 테사가 가까이 다가왔다.

"너무 감정적이었나 봐. 그거 쓸 때는 제정신이 아니었거든."

손을 들어 테사의 입술을 막았다.

"그렇지 않아. 멋있었어."

"난…."

테사가 억지로 말을 하려 했다. 입술을 막은 손에 힘을 주었다.

내가 싱긋 웃자, 테사가 고개를 끄덕였다. 천천히 입술을 막고 있던 손을 떼었다. 테사의 혀가 닿은 손바닥이 축축했다.

"키스해야겠어."

서로의 얼굴이 가까워졌다. 테사는 내 눈을 똑바로 바라보았다. 그녀가 침을 꼴깍 삼키더니 입술을 한 번 핥았다.

"좋아."

테사가 속삭였다. 그녀는 탐욕스럽게 내 셔츠를 움켜쥐고 가까이 끌어당겼다. 그녀의 숨소리가 거칠어졌다. 입술이 닿으려는 순간, 노크소리가 들렸다.

"테사?"

반쯤 열린 문 사이로 킴벌리의 송곳 같은 목소리가 뚫고 들어왔다.

"저 여자 좀 치워."

테사에게 속삭였지만, 테사는 내게서 몸을 떼었다. 먼저는 꼬맹이더니, 이제는 꼬맹이 엄마군. 다음엔 크리스찬까지 오겠네.

"우리 좀 있다가 나가려고요."

킴벌리가 들어오지 않고 말만 건넸다.

'잘됐군. 이제 좀 꺼져주세요….'

"네, 바로 나갈게요."

테사가 대답했다. 짜증이 솟구쳤다.

"고마워요, 허니."

킴벌리가 노래를 흥얼거리며 멀어졌다.

"빌어먹을, 내가 이래서…."

테사가 나를 빤히 쳐다보았다. 거칠게 욕설을 내뱉으려다 말았다.

"바로 가봐야 할 것 같아. 스미스 봐줘야 해서. 넌 여기 있고 싶으면 있어도 돼."

"싫어, 너랑 있을래."

내 대답을 듣고 테사가 미소를 지었다.

젠장, 테사와 키스하고 싶다. 너무 보고 싶었다. 테사도 내가 보고 싶었다고 했고. 왜 근데 테사는….

테사는 갑자기 내 목덜미를 감싸 안았다. 그리고 입술을 거칠게 밀어붙였다. 마치 내 몸에 전기 콘센트를 꽂은 것 같은 느낌이었다. 몸의 솜털 하나하나까지 불이 붙는 것처럼 떨려왔다. 두 손으로 테사의 엉덩이를 감쌌다. 방을 가로질러 침대 쪽으로 테사를 이끌었다. 내가 등을 대며 눕자, 테사가 내 위로 올라왔다. 두 팔로 그녀의 몸을 감싸고, 몸을 돌려 테사가 아래쪽으로 오게 했다. 입술로 그녀의 목덜미를 훑어 내리다 귀 밑, 달콤한 지점에 이르렀다. 테사의 맥박이 쿵쿵거리는 게 입술 끝으로 느껴졌다. 그녀의 입술 사이로 신음이 흘러나왔다. 페니스를 테사에게 바싹 붙여 문지르면서 그녀를 고문하기 시작했다. 테사는 내 티셔츠 속으로 손을 넣어 달아오른 내 몸을 만졌다. 입술로 그녀의 귀를 살짝 깨물자, 테사의 손톱이 내 등허리를 파고들었다.

퍼뜩, 제드가 테사를 밀어붙이던 장면이 떠올랐다. 나는 벌떡 일어섰다.

"왜?"

테사가 의아한 눈빛으로 물었다. 내게 유린당한 그녀의 입술은 짙은 핑크색으로 부어올랐다.

"아, 아무 것도, 아니야. 우리, 그러니까…, 음, 나가봐야지. 꼬맹이 녀석이 기다리잖아."

나는 옹색한 변명으로 더듬거렸다.

"하던."

테사가 다그치듯 말했다.

"아무 것도 아니야."

'네가 제드랑 우리 침대에서 동침하는 꿈 따위는 아무 것도 아니지, 뭐.'

하지만 그 장면이 머릿속에서 떠나지 않았다.

"알았어."

테사가 침대에서 몸을 일으키며, 잠옷에 두 손을 쓱 닦았다.

역겨운 장면을 지워 내려고 잠깐 눈을 감았다. 그 빌어먹을 자식이

한 번만 더 테사와의 시간을 방해한다면, 당장 달려가서 뼈를 죄다 박살 내버릴 거다.

21 · 테사

스미스에게 수도 없이 입을 맞추고 나서야, 킴벌리와 크리스찬은 집을 나섰다. 만일을 대비해서 알려준 전화번호도 세 번이나 확인하며 신신당부했다. 킴벌리가 부엌 카운터 테이블에 있는 비상 연락망 리스트를 가리키자, 둘은 기가 찬 듯 서로를 마주 보았다. 그 표정이 어찌나 귀엽던지.

"스미스, 보고 싶은 거 있니?"

킴벌리와 크리스찬의 차가 시야에서 사라지자 스미스에게 먼저 물어봤다. 스미스는 소파에 앉아 하딘을 올려다보며 어깨를 으쓱했다. 하딘은 무슨 신기한 동물을 보듯, 스미스를 내려다보고 있었다.

"그럼 게임은 어때?"

둘 다 아무 말도 없어서 다른 제안을 해봤다.

"별로에요."

스미스가 딱 잘라 대답했다.

"내가 보기엔, 얘는 자기 방에 가고 싶은 거 같은데. 가서 킴벌리가 끌고 나오기 전에 하던 걸 계속하고 싶은 모양인데 말이지."

하딘이 말하자 스미스가 맞장구를 치듯 고개를 까닥거렸다.

"그래. 네 방으로 가도 괜찮아, 스미스. 하딘 형이랑 내가 밖에 있을게. 필요한 거 있으면 불러. 누나는 바로 저녁에 먹을 거 시킬 테니까."

"하딘 형, 나랑 같이 갈래요?"

스미스가 최대한 나긋나긋한 목소리로 물었다.

"네 방에? 싫어, 안 가."

아무 대꾸도 없이 스미스는 소파에서 내려와 계단을 올라갔다. 나는 하딘을 무섭게 째려봤다. 하딘은 어깨를 으쓱했다.

"내가 뭐?"

"스미스 방에 같이 가줘."

하딘에게 속삭였다.

"싫어. 너랑 같이 여기 있을 거야."

하딘의 말투는 단호했다. 나도 하딘과 같이 있고 싶었지만, 그럴수록 스미스한테 미안해졌다.

"그러지 말고, 응?"

무거운 발걸음으로 계단을 올라가는 금발의 소년을 턱짓으로 가리켰다.

"쟤, 외롭잖아."

"빌어먹을, 알았어."

하딘은 부루퉁해서는 거실을 가로질러 스미스를 따라 계단을 올라갔다. 좀 아까 키스를 하다 이상하게 굴던 하딘을 생각하면 아직도 기분이 좀 이상했다. 아주 좋았었는데, 아니, 그 이상이었는데. 갑자기 하딘이 불에 덴 듯 벌떡 일어섰다. 너무 오래 떨어져 있었던 탓인가? 그래서 예전 같은 느낌이 아닌가? 예전만큼 내가 매력적이지 않은가…, 이런 내가 섹시하지 않았는지도 모르겠다. 그래, 펑퍼짐한 잠옷 차림이기는 했다. 하지만 예전에는 한 번도 그게 문제가 되지 않았다.

아무리 생각해도 하딘의 행동은 납득이 가지 않았다. 온갖 생각을 하며 킴벌리가 챙겨주고 간 배달 음식 책자 무더기를 쥐었다. 피자를 시키기로 하고, 휴대전화를 들고 세탁실로 갔다. 건조기에 하딘의 옷가지를 넣은 뒤 가운데 있는 의자에 앉았다. 건조기가 돌아가는 걸 멍하니 바라보며, 전화기를 들었다.

22 · 하딘

스미스가 방을 어슬렁거리는 동안에 나는 복도에 서 있었다. 이 꼬맹이 때문에 박살 난 멘탈을 챙겨야 했으니까. 세상에, 이 꼬맹이는 지옥에서 온 사신인가.

"뭘 하고 싶은 건데?"

방으로 들어가며 단도직입적으로 물었다.

"몰라요."

꼬맹이는 벽만 쳐다보고 있었다. 한쪽으로 반듯하게 빗겨진 금발이 너무 단정해서 소름이 끼칠 지경이었다.

"그럼, 나더러 왜 여기 오라고 한 건데?"

"몰라요."

똑같은 말만 반복하고 있다. 이런 성가신 꼬맹이 녀석 같으니라고.

"그럼, 별반 달라질 게 없어 보이므로…."

슬쩍 말꼬리를 흐렸다.

"형아도 이제 여기서 살 거예요? 저 누나랑 같이?"

스미스가 불쑥 질문을 던졌다.

“아니, 오늘만 있다 갈 거야.”

나는 꼬맹이의 시선을 피했다.

“왜요?”

스미스의 시선은 내게 꽂혀 있었다. 쳐다보지 않아도 느낄 수 있을 정도였다.

“여기서 살기 싫으니까.”

그렇다. 어느 정도는.

“저 누나 안 좋아해요?”

“아니, 좋아하지.”

나는 웃음이 터졌다.

“나도…, 잘 모르겠다. 넌 근데 왜 이렇게 질문이 많냐?”

“몰라요.”

스미스가 심상하게 대답하며 침대 밑에서 기차 세트를 끄집어냈다.

“같이 놀 친구도 없어?”

“없어요.”

그래 보이진 않는데. 저 정도면 괜찮은 아이인데.

“왜 없는데?”

스미스는 어깨를 한 번 으쓱하더니 기차 하나를 떼어냈다. 고사리손으로 또 하나를 떼어내더니, 구석에 있던 상자에서 메탈 기차를 꺼내 끼웠다.

“학교에 들어가면 친구들을 사귈 수 있을 거야.”

“아니, 못 사귈 거예요.”

“너, 싸가지 없는 뭐 그런 자식이냐?”

고쳐 말하고 싶지도 않았다. 어쨌거나 크리스찬은 나보다 입이 더 걸었다. 그 사람의 아들이라면 이보다 더 심한 말도 들어봤을 거다.

"가끔은요."

스미스는 전선 같은 걸 꼬더니 작은 기차에 연결시켰다. 전선에서 파박 불꽃이 일었지만 녀석은 눈 하나 깜짝하지 않았다. 그러는 새에 기차가 선로 위로 움직이기 시작했다. 천천히 출발했지만 점점 속도가 빨라졌다.

"저건 뭐야? 네가 한 거야?"

"더 빠르게 만든 거예요. 너무 느렸거든요."

"그래, 너 친구 한 명도 없게 생겼다."

웃음이 터졌지만 참았다. 젠장. 꼬맹이는 앉아서 기차만 빤히 들여다보고 있었다.

"내 말은 네가 너무 똑똑하다는 뜻이었어. 가끔 똑똑한 사람들은 사교적인 측면에서 좀 별로거든. 아무도 그런 사람을 좋아하지 않아. 테사 누나처럼 말이야. 테사 누나도 가끔은 너무 똑똑하거든. 그래서 다른 사람들을 불편하게 만들기도 해."

"알았어요…."

스미스가 고개를 들더니 나를 쳐다보았다. 미안한 기분이 들었다. 이딴 걸 조언이라고 해주다니. 왜 이런 말을 꺼낸 건지 모르겠다.

저렇게 자라면 친구를 사귈 수 없을 거다. 어렸을 때, 나도 친구가 없었다. 사춘기가 되어 술을 마시고 담배를 피우기 시작하면서 애들과 어울렸다. 사실 걔들은 내 친구가 아니었다. 멋대로 막 살면서 그걸 '멋지다'라고 말하는 내 캐릭터를 좋아했을 뿐. 내가 책을 좋아한다는 건 아무도 몰랐다. 걔들은 그냥 미친 듯이 파티만 해댔다.

그러다 테사를 만났다. 테사는 나에게 순수한 관심을 가진 유일한 사람이었다. 하지만 때로는 나를 두려워하기도 했다. 크리스마스 날, 테사의 흰색 카디건에 레드 와인이 튀었던 장면이 떠올랐다. 그때는 랜던이 테사를 이성으로 좋아할지도 모른다고 의심했었다. 상황이 좀 그렇지만, 이제 확신한다. 랜던은 '테사'이기 때문에 신경을 써주었던 거다. 테사는 사람들에게 늘 큰 영향력을 끼치곤 하니까. 특히 나에게.

23 · 테사

"피자는 맛있어?"

건너편에 앉은 스미스를 향해 말을 건넸다. 스미스는 한가득 피자를 물고 나를 쳐다보며 고개를 끄덕였다. 양손에 포크와 나이프를 꼭 쥔 채. 그걸로 피자를 단정하게 잘라 먹고 있는 중이다. 이제 이런 장면은 놀랍지도 않다.

접시를 다 비우자, 스미스는 일어나서 식기 세척기에 빈 접시를 집어넣었다.

"자러 갈래요. 잠잘 준비도 다 했거든요."

꼬맹이 과학자가 선언하듯 말했다. 하딘은 애어른 같은 스미스를 보면서 고개를 절레절레 흔들었다. 나는 자리에서 일어나며 물었다.

"더 필요한 거 없어? 방까지 데려다줄까?"

스미스는 소파에 있던 자기 담요를 쥐더니, 괜찮다며 방으로 올라갔다.

스미스가 계단을 올라가는 걸 보다가 다시 자리에 앉았다. 그러고 보니 하딘은 한 시간 동안 채 열 마디도 하지 않았다. 뭔가 거리를 두는 듯했다. 이번 주 내내 통화하면서 보여주었던 행동과는 너무도 달랐다. 저렇게 입 다물고 소파에 앉아 있을 거면, 차라리 전화 통화를 하는 게 나을 거 같단 생각마저 들었다.

"나, 화장실."

한마디 휙 던지고 하딘은 자리를 떴다. 나는 하릴없이 TV 채널을 돌렸다.

잠시 후, 킴벌리와 크리스찬이 돌아왔다. 그들 뒤로 다른 한 커플이 따라 들어왔다. 짧은 금빛 드레스를 입은 키가 큰 금발 여인이 어슬렁 거리며 거실로 들어왔다. 여자의 아찔한 하이힐 굽을 보자 내 발목까지 욱신거렸다. 여자는 나를 보자 미소를 지으며 손을 흔들었다. 하딘은 복도로 나왔지만 거실에 들어서지는 않았다.

"사샤, 이쪽은 테사와 하딘이에요."

킴벌리는 친절하게 우리를 소개했다.

"만나서 반갑습니다."

미소를 지으며 인사를 건넸지만, 이런 후줄근한 잠옷을 입고 있다는 게 마음에 걸렸다.

"저도요."

대답하는 사샤의 눈길은 하딘을 향해 있었다. 하딘은 달갑잖은 표정으로 여자를 쳐다보았다. 여전히 거실로는 들어서지 않은 채.

"사샤는 크리스찬의 사업 파트너이자 친구예요."

킴벌리가 우리에게 여자를 소개시켰다. 아니, 사실 나에게 소개시킨 거다. 하딘은 그쪽으로 고개도 돌리지 않았기 때문이다. 그의 시선은 내가 틀어놓은 야생 동물 다큐멘터리에 고정되어 있었다.

"그리고 이쪽은 맥스 씨, 크리스찬과 함께 사업하시는 분이에요."

사샤의 뒤를 따라 한 남자가 크리스찬과 시시덕거리며 들어오고 있었다. 남자를 보고는 깜짝 놀랐다. 켄 씨의 대학교 동창이자 릴리안의 아버지인 그 맥스 씨였다.

"맥스 씨!"

일부러 남자의 이름을 한 번 더 불렀다. 제발이지 하딘이 우리 앞에 서 있는 이 낯익은 남자에게 눈길이라도 좀 줬으면 하는 마음으로. 낌새를 눈치챘는지, 킴벌리가 나와 맥스 씨 사이를 번갈아 쳐다보았다.

"두 분, 전에 만났던 적이 있어요?"

"한 번 뵀어요, 샌드포인트에서."

내가 얼른 대답했다. 맥스 씨의 어두운 눈빛에 두려움이 스쳐 지나갔다. 이곳에서 나를 만날 줄은 꿈에도 몰랐을 테니. 그러나 또 금세 평정심을 되찾는 것 같았다.

"아, 맞아요. 당신은 하딘 스캇의…, 친구잖아요."

맥스 씨는 말끝에 슬쩍 미소를 지었다.

"사실, 걔는…."

하딘이 거실로 들어오며 끼어들었다. 하딘의 일거수 일투족을 뚫어지게 쳐다보는 사샤의 눈길에 짜증이 일었다. 그녀는 금빛 드레스의 매무새를 가다듬으며 입술을 핥았다. 하필 이런 때 이런 자루 같은 바지를 입고 있다니. 하딘은 여자를 슬쩍 훔쳐보았다. 나는 똑똑히 보았다. 하딘이 천천히 여자의 늘씬하고 굴곡진 몸매을 아래위로 훑는 모습을. 그러더니 이내 맥스 씨에게 시선을 옮겼다.

"그냥 친구가 아니죠."

하딘은 맥스 씨가 내미는 손을 잡으며 어색하게 악수를 했다.

"그렇긴 하지."

맥스 씨가 싱긋 웃었다.

"뭐, 어쨌든 매력 있는 여성이라네."

"그런 것 같네요."

하딘이 중얼거렸다. 맥스 씨의 느닷없는 등장에 하딘도 짜증스러운 모양이었다.

킴벌리는 완벽하게 안주인 노릇을 했다. 그녀는 바를 향해 가더니 손님들에게 대접할 술잔을 챙겼다. 킴벌리는 정중하게 술 주문을 받았다. 나는 사샤가 하딘한테 자기소개하는 장면에 눈길을 주지 않으려 애를 썼다. 하딘은 무뚝뚝하게 고개를 까딱해 보이고는 소파에 털썩 앉았다. 하딘이 나와 멀찍이 거리를 두고 앉자 실망감이 밀려왔다. 갑작스럽게 조바심이 느껴지는 건 왜일까? 사샤가 너무 아름다워서? 아니면 하딘이 그녀의 몸을 아래위로 훑어보아서? 그도 아니면 하딘이 오늘 내내 이상하게 굴어서?

"릴리안은 어떻게 지내요?"

어색함과 긴장감, 그리고 내 안에서 춤추고 있는 고통스러운 질투심을 잠재우려 침묵을 깨고 물었다.

"잘 지내요. 대학 생활에 빠져 바쁘게 지내고 있죠."

맥스 씨의 말투는 냉랭하기만 했다. 킴벌리는 갈색 술이 담긴 잔을 맥스 씨에게 건넸다. 맥스 씨는 단숨에 반 잔을 벌컥 들이켰다. 그리고 크리스찬을 향해 한쪽 눈썹을 찡긋 올렸다.

"버번?"

"최고의 술이지."

크리스찬이 환하게 웃으며 답했다.

"릴리안한테 가끔 전화라도 하고 지내요. 당신이라면 그 애한테 좋은 본보기가 될 테니까."

맥스 씨의 시선이 하딘에게로 옮겨 갔다.

"릴리안한테 본보기 같은 건 필요 없을 텐데요."

하딘이 바로 대꾸했다. 솔직히 나도 릴리안을 그닥 좋아하진 않는다. 아마도 질투심 때문이겠지. 그래도 그 애 아빠의 왜곡된 사고방식에서 그 애를 변호해주고 싶었다. 아마 자기 딸의 성적 취향을 얘기하는 거겠지. 그게 내가 받아들일 수 없는 점이다.

"아, 제발 그랬으면 좋겠네요."

맥스 씨는 가식적으로 웃어 보였다. 나는 소파 깊숙이 기대앉았다. 갑자기 들이닥친 이 상황이 불편하기만 하다. 맥스 씨는 부자인데다 매력적이다. 하지만 그에게서 느껴지는 어두운 기운을 모르는 척할 수가 없었다. 그의 짙은 갈색 눈동자와 호탕해 보이는 저 웃음 속에 숨겨진 비열함 말이다.

'근데, 왜 저런 여자랑 나타난 거야?'

맥스 씨는 유부남이다. 손바닥만 한 드레스를 걸치고 그를 향해 웃고 있는 저 여자. 아무리 봐도 두 사람은 그냥 '친구'는 아닌 것 같았다.

"릴리안이 우리 집에 오는 베이비 시터예요!"

킴벌리의 목소리가 카랑카랑 울렸다.

"세상 참 좁군."

하딘이 눈을 흘기며 못마땅한 기색을 노골적으로 드러냈다. 슬슬 더 짜증이 나는 모양이다.

"정말 그렇군."

맥스 씨가 하딘을 향해 환히 웃었다. 그의 영국식 억양은 하딘이나 크리스찬보다 훨씬 강했다. 별로 듣기 좋은 건 아니었다.

"테사, 위층으로 올라가."

하딘이 나지막이 지시하듯 말했다. 맥스 씨와 킴벌리가 동시에 하딘을 쳐다보았다. 명령조로 말하는 하딘의 말투가 거슬린 것 같았다. 이제 상황은 조금 전보다 훨씬 더 어색해졌다. 하딘의 강압적인 말투를 다들 들어버렸다. 나는 그 말에 순순히 따르고 싶은 생각이 전혀 없었다. 하지만 나는 하딘을 잘 안다. 그는 나를 들쳐 업고라도 위층으로 올려 보낼 사람이다.

"테사도 와인이나 이 버번 한 잔 마셔봐요. 숙성이 잘 돼서 정말 좋아요."

킴벌리가 일어나 바 쪽으로 걸음을 옮겼다.

"어떤 거 할래요?"

킴벌리가 하딘 보란 듯이 환하게 미소를 지었다.

하딘은 입을 앙다물고 킴벌리를 노려보았다. 킴벌리가 하딘을 도발하는 모습을 보니 통쾌하게 웃어주고 싶었다. 하지만 맥스 씨가 필요 이상으로 호기심을 가득 담아 우리를 쳐다보고 있었다. 나는 그대로 있기로 했다.

"와인 한 잔 마실게요."

킴벌리는 고개를 끄덕이고, 길고 늘씬한 잔에 화이트 와인을 따라 내게 건넸다. 하딘과 나의 거리는 더 멀어진 것 같았다. 열받은 하딘의 머리에서 스멀스멀 김이 올라왔다. 나는 아랑곳하지 않고 상쾌한 와인 한 모금을 마셨고, 맥스 씨는 마침내 나에게서 시선을 돌렸다. 하딘은 말없이 벽만 응시하고 있었다. 키스를 하고 난 후, 하딘의 기분이 급격히 달라졌다. 걱정스러워지기 시작했다. 하딘이 흥분하고 행복해하며 그 이상을 원하는 줄 알았다. 그가 늘 그랬던 것처럼, 또 내가 늘 그랬던 것처럼.

"당신도 여기 살아요? 시애틀에?"

사샤가 하딘에게 물었다. 나는 와인 한 모금을 더 마셨다. 요즘 들어 술을 많이 마신다.

"아뇨."

하딘은 여자를 거들떠보지도 않고 대답했다.

"그럼 어디 사는데요?"

"시애틀은 아니에요."

다른 상황에서 이런 대화가 오갔다면, 분명 무례한 하딘에게 한마디 했을 거다. 그런데 지금은 쌤통이란 생각이 들었다. 사샤는 인상을 쓰며 맥스 씨에게 몸을 기댔다. 맥스 씨는 나를 힐끔 보더니, 사샤를 반대쪽으로 밀어냈다.

'그래 봤자, 두 사람이 바람피우는 거 다 안다고요. 아닌 척하기는.'

사샤는 잠자코 있었다. 킴벌리는 이 어색한 대화가 더 나빠지기 전에 뭘 좀 해보라는 눈치를 주며 크리스찬을 쳐다보았다.

크리스찬이 헛기침을 하며 목청을 가다듬었다.

"오늘 클럽 오프닝 행사는 아주 훌륭했어. 그 정도로 사람들이 몰릴 줄은 몰랐지?"

"굉장했어, 그 마지막에 연주한 밴드…. 이름이 기억 안 나네만."

맥스 씨가 맞장구쳤다.

"레포드 밴드라던가…?"

킴벌리가 거들었다.

"아닌 거 같은데."

크리스찬이 키득거렸고, 킴벌리가 다가가 그의 다리 위에 앉았다.

"밴드 이름이 뭐였든, 다음 주말에도 그 팀은 다시 예약하자고."

맥스 씨가 상황을 정리했다. 사업 얘기가 계속되자, 하딘이 슬그머니 일어나 복도 저쪽으로 사라졌다.

"평소엔 저보다는 예의 바른 사람이에요."

킴벌리가 사사에게 귀띔했다.

"예의가 바르진 않지. 우리가 어떻게 해도 저 친구한테는 환영 못 받을 거야."

크리스찬이 웃음을 터뜨렸고, 나머지 사람들은 다시 대화를 시작했다.

"저도…."

내가 어색하게 입을 열었다.

"가봐요."

킴벌리가 손짓을 했고, 나는 손님들에게 살짝 손을 들어 인사했다. 복도 끝까지 가보니, 하딘은 벌써 방에 들어가 문까지 닫아버렸다. 잠시 밖에서 주저하다가 방문을 열었다. 하딘이 이리저리 서성이고 있었다.

"무슨 일 있어?"

"아니."

"아까부터 좀 이상했…"

"괜찮다니까. 좀 짜증나서 그래."

하딘은 침대 모서리에 걸터앉아, 손바닥을 연신 청바지 위에 문질렀다.

하딘의 새 청바지가 마음에 든다. 옷장에 걸려 있는 걸 본 기억이 났다. 트리시가 크리스마스 선물로 사준 바지였지만, 하딘은 별로 좋아하지 않았다.

"왜 짜증이 났는데?"

바깥에까지 말소리가 들리지 않도록 목소리를 낮추었다.

"맥스는 형편없는 인간이야."

하딘이 벌컥 소리를 질렀다. 밖에서 듣든 말든 신경도 안 쓰는 것 같았다. 웃음을 참으며 속삭였다.

"맞아, 그렇긴 해."

"쓸데없는 소리를 하잖아. 뚜껑 열리게."

"딱히 악의가 있는 건 아닌 거 같아. 원래 그런 성격이겠지."

나는 아무 것도 아니라는 듯 어깨를 으쓱했다. 그래도 하딘은 화를 누그러뜨릴 기미가 보이지 않았다.

"암튼. 저 남자 진짜 싫어. 너랑 겨우 하룻밤 같이 보내는데, 집이 북적거리는 게 너무 짜증나."

하딘은 머리카락을 뒤로 넘기면서 베개를 쥐고 누울 채비를 했다.

"맞아."

맥스 씨와 그의 애인이 얼른 갔으면 좋겠다.

"와이프 몰래 바람피우는 것도 싫어. 드니즈는 좋은 사람 같았는데."

"그딴 건 신경 안 써. 그냥 저 남자가 싫은 거지."

조금 놀랐다. 하딘이 이런 배신을 보고도 외면해버리다니.

"드니즈가 안쓰럽지도 않아? 분명히 드니즈는 사샤의 존재를 모를 거야."

하딘은 손사래를 치더니 두 팔로 머리를 괴었다.

"그 여자도 알고 있을걸. 맥스는 얼간이야. 그 여자는 그 정도로 멍청하진 않아."

맥스 씨의 와이프가 언덕 위의 멋진 집에 앉아 있는 장면이 그려졌다. 값비싼 드레스를 입고 화장을 완벽하게 마친 채로 부정한 남편이 돌아오기를 기다리고 있는 모습이. 생각만으로도 슬퍼졌다. 바라건대, 드니즈에게도 '남자친구' 같은 게 있기를.

이런 생각을 하다니, 드니즈가 남편과 똑같은 짓을 하길 바라다니. 하지만 그 나쁜 짓을, 지금 여기서 그녀의 남편이 하고 있다. 나는 그녀를 잘 모르지만, 그래도 그녀가 스스로 행복을 찾기 바랐다. 그게 최선의 결정이 아니더라도 말이다.

"어쨌거나, 잘하는 짓은 아니야."

나는 생각을 굽히지 않았다.

"그게 결혼 생활이라는 거야. 바람피우고, 거짓말하고, 서로를 끊임없이 속이는."

"다 그러는 건 아니야."

"십중팔구."

하딘은 어깨를 으쓱했다. 하딘이 결혼 생활을 이렇게 부정적으로 생각하는 게 정말 싫었다.

"그렇지 않다니까."

나는 팔짱을 끼고 버텼다.

"나하고 결혼에 대해서 또 논쟁을 벌이려는 거야? 거기까지는 안 갔으면 좋겠는데."

하딘은 내 눈을 똑바로 쳐다보며 경고했다. 그러더니 깊은 한숨을 내쉬었다.

나는 하딘과 제대로 얘기해보고 싶다. 그의 생각이 왜 틀렸는지 조목조목 짚어주고, 그래서 결혼에 대한 그의 관점을 바꿔주고 싶었다. 하지만 무의미한 짓이다. 하딘은 나를 만나기 훨씬 전부터 그렇게 생각하기로 마음먹었으니까.

"네 말이 맞아. 우리가 그런 얘기를 할 필요는 없지. 특히나 네가 벌써 잔뜩 긴장을 하고 있다면 더욱."

"긴장 하지 않았어."

하딘이 가소로운 듯 비웃었다.

"알았어."

하딘을 째려보았다. 그가 벌떡 일어섰다.

"그런 눈으로 보지 마."

하지만 나는 여전히 그를 노려보고 있었다.

"테사…."

하딘이 으름장을 놓았다. 나는 미동도 하지 않고 그대로 서 있었다. 하딘이 나를 깔아뭉갤 이유는 없다. 맥스 씨가 거드름을 피우며 재수 없게 군 건 내 잘못이 아니다. 이러는 게 하딘 스캇의 전형적인 분노 스타일이다. 이번에는 나도 물러서지 않을 거다.

"딱 하룻밤 있을 거라며, 잊었어?"

하딘에게 일깨워주자 고집스러웠던 모습이 조금 누그러지는 것 같았다. 그러면서도 나를 계속 쳐다보고 있었다, 일촉즉발의 표정으로. 하지만 나도 물러서지 않았다.

"빌어먹을, 네 말이 맞아. 미안해."

하딘이 마침내 한숨을 내쉬었다. 말 한마디에 갑자기 기분이 바뀌다니, 정말이지 널뛰는 하딘의 기분은 종잡을 수가 없다.

"이리 와봐."

늘 그랬던 것처럼 하딘이 두 팔을 활짝 벌렸다. 너무 오랜만이다. 하딘은 아무 말 없이 두 팔로 나를 꼭 감싸 안았다. 그리고 내 머리에 턱을 기댔다. 그의 향기가 온몸에 퍼졌다. 성이 나 씩씩거리던 그의 숨소리도 마침내 차분해졌다. 하딘은 따뜻했다. 잠시 후, 하딘은 몸을 떼더니 엄지로 내 턱을 꾹 눌렀다.

"머저리같이 굴어서 미안해. 대체 왜 이러는지 모르겠어. 맥스가 신경을 건드려서 그랬나봐. 아니면 애를 너무 오래 봤거나. 그것도 아니면 재수 없는 스테이시 때문인가. 암튼 미안해."

"사샤야."

나는 빙긋 웃으며 이름을 정정해줬다.

"뭐든, 창녀는 그냥 창녀야."

"하딘!"

그의 가슴팍을 툭 쳤다. 가슴 근육이 더 탄탄해진 것 같다. 매일 운동하고 있으니까…. 검정색 티셔츠 아래 감춰진 그의 몸은 어떨까. 마지막으로 봤을 때보다 얼마나 변했을지 궁금해졌다.

"말이 그렇다고."

하딘이 손가락으로 내 턱선을 쓰다듬었다.

"정말 미안해. 너와의 시간을 망치고 싶진 않아. 용서해줄 거지?"

그의 뺨이 붉게 물들었고, 목소리는 차분했다. 내 살갗을 문지르는 손길은 부드러웠고, 느낌이 너무 좋았다. 그의 엄지가 내 입술선을 따라 움직이자 스르르 눈이 감겼다.

"대답해봐."

"항상 그랬잖아."

나는 숨을 토해내며 대답했다. 두 손을 그의 엉덩이에 놓았고, 셔츠 속으로 엄지를 넣어 그의 맨살을 지그시 눌렀다. 그의 입술이 닿는 순간을 기다리고 있었다. 그러나 눈을 뜨자, 하딘은 정색을 하고 있었다. 나는 용기를 내어 물었다.

"뭐, 잘못됐어?"

"나…."

하딘이 말을 더듬는다.

"나, 머리가 아파."

"약이 필요하면 킴한테 부탁…."

"아냐, 그러지 마. 눈 좀 붙이면 괜찮아질 거야. 시간도 너무 늦었고."

하딘의 말에 가슴이 철렁 내려앉았다. 대체 왜 이러는 걸까? 왜 내게 키스하고 싶지 않은 걸까? 방금 전까지만 해도 나와의 시간을 망치고 싶지 않다고 해놓고, 이제 와서 잠을 자겠다고?

나는 한숨을 내쉬고는 조용히 말했다.

"알았어."

나와 함께 시간을 보내달라고 애걸복걸하긴 싫었다. 나를 거부하는 그의 모습에 당황했다. 그리고 솔직히 나에게도 혼자 있을 시간이 필요했다. 민트향을 풍기는 그의 숨결도, 뚫어질 듯 쳐다보는 그의 초록색 눈동자도, 따져 묻고 싶은 마음도 모두 내려놓고 말이다.

혹시나 하딘이 내 방에서 자려나, 아님 나더러 이 방에서 자라고 할까 싶어서 머뭇거렸지만, 내 예상은 모두 빗나갔다.

"내일 아침에 보자."

고작 이 말뿐이었다.

"그래."

당혹감을 감추며 방에서 나왔다. 내 방으로 돌아와 문을 닫고 잠가 버렸다. 그러다 한편으로 마음이 불편해 잠금을 풀어놓았다. 어쩌면, 정말 어쩌면, 하딘이 내 방으로 올 수 있으니까.

24 · 하딘

'빌어먹을, 이런 빌어먹을!'

여전히 화가 난다. 이번 주 내내 세상 모든 일에 분노가 가득했다. 제드 녀석이 내 머릿속에서 분탕질을 치는 바람에 분노는 점점 더 강해졌다. 미쳐버릴 것만 같았다. 말도 안 되는 상상과 집착이다. 그래도 내가 왜 이토록 심란해 하는지 얘기한다면 테사도 분명 이해할 거다. 비단 제드 때문만은 아니다. 테사를 조롱하듯 떠벌인 맥스, 그가 데려온 창녀가 얼빠진 표정으로 내비친 관심, 테사에게 위층으로 올라가라고 했을 때 킴벌리가 도발했던 일까지. 모든 게 짜증을 증폭시켰고, 자제력이 스르르 빠져나가는 것 같았다. 팽팽한 긴장감에 폭발 지경까지 도달한 느낌이 들었다. 이 상황을 피할 수 있는 방법은 오로지 뭔가를 두들겨 패는 거였다. 아니면 테사의 품에 내 몸을 묻고, 모든 걸 잊어버리는 거였다. 지금이라도 당장 테사에게 몸을 맡겨야 한다. 저주 받은 태양이 떠오를 때까지, 테사의 손길 없이 버텼던 지난주의 악몽이 씻겨 나갈 때까지.

오늘 밤도 결국 뜬눈으로 새우게 되겠지. 그러면 적어도 테사를 놀라게 하지는 않을 거다.

침대에 등을 대고 누워, 천장과 시계를 번갈아 보았다. 새벽 2시. 거슬리던 바깥 소음도 1시간 전에 사라졌다. 알랑거리며 작별 인사를 하고, 크리스찬과 킴이 위층으로 올라가는 소리를 듣는 순간 반갑기까지 했다.

나는 분명히 느낄 수 있었다. 자석처럼 나를 끌어당기는 그녀 곁으로 가서, 곁에서 밤을 보내게 해달라고 애원하고 싶은 내 마음을. 몸을 관통하는 전류처럼 흐르는 생각들을 뿌리치며 침대에서 내려왔다. 테사가 잘 접어 서랍장 안에 넣어둔 깨끗한 검정색 반바지로 갈아입었다. 이 대궐 같은 집 어딘가에 분명 트레이닝룸 같은 걸 만들어놓았을 거다. 빨리 그곳을 찾아야 한다. 마음이 흔들려서 무너져 내리기 전에.

25 · 테사

잠이 오지 않았다. 억지로 눈을 감고 현실에서 벗어나려 했다. 나의 '러브 라이프'는 혼란과 스트레스의 연속이다. 그 카오스에서 빠져나오고 싶었지만, 그럴 수 없었다. 하딘 방으로 가서, 그의 곁에 있겠다고 애원하고 싶었다. 애초부터 그 불가항력의 힘과 싸워 이긴다는 것은 불가능했다. 하딘에게서 거리감이 느껴졌다. 이유가 뭔지 알아야겠다. 나 때문이든 아니든 하딘이 왜 저러는지 알아야겠다. 사샤와 그 여자의 손바닥만 한 금색 드레스 때문인지, 아니면 하딘이 내게 흥미를 잃은 건지 알아야겠다. 그래, 난 알아야겠다.

머뭇거리며 침대에서 내려와 스탠드를 켰다. 마치 내 인생에 불을 밝히듯. 머리카락을 하나로 모아 손목에 걸어두었던 머리끈으로 묶었다. 살금살금 발끝으로 복도를 가로질러 하딘 방문 손잡이를 천천히 돌렸다. 나지막이 삐그덕 소리를 내며 문이 열렸다.

순간 깜짝 놀랐다. 스탠드가 켜진 채, 침대는 텅 비어 있었다. 시트와 담요가 침대 한쪽에 뭉쳐져 있고 하딘은 방에 없었다.

가슴이 철렁 내려앉았다. 하딘이 여길 떠나 집으로, 그러니까 그의 집으로 돌아간 줄 알았다. 우리 사이가 이상하리만치 어색했지만, 그래도 서로 이야기는 할 수 있을 거라 생각했다. 하딘을 짓누르는 분노가 무엇 때문인지 얘기해볼 수는 있을 테니까. 방을 다시 살펴보고 안도의 한숨을 내쉬었다. 하딘의 가방과 옷가지가 바닥에 있었다. 어쨌든 하딘은 아직 이곳에 있는 거다.

불과 몇 시간 전, 하딘이 여기 왔을 때만 해도 달라진 그의 모습이 좋았다. 더 다정했고, 더 차분했으며, 구차한 변명도 없이 사과를 했다. 그러다 무슨 일 때문인지, 갑자기 차가워졌고 거리감이 느껴졌다. 그래도 한 주 동안 떨어져 있었던 게 하딘에게 긍정적인 영향을 미쳤다는 사실을 부인할 순 없었다.

나는 조심스럽게 하딘을 찾으러 복도를 돌아다녔다. 집 안은 깜깜했고, 불빛이라곤 바닥에 깔린 작은 야간 조명등의 흐릿함 뿐이었다. 욕실, 거실, 부엌, 모두 비어 있었다. 위층은 쥐죽은 듯 조용했다. 위층에 있나…, 아니면 서재에?

난데없는 한밤의 수색 작전에 아무도 깨지 않아야 할 텐데. 나는 깜깜하고 텅 비어 있는 서재 문을 닫았다. 그때 복도 저 끝에서 희미한 불빛이 보였다. 여기 며칠 있는 동안, 그쪽으로는 가보지 않았다. 킴벌리가 그쪽에는 멀티미디어룸과 트레이닝룸이 있다고 일러주었던 기억이 어렴풋이 났다. 크리스찬이 트레이닝룸에서 몇 시간씩 보내는 모양이었다.

문은 잠겨 있지 않았다. 쉽게 열렸다. 순간 걱정이 일었다. 안에 있는 사람이 하딘이 아니라 크리스찬이면 어쩌나 싶었다. 엄청 어색해지겠지. 그러지 않기만을 기도할 뿐이다.

방은 사방과 천장까지 온통 거울로 둘러싸여 있었다. 즐비하게 늘어선 육중한 기계들에 기가 눌렸다. 익숙한 기계라곤 러닝머신뿐이었다. 방 안으로 조심스럽게 발을 들였다. 사방을 둘러보다 금세 마음이 누그러졌다. 거울 벽에 비친 네 명의 하딘을 발견한 것이다. 티셔츠는 벗은 채였고, 움직임은 공격적이었다. 손에는 이번 주 내내 매일 크리스찬의 손에 감겨 있던 것과 똑같은 검정색 테이프가 감겨 있었다.

하딘은 나를 등지고 서 있었다. 천장에 걸려 있는 큰 샌드백을 걷어찰 때마다 큰 소리가 났다. 다음은 주먹 차례였다. 양손으로 번갈아 샌드백을 칠 때마다 탄탄한 등 근육이 불끈댔다. 하딘이 샌드백에 펀치와 킥을 날리는 걸 계속 보고만 있었다. 하딘은 성나 있었고, 땀에 젖어 섹시했다. 그 모습을 보고 있자니 정신이 아득해졌다.

그의 움직임은 엄청 빨랐다. 양다리와 양손으로 번갈아 샌드백을 치는 움직임은 물 흐르듯 자연스러웠다. 보는 것만으로도 감탄이 흘러나왔다. 온몸은 땀에 젖어 번들거렸고, 가슴과 복부는 예전과 확실히 달라 보였다. 좀 더 윤곽이 살아났다고 해야 할까. 어쨌든 하딘은 좀 더…, 건장해졌다. 샌드백은 휘몰아치는 하딘의 공격에 겨우 매달려 있는 것만 같았다. 입안이 바짝 말랐다. 하딘이 성난 신음을 뿜어내는 소리를 들으니 온몸이 나른해지는 것 같았다.

나도 모르게 내뱉은 신음 때문인지, 아니면 내 존재를 느껴서인지, 하딘이 갑자기 동작을 멈췄다. 샌드백은 여전히 흔들리고 있었고, 하딘의 시선은 내게 꽂혀 있었다. 하딘은 한 손으로 샌드백을 붙잡아 멈추게 했다.

먼저 말을 꺼내고 싶진 않았다. 하지만 한껏 커지고 분노가 가득 담긴 눈동자로 나를 노려보는 그를 보니 어쩔 수가 없었다.

"안녕."

개미 소리만큼 작은 쉰 목소리였다. 그의 가슴은 빠르게 오르락내리락했다.

"안녕."

하딘이 헐떡였다.

"여기서 뭐 해?"

"잠이 안 와서."

하딘이 거칠게 숨을 쉬었다.

"넌 여기서 뭐 해?"

하딘은 바닥에 있던 티셔츠를 집어 들어 얼굴에 묻은 땀을 닦았다. 나는 침을 꿀꺽 삼켰다. 촉촉이 젖은 그의 몸에서 눈을 뗄 수가 없었다.

"음, 나도 잠이 안 와서."

나는 희미하게 미소를 지었지만, 눈은 여전히 그의 상반신에 머물러 있었다. 하딘이 거친 숨을 몰아쉴 때마다 성난 근육이 함께 움직였다. 그는 고개를 끄덕였다. 눈길은 피한 채였다.

"내가 뭐 잘못했어? 혹시 그랬다면 얘기해서 풀자."

"아냐, 잘못한 거 없어."

"그럼 왜 그러는지 말해줘, 하딘. 무슨 일인지 알고 싶어."

용기를 있는 대로 끌어 모아 말을 건넸다.

"너…, 아냐, 아무 것도."

하딘이 노려보는 통에 마지막 한 방울까지 짜낸 용기마저 사라지고 말았다.

"내가 뭐?"

하딘은 길다란 검정 의자에 앉았다. 아마 벤치 프레스 운동 기구 같은 건가 보다. 하딘이 티셔츠로 얼굴을 한 번 더 닦고는, 헝클어진 젖은 머리에 둘렀다. 즉석 헤어밴드가 이상하게도 사랑스럽고 매력적이었다. 나는 더듬더듬 말을 꺼냈다.

"궁금한 게 있어. 혹시…, 나를 예전만큼 좋아하지 않는 건가 싶어서."

머릿속에 빙빙 돌던 말을 입 밖으로 꺼내고 나니, 불쌍하게 들렸다.

"뭐라고?"

하딘이 두 손을 무릎께로 툭 떨어뜨렸다.

"나한테 아직도 끌리냐고…, 육체적으로 말이야."

하딘이 나를 그런 식으로 거부하지만 않았더라도, 이렇게 부끄럽고 불안한 심정은 아니었을 거다. 또 그 짧은 드레스의 여자가 내 앞에서 하딘에게 꼬리 치지만 않았더라도. 그 여자를 하딘이 천천히 훑어보지만 않았더라도….

"무슨 소리야…, 대체 그런 생각을 왜 하는 건데?"

하딘의 가슴은 아직도 숨 쉴 때마다 움직였고, 쇄골 아래 새겨진 참새들이 그 움직임에 따라 퍼덕거리는 것처럼 보였다.

"그러니까…."

방 안으로 몇 걸음 더 들어갔지만, 하딘과 나 사이에 거리를 두어야겠다고 생각했다.

"아까, 키스하다가…, 멈췄잖아. 그때부터 나를 만지지도 않고, 잘 자라고 하고."

"그래서 네 매력이 없어졌다고 생각한 거야?"

하딘은 벌렸던 입을 갑자기 다물더니 조용히 자세를 바로 했다.

"머릿속에서 그 생각이 떠나질 않아."

솔직히 털어놓고 시선을 아래로 떨궜다. 푹신한 바닥이 느닷없이 황홀하게 보였다.

"말도 안 되는 소리. 나 좀 봐."

나는 고개를 들어 하딘을 쳐다보았다. 하딘은 한숨을 푹 쉬더니 말을 이었다.

"너에게 매력을 못 느낀다니, 말도 안 돼."

잠시 생각하다가 하딘이 덧붙였다.

"아까 내가 한 행동 때문이라면, 그건 아니야. 사실과 거리가 멀어도 한참 멀다고."

에일 것 같은 가슴 통증이 천천히 사라지기 시작했다.

"그럼 왜 그랬어?"

"네가 나를 끔찍하게 여길 것 같아서."

'아, 말도 안 돼.'

"왜 그런 생각을 한 거야? 말해줘, 부탁이야."

하딘에게 애원했다. 그는 난처한 듯 턱에 난 수염 자국을 문질렀다. 면도를 하지 않아서 그런지 수염 자리가 거뭇했다.

"기분 상해하지 말고 내 얘기를 좀 들어줘."

나는 천천히 끄덕였다. 조바심이 일며 온갖 생각이 다 들었지만 겉으로는 괜찮은 척했다.

"꿈을 꿨어. 그러니까, 악몽 말이야…."

가슴이 아렸다. 그 악몽이 너무 끔찍하지 않았기를. 마음 한편으로는 하딘이 무슨 일이 있어서가 아니라 악몽 때문에 상심했다는 사실에 안심이 됐다. 하지만 다른 한편으로 그를 생각하니 마음이 아팠다. 한 주 내내 하딘은 혼자였고, 다시 시작된 그 끔찍한 악몽이 그에게 큰 상처를 줬던 거다.

"네 꿈이었어…, 제드도 나왔고."

'아, 맙소사.'

"그게 무슨 말이야?"

내가 되물었다.

"제드가 우리, 아니 내 아파트에 있었어. 집에 왔는데, 그 자식이 네 다리 사이에 엎드려 있는 걸 봤어. 너는 신음을 토하며 그 자식의 이름을 부르고 있었고….”

“됐어, 무슨 말인지 알겠어.”

한 손을 들어 하딘의 말을 막았다. 고통스러운 그의 표정을 보고 있자니, 계속 듣고 있을 수가 없었다. 잠시 후 그가 다시 입을 열었다.

“아니야, 전부 얘기하게 해줘.”

제드와 내가 한 침대에서 뒹굴었다는 얘기를 하딘 입을 통해 듣자니 불편하기 짝이 없었다. 그러나 그렇게 해서라도 그의 마음이 풀어진다면, 혀를 깨물고라도 다 들어주는 수밖에.

“그 자식이 너랑 섹스하고 있었어, 우리 침대에서. 넌, 그 자식에게 사랑한다고 말하고.”

하딘의 얼굴이 우거지상이 됐다. 이 모든 긴장감과 하딘의 이상하고 어색한 행동들이 죄다 나와 제드의 꿈에서 비롯된 거라고? 아무래도 어젯밤 통화할 때 제드가 시애틀에 오기로 했다는 얘기를 했기 때문인 것 같다. 두 손으로 얼굴을 감싸고 있는 이 초록색 눈동자의 슬픈 남자를, 물끄러미 바라보았다. 어느새 내 공포와 집착은 눈 녹듯 사라졌다.

26 · 하딘

테사가 내 이름을 부르자, 숨을 쉴 수 있었다. 나에 대한 테사의 감정이 그 한마디에 집약되어 있었다. 테사를 만지던 그 모든 순간과 나를 사랑한다는 걸 증명해왔던 순간들이 그 말 한마디에 담겨 있었다. 아직도 헷갈리는 부분이 없는 건 아니었지만.

테사가 다가왔다. 그녀의 눈빛에서 공감과 연민을 읽을 수 있었다.

"왜 진작 얘기하지 않았어?"

나는 고개를 푹 숙이고 손에 감은 테이프만 뜯어내고 있었다.

"그건 그냥 꿈일 뿐이야. 절대 그런 일은 없을 거라는 거 알잖아."

고개를 들어 테사를 쳐다보았다. 가슴에 꿈쩍도 하지 않는 무거운 돌이 얹혀 있는 것 같았다.

"머릿속에 콱 박혀서 끊임없이 눈앞에서 재생돼. 그 자식은 내내 나를 조롱하고 있었어. 너랑 섹스하면서 나를 비웃었다고."

테사는 두 손으로 귀를 막았다. 그리고 불쾌한 듯 콧등을 찌푸렸다. 그녀는 나를 보면서 천천히 팔을 내렸다.

"왜 그런 꿈을 꿨을까?"

"모르겠어. 아마 그 자식이 여기 온다는 얘기를 들어서인 거 같아."

"뭐라고 해야 할지 모르겠어. 우린…, 아직도, 어정쩡한 관계잖아."

테사가 더듬거리며 말했다.

"그 자식이 네 곁에 있는 게 싫어. 말도 안 되는 소리라는 거 알아. 그래도 상관없어. 솔직히 제드는 나한테 요주의 인물이야. 항상 그럴 거고. 어정쩡한 관계든 아니든, 넌 오직 나만을 위한 존재야. 육체적으로만이 아니라, 모든 면에서. 네가 조금이라도 그 자식과 감정적으로 얽혀 있는 걸 참을 수가 없다고."

"걔는 엄마네 집에 데려다준 다음에 본 적도 없어…, 그날 밤 말이야."

테사가 한 번 더 상기시켜 줬지만, 내 안에 있는 공포는 꿈쩍도 하지 않았다. 마음을 진정시키려 고개를 숙이고 심호흡을 몇 차례 했다.

"하지만…."

테사는 가까이 다가왔다. 아직도 닿을 듯한 거리는 아니었다.

"그런 생각을 멈추는 데 도움이 된다면, 제드한테 오지 말라고 할게."

테사의 아름다운 얼굴을 똑바로 쳐다보았다.

"그래 줄래?"

테사와 한 차례 싸움이 일어날 줄 알았는데, 의외다.

"그럴게. 너한테 이런 걸로 부담 주긴 싫어."

불안한 눈빛으로 테사는 내 가슴께를 보다가, 다시 고개를 들어 내 얼굴을 쳐다보았다.

"이리 와봐."

테사는 쭈뼛거리며 느릿느릿 다가왔다. 나는 비스듬히 몸을 일으켜 테사의 팔을 낚아챘다. 한 손으로 테사의 팔꿈치를 잡아 내 앞으로 끌어당겼다.

이제는 호흡이 좀 잦아들어야 할 텐데. 온몸에서 아드레날린이 솟구쳤다. 그래서 애꿎은 샌드백을 두드려댔다. 손과 발이 욱신거렸다. 아직 분노가 전부 사라진 건 아니다. 분명 내 마음 속엔 뭔가 남아 있다. 마음 한구석에 제드에 대한 앙심이 남아 나를 괴롭힌다.

그 순간 테사의 입술이 내 입술에 포개졌다. 갑작스런 행동에 깜짝 놀랐다. 그녀는 혀를 내 입안에 밀어 넣으며, 두 손으로는 축축이 젖은 머리카락을 세게 움켜쥐었다. 그러더니 티셔츠를 벗겨내 바닥에 떨어뜨렸다.

"테사…."

나는 가만히 그녀를 밀며 입술을 떼어냈다. 벤치 프레스에 자리를 고쳐 앉았고, 테사는 눈을 가늘게 뜨고 나를 쳐다보았다. 테사가 아무 말 없이 다가오더니 내 앞에 섰다.

"꿈 때문에 나를 거부한다는 건 받아들일 수 없어, 하딘. 나를 정말 원하지 않는다면, 그건 괜찮아. 하지만 이건 말도 안 되는 소리야."

테사는 이를 악물고 말했다. 아이러니하게도 테사의 분노가 내 마음을 휘저었다. 머리로 솟았던 피가 거꾸로 죄다 내 남성으로 쏠리는 것 같았다. 나는 마지막으로 테사의 안에 있었던 때부터 쭉 그녀를 원했다. 그리고 지금 그녀가 내 앞에 있다, 온몸으로 나를 원하며. 하고 싶은 걸 못 하게 하는 바람에 깊은 좌절감에 빠진 테사.

수화기 너머 목소리만으로는 늘 무언가 부족했다. 나는 느끼고 싶었다. 속으로는 내 자신과 끝없는 전쟁을 벌이고 있었다. 끓어오르는 성난 에너지가 온몸의 혈관을 타고 불처럼 타올랐다.

"버틸 수가 없었어, 테사. 말도 안 되는 거 아는데…."

"그럼 나랑 섹스해."

테사의 말에 입이 떡 벌어졌다.

"그 악몽 잊으려면 나랑 섹스해야 해. 겨우 여기 하룻밤 있을 거면서. 난 네가 너무 보고 싶었는데, 넌 제드와 내가 뒤엉켜 있는 말도 안 되는 공상에 사로잡혀 있잖아."

불쾌한 말투였다. 테사는 모른다. 그녀를 떠올리며, 사랑한다고 내 귀에 속삭이는 그녀의 목소리를 그리며, 내가 몇 번이나 자위를 했는지 말이다.

"하딘, 그거야. 내가 원하는 거."

"네가 원하는 거?"

테사를 바라보았다. 그녀의 눈빛이 흔들렸다.

"난 너와 함께 시간을 보내고 싶어. 제드 따위에 집착하는 건 집어치우고 말이야. 나를 밀어내지 말고, 만져주고, 키스해줬으면 좋겠어. 그거야, 하딘. 내가 바라는 건."

테사는 양손을 허리에 댄 채 나를 쳐다보고 있었다.

"네가 날 만져줬으면 좋겠어, 누구도 아닌 너, 하딘 스캇."

조금은 누그러진 말투로 테사가 덧붙였다. 확신에 찬 테사의 말이 머릿속에서 맴돌던 악몽의 조각들이 녹이기 시작했다. 그리고 우리가 겪고 있는 이 시련이 얼마나 어리석은 건지도 깨닫기 시작했다. 테사는 내 거다, 그 자식이 아닌. 제드 자식은 어느 구석에 혼자 처박혀 있겠지. 테사 곁에 있는 건 나다. 그리고 테사도 나를 원한다. 그녀의 빼로통한 입술, 분노 가득한 눈빛, 그리고 얇은 흰색 티셔츠 아래로 보이는 봉긋한 가슴선에서 눈을 뗄 수가 없었다. 테사가 우리 사이의 거리를 좁히며 다가왔다. 수줍음 많은, 하지만 기가 막히게 난잡한 내 여자가 나를 쳐다보고 있다. 그리고 한 손으로 내 어깨를 살짝 밀며 내 다리 위에 올라앉았다.

젠장. 바보 같은 꿈 따위, 거리를 두자는 말도 안 되는 규칙 따위는 개나 쥐버리라지. 내가 원하는 건 테사다. 테사가 원하는 건 나, 빌어먹을 엉망진창인 나, 하딘이다.

테사의 입술이 내 목덜미에 닿았고, 나는 손끝으로 그녀의 엉덩이를 애무했다. 이번 주 내내 수도 없이 상상해 온 순간이었다. 하지만 상상은 비교도 되지 않는다. 테사의 혀가 땀에 젖은 쇄골을 지나 귀 아래 성감대에 와 닿는 이 느낌은.

"문 잠가."

나는 명령조로 말했다. 테사는 내 살갗을 부드럽게 깨물었고, 내게 바짝 붙어 있었다. 우스꽝스러운 테사의 부스스한 잠옷 바지 아래로 내 남성은 있는 대로 단단해졌다. 당장 그녀가 필요하다.

테사가 내 다리에서 내려와 문을 잠그려 서둘러 갔다. 다리 사이가 뻐근하게 아파왔다. 몇 초를 기다리는 것조차 고역이었다. 테사의 바지가 허벅지 밑으로 내려갔고, 잇달아 팬티도 내려갔다. 발목까지 내려간 옷들이 바닥에 흩어졌다.

"그동안 얼마나 고문당하는 것처럼 괴로웠는지 몰라. 네 이런 모습을 떠올리면서 말이야."

반나체가 된 테사의 작은 부분 하나도 놓치지 않고 눈에 담으려 했다.

"너무 아름답다."

경이로움을 가득 담아 말했다. 테사가 티셔츠를 끌어올려 벗었다. 자석에 이끌리듯 그녀에게 몸을 기대 풍만한 엉덩이 라인에 입을 맞추었다. 그녀의 몸이 가볍게 떨렸다. 테사는 팔을 돌려 브래지어를 풀었다.

'이런 젠장.'

지금껏 테사와 사랑을 나누었지만, 이만큼 열정을 느낀 적은 없었다. 심지어 테사가 내 페니스를 입으로 감싸는 바람에 잠에서 깼을 때조차 이런 쾌락을 느끼지는 못했었다.

그녀에게 다가갔다. 젖가슴 한쪽을 입에 물고, 다른 쪽은 손으로 쥐었다. 테사는 두 손으로 내 어깨를 단단히 붙들었고, 나는 입술을 오므려 그녀의 부드러운 살갗을 빨았다.

"아, 좋아."

테사가 신음하며 손톱으로 내 어깨를 눌렀다. 더 세게 빨았다.

"아래로…."

테사는 내 머리를 부드럽게 끌어내렸고, 나는 이로 살짝 깨물며 그녀를 괴롭혔다. 손끝으로는 그녀의 젖가슴 아래를 천천히, 고문하듯 쓰다듬었다…. 테사가 원했던 건 이거였으니까.

테사는 엉덩이를 들어올렸다. 나는 아래로 미끄러져 그녀의 허벅지 사이 한껏 부풀어 오른 클리토리스에 입을 맞추었다. 달콤한 신음을 내뱉으며, 테사는 더 깊게 들어와 달라는 몸짓을 했다. 이미 축축하게 젖은 그녀를 입술로 빨며 음미했다. 테사는 따뜻했고, 빌어먹을, 너무나 달콤했다.

"손으로 하는 건 만족스럽지 않지?"

몸을 떼며 테사에게 물었다. 테사는 한숨을 토해내며 푸른빛의 회색 눈동자로 나를 쳐다보았다. 나는 고개를 기울여 테사의 치골을 핥았다.

"괴롭히지 마."

테사가 낑낑대며 내 머리카락을 움켜쥐었다.

"폰섹스 한 다음에, 자위했지?"

테사에게 속삭였다. 그녀가 원하는 그 자리에 내 혀가 닿자, 테사는 몸을 뒤틀며 헐떡거렸다.

"안 했어."

"거짓말."

테사는 목에서부터 뺨까지 붉게 물들어 있었다. 거울에 흔들리는 동공이 비쳤다. 거짓말을 하고 있는 게 분명했다. 우리가 전화로 섹스하기 시작한 다음부터 분명 자위를 하고 있던 거다…. 테사가 누워서 다리를 벌리고 손으로 자기 몸을 만지며, 내가 가르쳐주었던 대로 황홀경에 빠지는 모습…, 그 모습을 떠올리자 나 또한 신음이 터져 나왔다.

"딱 한 번."

테사가 또 거짓말을 했다.

"거 참…."

나는 테사에게서 완전히 몸을 떼었다.

"세 번했어, 됐어?"

테사가 인정하고야 말았다. 창피해 죽을 것 같은 목소리였다.

"무슨 생각했는데? 뭘 생각하며 쾌감을 느꼈어?"

비실비실 웃으며 물었다.

"네 생각."

테사의 눈동자에 갈망이 차올랐다. 그 말에 가슴이 떨렸다. 그 어느 때보다 테사를 기쁘게 해주고 싶어졌다. 혀만으로 금세 절정에 오르게 할 수 있지만, 그러고 싶지 않았다. 한 번 더 그녀의 허벅지 사이 정점에 입을 맞추고, 몸을 떼고 일어섰다. 테사는 완벽한 나신이었다. 그리고 사방에는 거울이었다….

'제기랄.'

테사의 완벽한 몸이 온통 나를 둘러싸고 있었다. 관능적인 굴곡과 부드러운 살갗이 나를 희롱하듯 움직였다. 나는 반바지와 박서 팬티를 발목께로 끌어내리고 손에 감고 있던 테이프를 풀기 시작했다. 테사가 나를 저지했다.

"그냥 놔둬."

테사의 눈빛은 정욕으로 흔들렸다. 이 테이프를 좋아하는 건가…, 아니면 내가 운동하는 모습을 좋아하는 건가…, 그것도 아니면 거울을….

그녀가 시키는 대로 테이프를 놔두고, 몸을 밀어붙이며 입술을 포갰다. 그리고 테사를 이끌어 바닥에 뉘였다.

테사는 양손으로 내 가슴을 쓰다듬었다. 그녀의 눈빛은 더욱 어두운 잿빛이 되었다.

"네 몸이 달라졌어."

"겨우 일주일인데, 뭘."

테사의 벗은 몸 위로 올라가 그녀를 꼼짝 못 하게 만들었다.

"그래도 확실히…."

테사는 천천히 입술을 핥았다. 나는 더 이상 기다릴 수 없어 몸을 밀어붙였다. 내 몸이 얼마나 달아올랐는지 보여주고 싶었다. 테사의 몸은 너무도 부드러웠고, 완전히 젖어 있었다. 단 한 번의 움직임으로 나는 테사 안으로 들어갔다.

그 순간 퍼뜩 떠오르는 게 있었다.

"빌어먹을, 콘돔이 없어."

나는 거칠게 욕설을 내뱉으며 테사의 어깨에 머리를 파묻었다. 테사는 비탄에 젖은 신음 소리를 내면서 나를 더 세게 끌어당겼다.

"네가 필요해."

테사가 신음하며 혀로 내 입술을 튕기듯 핥았다. 나는 따뜻하고 축축한 그녀 안으로 천천히 페니스를 밀어 넣었다.

"그래도…."

위험할 수도 있다는 말을 한 번 더 하고 싶었다. 하지만 테사의 눈꺼풀이 파르르 떨리며 감겼다. 나는 엉덩이를 들어 테사의 안으로 들어갈 수 있는 만큼 깊게 들어갔다.

"네가 너무… 그리웠어."

나는 신음을 토해냈다. 콘돔이 가로막지 않은 그녀의 따뜻하고 부드러운 느낌이 너무 좋았다. 콘돔 생각이 순식간에 사라져버렸다. 몇 번이나 나 자신에게 그리고 테사에게 되뇌던 경고도 어느새 잊었다. 간절히 기다리던 테사 안에 몇 초만 더 머물다가 바로 멈출 거다.

팔을 지렛대 삼아 아래로 쭉 뻗어 몸을 들어올렸다. 피스톤 운동을 하면서 테사의 모습을 보고 싶었다. 테사도 머리를 들어 붉게 달아올라 한 몸이 된 우리를 바라보고 있었다.

"거울 좀 봐."

테사에게 속삭였다. 앞으로 세 번…, 그 후엔 멈춰야지. 좋아, 네 번만. 움직임을 멈출 수가 없었다. 테사는 고개를 돌려 거울을 쳐다보았다. 그녀의 몸은 유연하고 완벽했으며 죽이도록 깨끗했다. 온통 검은 그림으로 뒤덮인 나와는 너무도 대조적이다. 우리는 순수한 열정의 화신이며, 악마와 천사의 현신이다.

"너도 보는 걸 좋아하지. 너 혼자 했을 때도 좋아했을 거야, 확실히."

테사는 내 허리뼈를 세게 누르며, 나를 그녀 안으로 더 깊게 잡아당겼다. 테사가 움찔 경련을 했다. 꼬리뼈에서부터 페니스에까지 묵직한 팽팽함이 느껴졌다. 이제 멈춰야 한다….

천천히 테사에게서 몸을 떼었다. 환희의 순간을 음미하고 싶었다. 손가락을 테사의 몸 안에 미끄러지듯 밀어 넣자, 그녀는 짧고 강렬한 신음을 내뱉었다.

"절정에 오르게 해줄게. 그런 다음 침대로 데리고 갈 거야."

테사는 거울과 나를 번갈아 보며 황홀한 미소를 지었다.

"조용히 해, 베이비. 다른 사람들을 다 깨울 셈이야?"

테사의 귓전에 대고 속삭였다. 테사가 내 이름을 부르며 신음하는 소리가 너무 좋다. 하지만 잠에서 깬 크리스찬이 문을 두드리는 불상사는 없어야 한다.

이내 테사의 몸이 뻣뻣해지는 느낌이 들었다. 나는 손을 넣은 채 테사의 가장 민감한 부분을 깨물고 빨았다. 테사는 내 머리카락을 움켜쥐었다. 그리고 절정에 오를 때까지 빠르게 움직이는 내 손놀림에서 눈을 떼지 않았다. 헐떡이는 숨소리 사이로 내 이름이 끝없이 불려졌다.

27 · 테사

하딘의 입술이 촉촉한 자국을 남기며 복부에서 가슴을 지나 관자놀이에 와 닿았다. 하딘 곁에 누워 가쁜 숨을 고르며, 이제 막 끝난 황홀한 순간을 되새기고 있었다. 이럴 생각은 아니었다. 우리에게 부족한 건 솔직한 대화였다. 하딘과 대화를 나누고 싶었다. 그러나 샌드백을 두드리는 하딘의 성난 주먹질을 보는 순간 생각이 달라졌다. 내 입에서는 나도 모르는 새에 그의 이름을 부르는 신음이 터져 나오고 있었다.

팔꿈치를 세워 몸을 기대고 하딘을 내려다보았다.

"나도 해주고 싶어."

"기꺼이 받아들일게."

하딘은 입술 가득 내 타액을 묻히고 환하게 웃었다. 나는 재빨리 움직여, 그의 페니스를 입안 가득 담았다. 하딘이 헉 숨을 토해냈다.

"제기랄."

신음 소리마저 자극적이다. 나는 입을 더 크게 벌렸고, 그는 내 혀 안으로 미끄러지며 들어왔다 나가기를 반복했다. 하딘은 엉덩이를 힘차게 들어올리며 내 입속으로 그의 페니스를 또 한 번 밀어붙였다.

"테스, 제발."

하딘이 애원한다. 그에게서 내 몸의 맛을 느낄 수 있었다. 내 이름을 부르는 그의 신음은 이제 거의 들리지 않았다.

"젠장, 나, 오래 견딜 수 없을 것 같아."

하딘이 헐떡거렸고, 나는 속도를 더욱 높였다. 이내 하딘은 내 머리카락을 쥐며 머리를 들어올렸다.

"네 입에 사정할 거야. 그런 다음에 침대로 가서 다시 섹스할 거야."

하딘은 엄지로 내 입술을 장난스럽게 쓰다듬었다. 그의 손가락을 가만히 깨물었다. 하딘이 고개를 떨구며 내 머리카락을 더 세게 움켜쥐었고, 나는 입으로 열심히 피스톤 운동을 했다. 하딘의 페니스가 움찔거리며 그의 두 다리가 뻣뻣해지는 게 느껴졌다. 절정이다.

"제기랄, 테사…, 너무 좋아, 베이비."

뜨뜻한 느낌이 입속을 가득 채웠다. 나는 그가 쏟아낸 걸 남김없이 삼켰다. 그리고 일어나 한 손으로 입술을 닦았다.

"옷 입어."

하딘이 브래지어를 건네며 명령조로 말했다. 허둥지둥 옷을 입으면서도 하딘은 몇 번이고 나를 쳐다보았다. 놀랄 일도 아니다…. 나도 그에게서 눈을 뗄 수 없었으니까.

"다 됐어?"

나는 고개를 끄덕였다. 하딘은 아무 일도 없었던 듯, 불을 끄고 방문을 닫았다. 복도에는 평온한 침묵이 흘렀고, 좀 전까지의 팽팽했던 긴장감은 저편으로 사라졌다. 내 방 앞에 다다르자 하딘은 내 팔을 부드럽게 붙잡으며 걸음을 멈췄다.

"널 피할 게 아니라, 악몽 얘기를 미리 했어야 했는데."

흐릿한 불빛이었지만, 그의 표정과 부드러운 눈빛에서 진정성이 느껴졌다.

"우리 둘 다 소통하는 법을 배워야 해."

"넌 이미 과분할 만큼 이해심이 넘쳐."

하딘이 내 손을 들어 자기 얼굴에 대면서 속삭였다. 하딘은 내 손 마디마다 입을 맞췄다. 나는 그의 행동에 맥이 풀려 무릎이 꺾일 것만 같았다.

하딘이 방문을 열고 내 손을 잡아 침대로 이끌었다.

28 · 테사

하딘의 손에는 여전히 거친 검정색 테이프가 감겨 있었다. 하지만 나를 감싸고 있는 그의 손길은 부드럽기만 했다.

"이거 안 풀었으면 좋겠어."

하딘이 활짝 웃으며, 테이프가 감긴 주먹을 내 광대뼈에 대고 비벼 댔다.

"싫은데."

긴장감이 그의 손길로 풀어지는 것 같았다. 그럼에도 그를 향한 알 수 없는 아픔은 여전했다. 아마 그 아픔은 항상 나를 따라다니겠지.

"우리 이래도 괜찮은 거 맞지? 그러니까…, 넌 거리를 두길 원했잖

아. 근데 이건 그게 아니잖아."

하딘은 두 팔로 나를 감싸 안고, 서둘러 침대로 향했다.

"우리에겐 여전히 각자의 공간이 필요하긴 해. 하지만 지금 당장 하고 싶은 건 이거야."

말은 그렇게 했지만, 하딘한테는 말도 안 되는 소리다. 나한테도 마찬가지고. 특히 내 앞에 압도적인 그의 존재가 있는 지금은 더욱.

"나도."

하딘이 한숨을 쉬며 내 목에 머리를 기댔다.

"우리한테 좋은 건, 이거야…. 지금처럼 가까이 있는 거."

하딘이 내 목에 대고 속삭이며 나를 안은 팔에 힘을 주었다. 우리는 서로 부둥켜안고 침대로 다가갔다. 하딘이 내 목을 부드럽게 빨았다. 밀착한 다리 사이에서 하딘의 페니스가 다시 부풀어 오르는 걸 느낄 수 있었다. 2차전을 뛸 준비가 된 거다. 나 역시 그랬다.

"죽도록 보고 싶었어…, 네 몸이 너무 그리웠어."

하딘이 새된 소리를 냈다. 얇은 티셔츠 속으로 들어온 그의 두 손이 내 머리 위로 옷을 벗겨냈다. 하딘이 머리끈을 풀자, 머리카락이 매트리스 위로 흘어졌다. 그가 내 이마에 입을 맞췄다. 하딘의 태도는 완전히 달라졌다. 평소의 그는 거칠고, 섹시하며, 지배적이다. 하지만 지금의 그는, 나만의 하딘이다. 부드럽고, 달콤하며, 거친 면모가 모두 사라진 나만의 남자가 되어 있었다.

"네 맥박 뛰는 소리."

하딘의 입술이 내 입술에 닿을락 말락 맴돌았다. 그는 숨을 토해내며 손가락으로 맥박이 뛰는 내 목을 지그시 눌렀다.

"널 만질 때마다 미쳐버릴 거 같아, 특히 여기."

하딘의 다른 손이 내 복부에서부터 잠옷 바지 안쪽의 중심부로 미끄
러지듯 내려갔다.

"네 몸은 항상 나를 맞을 준비가 되어 있어."

하딘은 신음하며 가운데 손가락을 아래위로 움직였다. 온몸에 불이
지펴지는 것 같았다. 폭발할 듯 거센 불이 아닌, 부드러운 움직임에 맞
는 은근한 불덩이가.

"너무 달콤해."

하딘은 혀끝으로 손가락을 천천히 빨았다. 이제 무엇을 해야 할지
하딘은 확실히 아는 것 같다. 그의 입에서 나오는 난잡한 말들이 나를
얼마나 달아오르게 만드는지, 그래서 내가 그를 얼마나 원하게 되는
지, 하딘은 알고 있다. 그가 내 안에 숨어 있는 욕망에 불을 지피는 데
얼마나 능숙한지 말이다.

29 · 하딘

테사가 뭘 원하는지, 나는 정확히 안다. 내가 내뱉는 난잡한 말들을
얼마나 좋아하는지 잘 안다. 그녀의 몸을 내려다보았지만, 감추려고
하지도 않는다.

"이렇게 착하게 굴다니."

나는 음흉하게 웃었고, 테사는 가늘게 신음했다. 그녀의 살갗은 데
일 것처럼 뜨거웠다.

"뭘 원하는지 말해봐."

테사의 귀에 대고 속삭였다. 쿵쾅거리며 불규칙하게 뛰는 맥박이 느껴졌다. 연거푸 테사를 달아오르게 하다니 너무 좋다.

"너야."

테사의 목소리는 희미했지만 애절했다.

"천천히, 너와 떨어져 있던 매순간을 전부 느끼게 해주고 싶어."

나는 테사의 잠옷을 붙잡으며 눈짓했다. 아무 말 없이 테사가 고개를 끄덕이며 바지를 내렸다. 그녀의 얇은 면 팬티에 손가락을 걸어 찢어냈다. 테사의 눈은 놀라 동그래졌다가 이내 그윽해졌다. 핑크빛이 도드라진 입술은 도톰하게 부어올랐다. 나는 테사를 바짝 끌어당겼고, 그녀는 자그마한 예쁜 손으로 내 팔을 붙잡았다.

"콘돔 가져와."

테사가 재촉했다.

빌어먹을, 콘돔은 복도 건너편 방에 있다. 도착하자마자 그 방 협탁에 넣어두었다.

"네가 가져와."

나는 장난스럽게 대꾸했다. 테사가 반나체로 복도를 가로질러 가게 만들 것도 아니면서 말이다. 테사의 등 뒤에서 브래지어를 풀었다. 어깨끈을 내리고, 거추장스러운 물건을 바닥에 툭 던졌다.

"콘돔…."

테사가 한 번 더 다그쳤지만, 이내 숨을 들이마시며 말을 잊었다. 내가 드러난 테사의 젖꼭지를 빨았기 때문이다. 내 손길 하나하나에 테사는 민감하게 반응했다. 나는 테사와의 모든 순간을 음미하고 싶었다.

"쉬이…."

민감한 부위를 깨물며 테사를 조용히 시켰다. 그러나 잠시 후, 내가 더 이상 참을 수 없게 됐다. 나는 벌떡 일어나 박서 팬티만 입은 채로 건너 방으로 갔다. 콘돔 네 개를 쥐었다…. 너무 오버하는 건가? 하지만 오늘 밤 테사가 작정하고 덤벼드는 걸 보니, 서랍 가득한 콘돔이 다 필요할지도 모르겠다.

"네가 그리웠어."

테사가 수줍게 미소를 지으며 달콤하게 말했다. 그 다음 순간, 너무 크게 말한 걸 깨달았는지, 눈동자에 부끄러움이 서렸다.

"나도 그리웠어."

내 말은 느끼하게 들렸다. 쓸데없는 말 대신 테사 곁으로 다가갔다. 테사는 나신의 상체를 침대 헤드에 기대어 앉아 있었다. 무릎은 살짝 구부린 채. 테사는 완벽한 나체였다. 걸친 거라곤 허벅지에 드리워진 크림색 피부와 잘 어울리는 크림색 새틴 시트뿐.

나 자신을 추슬러야 한다. 침대로 뛰어들고픈 나를 억제해야 한다. 당장 시트를 찢고, 내 것인 그녀를 탐하고 싶었다. 부드럽고 천천히 즐기고 싶었다.

미소를 지으며 침대에 있는 여자를 쳐다보았다. 그녀의 시선도 나를 향해 있었다. 눈빛은 달콤했고 두 뺨은 진한 핑크색으로 물들었다. 침대 위 그녀 곁으로 가며 박서 팬티를 성급하게 끌어내렸다. 테사가 발을 들어 마저 끌어내리더니 한 손으로 내 페니스를 움켜쥐고 주물럭거렸다.

"세상에…."

온 정신이 테사의 손길에 집중되며 반사적으로 신음이 터졌다. 테사는 천천히 손목을 움직여 피스톤 운동을 하기 시작했다. 일정한 속도로 움직임을 유지하며, 테사가 자리에 누웠다. 나는 콘돔을 건네며 그 다음 해야 할 일을 조용히 일러주었다. 테사는 입술을 깨물며 내 지시에 따랐다. 콘돔이 페니스에 씌워졌다. 빌어먹을 이 피임법에 속으로 욕설을 퍼부었다. 맨살에 닿는 테사의 느낌은 끝내줬다. 한 번 맛보고 나니 더욱 갈망하게 되었다.

테사가 냉큼 내 위로 올라와 다리를 벌리고 앉았다. 단번에 그녀 안으로 미끄러져 들어갈 판이었다.

"잠깐⋯."

테사의 두 손을 잡아 저지하고, 내 옆자리 침대에 눕혔다. 영롱한 그녀의 눈빛에 혼란스러움이 스쳐 지나갔다.

"왜?"

"먼저 키스하고 싶어서 그래."

나는 테사의 목덜미를 감싸고 얼굴을 가까이 당겼다. 입술을 포개며 그녀에게서 몸을 떼었다. 너무 빨리 끝내고 싶지 않았으니까. 테사의 벗은 몸이 내게 밀착해왔다. 결국 내가 가질 그 몸을 잠시 감상했다. 그녀는 여기 있다. 늘 이곳에 있을 거다. 그리고 그건 그녀를 위해서 가치있는 시간일 거다.

몸을 일으켜 한쪽 팔에 기대 테사 위에 누우며, 무릎으로 그녀의 다리를 벌렸다.

"사랑해⋯, 너무너무. 알지?"

그녀의 입술 사이로 혀를 밀어 넣으며 물었다. 테사는 고개를 끄덕였다. 그러나 순식간에 두려움이 몰려왔다. 제드의 얼굴이 다시 떠올랐다. 그 녀석이 나의 테사에게 사랑을 고백하고, 테사는 기꺼이 그 고백을 받아들이고 있었다.

"나도 널 사랑해."

테사는 신음처럼 대답했다. 온몸에 소름이 일었다. 나는 순간적으로 얼어붙었다. 머뭇거리는 걸 알아챘는지, 테사가 내 머리를 헝클어뜨렸다. 그러더니 내 입술을 덮쳤다.

"한눈팔지 말고 나한테 집중해."

테사의 말투는 애원조였다. 모든 게 흐릿해졌다. 내 살과 닿아 있는 테사의 부드러운 몸 빼고는 아무 것도 필요 없다. 천천히 테사에게 몸을 밀착하자, 그녀 다리 사이가 젖어 있는 느낌이 났다. 강렬한 느낌이다. 아무리 테사를 가져도, 늘 충분치 않을 거다.

"사랑해."

테사는 똑같은 말을 반복했다. 나는 그녀를 최대한 꼭 끌어안았다. 마른 입술을 핥으며 테사 목덜미에 머리를 파묻었다. 귓가에 난잡한 말들을 쏟아내며 그녀가 내 이름을 신음하는 순간마다 입을 맞췄다.

척추 마디마디에 불이 붙으면서, 허리 아래로부터 묵직한 무언가가 치밀어 오르는 느낌이 들었다. 테사의 손톱이 내 등 깊숙이 파고들다가 어깨를 스쳤다. 마치 내 살갗에 새겨진 그 문구를 훑으려는 것처럼. 그래, 그건 테사를 위한 거였다, 오직 그녀만을 위한 타투였다.

'처음 당신을 만난 그날부터 절대로 헤어지지 않기만을 바랐다.'

이 약속을 지키기 위해서라면 뭐든 할 거다. 몸을 비스듬히 기대고 테사를 쳐다보았다. 한 손은 테사의 등 뒤에 있었고, 다른 한 손은 양쪽 젖가슴을 쓰다듬다가 목덜미 근처에 놓았다.

"느낌이 어떤지 말해줘."

뿌루퉁한 말투로 내가 말했다. 온몸을 타고 흐르는 이 희열을 겨우 붙잡고 있는 중이다. 우리 둘을 위해 이 기쁨을 더 오래 붙들고 싶었다. 우리가 함께 있는 이 공간을 갖고 싶었다.

움직임이 빨라졌다. 테사는 침대 시트를 움켜쥐었다. 나는 엉덩이를 세차게 움직이며, 갈망하던 테사의 안으로 난폭하게 나를 찔러 넣었다. 그럴수록 나를 휘어잡고 있는 테사의 파워가 더 확실해지고 더 강해지는 것 같았다.

"너무 좋아, 하딘…, 너무…."

낮은 목소리였다. 나는 탐욕스러운 야수처럼 테사의 신음을 죄다 삼켜버렸다. 테사의 몸이 뻣뻣해지기 시작하는 걸 느꼈다. 더 이상 참을 수가 없었다. 조용히 테사의 이름을 부르짖으며, 천천히 마지막 피치를 올렸다. 그리고 콘돔 속에 모든 것 쏟아냈다. 나는 거친 숨을 가누며 테사 옆으로 무너져 내렸다.

팔을 뻗어 테사의 몸을 끌어당겼다. 눈을 떴다. 테사의 매끄러운 피부는 땀범벅이 돼 있었다. 테사는 눈을 뜨고 천장에 달린 팬을 응시하고 있었다.

"괜찮아?"

끝이 좀 엉성했긴 했다. 그래도 테사가 그런 걸 좋아하니까.

"그럼, 당연하지."

테사는 벌거벗은 내 가슴에 쪽, 입을 맞추고 침대에서 내려갔다. 실망스런 신음이 터져나왔다. 테사가 티셔츠를 입는 바람에 몸이 가려졌다. 테사는 아까 트레이닝룸에서 머리에 걸치고 있던 땀에 전 티셔츠를 내게 건넸다. 나는 셔츠를 돌돌 말아 또 머리에 둘러 감았다.

"이거 어때?"

테사가 키득거리며 웃었다.

"완전 맘에 들어."

테사는 바닥에 있던 팬티를 집어, 춤을 추듯 흐느적거리며 입었다. 몸을 흔들 때마다 브래지어를 하지 않은 가슴이 멋지게 흔들렸다.

"이거 좀 편한데."

나는 머리를 가리켰다. 머리를 진짜 좀 잘라야겠다. 근데 항상 내 머리를 잘라주던 매즈는 스테프의 친구였다. 스테프를 떠올리니 다시 피가 끓어오르는 것 같았다.

'빌어먹을….'

"정신 차려, 하딘!"

테사의 목소리에 짜증나는 생각에서 일순간에 빠져나왔다. 나는 고개를 홱 들었다.

"미안."

테사는 잠옷을 입고 옆에 누워 리모콘으로 TV 채널을 이리저리 돌렸다. 나는 약간 멍해져서 숨을 고르고 있었다. 그러다 몇 분 동안 테사가 몇 번이나 한숨을 쉬고 있다는 걸 깨달았다. 그녀는 잔뜩 찌푸리고 있었다. 볼 만한 프로그램을 찾는 게 엄청 골치 아픈 일인 양.

"무슨 일 있어?"

"아냐."

거짓말을 하고 있다.

"말해봐."

내가 재촉하자, 테사가 얕은 숨을 토해냈다.

"아무 것도 아냐⋯. 그냥, 약간⋯."

테사의 두 뺨이 붉게 물들었다.

"덜 끝났거든."

"덜 끝났다고?"

나는 몸을 일으켰다.

"응, 안 끝났어⋯, 그러니까, 그랬다고."

테사가 더듬었다. 수줍어하는 테사의 모습은 언제 보아도 놀랍다. 내 귓가에 더 세게, 더 빨리, 더 깊게 해달라고 속삭이다가도 금세 말도 잇지 못한다.

"말을 끝까지 해봐."

"나, 절정에 오르지 못했어."

"뭐라고?"

목이 콱 막히는 것 같았다.

'내 욕정에 취해서 테사가 오르가슴에 오르지 못한 것조차 몰랐던 거야?'

"네가 멈췄어, 딱 그 전에⋯."

테사가 나지막이 설명했다.

"근데 왜 말 안 했어? 이리 와봐."

나는 테사의 티셔츠를 잡아당겨 머리 위로 끌어올렸다.

"뭐 하는 거야?"

말은 그렇게 했지만, 테사의 목소리는 흥분과 기쁨에 흔들렸다.

"쉬이⋯."

테사와 한 번 더 사랑을 나누고 싶다. 하지만 그러려면 재충전할 시간이 필요하다.

'잠깐, 그거야.'

"우리 전에 해봤던 거 해보자."

내가 히죽거리자 테사의 눈이 동그래졌다.

"연습이 완벽을 만든다는 말도 있으니까."

"그게 뭔데?"

그 순간 흥분 가득한 테사의 표정이 긴장감으로 바뀌었다. 나는 팔꿈치를 대고 누웠다. 그리고 테사를 가까이로 불렀다.

"뭔지 이해가 안 돼."

"이리 와서 네 다리를 여기에 놔봐."

나는 양쪽 머리 옆 빈 공간을 툭툭 치며 가리켰다.

"뭐?"

"테사, 이리 와봐. 와서 다리를 쫙 벌리고 내 얼굴 앞에 서봐. 내가 잘 알아서 확실하게 해줄 테니까."

천천히 그러나 분명하게 설명했다.

"아…."

주저하는 눈빛이었다. 나는 팔을 뻗어 스탠드 불을 껐다. 최대한 마음을 편안하게 해주고 싶었다. 어둠 속에서도 테사의 매끄러운 몸과 꽉 찬 젖가슴과 섹시한 엉덩이가 다가오는 걸 알 수 있었다.

테사는 팬티를 벗고, 시킨 대로 내 앞에 무릎을 꿇었다.

"가까이 보니까 꽤 볼 만한데."

짓궂게 놀리듯 말하자 갑자기 시야가 가려졌다. 머리에 두르고 있던 셔츠를 확 잡아내린 거였다.

"좋아, 이게 훨씬 더 흥분돼."

그녀의 허벅지에 대고 미소를 지었다. 테사는 대답 대신 내 머리를 장난스레 툭 쳤다.

"진짜야, 근데…, 이거 정말 섹시하다."

어둠 속에서 테사의 웃음소리가 들렸다. 두 손으로 테사의 엉덩이를 잡고, 움직임을 이끌었다. 테사의 그곳에 내 혀가 닿자, 테사는 스스로 엉덩이를 움직이기 시작했다. 환희의 절정에 다다를 때까지 테사는 내 머리카락을 움켜쥐고, 끊임없이 내 이름을 속삭였다.

30 · 테사

서서히 현실로 돌아왔다. 하딘이 내 곁에 있다. 그것만으로도 행복했다.

"어이."

그가 미소를 지으며 입을 맞췄다. 그 소리가 너무 나른하게 들렸다. 꼼짝도 하기 싫었다. 온몸이 쑤셨지만 느낌은 좋았다.

"안 가면 좋겠다…."

손끝으로 나뭇가지 타투를 더듬으며 내가 중얼거렸다. 나뭇가지가 마구 뒤얽혀 잡아먹을 듯 어두워 보였다. 나는 궁금해졌다. 하딘이 지금 새로운 타투를 한다면, 그래도 죽은 나무를 그리려나? 아니면 잎이 달린 나뭇가지를 그리려나? 어쨌거나 지금의 하딘이 더 행복하고 더 생기가 넘치는 거 아닐까?

"나도."

하딘이 덤덤하게 맞장구쳤다. 나는 절박함을 숨기지 못하고 애원했다.

"그럼 가지 마."

하딘은 내 등을 쓰다듬으며, 벌거벗은 내 몸을 끌어당겼다.

"나도 그러고 싶어. 근데 네가 그렇게 말하는 건, 내가 몇 번이고 널 가게 해줘서라는 것쯤은 알아."

당혹감을 감추려 코웃음을 쳤다.

"말도 안 돼!"

하딘이 깔깔대는 바람에 온몸이 들썩거렸다.

"그게 아니라…, 한동안 주말마다 같이 있으면서 상황을 보는 것도 괜찮잖아?"

"지금 나더러 주말마다 여기 오라는 거야?"

"매주는 아니고. 내가 그쪽으로 갈 수도 있고."

하딘의 눈을 보며 얘기하려고 고개를 살짝 기울였다.

"지금까지는 괜찮았잖아."

"테사…."

하딘이 한숨을 내쉬었다.

"내가 전에도 말했잖아. 장거리 연애인가 뭔가, 나한텐 안 맞는다고."

나는 어둑어둑한 방에서 천천히 돌아가는 천장 팬을 껌벅거리며 쳐다보았다.

"그래도 네가 여기 왔잖아."

하딘에게 항변하듯 말했다. 하딘은 한숨을 쉬며, 내 눈을 마주보았다.

"졌다."

"그럼, 우리가 일종의 합의를 했다고 생각해도 되는 거지?"

"네 제안은 뭔데?"

하딘은 심호흡을 하며 천천히 눈을 감았다.

"정확히는 나도 잘 모르겠어…, 생각해볼 시간을 좀 줘."

하딘한테 나는 무슨 제안을 하고 싶었던 걸까? 어쨌든 멀쩡한 관계를 유지하며 서로 떨어져 있을 수 있는 지금이 최적의 상태인 것 같다. 하딘과 내가 겪은 그 끔찍한 일들은 잊어야 한다. 그래야 땅에 떨어진 내 자존감도 회복할 수 있을 거다.

나는 꿈을 좇아 시애틀에 왔다. 그것도 홀로, 살 집도 없이. 하딘의 고집스런 소유욕과 집착 때문에 말이다.

"잘 모르겠어."

확실하게 주장할 제안이 떠오르지 않았다.

"그럼, 내가 이런 식으로 네 곁에 있어도 괜찮겠어? 최소한 주말 동안에만?"

하딘은 손가락으로 내 머리카락을 비비 꼬았다.

"응."

"매 주말마다?"

"될 수 있으면 매번."

나는 미소를 지어 보였다.

"이번 주처럼 매일 전화도 하고?"

"응."

단순하게 생각하는 하딘이 좋다. 통화를 하고 있으면 둘 다 시간 가는 줄도 모른다.

"그럼, 이번 주랑 똑같이 지내게 되겠네. 근데 잘 될지 모르겠어."

"왜?"

적어도 지금까지는 하딘한테도 잘 먹히는 것 같았다. 근데 왜 이렇게 지내는 걸 반대하는 걸까?

"넌 나 없이 시애틀에 있잖아. 그건 진짜로 같이 있는 게 아니잖아. 네가 다른 사람을 만나거나 사귈 수도 있고⋯."

"하딘."

나는 몸을 일으켜 하딘을 내려다보았다. 그의 시선은 나에게 꽂혀 있었고, 묶지 않은 내 머리카락이 하딘의 얼굴 위로 늘어졌다. 그는 늘어진 내 머리카락을 귀 뒤로 넘겨주었다.

"다른 사람은 만나거나 사귈 생각 없어. 내가 이러는 건 독립심을 기르고 싶어서야. 그리고 우리 둘 다 제대로 소통할 수 있기를 바라기 때문이고."

"난데없이 독립심이 왜 그렇게 중요해진 건데?"

하딘은 엄지로 내 귓바퀴를 부드럽게 쓰다듬었다. 등골에 작은 떨림이 느껴졌다. 내 정신을 산란하게 만들려던 거라면, 성공했다.

하딘의 부드러운 손길과 이글거리는 초록색 눈동자를 애써 외면했다. 왜 이런 얘기가 나오게 된 건지 이해시켜야만 한다.

"전에도 말한 적 있잖아. 최근까지, 내가 얼마나 너한테 의존적이었는지 모르고 살았어. 나는 그게 싫어. 그런 식으로 사는 게."

"난 좋아."

"넌 그렇겠지만, 난 아니라고."

사그라드는 자신감을 끌어모아 말했다. 잘했다고 나한테 등이라도 두드려주고 싶다. 한편으로는 두 손 들어 포기하려는 나에게 눈을 흘겨주었다.

"그럼, 이 거지 같은 독립심 프로젝트에서 내가 무슨 역할을 하면 되는데?"

"그냥 지금처럼 하면 돼. 나는 스스로 결정을 내릴 수 있어야 해. 너의 허락이나 네가 그걸 어떻게 생각하냐와 상관없이."

"확실히 내 허락을 구하는 거 같진 않네."

"하딘."

경고를 담아 그의 이름을 불렀다.

"나한테는 중요한 거야. 우리는 동반자로서… 동등한 관계가 되어야 해. 누구도 상대보다 더 큰 힘을 가져서는 안 돼."

어떻게든 적당한 말을 찾아내려 애를 썼다. 내가 뭘 원하는지…, 내게 뭐가 필요한지 제대로 설명하고 싶었다. 한 번은 이래야 했다. 이러는 게 나다운 거고, 내가 되고 싶은 내 모습이다. 나를 찾으려고, 진짜 내 모습은 어떤 건지 알아내려고 노력 중이다. 하딘이 내 곁에 있든 없든 말이다.

"동등한 관계? 힘? 분명한 건, 여기서는 네 힘이 더 세다는 거야. 그러니까 진정해."

"나만을 위한 게 아냐…. 이건 너한테도 좋은 거야. 너도 알잖아."

"그렇다고 해두자. 근데 우리가 다른 도시에 살면서 어떻게 사귄다고 얘기할 수 있겠어?"

결국 이 질문이다. 하딘이 도착한 다음부터 끊임없이 괴롭히던 바로 그 질문.

"글쎄, 그건 이제부터 방법을 찾아야겠지."

"물론 그러시겠지."

하딘이 고집스러운 표정을 지었다. 그러다 이내 누그러진 듯 내 이마에 입을 맞추었다.

"네가 했던 말 기억해? 누군가를 사랑하는 것과 그 사람 없이 살 수 없는 건 다르다고 했잖아."

"그 발언은 절대로 다시 듣고 싶지 않아. 진심이야."

하딘의 이마에 축축하게 붙어 있던 머리카락을 쓸어 넘겼다.

"그 말을 한 건 바로 너잖아."

한 번 더 상기시켰다. 손끝으로 하딘의 코 윤곽선을 따라 도톰한 입술로 내려갔다.

"나, 그때부터 그 말에 대해 엄청 많이 생각했어."

하딘은 짜증스럽게 신음을 토해냈다.

"아니, 왜?"

"네가 그런 말을 했을 땐 이유가 있었을 테니까."

"화가 나서 그랬어. 그게 다야. 뭣 때문에 그런 말을 했는지 생각도 안 난다고. 내가 그냥 머저리였지."

"암튼, 그 말이 머릿속에서 떠나질 않았어."

하딘의 코끝을 톡톡 쳤다.

"이젠 그러지 마. 그 두 가지가 다르지 않으니까."

하딘은 느릿느릿 말했다. 생각에 잠긴 말투였다.

"어떻게 그래?"

내 물음에 하딘은 싱긋 미소를 지었다.

"난 너 없이 살 수 없는데다, 널 사랑하거든. 그 두 가지는 뗄레야 뗄 수 없는 사실이지. 혹시라도 내가 너 없이 살 수 있다면, 그건 내가 더 이상 널 사랑하지 않는다는 거야. 분명한 건, 난 너와 떨어질 수 없다는 거지."

웃음이 나올 것 같아서 어금니를 꽉 깨물었다. 하딘도 내 기분이 밝아졌다는 걸 눈치 챈 듯했다.

방은 여전히 캄캄했지만, 하딘이 활짝 웃는 게 보였다. 이럴 때마다 숨이 멎을 것 같다. 하딘에게서 날 것 그대로의 아름다움을 발견하게 될 때 말이다. 하딘이 무방비 상태로 자연스럽게 굴 때, 나는 더 이상 바랄 게 없을 만큼 좋다.

"하루 더 있을 수 있어?"

내일도 하딘과 함께 보낼 수 있을까? 우리가 오전 내내 같이 있으면 좋을 텐데.

"부탁이야."

나는 하딘의 목덜미에 머리를 파묻었다.

"좋아."

하딘은 흔쾌히 대답하며 미소를 지었다. 이마에 대고 있던 그의 턱이 움직였다.

"근데 그럼 다시 내 눈 가려줘야 해."

하딘은 두 팔로 나를 감싸 안았다. 눈 깜짝할 사이, 나는 하딘의 몸 아래에 놓여 있었다. 그리고 잠시 후, 우리는 서로를 미친 듯이 탐했다. 몇 번이고, 밤이 새도록….

부엌으로 들어가 보니 아침식사가 차려져 있었다. 킴벌리는 화장기 없는 얼굴에 머리카락을 뒤로 깔끔하게 넘긴 모습이었다. 화장기 없는 얼굴은 본 적이 없었다. 화장 안 한 얼굴이 훨씬 낫다는 건, 그냥 나 혼자만 알기로 했다.

"드디어 일어났군요."

킴벌리가 명랑하게 인사를 건넸다.

"네, 네."

건성으로 대답하고 테이블에 놓인 커피 머신으로 갔다.

"몇 시쯤 출발할 거예요?"

킴벌리는 볼에 담긴 양상추를 집으며 물었다.

"내일까지는 안 가요, 그래도 괜찮다면."

머그잔에 커피를 따르고, 킴벌리를 향해 몸을 돌렸다.

"당연히 괜찮죠."

킴벌리가 환하게 웃었다.

"테사한테 못되게 굴지만 않는다면 말이죠."

"그럴 리가 없잖아요."

그때 크리스찬이 들어왔다.

"킴벌리 입에 재갈이라도 물려야겠어요."

크리스찬을 향해 내가 말했다. 그는 껄껄거리며 웃었고, 킴벌리는 나를 향해 가운데 손가락을 들어 보였다.

"고상하기도 해라."

내가 비아냥거렸다.

"자네 오늘 꽤 기분이 좋아 보이는군."

크리스찬은 의미심장한 웃음을 지었고, 킴벌리는 그를 째려보았다.

'이건 또 무슨 수작이야?'

"왜 그럴까?"

크리스찬이 말을 잇자, 킴벌리가 팔꿈치로 그를 툭 쳤다.

"크리스찬…."

킴벌리가 핀잔을 주자, 크리스찬은 고개를 저었다. 그러더니 장난스럽게 킴벌리의 공격을 막는 시늉을 했다.

"너무 보고 싶었던 테사를 만났으니까 그렇겠죠."

킴벌리가 크리스찬의 눈치를 보며 말했다. 크리스찬은 거대한 사이즈의 아일랜드 식탁에 놓인 과일 바구니에서 바나나를 집으며 어슬렁거렸다. 바나나 껍질을 벗기는 크리스찬의 눈빛은 장난스러움이 가득 담겨 빛나고 있었다.

"한밤중에 운동하는 소리가 들리던데, 그것 때문인가?"

순식간에 온몸의 피가 얼어붙는 것 같았다.

"뭐라고요?"

"진정해요…. 좋은 구경거리 직전에 크리스찬이 카메라를 껐어요."

킴벌리가 확인 사살을 했다.

'카메라? 빌어먹을.'

이 망할 놈의 영감탱이가 트레이닝룸에 카메라를 설치한 거다…. 제기랄, 아마 주요 출입구마다 보안 카메라가 달려 있을 거다. 크리스찬은 늘 멋진 척을 하지만 그 이면엔 끔찍한 집착증이 있었다.

"뭘 본 건데요?"

끓어오르는 분노를 꾹꾹 누르려 애를 썼다.

"아무 것도 못 봤어요. 테사가 들어가는 것만 봤어요. 계속 봐도 뻔할 거라고⋯."

킴벌리가 웃음을 참으려 입술을 깨물었다. 일순간 안도감이 일었다. 그 순간에 너무 빠져 있었다. 테사한테 너무 빠져 보안 카메라 따위 신경 쓸 겨를도 없었다. 나는 언짢은 눈으로 크리스찬을 쳐다보았다.

"애초에 그런 걸 왜 보고 있어요? 소름 끼치게. 운동하는 동안 나를 감시하다니."

"오버하지 말게. 주방 모니터를 보고 있었다네. 근데 그때 그 옆으로 갑자기 트리이닝룸 화면이 뜬 거지."

"그러시겠죠."

퉁명스럽게 말했다.

"하딘이 하룻밤 더 머물 거래요. 괜찮죠?"

킴벌리가 크리스찬에게 물었다.

"당연히 괜찮지. 난 왜 자네가 여기에 정착 못 하는지 모르겠어. 내가 볼트하우스보다 급여도 더 많이 준다고 했잖아."

"처음엔 그렇게 얘기하지 않았잖아요. 그게 문제였죠."

나는 젠 체하듯 웃으며 예전 얘기를 끄집어냈다.

"그거야 그땐 자네가 신입생이었잖나. 유급 인턴십을 하게 된 것만 도 행운인데, 학위도 없이 직장을 갖게 된 거니까."

크리스찬이 내 주장을 일축하듯 어깨를 으쓱했다.

"볼트하우스는 당신하고 생각이 다르던데요."

"그 자식들이 머저리라서 그렇지. 작년만 해도 우리 반스 출판사는 거기보다 훨씬 큰 순이익을 냈네. 나는 시애틀까지 사업 영역을 확장했고, 내년에는 뉴욕에도 사무실을 낼 계획이고."

"지금 자랑질하는 거예요?"

"맞아. 중요한 건 반스 출판사가 더 낫고, 더 크고, 테사가 일하는 곳이라는 걸세."

설득력을 높이려고 테사 이름까지 언급할 필요는 없었는데.

"자네 이번 학기 마치고 졸업이지? 괜히 섣불리 충동적으로 결정하지는 말게. 아직 시작도 안 했는데, 경력에 안 좋은 영향을 미칠 수도 있으니까."

크리스찬은 손에 든 과일을 한 입 베어 물었다. 나는 그를 쏘아보며, 명쾌하게 받아칠 말을 짜내려고 애썼다. 적당한 말이 떠오르지 않았다.

"볼트하우스는 런던에 지사가 있죠."

크리스찬은 불신의 눈초리로 나를 쳐다보았다.

"런던으로 누가 돌아가는데? 자네?"

크리스찬은 노골적으로 빈정거렸다.

"아마도요. 그렇게 계획을 세웠고, 지금도 그 계획은 유효하니까요."

"나도 그렇다네."

크리스찬은 곧 아내가 될 여자를 힐끗 쳐다보았다.

"자네는 절대 거기 가서 살지 않을 거야. 나처럼."

그 말에 킴벌리는 얼굴을 붉히며 호들갑을 떨었다. 정말 지금껏 만난 중에 제일 이상하고 정 떨어지는 커플이다. 닭살 돋게 쳐다보면서 둘이 얼마나 사랑하는지 보여주려고 안달하는 것 같다. 짜증스럽고 불편하다.

"이제 알아듣겠나?"

크리스찬이 히죽거리며 웃었다.

"동의할 수 없어요."

"동의해야죠."

킴벌리가 무서운 사감 선생님처럼 쏘아붙였다.

나는 대꾸도 없이 커피 잔을 들고 등을 돌려버렸다.

32 · 테사

아침이 너무 빨리 왔다. 잠에서 깨어 보니 침대 옆자리가 비어 있었다. 시트에 하딘이 자고 난 흔적이 그대로 남아 있다. 일어난 지 몇 분 안 된 모양이었다.

때마침 하딘이 조용히 방으로 들어왔다. 손에 커피 잔이 들려 있었다.

"굿 모닝."

내가 깬 걸 알고 그가 인사를 건넸다.

"굿 모닝."

목이 뻑뻑하고 콱 잠겨 있었다. 하딘이 내 입안으로 거칠게 돌진하며 움직이던 게 떠올라 가슴이 철렁했다.

"기분 어때?"

하딘은 커피 잔을 서랍장 위에 놓고는 침대로 다가왔다. 그는 내 옆에 걸터앉았다.

"대답해봐."

내가 머뭇거리자 하딘이 재촉했다.

"응, 좀 쑤셔."

팔다리를 앞으로 쭉 뻗었다. 그래…, 확실히 온몸이 쑤신다.

"어디 갔었어?"

"커피 가지러. 랜던한테 오늘 못 간다고 전화했고."

하딘이 술술 대답했다.

"아직도 내가 더 있길 원한다면 말이야."

"당연히 원하지."

그를 향해 고개를 끄덕였다.

"근데 왜 랜던한테 전화해줘야 해?"

하딘은 머리카락을 쓸어 넘겼다. 내 표정을 읽는 듯 온통 시선은 내게 집중되어 있었다. 불현듯 무언가 놓치고 있는 게 있다는 느낌이 들었다.

"대답해봐."

하딘의 말을 그대로 따라 했다.

"걔가 너네 아빠를 돌봐주고 있거든."

"왜?"

'왜 우리 아빠를 돌봐줘야 하는 거지?'

"너네 아빠가 제정신으로 돌아오려고 애쓰는 중이거든. 그를 아파트에 혼자 둘 만큼 어리석진 않으니까."

"거기에 술 있잖아?"

"다 치웠어. 그냥 좀 넘어가, 오케이?"

그의 말투는 더 이상 부드럽지 않았다. 뭔가 급박한 상황인 거다. 하딘은 확실히 긴장하고 있었다.

"그냥 넘어갈 일이 아니잖아. 뭐 숨기는 거 있어?"

나는 팔짱을 꼈고, 하딘은 푹 한숨을 내쉬며 눈을 꿈벅였다.

"네가 모르는 일이 좀 있어. 근데 그냥 날 좀 믿어줘."

"나쁜 일이야?"

두려움이 엄습했다.

"그냥 날 믿어."

"뭘 믿으라는 거야?"

"내가 알아서 잘 처리할게. 그리고 때가 되면 다 얘기해줄게. 별로 중요한 거 아니야. 제발 이번엔 나를 좀 믿어줘. 내가 알아서 할 테니까."

이런 상황이 될 때면 늘 망상과 공포가 밀려와 온몸이 떨린다. 순식간에 하딘의 휴대전화를 낚아채서 랜던에게 전화를 걸려고 했다. 그러다 하딘의 표정을 보고 동작을 멈추었다. 그가 온몸으로 자기를 믿어달라고 애원 중이었다. 무슨 일이 일어나든 다 자기가 처리할 수 있을 거라고. 솔직히 말하면, 지금 당장은 내 문제만으로도 골치가 아파서 다른 일이 있더라도 어떻게 할 수도 없다.

"알았어."

나는 한숨을 쉬었다. 하딘은 미간을 찌푸리며 머리를 갸우뚱거렸다.

"정말?"

내가 쉽게 넘어가주는 바람에 깜짝 놀란 것 같았다.

"응. 최선을 다해 걱정하지 않도록 해볼게. 대신 정말 내가 모르는 게 더 낫다고 약속해줘."

하딘이 고개를 끄덕였다.

"약속해."

하딘을 믿는 수밖에 없다. 결국 하딘에게 승복하고 말았다. 도대체 무슨 일이 생긴 건지 알고 싶어 미치겠지만, 생각하지 않으려 애를 썼다. 그를 전적으로 믿어야 한다. 그를 믿어보겠다는 나의 결심을 믿어야 한다. 지금 그를 믿지 못한다면, 앞으로 우리 미래를 어떻게 믿을 수 있겠는가.

내가 한숨을 내쉬자, 하딘이 슬며시 미소를 지었다.

33 · 테사

"어젯밤 클럽 오프닝 행사에 와준 손님들한테 감사 인사장 쓰고 있어요."

부엌으로 들어가니 킴벌리가 울 듯한 표정으로 편지 봉투를 흔들어 보였다.

"두 사람은 오늘 스케줄 어때요?"

주소가 적힌 봉투 더미와 아직도 써야 할 무더기를 번갈아 쳐다보았다. 대체 크리스찬은 얼마나 많은 사업에 투자하고 있는 걸까? 감사장을 보낼 '사업 파트너'들이 이렇게 많다면 말이다. 하긴 이 집 크기만 봐도 알 수 있다. 크리스찬이 반스 출판사와 재즈 클럽 정도를 운영해서 살 수 있는 집은 아니니까.

"아직 잘 모르겠어요. 하딘이 샤워하고 나오면 얘기해봐야죠."

하딘 혼자 샤워하라고 억지로 등을 떠밀었다. 내가 샤워하는 동안 자기를 내쫓고 욕실 문을 잠갔다고 여전히 부루퉁한 상태였다. 몇 번이고 좋게 말했지만 소용없었다. 여긴 반스 씨 집이다. 이 집에서 둘이 샤워한 걸 그들이 알면 얼마나 어색해지겠는가. 하딘은 막무가내였다. 어젯밤 내내 이 집에서 훨씬 이상한 짓을 많이 했는데 무슨 상관이냐는 게 그의 논리였다.

하딘이 애걸복걸 했지만, 나는 고집을 굽히지 않았다. 트레이닝룸에서의 정사는 순수한 욕정에서 비롯된 우발적인 사건이었다. 그리고 내 방에서 사랑을 나눈 건 해당 사항이 아니다. 어쨌든 거긴 내 방이니까. 나는 성인이고, 서로 합의된 상대와는 합법적으로 섹스할 수 있다. 근데 같이 샤워하는 건 얘기가 다르다.

하딘은 내 말에 동의하지 않았다. 할 수 없이 나는 하딘에게 부엌에서 물 한 잔 가져다 달라고 부탁했다. 그는 내 연기에 걸려들었다. 그가 방을 나서자마자 나는 잽싸게 욕실로 들어가 문을 잠갔다. 하딘이 들여보내달라고 짜증을 부렸지만 무시했다.

"하딘한테 시내 관광하자고 해요."

킴벌리가 말했다.

"이 도시는 곳곳에 볼거리가 많아요. 그가 이사하기로 마음먹는 데 도움이 될 거예요."

지금은 이런 무거운 대화를 하고 싶지 않았다.

"그쵸…. 그런데 사샤는 좋은 사람 같아 보이던데요."

어물쩍 화제를 넘기려 엉뚱한 소리를 했다. 킴벌리는 콧방귀를 뀌었다.

"사샤요? 글쎄요."

"그녀도 맥스 씨가 유부남인 건 알죠?"

"당연히 알죠."

킴벌리는 입술에 침을 발랐다.

"그걸 그 여자가 상관하느냐? 전혀 안 하죠. 그 여자는 맥스의 돈과 그한테 붙어 있으면 얻을 수 있는 값비싼 보석들을 좋아하는 거예요. 맥스의 와이프나 딸 같은 건 안중에도 없겠죠."

킴벌리는 열을 올렸다. 적어도 이 주제만큼은 의견 일치를 봤다는 데 안심이 되었다.

"맥스는 좀 밥맛이에요. 그리고 놀랐어요. 아무 거리낌 없이 다른 사람들 있는 데에 그 여자를 데리고 오다니. 드니즈나 릴리안이 그 여자의 존재를 알게 되는 것조차 신경 쓰지 않나 봐요?"

"드니즈도 이미 알고 있을 거예요. 맥스 같은 남자라면 그동안 사샤 같은 여자가 수도 없이 많았을 테니까. 가엾은 릴리안은 벌써 자기 아버지를 경멸하고 있고요. 그러니까 드니즈가 안다고 해도 달라질 건 없는 거죠."

"정말 슬프네요. 그분들, 대학생 때 만나서 결혼했다던데…."

킴벌리가 맥스 씨와 그 가족 얘기를 얼마나 알고 있는지는 모르겠다. 하지만 이렇게 열변을 토하는 걸로 봐서는 전혀 모르는 건 아닌 듯했다.

"대학교 졸업하자마자 결혼했대요. 꽤나 큰 스캔들이었지요."

킴벌리는 대단히 흥미진진한 얘기인 듯 두 눈을 반짝였다.

"맥스한테는 결혼할 정혼자가 있었대요. 가까이 지내던 다른 집안의 딸이요. 일종의 정략 결혼이죠. 맥스 아버지 때부터 물려받은 재산이 상당했나 봐요. 그래서 맥스가 저렇게 망나니가 된 거 같긴 해요. 맥스한테 다른 여자랑 결혼해야 한다는 얘기를 듣고 드니즈는 완전히 무너져 내렸대요."

킴벌리는 당시에 같이 있었던 것처럼 술술 얘기를 풀어나갔다. 근데 뭐, 남의 얘기라는 게 늘 그런 거 아니겠어?

"어쨌든, 졸업하고 맥스가 아버지 등에 칼을 꽂았죠. 결혼식장에서 기다리는 신부를 버리고 도망갔거든요. 결혼식 당일 맥스가 턱시도 차림으로 트리시와 켄이 사는 데로 와서는 드니즈가 나올 때까지 문 앞에서 기다렸대요. 그날 밤에 다섯이 모여서 위스키랑 갖고 있던 돈을 털어서 신부님 한 분을 매수했나 봐요. 그래서 드니즈와 맥스는 자정 직전에 결혼을 했어요. 몇 주 지나 바로 릴리안을 임신했고요."

맥스 씨가 사랑의 열병을 앓는 청년이었다니, 상상이 안 갔다. 턱시도를 입고 런던 시내를 질주하고, 사랑하는 여자를 쫓아다녔다니. 그런데 이제는 어떻게 하면 사샤 같은 여자를 침대로 끌어들일까 궁리하면서 그토록 사랑했던 여자를 배신하는 남자가 되었다니.

"크리스찬의…."

호칭을 뭐라고 불러야 할지 잘 모르겠다.

"스미스의 엄마 말이에요. 그분도…."

이해한다는 듯 미소를 지으며, 킴벌리가 더듬거리는 내 얘기를 마무리 지어줬다.

"로즈는 몇 년 후에 만났대요. 크리스찬은 두 커플 사이에 늘 깍두기처럼 끼어 있었어요. 맥스랑 켄이 먼저 미국에 와 있었고, 크리스찬이 미국으로 왔을 때…, 그때 로즈를 만난 거예요."

"두 사람은 얼마나 결혼 생활을 했는데요?"

혹시나 이 대화가 불편한 건 아닌지 킴벌리의 눈치를 살폈다. 그 친구들 얘기를 듣고 싶다는 욕망을 멈출 수가 없었다. 바라는 건, 내가 폭풍 질문을 해대도 킴벌리가 놀라지 않았으면 하는 거다. 그 정도는 나를 파악하고 있겠지.

"겨우 2년 살았어요. 사귀고 얼마 안 돼서 로즈가 병에 걸렸거든요."

킴벌리의 목소리가 떨렸다. 킴벌리는 눈물을 꾹 삼켰다.

"그래도 크리스찬은 결혼식을 강행했어요…. 로즈는 휠체어에 탄 채로 버진 로드에 입장했대요…, 그녀의 아버지가 억지를 부렸거든요. 절반쯤 갔을 때, 크리스찬이 내려와서 그녀의 휠체어를 밀고 들어갔대요."

킴벌리는 흐느껴 울며 말을 멈추었다. 나도 툭 떨어진 눈물을 훔쳐냈다.

"미안해요."

킴벌리는 희미하게 미소를 지었다.

"이 얘기는 정말 오랜만에 하네요. 그래서 감정이 너무 북받쳤나 봐요."

그녀는 카운터 테이블 저쪽에 있는 티슈 상자에서 티슈를 한 뭉치 꺼냈다. 그리고 나한테도 건넸다.

"이 얘기는 저이의 화려한 언변과 총명함 뒤에 믿을 수 없을 만큼 사랑이 가득한 남자가 숨어 있다는 걸 내게 일깨워주죠."

킴벌리는 나를 쳐다보다가 문득 봉투 더미로 시선을 떨궜다.

"이런, 카드에 눈물이 떨어졌네!"

킴벌리가 꽥 소리를 질렀다. 금세 멀쩡해진 목소리다.

로즈와 스미스 얘기를 더 물어보고 싶었다. 대학생 때의 켄과 트리시 얘기도. 하지만 킴벌리를 다그치고 싶진 않았다.

"크리스찬은 로즈를 사랑했어요. 로즈는 그를 치유해주었고요, 죽어 가면서도 말이에요. 크리스찬은 평생 그 한 여자만 사랑했어요. 결국 그녀가 세상을 떠나면서 깨지고 말았지만요."

너무나 애절한 사랑 이야기였지만, 나는 뭔가 혼란스러워졌다. 크리스찬이 사랑한 유일한 여자는 뭐며, 왜 그는 치유가 필요했던 걸까?

킴벌리는 코를 훌쩍이며 시선을 옮겼다. 나고 복도 쪽으로 몸을 돌렸다. 하딘이 어색한 눈초리로 킴벌리와 나를 번갈아 쳐다보고 있었다. 부엌에서 펼쳐진 때 아닌 광경에 어안이 벙벙한 모양이다.

"음, 내가 좋지 않은 타이밍에 나타났나 보네."

하딘의 말에 웃음이 나왔다. 얼마나 우리가 이상하게 보였을까. 카운터 테이블에는 카드와 봉투가 잔뜩 쌓여 있고, 그 앞에서 둘이 울고 있었으니.

샤워를 마친 하딘의 머리는 젖어 있었고, 말끔하게 면도가 되어 있었다. 검정 티셔츠에 청바지를 입은 모습이 숨이 막히도록 멋졌다. 맨발에 잔뜩 심각해진 표정으로 조용히 나에게 손짓 했다.

"두 사람, 오늘 같이 저녁 먹을 수 있을까요?"

킴벌리가 우리에게 물었다.

"그럼요."

내 대답과 동시에 하딘이 말했다.

"아니요."

킴벌리는 깔깔거리며 고개를 가로저었다.

"둘이 의견 일치를 보면 알려줘요."

하딘과 나는 현관문 앞에서 나갈 준비를 하고 있었다. 옆방에서 갑자기 크리스찬이 튀어나왔다. 만면에 환한 미소를 띠고 있었다.

"밖이 많이 추운데 외투는 어댔나, 친구?"

"첫째, 외투 같은 건 필요 없고요. 둘째, 나는 친구가 아니에요."

하딘은 기가 막힌다는 표정을 지었다.

크리스찬은 현관문 옆, 옷걸이에 걸려 있던 두툼한 네이비색 피코트를 꺼냈다.

"이거 입지. 후끈후끈할 정도로 따뜻할 테니까."

"됐어요."

"만용 부리지 마. 밖은 영하 5도야. 이 숙녀분도 자네가 따뜻하게 해드려야지."

크리스찬은 장난스럽게 말했고, 하딘은 내 차림새를 훑어보았다. 두꺼운 퍼플 스웨터에 퍼플 코트, 퍼플 비니까지. 처음 썼을 때부터 계속 놀림 받던 그 비니였다. 우리가 함께 스케이트를 타던 날 밤에도 똑같은 차림이었다. 변하지 않는 게 있긴 한가 보다.

"알았어요."

하딘은 구시렁거리며 코트를 입었다. 처음 보는 모습이었지만 놀라지 않은 척을 했다. 큼지막한 갈색 단추는 하딘의 스타일과 잘 어울려 남성미를 강조했다. 새로 입은 청바지는 점점 더 마음에 들었다. 거기에다 심플한 검정색 티셔츠, 검정색 부츠, 그리고 새 코트까지. 잡지 화보를 찢고 나온 듯한 모습이었다. 아무 노력도 없이 이렇게도 완벽해질 수 있다니, 어쩐지 불공평하다.

"다 봤어?"

하딘의 말에 퍼뜩 정신을 차렸다. 그는 싱긋 웃으며 내 손을 감싸 쥐었다. 손은 따뜻했다.

그때, 거실에 있던 킴벌리가 황급히 우리를 불러 세웠다. 뒤에 스미스가 따라오고 있었다.

"잠깐만요! 스미스가 물어보고 싶은 게 있대요."

킴벌리는 사랑스러운 미소를 지으며 곧 아들이 될 꼬마를 내려다보았다.

"물어보렴, 아가야."

금발의 꼬맹이가 하딘에게 물었다.

"나랑 사진 찍어줄 수 있어요? 숙제 때문에 그러는데."

"뭐라고?"

하딘은 창백해진 낯빛으로 나를 쳐다보았다. 하딘은 사진 찍히는 걸 끔찍하게 싫어한다.

"콜라주 같은 걸 하고 있나 봐요. 스미스가 거기에 당신 사진도 넣고 싶대요."

킴벌리가 하딘을 보며 말했다. 나는 애절한 눈빛으로 하딘을 쳐다보았다. 제발 자기를 우상처럼 여기는 가엾은 어린 아이의 소망을 거절하지 말아 달라는 무언의 압박이었다.

"음, 그럴까?"

하딘은 발걸음을 돌려 스미스를 바라보았다.

"테사 누나도 같이 찍을까?"

스미스가 어깨를 한 번 으쓱했다.

"그러든지요."

스미스를 향해 미소를 지어 보였지만, 알아차리진 못한 거 같았다. 하딘은 '그래 봤자, 얘는 나를 더 좋아해'라는 듯 의기양양한 표정으로 나를 쳐다보았다. 거실로 들어가 비니를 벗고 손목에 차고 있던 밴드로 머리를 하나로 묶었다. 하딘에게는 꾸미지 않아도 자연스러운 아름다움이 있다. 그런데 그가 한 거라곤 불편한 듯 인상을 쓰며 서 있는 것뿐이었다. 그것만으로도 하딘은 완벽해 보였다.

"얼른 찍을게요."

킴벌리의 말에 하딘은 내게 바짝 다가섰다. 그러더니 귀찮은 듯 내 허리에 팔을 둘러 안았다. 나는 최선을 다해 활짝 웃는 표정을, 하딘은 어색한 듯 어정쩡한 미소를 지었다. 하딘을 쿡 찌르자, 미소가 환하게 밝아졌다. 그 순간을 놓치지 않고 킴벌리는 셔터를 눌렀다.

"고마워요."

킴벌리는 정말로 고마워하는 것 같았다.

"가자."

현관으로 그를 따라 나왔다. 나오기 전 스미스에게 손 인사를 해주는 걸 잊지 않았다.

"엄청 친절하게 잘했어."

"그러거나 말거나."

하딘은 미소를 지으며 내게 입술을 포개었다. 찰칵, 카메라 셔터 소리가 들렸다. 얼른 하딘에게서 떨어졌다. 킴벌리가 우리를 향해 렌즈를 고정시키고 있는 게 보였다. 하딘은 고개를 돌려 내 뒤에 숨었다. 킴벌리는 또 다시 셔터를 눌렀다.

"그만해요, 젠장."

하딘이 한마디 하고는 나를 끌고 문밖으로 나왔다.

"질리는 이놈의 가족들, CCTV에 사진까지."

하딘이 중얼거렸고, 나는 등 뒤로 묵직한 현관문을 닫았다.

"CCTV?"

"아무 것도 아니야."

차가운 공기가 우리를 휘감았다. 재빨리 머리를 풀고, 모자를 다시 눌러썼다.

"네 차 타고 가서 일단 엔진오일부터 교환하자."

휘몰아치는 바람을 가르며 하딘이 말했다. 차 키를 꺼내주려 코트 앞주머니에 손을 넣었다. 하딘은 고개를 가로저으며 키 체인을 내 앞에 달랑달랑 흔들었다. 눈에 익은 초록색 밴드에 차 키가 걸려 있었다.

"내가 준 선물은 다 놓고, 네 차 키는 안 가져갔더라."

"아⋯."

나에게 가장 소중했던 물건들을 침대 위에 놓아두었다. 한때 우리가 모든 걸 나눴던 그 침대 위에. 그리고 나는 그대로 떠나버렸다. 새삼 그 기억이 고스란히 떠올랐다.

"다시 줬으면 좋겠어, 괜찮다면 말이야."

하딘은 차에 올라타며 어깨너머로 웅얼거렸다.

"당연히 그래야지."

하딘은 히터를 최대한 세게 틀고는 내 손을 잡았다. 마주잡은 손은 내 허벅지 위에 놓고, 손가락으로 내 손목을 따라 패턴을 그려나갔다. 한때 그가 준 팔찌가 자리잡고 있던 손목이었다.

"네가 팔찌까지 두고 간 거⋯, 정말 싫었어. 여기 있어야 하는 건데."

하딘이 내 손목을 꽉 쥐었다.

"알아, 나도."

기어들어가는 목소리였다. 하루도 빼놓지 않고, 그 팔찌가 그리웠다. 전자책 리더기도. 하딘이 써준 그 편지도. 매일 편지를 읽고, 또 읽고 싶었다.

"혹시 다음 주말에 올 때 가져다줄 수 있어?"

"그래."

말은 그렇게 하면서도 하딘의 시선은 도로에 꽂혀 있었다.

"근데, 왜 엔진오일 교환하러 가는 거야?"

우리는 긴 진입로를 벗어나 주택가 도로로 접어들었다.

"갈아야 하니까."

하딘은 앞 유리창에 붙어 있는 작은 스티커를 가리켰다.

"알았어…."

"지난 몇 달 동안 네 차 엔진오일을 신경 써준 유일한 사람인데, 그게 새삼 놀라워?"

하딘 말이 맞다. 그는 그동안 내 차를 관리해주던 유일한 사람이었다. 때로는 그가 필요 이상으로 차를 손보는 데 집착한다고 생각했었다.

"모르겠어. 가끔 우리가 평범한 커플이라는 걸 잊어버릴 때가 있어."

우물쭈물하며 내가 대답했다.

"무슨 말이야?"

"사소하고 평범한 것들을 기억하는 게 쉽지 않다는 거지. 이렇게 엔진오일 가는 거라든지…."

옛 기억들이 떠올라 슬며시 미소를 지었다.

"우리가 티격태격할 때에는 말이야."

"네 말이 맞는 것 같아. 내가 저지른 온갖 만행들에도 불구하고, 나에 대한 괜찮은 기억이 남아 있다니 그나마 다행이네."

"너만 그런 게 아니잖아. 우리, 같이 실수했던 거지."

하딘의 말을 바로잡았다. 하딘의 잘못이 항상 더 큰 파장을 불러일으키긴 했지만. 그렇다고 내가 아무 잘못이 없는 건 아니었으니까. 서로를 비난하고 책임을 떠넘기는 건 그만둬야 한다. 그 대신 우리는 다음 단계로 나아가기 위해 노력해야 한다. 과거에 저지른 잘못에 대해 자책만 하고 있을 수는 없다. 하딘은 자신을 용서할 방법을 스스로 찾아야 한다…. 그래야 앞으로 나아갈 수 있고, 그가 진정으로 되고 싶어 하는 사람이 될 수 있을 거다.

"넌 아니야."

하딘이 싸울 기세로 맞받아쳤다.

"누가 잘못했네 아니네 하며 옥신각신하지는 말자. 대신에 엔진오일 갈고, 같이 뭐 하면 좋을지나 정하자고."

"넌 일단 새 휴대전화를 사."

하딘이 말했다.

"몇 번이나 말해? 나 새 폰 필요 없다니까…."

나는 뾰로통하게 말했다. 그래, 내 휴대전화 고물이고 느려 터졌다. 그래도 새 걸 장만하려면 너무 큰돈이 든다. 지금 당장은 그런 데 돈 쓸 여유가 없다.

"그럴 여유가 없어. 아파트 구하고 생활비 쓰려면 돈을 아껴야 해."

나는 살짝 눈을 흘겼다.

"한 번 상상해봐. 너한테 새 폰이 있으면 우리가 할 수 있는 것들을. 소통할 수 있는 방법들이 훨씬 더 많아질 거야. 그리고 내가 사주면 되잖아. 그러니까 돈 얘기는 다신 꺼내지 마."

"이런 상상밖에 안 되는데? 네가 내 폰을 추적해서 내가 어디 있는지 알아내겠지, 이런…."

하딘이 진짜로 사줄까 봐 일부러 한 말이었다.

"그런 거 아냐. 화상 채팅 같은 거 말야."

"그런 걸 왜 하려고 그러는데?"

하딘은 나를 꼭 다른 세계 사람인 듯 쳐다보다가 고개를 저었다.

"블링블링한 새 폰으로 나를 매일 볼 수 있다고."

순간 화상 채팅과 폰섹스가 떠올랐다. 부끄러운 줄도 모르고, 하딘이 자위하는 장면을 화면으로 보고 있는 나를 상상해버렸다.

'왜 이러는 거니?'

두 볼이 확 달아올랐다. 하딘은 한 손가락으로 내 턱을 받치더니 나에게 눈을 맞췄다.

"그걸 생각해봐…. 내가 너한테 해줄 수 있는 온갖 난잡한 짓들 말이야."

"싫어, 안 할래."

나는 고집스레 거절하며 화제를 바꿨다.

"내 새 사무실 진짜 좋아…, 전망이 끝내줘."

"그래?"

하딘의 목소리는 금세 풀이 죽었다.

"근데 구내 식당 전망이 훨씬 더 좋아. 트레버 사무실이…."

말을 꺼내다 중간에 멈췄지만 너무 늦었다. 하딘이 나를 노려보고 있었다. 말 끝내기를 기다리는 듯했다.

"아냐, 계속해봐."

"트레버 사무실 전망이 제일 좋아."

내심 떨렸지만, 생각보다 담담하게 말이 나왔다.

"얼마나 자주 그 사무실에 간 거야?"

나를 바라보는 하딘의 눈동자가 흔들렸다. 그러다 하딘은 다시 시선을 길로 옮겼다.

"이번 주엔 두 번. 점심을 같이 먹거든."

"뭐가 어쨌다고?"

하딘이 벌컥했다. 저녁식사하기 전까지 트레버 얘기는 꺼내지 않았어야 했다. 아님 아예 입 밖에 내지 말았어야 했다.

"보통 그 사람하고 점심 먹어."

실토하고 말았다. 하필 빨간 신호에 걸려 차까지 멈춰서는 바람에 온몸으로 쏟아지는 하딘의 눈초리를 고스란히 받아야 했다.

"매일?"

"응….."

"뭐 특별한 이유라도 있어?"

"나랑 점심시간이 같은 건 그 사람밖에 없어. 킴벌리는 크리스찬을 보필하느라 너무 바쁘거든. 킴벌리는 점심시간도 없어."

열심히 해명을 했다.

"그럼 점심시간을 바꾸면 되겠네."

신호등이 초록으로 바뀌었다. 하지만 하딘은 출발할 생각조차 하지 않았다. 뒤에서 서 있던 차들이 성난 듯 경적을 울려댔다.

"난 점심시간 바꾸지 않을 거야. 트레버는 내 회사 동료고. 이 얘긴 여기서 끝!"

"글쎄."

하딘이 한숨을 내쉬었다.

"난 네가 그 빌어먹을 녀석과 점심 안 먹었으면 좋겠어. 그 녀석, 못 견디겠거든."

나는 웃음을 터뜨리며, 내 다리 위에 놓여 있던 하딘의 손 위에 내 손을 포갰다.

"말도 안 되는 질투야. 트레버 말고는 나랑 점심 먹어줄 사람이 아무도 없어. 그리고 나랑 같은 시간에 점심을 먹는 여자 둘이 일주일 내내 나한테 못되게 굴었단 말이야."

하딘은 자연스럽게 차선을 바꾸며, 나를 힐끗 보았다.

"무슨 소리야? 누가 너한테 못되게 굴어?"

"대놓고 그러는 건 아닌데, 나도 모르겠어. 피해망상인가 봐."

"무슨 일인데? 말해봐."

하딘이 나를 다그쳤다.

"심각한 건 아니야. 그 여자들이 별 이유 없이 나를 싫어하는 것 같은 느낌이 들어. 나를 보면 쑥덕거리거나 낄낄대거든. 트레버는 걔들이 가십 거리를 좋아한다고 하는데, 내가 이 회사에 어떻게 들어왔는지 알 만하다고 말하는 것도 들었거든."

"뭐라 그랬다고?"

하딘이 코웃음을 쳤다. 핸들을 움켜쥔 그의 주먹이 새하얘졌다.

"그래서, 뭐라고 했어? 아니면 크리스찬한테 말했어?"

"안 했어. 문제 일으키고 싶지 않아. 여기 온 지 겨우 일주일이잖아.

여고생처럼 몰래 일러바치거나 그러는 건 싫어."

"엿이나 먹으라 그래. 뭐라고 대응을 했어야지. 아님 내가 크리스찬한테 직접 말할 거야. 걔들 이름 뭐야? 내가 알 수도 있어."

"별 일 아니야."

어떻게든 내가 불붙인 도화선의 불을 꺼야 한다.

"어느 회사나 그런 말 많은 사람들 다 있잖아. 하필 타깃이 내가 됐을 뿐이야. 일을 확대시키고 싶지 않아. 일단 여기에서 잘 적응하고, 가능하면 친구도 만들었으면 좋겠어."

"그런 일은 일어나지 않을 거야. 못되게 구는 것들을 그냥 두고, 빌어먹을 트레버 녀석이랑 계속 어울리면 말이야."

하딘은 입술을 핥으며 크게 한숨을 내쉬었다.

나도 똑같이 한숨을 쉬며 하딘을 쳐다보았다.

"트레버는 나한테 친절하게 대해주는 유일한 사람이야. 원래 알고 있던 사람이기도 하고. 그래서 그 사람하고 같이 점심을 먹는 것 뿐이야."

시선을 돌려 창밖으로 스쳐 지나가는, 내가 제일 좋아하는 도시의 풍경을 보고 있었다. 언제 터질지 모르는 폭탄을 기다리며 조마조마한 마음으로.

하딘은 아무 말이 없었다. 대신 눈에서 레이저라도 뿜을 기세로 앞만 쳐다보았다.

"랜던이 너무 보고 싶어."

"걔도 너 보고 싶대. 너네 아빠도."

한숨이 저절로 나왔다.

"아빠가 어떻게 지내는지 묻고는 싶은데, 물어봤다간 줄줄이 몇 십

개는 물어보게 될 거야. 알잖아, 내 성격."

걱정이 뭉게구름처럼 피어올랐다. 억지로 꾹꾹 눌러 덮었다.

"너무나 잘 알지. 그래서 대답 안 하려고."

"카렌이랑 너희 아버지는? 우리 부모님보다 두 분이 더 보고 싶어. 정말 비극 아니니?"

"너네 부모님을 생각하면 그럴 수도 있지."

하딘이 콧잔등을 찌푸렸다.

"그 두 분은 잘 계신 거 같아. 별로 신경 안 써서 잘 모르겠지만."

"여기가 얼른 내 집처럼 느껴졌으며 좋겠어."

시트에 파묻혀 앉으며 무심코 내뱉은 말이었다.

"아직까지는 시애틀을 좋아하는 것 같지 않은데, 넌 여기서 대체 뭐 하고 있는 거야?"

하딘은 작은 건물 주차장에 차를 세웠다. 정면 시멘트 벽에는 '15분 엔진오일 교체, 친절한 서비스'라는 큼지막한 노란색 간판이 걸려 있었다.

하딘의 말에 뭐라고 대답해야 할지 모르겠다. 이곳으로 옮긴 게 잘한 걸까 하는 의심과 두려움을 하딘과 나누는 게 어쩐지 꺼려졌다. 하딘을 믿지 못해서가 아니다. 괜히 얘기했다가 하딘이 나에게 다시 돌아오라고 종용하게 될 것 같아서다. 당장은 격려와 위로의 말을 들을 수도 있겠지만, 그냥 입 다물고 있기로 했다. 하딘의 입에서 '내가 그럴 줄 알았다' 소리가 나올 게 뻔하니까.

"여기가 싫은 건 아니야. 아직 익숙하지 않다는 거지. 겨우 일주일 지났잖아. 너무 익숙해져 있었어. 내 생활이랑 랜던이랑 그리고 너한테."

애써 변명을 했다.

"차 제대로 대고 들어갈 테니까 먼저 안에 들어가 있어."

하딘은 대꾸도 없이 자기 말만 했다. 고개를 끄덕이고, 차에서 내려 서둘러 정비소 안으로 들어갔다. 대기실에는 고무 타는 냄새와 찌든 커피 냄새가 가득 차 있었다. 액자에 걸린 구식 자동차 사진을 멍하니 보고 있었다. 어느새 들어온 하딘이 가만히 내 등에 손을 올렸다.

"그렇게 오래 걸리진 않을 거야."

20분쯤 지나자, 하딘은 일어서서 방 안을 서성거렸다. 문 너머로 벨이 울렸다. 내 차가 다 끝났나 보다.

"오일 교환은 15분이면 된다면서요."

하딘이 기름때가 얼룩덜룩한 작업복을 입은 젊은 남자에게 쏘아붙였다.

"네, 그랬죠."

남자는 어깨를 한 차례 으쓱했다. 귀에 걸어두었던 담배가 카운터로 떨어지자, 남자는 장갑 낀 손으로 재빨리 집어 들었다.

"지금 장난해요?"

하딘이 으르렁거렸다. 참을성이 바닥난 것 같았다.

"거의 다 됐어요."

정비공이 대기실로 불쑥 들어왔다. 나는 일어서서 하딘 쪽으로 몸을 돌렸다.

"괜찮아. 급할 거 없잖아."

"너랑 보낼 시간을 허비하고 있잖아. 이제 너하고 있을 시간이 24시간도 안 남았는데, 그걸 허투루 쓰게 하잖아."

"괜찮아."

나는 타일로 된 바닥을 가로질러 하딘 앞에 가서 섰다.

"여기 같이 있잖아."

두 손을 크리스찬의 코트 주머니에 찔러 넣었다. 하딘은 찡그린 얼굴에 미소가 스미는 걸 참으려 입술을 일자로 꽉 다물었다.

"10분 안에 안 마치면, 돈 안 낼 거야."

하딘이 위협하듯 말했고, 나는 고개를 가로저으며 그의 가슴에 머리를 묻었다.

"너, 저 남자한테 사과하지 마."

하딘은 엄지로 내 턱을 받치며, 고개를 들어 자기 눈을 보게 했다. 하딘이 살며시 입술을 포개었다. 이 정도론 부족하다, 더 하고 싶다.

오는 차 안에서의 대화는 서로 몸 어딘가가 쑤신다는 것뿐이었다. 어젯밤의 여파였다. 오는 내내 별다른 충돌은 없었다. 문득 우리가 이 작은 정비소에서 차례를 기다리고 있단 사실을 깨달았다. 여느 커플처럼. 하딘이 또 한 번 입을 맞추었고, 하딘의 애정 어린 행동에 나는 적잖이 놀랐다. 그는 입술을 더 세게 밀착해왔고, 우리의 혀는 서로 얽혔다. 나는 두 손으로 하딘의 머리카락을 부드럽게 움켜잡았다. 하딘은 신음을 토해내며 내 허리를 잡은 팔에 힘을 주었다. 내 몸이 하딘에게 바짝 밀착되었다. 하딘의 입술은 여전히 나를 탐하고 있었다.

그때 날카로운 벨소리가 울렸다. 나는 깜짝 놀라 하딘에게서 떨어졌고, 엉망이 된 비니를 다시 고쳐 썼다.

"다 끝났어요."

담배를 귀에 꽂고 있던 남자가 외쳤다.

"벌써 끝났어야죠."

하딘은 퉁명스럽게 말하며 뒷주머니에서 지갑을 꺼냈다. 동시에 내가 지갑을 꺼내자, 하딘은 경고의 눈빛으로 나를 쏘아보았다.

34 · 하딘

"그 사람, 나 보고 있던 거 아니야."

테사는 나를 설득하려고 애쓰는 중이다. 우리는 차를 세워둔 곳으로 가고 있다. 나는 일부러 식당에서 멀찌감치 떨어진 주차장에 차를 세웠다.

"자기가 들고 온 라자냐를 보고 감탄한 거야. 그 사람 입에 침 고인거 못 봤어?"

남자의 시선은 내내 테사한테 꽂혀 있었다. 비싼 파스타를 맛있게 먹어보려 했지만 소용없었다. 따져 물으려다 그만두었다. 테사는 남자가 쳐다보는 것조차 눈치채지 못하는 것 같았으니까. 테사는 남자를 힐끗 보고 말았다. 그러고는 나를 보며 재잘댔다. 미소는 감추는 것 하나 없이 환하고 밝기만 했다. 자리가 없어 한참을 기다리는 바람에 짜증이 일었지만 내 짜증도 아무 말 없이 받아주었다. 한 손으로는 내 손을 잡고, 다른 손으로는 내 팔을 부드럽게 쓰다듬었다. 이마 위에 흐트러진 머리카락을 넘겨주기도 하면서 끊임없이 나를 만졌다. 나는 크리스마스 날을 맞은 어린애 같은 기분이었다. 아이들이 크리스마스에 진짜 이만큼 기분 좋은 게 맞다면 말이다.

차에 앉아 히터를 최대한으로 올렸다. 테사가 얼른 따뜻해졌으면 좋겠다. 코와 볼이 발그레하게 달아오른 그녀는 너무 귀여웠다. 몸을 기울여 차가운 손으로 떨고 있는 테사의 입술을 쓰다듬었다.

"이리 와봐."

나는 테사의 재킷 소매를 잡고 내 다리 위로 가만히 잡아당겼다. 테사는 팔걸이를 건너 타고 넘어와 내 다리 위에 앉았다. 입술은 여전히 포갠 채였다. 비좁은 차 안에서 최대한 밀착되도록 세게 그녀를 잡아당겼다. 시트를 뒤로 젖혀 몸을 뒤로 기대자, 테사는 신음을 토해내며 내 몸 위로 쏟아졌다.

"아직도 몸이 쑤셔."

테사가 조용히 말했고, 나는 얌전히 그녀를 밀어냈다.

"그냥 키스만 하고 싶은 거야."

진심이었다. 자동차에서 사랑을 나누는 걸 꺼리는 게 아니라, 그 생각까지 못 했을 뿐이다.

"근데, 난 하고 싶어."

테사는 고개를 살짝 돌리며 수줍게 고백했다.

"집에 가자…."

"여기서는 왜 안 되는데?"

"여보세요? 테사 양?"

나는 테사의 코앞에 대고 손을 흔들었다. 테사는 어찌할 바를 모르는 시선으로 나를 쳐다보았다.

"혹시 여기서 테사 양 봤어요? 지금 내 다리 위에 앉아 있는, 호르몬이 날뛰어서 섹스에 환장한 여자는 확실히 테사 양이 아니거든요."

내가 짓궂게 놀려대자, 그제야 알아들은 모양이었다.

"나, 섹스에 환장한 거 아니거든."

테사는 아랫입술을 쭉 내밀었다. 내민 입술을 이로 살짝 깨물었다. 테사의 엉덩이가 내 위에서 들썩였고, 나는 주차장을 재빨리 둘러봤다. 어느새 해가 지기 시작했고, 낮게 깔린 두꺼운 구름 때문인지 시간은 더 늦은 것 같았다. 주차장은 차들로 꽉 차 있었다. 공공장소에서 섹스를 하다가 누군가의 눈에 띄는 건 끔찍이 싫다. 테사는 입술을 빼더니 내 목선을 따라 훑어내려갔다.

"스트레스가 너무 심했어. 넌 여기 없는데, 난 널 사랑하니까."

뜻밖의 고백에 온몸에 폭발하듯 열이 올랐다. 그러면서도 오싹한 기운이 등골을 타고 내려갔다. 테사는 내 청바지 안으로 손바닥을 밀어 넣었다.

"그래, 아마, 좀, 호르몬이 날뛰나 봐. 그때가 다 됐거든."

마지막 말이 무슨 비밀이라도 되는 듯 테사가 속삭였다.

"아, 이제 이해가 되네."

빙긋 웃으면서도 머릿속으로 온갖 난잡한 농담들을 떠올렸다. 일주일 내내 테사를 놀려먹어야지.

테사가 내 마음을 읽은 것 같다.

"놀릴 생각 마."

테사는 손으로 내 남성을 부드럽게 주물렀다. 목덜미에 닿은 그녀의 입술은 쉴 새 없이 달싹거렸다.

"그럼 좀 그만 만지작거려. 이러다가 팬티에 사정하겠어. 너 만나고 벌써 몇 번이나 했는지 모르겠어."

"많이 하긴 했지."

테사가 내 살을 살짝 깨물었다. 테사는 고문하듯 현란한 손놀림을 그치지 않았다. 의지와는 상관없이 그녀의 손놀림에 맞춰 내 엉덩이가 들썩였다.

"일단 돌아가자…. 누가 보기라도 하면 어떡해. 주차장 한복판에서 내 위에 올라타 있는 거, 다른 사람 눈에 띄기라도 하면 내가 그 인간을 죽여버려야 할지도 모른다고."

세심하기도 하지. 테사는 주차장 주변을 휘휘 둘러보았다. 우리 자리는 제법 후미진 곳이었다.

"알았어."

테사는 입을 삐죽이며 다시 옆 자리로 옮겨 갔다.

"전세가 역전됐군."

나는 흠칫 몸을 움츠렸다. 테사가 다시 내 페니스를 감싸 쥐고 주무르는 바람에 어쩔 수가 없었다. 방금 전까지 기세 좋게 달려들던 테사는 시치미를 뚝 떼고 사랑스러운 미소를 지어 보였다.

"얼른 운전해."

"빨간 신호도 무시하고 그냥 달릴 거야. 집에 가기만 해봐, 내가 버르장머리를 완전히 고쳐놓을 테니까."

짓궂게 으름장을 놓았다. 테사는 살짝 눈을 흘기더니 차창에 머리를 기댔다.

얼마 지나지 않아 테사는 잠이 들었다. 팔을 뻗어 춥지 않은지 확인해보았다. 잠든 테사의 이마에서 땀방울이 떨어졌다. 얼른 히터를 껐다. 테사의 쌕쌕거리는 소리가 듣기 좋았다. 좀 더 오래 그 소리가 듣고 싶어졌다. 집까지 천천히 돌아서 가야겠다.

가만히 테사의 어깨를 흔들어 깨웠다.

"다 왔어."

테사는 눈을 번쩍 뜨더니, 빠르게 눈을 깜빡거렸다.

"이렇게 오래 걸렸어?"

테사가 대시보드 시계를 힐끗 보더니 물었다.

"차가 많이 막혔어."

사실은 이렇다. 시내 곳곳을 돌아다니며 대체 테사를 사로잡은 게 뭘까 찾아보려 애를 썼다. 하지만 아무 데서도 찾지 못했다. 살을 에는 추운 날씨, 꼬리에 꼬리를 무는 교통 체증만 있을 뿐. 아니면 길 막힘의 원흉인 그놈의 도개교. 반짝이는 스카이라인조차도 내 마음을 훔치지는 못했다. 나를 설득할 수 있는 건 오직 하나, 차 안에서 잠든 이 여자뿐이다. 오로지 이 도시가 의미 있는 건 테사가 있기 때문이다.

"너무 피곤해…. 너무 많이 먹었나 봐."

테사는 어정쩡하게 미소를 지으며 나를 밀어냈다. 테사를 안아 방까지 옮겨줄 참이었는데.

테사는 좀비처럼 비틀거리며 들어갔다. 그러더니 베개에 머리를 대자마자 잠이 들었다. 조심조심 그녀의 옷을 벗기고, 이불을 덮어주었다. 그리고 내가 입던 티셔츠를 벗어 테사의 머리맡에 놓아두었다. 일어나서 그 셔츠를 입기를 바라는 마음으로.

물끄러미 잠든 테사를 바라보았다. 입술은 살짝 벌어져 있었고, 한 팔로 베개를 끌어안듯 내 팔을 안고 있었다. 편하지 않을 텐데도 테사는 곤히 잠들어 있었다. 팔을 놓치면 내가 사라지기라도 할 것처럼.

앞으로도 한 주 동안 아무 사고도 치지 않고 잘 지낸다면, 주말마다 이런 시간으로 보상받을 수 있겠지. 그걸로 충분하다. 나는 끝까지 지켜나갈 자신이 있다. 내가 얼마나 노력하는지 그녀가 알아줄 때까지 말이다.

"대체 몇 번이나 전화하는 거예요?"

전화기에 대고 소리를 질렀다. 엄마가 밤새도록 전화를 해대는 통에 쉴 새 없이 진동이 울렸다. 테사가 잠결에 나를 깨웠다.

"왜 이제 받아! 중요한 얘기가 있단 말이야."

엄마의 말투는 나긋나긋했다. 마지막으로 통화한 게 언제인지 기억이 나지도 않았다.

"해봐요, 그럼."

무의식적으로 몸을 일으켜 스탠드를 켰다. 스탠드 불빛이 너무 밝았다. 얼른 스위치를 껐다. 방은 다시 어둠 속에 묻혔다.

"있잖아…."

엄마는 심호흡을 했다.

"마이크하고 나, 결혼할 거야."

엄마는 수화기 너머로 꺅꺅 소리를 질렀다. 귀청이 떨어질 것 같아서 수화기를 멀찍이 떼놓았다.

"그래요…."

뭐가 더 있겠지.

"너, 안 놀라네?"

덤덤한 내 반응에 엄마는 실망한 눈치였다.

"마이크가 엄마한테 청혼할 거라고 했거든요. 엄마가 그러자고 할 줄 알았고요. 그러니 뭐가 놀랍겠어요?"

"너한테 말했다고?"

"네."

컴컴한 방에서 벽에 걸려 있는 사진 액자들을 우두커니 보고 있었다.

"넌 어떻게 생각하는데?"

"그게 중요해요?"

"당연히 중요하지, 하딘."

엄마는 한숨을 내쉬었다. 나는 몸을 일으켜 앉았다. 테사가 뒤척이며 내 쪽으로 몸을 돌렸다.

"나는 상관없어요. 조금 놀랐지만, 엄마가 결혼한다는데 내가 뭘 어쩌겠어요?"

다리로 테사의 부드러운 다리를 감싸며 중얼거렸다.

"너한테 허락 받으려고 얘기하는 거 아니야. 난 그냥 네가 어떻게 느끼는지 물어보고 싶었어."

"알았어요, 괜찮으니까 얘기하세요."

"너도 알겠지만, 마이크가 집을 팔자고 했어. 난 좋은 생각인 것 같고."

"근데요?"

"음, 집이 팔렸어. 새 집주인이 다음 달까지는 못 들어온다고 했고. 우리가 결혼한 다음에도."

"다음 달에 해요?"

검지로 관자놀이를 문질렀다. 이럴 줄 알았다. 전화를 받는 게 아니었다.

"내년까지 기다리려고 했어. 근데 우리 둘 다 적은 나이가 아니잖아.

마이크 아들도 대학교에 입학할 거고. 그래서 지금이 가장 적기인 것 같아. 두어 달 정도 준비하려고 했는데, 기다리기가 싫어서. 좀 급한 감은 있지만 참을 수가 있어야지. 너도 올 거지? 테사도 데려올 거고?"

"그래서 결혼식이 다음 달이라는 거예요, 아니면 2주 뒤라는 거예요?"

새벽이라 머리가 제대로 안 돌아간다.

"2주 뒤야!"

엄마는 환희에 넘쳐서 대답했다.

"못 갈 거 같은데요…."

나는 말꼬리를 흐렸다. 사랑이 넘치는 그 흥겨운 축제에 동참하고 싶지 않아서가 아니다. 영국으로 가고 싶지가 않다. 테사도 못 갈 게 분명하다. 준비할 시간도 없이 이렇게 통보하면 말이다. 특히나 우리가 애매한 관계인 지금은 더욱.

"왜? 내가 테사한테 직접 얘기할게, 혹시…."

"아뇨, 그러지 마세요."

엄마 말을 중간에 끊었다. 그러다 너무 심한 것 같아 한발 물러섰다.

"테사는 여권도 없단 말이에요."

변명이지만 사실이었다.

"서두르면 2주 안에 받을 수 있을 거야."

나는 한숨을 내쉬었다.

"잘 모르겠어요, 엄마. 생각할 시간을 조금만 주세요. 지금 고작 아침 7시라고요."

신음처럼 대답하고 전화를 끊었다. 그러고 보니 축하한단 소리도 한마디 안 했구나. 빌어먹을. 근데 엄마도 딱히 나한테 그런 말을 기대하진 않았을 테니까.

밖에서 빌어먹을 그릇장을 정리하듯 덜그럭거리는 소리가 들렸다. 이불을 머리끝까지 뒤집어썼다. 문 닫히는 소리, 식기세척기가 돌아가는 듯 기분 나쁜 기계음이 여전히 들렸다. 나도 모르게 잠이 들 때까지 불협화음 같은 소리는 그칠 줄을 몰랐다.

35 · 하딘

아침 8시가 조금 지났다. 거실 너머 부엌에서 완벽하게 차려입은 테사가 킴벌리와 마주 앉아 아침을 먹고 있었다.

젠장, 벌써 월요일이라니. 테사는 출근해야 하고, 나도 학교로 돌아가야 한다. 오늘 수업은 빠지려고 했던 터라 별 상관은 없었다. 두 달 후면 졸업장을 받을 거니까.

"하딘을 깨워야 하지 않아요?"

막 들어서는데, 킴벌리가 참견을 한다.

"일어났어요."

잠이 덜 깬 목소리로 내가 대답했다. 어젯밤은 지난주를 통틀어 최고로 편안하게 잤다. 여기 도착한 날은 우리 둘 다 거의 밤을 새다시피 했으니까.

"잘 잤어?"

테사가 환하게 미소를 지었다. 침침한 방 안이 순식간에 환해졌다. 킴벌리는 슬그머니 의자에서 내려와 자리를 피해줬다. 이제 우리 둘뿐이다. 킴벌리는 이럴 때 제법 눈치가 빠르다.

"언제 일어났어?"

테사에게 물었다.

"두 시간쯤 됐어. 네가 안 일어나서 크리스찬이 출근 시간을 한 시간 유예해줬어."

"일찍 깨우지."

대답은 그렇게 하면서도 눈으로는 테사의 몸을 탐욕스럽게 훑었다. 테사는 짙은 빨간색 버튼다운 셔츠에, 무릎까지 오는 검정색 펜슬 스커트를 입고 있었다. 엉덩이 곡선이 그대로 드러났다. 테사를 엎드리게 해서 팬티가 드러나게 스커트를 끌어올리고 싶다. 아마 레이스 팬티겠지. 그런 다음, 여기서, 테사를 갖는 거다….

테사가 나를 불렀다.

"뭐해?"

현관문이 닫혔다. 이제 드디어 이 거대한 저택에 우리 둘뿐이구나.

"아무 것도."

커피포트로 다가갔다.

"최고급 커피 머신 좀 사지, 이 부자놈들."

내가 투덜거리자 테사가 웃음을 터뜨렸다.

"아니라서 난 더 좋아. 그런 건 좀 싫더라."

테사는 아일랜드 식탁에 팔꿈치를 기대고 있었다. 머리카락이 얼굴로 자연스럽게 흘러내렸다.

"나도 그렇긴 해."

나는 널찍한 부엌을 휘 둘러보았다. 테사의 가슴이 눈에 들어왔다.

"몇 시에 나가야 해?"

테사는 내 시선을 의식한 듯 팔짱을 꼈다.

"20분 후에."

"제기랄."

테사와 나는 동시에 커피 잔을 입에 대었다.

"날 깨웠어야지. 크리스찬한테 전화해서 오늘 못 간다고 해."

"안 돼!"

테사는 손에 든 커피를 후후 불고 있었다.

"돼."

"안 돼."

테사의 말투는 단호했다.

"개인적인 친분을 그런 데 자꾸 이용할 순 없어."

굳이 이런 식으로 말하다니, 짜증이 일었다.

"개인적인 친분? 넌 킴벌리랑 친구라서 이 집에 있는 거고, 궁극적으로 애초에 내가 너한테 크리스찬을 소개해줬기 때문이잖아."

짜증나게 하려고 일부러 옛날 일들을 끄집어냈다.

테사는 기가 막힌다는 표정으로 마룻바닥을 쿵쾅거리며 나를 지나쳐 갔다. 나가려던 테사의 팔을 잡아 멈춰 세웠다. 그리고 목덜미에 입술을 밀어붙였다.

"어디 가려고?"

"방에, 가방 가지러."

쌀쌀맞게 쳐다봤지만, 테사의 가슴이 들썩거리는 걸 고스란히 느낄 수 있었다.

"시간이 더 필요하다고 얘기해."

붉게 달아오른 테사의 목덜미에 입술을 문지르며 말했다. 테사는 담담한 척 하려고 애를 쓰고 있었지만, 나는 안다. 그녀의 몸은 이미 나를 원하고 있다는걸.

"안 돼."

나를 밀어내는 몸짓은 소극적이었다.

"계속 그들을 이용하고 싶지는 않아. 벌써 이 집에 공짜로 살게 해주고 있잖아."

나 또한 굽히지 않았다.

"그럼 내가 전화해볼게."

크리스찬은 하루쯤 테사가 출근 안 한다 해도 괜찮다고 할 거다. 이미 일주일에 사흘씩이나 부려 먹고 있으니까. 테사는 지금 반스 출판사보다 내게 더 필요하다.

"하딘…."

주머니에서 휴대전화를 꺼내자 테사가 내 손을 붙잡았다.

"내가 킴벌리한테 전화할게."

테사가 인상을 찌푸렸다. 이렇게 빨리 포기하다니 깜짝 놀랐다.

36 · 테사

"킴벌리, 테사예요. 있잖아요…."

킴벌리가 내 말을 중간에서 끊었다.

"괜찮아요, 내가 크리스찬한테 당신 오늘 못 나올 거 같다고 얘기해 놨어요."

"이런 부탁 드려서 죄송해요…."

"테사, 우린 다 이해해요."

킴벌리의 말투에서 진정성이 느껴져서 슬며시 미소 지었다. 하딘에게 잔뜩 짜증이 나 있었는데도 말이다. 드디어 진실한 친구가 생긴 것 같아 너무 좋다. 지금까지도 스테프한테 배신당했다는 게 가슴을 무겁게 내리누르고 있었다. 가만히 방 안을 둘러보았다. 그러고 보니 한동안 스테프와 그 캠퍼스, 대학에 와서 사귀었다고 생각했던 친구들에게서도 떨어져 지냈다. 이제 이게 내 진짜 삶이다. 시애틀이 내가 있어야 할 곳이다. 그들은 다시는 볼 일 없을 거다.

"정말 고마워요."

"고마워할 필요 없어요. 근데 그것만은 잊지 말아요. 집 안에 주요한 방들은 전부 감시 중이라는 거요."

킴벌리가 깔깔 웃어댔다.

"트레이닝룸 사건 이후 잊어버리지 않았을 거라 생각하지만요."

그때 하딘이 방으로 들어왔고, 내 시선은 그에게로 꽂혔다.

하딘의 의미심장한 웃음과 엉덩이에 딱 붙은 블루진에 홀려, 잠시 킴벌리의 말을 제대로 알아듣지 못했다.

'트레이닝룸? 오 마이 갓.'

온몸의 피가 얼어붙는 것 같았다. 하딘이 내 앞으로 성큼성큼 다가왔다.

"음, 네."

나는 중얼거리며 하딘에게 가까이 오지 말라는 손짓을 했다.

"즐거운 시간 보내요."

킴벌리가 인사를 건네며 전화를 끊었다.

"트레이닝룸에 감시 카메라를 달아놨대! 우리를 본 거야!"

나는 패닉 상태가 되어 소리를 질렀다. 하딘은 별 거 아니라는 듯 어깨를 한 번 으쓱했다.

"보기 전에 껐대."

"하딘! 그 사람들이 우리가…, 그러니까…, 그런 걸 알잖아!"

나는 계속 소리를 질렀다.

"창피해 죽을 거 같아!"

두 손으로 얼굴을 가렸다. 하딘이 얼른 내 손을 치웠다.

"아무 것도 못 봤어. 진정해. 크리스찬이 그걸 봤다면 내가 가만뒀을 거라 생각해?"

약간 안심이 되었다. 하딘 말이 맞다. 진짜 그랬다면 이렇게 평온할 리가 없다. 그렇다고 굴욕감이 없어진 건 아니다. 그들이 다 알고 있지 않은가.

"그거…, 어디 저장되어 있거나 그런 건 아니겠지?"

확인하지 않을 수가 없었다. 나는 손끝으로 하딘 손에 있는 작은 십자가 타투를 따라 그렸다. 하딘은 눈을 내리깔더니 방어적으로 나를 쳐다보았다.

"그게 무슨 뜻이야?"

하딘의 예전 악취미가 머릿속을 스쳐 지나갔다.

"그런 의미는 아니었어."

잽싸게 대답했다. 아마 너무 빨랐을지도 모르겠다.

"진짜야?"

하딘의 몸이 경직되면서 눈동자가 죄책감으로 떨리는 게 보였다.

"테사, 네가 그걸 이미 생각하고 있어서 내가 걱정하는 게 뭔지 대번에 알았던 거 아냐?"

"그만."

나는 하딘에게 바짝 다가서며 강한 어조로 말했다.

"뭘 그만해?"

그 순간 하딘의 생각을 읽을 수 있었다. 자기가 저지른 끔찍한 일들이 되살아난 거다.

"그러지 마. 옛날 생각하지 마."

"안 그럴 수가 없잖아."

하딘은 천천히 손으로 얼굴을 문질렀다. 나는 솔직히 말했다.

"녹화가 됐다고 하니까…, 예전 일이 연상되는 바람에…. 그것도 네가 얘기하니까 그런 생각이 든 거야. 네가 지금도 그런 짓을 할 거란 생각은 절대 안 해."

나는 하딘의 검정색 티셔츠 목덜미를 붙들었다. 내 말을 믿어주길 바라며, 하딘의 눈을 똑바로 쳐다보았다.

"누구라도 너한테 그딴 짓을 했다가는…."

하딘은 잠시 말을 끊고, 깊은 한숨을 쉬었다.

"그 인간들한테 내가 무슨 짓을 할지 몰라. 아무리 그게 크리스찬이라도 말이야."

하딘의 목소리는 사나웠다. 하지만 하딘의 이런 말은 익숙했다. 나는 까치발로 서서 그의 눈을 똑바로 쳐다보며 말했다.

"그럴 일은 절대 없을 거야."

"불과 일주일 전에도 끔찍한 일이 일어날 뻔했잖아. 스테프하고 댄 때문에."

그의 어깨가 떨렸다. 뭐든 제대로 된 말을 해야 하딘을 이 어둠 속에서 끄집어낼 수 있다.

"아무 일도 없었잖아."

그 일을 겪은 건 나인데, 오히려 내가 하딘을 위로하고 있는 아이러니라니. 나조차도 아직 그때의 트라우마에서 벗어나지 못하고 있는데. 하지만 어쩌면 이런 반대 역할이 우리 관계에선 자연스러운 것일지도 모른다. 특히나 하딘이 심한 자책감에 빠져 있을 때는 더욱.

"그 자식이 너한테 무슨 짓이라도 했다면…."

하딘의 말에 그날 밤의 기억이 희미하게 되살아났다. 내 다리를 만지던 댄의 소름끼치는 손, 내 옷을 벗기던 스테프의 모습이.

"그런 건 상상도 하기 싫어."

나는 하딘에게 몸을 기댔다. 하딘은 끔찍한 기억과 존재하지도 않는 위협에서 나를 보호하려는 듯 내 허리를 꼭 감싸 안았다. 그리고 언짢은 표정으로 나를 보았다.

"우리 그 얘긴 제대로 하지도 않았잖아."

"얘기하기 싫어. 우리 엄마네 집에 있을 때 할 만큼 했잖아. 겨우 얻은 하루를 이런 얘기나 하면서 보내고 싶지 않단 말이야."

분위기를 밝게 바꾸려 억지로 미소를 지었다.

"누구라도 너한테 상처 주는 건 참을 수 없어. 그 자식이 너한테 한 짓을 생각하니 미치겠더라고. 죽여버리고 싶었어."

하딘의 분노는 오히려 증폭되는 것 같았다. 초록색 눈동자는 이글거리며 나를 보고 있었고, 거친 손길은 내 엉덩이를 힘껏 움켜쥐었다.

"그러니까 그만 얘기하자. 너도 그 일을 잊어버리려고 노력했으면 좋겠어. 나처럼."

하딘의 등을 부드럽게 어루만지며 모두 잊자고 애원했다. 자꾸 되풀이해 봤자 우리에게 좋을 건 없으니까. 끔찍하고 역겨울 뿐이다. 고작 그딴 일에 휘청거리고 싶지 않다.

"사랑해, 너무너무."

하딘의 입술이 내 입술을 감쌌다. 그의 팔을 잡고 가까이 끌어당겼다.

"그러니까 나만 바라봐, 하딘. 나만…."

하딘이 다시 입술을 밀어붙이는 바람에 말문이 막혔다. 나에게, 또 자신에게 약속한다는 걸 증명이라도 하듯 거친 몸짓이었다. 하딘의 혀가 강하게 밀고 들어와 내 혀와 얽혔다. 엉덩이를 움켜쥔 하딘의 손끝에 더 힘이 들어갔다. 하딘의 손이 복부에서 가슴으로 스르르 움직이자 흐느낌 같은 소리가 나왔다. 그가 내 젖가슴을 감싸 쥐었다. 욕망에 찬 그 손길을 느끼며 나는 하딘에게 몸을 맡겼다.

"너한테 나뿐이란 걸 증명해봐."

하딘은 입술을 떼지 않고 속삭였다. 그가 무엇을 원하는지, 그에게 뭐가 필요한지 알 것 같다. 하딘의 앞에 무릎을 꿇고, 황급히 그의 청바지 앞섶을 움켜쥐었다. 지퍼가 문제였다. 잠시 망설이다 굳게 잠긴 지퍼를 열었다. 내가 이렇게까지 할 수 있다니. 하지만 청바지를 입은 하딘의 모습이 너무나 섹시했다. 배꼽에서부터 박서 팬티 허리 밴드까지 이어진 체모를 따라 손끝으로 천천히 훑어 나갔다. 하딘은 참을 수 없는 듯 신음을 토해냈다.

"제발, 괴롭히지 말고."

나는 고개를 까딱이며 하딘의 옷을 끌어내렸다. 하딘은 한 번 더 신음을 토해냈다. 이번엔 훨씬 더 원초적이며 큰 소리였다. 나는 하딘의 페니스를 입에 넣었다. 천천히 입을 움직이며 혀끝으로 튕겼다. 피해의식 가득한 하딘의 마음에 확신을 심어주고 싶었다. 이런 쾌락을 선물하는 행위는 그 말고는 누구에게도 줄 수 없다는 사실을.

나는 하딘을 사랑한다. 이러는 게 하딘의 분노와 불안을 달래는 건강한 방법이 아니라는 것도 안다. 하지만 지금 당장은 이런저런 도덕적 잣대보다 그를 원하는 내 욕구가 더 컸다.

"내가 네 입을 소유할 수 있는 유일한 남자라는 게 너무 좋아."

하딘이 신음처럼 내뱉었다. 나는 입에 다 들어가지 않은 부분을 한 손으로 잡았다.

"이 입술, 내 것만 담아왔지."

하딘은 엉덩이를 거세게 움직이며 엄지로 내 이마를 문질렀다.

"나를 봐."

그의 말에 기꺼이 따랐다. 나도 하딘 만큼 그의 모습을 보는 게 좋았다. 혀로 그의 페니스를 문지를 때마다 하딘의 눈꺼풀이 스르르 감겼다. 그걸 보는 게 너무 좋다. 세게 빨아줄 때마다 하딘이 낑낑거리는 신음을 토해내는 것도 좋다.

"제기랄, 정확히 아는구나…."

하딘은 고개를 뒤로 젖혔다. 그의 다리 근육이 팽팽해지는 걸 느낄 수 있었다. 나는 그의 다리에 손을 대고 몸을 지탱했다.

"앞으로도 널 무릎 꿇게 하는 남자는 나밖에 없는 거야…."

나는 허벅지를 오므려 힘을 주었다. 하딘의 음란한 말에 달아오르는 몸을 진정시켜야 했다. 하딘은 절정으로 치닫는 것 같았다. 그는 한 손을 벽에 대고, 몸을 의지하고 있었다. 나는 그에게서 눈을 떼지 않았다. 하딘은 나를 보며 완전히 쾌락에 빠졌다. 나 또한 그걸 즐기고 있었다. 하딘의 손이 내 정수리에서 입까지 쓰다듬으며 내려왔다. 그리고 엄지로 윗입술을 문지르더니, 입속으로 넣었다 빼기를 반복했다.

"죽이는군…, 테사."

쾌락에 겨워 몇 번이고 사랑한고 말하면서, 하딘의 몸은 점점 더 뻣뻣해졌다. 절정에 다다르고 있는 거다. 나는 하딘의 페니스를 입안 가득 받아들이며 신음을 내뱉었다. 하딘은 짧게 울부짖고는 내 입안에 모든 걸 쏟아냈다. 나는 그가 쏟아낸 정액의 마지막 한 방울까지도 남김없이 받아들였다. 하딘은 엄지로 내 뺨을 부드럽게 쓰다듬었다.

그의 터치에 몸을 맡기고, 그 달콤함을 한껏 즐겼다. 이윽고 하딘이 나를 일으켰다. 그의 옆에 서자, 하딘은 내 팔을 당기며 다정한 몸짓으로 나를 끌어안았다.

"거지 같은 옛날 얘기를 끄집어내서 미안해."

하딘이 내 머리카락에 대고 속삭였다.

"쉬잇."

이미 다 끝난 얘기를 다시 하고 싶진 않았다.

"침대에 대고 몸을 숙여봐, 베이비."

무슨 말인지 몰라 잠시 머뭇거렸다. 하딘은 대답할 틈도 주지 않고, 내 등을 밀어 침대 모서리로 이끌었다. 두 손으로 내 허벅지를 잡고, 엉덩이가 완전히 드러날 때까지 치마를 끌어올렸다. 하딘을 너무 원한 나머지 온몸이 아팠다. 오로지 하딘만이 이 통증을 가라앉혀줄 수 있다. 구두를 벗으려 했지만, 하딘이 등에 손을 대며 저지했다.

"아니, 구두는 그대로 신고 있어."

팬티가 한쪽으로 젖혀지며 하딘의 손가락이 내 안으로 들어왔다. 신음이 흘러나왔다. 하딘은 다리가 닿을 만큼 바짝 다가섰다. 그의 페니스가 물컹 다리에 닿았다.

"너무 부드러워, 너무 따뜻해."

하딘이 손가락 하나를 더 밀어 넣었다. 나는 팔꿈치를 매트리스에 기대며 신음을 토해냈다. 하딘이 긴 손가락을 일정한 리듬으로 넣다 빼며 나를 달아오르게 했다. 허리가 나도 모르게 휘어졌다.

"네가 내는 소리가 너무 섹시해, 테스."

하딘이 속삭이며 바짝 다가왔다. 단단해진 그의 페니스가 내 몸을 눌렀다.

"제발, 하딘."

나는 애원했다. 바로 지금, 하딘이 너무나 필요하다. 비로소 하딘이 내 안을 가득 채웠다. 오직 하딘만이 나를 채워줄 수 있다. 내 몸은 하딘을 열망한다. 이건 비교 불가다. 격렬하고 판단력을 흐리게 만들뿐 아니라, 불가항력이다. 나의 사랑은 언제나 하딘만을 향해 있을 거다. 그 깊이는 오직 하딘과 나만이 알 수 있다.

잠시 후, 우리는 함께 침대에 누워 있었다. 하딘이 우는 소리를 했다.

"가기 싫다."

하딘 답지 않은 투정이었다. 그는 내 어깨에 머리를 파묻고, 팔다리를 내 몸에 휘감고 있었다. 하딘의 머리카락이 살갗을 간질였다. 손으로 머리를 가라앉히려고 했지만, 간단하게 되지 않았다.

"머리카락 좀 잘라야겠어."

내 생각을 읽어낸 것처럼 하딘이 툭 던졌다.

"이 머리가 좋은데."

나는 축축한 머리카락을 부드럽게 움켜쥐었다.

"안 좋아해도 좋다고 할 거잖아."

하딘 말이 맞다. 다른 헤어스타일의 하딘은 상상할 수가 없다. 그리고 지금 하딘의 머리 길이가 딱 마음에 든다.

"네 전화기 또 울린다."

내가 말하자, 하딘은 머리를 일으켜 나를 힐끗 쳐다보았다.

"혹시 우리 아빠한테 무슨 일이 생긴 건 아니겠지? 나, 최대한 궁금증을 억누르는 중야. 널 정말 믿고 싶거든. 그러니까 제발 전화 좀 받아봐."

내가 안달을 했다.

"뭔 일이 생겼더라도, 랜던이 잘 처리할 거야."

"하딘, 그렇게 생각하는 게 나한테 얼마나 힘든지…."

"테사!"

하딘은 내 말을 막으며 침대에서 내려갔다. 그리고 책상 위에서 진동하는 휴대전화를 집어들었다.

"봐, 우리 엄마잖아."

하딘은 전화기를 들어 '트리시'라고 선명하게 찍힌 화면을 보여주었다. 하딘이 이름 대신에 '엄마'라고 저장해두면 좋을 텐데. 하지만 그는 극구 거부했다. 천천히 한 걸음씩 가자, 스스로에게 상기시키며 다독였다.

"받아! 급한 일일지도 모르잖아."

나는 침대에서 내려와 전화기를 잡으려고 했다.

"괜찮아. 이미 새벽에 별 것도 아닌 걸로 날 괴롭혔어."

하딘은 유치하게 머리 위로 휴대전화를 들고 흔들어댔다.

"왜?"

그는 전화기 전원을 끄고 있었다.

"중요한 거 아니야. 우리 엄마 얼마나 짜증나는지 알잖아."

"아니거든."

나는 트리시 편을 들었다. 트리시는 너무 다정하고, 나는 그분의 유머 감각이 정말 좋다. 사실 아들이 더 많이 써먹기는 하지만.

"너도 엄마만큼 짜증 나. 그렇게 말할 줄 알았어."

하딘은 활짝 웃었다. 그는 손을 뻗어 흘러내린 내 머리카락을 귀 뒤로 넘겨줬다. 샐쭉한 표정으로 하딘을 바라보았다.

"너 오늘 정말 매력적이다. 나한테 짜증난다고 한 것만 빼고."

투덜거리는 게 아니다, 그저 우리 얘기를 하고 있는 거다. 문득 두려워졌다. 더없이 행복한 오늘이 끝나면, 이것도 모두 사라져버리겠지.

"넌 내가 재수 없는 녀석이 되는 게 더 좋은 거야?"

하딘이 한쪽 눈썹을 올리며 짓궂은 표정을 지었다. 하딘의 장난스러운 행동을 보며 미소를 지었다. 비록 눈 깜짝할 사이에 사라져버릴 행복일지라도.

진눈깨비가 내리는 길을 운전해 오며, 기분이 더러워질 대로 더러워졌다. 아파트에 도착하자 눈에 들어온 광경에 폭발하고 말았다. 테사의 아빠가 내 옷을 입고 내 소파에 널브러져 있었기 때문이다. 그에게 면으로 된 내 잠옷 바지와 검정 티셔츠는 너무 꽉 끼었다. 아침에 먹었던 베이글이 금세라도 목구멍으로 넘어올 것 같았다.

"테사는 어떻던가?"

리차드가 물었다.

"왜 또 내 옷을 입고 있어요?"

대답을 듣고 싶었던 건 아니지만, 어쨌든 한마디 해야 할 것 같았다.

"내가 옷이 단벌이잖나. 자네가 준 거. 근데 그게 너무 냄새가 나서."

리차드는 일어서며 대답했다.

"랜던은요?"

"랜던은 부엌에 있어."

그의 목소리가 등 뒤에서 들렸다. 잠시 후 행주를 손에 든 랜던이 나타났다. 비눗물이 바닥에 뚝뚝 떨어졌다. 나는 랜던을 언짢게 쳐다보았다. 설거지 같은 건 리차드를 시키지.

"테사는 좀 어때?"

"잘 지내. 빌어먹을, 혹시나 궁금해 할 사람이 있을까 봐 그러는데 나도 잘 지냈어."

내가 투덜거렸다. 아파트는 내가 시애틀로 떠날 때보다 훨씬 깨끗해져 있었다. 버리려고 잔뜩 쌓아놨던 원고 뭉치도 말끔히 사라졌고, 커피 테이블에 탑을 이루던 빈 물통들도 보이지 않았다. 텔레비전 스탠드에 소복이 쌓여 있던 먼지도 없어졌다.

"무슨 짓들을 한 거야?"

두 사람한테 물었다. 인내심이 한계에 도달하고 있었다. 이곳에 돌아온 지 겨우 몇 분 만에 말이다.

"그 무슨 짓이라는 게 혹시 왜 청소를 했느냐고 묻는 거면…."

랜던이 말을 시작했지만, 내가 중간에 가로챘다.

"내 물건들 다 어딨어?"

나는 거실을 불안하게 서성였다.

"내가 언제 내 물건 치워달라고 했어?"

나는 콧잔등을 손으로 꼬집었다. 치밀어 오르는 화를 가라앉히려 심호흡을 했다. 왜 묻지도 않고 내 방을 맘대로 치운 거지? 두 사람을 번갈아 노려보다가 침실로 들어갔다.

"기분이 별로이신가 보군."

방문을 여는데 리차드가 한마디 하는 소리가 들렸다.

"그냥 두세요…, 테사가 보고 싶어서 그럴 거예요."

랜던이 잽싸게 거들었다. 둘 다 엿이나 먹으라지. 나는 있는 대로 방문을 세게 닫았다.

랜던 말이 맞다. 그 빌어먹을 도시에서, 테사에게서 멀어질수록 온몸의 근육 하나하나가 팽팽해지는 것 같았다. 가슴 속에 뻥 뚫린 구멍이 점점 더 커졌다. 오직 테사만이 채워줄 수 있는 구멍이다.

고속도로에서 마주치는 차마다 욕설을 퍼부었다. 덕분에 화가 폭발하는 건 피했지만, 그걸로는 충분치 않았다. 시애틀에 몇 시간쯤 더 있어야 했다. 테사한테 이번 주에 휴가를 내고, 같이 집에 가자고 설득했어야 했다. 입은 옷차림 그대로. 선택의 여지를 주는 게 아니었다.

눈앞에 반나체인 테사의 몸이 떠올랐다. 피스톤 운동을 하는 동안, 테사는 이번 주 내내 나를 잊지 않겠노라 약속했고, 얼마나 나를 사랑하는지 속삭였다. 테사가 내게 키스를 퍼붓던 걸 생각하니, 다시 아랫도리가 묵직해졌다. 테사를 갈구하는 마음이 그 어느 때보다 강해졌다. 욕정과 사랑이 뒤엉켜 있었다. 아니다, 테사를 향한 갈망은 욕정보다 훨씬 깊은 것이다. 사랑을 나누면서 우리가 서로 하나로 이어져 있던 순간은 경이롭기 그지없었다. 나는 테사를 사랑하고, 테사는 나를 사랑한다. 그거면 된다.

"안녕."

수화기에 대고 말했다. 뭘 하는지 깨닫기도 전에 테사에게 전화를 하고 있었다.

"무슨 일 있어?"

"아니, 없어."

나는 침실을 둘러보았다. 말끔하게 정리된 내 침실을.

"아니, 있어."

"무슨 일인데? 집 아니야?"

'여긴 집이 아니지. 네가 없잖아.'

"응, 빌어먹을 네 아빠하고 랜던이 신경을 건드려."

테사는 소리 내어 킬킬 웃었다.

"도착한 지 겨우 10분밖에 안 됐잖아. 그 사람들이 무슨 짓을 했는데?"

"아파트를 싹 치워 놨잖아. 내 물건들을 죄다 정리하고. 도대체 아무것도 찾을 수가 없어."

바닥에 굴러다니는 더러운 셔츠라도 하나 있었으면…, 걷어찰 게 필요하다.

"뭘 찾고 있었는데?"

테사의 목소리 뒤로 다른 소리가 들렸다.

누구와 함께 있는지 묻고 싶었지만, 참아야 했다.

"혹시라도 찾고 싶은 게 있어도 못 찾을 거란 얘기야."

테사가 웃음을 터뜨렸다.

"그래서 화났단 거야? 두 사람이 아파트를 깨끗이 청소해서 찾고 있지도 않는 걸 찾을 수 없을까 봐?"

"맞아."

나는 싱긋 웃었다. 되도 않는 어리광이다. 하지만 테사는 면박을 주지 않고 웃기만 했다.

"얼른 체육관에나 가."

"다시 시애틀로 돌아가서, 너랑 섹스할 거야."

확 내지르고 말았다. 테사는 헉 숨을 내뱉었고, 그 소리는 마음 속에 공명이 되어 울려 퍼졌다. 순간 그녀를 더욱 갈망하게 되었다.

"음, 좋지."

테사가 속삭이듯 말했다.

"넌 누구랑 같이 있는데?"

40초쯤은 잘 참았다.

"트레버랑 킴벌리."

테사는 느릿느릿 대답했다.

"장난해?"

빌어먹을 트레버 자식은 늘 테사 옆을 기웃거린다. 제드보다 더 거슬리는 자식이다.

"하딘…."

테사는 불편한 목소리였다. 그리고 사람들 앞에서 구구절절 변명하기는 싫은 것 같았다.

"테레사."

"나, 잠깐만 방에 가 있을게요."

테사가 양해를 구하는 소리가 들렸다. 테사의 숨소리를 듣고 있으니 더욱 조바심이 났다.

"왜 빌어먹을 트레버 자식이 너희 집에 있는 거야?"

목소리가 생각보다 더 미쳐 날뛰는 것처럼 들렸다.

"여긴 우리 집이 아니잖아."

굳이 일깨워줄 필요는 없는데.

"얼른 체육관 가, 하딘. 확실히 운동하러 가야겠어."

테사의 목소리에는 걱정이 담겨 있었다. 잠시 침묵이 이어졌다.

"제발, 하딘! 부탁이야."

거절할 말이 없었다.

"알았어, 다시 전화할게."

나는 순순히 대답하고 전화를 끊었다.

한 번도 쉬지 않고 두 시간 동안이나 샌드백을 두들기고 킥을 날렸다. 샌드백에 멀끔하게 생긴 짜증나는 트레버의 면상이 새겨진 듯했다. 하지만 그닥 도움이 되진 않았다. 여전히 열이 받아 미칠 것 같다.

대체 왜 이렇게 짜증이 나지? 테사가 곁에 없어서.

'빌어먹을, 긴 한 주가 되겠군.'

차에 가보니 테사에게서 메시지가 와 있었다. 이렇게 오래 운동한 줄 몰랐다.

안 자고 기다리려고 했는데, 너무 졸려서 안 되겠어. :)

밖이 어두워진 게 천만다행이었다. 별 내용도 없는 메시지 한 줄에 헤벌쭉하고 있는 내 모습이 얼마나 바보 같은지. 테사는 꾸미지 않아도 너무 귀엽다.

먹을 게 다 떨어져 간다는 랜던의 메시지를 무시하고 있었다. 그러고 보니 혼자서 장을 본 적은…, 없었다. 기숙사에서 살 때는 다른 사람들이 사다놓은 걸 먹기만 했다.

아버지를 데려다 놓고 끼니도 잘 챙기지 않은 걸 알면 테사가 엄청 화낼 거다. 랜던이 틀림없이 일러바치겠지….

어느새 대형 마트에 차를 대고 있었다. 디저트 카페가 아닌 마트라. 테사는 같이 있지 않으면서도 나를 조종하는구나. 테사는 마트에서 장보는 시간만큼 디저트 카페에서도 시간을 보냈다. 그녀는 자주 가던 마트가 왜 다른 데보다 좋은지 몇 시간이고 설명할 수 있다고 했다.

늘 먹는 시리얼 상자를 카트에 던져 넣었다. 그 순간, 통로 저 끝에 서 있는 밝은 빨간 머리가 눈에 띄었다. 돌아보기도 전에 스테프인 걸 알아차렸다. 허벅지까지 올라오는 흉측한 검정색 부츠에 빨간 레이스 스타킹이 빼도 박도 못하는 증거다.

순식간에 두 가지 생각이 떠올랐다. 당장 달려가서 자기가 무슨 짓거리를 했는지 일깨워주거나…. 스테프가 내 쪽으로 돌아섰다. 어쩌면 더 마음에 들었을지도 모를 다음 생각을 미처 하기도 전에.

"하딘! 기다려!"

카트를 그대로 두고 돌아서는 나를 스테프가 큰 소리로 불렀다. 몇 시간이나 운동을 하며 풀었는데도 소용이 없다. 스테프를 보니 치밀어 오르는 화를 주체할 수가 없었다. 말도 안 되는 상황이다. 쿵쾅거리며 따라오는 소리가 들렸다. 어떻게든 맞닥뜨리는 걸 피하려고 했는데도 말이다.

"내 말 좀 들어 봐!"

스테프는 내 뒤로 바짝 쫓아와 소리를 질렀다. 나는 갑자기 멈춰 섰다. 스테프가 내 등에 부딪히며 바닥에 넘어졌다.

몸을 홱 돌리고 이를 악물며 사납게 말했다.

"제기랄, 원하는 게 뭐야?"

스테프는 얼른 일어섰다. 검정색 원피스에 더러운 바닥 먼지가 묻어 있었다.

"너, 시애틀에 있는 줄 알았는데."

"거기 있어, 잠깐 온 거지."

거짓말을 했다. 뭣 때문에 이 여자랑 얘기하려는 건지 모르겠다. 하지만 되돌리기에는 너무 늦었다.

"나 미워한다는 거 알아."

스테프가 말을 꺼냈다.

"고작 한다는 게 그런 개소리냐."

한 차례 호통을 치고 나서야 스테프를 제대로 쳐다보았다. 두꺼운 아이라인 때문에 초록색 눈동자가 제대로 보이지도 않았다. 구역질난다.

"네 헛짓거리에 장단 맞춰줄 기분 아니야."

그녀에게 으름장을 놓았다.

"넌 늘 뭘 할 기분이 아니잖아."

스테프가 배시시 웃었다. 나는 주먹을 불끈 쥐었다.

"너 따위하고 말 섞을 이유 없어. 내가 방해 받고 싶지 않으면 어떻게 하는지 알지?"

"지금 협박하는 거야? 정말?"

정신을 잃고 헤롱거리던 테사의 모습이 자꾸만 떠올랐다. 여기서 벗어나야 한다. 이 여자에게 물리적 상해를 가하고 싶진 않았다. 수단과 방법을 가리지 않고 여자를 해할지도 모른다. 그게 내가 가진 재능 중 하나니까.

"걔는 너한테 좋은 상대가 아니야."

스테프가 성질 긁는 소리를 시작했다. 그녀의 대담함에 헛웃음이 나왔다.

"그런 말을 지껄일 정도로 멍청한 줄은 몰랐는데."

하지만 스테프는 지금껏 확신이 없는 짓은 한 적이 없다. 이건 100% 진심일 거다.

"너도 그게 맞다는 거 알잖아. 걔 너한테 뭔가 부족해. 너도 걔한텐 항상 부족할 거고."

속이 부글부글 끓어올랐다. 스테프는 계속 말을 이어나갔다.

"걔 내숭에 너도 금세 질릴 거야. 아니지, 벌써 질렸을지도 모르고."

"내숭?"

기가 막혀 웃음이 났다. 테사가 누군지 알지도 못하는 주제에. 테사는 거울 앞에서 섹스하는 걸 좋아하고, 내 이름을 부를 때까지 손으로 해주는 걸 좋아하는 여자다.

"걔도 조만간 나쁜 남자 페티시 같은 건 집어치우고 은행원이나 뭐 그딴 남자랑 결혼해버릴걸. 혹시라도 너희가 오래 갈 거란 생각을 하는 건 아니겠지? 너도 봤잖아. 걔는 카디건 입은 노아 같은 애랑 어울려. 무슨 가족 사랑 포스터에서 튀어나온 사람들처럼. 이건 너도 반박 불가잖아."

"그래서? 지금 너랑 내가 더 잘 어울린단 소리를 하고 싶은 거야?"

의도했던 것보다 내 목소리는 누그러져 있었다. 스테프는 내 눈치를 살피고 있었다. 나는 흔들리지 않으려고 혼신을 다했다.

"그건 절대 아니지."

스테프는 튀어나올 것 같은 눈알을 이리저리 굴렸다.

"네가 날 원하지 않는다는 거, 나도 알아. 내 말은, 내가 널 많이 신경 쓰고 있다는 거야."

시선을 돌려 텅 빈 통로를 쳐다보았다.

"내 말을 믿고 싶지 않겠지. 너의 성모 마리아를 망쳐놨다고 내 목을 비틀고 싶겠지. 근데 마음 한구석에선 내 말을 인정하고 있을걸."

그래도 한때는 테사의 친구라던 인간이 쏟아낸 말이었다. 나는 입술을 꽉 깨물었다.

"사실 속으론 너도 오래 못 갈 거라 생각하잖아. 걘 너한테 너무 과분해. 넌 타투투성이잖아. 걔가 너랑 같이 있는 걸 창피해하는 건 시간 문제라고."

나는 이 성가신 빨강 머리 앞으로 한 걸음 다가섰다.

"분명 그럴 거야. 너희가 처음 데이트를 시작했을 때, 나한테 얘기한 적도 있어. 분명히 말하는데, 그 생각은 절대 바뀌지 않아."

스테프가 싱긋 웃었다. 코에 걸린 링이 조명 아래에서 반짝였다. 절정에 오를 동안 나를 만지던 이 여자의 손길이 떠오르며 몸이 움찔했다. 넘어오는 짜증을 삼켜야 했다.

"너, 나를 조종하고 싶구나. 그것밖에 먹힐 만한 게 없을 것 같지? 근데 난 안 넘어가."

나는 스테프를 밀치며 지나쳐갔다. 스테프는 허스키한 웃음을 터뜨렸다.

"너 하나로 충분했다면, 왜 걔가 뻑하면 제드한테 달려갔겠어? 소문 났던 거 너도 알잖아."

발길을 멈췄다. 테사가 스테프랑 점심을 먹고 돌아왔던 날이 기억났다. 테사는 점심 먹는 자리에 스테프가 몰리를 데리고 왔다며 화를 냈었다. 그날, 몰리와 스테프는 테사가 제드랑 섹스를 했다는 소문이 돈다고 테사한테 말했다. 나는 화가 치밀어 몰리한테 전화를 했었다. 그리고 다시는 나와 테사 사이에 끼어들지 말라고 으름장을 놨었다. 그때 내가 화를 냈어야 할 사람은 바로 스테프였던 거다.

"그 소문, 네가 퍼뜨린 거지?'

"아냐…. 제드 룸메이트가 그랬어. 테사가 신음 소리를 내면서 제드 이름을 막 부르고, 밤새도록 침대가 벽에 부딪치는 쿵쿵 소리 땜에 한숨도 못 잤다고. 짜증나지?"

스테프는 악마의 미소를 지었다. 테사가 떠난 뒤 참고 참았던 자제력이 한계에 이르렀다.

'여길 벗어나야 해. 당장!'

"제드가 그랬어. 테사, 걔 완전 나긋나긋하고 꽉 조인다고. 분명, 그러니까 그걸…, 했나봐, 엉덩이나 뭐 뒤쪽으로 하는…, 너도 알잖아."

스테프는 새까만 손톱으로 턱을 톡톡 치고 있었다. 더 이상 참을 수가 없었다.

"닥쳐!"

나는 두 귀를 막아버렸다.

"그 아가리 닥치라고!"

통로가 쩌렁쩌렁 울리도록 소리를 질렀다. 스테프는 주춤거리며 뒷걸음질 쳤다. 실실 웃음을 흘리면서.

"믿든가 말든가."

스테프가 어깨를 으쓱거렸다.

"내 알 바 아닌데, 이건 시간 낭비야. 너한테도, 걔한테도."

스테프는 비아냥거리며 멀어져 갔다. 나는 꽉 쥔 주먹을 금속 진열장으로 힘껏 날렸다.

38 · 하딘

박스들이 와르르 떨어져 바닥에 마구 흐트러졌다. 붉은 핏자국이 떨어졌다. 한 번 더 진열장을 후려쳤다. 주먹이 찢어지며 익숙한 통증이 밀려왔다. 아드레날린이 마구 솟구쳤다. 분노 게이지도 함께 치솟았다. 그러자 어쩐지 진정이 되는 것 같았다. 익숙한 방식으로 분노를 표출하는 게 역시 편했다. 억지로 자제할 필요 없다. 행동하기 전 앞뒤 재며 생각할 필요도 없다. 결국 나는 분노에 지고 말았다.

"이게 무슨 짓이에요! 여기, 누가 좀 도와주세요!"

한 여자가 소리를 질렀다. 여자를 향해 고개를 돌리자, 여자는 주춤거리며 뒷걸음질을 쳤다. 여자의 다리에 금발의 작은 여자애 하나가 딱 달라붙어 있었다. 여자의 눈은 공포와 경계로 한껏 커져 있었다.

여자애의 푸른색 눈동자와 마주쳤다. 시선을 돌릴 수가 없었다. 천진한 눈망울이 내 안에 남아 있던 마지막 분노를 가져가버리는 것 같았다. 아이에게서 시선을 돌리자 엉망진창으로 만들어놓은 진열대가 눈에 들어왔다. 순식간에 분노는 실망으로 바뀌었다. 마트 한복판을 난장판으로 만들어놓다니. 도망치기 전에 경찰이 들이닥치면 나는 망한 거다.

여자애를 힐끗 쳐다보았다. 발목까지 오는 원피스에 반짝이 구두를 신고 있었다. 나는 서둘러 통로를 빠져나와 정문을 향해 달렸다. 먹구름처럼 밀려오는 혼란을 피해, 달리고 또 달렸다. 아무 것도 눈에 들어오지 않았다. 아무 생각도 나지 않았다. 뭐 하나도 이해되는 게 없었다.

테사는 제드와 섹스하지 않았다.

테사는 절대 그러지 않았다.

테사가 그랬다면 내가 벌써 알았을 거다. 누가 벌써 말해줬을 테니까.

테사가 먼저 나한테 고백했거나. 그녀만이 거짓말하지 않는 유일한 사람이니까.

밖으로 뛰쳐나왔다. 한겨울의 차가운 공기가 살갗을 후려쳤다. 주차장에 세워져 있는 내 차를 찾았다. 다행인 건지 날이 저물어 사방이 깜깜했다.

"빌어먹을!"

차에 도착하자마자 고래고래 고함을 쳤다. 부츠 발로 범퍼를 힘껏 걷어찼다. 범퍼가 우그러지며 삐그덕거렸다. 그 소리처럼 좌절감도 커져만 갔다.

"테사는 나하고만 있었다고!"

한 번 더 소리를 지르고 차에 올라탔다.

재빨리 시동을 걸었다. 순간 요란한 사이렌 소리가 들리더니 경찰차 두 대가 경광등을 번쩍거리며 주차장으로 들어왔다. 나는 거리를 적당히 유지하며 천천히 빠져나왔다. 괜한 주목을 받아서는 안 되니까. 경찰차가 멈춰 서고 경찰관들이 후다닥 뛰쳐나왔다. 마치 살인자라도 뒤쫓듯.

주차장을 빠져나오자 안도감이 온몸을 휘감았다. 마트에서 체포되기라도 했다면 테사가 가만두지 않았을 거다.

테사⋯, 그리고 제드. 테사와 제드가 놀아났다는 말을 믿지는 않는다. 테사가 그러지 않았다는 걸 나는 아니까. 테사의 내면 깊은 곳을 아는 사람, 그녀를 절정에 오르게 해줄 사람은 오직 나뿐이다. 제드 따위가 아니라. 그 누구도 아니다. 오직 나뿐이다.

테사의 손이 녀석의 팔을 움켜잡는다. 둘의 몸이 뒤엉키고 녀석은 테사에게 몸을 밀어붙인다. 고개를 세차게 가로저었다. 자꾸만 떠오르는 이 장면을 떨쳐버리고 싶었다. 제기랄, 다시는 생각하지 말아야지.

제대로 생각할 수가 없다. 눈에 뵈는 것도 없다. 그 말을 하기 전에 스테프의 모가지를 비틀어버리는 건데….

아니다, 이런 생각을 해서는 안 된다. 이러면 스테프가 원한 대로 되는 거다. 그렇게 생각하니 화가 더 치밀어 올랐다. 스테프는 제드 얘기를 꺼내면 상황이 어떻게 될지 확실히 알고 있었던 거다. 일부러 나를 조롱하며 도발했고, 그게 제대로 먹혔다. 수류탄의 안전핀을 뽑아 버리고 유유히 자리를 떠난 거다. 그렇지만 난 수류탄이 아니다. 이제 나 자신을 통제할 수 있어야 한다.

당장 테사에게 전화했다. 받지 않았다. 전화벨이 한 번, 두 번, 계속 울려댔다. 아까 일찍 잘 거라고 얘기했지만, 테사 전화는 늘 켜져 있다. 이걸 못 듣고 계속 잘 리가 없다.

"제발, 테스, 전화 좀 받아줘."

전화기를 조수석에 던져 놓았다. 마트에서 최대한 멀리 도망가야 한다. 경찰이 주차장 카메라를 보고 내 차 번호판을 확인하는 날엔 그야말로 큰일이다.

고속도로는 악몽이었다. 나는 계속해서 테사에게 전화를 걸었다. 한 시간 안에 연락이 없으면 크리스찬에게 전화할 거다.

하루 더 시애틀에 있어야 했는데. 아니다, 애초에 같이 갔어야 했는데. 어떻게든 시애틀로 가지 않으려고 댔던 구실들이 이제는 모두 부질없어졌다. 오직 테사와 너무 멀리 떨어져 있다는 공포만이 생생하게 살아났다.

"사실 속으론 너도 오래 못 갈 거라 생각하잖아."

"넌 타투 투성이잖아. 걔가 너랑 같이 있는 걸 창피해하는 건 시간 문제라고."

"나쁜 남자 페티시."

"은행원이나 뭐 그딴 남자랑 결혼해버릴걸."

스테프의 목소리가 귓전에서 끊임없이 맴돌았다. 돌아버릴 것 같았다. 넓게 펼쳐진 도로에서 정신을 잃을 것 같았다. 일주일 동안 해왔던 노력이 모두 수포로 돌아갔다. 그 교활한 년 하나 때문에 테사와 보낸 이틀의 시간을 모두 망치고 말았다.

'이게 가치가 있을까? 계속 이렇게 노력하는 게? 나는 앞으로 늘 병신 같은 짓을, 병신 같은 소리를 하지 말아야 하나? 내가 그렇게 바뀌면 테사는 계속 나를 사랑해줄까? 심리학 수업 숙제를 성공적으로 마친 기분 같은 게 아닐까? 이 모든 게 끝나도 테사를 사랑할 힘이 남아 있을까? 나는 여전히 테사가 사랑에 빠졌던 그 남자일까? 왜 나를 자기가 원하는 사람으로 바꾸려는 걸까? 결국엔 질려버리고 말 그런 사람으로….'

테사는 나를 그 녀석처럼 만들려고 애쓰는 건가…, 노아 녀석처럼?

'이건 너도 반박 불가잖아.'

스테프 말이 맞다. 테사와 노아처럼 담백하고 단순하게 사귀는 건 죽었다 깨어나도 못 한다. 테사는 노아와 사귈 땐 단 한 번도 걱정 같은 건 하지 않았다. 그 둘은 잘 어울렸다. 보기 좋고 심플했다. 노아는 내가 저지른 일탈 같은 건 저지르지 않으니까.

옛날 그 시절이 떠올랐다. 방에 처박혀서 스테프가 귀띔해주기를 몇 시간이나 기다렸던 그때. 테사가 노아랑 시간을 보내다 돌아오면 스테프가 연락해주곤 했다. 나는 할 수 있는 만큼 둘 사이를 훼방 놓았다. 정말 놀라운 건, 그게 제대로 먹혔다는 거다. 테사는 노아 말고 나를 선택했다. 함께 자라며 사랑해왔던 남자 대신에 말이다.

테사가 노아한테도 사랑한다고 말했을 걸 생각하니 속이 뒤틀렸다.

'나쁜 남자 페티시….'

테사한테 나는 페티시 대상, 그 이상이다. 그래야만 한다. 지금껏 나는 부모님을 엿먹일 대상만을 물색하는 그런 여자들하고만 잤다. 하지만 테사는 그런 부류가 아니었다. 그걸 증명해 보일 만큼 충분히 참고 견뎌 주었다.

머릿속이 뒤섞여 미쳐 날뛰는 것 같았다. 더 이상 견딜 수가 없었다.

왜 스테프 따위가 내 머릿속을 휘젓게 놔둔 걸까? 애초에 그 따위 소리를 듣는 게 아니었다. 한 번 머리에 박히고 나니 떨쳐버릴 수가 없다. 나는 터져서 피가 흐르는 주먹을 청바지에 쓱 문대고, 차를 세웠다.

고개를 들어보니 낯익은 단골 술집 앞이었다. 아무 생각도 없이 이곳까지 와버린 거다. 들어가지 말아야 했지만…, 나도 나를 어쩔 수가 없었다.

바 안쪽에 내 오랜 친구…, 칼리가 있었다. 칼리는 가릴 데만 겨우 가린 옷차림에, 새빨간 립스틱을 발랐다.

"이런…, 이런…, 이런…."

칼리가 나를 향해 미소 지었다.

"그만해."

칼리 바로 앞자리로 가 앉았다.

"술 마시게? 어림도 없어."

칼리가 고개를 젓자, 하나로 묶은 그녀의 머리가 찰랑찰랑 흔들렸다.

"저번에 술 줬다가, 막장 드라마에 휘말렸잖아. 오늘은 그럴 시간도 인내심도 없으니까 꿈도 꾸지 마."

그랬다. 마지막으로 여기 왔을 때, 완전히 술이 떡 돼서 칼리네 집 소파에서 잠을 잤다. 그러다 테사가 오해하는 바람에 교통사고까지 당했다. 순전히 나 때문이었다. 아무 일도 없었을 테사의 삶에 내가 거지 같은 일들을 끌어들인 거다.

"주문하면 술을 주는 게 네 일 아닌가?"

나는 바 뒤쪽 선반에 있는 위스키 병을 가리켰다.

"저쪽에 뭐라고 써 붙였는지 한번 볼래?"

칼리는 팔꿈치를 바에 대고 몸을 기울였다. 나는 칼리에게서 최대한 떨어지려고 의자 뒤로 몸을 기대어 앉았다. 벽에 붙어 있는 작은 글귀가 눈에 들어왔다.

우리는 누구에게든 서비스를 거부할 권리가 있습니다

웃음이 나왔다.

"얼음만 조금 넣어줘. 물 섞는 건 싫어."

칼리가 어이없는 표정을 지었지만 모르는 척했다. 칼리는 할 수 없이 빈 잔을 잡았다.

진한 색 술이 잔 속으로 쏟아졌다. 스테프의 목소리가 귓전에서 끊임없이 맴돌았다. 이 방법밖에 없다. 귓속을 맴도는 허무맹랑한 거짓말을 지우는 방법은.

칼리의 목소리에 정신이 번쩍 들었다.

"전화 오잖아."

힐끗 내려다보니 휴대전화 화면에 선명하게 테사의 이름이 보였다.

"빌어먹을."

반사적으로 술잔을 밀쳐 냈다. 새로 따른 술이 바에 쏟아졌다. 칼리가 새된 소리로 욕설을 퍼붓는 걸 뒤로 하고 밖으로 뛰쳐나왔다. 밖으로 나오자마자 전화를 받았다.

"테스."

"하딘!"

테사의 목소리는 겁에 질려 있었다.

"너 괜찮아?"

"수십 번 전화했어."

수화기 너머로 테사의 목소리가 들리자 안도의 한숨이 새어나왔다.

"미안해. 자고 있었어. 근데 괜찮은 거야? 어디야?"

"예전에 왔던 술집."

실토하고 말았다. 거짓말해 봐야 소용 없다. 한두 마디 만에 금세 알아차릴 게 뻔하니까.

"아…."

들릴 듯 말 듯한 목소리다.

"한 잔 시켰어."

차라리 다 털어놓는 게 나을 것 같다.

"한 잔만?"

"근데 너한테 전화 오는 바람에 입도 못 댔어."

내 기분이 어떤지 갈피를 잡지 못하겠다. 테사의 목소리는 나에게 생명선 같았다. 그런데도 술집으로 돌아오라는 협박이 동시에 들렸다.

"잘됐네."

테사가 덧붙였다.

"이제 집에 갈 거야?"

"응, 지금."

차 문을 열고, 나는 얼른 운전석에 올라탔다. 잠시 침묵이 흐르다 테사가 다시 입을 열었다.

"거긴 왜 갔어? 아니, 뭐, 가도 괜찮지만…. 왜 술집에 간 건지 궁금해서."

"스테프를 만났어."

테사가 짧게 숨을 들이쉬었다.

"무슨 일 있었어? 혹시 너…, 별일 없었어?"

"때리진 않았어, 그런 뜻으로 물은 거라면."

차에 시동을 걸어놓고는 주차장을 떠나지 않았다. 운전하면서 테사와 통화하고 싶진 않았으니까.

"걔가 나한테 개똥 같은 말을 지껄여서…, 완전히 열받았어. 마트 한복판에서 제대로 뚜껑이 열렸다니까."

"지금은 괜찮아? 근데 너 마트 싫어하잖아."

"당연하지…."

나는 말끝을 흐렸다.

"미안, 나 반쯤 졸았나 봐."

테사의 말투에는 반쯤 웃음기가 섞여 있었지만 웃음기가 사라지고 걱정스러운 말투가 되었다.

"걔가 무슨 소릴 했는데?"

"너랑 제드랑 잤대."

스테프가 지껄인 다른 소리는 하고 싶지 않았다. 테사와 내가 서로에게 좋은 상대가 아니라는 둥 했던 개소리까지 전할 필요는 없으니까.

"뭐? 너도 아니라는 거 알잖아, 하딘. 맹세하는데, 제드와 아무 일도 없었어."

나는 차 앞유리를 툭툭 건드리며 손자국을 물끄러미 쳐다보고 있었다.

"걔 말이, 제드 룸메이트가 네 소리를 들었대."

"걔 말을 믿어? 네가 그런 말을 믿을 리가 없지만, 다른 사람이 날 건드렸다면 너한테 다 얘기했을 거야."

테사의 목소리는 떨리고 있었다. 가슴이 아팠다.

"쉬이…."

테사가 이렇게까지 얘기하도록 두는 게 아니었다. 사실이 아니라는 걸 안다고 먼저 말해줬어야 했다. 하지만 마음 한구석에서 이기심이 솟아올랐다. 테사 입으로 직접 아니라는 소리를 듣고 싶은 이기심이.

"또 무슨 말을 했는데?"

테사는 울고 있었다.

"말도 안 되는 개소리. 나한테 있는 불안과 공포를 간파하고 갖고 논 거지."

"그래서 술집에 간 거야?"

원망이 섞인 목소리는 아니었다. 오히려 이해할 수 있을 것 같다는 투였다. 전혀 예상하지 못한 상황이다.

"그랬나 봐."

나는 한숨을 내쉬었다.

"걔가 알고 있는 게 있더라고. 네 몸에 대해서…, 나만 알고 있어야 하는 것들까지."

오싹한 기운이 등골을 타고 내려갔다.

"걔는 내 룸메이트였어. 내가 옷 갈아입는 걸 수도 없이 봤잖아. 그날 밤, 내 옷을 벗긴 장본인이기도 하고."

테사는 훌쩍이며 말을 이었다. 다시 화가 치밀어 올랐다. 스테프가 테사를 타고 앉아 억지로 옷을 벗기는 장면이 떠올랐다.

"울지 마, 부탁이야. 넌 몇 시간이나 떨어진 곳에 있는데, 달래줄 수도 없잖아."

테사에게 애원했다. 수화기 너머로 들리던 테사의 흐느낌이 조금 누그러졌다. 스테프의 말은 사실이 아니다. 불과 몇 분 전까지 끓어오르던 광기가 스르르 사라지고 있었다.

"집까지 가는 동안 우리 다른 얘기하자."

후진을 해서 주차장을 빠져나왔다. 스피커폰으로 바꾸었다.

"알았어…."

무슨 생각을 하는 건지, 테사는 잠시 웅얼거렸다.

"음, 킴벌리랑 크리스찬이 이번 주말 클럽 행사에 초대했어."

"너 안 갈 거잖아."

"말 좀 마저 하게 해줄래?"

테사가 핀잔을 주었다.

"근데 네가 주말에 올 거잖아. 넌 아마도 같이 안 가겠지. 그래서 수요일 밤에 우리 다 같이 가기로 했어."

"무슨 클럽인데 수요일에 문을 열어?"

백미러는 힐끗 본 다음, 내가 대답했다.

"갈 거야, 나도."

"너, 클럽 안 좋아하잖아?"

나는 어이없는 표정을 지었다.

"주말에 너랑 같이 갈 거야. 수요일에 가지 마."

"난 수요일에 갈 거야. 너도 가고 싶으면 주말에 또 가면 되지. 벌써 킴벌리한테 가겠다고 말했거든."

"안 가는 게 좋을 텐데."

나는 이를 악물고 말했다. 이미 벼랑 끝까지 와 있는 나를 테사가 시험하고 있다.

"아님 수요일에 같이 가자."

최대한 합리적인 제안을 했다.

"수요일에 여기 왔다 가려면 내내 운전만 해야 할 텐데. 어차피 주말에 올 거잖아."

"나랑 같이 가기 싫어서 그러는 거야?"

멈출 새도 없이 말이 먼저 툭 나오고 말았다.

"뭐라고?"

말소리 뒤로, 딸깍, 스탠드 켜는 소리가 들렸다.

"왜 그렇게 말해? 아니라는 거 알잖아. 스테프 말에 휘둘리지 마. 이러는 거 다 그 때문이잖아?"

막 아파트 주차장에 들어와 차를 세우던 참이었다. 테사는 내 대답을 조용히 기다리고 있었다. 결국 한숨이 나왔다.

"그건 아냐, 나도 잘 모르겠어."

"우린 둘 다 싸우는 방법을 좀 배워야 해. 너랑 나랑 싸우는 거 말고. 스테프 때문에 싸우면 안 돼. 우리 둘이 힘을 합쳐야지."

테사는 이야기를 이어나갔다.

"나도 그러고 있진 못하지만…."

'테사 말이 맞다. 테사는 항상 옳은 말만 하니까.'

"수요일에 갔다가 일요일까지 있을게."

"나, 수업도 들어야 하고 일도 해야 해."

"오지 말라는 말처럼 들린다."

자신감이 한풀 꺾이며 조바심이 일었다.

"그런 건 아니지."

가만히 테사가 한 말을 음미했다. 젠장, 테사가 너무 보고 싶다.

"벌써 집에 갔어?"

시동을 끄자 테사가 물었다.

"응, 막 도착했어."

"보고 싶어."

테사의 말투가 시무룩해지는 바람에 발걸음을 멈췄다.

"나도 보고 싶어, 베이비. 미안해. 너 없으니까 미칠 것 같아, 테스."

"나도 그래."

테사가 한숨을 내쉬었다. 왠지 다시 한 번 사과를 하고 싶어졌다.

"애초에 너를 따라 가지 않은 내가 바보였어."

스피커폰 속에서 기침하는 소리가 들렸다.

"뭐?"

"들었잖아. 다시 말하지는 않을 거야."

"알았어."

테사가 기침을 멈추었고, 나는 엘리베이터에 올라탔다.

"내가 잘못 들은 줄 알았어."

"그건 그렇고, 스테프하고 댄한텐 어떻게 갚아줄까?"

나는 화제를 바꾸었다.

"네가 뭘 할 수 있는데?"

테사가 차분하게 물었다.

"내 대답을 듣고 싶은 건 아닐 텐데."

"하고 싶은 거 없어. 그러니까 걔들 그냥 놔둬."

"스테프 그게 계속 떠벌리고 다닐 거야. 너하고 제드에 대한 소문도 계속 퍼뜨릴 거고."

"나 이제 거기 안 살아. 그러니까 괜찮아."

어떻게든 나를 설득하려는 듯, 테사가 말했다. 하지만 이런 것들에 테사가 얼마나 상처 받을지 안다. 그녀가 인정하든 말든 그건 상관없다.

"난 그냥 두고 싶진 않아."

솔직하게 속내를 털어놓았다.

"난 네가 걔네들이랑 또 얽혀서 문제 일으키는 건 싫어."

"알았어."

서로 잘 자라는 인사를 교환하고 전화를 끊었다. 테사는 스테프를 그냥 두지 않겠다는 내 생각에 끝내 동의하지 않았다. 아파트 현관문을 열고 들어갔다. 리차드가 소파에 널브러져 자고 있었다. 토크쇼를 진행하는 유명한 배우 목소리가 온 집안에 쩌렁쩌렁 울리고 있었다.
텔레비전을 끄고 곧장 방으로 들어갔다.

39 · 하딘

오전 내내 녹초가 되어 있었다. 첫 교시 수업에 어떻게 갔는지 잘 기억나지 않을 지경이다. 도대체 내가 왜 이러는지 궁금해지기 시작했다.

대학 본관 앞을 지나는데, 네이트와 로건이 계단 앞에 서 있었다. 나는 후드를 뒤집어쓰고 말도 붙이지 않고 그들을 지나쳤다. 이 지긋지긋한 곳을 떠나든가 해야지, 원.

그러다 느닷없이 생각을 바꿨다. 가던 발걸음을 돌려 본관 건물의 가파른 계단을 날 듯이 뛰어올라갔다. 총장실 앞 비서가 억지 미소를 지으며 나를 맞았다.

"뭘 도와드릴까요?"

"켄 스캇 씨를 만나러 왔어요."

"약속하셨나요?"

약속 따윈 하지 않은 걸 뻔히 알면서도 생글거리며 물었다. 내가 누구인지도 뻔히 알면서.

"당연히 안 했죠. 그래서 아빠가 안에 있다는 거예요, 없다는 거예요?"

나는 두꺼운 문을 가리켰다.

"안에 계십니다. 하지만 지금 전화 회의 중이세요. 여기 앉아 계시면…."

나는 여자의 책상을 지나쳐 문 앞으로 곧장 다가갔다. 손잡이를 돌려 벌컥 문을 열었다. 아빠가 나를 향해 고개를 들었다. 잠시만 기다리라는 듯, 나에게 손가락을 들어 보였다.

어이가 없었지만 예의 바른 신사인 척하며 책상 맞은 편에 앉았다.

몇 분 후, 그가 수화기를 내려놓고 내게 다가왔다.

"네가 올 줄은 생각도 못 했구나."

"저도 여기 올 줄 몰랐어요."

"무슨 일 있는 거냐?"

아빠는 문이 닫혀 있는 걸 확인하고 내게로 시선을 옮겼다.

"여쭤볼 게 있어요."

나는 적갈색 체리목 책상에 두 손을 기대며 그를 올려다보았다. 그의 얼굴에는 족히 며칠은 면도를 하지 않은 듯, 거뭇한 수염 자리가 있었다. 흰색 버튼다운 셔츠 소맷부리는 살짝 구김이 가 있었다. 미국으로 오고 난 뒤, 아빠가 구깃한 셔츠를 입은 걸 본 적이 없었다. 아침식사 자리에도 스웨터 조끼에 잘 다린 면바지를 입고 나타나는 사람이었다.

"그래, 얘기해보렴."

팽팽한 긴장감이 흘렀다. 나는 한때 그에게 가졌던 맹렬한 증오를 기억해 내려고 애썼다. 이제는 그게 어떤 감정이었는지 기억나지 않았다. 하지만 그를 완전히 용서할 수 있을 것 같지도 않았다. 우리 관계는 절대 아빠와 랜던의 관계 같은 것은 되지 못할 거다. 그래도 도움이 필요할 때면, 그가 최선을 다해 도와줄 거라는 걸 안다. 그것만으로도 충분히 좋다. 대부분 별 쓸모는 없었지만. 어쨌든 그 노력만큼은 감사하게 생각한다.

"시애틀 캠퍼스로 전학 가는 건 어려울까요?"

아빠는 뜻밖이라는 듯 눈썹을 치켜들었다.

"진심이냐?"

"네. 의견이 아니라, 가능한지 답을 듣고 싶어요."

갑자기 내 생각이 바뀐 걸로 대화의 장을 열고 싶진 않아서 딱 잘라 말했다. 그는 잠시 생각에 잠긴 듯했다.

"글쎄다, 그럼 졸업이 늦어질 수도 있을 거다. 남은 학기는 여기서 마치는 게 좋을 것 같다. 전학 신청하고, 등록하고, 시애틀로 이사하고, 뭐 그렇게 어수선하게 보내면서 시간 낭비할 가치는 없을 것 같다만…. 이성적으로만 보자면 말이다."

나는 가죽 의자에 등을 기대고 앉아 아빠를 빤히 보았다.

"빨리 진행될 수 있게 도와주실 순 없어요?"

"도와줄 수는 있다. 그래도 졸업이 연기되는 건 마찬가지일 거다."

"그러니까 여기 있으란 얘기잖아요."

"꼭 그런 건 아니다."

아버지는 턱 밑 거뭇한 수염을 문질렀다.

"지금으로선 그게 더 나은 선택이라는 거지. 졸업식도 얼마 남지 않았잖니."

"졸업식엔 안 갈 거예요."

잊고 있는 것 같아 다시 일깨워줬다.

"그 생각은 바꿨으면 했는데."

아빠는 한숨을 내쉬었고, 나는 시선을 피했다.

"글쎄요, 안 가고 싶어요."

"너한테 아주 중요한 날이다. 지난 3년 동안의 네 삶을…."

"상관없어요. 졸업장은 우편으로 받아도 되고. 저는 안 갈 거예요, 그 얘긴 이걸로 끝."

나는 시선을 그의 뒤쪽 벽으로 옮겼다. 진한 브라운색 벽에는 액자들이 잔뜩 걸려 있었다. 흰색 액자 안에 학위증과 졸업장, 각종 자격증 등이 자랑스러운 듯 걸려 있었다. 내 눈에는 별 것 아닌 것처럼 보이지만, 그는 자랑스럽게 바라보곤 했을 액자들이다.

"그렇게 생각한다니 유감이구나."

그가 액자들을 향해 시선을 돌렸다.

"다시는 물어보지 않으마."

아빠는 언짢은 표정을 지으며 말했다.

"졸업식에 가는 게 왜 그렇게 중요한데요?"

아빠와 나 사이의 적대감이 점점 커지며 분위기가 무거워졌다. 잠시 침묵이 흐르자 그는 놀랍도록 평정심을 되찾은 것 같았다.

"왜냐하면…."

그는 숨을 깊게 들이마셨다.

"그런 때가 있었다. 오래 전이었지만. 내가 아직…."

아버지는 잠깐 말을 끊고 뜸을 들였다.

"네가 어떻게 될지 확신이 없었을 때 말이다."

"무슨 말씀인지?"

"지금 이런 이야기 나눌 시간은 있는 게냐?"

그의 시선은 터진 주먹과 핏자국으로 얼룩진 청바지에 머물렀다. 그 말이 무슨 뜻인지 나는 안다.

'이런 이야기를 나눌 만큼 네 정신 상태가 안정되어 있니?'

바지를 갈아입고 왔어야 하는데, 오늘 아침엔 그럴 정신이 아니었다. 침대에서 굴러 내려와 캠퍼스로 내달렸으니까.

"알고 싶어요."

나는 진지하게 대꾸했고, 아빠는 고개를 끄덕였다.

"한때, 네가 고등학교도 제대로 졸업하지 못할 거라 생각했던 때가 있었다. 네가 온갖 사건 사고를 일으키고 다니던 때 말이다."

술집에서 싸움질 하고, 편의점을 털고, 반쯤 벗고 다니는 여자애들을 울리고, 이웃들에게 소리 지르던 장면이 떠올랐다. 그리고 실망 가득한 엄마의 표정이 스쳐 지나갔다.

"알아요."

그의 말에 순순히 동의했다.

"엄밀히 말하자면, 지금도 곤란한 상태죠."

그는 나를 힐끔 쳐다보았다. 뻔뻔스러운 내 태도가 거슬릴 거다. 내가 늘 골칫덩이였을 테니까.

"지금은 그래도 나아졌지."

그가 이어 말했다.

"그때부터…, 그 아이를 만난 후부터는 말이다."

"걔가 골치 아픈 일의 원인이기는 하지만요."

목 뒤를 손으로 문질렀다. 나도 안다, 내가 형편없는 놈이라는 거.

"그런 말을 하려던 건 아니다."

아빠는 눈을 가늘게 뜨고, 한 손으로 조끼 맨 위에 있는 단추를 만지작거렸다. 어색한 침묵이 흘렀다. 서로 무슨 말을 해야 할지 모르는 거다.

"나도 죄책감이 크단다, 하딘. 네가 고등학교도 졸업 못 하고, 대학도 못 갔다면, 어떡해야 할지 몰랐을 거야."

"아무 것도요. 아빠는 그냥 여기서 아빠의 완벽한 삶을 살면 되는 거죠."

나의 일갈에 그는 뺨이라도 맞은 것처럼 주춤했다.

"그렇지 않아. 나는 너에게 최고로 해주고 싶었다. 그 마음을 늘 보여주지 못해서 그렇지. 나도 다 안다. 네 미래는 나한테도 정말 중요하단다."

"그래서 내가 WCU에 입학하는 걸 허가해주신 건가요?"

내가 이 학교에 입학할 수 있도록 아빠가 뒤에서 힘을 쓴 건 알고 있었다. 그렇지만 지금껏 한 번도 입 밖에 낸 적은 없었다. 나는 고등학교도 제대로 졸업 못 할 지경이었고, 그건 성적만 봐도 뻔히 알 수 있었다.

"그때 네 엄마는 한계점에 다다랐었다. 그래서 네가 이리로 왔으면 했고, 나 또한 널 더 알았으면 했지. 넌 내가 떠났던 그때와 같은 아이가 아니더구나."

"더 알고 싶었으면, 옆에 붙어 있었어야죠. 술은 덜 마시고."

잊을 수 없는 기억의 파편들이 가슴 속을 파고들었다.

"아빠는 떠났고, 나도 절대 예전의 그 아이로는 돌아갈 수 없다고요."

때때로 그런 생각이 들곤 했다. 사랑하는 가족들 품에서 행복한 아이로 자라는 건 어떤 기분일까. 엄마는 쉴 새 없이 일을 해야 했고, 나는 텅 빈 거실에 혼자 앉아 있었다. 지저분하고 비스듬한 벽을 쳐다보며 몇 시간이고 앉아 있었다. 굶는 게 차라리 나을 것 같은 밥을 혼자서 챙겨 먹으며. 사랑하는 가족들에 둘러싸여 밥을 먹는 상상을 했었다. 가족들은 환하게 웃으며 오늘 하루는 어땠는지 묻겠지. 학교에서 싸움이라도 하고 오는 날엔, 아빠가 등을 토닥거리며 위로를 해주거나, 잘못을 나무라며 엉덩이라도 때려줬으면 하고 바랐다.

시간은 빨리 흘러갔다. 십대가 되고 난 후, 사람들에게 상처를 줄 수 있다는 걸 깨달았고, 그때부터 모든 게 쉬워졌다. 나는 그렇게 나를 혼자 둔 엄마에게 앙갚음을 했다. 엄마라는 호칭 대신에 이름을 불렀고, 자식에게 '사랑한다'는 말을 듣는 사치 따위는 누릴 수 없게 만들었다.

아빠는 무시하고, 또 무시하는 것으로 앙갚음을 했다. 내 목표는 오직 하나였다. 나를 둘러싼 모든 사람들이 나만큼 비참해지는 것. 결국 난 그 일을 해내고야 말았다. 섹스와 거짓말을 무기로 여자들에게 상처를 주었고, 그걸로 세상을 조롱했다. 불똥은 엄한 데로 튀었다. 나를 돌봐달라고 부탁했던 엄마 친구에게까지 몹쓸 짓을 하고 만 거다. 엄마 친구의 결혼 생활은 끝장이 났고, 덩달아 그녀의 삶도 망가졌다. 엄마는 열네 살짜리 아들이 그런 짓을 저질렀다는 사실에 억장이 무너져 내렸을 거다.

아빠는 내가 무슨 생각을 하고 있는지 뻔히 알고 있는 것 같았다.

"그건 나도 안다. 나 때문에 네가 겪어야 했던 그 모든 일들에 대해 사과한다."

"그 얘기 더 이상 하고 싶지 않아요."

나는 의자를 밀며 벌떡 일어섰다. 그는 그대로 앉아 있었다. 이렇게 아빠를 내려다볼 수 있다니 짜릿함이 느껴졌다. 그를…, 압도했다는 느낌이랄까. 그는 자책과 죄책감에 휩싸여 있었고, 나는 비로소 나 자신을 있는 대로 받아들였다.

"네가 이해할 수 없는 많은 일들이 있었단다. 언젠가 너에게 말하고 싶지만, 그런다고 달라지는 건 없겠지."

"더 이상 얘기하기 싫다고요. 이미 오늘 하루도 충분히 거지같았어요. 더는 감당이 안 돼요. 어쨌든 이해하겠다고요. 아빠가, 우리를 떠난 거랑, 그 후에 벌어진 일들을 후회하고 있다는 거잖아요. 나는 다 극복 했어요."

거짓말을 했지만, 그는 고개를 끄덕였다. 전부 다 거짓말은 아니었 다. 전보다는 훨씬 극복하는 쪽에 가까워졌으니까.

문 앞까지 왔는데, 퍼뜩 생각이 떠올랐다.

"엄마가 결혼한대요. 알고 계셨어요?"

호기심이 일어 물었다. 그는 잠시 가만히 나를 쳐다보다가 눈살을 찌푸렸다. 처음 듣는 소리인 게 분명했다.

"마이크랑…. 아시죠, 그 옆집 남자."

"아."

그는 인상을 썼다.

"2주 후에 한대요."

"그렇게 빨리?"

"그게 뭐 문제예요?"

"아니, 조금 놀랐을 뿐이다."

"나도 그래요."

나는 문에 비스듬히 어깨를 기대서, 그의 표정이 시무룩했다가 안 도하는 걸로 바뀌는 걸 보고 있었다.

"결혼식엔 참석할 거니?"

"아뇨."

켄 스캇 씨는 친히 일어나 내 앞에 와서 우뚝 섰다. 솔직히, 순간 살 짝 쫄았음을 인정한다. 물론 그 때문은 아니다. 날 것의 감정이 그대로 드러난 그의 눈빛 때문이었다.

"넌 꼭 가야 한다, 하딘. 안 가면 네 엄마에게 큰 상처가 될 거다. 특히 네 엄마는 이미 네가 나와 카렌의 결혼식에 왔다는 걸 알고 있잖니."

"내가 거길 왜 가게 됐는지는 모두가 알잖아요. 아빠 결혼식에 갔다고 거길 꼭 가야 하는 것도 아니고요."

"그렇지만 넌 가야 해. 테사 양도 알고 있니?"

'빌어먹을.'

이렇게 나올 줄은 몰랐다.

"아뇨, 테사한테는 말하지 마세요. 랜던한테도요. 걔가 알게 되면 결국 다 알게 될 테니까요."

"테사한테 숨기는 이유라도 있는 거냐?"

"숨기는 거 없거든요. 테사가 거기 가려고 걱정하는 게 싫어서 그래요. 걘, 여권도 없단 말이에요. 워싱턴을 떠나본 역사가 없거든요."

"걔도 가보고 싶을 거다. 영국을 좋아하니까."

"테사는 거기 가본 적도 없다고요!"

언성이 높아졌다. 마음을 가라앉히려고 심호흡을 했다. 테사가 무슨 자기 딸인 양, 나보다 테사를 더 잘 아는 양 말하는 아빠의 모습을 보고 잠시 이성을 잃었다.

"더 이상 얘기하지 않으마."

그는 나를 진정시키려는 듯, 두 손을 약간 들어올렸다. 더 밀어붙이지 않아 다행이었다. 벌써 너무 많은 얘기를 했고, 나는 뻗을 만큼 지쳐버렸다. 어젯밤 테사와 통화하고 한숨도 못 잤다. 악몽이 반복돼 몸부림치며 깨어나길 세 번째, 나는 자는 걸 포기했다.

"조만간 집에 들러서 카렌한테도 얼굴 비춰라. 어젯밤 네 안부를 묻더구나."

방을 막 나서는데, 아빠가 덧붙였다.

"네."

나는 중얼거리며 방문을 닫았다.

40 · 테사

정치학 수업 시간이다. 미래의 정치인이라 명명했던 그 남자가 내게 몸을 기울이며 속삭였다.

"선거 때 누구 뽑았어요?"

새 클래스메이트가 나는 조금 불편하다. 이 남자, 제법 매력이 있긴 하다. 스타일 좋고 구릿빛 피부가 꽤나 눈길을 사로잡는다. 하딘 같은 매력은 없지만 어쨌든 사람을 끌어당기는 무언가가 있다. 그리고 그걸 본인도 잘 안다.

"안 했어요."

나는 바로 대답했다.

"아직 투표권이 없거든요."

남자가 웃었다.

"그렇군요."

이 남자하고 진심으로 대화하고 싶진 않다. 담당 교수님이 자신이 통화하는 동안에 담소를 나누라고 하셨으니까. 다행히 시계 바늘이 곧 10시를 가리켰다. 수업이 끝났다.

강의실을 빠져나오는 동안에도 미래의 정치인이 자꾸만 소곤거리며 말을 걸었다. 몇 차례 대꾸하지 않자, 그는 포기하고는 다른 쪽으로 가버렸다.

오전 내내 정신이 하나도 없었다. 스테프가 하딘한테 한 말은 제대로 먹혀들었다. 그 생각이 머릿속에서 떠나질 않았다. 그 소문이 사실이 아니라는 걸 하딘이 믿는 거 같긴 하다. 그게 뭐였든 하딘은 다시 입에 올리고 싶어 하지 않았다.

스테프가 밉다. 나한테 그런 짓을 한 것도 모자라, 하딘에게까지 그런 말을 해서 상처를 주다니⋯. 예술사 수업에 들어갈 때까지, 머릿속으로 열 개쯤의 다른 시나리오를 짰다. 어떻게 그 끔찍한 여자를 없애버릴까.

나는 마이클 옆에 앉았다. 파란색 머리의 유쾌한 남자는 발군의 유머 감각을 뽐냈다. 수업 시간 내내 그의 농담 덕분에 웃음이 끊이지 않았다. 덕분에 살의 가득했던 생각들을 잊어버릴 수 있었다.

드디어 긴 하루가 끝났다. 주차해놓은 차에 막 오르자, 휴대전화가 진동했다. 하딘이길 바랐지만 아니었다. 문자메시지 세 개가 와 있었다. 엄마한테 온 것부터 읽기로 했다.

전화하렴. 얘기 좀 해야겠다.

다음 건 제드였다. 심호흡을 하고 메시지 버튼을 눌렀다.

시애틀에 목요일부터 토요일까지 있게 될 것 같아.

언제 시간 나는지 알려줘. :)

관자놀이를 문질렀다. 고맙게도 마지막은 킴벌리의 메시지였다. 킴벌리의 메시지라면 스트레스 받을 게 없으니까. 제드에게 뭐라고 답장을 할지 고민하거나, 엄마하고 대화를 나눠야 하는 것 같은 스트레스말이다.

당신 애인이 다음 주말에 런던에 간다는 거 알아요?

내가 경솔했다.
'영국? 하딘이 왜 영국에 가는 거지?'
졸업 후에나 간다고 했는데? 나는 메시지를 한 번 더 읽었다…. 다음주라니!
핸들에 이마를 기대고 눈을 감았다. 하딘한테 전화해서 물어봐야겠다는 생각이 제일 먼저 들었다. 왜 영국에 가는 걸 나한테 숨긴 건지. 더 이상 복잡하게 생각하지 말아야지. 이번에야말로 묻기도 전에 성급하게 결론 내리는 짓을 끊어낼 절호의 찬스다. 혹시 킴벌리가 착각했을 수도 있다. 하딘은 다음 주말에 영국에 가지 않을지도 모른다.
하딘이 아직도 영국으로 돌아가고 싶어 한다는 생각을 하니 가슴이 먹먹해졌다. 나는 지금도 하딘을 시애틀로 오게 하려고 설득하는 중인데 말이다.

언제 이곳에 왔었는지, 기억이 까마득하다. 운전하는 한 시간 내내, 이곳에서 벌어질 모든 가능성을 몇 번이고 머릿속으로 되뇌었다. 내가 해서는 안 될 행동들과 그 행동들의 이로운 점과 해로운 점을 분류하여 리스트를 만들어 머릿속에 저장해놓았다. 차에서 내려 겨울 한낮의 차가운 공기 속으로 발을 내딛었다.

그 녀석은 집에 있겠지. 없으면 오후 시간을 완전히 날리는 건데. 그렇게 되면 무지하게 짜증이 날 것 같다. 주차장을 힐끗거리며, 녀석의 트럭이 있는지부터 살폈다. 우중충한 갈색의 아파트 건물은 길 바로 앞에 있었다. 녹슨 계단은 2층으로 이어져 있고, 그곳이 바로 녀석의 집이다. 부츠 발로 철제 계단을 올라가는 소리가 요란스럽게 쿵쾅거렸다. 애초에 여기 오게 된 이유를 다시 한 번 되새겼다.

막 아파트 앞에 도착했는데, 뒷주머니에 넣어둔 휴대전화 진동이 울렸다. 테사 아니면 엄마일 거다. 누구라도 지금 당장은 통화하고 싶지 않았다. 테사랑 얘기를 했다가는 계획이 다 들통날 거고, 엄마는 분명 결혼식 얘기로 수다를 시작하겠지.

현관문을 두들겼다. 제드가 금세 나왔다. 허리를 끈으로 졸라맨 바지 말고는 아무 것도 입지 않은 채였다. 심지어 맨발이었고, 복부에는 전에 보여줬던 시계 태엽 타투가 눈에 띄었다. 타투는 전보다 더 복잡해졌다. 테사한테 집적거리고 난 이후에 더 새겨 넣은 모양이다.

제드는 심드렁하게 나를 맞았다. 들어오라는 소리도 없이 나를 문밖에 세워두고 노려보고만 있었다. 놀라면서도 의심이 가득한 눈초리였다.

"얘기 좀 하자."

먼저 운을 떼며 녀석을 밀치고 안으로 들어갔다.

"경찰이라도 불러야 하나?"

제드의 목소리는 의외로 담담했다. 나는 낡아빠진 가죽 소파에 털썩 앉아 녀석을 올려다보았다.

"그건 네가 협조를 하느냐 안 하느냐에 달렸지."

녀석의 턱과 입 주변에는 시커멓게 수염이 자라 있었다. 테사 엄마네 집 앞에서 만난 뒤 겨우 열흘 남짓 지났지만, 족히 한 달은 넘은 느낌이다.

제드는 한숨을 내쉬더니 거실의 맞은편 벽에 비스듬히 기댔다.

"그럼 시작해봐."

"테사 얘기라는 건 짐작했겠지?"

"당연히 그러시겠지."

제드는 인상을 쓰며 팔짱을 끼었다.

"너, 시애틀에 가지 마."

제드는 한쪽 눈썹을 찡긋 올리더니 이내 실소를 터뜨렸다.

"갈 거야. 벌써 계획도 다 세웠다고."

뭐야, 이런 빌어먹을! 왜 시애틀에 가려는 거야? 녀석이 상황을 곤란하게 만들고 있다. 이 대화가 멀쩡히 끝날 거라 생각한 내가 내 발등을 찧은 거다.

"내 말은 그러니까…."

나는 심호흡을 하며 마음을 가라앉혔다. 계획대로 밀고 나가야 한다.

"시애틀에 가지 말라니까."

"거기 있는 친구들 만나기로 했어."

제드는 한 치도 물러섬 없이 대꾸했다.

"헛소리 말고. 네놈이 무슨 짓거리를 하려는지 다 알고 있어."

"시애틀에 친구들이 몇 명 있는데, 걔들하고 지낼 거야. 혹시 네가 궁금해 할까 봐 얘기하는데, 테사가 오라고 초대한 거라고."

그 말을 듣자마자 나는 벌떡 일어섰다.

"억지 부리지 마. 지금 신사적으로 대화하려고 기를 쓰는 중이야. 네가 왜 테사를 만나러 가? 걔는 내 건데."

제드가 한쪽 눈썹을 들어올렸다.

"그 말은 꼭 테사가 네 소유물이라도 되는 것처럼 들린다?"

"어떻게 들리든 상관 안 해. 사실이니까."

나는 제드 앞으로 한 발짝 다가섰다. 긴장감이 일촉즉발의 상황으로 치달았다. 우리는 둘 다 그 자리에 발이 붙은 듯 꼼짝도 하지 않았고, 나는 물러서지 않았다.

"테사가 네 거라면서, 넌 왜 시애틀에 같이 안 간 거야?"

제드가 나를 몰아붙였다.

"이번 학기 끝나면 난 졸업이야. 그래서 같이 못 갔어."

'내가 왜 이 자식한테 고분고분 대답을 하고 있는 거지?'

난 여기 내 얘기를 전달하러 온 거지, '대화에 참여'하려고 온 게 아니다. 이런 식으로 주객이 전도된다면 가만있지 않을 거다.

"내가 거기 가든 말든 너랑 상관없잖아. 아무튼 거기 가 있는 동안 테사는 만나지 마."

"그건 걔가 결정할 일 아닌가?"

"내가 그렇게 생각했다면, 여기까지 오지도 않았겠지?"

두 주먹을 옆에 꽉 붙이고 녀석에게서 시선을 돌렸다. 테이블 위에 과학 교재들이 잔뜩 쌓여 있는 게 눈에 들어왔다.

"왜 테사를 가만 놔두지 않는 거냐? 혹시 내가 너한테 한 짓 때문….."

"아니야."

제드는 조용히 내 말을 막았다.

"그거랑 상관없어. 테사를 아껴서 그러는 거야, 너처럼. 하지만 너하곤 다르지. 난 테사한테 걸맞는 대접을 하면서 걔를 만나는 거거든."

"테사에게 걸맞는 대접이 뭔지 눈곱만큼도 모르는 주제에."

내가 으르렁거렸다.

"그래, 그럴지도 모르지. 그런데 네가 저지른 일이랑 지껄인 말 때문에 테사가 울면서 내 품으로 달려온 게 몇 번인 줄 알아?"

제드는 나에게 손가락질을 했다.

"네가 한 짓이라곤 테사를 상처준 것밖에 없어. 너도 그걸 알고 있고."

"넌 테사를 털끝만큼도 모르는 게 첫째고, 둘째, 넌 네가 불쌍하지도 않냐? 절대로 가질 수 없는 누군가의 주변을 빙빙 도는 거 말이야. 여자를 두고 너랑 나랑 이런 대화하는 게 벌써 몇 번째인 줄 알아?"

제드는 나를 유심히 쳐다보았다. 내 분노를 감지했는지, 논점을 흐려가며 다른 여자 얘기까지 꺼낸 건 트집 잡지 않았다.

"아니."

제드가 입이 마르는지 입술에 침을 묻혔다.

"불쌍한 게 아니라 사실 영리하게 구는 거지. 테사를 위해서, 네가 헛짓거리할 때까지 계속 주변을 맴돌면서 기다릴 거야. 넌 분명히 또 다시 그럴 거니까. 그리고 난 또 테사 곁에 있어줄 거야."

"이 빌어먹을….'

나는 제드와 거리를 두려고 뒷걸음질을 쳤다. 제드는 머리를 벽에
기댔다.

"테사가 너한테 주변에 얼씬거리지 말라고 직접 얘기하길 바라는
거야? 내가 알기론 벌써 얘기한 것 같은데, 그런데도 네가….'

"내 아파트에 와 있는 건 너잖아."

"닥쳐!"

나는 버럭 소리를 지르고 말았다.

"테사가 나한테 어떤 의미인지 잘 알면서, 왜 내 앞길을 방해하냐고!
데리고 놀 여자는 다른 데서 알아봐. 캠퍼스에만도 그런 창녀들은 널
려 있으니까."

"창녀들이라고?"

비아냥거리듯 제드는 내가 한 말을 그대로 따라했다. 당장이라도 주
먹을 날리고 싶었지만, 억지로 꾹 참았다.

"테사가 너한테 그렇게 소중한 존재라면, 네가 한 짓의 절반쯤은 하
지 말았어야지. 네가 테사 꽁무니 쫓아다닐 때도 몰리랑 섹스했던 거,
테사도 아냐?"

"당연히 알지. 내가 얘기했거든."

"그런데도 아무렇지 않대?"

제드의 목소리는 나와는 정반대였다. 차분함과 침착함을 잃지 않고
있었다. 나는 부글부글 끓어오르는 화를 가라앉히려고 사투 중인데 말
이다.

"그게 나한테 아무 의미도 없었다는 걸 테사도 아니까."

논점에서 벗어나지 않으려 애를 쓰며 제드를 노려보았다.

"여기 내 연애 문제 얘기하러 온 거 아니다."

"좋아, 그럼, 왜 온 건데?"

잘난 척하는 재수 없는 자식 같으니라고.

"시애틀에 가지 말라고 경고하러 온 거야. 우리가 좀 더…."

적당한 표현을 찾느라 잠시 더듬거렸다.

"정중하게 대화할 수 있을 줄 알았는데."

"정중하게? 미안한데, 네가 여기 '문명인다운' 의도를 갖고 나타난 거라 믿기는 상당히 힘들다만."

제드가 콧방귀를 뀌며 비웃었다. 잠시 눈을 감고 상상의 나래를 폈다. 녀석의 코를 후려 갈겨 피가 철철 나고, 저 머리통을 철창에 처박는 장면을. 상상만으로도 벌써 온몸에 아드레날린이 솟구쳤다.

"이 정도도 나한텐 정중한 거라고! 얘기하러 온 거지 싸우러 온 거 아니야. 어찌됐든 테사한테서 떨어지지 않으면, 난 더 이상 어떤 카드도 내놓을 수 없어."

나는 그놈 앞에 버티고 섰다.

"그럼 어쩔 건데?"

제드가 도발하듯 물었다.

"뭐라고?"

"어쩔 거냐고. 이런 거 전에 다 해봤잖아. 네가 나를 패면 그러고 나서 바로 체포될 테니까. 그리고 이번에는 고소 취하나 합의 같은 건 없을 거야."

제드는 맞는 소리만 골라하고 있다. 그게 나를 더 화나게 만들 뿐이다. 이 상황에서 내가 무슨 짓도 할 수 없다는 사실이 너무 싫었다. 말 그대로 이 자식을 죽여버리는 것 빼고는 말이다. 하지만 그건 선택지가 아니다…, 적어도 이 시점에서는.

나는 몇 차례 심호흡을 하며 성난 근육들을 진정시켰다. 비장의 카드를 내놓는 수밖에. 웬만하면 쓰고 싶지 않았지만, 이 판국에 녀석에게 선택의 여지를 남겨서는 안 된다.

"내가 여기 온 건, 우리가 뭔가 합의점을 찾을 수 있을 거라는 생각에서였는데."

제드는 젠체하며 고개를 한쪽으로 까닥거렸다.

"무슨 합의? 다른 내기라도 하자는 거야?"

"너 진짜 나를 열받게 하는구나…."

나는 이를 악물고 말했다.

"테사한테 떨어지는 대가로 뭐가 필요한지 말해봐. 네가 꺼져주는 대가로 내가 뭘 줘야 하냐고? 말만 해, 그럼 갖게 해줄 테니까."

제드가 나를 쳐다보며 빠르게 눈을 깜빡거렸다. 무슨 못 볼 꼴이라도 본 듯.

"말해."

나는 무미건조한 말투로 중얼거렸다. 이딴 자식과 협상을 해야 한다니, 열받아 미칠 것 같다. 하지만 이 자식을 치우려면 이 방법밖엔 없었다.

"테사를 다시 만나게 해줘, 한 번만 더."

제드가 제안했다.

"나, 목요일에 시애틀에 갈 거야."

"안 돼, 그건 절대 안 돼."

'이 자식이 지금 제정신이야?'

"너한테 허락해 달라는 거 아니야. 네 맘을 조금이라도 편하게 해주려고 애쓰는 중이지."

"그런 일은 절대 없을 거다. 너희 둘이 만날 이유가 없잖아. 테사는 안 돼. 너 말고 다른 남자도 다, 걔한테는 다 안 돼."

"넌 죄다 네가 가져야 직성이 풀리지?"

문득 궁금해졌다. 테사가 이러고 있는 자식을 본다면 뭐라고 말할지. 나도 모르고 있던 이 자식의 야비한 면을. 테사의 남자로서, 그녀를 제대로 못 지키고 이놈 저놈과 공유해야 한다면, 난 대체 뭐란 말인가?

나는 혀를 꽉 깨물었다. 제드 녀석은 무슨 말을 할까 신중하게 생각하는 것처럼 천장만 쳐다보고 있었다. 빌어먹을 개수작이다. 머리가 핑핑 돌았다. 솔직히 얼마나 더 침착할 수 있을지 나조차도 궁금해졌다.

마침내 제드가 나를 쳐다보았다. 얼굴에 승리자의 웃음 같은 게 스멀스멀 번졌다. 그러더니 한마디 툭 던졌다.

"네 차."

녀석의 무모함에 입이 떡 벌어졌다. 웃음이 터졌다.

"말 같지도 않은 소리!"

두 걸음쯤 제드를 향해 다가갔다.

"빌어먹을 내 차는 절대 안 줘. 제정신이냐?"

"그렇다면 유감이네. 우리 협상은 결렬된 것처럼 보인다."

짙은 속눈썹 사이로 녀석의 눈동자가 반짝였다. 제드는 손으로 턱수염을 문질렀다. 악몽 속에서 봤던 장면이 눈앞에 둥둥 떠다녔다. 잔상을 떨쳐내려고 고개를 세차게 흔들었다.

주머니에서 자동차 키를 꺼내 앞에 있는 테이블 위에 던졌다.

제드가 놀라더니 허리를 굽혀 열쇠고리를 집었다.

"진심이야?"

제드는 열쇠를 손바닥 위에 올리고, 이리저리 살폈다. 그러더니 다시 나를 쳐다보았다.

"젠장, 졌다!"

제드는 열쇠를 나에게 던졌다. 뜻밖이라 제대로 받지 못했다. 열쇠가 발치에 툭 떨어졌다.

"내가 양보할게…, 제기랄. 진짜 차 키를 줄 거라고는 생각 못 했는데."

제드가 피식 웃었다. 이건 분명 비웃음이다.

"내가 너같이 천하의 몹쓸 자식은 아니거든."

나는 언짢은 표정으로 제드를 쏘아보았다.

"네가 선택의 여지를 주지 않았잖아."

"그래도 우리가 한때는 친구였는데, 기억은 나?"

제드의 말에 나는 잠자코 있었다. 일이 꼬여버리기 전에, 내가 모든 걸 망쳐버리기 전에…, 그리고 테사를 만나기 전에 우리가 어땠는지 우리는 둘 다 기억하고 있었다. 제드는 시선을 피했고, 어색해진 분위기처럼 그의 어깨는 팽팽하게 긴장했다.

그런 추억의 날들을 회상하는 건 힘이 든다.

"그땐 너무 취해 있어서 기억 안 나."

"사실이 아니라는 거 알잖아!"

제드는 언성을 높였다.

"넌 술 끊었잖아. 그때 이후로…."

"너하고 추억이나 되짚으며 수다 떨려고 여기 온 거 아니야. 그래서 물러서겠다는 거야 뭐야?"

제드를 쳐다보았다. 어쨌든 제드가 좀 다르게 보이긴 했다. 그는 어깨를 으쓱거렸다.

"알았어, 물러선다니까."

'어째 일이 너무 싱겁게 끝나네….'

"나, 농담 아니야."

"나도 마찬가지야."

제드는 믿어달라는 듯 나를 향해 한 손을 흔들었다.

"그러니까 앞으로 테사하고 어떤 접촉도 하지 않겠다는 의미야. 단 한 번도."

나는 다시 한 번 제드에게 다짐했다.

"테사가 왜 그러는지 궁금해할 거야. 내가 벌써 문자메시지를 보내 놨거든."

제드의 말은 그냥 무시했다.

"테사한테 얘기해. 이제 더 이상 친구로 지내고 싶지 않다고."

"그런 식으로 상처 주고 싶지 않아."

"테사가 상처를 받든 말든 넌 분명히 선을 그어야 해. 앞으로는 테사 주변을 맴돌지 않겠다고 말이야."

한동안 진정시켰던 감정이 다시 울컥 치밀었다. 제드가 테사에게 더 이상 친구로 지낼 수 없다고 하면 어찌됐든 테사는 상처를 받게 될 거다. 테사의 마음이 상할지도 모른다는 생각을 하니 진정이 되지 않았다.

현관으로 발걸음을 옮겼다. 이 퀴퀴한 아파트에서 더 머무는 건 아무 도움도 되지 않는다. 제드랑 한 공간에서 평화롭게 대화를 마쳤다는 생각에 한편으로는 뿌듯하기도 했다.

녹슨 문 손잡이를 잡으려는 찰나, 제드가 한마디 덧붙였다.

"당장은 내가 해야 할 일을 하겠지만, 이런다고 해서 바뀌는 건 없을 거야."

"그래, 안 바뀌겠지."

제드의 말에 동의한다. 저 녀석은 내가 하는 짓과 정반대로 해야 한다는 걸 알 테니까.

녀석이 더러운 주둥이를 더 놀리기 전에, 나는 아파트를 빠져나왔다. 그리고 최대한 빠른 걸음으로 계단을 내려왔다.

아빠 집 앞에 도착했을 때 해는 이미 저물어 있었다. 여전히 테사와는 연락이 닿지 않았다. 전화를 걸 때마다 바로 음성메시지로 넘어갔다. 크리스찬에게도 두 차례나 전화해봤지만, 그도 역시 받지 않았고, 다시 전화를 해주지도 않았다.

제드 아파트에 쳐들어간 걸 알면 테사가 가만있지 않을 거다. 테사는 그 녀석에게 뭔지 모를 감정을 갖고 있다. 나로선 절대로 이해할 수도, 참을 수도 없는 노릇이지만. 오늘 이후로는 다시는 제드 걱정 같은 건 안 하기를 간절히 바랐다. 테사가 먼저 녀석에게 매달리지만 않는 다면….

'아니야.'

테사를 의심하는 건 그만두자. 스테프가 나를 엿 먹이려고 그랬다는 걸 뻔히 알면서도, 견고한 내 멘탈에 불안감이 스멀스멀 번지는 걸 막을 수는 없었다. 제드가 진짜로 테사와 잤다면, 내 면상에 그 카드를 집어던질 오늘처럼 완벽한 기회를 놓치지 않았을 거다.

노크도 없이 집 안으로 들어갔다. 1층에 카렌이나 랜던이 있는지 찾아보았다. 한 손에 거품기를 든 카렌은 부엌 스토브 옆에 서 있었다. 카렌은 뒤를 돌아 나를 보자, 미소로 맞아주었다. 그녀의 미소는 따뜻했지만, 한편으론 조금 걱정스럽고 피곤해 보였다. 낯선 죄책감이 나를 휘감았다. 지난번 카렌의 온실에서 실수로 화분을 부쉈던 일이 떠올랐다.

"어서 와, 하딘. 랜던을 찾고 있니?"

카렌은 거품기를 놓고, 두 손을 딸기 무늬가 그려진 앞치마에 닦았다.

"잘… 모르겠어요, 사실."

속내를 털어놓고 말았다. 여기서 나는 뭘 하고 있는 걸까? 위안을 받고 싶어, 하고 많은 곳 중에서 하필 이곳에 왔다니. 내 인생도 참 불쌍하다. 이곳에서 테사와 함께 만들었던 추억들 때문인 것 같다.

"랜던은 위층에 있어. 다코타와 통화 중일 거야."

카렌의 말투에서 무슨 일이 있다는 낌새를 챘다.

"혹시…."

나는 다른 사람과 소통하는 게 익숙치 않다. 특히나 감정 문제라면 더 형편없어진다.

"랜던한테 뭐 안 좋은 일 있어요?"

머뭇거리며 묻는 내 목소리는 내가 들어도 좀 병신 같았다.

"그런 것 같구나. 힘든 것 같아. 나한텐 입도 벙긋 안 하지만, 랜던이 요즘 좀 속상한 거 같더라."

"네…."

대답은 했지만, 나는 딱히 랜던의 기분이 다르다는 눈치를 채진 못했다. 하기야 그땐, 리차드를 돌봐 달라고 어거지를 부리느라 그랬을 수도 있다.

"랜던은 언제 뉴욕으로 간대요?"

"3주 후에."

카렌은 속상한 마음을 숨기려고 애썼지만, 말투에 고스란히 배어 있었다.

"아."

있으면 있을수록 이 자리가 점점 더 불편해졌다.

"그럼, 저는 위층에…."

"저녁 같이 먹을래?"

"아녜요, 괜찮아요."

오전엔 아빠를 만나 대화를 나누고, 그 다음엔 제드, 그리고 지금 카렌과 나누는 이 어색한 짓거리까지, 이미 한계점에 도달했다. 랜던에게 진짜 무슨 일이 생긴 거면 그것까지 받아줄 여유가 없다. 감정적으로 예민해진 랜던을 다룰 능력까지는 없을 것이다. 진작 집에 가서 빌어먹을 텅 빈 침대에서 지친 심신을 회복시켰어야 했다.

42 · 테사

학교에서 돌아오자, 킴벌리가 부엌 테이블에 앉아 나를 기다리고 있었다. 앞에 두 개의 와인 잔이 놓여 있었다. 하나는 가득 채워져 있었고, 다른 하나는 비어 있었다. 잠자코 나를 쳐다보고만 있는 걸 보니 이미 눈치챈 것 같았다. 하딘이 영국에 갈 계획이라는 걸 내가 전혀 모르고 있었다는 사실을.

가방을 바닥에 던져놓고, 킴벌리 옆 스툴에 가 앉았다. 킴벌리가 나를 보더니 안됐다는 듯 미소를 지었다.

나는 일부러 명랑한 척 그녀의 코앞에 손을 흔들어 보였다.

"다녀왔어요."

"근데, 몰랐어요?"

어깨까지 내려오는 킴벌리의 금발머리는 완벽하게 세팅이 되어 있었다. 리본 모양의 까만색 귀걸이가 밝은 조명 아래서 반짝거렸다.

"전혀요. 나한테 아무 말도 안 했거든요."

한숨을 내쉬며 킴벌리 앞에 있던 가득 찬 와인 잔을 끌어당겼다. 킴벌리는 웃으며 빈 잔에 와인을 따랐다.

"크리스찬이 그러는데, 하딘이 트리시한테 간다고 확답은 안 했대요. 제대로 알 때까지는 이러쿵저러쿵 얘기하는 게 아니었는데. 근데 하딘이 당신한테 결혼식 얘기를 안 한 것 같은 느낌이 들어서요."

입안에 있던 화이트 와인을 얼른 삼켰다. 자칫하다가는 뿜을 뻔했다.

"결혼식이요?"

서둘러 와인 한 모금을 더 마셨다. 온갖 생각이 머릿속에 맴돌았다…. 하딘이 결혼하려고 영국에 가는 건가? 정략 결혼 같은 거? 영국 사람들은 그러기도 하니까, 아닌가?

'아니다.'

그럴 사람이 아니다. 끔찍한 생각이 머리를 스쳐 지나갔다. 킴벌리가 얼른 다음 말을 해줘야 할 텐데. 어머, 나 벌써 취한 거니?

"하딘 엄마가 결혼한대요. 트리시가 오늘 아침에 전화해서 결혼식에 우리를 초대했어요."

나는 테이블로 얼른 시선을 떨궜다.

"저는 처음 듣는 얘긴데요."

하딘 엄마가 2주 뒤에 결혼을 한다. 그런데도 하딘은 아직 내게 입도 벙긋 하지 않았다. 그러고 보니 기억난다…. 하딘이 좀 이상하게 굴긴 했다.

"그래서 트리시가 계속 전화를 해댄 거구나!"

킴벌리가 깜짝 놀라며 나를 쳐다보았다. 와인을 홀짝거리는 그녀의 눈빛에는 궁금함이 가득했다.

"이제 어떻게 해야 할까요?"

내가 먼저 킴벌리에게 물었다.

"모르는 척해야 할까요? 요즘 들어 하딘하고 꽤 의사소통이 잘되고 있었거든요…."

나는 말꼬리를 흐렸다. 그러기 시작한 게 겨우 일주일밖에 안 됐는데. 그래도 그 일주일은 나에게 놀라움을 안겨준 시간이었다. 우리 사이가 지난 7개월보다 이 일주일 동안 훨씬 많이 진전됐다고 느끼고 있던 참이다. 예전 같았으면 엄청난 싸움으로 번졌을 주제도 자연스럽게 얘기했다. 이제 다시 하딘이 나한테 모든 걸 숨기던 그 시절로 돌아가 버린 건가.

그래도 항상 나는 알아냈다. 하딘은 아직도 그걸 모르나?

"가고 싶어요?"

"못 가죠. 초대도 못 받았는걸요."

나는 손으로 두 뺨을 감쌌다.

"가고 싶으면 내가 얘기해볼게요."

킴벌리의 숨결에서 희미하게 와인 냄새가 풍겼다.

"그렇지만…."

"가요! 내가 당신을 게스트로 데리고 갈게요. 하딘 엄마도 당신이 와 준다면 너무 좋아할 거예요. 크리스찬이 그러는데, 트리시가 당신을 엄청 예뻐한다던데요."

하딘이 함구했다는 게 언짢으면서도, 킴벌리의 말에 가슴이 떨렸다. 나도 트리시가 좋다.

"나, 여권도 없는 걸요."

이런 상황이라면 비행기 티켓을 살 여유도 없다. 킴벌리는 손사래를 쳤다.

"빨리 처리할 방법이 있을 거예요."

영국 얘기를 듣자마자 몸이 근질거렸다. 당장이라도 컴퓨터 앞으로 달려가 여권 만드는 방법부터 찾아보고 싶었다. 그러다 하딘이 결혼식 얘기를 일부러 숨겼다는 생각이 들자, 그럴 마음이 사라졌다.

"같이 가면 트리시도 정말 좋아할 거예요. 하딘을 좀 다그쳐 봐도 되 고요."

킴벌리는 와인 잔을 내려놓았다. 와인 잔 테두리에 선명한 빨간색 립스틱 자국이 남아 있었다.

나한테 얘기 안 한 데는 분명 이유가 있을 거다. 하딘이 간다 해도,

아마 영국까지 나를 달고 가기는 싫을 거다. 런던은 하딘의 과거가 묻혀 있는 곳이다. 가는 곳마다 과거의 악령이 하딘을 따라다닐 거다. 아무리 도망을 다닌대도 그 악령은 금세 우리를 찾아내 덮쳐올 거다.

"하딘한텐 안 먹힐 거예요. 내가 밀어붙일수록 하딘은 더 튕겨 나가거든요."

"음, 그럼…."

킴벌리는 빨간색 하이힐 앞코로 내 발을 툭툭 치며 말했다.

"당신이 고집을 좀 부려봐요. 하딘이 다시는 튕겨 나가지 않게."

킴벌리의 말은 나중에 곰곰이 생각해보기로 했다. 어쨌든 그녀가 잘 모르는 부분도 있으니까.

"하딘은 결혼식을 좋아하지 않아요."

"무슨 소리예요?"

"하딘은 결혼식도 그렇고 아예 결혼이라는 제도 자체를 싫어해요."

킴벌리는 눈을 동그랗게 뜨고, 조심스럽게 와인 잔을 내려놓았다. 그 모습을 보는데 이상하게도 빙글빙글 웃음이 새어나왔다.

"그러니까…, 내… 말은…."

킴벌리가 잠깐 말을 멈추었다.

"그건 정말 심오한 의미잖아요!"

킴벌리는 느닷없이 큰 웃음을 터뜨렸다. 나도 덩달아 따라 웃었다.

"그러니까요, 뭔지 얘기해봐요."

내 기분과 상관없이 킴벌리의 웃음은 전염성이 강했다. 나는 킴벌리의 이런 면이 좋다. 확실히 킴벌리는 참견쟁이다. 그녀가 하딘 얘기를 할 때면 늘 조금 불편했던 게 사실이다. 하지만 숨김없이 정직한 모습이 내가 킴벌리를 좋아하는 이유이다. 킴벌리는 있는 그대로를 얘기한다. 그리고 들여다보기 쉬운 사람이다. 지금껏 만난 대부분의 사람들과 달리, 킴벌리는 음흉하고 교활한 면이 없다.

"그래서 당신은 어떻게 할 건데요? 평생 데이트만 할 거예요?"

"나도 똑같은 얘기를 했어요."

키득키득 웃음이 나왔다. 와인 탓인지 어떤 식의 영원한 약속도 거부하는 하딘 때문인지…, 나도 잘 모르겠다. 하지만 킴벌리랑 웃는 동안에는 기분이 좋았다.

"아이는 어떡할 건데요? 혼외 자식이 있어도 상관없다는 거예요?"

"아이라니!"

나는 또 다시 웃음을 터뜨렸다.

"하딘은 아이 갖는 것도 싫어해요."

"갈수록 태산일세."

킴벌리는 어이없는 표정을 짓더니 와인 잔을 마저 비웠다.

"지금은 그렇게 말하지만, 그래도 난 그랬으면 좋겠어요…."

희망 사항을 제대로 말하진 못했다. 입 밖으로 냈다가는 너무 처절하게 들릴 것 같아서였다. 킴벌리가 찡긋 윙크를 했다.

"아, 접수 완료."

뭔가 알겠다는 듯한 말투였다. 그러더니 고맙게도 화제를 바꿨다. 회사 사람인 빨강 머리 캐린 얘기였다. 그 여자가 트레버한테 홀딱 반해 있단다. 킴벌리가 두 사람이 섹스라도 하게 되면, 꼭 빨간 바닷가재들이 맞부딪치는 것처럼 이상할 거란 얘기를 하는 바람에, 나는 배를 잡고 깔깔거렸다.

방으로 들어오니 이미 9시가 지나 있었다. 킴벌리와 어울리는 동안 일부러 전화기를 꺼놓았다. 여기저기서 오는 전화로 방해 받고 싶지 않아서였다. 하딘이 금요일이 아닌 수요일에 시애틀에 올 거라고 얘기하자, 킴벌리는 웃으며 하딘이 그렇게 오래 머물지는 못할 거라 대꾸했다.

샤워한 머리가 아직 마르지 않아 축축했다. 내일 입고 갈 옷을 고르고 있었다. 맞다, 어영부영 시간을 벌고 있는 중이다. 전화기를 켜는 순간 하딘과 맞닥뜨려야 하고, 싫든 좋든 결혼식 얘기를 꺼내야 할 테니까. 완벽하게 이상적인 세상에서라면, 나는 심상하게 결혼식 얘기를 꺼내고 하딘은 나를 초대했을 거다. 같이 가자고 설득할 방법을 고민하느라 늦게 얘기한 거라 설명하면서 말이다. 하지만 내가 사는 곳은 그런 세상이 아니다. 일분일초가 지날수록 불안감이 더 커졌다. 스테프한테 들은 말 때문에 얼마나 짜증이 났든 말든, 나한테 숨기는 게 있다니. 그 사실만으로도 상처가 된다. 스테프가 너무 밉다. 나는 하딘을 정말 많이 사랑한다. 그 사실만은 절대 변하지 않을 거라는 걸 하딘이 알았으면 좋겠다.

가방에서 휴대전화를 꺼내 전원을 켰다. 엄마한테도 전화하고, 제드한테도 답 문자를 보내야 했다. 하지만 그 무엇보다 하딘과 제일 먼저 얘기하고 싶었다. 화면에 문자메시지를 알리는 아이콘이 줄줄이 떴다. 죄다 하딘이었다. 메시지를 읽지도 않고, 다짜고짜 전화부터 걸었다.

벨이 울리자마자 하딘이 전화를 받았다.

"테사, 뭐 하는 짓이야?"

"전화했었어?"

아무 것도 모르는 척 물었다. 울컥한 감정을 최대한 진정시키려고 애를 쓰면서 말이다.

"전화했었냐고? 장난해? 3시간 동안 쉴 새 없이 전화했는데."

하딘은 있는 대로 씩씩거렸다.

"심지어 크리스찬한테도 전화했다고."

"뭐라고?"

상황을 악화시키면 안 되었으므로, 얼른 다음 말을 이어 나갔다.

"킴벌리랑 이야기하느라고 그랬어."

"어디서?"

말이 떨어질새라 하딘이 잇달아 물었다.

"여기, 집에서."

통화를 하며 벗은 옷들을 빨래 바구니에 집어넣었다. 빨랫감이 쌓여 있다. 자기 전에 세탁기를 돌려야겠다.

"좋아, 다음부터는…."

예상을 빗나갔는지, 하딘의 목소리는 한풀 꺾인 듯했다.

"다음부터는 전화기 꺼놓으려면, 나한테 미리 메시지라도 보내줘."

하딘은 한숨을 푹 내쉬더니, 말을 이었다.

"내가 어떤 기분일지 너도 알잖아."

애초에 무슨 소리를 하려고 했든 하딘이 더 이상 다그치지 않고 스스로 감정을 누그러뜨려 준 게 고마웠다. 불행히도 와인 때문에 올랐던 취기가 거의 사라졌다. 하딘이 나 몰래 영국에 가려고 한 걸 알아버렸다는 사실이 가슴을 무겁게 짓눌렀다.

"오늘은 어땠어?"

하딘에게 자연스럽게 먼저 결혼식 얘기를 꺼낼 기회를 주며, 내가 물었다. 하딘은 한숨을 내쉬었다.

"그러니까…, 긴 하루였어."

"나도 그랬어."

요점을 빗겨나가니 무슨 말을 해야 할지 도통 모르겠다.

"제드가 오늘 문자 보냈더라."

"뭐라고?"

하딘은 담담한 말투였지만, 늘 나를 겁먹게 했던 서늘함이 담겨 있었다.

"목요일에 시애틀 온다고 하더라."

"그래서, 넌 뭐라고 답했는데?"

"아직 안 보냈어."

"나한테 이 얘기 왜 하는 건데?"

하딘이 의아한 듯 물었다.

"서로에게 모든 걸 오픈했으면 해서. 비밀도 숨기는 것도 없이 말이야."

일부러 마지막 문장에 힘을 주어 말했다. 하딘도 털어놓기를 바라는 마음에서였다.

"그래…, 말해줘서 고마워."

그 말뿐이었다. 더 이상 아무 말도 없었다.

'진짜 이럴 거야?'

"그래, 그럼… 넌 나한테 할 얘기 없어?"

나의 솔직함에 하딘이 보답하리라는 실낱 같은 희망을 놓지 않고 있었다.

"음, 오늘 아빠랑 얘기했어."

"정말? 무슨 얘기?"

잘됐다, 하딘이 언젠가 말할 줄 알았다.

"시애틀 캠퍼스로 전학 가는 거."

"진짜?!"

그러려던 건 아니었지만, 꼭 비명 지르는 것처럼 말이 튀어나왔다. 수화기 너머로 하딘의 웃음소리가 울려 퍼졌다.

"근데 그러면 졸업이 늦어질 거라고 하더라고. 학기 시작한 지 한참 지난 지금 전학 가는 건 말이 안 된다고 하셨어."

"아."

실망스러움에 혼자 입을 삐죽였다. 잠시 머뭇거리다 다시 물었다.

"그럼 졸업한 다음에는?"

"물론 가야지."

"물론? 여기 온다고? 그렇게 쉽게?"

만면에 미소가 번지는 걸 막을 수가 없었다. 하딘이 여기 있었으면 좋았을 텐데. 그랬더라면 하딘의 티셔츠 자락을 움켜쥐고 진하게 키스를 퍼부었을 텐데.

"진심이야, 피하기만 한다고 장땡은 아니잖아?"

번졌던 미소가 사그라졌다.

"꼭 징역살이라도 하러 오는 것처럼 말하네."

하딘은 잠자코 있었다.

"하딘?"

"그런 건 아냐. 그냥 이런저런 일들에 짜증이 좀 났을 뿐이야. 괜히 허송세월 하는 것 같아서. 그게 화가 나서 그래."

"그래, 이해해."

하딘의 표현이 고상하지는 않지만, 그게 다 내가 보고 싶다는 의미라는 걸 안다. 하딘이 드디어 내가 있는 시애틀로 오는 데 동의했다. 아직도 머리가 빙빙 도는 것 같다. 이 문제로 몇 달째 논쟁을 벌였다. 그런데 갑자기 결승전도 없이 하딘이 두 손을 들었다.

"시애틀에 오는 거, 확실하지?"

하딘에게 재차 확인했다.

"그래. 이제 새롭게 시작할 준비가 됐어. 아마 그게 시애틀이 되겠지만."

나는 기쁨에 겨워 두 팔로 내 몸을 감싸 안았다.

"영국은 아닌 거지?"

결혼식 얘기를 꺼낼 수 있는 마지막 기회를 주었다.

"아니지. 영국은 아니야."

시애틀 대첩에서 대승을 거두었다. 결혼식 얘기를 꺼내지 않아서 화가 났지만, 오늘 밤은 더 밀어붙이지 않기로 했다. 어떻게 흘러가든 나는 원하는 걸 얻게 될 테니까. 하딘이 시애틀에 온다, 나한테로.

43 · 테사

알람이 울렸지만, 온몸이 물먹은 솜 같았다. 어젯밤 통 잠을 잘 수가 없었다. 몇 시간이나 이리저리 뒤척거리다 까무룩 잠이 들 뻔했지만, 결국 실패하고 말았다.

하딘이 시애틀에 오기로 한 기쁨 때문인지, 아니면 꼭 했어야 하는 영국 얘기를 제대로 못 한 것 때문인지 잘 모르겠다. 둘 중 하나다. 한숨도 못 자는 바람에, 내 몰골은 영 말이 아니었다. 감쪽같다는 상술에 넘어가 산 컨실러로도 다크서클은 감춰지지 않았다. 이리저리 뻗친 머리카락은 꼭 까치집을 얹어놓은 것 같다. 하딘이 이리 온다는 기쁨으로도 잠재울 수 없는 불안감이 있었다. 함구하는 걸로 나에게 거짓말을 한 하딘에 대한 내재된 불안감.

회사까지 태워다주겠다는 킴벌리의 제의를 덥석 받아들였다. 덕분에 킴벌리가 차선을 누비며 종횡무진하는 동안 마스카라를 한 번 더 바를 시간을 벌었다. 그녀가 지나가는 차들마다 욕을 해대고 필요하지 않을 때도 경적을 울려대는 바람에 하딘이 떠올랐다.

하딘은 아직까지 아무 말이 없었다. 어젯밤 전화를 끊기 전에 다시 물어보았지만, 아침에 알려주겠다는 얘기만 했다. 이제 9시가 다 되어 가는데도 여전히 하딘에게선 연락이 없었다. 무슨 일이 일어난 건 아닐까, 혹시 감당할 수 없는 일이 생겨 우리를 더욱 혼란의 도가니로 몰아넣는 건 아닐까, 불안한 생각을 떨칠 수가 없었다. 스테프가 하딘을 심란하게 만들었다는 건 나도 안다. 그래서 하딘은 내가 말한 모든 걸 의심하고 있겠지. 하딘은 또 다시 내게 무언가를 숨기고 있다. 그런 문제들이 몰고 올 파장을 생각하니 두려워졌다.

"이번 주말엔 하딘한테 오지 말라고 하고, 당신이 가는 게 어때요?"

킴벌리는 화물차와 승용차 사이에 끼어 욕설을 퍼붓다가 한마디 던졌다.

"꼭 그래야 할까요?"

차가운 차창에 기대고 있던 뺨을 들었다.

"그럼요, 그래야 해요."

"미안해요. 나 너무 우울해요."

나는 한숨을 내쉬었다. 이번 주말에 내가 가는 게 나쁜 생각은 아니다. 랜던도 너무 보고 싶었고, 아빠를 다시 만나는 것도 좋았으니까.

"그렇겠죠."

킴벌리는 나를 보고 씩 웃었다.

"그래도 커피 한 잔이랑 빨간 립스틱으로 나아지지 않는 건 없어요."

긍정의 의미로 나는 고개를 끄덕였고, 킴벌리는 자동차 전용 도로에서 빠져나와 복잡한 교차로에서 재빨리 유턴을 했다.

"요 근처에 진짜 괜찮은 카페가 있어요."

점심시간이 되자, 우울했던 기분이 말끔히 사라졌다. 하딘은 여전히 연락이 없었다. 문자를 두 번이나 보냈고, 전화를 하려다 그만뒀다. 트레버가 휴게실 빈 테이블에 앉아 나를 기다리고 있었다. 앞에는 파스타 접시 두 개가 놓여 있었다.

"주문이 잘못돼서, 두 개를 줬어요. 그래서 하나는 당신한테 대접하려고요. 하루쯤은 레토르트 음식을 먹어도 괜찮잖아요."

트레버는 미소를 지으며 플라스틱 용기 하나를 내 앞으로 슬쩍 밀었다.

파스타는 맛있었다. 알프레도 소스가 아침식사를 건너뛴 내 후각을 자극했다. 한입 먹자 저절로 작은 신음이 새어나왔다.

"꽤 맛있죠?"

트레버는 엄지로 입꼬리에 묻은 크림소스를 닦으며 환하게 웃었다. 별 의미 없는 행동인데도, 양복을 차려입은 이 남자가 하니 어쩐지 이상해 보였다.

"음….."

파스타를 게걸스럽게 먹느라 대답하기가 힘들었다.

"진짜 맛있네요…."

트레버는 나에게서 시선을 돌리더니 자리를 옮겼다.

"왜 그래요, 무슨 일 있어요?"

"네…, 나…, 그러니까…, 당신한테 할 말이 있어요."

그제야 이 점심이 우연히 잘못된 주문으로 만들어진 자리가 아니라는 의심이 들었다. 제발 이상한 소리만 아니었으면 좋겠다.

"좀 이상하게 들릴 수도 있어요."

'훌륭하군.'

"얘기해봐요."

나는 격려의 의미로 미소를 지었다.

"시작해볼게요."

트레버는 잠시 말을 끊고, 손끝으로 커프스 버튼을 만지작거렸다.

"캐린이 크리스탈 결혼식에 같이 가줄 수 있냐고 물어봤어요."

마침 포크 한 가득 파스타를 입에 넣는 중이어서 대답을 할 수가 없었다. 그리고 사실 왜 이 남자가 나한테 그런 얘길 하는지, 그럼 나는 뭐라고 대답해야 할지 모르겠다. 계속해보라는 의미로 고개를 끄덕였다. 킴벌리가 어젯밤 우스꽝스럽게 말했던 캐린 얘기는 되도록 떠올리지 않으려 애를 썼다.

"궁금했거든요. 혹시 내가 캐린을 거절해야 할 이유가 있을까 싶어서요."

트레버는 대답을 기다리는 듯 나를 쳐다보았다.

켁 하고 목에 걸린 소리가 나는 바람에 트레버가 깜짝 놀랐다. 걱정스러운 표정으로 나를 보길래 손가락 하나를 들어 보이며 입에 있는 음식을 천천히 씹었다. 그리고 일부러 과장해서 꿀꺽 삼키고는 입을 열었다.

"그럴 이유는 없는 것 같은데요."

이걸로 끝이었으면 좋겠다. 하지만 그가 다시 말을 시작했다.

"그러니까 내 말은…."

제발 내가 잘 알아들었으며 더 이상의 설명은 필요 없다는 걸, 트레버가 기적적으로 알아차렸으면 하고 바랐다. 하지만 그런 행운 따위는 없었다.

"당신하고 하던 사이가 좋을 때도, 별로일 때도 있다는 거 알아요. 지금은 별로일 때라는 것도요. 그래서 확실히 해두고 싶었어요. 내가 캐린의 제안을 받아들이고, 그 사람에게 애정을 쏟기 전에 말이에요. 한눈팔고 싶지는 않아서요."

무슨 말을 해야 할지 모르겠다.

"나한테요?"

이 자리가 불편해졌다. 그래도 트레버는 착하니까. 게다가 지금 그의 두 뺨이 새빨갛게 물들었다. 그러니 내가 그의 마음을 편하게 해주는 수밖에.

"맞아요, 당신이 여기 왔을 때부터 쭉."

트레버는 몰아치듯 다음 말을 이어 나갔다.

"나쁜 뜻은 아니에요. 그냥 난 기다리고 있었어요. 근데 다른 사람과 사귀게 될 수도 있는 시점이라서, 마음을 확실히 정리하고 싶어요."

나만의 미스터 콜린스(소설『오만과 편견』의 등장인물. 주인공 엘리자베스를 사모했다 - 옮긴이)가 내 앞에 앉아 있다. 물론 훨씬 잘생긴 버전이지만. 엘리자베스가『오만과 편견』에서 그랬던 것처럼 나도 그에게 어색하고 부끄러웠다.

"트레버, 미안해요. 난…."

"괜찮아요, 진짜로요."

그의 눈빛에서 진정성을 읽을 수 있었다.

"이해해요. 난 그저 마지막으로 확인해보고 싶었을 뿐이에요."

트레버는 포크로 파스타를 조금 집더니 말을 덧붙였다.

"마지막 몇 번은 나를 위해 그런 것 같기도 하고요."

트레버는 울 것 같은 표정으로 웃음을 지었다. 그의 마음이 그대로 내게도 전해졌다.

"당신이 결혼식 파트너라니, 그분도 참 운이 좋네요."

민망해하는 트레버의 기분이 나아지길 바라는 마음이다. 미스터 콜린스와 트레버를 비교하는 게 아니었다. 트레버는 그렇게 호전적이거나 괴팍한 사람은 아니다. 물을 한참 마셨다. 부디 이 대화가 이쯤에서 끝나기를 바라면서.

"고마워요."

트레버는 희미하게 미소를 지었다.

"이제 하딘도 나를 '빌어먹을 트레버'라고 부르지 않겠군요."

입에 있던 물을 뿜을 것 같아 급하게 손으로 막았다. 얼른 물을 삼키고 입을 열었다.

"당신이 그거 알고 있는 줄 몰랐어요!"

깔깔거리는 내 웃음소리가 휴게실을 가득 채웠다.

"쭉 알고 있었어요."

트레버는 짓궂은 표정으로 눈동자를 반짝였다. 이제 친구로서, 혼란이나 사심 없이 같이 웃을 수 있다니, 안심이 되었다. 순간의 환희는 트레버의 미소가 사라지면서 함께 날아가버렸다. 나는 트레버의 시선이 옮겨진 곳으로 고개를 돌렸다.

"음, 좋은 냄새가 나네!"

수다쟁이 여자들 중 하나가 휴게실로 들어오며 일행에게 말했다. 그들에게 반감을 느끼는 내가 치졸하게 느껴졌지만 어쩔 수가 없었다.

"우린 가요."

트레버는 그 중 키 작은 여자에게 시선을 떼지 않으며 조용히 속삭였다. 당혹스러움에 다시 트레버를 쳐다보았다. 우리는 일어서서 빈 용기를 쓰레기통에 버렸다.

"오늘 완전 빛이 나네요, 테사."

둘 중 키 큰 여자가 나에게 말을 건넸다. 무슨 의미인지 표정을 읽을 수가 없었지만, 확실한 건 나를 놀리고 있다는 거다. 오늘 내 모습은 내가 봐도 끔찍했으니까.

"음, 고마워요."

"진짜 세상 좁은 것 같아요. 하딘은 아직 볼트하우스에서 일해요?"

어깨에 메고 있던 핸드백이 흘러내렸다. 핸드백 끈을 얼른 잡는 바람에 다행히 바닥에 떨어지지는 않았다.

'하딘을 알고 있어?'

"네, 아직요."

나는 등을 꼿꼿이 세우고 대답했다. 하딘의 이름이 거론된 데에 조금도 동요하지 않는 모습을 보여줘야 했다.

"하딘한테 안부 전해주세요, 그래 줄 거죠?"

여자는 이 말을 남기더니 실실 웃으며 발걸음을 돌려 사라졌다. 같이 있던 패거리 여자도 함께.

"이거 지금 뭐죠?"

두 여자가 주변에 없다는 걸 확인하고는 트레버에게 물었다.

"저 여자들이 내 얘기하고 다니는 거 알았어요?"

"자세히는 몰랐어요, 의심은 하고 있었지만. 당신 얘기하는 걸 우연히 들은 적이 있긴 해요."

"내 얘기요? 난 저 여자들 알지도 못한다고요."

그는 또 다시 불편해 했다. 트레버는 지금껏 만났던 사람 중에 감정이 가장 잘 드러나는 사람이다.

"정확하게 말하자면, 당신 얘기는 아니고…."

"하딘 얘기였죠?"

트레버가 고개를 끄덕였다. 역시 내 의심이 맞았다.

"무슨 얘기를 했는데요?"

트레버는 밝은 빨간색 넥타이를 수트 속에 쑤셔 넣었다.

"그게…, 내 입으로 말하고 싶진 않네요. 하딘한테 직접 물어봐요."

트레버가 내키지 않아 하는 폼을 보니 뭔지 알겠다. 하딘이 그 여자들 중 하나, 아니면 둘 다와 잤던 거다. 생각이 거기에 미치자 온몸이 떨렸다. 여자들은 나보다 나이가 훨씬 많지는 않다. 기껏해야 스물 대여섯쯤. 그래, 인정할 건 인정해야지. 두 여자 모두 제법 예쁘다. 화장이 좀 진했지만 어쨌든 둘 다 매력적이긴 하다.

사무실로 돌아오면서 지긋지긋한 질투심이 나를 갉아먹기 시작했다. 하딘한테 그 여자들에 대해 물어보지 않으면 돌아버릴 것 같았다. 사무실에 도착하자마자 하딘에게 전화를 걸었다. 오늘 밤에 이리 오는지도 알아야 했고, 자신감도 되찾고 싶었다.

하딘에게 전화하려고 하는데 제드의 이름이 화면에 떴다. 살짝 주저했지만 지금 당장은 받는 게 나을 것 같았다.

"안녕."

일부러 그러는 게 티 날 정도로 흥분을 가장한 목소리였다.

"테사, 잘 지내?"

제드의 목소리를 들은 게 너무 오랜만인 듯한 기분이었다. 사실 그렇게 오래되지도 않았는데.

"그냥…, 그럭저럭."

고개를 숙여 서늘한 책상 위에 이마를 기댔다.

"힘든 것처럼 들리네."

"괜찮아, 그냥 이런 저런 일들이 많아서."

"음, 그래서 전화한 거야. 목요일에 간다고 했던 계획이 변경됐어."

"아, 그래?"

안도감이 밀려왔다. 고개를 들어 천장을 바라보며 참고 있는지도 몰랐던 숨을 토해냈다.

"음, 괜찮아. 그럼 다음에 기회가 될 때…."

"아냐, 내 말은, 지금 시애틀에 있다는 소리야."

심장이 미친 듯이 날뛰었다.

"어젯밤에 왔거든. 죽도록 운전했네. 실은 너희 회사에서 별로 멀지 않은 데 있어. 널 귀찮게 하고 싶진 않아. 오늘 일 마치고 저녁 같이 먹을 수 있을까?"

"음…."

힐끗 시계를 보았다. 2시 15분이었다. 그런데도 아직까지 하딘에게서는 연락이 없었다.

"괜찮을지 잘 모르겠어. 사실 하딘이 오늘 밤에 올 거 같거든."

실토해버리고 말았다.

처음엔 트레버, 이젠 제드로군. 아침에 발랐던 마스카라가 무슨 저주의 부적 같은 거였나?

"확실해?"

제드가 의아한 듯 물었다.

"어젯밤에 밖에서 하딘을 봤는데…, 꽤 늦은 시간이었어."

'뭐라고?'

하딘과 나는 어젯밤 거의 11시까지 통화를 했다. 그럼 전화를 끊고 다시 외출을 했던 거야? 소위 친구라 부르던 패거리들과 다시 어울리기 시작한 거야?

"잘 모르겠네."

나는 머리를 책상에 박았다. 아플 정도까지는 아니지만 수화기 너머 제드한테까지 들렸을 거다.

"그냥 저녁만 먹는 거야. 그런 다음에 데려다줄게."

제드가 끈질기게 설득을 했다.

"익숙한 얼굴을 보는 것도 괜찮잖아, 안 그래?"

제드가 환하게 미소를 짓고 있는 모습이 그려졌다. 내가 좋아하는 모습이기도 하다.

"오늘 다른 사람 차 타고 출근해서 차가 없거든. 5시에 데리러 올래?"

그는 기꺼이 수락했다. 스릴과 공포가 동시에 밀려왔다.

44 · 테사

5시 5분 전에 하딘에게 다시 전화를 했지만 받지 않았다. 하루 종일 어디 있는 걸까? 하딘이 어젯밤 늦게 외출했다는 제드 말이 맞는 걸까? 나를 놀라게 해주려고 연락 없이 시애틀로 오는 길일지도 모른다. 하지만 그건 좀 이상하다.

제드와 만나기로 약속한 순간부터 부담감이 가슴을 짓눌렀다. 하딘은 우리 우정을 끔찍하게 싫어한다. 얼마나 싫었으면 그런 악몽까지 꿨을까. 그런데도 난 지금 그 증오에 기름을 들이붓고 있다.

로비로 내려가는 엘리베이터를 타기 전 매무새를 다시 손봤다. 못마땅해 하는 킴벌리의 시선은 무시하는 중이다. 일정 같은 걸 미리 얘기하는 게 아니었다. 커다란 유리문 밖으로 제드의 트럭이 눈에 띄었다. 익숙한 얼굴을 마주하는 두근거림을 떨칠 수가 없었다. 하딘이었으면 더 좋았겠지만, 하딘이 아니라 제드다.

건물을 나서자 제드가 트럭에서 내려 나를 반겼다. 다가갈수록 그의 미소는 더욱 커졌다. 검은 머리카락, 블랙진에 그레이 셔츠를 입은 그의 모습은 그 어느 때보다 훌륭했다. 그에 비해 나는 꼭 좀비처럼 보일 것이다.

"잘 있었어? 오랜만이네."

제드는 미소를 지으며 두 팔을 활짝 벌렸다. 나는 최대한 예의 바르게 벌린 그의 팔을 밀어냈다. 그리고 맞장구를 치듯 고개를 끄덕였다.

"오는 길은 어땠어?"

제드의 인사에 화답하며 물었다. 제드는 훅 한숨을 내쉬었다.

"멀었지, 뭐. 그래도 오는 길에 꽤 마음에 드는 노래를 찾았어."

제드가 조수석 문을 열었고, 나는 얼른 올라탔다. 바깥 공기가 제법 차다. 트럭 안은 따뜻했고 그의 체취가 배어 있었다.

"내일 온다더니 왜 오늘 오게 된 거야?"

그는 머뭇거리며 막히는 도로로 끼어들던 참이었다.

"그냥…, 마음이 바뀌어서. 그것뿐이야, 진짜로."

제드의 시선은 전방과 사이드 미러를 번갈아 보느라 바쁘게 움직였다.

"대도시에서 운전하는 건 무서운 거 같아."

"응, 그렇지."

제드는 미소를 지으며 대답했지만 시선은 여전히 도로에 꽂혀 있었다.

"저녁은 어디서 먹을까? 나도 아직 여긴 잘 몰라. 그래서 어디가 좋은지 잘 모르거든."

나는 다시 휴대전화를 확인했다. 하딘에게선 여전히 소식이 없었다. 앱에서 추천해주는 몇 군데 식당을 둘러보았다. 우리는 몽골 스타일의 작은 식당에 가기로 했다.

내가 시킨 치킨과 채소 요리가 나왔다. 셰프가 우리 앞에 준비된 음식을 펼쳐놓는 광경을 경이롭게 지켜보고 있었다. 이런 곳은 처음이다. 제드도 놀란 모양이었다. 우리는 작은 레스토랑의 맨 구석 자리였고, 제드는 맞은편에 앉아 있었다. 둘 다 너무 말이 없어 불편할 지경이었다.

"무슨 일 있어?"

내 음식을 집는 제드에게 물었다. 제드의 눈빛은 다정했지만 걱정이 가득 담겨 있었다.

"이 얘기를 해도 될지 잘 모르겠어…. 네가 벌써 많은 일을 겪은 것 같아서. 난 네가 지금은 즐거운 시간을 보냈으면 좋겠어."

"괜찮아. 뭐든 할 얘기 있으면 해봐."

곧 불어닥칠 알 수 없는 폭풍을 짐작하며 마음을 다잡았다.

"하딘이 어제 우리 집에 왔었어."

"뭐라고?"

놀라움을 숨길 수가 없었다. 하딘이 왜 갔지? 그런데 어떻게 제드가 멍 자국 하나 없는 멀쩡한 얼굴로 여기 앉아 있지?

"원하는 게 뭐였는데?"

"네 곁에 얼씬도 하지 말라고 하더라."

제드가 바로 대답했다. 어젯밤, 하딘에게 제드의 문자 얘기를 했을 때 하딘은 조금 무심한 느낌이었다.

"몇 시쯤에?"

제발 서로에게 뭐든 숨기지 말자고 얘기한 다음에 벌어진 일이길 바랐다.

"오후 3시쯤이었나."

화가 치밀어 한숨을 토해냈다. 하딘에게는 경계선이 없다. 매초마다 잘못한 일 리스트를 채우고 있다. 입맛이 뚝 떨어졌다. 나는 욱신거리는 관자놀이를 문질렀다.

"정확히 걔가 뭐라고 했는데?"

"내가 네 감정을 상하게 하든 말든 상관없으니까, 그냥 곁에 얼씬도 하지 말라고. 너무 담담하고 차분해서 소름이 끼칠 정도였다니까."

제드는 포크로 브로콜리를 찍어 입에 집어넣었다.

"그런데도 넌 여기 온 거고?"

"응, 그렇지."

남성호르몬 넘치는 철없는 이 두 남자의 싸움질에 점점 질린다. 되도록 중립을 지키려 애를 쓰지만 번번이 실패한다.

"왜?"

제드는 내 눈을 똑바로 쳐다보았다.

"왜냐하면 말이지, 녀석의 위협 따위는 이제 나한테 안 먹히기 때문이지. 내가 누구랑 친구가 되든 말든 걔가 이러쿵저러쿵 할 순 없거든. 너한테도 달라진 거 없다는 걸 느끼게 해주고 싶었어."

하딘이 제드의 아파트까지 찾아갔다는 사실만으로도 화가 났다. 하지만 그보다 훨씬 더 화나는 건 하딘이 나에게 그 얘긴 한마디도 안 했다는 거다. 또 제드가 내 기분을 상하게 하더라도 우리의 우정을 끝내길 바란다는 거다. 이 모든 상황을 숨어서 조종하고 있다.

"나도 너랑 똑같이 내 친구에 대해서도 하딘이 이래라 저래라 한다는 느낌이 들어."

내 말에 제드의 눈동자는 승리감으로 빛났다. 그 눈빛이 상당히 거슬렸다.

"근데 한편으론 너와 내가 친구로 지내지 않기를 바라는 데는 하딘도 타당한 이유가 있다고 생각해. 안 그래?"

제드는 고개를 저었다.

"그렇기도 하고, 그렇지 않기도 하지. 난 너에 대한 감정을 숨기지 않을 거야. 하지만 그걸 너한테 강요하지는 않을 거야. 난 뭐든 받아들일 거야. 네가 어떻게 결정하든, 설령 우리 사이가 친구 관계로 남아도 상관없어. 난 그걸로 살아갈 거야."

"강요하지 않는다는 건 나도 알아."

제드의 말에 전부 대꾸하지는 않았다. 제드는 뭐든 강요하는 법이 없다. 억지로 나에게 뭔가를 시키지 않았다. 하지만 하던 얘기를 하는 그의 태도가 싫었다.

"너, 하딘한테도 똑같이 말할 수 있어?"

제드가 뚫어질 듯 나를 쳐다보며 도전적으로 말했다.

그 순간 나는 무의식적으로 하딘 편을 들어줘야겠다는 생각이 들었던가 보다.

"아니, 못 해. 하딘이 어떻게 나올 줄 뻔히 아니까. 하지만 그게 하딘이라는 사람이야."

"넌 늘 순식간에 하딘 편이 되는구나. 이해가 안 돼."

"네가 이해할 필욘 없잖아."

내 말투가 차가워졌다.

"정말?"

제드는 인상을 쓰며 나지막이 말했다.

"그래."

나는 자세를 고치며 허리를 꼿꼿이 세워 앉았다.

"걔가 얼마나 소유욕이 강한데. 넌 그게 아무렇지도 않아? 너한테 누구랑 친구가 되라느니 말라니…."

"아무렇지도 않아, 근데…."

"네가 하딘을 그렇게 만들잖아."

"이런 얘기 하러 시애틀에 온 거야? 하딘이 나를 쥐락펴락한다는 걸 일깨워주러?"

제드가 무슨 말을 하려는 듯 입을 열었다가 그냥 다물었다.

"뭔데?"

나는 제드를 몰아세웠다.

"걔는 널 차지할 만하지. 난 그냥 네가 걱정돼. 너, 너무 스트레스 받는 거 같아 보여."

내가 졌다. 한숨이 나왔다. 스트레스 받는다. 너무 많이. 그런 문제로 제드하고 말싸움하는 건 아무 도움도 되지 않는다. 나를 더 깊은 나락으로 빠뜨릴 뿐이다.

"하딘 편에 서서 변명하는 건 아니야. 근데 너도 우리 사이는 모르잖아. 하딘이 나와 함께 있을 때 어떤지, 넌 본 적 없잖아. 넌 나처럼 걔를 이해하는 것도 아니고."

나는 음식 접시를 멀찍이 치웠다. 옆 테이블에 앉은 커플이 우리를 힐끔거리고 있었다. 나는 목소리를 더 낮췄다.

"너하고 싸우고 싶지 않아, 제드. 나 너무 지쳤어. 내가 너랑 같이 보낼 시간을 얼마나 기대하고 있었는데."

제드는 의자에 등을 기대었다.

"내가 머저리처럼 굴었어."

제드는 울상을 지었다.

"미안해, 테사. 운전을 너무 오래 해서 그래…. 변명은 안 되겠지만.
암튼 미안해."

"괜찮아, 너한테 이러려던 건 아니었어. 내가 왜 이러는지 모르겠네."

생리가 오늘내일 시작될 거다. 그래서 이렇게 날카로워졌나 보다.

"잘못했어, 진심이야."

제드는 테이블 위로 손을 뻗어 내 손을 꼭 쥐었다. 여전히 긴장감이
감돌았다. 머릿속에 하던 생각이 끊이질 않았다. 그럼에도 이 시간만
큼은 즐기고 싶었다.

"네 얘기 좀 해봐."

제드는 금세 지난번 방문했던 따뜻한 플로리다와 가족들로 이야기
꽃을 피웠다. 대화는 일상적이고 편안했으며 자연스럽게 이리저리 흘
러갔다. 어느새 긴장감이 눈 녹듯 사라졌고 우리는 식사를 마저 끝낼
수 있었다.

식사를 마치고 나가며 제드가 물었다.

"오늘 밤에 다른 약속 있어?"

"응, 크리스찬의 재즈 클럽에 갈 거야. 오픈한 지 얼마 안 됐어."

"크리스찬?"

"아, 우리 대표님. 그 집에서 지내고 있어."

제드는 눈썹을 찡긋 올렸다.

"대표님 집에 있단 말이야?"

"응, 그분이 하딘 아버지랑 대학 동기고, 켄 씨와 카렌의 오랜 친구이기도 해."

그러고 보니 내가 어떻게 사는지 한 번도 제드한테 말할 기회가 없었다. 크리스찬의 깜짝 청혼이 있던 그 파티에 제드가 데리러 왔는데도, 제드는 그들에 대해 아는 게 없었다.

"그래서 네가 유급 인턴십을 구했구나?"

'이런.'

"맞아."

순순히 인정했다.

"그것 참 잘됐네."

"고마워."

나는 차창 밖을 쳐다보며, 핸드백에서 휴대전화를 꺼냈다. 하딘은 여전히 연락이 없다.

"시애틀에 있는 동안 또 뭘 할 거야?"

어느 길이 집으로 가는 도로인지 한참을 설명하던 중에 불쑥 물었다. 몇 분 후에 결국 설명을 포기하고 휴대전화 내비게이션에 주소를 쳤다. 갑자기 화면이 먹통이 됐다가 두 번쯤 다시 껐다 켜자 제대로 작동됐다.

"잘 모르겠어. 여기 친구들 계획이 뭔지 일단 알아봐야지. 오늘 밤 늦게 다시 만날 수 있을까? 아니면, 토요일에 떠나기 전이라도?"

"그래. 나중에 알려줄게."

"하딘은 언제 오는데?"

제드는 적의를 숨기지도 않고 물었다. 나는 습관적으로 휴대전화를 힐끗 보았다.

"정확하게는 몰라. 아마 오늘 밤일 거야."

"너희 다시 사귀는 거야? 이 얘긴 다시 꺼내지 않기로 한 거 알아. 근데 너무 헷갈려서."

"나도 그래. 요즘에 하딘과 거리를 두고 지내고 있거든."

"그게 잘 먹혀?"

"응."

하딘이 뭔가를 숨기기 전인 얼마 전까지는 진짜 그랬다.

"그럼, 잘된 거고."

제드가 무슨 생각으로 이런 말을 하는지 알아야겠다. 그의 눈동자가 불안하게 흔들리는 게 다 보였다.

"뭔데?"

"아무 것도 아니야. 듣기 싫은 얘기일 거야."

"아냐, 듣고 싶어."

후회하겠지만 궁금증을 참을 수가 없었다.

"거리 같은 게 전혀 없어 보여서 말이야. 넌 시애틀에 있어. 그런데 하딘 가족의 친구 집에서 살지. 게다가 그 사람은 네가 다니는 회사 대표야. 거리가 한참 떨어져 있지만, 여전히 하딘은 너를 조종해. 그나마 네가 가진 몇 안 되는 인간관계까지 끝내려고 하면서. 그런 짓을 안 할 땐, 하딘이 시애틀로 오잖아. 내 눈에는 거리를 두고 있는 거 같지 않아서."

지금껏 내 생활을 그런 관점에서 바라본 적은 없었다. 이게 아파트를 얻는 걸 방해한 하딘의 목적이었던 건가? 내가 시애틀로 가더라도 자기 가족 친구들의 감시 하에 놓으려고?

그 생각을 떨쳐버리려 고개를 흔들었다.

"우리한텐 잘 통했어. 너한테는 말이 안 되겠지만…."

"걔가 나한테 물질적 대가까지 주겠다고 하면서 너한테서 떨어지라고 했어."

제드가 내 말을 가로막았다.

"뭐라고?"

"협박하더라고. 나한테 뭘 주면 되겠냐고 하면서. 걔 말이 가서 데리고 놀 다른 '캠퍼스 창녀'나 찾아보라던데."

'창녀라고?'

제드는 태연하게 어깨를 으쓱했다.

"자기 말고는 절대 너를 가질 수 없다고. 그리고 되게 자랑스러워하더라. 너랑 사귀기 시작한 다음에도 몰리와 잤다는 걸 알면서도 네가 옆에 붙어 있었다고."

하딘과 몰리 얘기가 가슴에 와 박혔다. 제드도 알고 있었구나. 그래서 하딘이 얘기한 거구나.

"그건 다 지난 얘기야. 하딘 하고 몰리 얘기는 더 이상 하고 싶지 않아."

나는 이를 갈며 말했다.

"그냥 너희 둘이 얘기를 잘 끝냈는지 알고 싶어서. 하딘은 네가 옆에 없을 때 완전 다른 사람이거든."

"그게 뭐가 나빠?"

싸울 기세로 거칠게 받아쳤다.

"넌 하딘을 몰라."

자동차 전용 도로를 빠져나와 시 외곽으로 접어들자 조금 안심이 되었다. 이제 크리스찬 집까지 5분도 채 남지 않았다. 이 차에서 얼른 내렸으면 좋겠다.

"너도 모르는 건 마찬가지야. 걔랑 내내 싸움만 하잖아."

"그 말 하고 싶었던 거야, 제드?"

대화가 자꾸 이런 방향으로 흘러가는 게 정말 싫었다. 어떻게 해야 평화로운 중립 지대로 돌아갈 수 있는지 도통 모르겠다.

"절대 아니지. 난 그냥, 네가 그런 일들을 겪은 다음에는 진실을 볼 거라 생각했을 뿐이야."

갑자기 퍼뜩 생각이 떠올랐다.

"너, 여기 온다고 하딘한테 얘기했어?"

"아니."

"그럼 이건 정정당당한 싸움이 아니잖아."

나는 빽 소리를 질렀다.

"그건 걔도 마찬가지야."

제드는 한숨을 쉬며 필사적으로 목소리를 낮추려 애를 썼다.

"네가 우울한 얼굴이 될 때까지 하딘을 감싼다는 건 나도 잘 알아. 하지만 걔가 가진 걸 가지고 싶어 한다고 네가 날 비난할 순 없어. 난 네 편을 들어주는 사람이 되고 싶어. 네가 믿을 수 있는 그런 사람이 되고 싶다고. 난 그 녀석이 없을 때도 늘 네 곁에 있을 거야."

제드는 한 손으로 구레나룻을 문지르며 숨을 들이마셨다.

"그래, 내가 정정당당하진 않지. 근데 그건 하딘도 마찬가지야. 처음부터 그랬어. 가끔 그런 생각도 들어. 하딘이 너한테 그렇게 집착하는 건, 내가 너한테 감정이 있다는 걸 알기 때문이라고."

이거다. 이래서 제드와 나는 절대 우정을 쌓을 수 없는 거다. 제드는 다정하고 이해심이 많지만 우리는 절대 친구는 되지 못한다. 제드는 나를 포기하지 않았고, 그 점은 영광스럽게 생각한다. 하지만 나는 제드가 원하는 걸 줄 수 없다. 그리고 만날 때마다 나와 하던의 관계를 일일이 설명하고 싶은 생각도 없다. 제드가 힘들 때 내 곁에 있어 주긴 했다. 그건 사실이다. 그런데 그건 내가 그걸 원해서였다.

"잘 모르겠어. 내가 너한테 곁을 내줄 여유가 있을지. 단지 친구로서라도 말이야."

제드는 한층 격앙된 표정으로 나를 바라보았다.

"하던이 네 기를 다 빨아먹어서 그런 거잖아."

나는 잠자코 차창 밖 길가에 늘어선 소나무들을 쳐다보았다. 이런 긴장감이 싫다. 눈물을 억지로 참고 있는데 제드가 중얼거렸다.

"오늘 밤을 이런 식으로 끝내고 싶지 않았어. 이제 나를 다시는 만나고 싶지 않겠구나."

나는 창밖을 가리켰다.

"이쪽이야."

긴장감이 도는 어색한 침묵이 차 안에 가득했다. 크리스찬의 저택이 시야에 들어왔다. 그는 눈을 커다랗게 뜨고 크리스찬의 집을 쳐다보고 있었다.

"전에 널 데리러갔던 그 집보다 훨씬 더 크잖아."

제드는 어색해진 분위기를 누그러뜨리려 애를 썼다.

나도 그의 노력에 화답하며 말했다. 집 안에 멀티미디어룸이며 트레이닝룸, 엄청 넓은 부엌 같은 것들이 있고 스마트폰으로 집의 보안을 관리한다고 신나게 떠들었다.

그러다 다음 순간, 심장이 목구멍으로 튀어나올 뻔했다.

킴벌리의 매끈한 세단 뒤로 하딘의 차가 주차되어 있었다. 제드도 나와 동시에 하딘 차를 발견했다. 그래도 겁나는 기색은 전혀 없었다. 나는 얼굴에서 순식간에 핏기가 사라지는 느낌이 들었다.

"들어가는 게 좋겠어."

주차를 하며 제드가 말했다.

"다시 한 번 미안해, 테사. 나한테 화난 채로 들어가지 말아줘. 넌 충분히 잘 견디고 있어. 네 기분을 더 나쁘게 만든 게 아니었으면 해."

제드가 같이 들어가겠다고 했지만 나는 손사래를 쳤다. 하딘이 무섭게 화를 낼 거다. 아니 화내는 거 이상일 거다. 이런 상황을 만든 건 나다. 그러니까 수습하는 것도 오롯이 내 몫이다.

"괜찮아."

나는 어색하게 미소를 지으며 트럭에서 내렸다. 가능할 때 문자메시지를 보내겠다는 약속도 잊지 않았다.

현관문을 향한 발걸음이 점점 느려졌다. 무슨 말을 해야 할지 생각을 짜내고 있는 중이다. 하딘에게 화를 내야 할지 아니면 제드를 만난 걸 사과해야 할지 고민하는데, 현관문이 열렸다. 다크블루진과 검정 티셔츠를 입은 하딘이 걸어 나왔다. 하딘을 마지막으로 본 게 겨우 이틀 전이다. 그런데도 그와 이렇게 가까이 있다는 사실만으로도 심장이 쿵쾅거렸다. 떨어져 있던 요 며칠, 하딘이 너무도 보고 싶었다.

하지만 하딘의 표정은 굳어 있었고, 차가운 시선으로 제드의 트럭이 사라져 가는 걸 바라보았다.

"하딘…"

"안으로 들어와."

꾸짖는 듯한 말투였다.

"그렇게 말하지 마…."

"추워, 들어가자."

하딘의 눈빛은 이글이글 타올랐다. 그 서슬에 뭐라 토를 달 엄두가 나지 않았다. 표정에 비해 내 등을 밀며 안으로 이끄는 그의 손길은 너무도 부드러워서 깜짝 놀랐다. 킴벌리와 스미스가 카드 게임을 하고 있는 거실을 지나 내 방으로 왔다. 그 사이 하딘은 아무 말도 하지 않았다.

하딘은 차분하게 방문을 닫더니 문을 잠갔다. 그러고는 나를 돌아보았다. 가슴이 터질 것 같았다.

"왜 그랬어?"

"하딘, 아무 일도 없었어. 맹세해. 제드가 계획이 변경됐다고 그러더라고. 그래서 난 차라리 다행이라고 생각했어. 걔가 안 올 줄 알았거든. 근데 그게 하루 일찍 오는 걸로 변경된 거라고, 저녁 먹고 싶었대."

나는 어깨를 으쓱했다. 마음이 조금 차분해졌다.

"어떻게 거절해야 할지 모르겠더라고."

"넌 절대 거절 같은 건 안 하지."

하딘은 경멸하듯 말했다. 내 눈을 피하지도 않았다.

"넌 어제 제드 아파트 갔던 거 왜 나한테 말하지 않았어?"

"네가 알 필요 없었으니까."

겨우 참고 있는 듯 하딘의 숨소리가 거칠어졌다.

"내가 알아야 할 필요가 있는지 없는지는 네가 결정하는 게 아니야."

발끈하며 말했다.

"넌 나한테 아무 것도 숨길 수 없어. 너네 엄마 결혼식 얘기도!"

무심결에 불쑥 다 털어놓고 말았다.

"네가 그렇게 나올 줄 알고 있었어."

하딘은 구실을 대려고 애를 썼다. 나는 어이가 없어 발을 쾅쾅 굴렀다.

"헛소리 마."

하딘은 꿈쩍도 하지 않았다. 푸르고 검은 잉크들로 빈틈이 거의 없는 그의 팔뚝에서 힘줄이 불끈 솟는 게 보였다. 두 주먹은 꽉 움켜쥔 채였다.

"한 번에 하나씩만 하자."

"난 앞으로도 내가 친구로 지내고 싶은 사람이랑 친구로 지낼 거야. 그리고 넌 나 모르게 그런 짓 좀 하지 마. 분노조절장애 청소년처럼 구는 거 말이야."

나는 하딘에게 경고를 날렸다.

"네가 네 입으로 그 자식 근처에는 다신 안 가겠다고 했던 것 같은데."

"알아. 전엔 그게 이해가 안 됐어. 근데 오늘 시간을 보내 보니, 제드와는 친구가 될 수 없다는 걸 확실히 알았어. 너 때문이 아니라."

하딘이 살짝 놀라며 주춤했다. 하지만 이내 다시 기세등등해졌다.

"왜?"

나는 조금 민망해져서 시선을 피했다.

"걔가 너한테 방아쇠 같은 존재라는 걸 알았으니까. 제드를 자꾸 만나면서 너를 밀어붙이는 게 아니었어. 이제 알았어. 네가 몰리나…, 아님 다른 여자들을 만나면 나도 얼마나 상처를 받을지. 그러니까 내 친구 관계에 대해서 이래라 저래라 하지 마."

하딘은 팔짱을 끼더니 거친 숨을 토해냈다.

"왜 지금이야? 갑자기 마음이 바뀐 이유가 뭔데?"

"이유 같은 거 없어. 제드가 나한테 무슨 짓을 한 것도 아니고. 그냥 이렇게 오래 끌 일이 아니었어. 우린 동등해져야 해. 너나 나, 누구도 주도권을 줄 순 없어."

하딘의 초록색 눈동자가 반짝였다. 무슨 말을 하고 싶은 게 분명했지만, 대신 그는 고개만 끄덕일 뿐이었다.

"이리 와봐."

하딘은 늘 그랬던 것처럼 나를 향해 두 팔을 활짝 벌렸다. 나는 얼른 그의 팔에 안겼다.

"내가 제드하고 있다는 거 어떻게 알았어?"

하딘의 가슴에 뺨을 기댔다. 민트향의 체취가 코끝을 자극했다. 제드 생각 따위는 손톱만큼도 나지 않았다.

"킴벌리가 얘기해줬어."

하딘은 내 머리카락에 얼굴을 묻었다. 나는 인상을 찌푸렸다.

"킴벌리는 진짜 입 다무는 걸 모르나 봐."

"그럼 넌 말 안 하려고 했어?"

하딘은 엄지로 내 턱을 받치더니 고개를 들어올렸다.

"아니, 하려고 했어. 근데 내가 직접 말하는 게 낫지."

킴벌리의 솔직함이 고마워 죽겠다. 정말 위선적이지만, 킴벌리가 하딘이 아니라 나한테만 솔직했으면 좋겠다.

"왜 우리 찾으러 안 왔어?"

내가 제드와 같이 있다는 걸 알았으면 하딘은 충분히 그랬을 거다.

"왜냐하면 말이지."

하딘이 내 눈을 들여다보았다.

"네가 그 악순환을 거듭하고 있지만, 난 그 고리를 끊고 싶었거든."

하딘의 솔직하고 사려 깊은 대답에 울컥했다. 하딘은 정말 노력하고 있었다. 그건 나에게 너무나 큰 의미였다.

"그래도 아직 화났어."

하딘이 덧붙여 말했다.

"알아."

손끝으로 하딘의 뺨을 만졌다. 나를 안은 그의 팔에 힘이 들어갔다.

"나도 완전 기분 더러워. 너도 나한테 결혼식 얘기 안 했잖아. 왜 그랬는지 알고 싶어."

"오늘 밤은 말고."

"아냐, 오늘 밤에 해야 해. 너도 제드에 대한 네 속마음을 얘기했잖아, 이제 내 차례야."

"테사⋯."

하딘은 입술을 앙다물었다.

"하딘⋯."

"너, 진짜 짜증나."

하딘은 나를 놓으며 몇 걸음 떨어졌다. 나는 순간 중심을 잃었다.

"너도 마찬가지야!"

하딘에게 쏘아붙이면서 그에게 바짝 다가섰다.

"결혼식 얘기 같은 건 지금 하기 싫다고. 이미 열받아 죽겠는데, 겨우 자제하고 있는 중이거든. 그러니까 밀어붙이지 마, 오케이?"

"알았어!"

큰소리를 쳤지만 결국 두 손 들었다. 하딘이 무슨 말을 할지 겁나서가 아니다. 나는 이미 제드하고 두 시간 넘게 함께 있었다. 하딘은 내가 벌인 짓 때문에 마음 아프고 불안한 걸 분노로 표출하고 있는 거다.

45 · 테사

서랍장을 열어 새 속옷 한 벌을 꺼냈다.

"나, 샤워하러 가. 킴벌리가 8시에 나서자고 했는데, 벌써 7시가 넘었어."

하딘을 힐끗 보며 말했다. 그는 팔꿈치를 무릎 위에 올리고 침대에 앉아 있었다.

"너, 정말 거기 가려는 거야?"

하딘이 비아냥거렸다.

"전에 말했잖아, 기억 안 나? 그것 때문에 네가 기를 쓰고 온 거잖아. 나도 혼자 가지 않아서 좋고."

"그래서 온 거 아니야."

하딘은 쭈뼛거렸고 나는 그를 향해 의미심장한 표정을 지었다. 그러자 하딘이 눈을 흘겼다.

"그게 이유는 아니지만, 그것 때문만은 아니야."

"그럼 너도 가는 거지?"

나는 유혹하듯 속옷을 그의 눈앞에 살랑살랑 흔들어댔다.

그 모습에 하딘이 슬쩍 웃음을 흘렸다.

"절대 가고 싶지 않지만 네가 간다면 나도 갈 거야."

나는 하딘을 향해 환하게 미소를 지었다. 방을 나서는데 하딘이 따라오지 않았다. 이건 놀랄 일이다. 내심 그가 따라와주길 바라고 있었나보다. 우리가 어떤 감정인지 잘 모르겠다. 제드를 만난 것 때문에 하딘이 화가 난 것 같다. 나도 하딘이 숨긴 일들 때문에 화가 나 있다. 하지만 전반적으로 보자면 하딘이 여기 왔다는 게 설레고 떨린다. 우리의 시간을 싸움질이나 하면서 허비하고 싶진 않았다.

머리에 타월을 둘렀다. 나가기 전에 머리까지 감고 말릴 시간은 도저히 안 되었다. 뜨거운 물이 긴장감으로 잔뜩 뭉쳐 있던 어깨와 등 근육을 풀어주었다. 하지만 머릿속까지 씻어주진 못했다. 한 시간 안에 어떻게든 기분을 바꿔야 한다. 하딘은 오늘 밤 내내 저기압일 거다. 킴벌리와 크리스찬이랑 어울리며 재밌게 보내고 싶었는데. 어색한 침묵이나 싸움질 같은 건 하고 싶지 않았다. 같이 즐기고 행복했으면 좋겠다, 우리 둘 다. 시애틀로 이사 온 후로, 밤에 놀아 본 적이 없었다. 처음 갖는 이 시간만큼은 맘껏 즐기고 싶었다. 제드를 만난 죄책감으로 기분이 좀 처지긴 한다. 하지만 짜증과 터무니없는 생각들이 뜨거운 물과 비누 거품에 씻겨 내려가자 조금 안심이 되었다.

샤워기를 잠그는데 하딘이 욕실 문을 노크했다. 큰 타월을 몸에 두르고, 대답하기 전에 심호흡을 한 번 했다.

"10분이면 준비 끝나. 머리를 좀 어떻게 해봐야 할 것 같아."

거울을 쳐다보자 뒤에 하딘이 서 있었다. 하딘은 부스스해진 내 머리를 힐끔거렸다.

"머리는 왜 이런 거야?"

"손쓸 방법이 없어."

피식 웃음이 나왔다.

"오래 걸리진 않을 거야."

"저거 입으려고?"

하딘의 시선은 샤워 커튼에 걸려 있는 불편한 검정 드레스로 향해 있었다. 주름이 조금이라도 펴질까 싶어 걸어놓은 거였다. 저 옷을 입었던 건 가족 여행 때였다. 파국의 그날 밤으로 이끌었던…, 아니지, 그 주였지.

"킴벌리가 그러는데, 드레스 코드가 있대."

"드레스 코드?"

하딘은 자기가 입고 있는 더러운 진과 검정 티셔츠를 내려다봤다.

나는 어깨를 으쓱했다. 킴벌리가 하딘한테 옷을 갈아입으라고 말하는 장면을 떠올리니 슬쩍 웃음이 나왔다.

"나 옷 안 갈아입을 거야."

하딘이 퉁명스럽게 내뱉었고, 나는 한 번 더 어깨를 으쓱했다.

화장을 다시 하고, 머리카락을 펴 보려고 사투를 벌였다. 그 사이 하딘은 거울에 비친 내 모습에서 한 번도 눈을 떼지 않았다. 샤워하는 동안 수증기를 한껏 먹은 머리카락은 엉망진창으로 곱슬거렸다. 도저히 손 쓸 방도가 없다. 결국 뒤로 묶고 동그랗게 말아 뒤통수 아래에 고정시켰다. 다행히 화장은 아주 잘됐다. 엉망인 헤어스타일을 화장이 다 커버해줬다.

"하딘, 일요일까지 있을 거야?"

속옷을 다 입고, 드레스에 한 발을 끼우며 하딘에게 물었다. 우리 사이의 긴장감이 순조롭게 해소된 건지 확인하고 싶었다. 오늘 밤 내내 언쟁이나 하면서 보낼 순 없으니까.

"응, 왜?"

하딘이 무덤덤하게 대답했다.

"금요일까지는 여기에 있다가 주말에 같이 돌아가는 게 어떨까? 랜던이랑 카렌이 너무 보고 싶거든. 너희 아버지도."

"너희 아버지는?"

"아, 참⋯."

아버지가 하딘하고 지낸다는 걸 깜빡 잊고 있었다.

"그 생각은 안 하려고 최대한 노력 중이었어. 네가 더 얘기해주기 전까지는 말이야."

"나랑 같이 가는 게 좋은 생각인지는 잘 모르겠다⋯."

"왜?"

랜던이 너무 보고 싶었다. 하딘은 난처한 듯 뒷목을 문질렀다.

"잘 모르겠어⋯. 스테프랑 제드 일도 있고⋯."

"하딘, 다신 제드 안 만날 거야. 그리고 스테프가 우리 아파트나 너네 아버지 집에 나타나지 않는 한, 걔도 만날 일 없을 거고."

"그래도 좋은 생각은 아닌 것 같아."

"넌 좀 편하게 생각할 필요가 있어."

나는 한숨을 쉬었다.

"편하게 생각하라고?"

그럴 일은 절대 없을 거라는 듯 하딘의 말투에는 냉소가 가득했다.

"응, 네가 모든 걸 다 통제할 순 없어."

하딘은 고개를 홱 젖혔다.

"내가 '모든 걸 다 통제할 수 없다'고? 그건 네 생각이야, 아니면 다른 사람들도 다 그래?"

나는 웃음을 터뜨렸다.

"그냥 내 생각이야. 난 너한테 제드 얘기 다 털어놨잖아. 그게 잘못이라는 걸 알았으니까. 근데 넌 이제 그 도시에서 나를 떼어놓으려고 하잖아. 혹시 제드나 그 불쾌한 계집애를 만날지도 모른다는 걱정 때문에 말이야."

"다 한 거야?"

하딘은 세면대에 비스듬히 기대어 물었다.

"언쟁을 말하는 거야, 아니면 내 머리?"

나는 생글생글 웃었다.

"너, 정말 짜증 나."

하딘은 나를 향해 미소를 지으며 뒤따라 욕실을 나왔다. 장난스러운 하딘의 모습으로 어느 정도 돌아온 것 같았다. 기분이 좀 나아졌다. 즐거운 오늘 밤을 예언하는 것 같았으니까.

복도를 따라 방으로 돌아오는 길에, 거실에 있던 크리스찬이 우리를 불러 세웠다.

"하딘, 재즈 들으러 왔구나? 헤비메탈은 아니지만 그래도…."

크리스찬의 뒷말은 제대로 듣지 못했다. 하딘이 즉흥적으로 크리스찬의 흉내를 내는 바람에 웃느라 정신이 없었다. 하딘을 살짝 밀치며 말했다.

"가서 얼굴 좀 보여드려. 나도 금방 나갈게."

방으로 돌아와 휴대전화를 확인했다. 엄마한테 조만간 전화를 해야할 텐데. 차일피일 미루고 있는데, 엄마는 계속 전화를 해댔다. 제드한테도 메시지가 와 있었다.

오늘 밤 일 때문에 나한테 화내지 말아줘, 부탁이야.
내가 멍청했어. 그러려던 건 아니었는데.
미안해.

메시지를 지우고 전화기를 핸드백 안에 넣었다. 제드와의 우정은 이제 끝내야 한다. 너무 오래 질질 끌고 왔다. 매번 이별을 고해놓고는, 결국 뒷걸음질을 쳤다. 또 다시 제드를 만나면 상황을 더욱 악화시킬 게 뻔했다. 이건 제드에게도 하딘에게도 옳지 않다. 하딘과 나는 이미 넘칠 만큼 많은 문제들을 안고 있다. 하딘이 제드를 못 만나게 하는 건 정말 싫었다. 하지만 내가 위선적이라는 사실 또한 부인할 수 없다. 하딘이 몰리 같은 애와 친구라는 이유로 단둘이 만나는 건, 나도 용납할 수 없으니까. 생각만으로도 구역질이 날 것 같다. 제드는 나에 대한 감정을 분명히 밝혔다. 그럼에도 제드를 계속 만나는 건 옳지 않은 처사다. 그건 몹쓸 희망 고문이다. 또한 내 애정 관계를 계속 변호해야 한다는 것도 너무 싫다.

내 남자와 멋진 밤을 보내는 즐거운 상상을 하면서 거실에 들어서다 깜짝 놀랐다. 하딘이 고함을 질렀기 때문이다.

"말도 안 돼, 싫어요!"

하딘은 크리스찬에게 소리쳤다.

"피 묻은 청바지에 더러운 티셔츠는 그 클럽에 어울리지 않아. 네가 아무리 오너의 관계자라도 말이다."

크리스찬은 하딘의 가슴께로 검정색 옷 뭉치를 들이밀었다.

"그러니까 난 안 간다고요."

하딘이 받지 않은 옷가지가 크리스찬의 발치로 툭 떨어졌다.

"어린애처럼 굴지 말고 그냥 입으라니까."

"셔츠만 갈아입고 청바지는 그대로 입을 거예요."

하딘은 도와달라는 듯 나를 쳐다보았다.

"피 안 묻은 다른 옷은 없는 거냐?"

크리스찬은 싱긋 웃으며 몸을 숙여 셔츠를 집었다.

"그럼 블랙진 입고 가, 하딘."

내가 중재안을 냈다.

"알았어, 그럼 빌어먹을 셔츠 내놔요."

하딘이 크리스찬의 손에서 셔츠를 낚아챘다. 방으로 돌아가며 하딘은 크리스찬을 향해 가운뎃손가락을 들어보였다.

"머리도 좀 깎으면 좋겠네."

크리스찬이 놀리듯 하딘의 등에 대고 소리쳤다.

"아휴, 좀 그만해요. 하딘이 당신 눈두덩을 시퍼렇게 만들어놔도 난 몰라요."

킴벌리가 농담조로 말했다.

"알았어, 알았다고…."

크리스찬은 킴벌리를 끌어당겨 입을 맞추었다. 나는 어디다 눈을 둘지 몰라 몸을 돌렸다. 그때 현관 초인종이 울렸다.

"릴리안이 왔나봐요!"

킴벌리가 크리스찬의 포옹을 풀면서 말했다. 릴리안이 막 들어오는 순간 하딘이 다시 거실로 나왔다.

"쟤는 왜 온 거야?"

하딘이 싫은 티를 내며 말했다. 검정색 버튼다운 셔츠가 썩 어울리지는 않았다.

"심술부리지 마. 스미스를 돌봐주러 온 거래. 그리고 릴리안은 네 친구잖아, 기억 안 나?"

릴리안의 첫인상은 별로 좋지 않았다. 그래도 점점 좋아지는 중이다. 그 지옥 같은 휴가에서 만난 후로 본 적은 없었지만.

"쟤 내 친구 아닌데."

"테사! 하딘!"

릴리안은 눈을 반짝이며 환하게 미소 지었다. 다행히 오늘은 나랑 다른 옷을 입었다. 샌드포인트에 있던 레스토랑에서 처음 만난 날, 같은 옷을 입고 있어서 황당했던 기억이 떠올랐다.

"안녕."

나는 미소로 그녀를 반겨주었고, 하딘은 퉁명스럽게 고개만 까닥했다.

"너 엄청 멋지다."

릴리안이 나를 아래위로 훑어보면서 칭찬했다.

"고마워. 너도 그래."

릴리안은 수수한 카디건에 카키색 바지 차림이었다.

"이제 끝난 거지…?"

하딘이 끼어들며 투덜거렸다.

"또 만나서 반가워, 하딘."

릴리안은 하딘에게 눈을 흘겼다. 하딘은 조금 누그러진 듯 그녀를 향해 슬쩍 미소 지었다. 그 사이 킴벌리는 거실을 분주히 오가며 화장을 고치고 하이힐을 신었다.

"스미스는 위층에 있어요. 늦어도 자정 전에는 돌아올 거예요."

"준비됐어, 자기야?"

크리스찬이 킴벌리에게 물었다. 킴벌리가 끄덕이자 크리스찬은 현관문으로 인도하듯 두 팔을 폈다.

"저희는 따로 타고 갈게요."

하딘이 불쑥 말했다.

"왜? 오늘은 운전기사도 있는데."

"별로면 우리끼리 돌아오려고요."

"좋을 대로 해라."

밖으로 나서면서 하딘을 제대로 바라보았다. 예전에 억지로 입혔던 셔츠와는 또 다른 스타일이었다. 눈에 잘 띄지는 않았지만 셔츠에 희미한 애니멀 프린트가 있었다.

"놀릴 생각 하지 마."

내가 쳐다보는 걸 눈치 채고는 하딘이 쐐기를 박았다.

"안 해."

나는 입술을 꽉 깨물었고 하딘은 썩은 표정을 지었다.

"완전 구려."

나는 차를 타러 가는 내내 키득거렸다.

재즈 클럽은 시내 중심에 있었다. 거리는 토요일 밤처럼 사람들로 북적였다. 킴벌리와 크리스찬이 탄 차가 도착했다. 그들이 차에서 내릴 때까지 우리는 차 안에서 기다렸다.

"재수 없는 부자 놈들."

차에서 내리기 전, 하딘은 내 허벅지를 꽉 움켜쥐었다.

안내원이 싱글거리며 벨벳 차단선을 풀어주었다. 우리는 안으로 들어갔다. 킴벌리가 컴컴한 클럽 안으로 우리를 이끌며 클럽 내부를 안내해주었다. 크리스찬은 클럽 안을 돌아다니고 있었다. 테이블은 짙은 그레이 톤이었고, 흰색 쿠션으로 포인트를 준 검정 소파들이 놓여 있었다. 커다란 테이블마다 놓인 빨간 장미가 무채색 클럽 안에서 유난히 돋보였다. 클럽 안에서 흘러나오는 느릿한 음악이 노곤하면서도 자극적이었다.

"휘황찬란하군."

하딘이 툭 말을 던졌다. 어둑한 불빛 아래서 하딘은 가슴 시릴 만큼 아름다웠다. 블랙진에 어울리는 프린트 셔츠가 잠들어 있던 정욕을 깨우듯 가슴을 뛰게 했다.

"멋있죠?"

킴벌리가 환하게 웃으며 두리번거렸다.

"암요, 암요."

하딘이 이기죽거렸다. 북적거리는 테이블 사이를 지나며 하딘은 나를 바짝 당겨 안았다.

"크리스찬은 VIP룸에 있어요."

킴벌리가 귀띔했다. 클럽 뒤쪽으로 들어가자 새틴 커튼이 드리워진 방이 보였다. 커튼 사이로 공간이 살짝 들여다보였다. 방을 빙 둘러 네 개의 소파가 놓여 있었고, 가운데에는 술병들과 얼음통, 갖가지 안주가 놓인 커다란 대리석 테이블이 있었다.

정신이 없어서 크리스찬 맞은편에 앉아 있던 맥스 씨를 미처 보지 못했다. 멋지군. 그를 보니 또 화가 스멀스멀 올라왔다. 하딘도 이 사람을 좋아하지 않는다. 하딘은 팔에 힘을 주며 크리스찬을 쏘아보았다.

킴벌리가 생글거리며 말했다.

"또 뵙게 되어 반가워요, 맥스."

맥스 씨도 활짝 웃었다.

"나도 그렇소."

맥스 씨는 킴벌리의 손을 잡으며 손등에 입을 맞추었다.

"실례합니다."

등 뒤에서 여자 목소리가 들렸다. 하딘과 나는 한쪽으로 비켜섰다. 사샤가 좁은 룸 안으로 의기양양하게 들어왔다. 위압적일 만큼 큰 키와 입은 듯 만 듯한 흰색 드레스가 그녀의 존재감을 한껏 뿜어냈다.

"난리 났군."

마음의 소리인가? 내 생각을 읽듯 하딘이 툭 던졌다.

"사샤."

킴벌리도 애써 반가운 척 해봤지만, 그녀 역시 실패다. 킴벌리의 한 가지 단점이라면, 너무 솔직해서 감정을 숨기지 못한다는 거다.

사샤는 킴벌리에게 상냥하게 미소를 지으며 맥스 씨 옆자리에 앉았다. 정부를 옆에 앉히면서 허락이라도 구하려는 양, 맥스 씨는 나를 쳐다보았다. 나는 시선을 돌렸고, 하딘은 두 사람의 맞은편 자리로 나를 이끌었다. 크리스찬의 다리 위에 앉은 킴벌리가 몸을 기울여 앞에 있는 샴페인 병을 잡았다.

"여기가 맘에 드나요, 테레사?"

특유의 느끼하고 억센 영국식 억양으로 맥스 씨가 물었다.

"음."

난데없이 내 풀네임을 부르는 바람에 우물쭈물했다.

"좋, 좋네요."

"두 사람, 샴페인 한 잔씩 할래요?"

킴벌리가 샴페인을 권했다. 하딘이 대신 대답했다.

"난 안 마실래요. 테사는 마셔요."

하딘의 어깨에 살짝 기댔다.

"나도 안 마실래."

"넌 마셔도 돼. 난 별로 마시고 싶지 않아."

나는 킴벌리를 보고 싱긋 웃었다.

"나도 괜찮아요. 아무튼 고마워요."

하딘은 인상을 쓰며 테이블에서 샴페인이 담긴 잔을 가져왔다.

"넌 마시라니까. 오늘 힘들었잖아."

"내가 이것저것 물어볼까 봐 술 마시라 그러는 거잖아."

나는 눈을 흘기며 하딘에게 속삭였다.

"아니야."

하딘이 기분 좋은 듯 싱긋 웃었다.

"오늘 즐겁게 보내라고 그러는 거야. 네가 바라던 거잖아?"

"즐거운 시간을 위해 꼭 술이 필요한 건 아니야."

룸 안을 둘러보았다. 아무도 우리 대화에 신경 쓰는 사람은 없었다.

"우리가 입은 옷을 다 합친 것보다 더 비싼 샴페인이라잖아. 그래서 한 말이지."

하딘은 손끝으로 내 목덜미를 장난스럽게 간질였다.

"그러니까 한 잔 하시지 그래?"

"좋은 지적이야."

나는 다시 하딘에게 기댔다. 하딘은 길쭉하고 매끈하게 빠진 샴페인 잔을 내게 건넸다.

"딱 한 잔만 마실 거야."

30분이 지나자 나는 이미 두 번째 잔까지 해치우고, 세 번째 잔을 들어 올리고 있었다. 사샤가 좁은 룸 안을 헤집고 돌아다니는 게 영 불편했다. 사샤는 춤추고 싶다고 난리였다. 진짜 그러고 싶으면 나가서 춤추면 될 텐데 말이다. 관심 받고 싶어 하는 창녀처럼.

생각이 입 밖으로 새어 나오기라도 한 듯 나는 입을 틀어막았다.

"왜 그래?"

하딘은 지루해 보였다. 그는 검정색 커튼을 멍하니 쳐다보며 내 등을 느릿느릿 쓰다듬었다.

나는 대답 없이 고개만 가로저었다. 잘 알지도 못하는 사람을 보며 그런 생각을 하다니. 아는 거라곤 유부남과 바람났다는 것밖에 없는데…. 하지만 그것만으로도 충분히 싫어할 이유가 된다.

"우리 이제 갈까?"

한 손을 내 허벅지에 올리며 하딘이 내 목에 대고 속삭였다.

"조금만 더 있자."

나는 그닥 지루하지 않았다. 하지만 하딘과 단둘이 시간을 보내는 게 더 나을 것 같았다. 사샤의 눈길을 애써 피하거나, 아슬아슬하게 보이는 그 여자의 속옷을 쳐다보느니 말이다.

"테사, 가서 춤 출래요?"

킴벌리의 물음에 하딘이 금세 긴장했다.

지난번 킴벌리와 클럽에 갔던 일이 떠올랐다. 하딘을 화나게 하려고 모르는 남자와 춤을 췄다. 그땐 마음이 너무 아팠었다. 너무나 슬퍼서 제대로 판단할 수가 없었다. 그 남자는 느닷없이 내게 키스를 했고, 그날 밤 하딘은 트레버랑 함께 있던 내 호텔방에 들이닥쳤다. 나는 하딘에게 얻어맞을 뻔했다. 전부 다 오해에서 비롯된 일이었다. 그래도 다시 떠올려보니, 그날 밤 꽤 괜찮았던 것 같다.

"나 춤 못 추잖아요, 기억나죠?"

내가 한발 뺐다.

"글쎄요, 가서 몸 좀 풀어보자고요."

킴벌리는 미소를 지었다.

"곧 잠들 것 같아 보여요."

"좋아요, 한 번 가보죠."

나는 자리에서 일어섰다.

"너도 갈래?"

하딘에게 물었지만 고개를 가로저었다.

"우리, 금방 올게요."

킴벌리는 하딘을 안심시켰다. 하딘은 킴벌리가 나를 데리고 가는 걸 탐탁지 않아 했다. 그래도 말리진 않았다. 하딘은 내가 말한 대로 가볍게 생각하려고 노력 중이었다. 그런 그가 너무 사랑스러웠다.

"킴벌리 잃어버리면 바로 돌아와."

하딘이 당부했다. 킴벌리는 웃음을 터뜨리며 사람들이 북적이는 클럽으로 나를 잡아끌었다.

46 · 하딘

맥스가 곁으로 슬쩍 다가왔다.

"킴벌리가 테레사를 어디로 데려갔을 것 같나?"

"테사예요."

내 목소리는 퉁명스러웠다. 테사의 풀네임이 테레사라는 걸 이 빌어먹을 인간은 또 어떻게 안 거야? 그래, 뭐, 그게 테사 풀네임이긴 하니까. 그래도 이 인간 입에서 그 이름이 불리는 게 싫었다.

"테사."

남자가 싱긋 웃더니 샴페인을 쭉 마셨다.

"테사는 참 사랑스러운 아가씨더군."

나는 남자의 도발을 무시하며 테이블에서 물병을 집었다. 이 남자하고 말 섞고 싶은 생각은 눈곱만큼도 없다. 둘을 따라가는 건데 그랬다. 그게 어디든 말이다. '가볍게 생각하기'를 실천하려고 애쓴다는 사실을 테사에게 보여주고 싶었다. 그러다 보니 여기까지 왔다. 거지 같은 음악이 울려 퍼지는 클럽에서 이런 남자 옆에 앉아 있다니.

"잠시 후에 오겠네. 밴드가 막 도착했어."

크리스찬이 휴대전화를 들고 자리를 떠났다. 맥스는 애인한테 샴페인을 더 마시라고 일러주고 크리스찬을 따라 룸을 나갔다. 나를 저 여자랑 단둘이 두고 다 나가버리다니….

"어머, 우리 둘만 남았네."

스테이시인지 뭔지 하는 여자가 말을 걸었다. 뻔한 소리를 하면서 수작을 걸고 있는 거다.

"음…."

나는 물병 뚜껑을 돌렸다.

"여기 어때요? 맥스 말이, 오픈하고 매일 밤 사람들로 넘쳐 난대요."

여자는 나를 보며 실실 웃었다. 여자가 일부러 드레스 자락을 잡고 가랑이를 벌려 보이는 걸 모른 척했다.

"오픈한 지 며칠 안 됐으니까 당연히 사람이 많은 거죠."

"그래도 꽤 괜찮은 곳이잖아요."

여자는 꼬고 있던 다리를 풀었다가 반대쪽으로 다시 꼬았다.

이 여자, 그렇게 절박한가? 이쯤 되면 노골적으로 나를 꼬셔보겠다는 거다. 아니면 원래 그런 짓이 익숙해서? 여자는 테이블 너머 내 쪽을 몸을 수그렸다.

"춤 출래요? 여기서도 출 수 있을 것 같은데."

여자는 손끝으로 내 소매를 슬슬 문질렀다. 나는 펄쩍 뛰며 뒤로 물러났다.

"제정신이에요?"

나는 소파 끝으로 멀찌감치 물러났다. 작년 이맘때 같았으면, 당장 여자를 화장실로 끌고 들어가 한껏 달아오른 여자의 엉덩이를 맘껏 유린해줬을 텐데. 지금은 생각만 해도 여자의 하얀색 드레스에 토해버리고 싶을 뿐이다.

"왜 그래요? 그냥 춤추자는 것뿐인데."

"당신 유부남 남자친구하고나 춤추시죠."

매몰차게 말하고 검정색 커튼을 열어젖혔다. 테사가 눈에 띄길 바라면서.

"섣불리 나를 판단하지 말아요. 날 잘 모르잖아요."

"그 정도면 충분히 알죠."

"나도 당신에 대해 몇 가지 아는 게 있는데. 나 같으면 그냥 좀 두고보겠어요."

"그러시든가."

나는 피식 웃었다. 여자는 실눈으로 나를 노려보았다. 겁을 주려는게 분명했다.

"난 그럴 거예요."

"내가 개자식이라는 걸 안다면, 나한테 그런 말 따위 안 먹힌다는 것도 알 텐데."

여자에게 쏘아붙였다. 여자가 샴페인 잔을 들더니 나한테 인사하듯들어보였다.

"저 사람들이 말하는 거랑 똑같네요…."

더 이상 듣고 있을 수가 없었다. 여기 있느니 밖으로 나가는 게 백 번낫겠다.

누구 말이랑 같다는 거야? 제 주제를 알고 저러는 거야? 크리스찬은정말 운 좋은 줄 알아야 한다. 테사한테 멋진 밤을 보내게 해준다고 약속했기에 망정이지. 안 그랬으면 맥스는 저 창녀가 지껄인 말에 대해 전부 해명했어야 할 거다.

테사의 반짝이 드레스와 킴벌리의 밝은 금발을 찾아 클럽을 어슬렁거렸다. 다행인 건 이 클럽이 죄다 스테이지에 몰려나와 북적거리는 스타일이 아니라는 거다. 대부분의 손님들은 테이블에 앉아 있었다. 덕분에 수색 작전은 수월했다. 메인 바에 서 있는 둘을 발견했다. 크리스찬과 맥스, 그리고 또 다른 한 남자랑 이야기 중이었다. 테사는 내게 등을 돌리고 있었다. 하지만 그녀의 뒤태에서 긴장하고 있다는 걸 한눈에 알 수 있었다. 잠시 후, 또 다른 남자 하나가 일행에 합류했다. 가까이 다가갈수록 처음에 눈에 띄었던 남자가 점점 눈에 익었다.

"하딘! 여기까지 나왔네요."

킴벌리가 내 어깨에 손을 올렸지만, 나는 몸을 피하며 테사 쪽으로 갔다. 테사가 몸을 돌렸다. 내가 남자에게 시선을 옮기는 걸 보면서, 테사의 회청색 눈에 경계심이 스쳐 지나갔다.

"하딘, 이쪽은 종교학 과목을 가르치셨던 소토 교수님이야."

테사는 공손하게 미소를 지으며 남자를 소개했다.

'뭐야, 장난해? 다들 시애틀에 오기로 약속이라도 한 거야?'

"조나라고 불러줘요."

남자가 이름을 알려주었다. 그가 악수를 청하는 바람에 나는 적잖이 당황했다.

47 · 하딘

테사가 소개한 교수라는 남자는 싱긋 웃으며 테사를 미묘한 눈길로 쳐다보았다. 내 두 눈으로 똑똑히 보았다.

"다시 만나게 돼 반갑네."

남자가 인사를 했지만, 도대체 이 남자와 얘기했던 기억이 없다. 진짜다.

"소토 교수님은 지금 시애틀에 사셔."

친절하기도 하지.

"잘들 논다."

웅얼거리며 대꾸했다. 테사가 들었는지 팔꿈치로 나를 꾹 눌렀다. 나는 테사 허리에 팔을 둘렀다. 조나의 시선이 내 팔을 따라 움직였다. 그러더니 다시 테사의 얼굴로 향했다.

'앤 내 거다, 이 머저리야.'

"몇 주 전에 시애틀 캠퍼스로 옮겼어요. 몇 달 전에 신청했는데, 드디어 옮기게 되었네요. 내 밴드는 벌써 옮길 준비가 되어 있었거든요."

그가 시시콜콜 떠들어댔다.

"밴드 더 레클리스 퓨는 오늘 공연 후에도 앞으로 이틀에 한 번씩 공연할 겁니다. 우리가 그래 달라고 얘기했지."

크리스찬이 허풍을 떨었다. 조나는 씩 웃더니 고개를 떨구고 발끝을 쳐다보았다.

"아마 가능할 것 같네요."

그가 미소 띤 얼굴로 대답했다. 단숨에 술을 털어 넣고는 그가 말했다.

"그럼, 우린 가서 연주 준비를 할게요."

"좋습니다, 더 붙잡진 않을게요."

크리스찬이 그의 등을 툭툭 쳤다. 그는 마지막으로 테사를 돌아보더니 미소를 지었다. 그러고는 인파를 뚫고 무대로 나아갔다.

"저 밴드 대단해. 연주 듣고 가게!"

크리스찬은 손뼉을 쳤다. 그리고 킴벌리를 감싸 안더니 무대 앞 테이블로 데리고 갔다.

저 밴드 연주라면 벌써 들어본 적이 있다. 별로 대단하지는 않다. 테사가 나를 걱정스러운 눈빛으로 쳐다보았다.

"저 교수님 좋은 분이셔. 기억 나지? 너 저번에 퇴학당할 뻔했을 때, 저 교수님이 네 캐릭터 증언해주셨잖아."

"아니, 난 사실 아무 기억도 안 나. 널 좋아하는 걸로 보인다는 점 빼고. 아, 신기하게도 지금은 시애틀에 살면서, 하필 네가 다니는 캠퍼스에서 강의한다는 것도."

"몇 달 전부터 전근 신청했었다는 얘기, 너도 들었잖아…. 그리고 저분, 나 안 좋아해."

"좋아하거든."

"넌 모든 사람들이 나를 좋아한다고 생각하더라."

테사가 쏘아붙였다. 순진한 테사 같으니라고. 저 남자가 무슨 꿍꿍이를 가지고 있을 거란 생각은 꿈에도 안 하고 있다.

"한번 쭉 읊어볼까? 제드, 빌어먹을 트레버, 그 얼간이 웨이터 녀석…, 또 누가 있지? 아, 그리고 저 소름끼치는 교수까지. 저 인간, 널 쳐다보는 눈빛에서 아주 꿀이 떨어지던데."

나는 밴드 스탠드에 있는 녀석을 쳐다보았다.

"제드만 그랬지. 트레버는 상냥하고 잘해줬지만 숨은 뜻은 없었어. 그 웨이터 로버트는 아마 다시 볼 일 없을 거고. 그리고 소토 교수님은 스토커가 아니야."

한 단어가 귀에 딱 거슬렸다.

"'아마'라고?"

"분명 다시 만날 일은 없을 거야. 내 곁에 있을 사람은 너뿐이야, 됐지?"

테사는 한 손을 내 가슴에 댔고, 나는 안심할 수 있었다. 그 머저리 웨이터 녀석의 전화번호를 확실히 없앴는지 다시 확인해 봐야겠다.

"저 인간이 스토커란 생각은 변함없어."

나는 무대에 있는 가죽 재킷을 입은 녀석을 턱짓으로 가리켰다. 아빠한테 물어봐야겠다. 저 인간한테 정말 불순한 의도가 없는지 확인이 필요하다. 테사는 아무 것도 모르고 호랑이 굴로 뛰어들지도 모른다. 정말 사람 보는 눈이 없다니까.

그녀가 나를 보며 바보같이 헤벌쭉 웃는다. 이러니 걱정이다. 샴페인 취기가 올라오는 모양이다. 하지만 테사는 결국 나와 함께, 여기 있다.

"재즈 클럽인 줄 알았는데, 교수님네 밴드는 좀⋯."

테사는 자기에게 애정을 갈구하는 남자를 내 머릿속에서 지우려고 노력 중인 모양이다.

"후졌다고?"

테사의 말을 가로챘다. 그녀가 내 팔을 찰싹 때렸다.

"아니, 재즈 같지 않다고. 저 밴드는 뭐랄까⋯, 더 프레이랑 비슷한 것 같아."

"더 프레이? 네가 제일 좋아하는 밴드를 그런 식으로 모욕하지 마."

저 교수네 밴드에 대해 유일하게 기억나는 건, 음악이 후졌다는 거다. 테사는 어깨로 내 팔을 툭 쳤다.

"네가 제일 좋아하는 밴드기도 하고."

"난 그다지."

"너도 좋아한다는 거 다 알아."

테사는 내 손을 꽉 쥐었다. 나는 고개를 저었다. 부정하지는 않겠지만 인정하지도 않을 거다. 거지 같은 밴드가 준비하는 동안 나는 벽과 테사의 가슴을 번갈아 쳐다보았다.

"이제 갈까?"

"딱 한 곡만 듣자."

테사의 두 뺨은 붉게 물들었고, 눈동자는 커다랗고 반짝였다. 테사는 술을 한 잔 더 마셨다. 그러더니 드레스 자락을 아래로 잡아 내렸다.

"이제 좀 앉으면 안 될까?"

나는 바에 있는 빈 스툴을 가리키며, 맨 끝 스툴에 앉았다. 북적거리는 사람들과 떨어진, 벽에서 가장 가까운 자리였다.

"뭐 드시겠습니까?"

턱에 염소수염을 단 젊은 바텐더가 억지스러운 가짜 이탈리아 액센트로 물었다.

"샴페인 한 잔이랑 물이요."

바텐더에게 주문하는 사이 테사가 내 다리 사이에 와서 섰다. 한 손을 테사의 등에 댔다. 손바닥에 드레스의 비즈가 닿는 느낌이 까칠했다.

"저희는 샴페인을 병으로만 판매합니다, 손님."

바텐더는 머쓱하게 웃으며 공손하게 말했다.

"한 병 주게."

옆에서 크리스찬의 목소리가 들렸다. 바텐더가 우리 둘을 번갈아 쳐다보며 고개를 끄덕였다.

"여자 분이 다 마실 거요."

나는 건방지게 한마디 거들었다. 바텐더는 한 번 더 고개를 끄덕이고 샴페인 병을 가지러 총총히 사라졌다.

"우릴 어린애 취급하지 마세요."

크리스찬에게 쏘아붙였다. 크리스찬은 기가 막힌다는 표정으로 코웃음을 쳤다.

"어린애 취급하는 게 아니라, 테사가 아직 미성년이라 그러는 거지."

"네, 네."

나는 건성으로 대답했다. 때마침 누군가 크리스찬을 불렀다. 그는 내 어깨를 툭툭 치더니 멀어져 갔다.

잠시 후 바텐더가 샴페인 병을 들고 나타났다. 그리고 마개를 열어 거품이 나는 술을 잔에 따라 테사 앞에 놓았다. 테사는 공손히 감사 인사를 했고, 바텐더는 어색한 미소로 대답을 대신했다. 쿨한 척하는 꼴이 영 신경에 거슬렸다.

테사는 내 가슴에 기대어 서서 술잔을 입으로 가져갔다.

"이 샴페인 너무 맛있어."

그때 옆을 지나가던 남자 둘이 테사를 힐끗 쳐다보았다. 테사도 그걸 눈치챘나 보다. 테사가 나에게 더 깊숙이 기대며 머리를 내 어깨에 올려놓았기 때문인 것 같다.

"사샤가 있네."

테사가 중얼거렸다. 그 사이 스토커 교수는 기타를 튕기며 사운드 체크를 하고 있었다. 껑다리 금발이 이리저리 두리번거리고 있었다. 남자

친구를 찾는 건지, 아니면 하룻밤 놀아날 남자를 찾는 건지 모르겠다.

"그러든가 말든가."

나는 테사의 팔꿈치를 잡고 돌려 세워 나를 보게 했다.

"난 저 여자 싫어."

테사가 조용히 말했다.

"다 그럴걸."

"너도 싫어?"

의구심이 가득한 목소리였다.

'얘가 지금 제정신이야?'

"내가 저런 여자를 왜 좋아하겠어?"

"그야 모르지."

테사는 시선을 피하며 내 입을 쳐다보았다.

"저 여자, 예쁘잖아."

"그래?"

"모르겠어…. 내가 좀 이상한가봐."

테사의 얼굴에 약 오른 표정이 드러났다. 그걸 지우려는 듯 고개를 세차게 흔들었다.

"질투하는구나, 테레사?"

"아니야."

테사가 입을 삐죽거렸다.

"그럴 필요 없어."

다리를 더 넓게 벌리며, 테사를 잡아당겼다.

"내가 원하는 건…."

나는 훤히 드러난 테사의 가슴으로 시선을 옮겼다.

"너야."

테사의 무릎 안쪽을 따라 손을 움직였다. 마치 클럽에 우리 둘뿐인 것처럼.

"가슴만 좋아하잖아."

"당연하지."

나는 짓궂게 키득거렸다.

"그럴 줄 알았어."

테사는 화난 척했지만 입가에 번지는 미소를 감추지 못했다.

"좋아, 이제 진실이 밝혀졌으니 맘대로 주물러도 된다고 허락한 거다."

내 목소리가 너무 컸나 보다. 테사 입에서 샴페인이 뿜어져 나왔다. 내 셔츠와 바지가 샴페인으로 젖었다.

"미안!"

테사가 새된 소리를 지르더니, 바 위에 있는 냅킨을 집었다. 테사는 허둥거리며 냅킨으로 셔츠를 닦고는 사타구니께를 문질렀다. 나는 테사의 손목을 잡고 손에서 냅킨을 빼앗았다.

"안 그래도 돼."

"아."

그녀는 얼굴이 붉어지더니 목덜미까지 빨개졌다.

밴드 멤버 하나가 인사말을 했다. 고막을 찢을 것 같은 소음이 시작되었다. 테사는 다음 곡으로 이어질 때까지 밴드에게서 눈을 떼지 못했다. 나는 테사의 잔을 계속 채워주었다.

우리가 이렇게 앉아 있는 게 고마웠다. 사실 나만 앉아 있었지만. 테사는 내 다리 사이에 서 있었다. 내게 등을 돌리고 있었지만, 뒤쪽 바에 살짝 몸을 기대면 그녀의 얼굴이 보였다. 낮게 드리운 붉은 조명, 샴페인, 그리고 테사…. 테사에게서 빛이 나고 있었다. 무대에서 눈을 떼지 않고 쉴 새 없이 웃고 있었다. 질투심조차 느낄 수 없을 정도로 테사는…, 너무나 아름다웠다.

내 마음을 읽기라도 한 듯 테사가 나를 돌아보며 간절한 표정으로 미소를 지었다. 그녀의 이런 모습이 정말 좋다. 아무 근심 걱정도 없고, 너무도 천진한 얼굴. 이런 기분을 좀 더 자주 느끼게 해줘야겠다.

"잘한다, 그치?"

테사는 듣기 싫은 음악에 맞추어 천천히 고개를 까딱거렸다. 나는 그저 어깨만 으쓱했다.

"아니."

끔찍할 정도는 아니었지만, 확실히 좋지는 않았다.

"헐…."

테사는 과장되게 말하더니 뒤로 돌았다. 잠시 후 리드 싱어의 꽥꽥거리는 소리에 맞춰 엉덩이를 살랑살랑 흔들었다.

'빌어먹을.'

테사 엉덩이의 굴곡을 따라 손을 움직였다. 테사는 여전히 엉덩이를 움직이며 나에게 몸을 돌렸다. 음악 템포가 점점 빨라졌다. 테사의 움직임도 음악을 따라 같이 빨라졌다.

'이런 제기랄.'

지금껏 나는 나름대로 많은 여자들을 겪었다. 하지만 내 앞에서 이렇게 춤추는 사람은 없었다. 수십 명의 여자를 만났고, 심지어 스트리퍼들도 있었지만, 이런 느낌을 주는 사람은 없었다. 느릿느릿 나를 달 뜨게 하는…, 그녀의 몸짓은 아플 정도로 섹시했다. 다른 손으로 테사의 한쪽 엉덩이를 잡았다. 테사는 음란하게 웃으며 무대를 등지고 돌아보았다. 그리고 한 손을 들어 내 머리카락을 움켜잡더니 다른 손을 내 페니스 위에 놓았다.

"계속해줘."

애원하듯 내가 말했다.

"정말?"

테사는 내 머리카락을 더 세게 움켜쥐었다.

믿어지지 않는다. 아슬아슬한 검정 드레스를 입고, 엉덩이를 살랑살랑 흔들며, 내 머리를 쥐고 나를 유혹하는 이 여자가 내가 아는 그 여자라니. 테사는 지금 너무도 섹시하다.

"당연하지, 젠장."

숨을 토해내며 테사의 목덜미를 잡았다. 그리고 테사의 귀를 내 입쪽으로 잡아끌었다.

"내 몸에 붙어서 움직여봐…."

테사의 엉덩이를 꽉 움켜쥐었다.

"더 가까이…."

테사가 내 주문대로 움직였다. 고맙게도 스툴에 앉아 있는 내 높이에 딱 맞아떨어졌다. 테사의 엉덩이가 정확히 내 페니스에 닿으며 자극을 주는 바로 그 높이다.

잠시 시선을 돌려 주변을 살폈다. 테사가 춤추는 걸 누구도 보지 않았으면 했다.

"너무 섹시해."

나는 테사의 귓바퀴에 대고 속삭였다.

"이런 춤을 추다니, 그것도 밖에서, 오직 나만을 위해서 말이야."

음악이 흐르는 중간중간 분명히 테사의 신음을 들었다. 나만 들을 수 있는 소리였다. 테사를 돌려세워, 스커트 아래 집어넣은 손에 힘을 주었다.

"하딘."

팬티를 옆으로 젖히며 손을 밀어넣는데, 테사가 내 이름을 신음처럼 내뱉었다.

"걱정 마. 아무도 우리한테 관심 없어. 그리고 이건 절대 안 보여."

테사를 안심시켰다. 누군가 눈에 띄었다면 이러지 않았을 거다.

"이런 깜짝 이벤트, 좋아하잖아?"

테사는 부인할 수 없을 것이다, 이미 젖어 있었으니까.

그녀는 아무 대답이 없었다. 그저 머리를 내 어깨에 기대고, 내 셔츠를 꼭 움켜쥐고 있었다. 침대에서 그랬던 것처럼. 나는 테사 안으로 손을 밀어 넣었다 빼기를 반복했다. 될 수 있으면 노래의 박자에 맞추려 애를 썼다. 순식간에 테사의 두 다리가 뻣뻣해졌다. 곧 내 손 위에서 절정에 오를 참이었다. 그녀의 신음 소리만으로도 얼마나 큰 쾌락을 느끼는지 알 수 있었다. 테사는 완전히 기대서 내 목덜미를 빨았다. 엉덩이는 내 손의 펌프질에 맞춰 일정하게 움직이고 있었다. 테사의 소리는 음악과 주변 소음에 묻혔다. 테사의 손톱이 내 살갗으로 파고들었다.

"나, 될 것 같아."

테사는 내 목에 대고 신음을 토해냈다.

"알아, 베이비. 여기서, 계속해?"

테사는 고개를 끄덕이며 내 목덜미 힘줄을 살짝 깨물었다. 페니스가 불끈하며 바지 밖으로 튀어나올 것 같았다. 오르가슴을 느끼는 동안 테사는 온몸을 나에게 의지하고 있었다. 나는 테사가 주저앉지 않게 꼭 붙잡았다. 고개를 들자 테사는 헐떡이며 조명 아래서 환히 빛나고 있었다. 나는 테사의 달콤한 애액이 묻은 손을 입으로 가져갔다.

"차로 갈까, 아니면 화장실?"

그 모습을 보던 테사가 다급히 물었다.

"차로 가자."

나는 허둥거리며 대답했고, 테사는 마지막 샴페인을 홀짝 마셨다. 크리스찬이 샴페인 값은 내든가 하겠지. 테사가 내 손을 잡더니 문 쪽으로 끌고 갔다. 있는 대로 달아오른 거다. 술집에서 테사와 이런 매혹적인 게임을 하다니.

"저거 혹시…?"

클럽 입구에 거의 다 왔을 때쯤 테사가 걸음을 멈췄다. 사람들 틈바구니로 검정색 머리, 터프한 차림새의 남자가 언뜻 보였다. 테사가 오늘 그 녀석을 만나지 않았더라면 아마 내 강박이 빚어낸 착시라 여겼을 거다.

"저 빌어먹을 자식은 왜 온 거야? 혹시 쟤한테 클럽에 갈 거라고 얘기했어?"

내가 신경질적으로 물었다. 오늘 밤, 지금까지 잘 버텼는데 저 녀석 때문에 기분을 망쳐버렸다.

"아니! 당연히 안 했지!"

테사는 펄쩍 뛰며 부인했다. 눈이 동그래진 걸 보니 거짓말은 아닌 것 같았다. 제드가 우리를 알아보고는 장난스럽게 인상을 찡그렸다. 녀석은 도발하듯, 우리가 서 있는 쪽으로 걸어왔다.

"넌 여기서 뭐 하냐?"

녀석이 다가오자 내가 먼저 물었다.

"너희랑 똑같은 거 하고 있지."

제드는 어깨를 움츠리며 테사를 쳐다보았다. 테사의 드레스를 끌어내리고 녀석의 턱을 후려갈기고 싶은 충동이 들었다.

"테사가 여기 있다는 건 어떻게 알았어?"

내가 거칠게 묻자 테사는 나와 제드 사이를 번갈아 보면서 내 팔을 잡아끌었다.

"몰랐어. 밴드 보러 온 거야."

제드처럼 까무잡잡한 피부의 남자가 우리 쪽으로 왔다.

"둘은 이제 가보시지."

내가 말했다.

"하딘, 제발."

테사가 등 뒤에서 우는 소리를 했다.

"말리지 마."

테사에게 나지막이 속삭였다. 나도 참을 만큼 참았다.

"이봐…."

남자가 우리 사이에 끼어들었다.

"다음 연주하려나 봐. 가서 우리 왔다고 얘기하자."

"당신도 소토 교수님 알아요?"

난데없이 테사가 나섰다.

'왜 이러는 거야?'

"네, 우리도 알아요."

낯선 남자가 대답했다. 테사의 표정에는 이들이 서로 어떻게 아는 사이인지 궁금하면서도, 제드를 피하고픈 마음이 복잡하게 얽혀 있었다. 나는 테사의 팔을 잡고 문 쪽으로 데리고 갔다.

"나중에 또 봐."

제드는 테사에게 실실 웃으며 말했다. '난 너만 바라보고 꼬리 치는 강아지야. 날 이렇게 쫓아 보내면 네 마음이 아플걸. 네가 날 좀 사랑해 줬으면 좋겠어. 나 불쌍하잖아.'라는 속내가 그대로 담긴 비굴한 웃음이었다. 그러더니 제드는 무대를 향해 남자를 따라갔다.

문 밖으로 나서자 차가운 공기가 확 끼쳤다. 테사는 내 뒤에 바짝 붙어 쫓아오며 종알거렸다.

"제드가 올 줄 진짜 몰랐어! 맹세해."

차 문을 열고 테사를 위해 조수석 문을 열어주었다.

"알았어, 알았어."

조용히 속삭였다. 나는 침체된 기분을 최대한 끌어올리려 노력했다.

"그냥 넘어가자, 제발. 오늘 밤을 망치고 싶지 않단 말이야."

나는 운전석 쪽으로 걸어가 테사 옆자리에 앉았다.

"오케이."

테사가 고개를 끄덕였다.

"고마워."

나는 한숨을 내쉬며 시동 스위치에 차 키를 밀어 넣었다. 테사가 내 뺨을 잡더니 고개를 자기 쪽으로 돌렸다.

"오늘 밤 애써줘서 정말 고마워. 너한테 어렵다는 거 알아. 나한텐 이 세상 모든 걸 다 가진 것만큼 의미 있는 일이야."

테사가 칭찬의 말을 쏟아냈고, 나는 그녀의 손바닥에 얼굴을 기댄 채 미소를 지었다.

"알았어."

"진심이야. 사랑해, 하딘. 정말 많이."

내가 얼마나 테사를 사랑하는지 테사에게 속삭여주자, 그녀는 콘솔 박스를 넘어와 내 다리 위에 걸터앉았다. 테사는 황급히 내 바지 지퍼를 끌어내렸다. 내 목에 입술을 대고 셔츠를 끌어올리다가 단추 두 개를 풀었다. 나는 테사의 드레스를 들어올렸다. 테사가 내 뒷주머니를 뒤져 혹시나 해서 넣어둔 콘돔을 꺼냈다.

"너만을 원해, 언제까지나."

테사가 미끄러지듯 내 페니스에 콘돔을 씌우면서 속삭였다. 테사의 엉덩이를 잡고 그녀를 들어 올렸다. 테사 안으로 들어가자 우리는 더 가까이, 더 깊게 서로를 느낄 수 있었다. 테사는 온전히 내 것이 되었다. 그녀 입에서 낮은 신음이 터져 나왔다. 테사는 내게 입술을 포개며 내 신음까지 모두 삼켜버렸다. 그러면서 클럽에서처럼 천천히 엉덩이를 움직였다.

"이렇게 하니까 죽이게 깊다."

나는 테사의 머리를 잡아당겨 내 얼굴을 보게 했다.

"너무 좋아."

테사는 나를 온전히 받아들이며 세포 하나까지 느끼는 듯 신음했다.

한 손은 내 목 위에 두고, 다른 한 손으로는 내 머리를 쓰다듬었다. 이런 테사는 미칠 만큼 섹시하다. 알코올 때문인지 아드레날린이 솟구쳐 테사는 온통 나를 향한 욕정으로 가득 차 있었다. 내 몸을 탐하며 날 것 그대로의 열정을 뿜어내고 있는 거다. 그 누구에게서도 이런 열정은 찾을 수 없을 거다. 나도 마찬가지다. 테사와 함께 있는 지금, 나는 내가 원하는 모든 걸 가졌다. 그래서 테사는 나를 떠날 수 없다.

"제기랄, 사랑해."

테사의 입에 대고 한숨을 토해냈다. 테사는 내 머리카락을 잡아당겼다. 목을 잡은 손에는 힘이 들어갔다. 목이 졸렸지만 적당히 기분 좋을 만큼의 압박이다. 미치도록 좋다.

"사랑해."

테사의 고백에 탄력을 받은 나는 엉덩이를 있는 힘껏 들어 올렸다. 그리고 그 어느 때보다 테사의 몸 깊숙이 나를 찔러 넣었다. 테사를 바라보며, 조여 오는 그녀의 느낌을 한껏 즐겼다. 척추 끝에서부터 쾌감이 천천히 퍼지기 시작했다. 엉덩이를 들어 테사에게 깊게 들어갈 때마다 테사의 몸이 경련하는 게 느껴졌다.

아무래도 테사에게 피임약을 먹게 해야겠다. 아무런 장애물 없이 테사의 몸을 느끼고 싶다.

"콘돔 없이 네 안에 넣고 싶어 미치겠어…."

테사의 목에다 대고 속삭였다.

"계속 해줘."

그녀는 내 거친 입담을 좋아한다.

"네 안에서 내가 절정에 오르는 걸 너도 느꼈으면 좋겠어…."

땀으로 뒤덮인 테사의 쇄골뼈를 핥았다. 소금기를 머금어 찝찔한 맛이 났다.

"너도 좋아하게 될 거야. 내가 너한테 흔적을 남기는 거."

생각만 해도 절정으로 치닫는 것 같다.

"나, 거의…."

테사는 내 머리카락을 쥐어뜯으며 신음했다. 우리는 헐떡이며 신음하며 함께 절정에 올랐다. 테사가 내 다리에서 내려오는 걸 도와주며, 창문을 내렸다. 그 사이 테사는 옷매무새를 가다듬었다.

"지금 뭐 하는…."

다 쓴 콘돔을 창밖으로 집어던지자 테사가 황급히 말렸다.

"그걸 밖에다 버리면 어떡해? 크리스찬이 보기라도 하면 어쩌려고?"

나는 사악한 미소를 흘렸다.

"크리스찬은 이 주차장에서 이런 걸 한 박스는 봤을걸."

테사는 손을 더듬거리며 내 지퍼를 올려주었다. 이제 운전할 채비를 마쳤다.

"아닐지도 몰라."

테사는 콧잔등을 찌푸리더니 차창 밖을 내다보았다. 나는 출발하려고 기어를 넣었다.

"차 안에서 섹스한 냄새가 나."

테사가 말하더니 웃음을 빵 터트렸다.

집으로 오는 내내 테사는 오디오에서 흘러나오는 음악마다 따라서 흥얼거렸다. 짓궂게 놀려대긴 했지만 사실은 그 소리마저 너무도 사랑스러웠다. 특히나 거지 같은 밴드의 연주를 듣고 난 다음이라 더욱.

"아무래도 오늘 밤, 내 고막이 사라져버릴 것 같아."

하지만 테사는 혀를 쏙 내밀더니 아이처럼 더 큰 소리로 노래를 불렀다.

차를 대놓고 현관문까지 손을 꼭 잡고 걸어갔다. 테사가 이러는 건 혈관 속에서 날뛰고 있는 샴페인 때문이겠지.

"혹시 문이 잠겨 있으면 어떡해?"

테사가 키득거렸다.

"베이비시터 있잖아."

"아, 맞다! 릴리안…."

테사가 싱긋 웃었다.

"걔, 정말 착해."

제대로 취했구나 싶어 웃음이 나왔다.

"싫어하는 줄 알았는데."

"아냐, 좋아해. 이제 알거든. 네가 오해하게 만들었다는 걸. 그리고 걔는 그런 쪽으로 널 좋아하는 게 아니라는 것도."

나는 테사의 입술을 만졌다.

"심통 부리지 마. 걘 너랑 많이 비슷해…, 더 짜증나지만."

"뭐라고?"

테사가 딸꾹질을 했다. 집으로 들어가보니 릴리안은 소파에 혼자 앉아 있었다. 나는 테사의 드레스 앞섶을 잡아당겨 올렸다. 테사가 눈을 흘겼다.

우리를 보자 릴리안이 벌떡 일어섰다.

"어땠어?"

"진짜 재밌었어! 밴드가 끝내주더라!"

테사가 말했다.

"뻥 치는 거야."

내가 끼어들었다. 릴리안이 웃음을 터뜨렸다.

"그런 것 같았어."

잠시 말을 끊었다 릴리안이 말했다.

"스미스는 잠들었어. 오늘은 나름 대화 같은 걸 했어."

"잘됐네."

얼른 대꾸하고 테사를 데리고 복도 쪽으로 갔다.

술에 취하신 여자친구 님이 친히 릴리안에게 손을 흔들어 인사했다.

"만나서 반가웠어!"

릴리안은 크리스찬이 올 때까지 있을 건가? 그래서 굳이 나는 인사하지 않았다. 혹시 스미스가 깨기라도 한다면 릴리안이 돌봐줘야 할 테니까.

방에 들어와서 문을 닫자마자 테사는 침대에 풀썩 주저앉았다.

"이것 좀 벗겨줄래?"

테사가 입고 있던 드레스를 가리켰다.

"이거 너무 가려워."

"일어나봐."

드레스 벗는 걸 도와주자, 테사가 내 코끝에 감사의 입맞춤을 해주었다. 무방비 상태에서 벌어진 일이었다. 나는 테사에게 미소를 지었다.

"너하고 같이 있어서 너무 좋아."

테사가 불쑥 말했다.

"진짜?"

테사는 고개를 끄덕이며 내 셔츠 단추를 풀었다. 팔에서 옷을 끌어 내더니 셔츠를 단정히 갰다. 그런 다음 빨래통에 가져갔다. 빨래 통에 넣을 걸 대체 왜 개는 건지, 앞으로도 도저히 이해할 수 없을 것 같다. 그러면서도 이젠 그런 게 익숙하다.

"시애틀이 생각했던 것만큼 좋진 않더라."

결국 테사가 자기 입으로 실토하고 말았다.

'그럼 나랑 같이 돌아가자.'

입안에서 이 말이 맴돌았다.

"왜 별로인데?"

"모르겠어. 그냥 별로야."

테사가 인상을 찌푸렸다. 여기서 지내는 게 얼마나 힘들었는지 듣고 싶지는 않았다. 왜 그런 걸까, 나도 깜짝 놀랐다. 랜던과 나는 그동안 쭉 짐작만 했었다. 하지만 막상 그렇다는 얘기를 듣고 나니 기분이 썩 좋지만은 않았다. 내일은 데리고 나가서 응원을 좀 해줘야겠다.

"그럼 영국으로 가자."

테사는 술기운으로 불콰해진 눈으로 나를 노려보았다.

"결혼식에도 날 안 데려갈 거면서. 거길 가자고?"

테사가 빽 쏘아붙였다.

"그건 나중에 다시 얘기하자."

지금은 이쯤에서 끝내고 싶었다.

"그래…, 늘 나중이지."

테사가 다시 침대로 돌아와 앉다가 제대로 발을 헛디뎌 그대로 바닥에 나뒹굴었다. 그러면서 웃음을 빵 터뜨렸다.

"맙소사, 테사."

테사의 손을 잡아 일으키며 순간적으로 가슴이 철렁했다.

"괜찮아."

테사가 웃으며 침대에 앉아 나를 끌어당겼다.

"너한테 샴페인을 너무 많이 줬나 보다."

"응, 그랬어."

생글생글 웃으며 테사는 매트리스에 등이 닿을 때까지 내 어깨를 밀었다.

"진짜 괜찮아? 속 불편하지 않아?"

내 가슴에 머리를 기대며 테사가 말했다.

"보호자 놀이 좀 그만해. 진짜 괜찮아."

잔소리를 하려다가 입을 꾹 다물었다.

"뭐 하고 싶은데?"

테사가 나지막이 물었다.

"뭐라고?"

"나 심심해."

테사는 나를 빤히 올려다보았다. 그러다 몸을 일으키더니 나를 내려다보았다. 그녀의 눈빛이 이글거리고 있다.

"넌 뭘 하고 싶은데, 술주정뱅이?"

"네 머리카락을 쥐어뜯고 싶어."

테사는 아랫입술을 깨물며 사악한 미소를 흘렸다.

"잠이 안 오나?"

크리스찬이 불을 켜며 부엌으로 들어왔다.

"테사가 목이 마르대요."

냉장고 문을 닫으며 대답했다. 문이 채 닫히기 전에 크리스찬이 손으로 붙잡았다.

"킴벌리도 마찬가지네. 샴페인을 마셔댄 대가지."

크리스찬이 내 뒤에 대고 말했다.

테사는 끊임없이 키득거리며, 채워지지 않는 쾌락의 늪에 빠져 있었다. 덕분에 나는 완전히 지쳐버렸다. 물을 안 마시면 금세 토할 거라고 몇 번이나 설득해야 했다. 테사가 다리를 넓게 벌리고 침대에 누워, 손과 혀로 안겨주는 오르가슴을 만끽하던 장면이 머릿속에 떠올랐다. 테사는 놀라웠다. 항상 그랬듯이. 내가 콘돔에 모든 걸 쏟아낼 때까지 내위에 올라타 내려올 줄을 몰랐다.

"맞아요, 테사도 엉망이에요."

테사가 침대에서 굴러 떨어지던 게 기억나 혼자 피식 웃었다.

"그래서… 영국에 가는 건 다음 주말인가?"

크리스찬은 갑자기 화제를 바꾸었다.

"안 가요."

"자네 어머니 결혼식말이야."

"첫 결혼식도 아닌데요, 뭐. 마지막 결혼식도 아닐 테고요."

내 말이 끝나자마자 크리스찬이 내 손에 들려 있던 물병을 있는 힘껏 쳤다. 나는 깜짝 놀랐다.

"빌어먹을, 무슨 짓이에요?"

소리를 지르며 떨어진 물병을 주웠다. 몸을 일으키자 그는 곧 잡아먹을 듯한 눈초리로 나를 노려보고 있었다.

"네 어머니에 대해 그따위로 말할 자격이 있나?"

"당신하고 무슨 상관인데요? 내가 가기 싫어서 안 가는 거라고요."

"이유를 대봐, 진짜 이유를!"

제법 세게 나왔다.

'젠장, 도대체 왜 이러는 거야?'

"내가 당신한테 왜 이유를 말해야 하는데요? 그냥 거지 같은 결혼식에 가기 싫은 것 뿐이라고요."

"알겠네. 이미 테사 여권은 신청해놨어. 테사가 킴벌리 동행으로 난생 처음 영국에 가서 즐거운 시간을 보내는 동안 너는 혼자 지내도 괜찮다는 거지?"

나는 들고 있던 물병을 바닥에 떨어뜨렸다.

"뭘 어째요?"

크리스찬을 노려보았다. 나를 엿 먹이려는 거다, 분명.

크리스찬은 아일랜드 식탁에 기대서 팔짱을 꼈다.

"결혼식 얘기를 듣고 바로 여권 신청하고 비용도 다 지불했네. 테사가 직접 시내에 나와서 여권 사진을 찍어야 마무리가 되겠지만, 나머지는 내가 다 했지."

바짝 약이 올랐다. 점점 열이 나기 시작했다.

"왜 그러는 거예요? 그건 심지어 적법한 일도 아니잖아요."

내가 하는 짓들은 꽤나 적법한 것들이었지, 아마….

"네가 시종일관 고집불통 멍청이라는 걸 아니까. 그리고 널 움직일 수 있는 최후의 보루가 테사라는 것도 잘 알고. 이건 네 엄마한텐 정말 중요한 일이다. 네 엄마는 네가 안 올까 봐 노심초사하고 있어."

"엄마는 걱정해도 싸요. 그래서 두 사람이 테사를 이용해서 나를 영국에 데려가려고 모의했어요? 엄마나 당신이나 엿이나 먹으라고요."

새 물병을 꺼내려고 냉장고 문을 열었다. 하지만 크리스찬이 발로 차 문을 닫아버렸다.

"이봐, 네 인생이 개떡 같은 건 나도 잘 알아. 나도 그랬으니까, 이해는 해. 그래도 나한테 네 부모한테 하듯 말하는 건 아니지."

"그러니까 그 사람들처럼 내 개떡 같은 인생에 간섭하지 말라고요."

"간섭하는 건 아니지. 테사가 결혼식에 가고 싶어 하는 거 잘 알잖아. 네 녀석이 이기적인 이유 때문에 테사한테서 좋은 기회를 빼앗으려고 한다는 것도 알고. 내가 일을 수월하게 만들어줬으면 화를 낼 게 아니라 감사 인사를 해야지?"

크리스찬을 노려보며 그가 한 말들을 곱씹어보았다. 절반쯤은 맞는 말이다. 결혼식에 안 가겠다고 한 걸 이미 후회하는 중이었다. 테사가 얼마나 가고 싶어 하는지 알았기 때문이다. 오늘 밤만 해도 벌써 몇 번이나 그걸로 삐쳤다.

"네가 잠자코 있는 게 감사 인사라고 여기마."

크리스찬은 능글맞게 웃었다. 어이가 없었다.

"일을 크게 만들고 싶지 않단 말이에요."

"뭘 말이냐? 결혼식?"

"또 다른 결혼식에 테사를 데리고 가는 건 못할 짓이라고요. 자기 인

생에는 일어나지도 않을 장면을 사슴 같이 촉촉한 눈으로 바라보게 할
순 없단 말이에요."

크리스찬은 손가락으로 턱을 톡톡 쳤다.

"아, 알겠군."

크리스찬의 얼굴에 미소가 번졌다.

"그래서 그랬구나? 테사가 결혼 생각 하는 게 싫어서?"

"갠 벌써 그 생각을 하고 있어요. 여자들 머릿속은 늘 결혼 생각으로
꽉 차 있잖아요. 그게 문제라고요."

"그게 왜 문제야? 넌 테사가 널 제대로 된 남자로 만들어주는 게 싫
은 거냐?"

그는 계속 나를 괴롭혔다. 그래도 버릇없게 굴었던 데에 앙심을 품
고 있는 것 같지는 않았다. 그건 참 다행이다. 이래서 내가 크리스찬을
좋아한다. 그는 아빠처럼 깐깐하고 성마른 사람이 아니다.

"그런 일은 일어나지 않을 거니까요. 테사도 몇 달 사귀고는 결혼 애
기를 꺼내는 정신 나간 여자 중에 하나예요. 저번에 헤어진 것도, 내가
자기랑 결혼하지 않을 거라고 해서였어요. 테사도 가끔씩 돌아버릴 때
가 있어요."

크리스찬은 키득거리며 킴벌리에게 가져다주던 물을 한 모금 마
셨다. 테사도 내가 물 가지고 오기만을 기다릴 텐데. 이쯤에서 대화를
끝내야겠다. 너무 오래, 너무 개인적인 얘기들을 했다.

"테사가 너와 함께하는 걸 행운이라고 여겨야지. 넌 곁에 두기에 절대
호락호락한 녀석이 아니니까. 그걸 아는 유일한 사람이 바로 테사다."

우리 관계에 대해 뭘 안다고 그딴 소리를 지껄이는 거지? 하지만 금

세 크리스찬이 얼마나 입이 싼 여자랑 약혼했는지 기억났다.

"내 말이 맞지?"

밥맛 떨어지는 킴벌리에 대해 생각하는 중에 크리스찬이 불쑥 끼어들었다.

"그래요. 근데 벌써 결혼을 생각하다니, 말도 안 되잖아요. 테사는 아직 미성년이라고요."

"그게 테사를 한시도 곁에서 못 떨어지게 하는 남자가 할 소리냐?"

"재수 없어요."

내가 투덜거렸다.

"사실이잖아."

"그렇다고 재수 없는 게 달라지진 않죠."

"그렇겠지. 그나저나 놀라운데. 테사하고 결혼할 생각도 없으면서, 테사가 없는 건 견딜 수 없다니 말이다."

"무슨 의도로 그딴 소리를 하는 거죠?"

이 질문의 대답을 진짜로 듣고 싶은 건지 잘 모르겠다. 하지만 이미 늦었다. 크리스찬은 내 눈을 똑바로 쳐다보았다.

"네 불안 말이다…. 테사가 네 곁을 떠날지도 모른다고 걱정하거나, 다른 남자가 조금이라도 테사한테 관심을 드러내면 보이는 그 불안."

"누가 그래, 내가 불안….."

냅다 소리를 쳤지만, 고집불통 노인네는 아랑곳하지 않고 계속 지껄였다.

"그런 일이 생길 때마다 뭐가 제일 도움이 되는 줄 아나?"

"그게 뭔데요?"

"반지라네."

크리스찬은 손을 들어 곧 결혼반지가 끼워질 손가락을 만졌다.

"맙소사, 말도 안 돼. 테사가 당신까지 자기 편으로 만들었군요! 대체 무슨 짓을 한 거예요? 매수라도 당한 거예요?"

어처구니가 없어 웃음이 나왔다. 하지만 말도 안 되는 소리는 아니었다. 테사가 결혼에 집착하고, 남자들을 홀릴 만한 매력이 충분한 걸 고려해보면 말이다.

"아니야, 이 멍청한 녀석!"

크리스찬은 나를 향해 물병 뚜껑을 던졌다.

"사실이잖아. 한번 상상해보게. 테사가 진짜 네 것이라 말할 수 있고, 그게 사실이라고 말이야. 하지만 그건 오직 말뿐이잖나. 테사를 노리는 다른 남자들한텐 공허한 허풍일 뿐이고. 내 말이 맞을 걸. 다들 그렇거든. 하지만 테사가 네 와이프라면 그건 다 진짜가 되는 거지. 그게 빌어먹을, 다 진짜가 되면, 그것만큼 만족스러운 게 없거든. 특히 자네나 나같이 심하게 편집증적인 남자들한테는 더욱."

크리스찬의 연설을 듣는 동안 입이 바짝바짝 말랐다. 지나치게 환한 부엌에서 한시라도 빨리 도망치고 싶었다.

"뻥치지 말아요."

불쑥 말이 튀어나왔다. 크리스찬이 다가와 그릇장 문을 열며 말을 이었다.

"섹스 앤 더 시티라는 드라마 본 적 있나?"

"아뇨."

"섹스 인 더 시티든가, 섹스 앤 더 시티든가, 아무튼 잘 기억은 안 나지만."

"몰라요, 몰라. 어쨌든 몰라요."

"킴벌리가 시도 때도 없이 그걸 본다네. 시즌별로 DVD까지 다 가지
고 있지."

크리스찬은 쿠키 박스를 꺼내 뜯었다. 벌써 새벽 두 시다. 테사가 나
를 기다리고 있다. 그런데 나는 여기서 거지 같은 드라마 얘기나 하고
있다.

"그래서요?"

"그 드라마에 이런 에피소드가 있어. 여자들이 모여서 인생에서 어
떻게 딱 두 번, 멋진 사랑을 얻게 되는지에 대해 얘기하는⋯."

"알겠고요, 그 얘기 되게 이상한 거 알아요?"

나는 방으로 가려고 몸을 돌렸다.

"테사가 기다려요."

"나도 아네⋯, 얼른 얘기 끝내지. 최대한 짧게 요약해서."

다시 뒤를 돌았다. 크리스찬이 기대에 찬 눈으로 나를 보고 있었다.
나는 머뭇거리며 고개를 끄덕였다.

"그런 얘기를 해. 일생에 단 두 번의 끝내주는 사랑을 만난다고. 내
말의 요점은⋯, 그러니까, 아무튼 테사가 자네한테 끝내주는 사랑이라
는 거네."

기가 막혔다.

"두 번 만난다면서요?"

"글쎄, 자네한테는, 다른 사랑은 자네 자신에 대한 거겠지."

크리스찬이 콧방귀를 뀌었다.

"그것만은 확실한 것 같군."

고까운 마음에 한쪽 눈썹을 찡긋 올렸다.

"그럼 당신의 사랑은 누구예요? 수다쟁이와 스미스 엄마?"

"입 조심하게…."

크리스찬이 경고를 날렸다.

"아, 죄송해요. 킴벌리와 로즈 말이에요."

기가 막혔다.

"그 사람들은 당신 건가요? 그 드라마가 틀리기를 바라는 게 나을 거예요."

"음, 맞네. 그 두 사람이… 내, 내 거야."

크리스찬은 말을 더듬었다. 복잡한 감정이 담긴 표정이 순식간에 나타났다 사라졌다. 뭣 때문에 그러는지 확실히 알 것 같았다.

"여튼 다른 할 말은 없는 것 같으니, 나는 자러 갈게요."

"그래…."

크리스찬을 부엌에 남겨두고 와버렸다. 대체 무슨 소리인지 모르겠다. 아무튼 천하의 크리스찬 반스가 할 말을 잃는 걸 다 보다니, 이상했다.

방으로 돌아와보니 테사는 침대 한쪽에서 잠들어 있었다. 두 손을 모아 뺨을 받치고, 무릎은 몸 쪽으로 깊숙이 구부린 채였다.

불을 끄고 물병을 침대 옆 테이블에 올려놓았다. 그리고 테사의 등 뒤에 가서 누웠다. 손으로 가만히 테사의 벗은 몸을 만져보았다. 따뜻했다. 내 손끝이 닿은 곳마다 소름이 돋는 걸 보고 온몸에 전율이 밀려왔다. 내 손길을 기억하네. 마음이 편해졌다. 잠들어 있지만 내 손길만으로도 그녀의 몸은 깨어나는 거다.

"왔어?"

테사가 잠결에 속삭였다. 나는 테사를 바짝 끌어당기며 머리를 그녀의 목덜미에 파묻었다.

"다음 주말에 영국에 가자."

목덜미에 대고 말했다. 테사는 얼른 고개를 들더니 뒤를 돌아보았다. 방은 깜깜했지만 테사의 놀란 표정을 어렴풋이 볼 수 있었다.

"뭐?"

"영국 말이야. 다음 주말에 우리 둘이."

"하지만…."

"너 가고 싶어 하는 거 다 알아. 그러니까 이제 그걸로 왈가왈부하지 말자."

"그럴 거까지는…."

"테레사. 그냥 그렇게 해."

손으로 테사 입을 막았다. 테사는 내 손바닥을 살짝 깨물었다.

"손 치워도 말 잘 들을 거지?"

내가 자기를 어린애 다루듯 한다던 테사의 비난이 떠올랐다. 테사가 끄덕였고 나는 손을 치웠다. 테사는 몸을 일으켜 팔꿈치를 받치고 나를 쳐다보았다. 대화를 이어나갈 수 있을지 모르겠다. 테사가 이렇게 흥분한 데다 홀딱 벗고 있으니.

"근데 나 여권도 없어!"

테사가 소리를 질렀고 나는 억지로 웃음을 감췄다.

"회사에서 벌써 신청했대. 내일 나머지 일들만 처리하면 돼."

"하지만…."

"테레사…."

"1분 새에 내 이름을 두 번이나? 우와."

테사가 활짝 웃었다.

"너 다시는 샴페인 마시지 마."

테사의 헝클어진 머리카락을 쓸어 올리며 엄지로 테사의 아랫입술을 따라 훑었다.

"아까 투덜거렸던 거 아니지? 내가 술…."

술 취한 테사의 입을 막으려면 별 수 없다. 테사의 입술에 입술을 포 갰다. 너무나 사랑한다. 너무 사랑한 나머지 그녀를 잃을지도 모른다고 생각하면 두렵기만 하다.

나는 정말 엉망이었던 내 과거의 삶에 테사가 들어오길 원하는 걸까? 불확실한 삶 속에서 찾아낸, 유일하게 확신할 수 있는 사람인데….

49 · 테사

눈을 떠보니 옆에 있어야 할 하딘이 없었다. 방이 너무 밝아서 다시 눈을 감았다. 눈을 감은 채로 신음하듯 물었다.

"몇 시야?"

머리가 지끈거렸다. 누워 있는데도 온몸이 빙글빙글 도는 것 같았다.

"12시."

방 저편에서 하딘의 목소리가 들렸다.

"12시라고? 수업을 두 시간이나 빼먹었어!"

벌떡 일어났지만 너무 어지러웠다. 우는 소리를 하며 다시 침대에 풀썩 쓰러졌다.

"괜찮아. 그냥 더 자."

"안 돼! 더 빠질 순 없어. 이 캠퍼스에서 첫 학교생활인데, 이렇게 둘 순 없어."

덜컥 겁이 났다.

"이러다간 뒤처질 거야."

"절대 그렇지 않을 거야."

하딘이 어깨를 으쓱하며 방을 가로질러 오더니 침대에 걸터앉았다.

"넌 과제도 미리 다 해놨을 거잖아."

하딘은 나를 너무 잘 안다.

"그게 중요한 게 아냐. 중요한 건 내가 수업을 빼먹었다는 거지. 나쁜 학생으로 보일 거야."

"누구한테?"

놀리고 있는 게 뻔했다.

"교수님들한테, 그리고 같이 수업 듣는 학생들한테."

"테사, 널 사랑해, 근데 좀 진정해. 너랑 같이 강의 듣는 학생들은 네가 있는 없든 상관 안 할 거야. 아마 네가 안 왔다는 것도 모를걸. 그리고 교수님, 그래, 넌 아첨꾼이니까 그 사람들이 네가 자기들한테 알랑거리는 걸 좋아하겠지. 근데 그들은 학생들을 신경 안 쓴다고. 그리고 신경 쓴다 해도, 그래서 뭐?"

"그럴지도."

눈을 감고 하딘이 지적한 걸 생각해보았다. 하지만 나는 지각하는 게 싫다. 수업에 빠지는 것도, 해가 중천에 뜰 때까지 늦잠 자는 것도.

"나, 아첨꾼 아니야."

"컨디션은 어때?"

침대가 흔들리는 느낌이 들었다. 눈을 떠보니 하딘이 내 옆에 누워 있었다.

"술을 너무 많이 마신 것 같아."

머리통이 쪼개지려는 것 같았다.

"그건 확실해."

하딘은 심각한 표정으로 몇 차례 고개를 끄덕였다.

"엉덩이 안쪽은 괜찮고?"

하딘은 손으로 내 엉덩이를 쥐었다. 나는 흠칫 놀랐다.

"우리, 그런 건 안 했잖아…."

'그것까지 기억 못 할 정도로 취하진 않았다…, 취했나?'

"안 했지."

하딘이 엉덩이를 주물럭거리며 키득댔다. 그러더니 내 눈을 똑바로 쳐다보았다.

"아직까지는."

나는 마른침을 꿀꺽 삼켰다.

"네가 하고 싶을 때 할 거야. 어제는 빌어먹게 못된 여자로 변했거든. 그래서 나중에 해야겠다고 생각했지."

'내가? 못된 여자로?'

"그렇게 겁먹을 필요 없어. 이건 그냥 제안이니까."

하딘이 미소 지었다. 이걸 어떻게 받아들여야 할지 잘 모르겠다…. 확실한 건, 당장은 이런 얘기를 계속할 수 없다는 거다. 하지만 이 죽일

놈의 호기심은 주체할 수가 없었다.

"근데 너…."

뭐라고 물어봐야 할지 모르겠다. 지금껏 한 번도 이런 얘기는 해보지 않았다. 한창 열이 올라 있던 순간에 했던 추잡한 말들을 빼고 말이다.

"전에도 그거 해본 적 있어?"

하딘의 표정을 살피며 대답을 기다렸다.

"애널 섹스? 사실 나도 안 해봤어."

"아."

하딘이 팬티선을 따라 아무 것도 입지 않는 내 맨살을 건드리고 있었다. 하딘조차 한 번도 해보지 않았다니, 왠지 그것 때문에라도 하고 싶어지는 것 같다.

"무슨 생각해? 머리 굴리고 있는 거 다 보여."

하딘은 자기 코로 내 콧잔등을 쿡쿡 찔렀다. 그의 시선에 슬며시 미소가 번졌다.

"네가 전에…, 안 해봤다는 게…, 좋아서."

"왜?"

하딘이 눈썹을 찡긋 올렸다. 나는 얼굴을 파묻고 말았다.

"모르겠어."

갑자기 부끄러워졌다. 그래도 불안해하는 것처럼 들리는 건 싫었다. 다툼을 시작하고 싶지도 않았다. 이미 숙취에 시달리는 중이니까.

"말해봐."

하딘이 부드럽게 종용했다.

"나도 잘 모르겠어. 그냥, 너에게 뭔가 첫 번째인 게 좋은 것 같아."

하딘은 몸을 일으켜 나를 내려다보았다.

"그게 무슨 소리야?"

"그러니까, 넌 지금껏 많은 경험을 했잖아…, 그런, 성적인 경험…."

나는 조곤조곤 설명했다.

"그래서 내가 너한테 처음으로 경험하게 해준 것도 없고."

무슨 말이 나올지 두렵다는 표정으로 하딘은 조심스레 나를 쳐다보고 있었다.

"그렇지 않아."

"사실이잖아."

나는 입술을 삐죽거렸다.

"지옥 같았어. 다 허튼 짓이었고. 너도 잘 알잖아."

하딘은 잔뜩 인상을 썼다.

"네가 나하고만 사귄 게 아닌 걸 뻔히 아는 내 기분은 어떨 것 같아?"

그런 생각을 자주 하는 건 아니었지만, 한번 생각이 나면 가슴이 쓰릴 듯 아팠다.

하딘은 움찔하다가 내 팔을 잡아당겨 옆에 앉혔다.

"이리 와봐."

몸이 붕 뜨더니 하딘이 나를 들어 다리 위에 앉혔다. 반나체인 하딘의 몸은 따뜻했다. 그는 벌거벗은 내 몸을 포근하게 감싸주었다.

"그런 생각은 못 했어."

하딘이 내 어깨에 대고 말하는 바람에 온몸에 전율이 일었다.

"네가 다른 사람이랑 했었다면, 난 너하고 안 했을 거야."

고개를 홱 돌려 하딘을 쳐다보았다.

"뭐라고?"

"다 들었잖아."

하딘이 내 어깨에 대고 입을 맞췄다.

"그런 소리 하는 건 정말 나빠."

하딘의 막말에는 익숙해졌지만, 저런 말을 하다니 놀라웠다. 진심은 아닐 거다.

"내가 언제는 좋은 사람이었어?"

나는 하딘의 다리에서 몸을 일으켰다. 하딘의 낮은 신음 소리는 모른 척했다.

"진심이야?"

"아주 진심이지."

하딘이 끄덕였다.

"그러니까 네 말은, 내가 첫경험이 아니었으면, 나랑 안 사귀었을 거라는 거야?"

이런 얘기를 한 적은 없었다. 이 화제가 어디로 흘러가게 될지 두려웠다. 하딘은 샛눈으로 내 표정을 살피더니 중얼거렸다.

"내 말이 딱 그 말이야. 돌이켜 생각해봐. 난 정말 너랑 데이트하기 싫었다고."

하딘은 활짝 웃었지만 나는 인상을 찌푸렸다. 나는 벌떡 일어섰고, 하딘은 나를 붙잡았다.

"삐치지 마."

하딘이 나를 어르면서 입을 맞추려 했다. 나는 재빨리 고개를 돌렸다. 그리고 하딘을 노려보았다.

"그럼 나랑 데이트하지 말았어야지."

너무 민감하게 받아들이는 건지 모르겠지만 마음이 상했다. 나는 활활 타는 불에 휘발유를 들이붓고 폭발하기만을 기다렸다.

"내기에 이기고 난 다음에 끝냈어야 할 거 아냐."

하딘의 초록색 눈동자를 쏘아보며 반응을 기다렸다. 아직까지는 아무 일 없이 잠잠했다. 그러다 갑자기 하딘이 배를 잡고 웃었다. 내가 가장 좋아하는 소리가 방 안에 가득 울려 퍼졌다.

"어린애처럼 굴지 좀 마."

하딘은 내 손목을 잡아 무릎 위에 앉히고는 나를 꽉 껴안았다.

"처음에 너랑 데이트하기 싫었다고 해서 널 좋아하지 않는다는 건 아니야."

"그 역시 마찬가지지. 내가 다른 사람이랑 사귀었더라면, 지금 나랑 안 있었을 거라며. 그러니까 내가 널 만나기 전에 노아랑 자기라도 했다면, 넌 나랑 데이트도 안 했을 거라는 거지?"

하딘은 내 말에 움찔했다.

"안 했겠지. 우리가 이런…, 상황…, 에 있지도 않았을 거고. 네가 버진이 아니었다면 말이야."

이젠 아예 대놓고 말하는구나. 얼씨구.

"상황이라…."

하딘의 말을 되뇌어봤지만 여전히 마음이 상했다. 입 밖으로 내고 나니 애초에 생각했던 것보다 더 가혹하게 들렸다.

"그래, 상황 말이야."

느닷없이 하딘이 몸을 돌리더니, 나를 침대에 눕혔다. 그러더니 내 위에 올라타고 한 손으로 내 손목을 잡아 머리 위에 놓았다. 두 무릎으로는 내 허벅지를 꽉 누른 상태였다.

"다른 놈이 널 손끝 하나라도 건드렸다면, 난 견디지 못했을 거야. 얼빠진 소리라는 거 알아. 하지만 그게 진실이야. 네가 듣고 싶든 말든 상관없이."

적의가 담긴 뜨거운 그의 숨결이 얼굴로 쏟아졌다. 순간 내가 왜 하딘한테 짜증이 났던 건지 잊어버리고 말았다. 하딘의 지금 감정이 진심이라는 건 인정한다. 하지만 그의 말은 괴상망측한 이중 잣대다.

"그러든가 말든가."

"그러든가 말든가?"

하딘은 키득거리며 내 손목을 잡은 손에 힘을 주었다. 그리고 엉덩이에 힘을 주면서 박서 팬티 차림의 맨몸을 내게 밀어 붙였다.

"괜히 심술부리지 마. 내 마음 너도 다 알잖아."

발가벗겨진 느낌이 들었다. 하딘의 강압적인 행동이 오히려 더 달아오르게 만들었다. 그가 말을 이어나갔다.

"넌 나한테 전혀 새로운 경험을 하게 해줬어. 난 지금껏 그 누구도 사랑하지 않았어. 연애 감정은 물론이고 심지어 가족들한테도 그런 감정을 느껴본 적 없어, 정말로…."

고통스러웠던 과거가 떠올랐는지 하딘의 눈꺼풀이 가늘게 떨렸다. 그러나 이내 다시 나를 뚫어지게 바라보았다.

"게다가 누구와도 같이 산 적 없었어. 전엔 누굴 잃는다 해도 아무 상관없었어. 근데 넌 아냐. 난 이제 너 없이는 살 수가 없어. 이건 나한테 최초의 경험이라고."

하딘은 말꼬리를 흐렸다.

"그런 게 '새로운 경험' 아니겠어?"

내가 고개를 끄덕이자 하딘이 미소 지었다. 머리를 살짝만 들어도 하딘과 입술이 닿을 만큼 가까웠다. 내 생각을 읽은 듯 하딘이 고개를 살짝 뒤로 젖혔다.

"그리고 그놈의 내기 얘기, 다시는 꺼내지 마."

하딘은 나에게 몸을 비비며 으름장을 놓았다. 불안한 듯 보이는 그의 눈빛은 진지했다.

"알았어?"

"물론."

나는 도도한 표정으로 하딘을 흘겨보았다. 그제야 하딘은 내 손목을 풀어주며 두 손으로 내 몸을 쓸어내렸다. 그러다 가볍게 내 엉덩이를 움켜쥐었다.

"오늘 완전히 순한 양이네."

하딘은 내 엉덩이에 대고 원을 그리며, 몸에 힘을 실었다.

그래, 나도 오늘은 순한 양이 되고 싶다. 숙취도 너무 심하고 호르몬도 날뛰고 있으니까.

"넌 멍청이잖아, 그러니까 우린 비긴 거야."

내가 쏘아붙였다. 하딘은 한쪽 뺨을 깨물더니 내게 머리를 파묻었다. 턱 선을 따라 키스를 퍼붓는 입술이 따뜻했다. 사타구니에 찌르르 전기가 통하는 것 같다. 두 다리를 올려 하딘의 허리에 둘렀다. 이제 조금만 움직여도 하딘과 나는 한몸이 될 만큼 밀착해 있었다.

"난 너만 사랑해."

하딘이 한 번 더 일깨워줬다. 먼저 했던 말들로 준 아픔을 희석시키려는 듯했다. 그는 입술을 내 목에 붙이고, 한 손으로 몸을 지탱하면서 다른 손으로 내 젖가슴을 감싸 쥐었다.

"앞으로도 늘 너만 사랑할 거야."

나는 아무 말도 하지 않았다. 이 순간을 망치고 싶지 않다. 하딘이 자기 감정을 속속들이 내게 털어놓는 이 순간이 너무 좋다. 우리 앞날에 서광이 비치는 것 같았다. 스테프나 몰리, 그밖에 하딘 곁을 맴돌던 캠퍼스의 많은 여자들 그 누구도 하딘에게 '사랑한다'는 말은 듣지 못했을 거다. 지금까지, 아니 앞으로도, 나 말고는 누구도 하딘의 진짜 모습을 알 수 없을 거다. 그들은 하딘이 얼마나 뛰어난 재능을 가진 사람인지 모를 거다. 하딘이 웃는 소리를 들을 수도 없고, 눈을 질끈 감는 모습이나 깊게 패인 보조개 같은 것도 절대 볼 수 없을 거다. 가슴 속 깊은 곳에 숨겨 둔 과거의 편린도, 사랑한다고 고백하는 그의 떨리는 목소리도 들을 수 없을 거다. 그러고 보니 참 불쌍한 인간들이다.

"나도 너만 사랑해."

하딘의 고백에 화답했다. 노아에 대한 사랑은 가족을 향한 감정 같은 거였다. 이제야 그걸 알겠다. 내 모든 걸 다 바칠 만큼 가슴 깊이 하딘을 사랑한다. 이런 기분은 앞으로도 절대 느끼지 못할 거다.

하딘이 팬티를 끌어내렸다. 천천히 부드럽게 움직이며 하딘이 내 안으로 들어왔다. 내 벌어진 다리 사이로 자신을 밀어 넣을 때마다, 그는 신음했다.

"다시 말해줘."

하딘이 애원했다.

"나도 너만 사랑해."

"맙소사, 테스. 널 너무 사랑해."

이를 악문 하딘의 입에서 기어코 터져 나온 날것 그대로의 고백.

"언제나 너만 사랑할 거야."

하딘에게 약속했다. 나는 나지막이 기도했다. 우리가 가진 모든 문제들이 다 잘 해결되기를, 그건 전부 진실이었으니까. 항상 하딘과 함께 있을 거니까. 설사 무언가가 우리를 갈라놓을지라도.

하딘은 나를 가득 채우며 깊게 들어왔다. 축축하고 따뜻한 입술로 내 목을 깨무는 것도 멈추지 않았다.

"네가 느껴져, 아주 작은 것까지 다…. 정말 미치게 따뜻해…."

하딘의 고백에 비로소 그가 콘돔을 하지 않았다는 사실을 깨달았다. 황홀경에 빠져 있는 중에도 경고의 벨이 머릿속에 울려 퍼졌다. 하지만 걱정은 잠시 접어두고 하딘의 탄탄한 근육을 한껏 즐기기로 했다. 나는 하딘의 떡벌어진 어깨와 타투 가득한 팔을 연신 쓸어내렸다.

"너, 콘돔 해야 돼."

하지만 내 행동은 말과는 정반대였다. 나는 두 다리로 하딘의 허리를 감싸 조이며, 그를 내 안으로 더 깊이 이끌었다. 복부가 꿈틀거리며 조여 오기 시작했다.

"멈출…, 수가…, 없어…."

하딘의 움직임은 더 빨라졌다. 여기서 멈춰버리면 나 또한 견딜 수 없을 거다.

"그럼, 멈추지 마."

우리는 둘 다 제정신이 아니었다. 나는 하딘을 부추기면서 손톱으로 등을 할퀴었다.

"제기랄, 어서, 테사."

나한테 선택권이 있는 양 하딘이 다그쳤다. 나는 절정으로 치닫고 있었다. 하딘이 내 가슴을 물고 빨며 자국을 남겼다. 머리끝까지 쾌감이 밀려오자 정신이 아득해졌다. 하딘은 내 이름을 부르며 끊임없이 사랑한다고 울부짖었다. 그러더니 느닷없이 움직임을 멈추고 나에게서 몸을 빼냈다. 그리고 내 아랫배에 자신의 모든 걸 쏟아냈다. 마치 영역 표시라도 하듯 있는 힘을 다해서. 나는 그 모습에서 눈을 뗄 수가 없었다.

그는 몸을 떨며 헐떡였다. 우리는 아무 말 없이 나란히 누워 있었다. 무슨 생각을 하는지 물을 필요조차 없었다.

"어디 가고 싶어?"

하딘에게 물었다. 사실 난 침대에서 한 발짝도 움직이고 싶지 않았다. 하지만 하딘이 친히 시애틀 구경을 시켜주겠단다. 지금껏 한 번도 없었었고, 아마 앞으로도 없을 일이었다.

"아무 데나! 진짜로!"

하딘은 내 눈치를 살폈다.

"쇼핑도 해야 하지 않아?"

"사실 별로 필요한 게 없어서…."

나는 말꼬리를 흐렸다. 옆에 누워 있는 하딘을 쳐다보았다. 왠지 초조한 표정이었다.

"아냐, 쇼핑 좋아."

하딘은 최선을 다해 노력하고 있는 거다. 사실 일반적인 커플들이 하는 소소한 연애는 하딘에게는 '해당 없음'이었다. 나는 미소를 지어 보였다. 문득 하딘이 스케이트장에 데리고 갔던 날 밤이 떠올랐다. 그 날 하딘은 나에게 평범한 남자친구 역할을 해주겠다고 호언장담했었다. 그땐 정말 재미있었다. 하딘은 매력이 넘쳤고 장난스러웠다. 하지만 나는 평범한 남자친구 같은 건 싫다. 내가 원하는 건 하딘이다. 막돼먹은 유머와 시니컬한 태도로 일관하다가, 어쩌다 한 번 가뭄에 콩 나듯 평범한 데이트를 하는 하딘 말이다. 우리 사이가 아무리 막장으로 치닫더라도, 그 추억만으로도 충분히 안정감을 주는 그런 하딘 말이다.

"잘됐네."

어딘가 불편한 말투였다.

"얼른 이만 닦고 올게. 머리는 그냥 묶고 나가지, 뭐."

"옷도 좀 입어야지."

하딘이 내 허벅지 사이 민감한 부분을 감싸며 짓궂게 말했다. 하딘은 늘 그랬던 것처럼, 나를 닦아주는 데 이미 티셔츠 하나를 써버렸다.

"맞아. 샤워도 해야겠지?"

나는 꿀꺽 침을 삼켰다. 나가기 전에 한 판 더 할 생각이 있을까? 솔직히 하딘이나 나나 더 할 수 있을지는 잘 모르겠다.

침대에서 일어나는데 저절로 신음 소리가 나왔다. 오늘 내일 중에 생리가 터질 거 같았다. 왜 하필 지금이야. 그래도 다행이지 싶다. 영국으로 떠날 때쯤이면 끝날 테니까.

영국으로 떠날 때쯤이라…, 어쩐지 실감이 나지 않는다.

"왜 그래?"

하딘이 의아한 눈빛으로 나를 쳐다보았다.

"나…, 그날인 거 같아서…."

한 달 내내 이걸로 또 놀려댈 거다.

"흠…, 그날이 무슨 날인데?"

하딘이 달력을 보는 척하며 느물거렸다.

"그러지 마…."

우는 소리를 하며 다리를 모았다. 얼른 옷을 입고 욕실로 가야겠다.

"술꾼에 피범벅까지!"

이것 봐, 벌써부터 시작이다.

"그 농담 하나도 재미없거든."

나는 하딘의 티셔츠를 뒤집어썼다. 자기 셔츠 입는 걸 본 하딘이 나른한 미소를 지었다.

"재미없어, 정말?"

하딘의 초록색 눈동자는 재밌어 죽겠다는 듯 반짝거렸다.

"재미없다는 건, 그걸 꽂고 싶다는 건가?"

나는 서둘러 방을 빠져나왔다. 하딘은 여전히 깔깔거리고 있었다.

50 · 하딘

"집에 있을 줄은 몰랐네요. 테사는 오늘 수업이 있는 줄 알았는데."

부엌에 들어서자 킴벌리가 떠들어댔다. 이 여자는 왜 집에 있는 거야?

"컨디션이 별로 안 좋대요."

무심하게 대답했다.

"당신은 출근 안 해요? 집에서 뒹굴거리는 것도 당신 상사한테 받은 특권이신가?"

"실은 나도 컨디션이 별로라서요, 밥맛 씨."

킴벌리가 나를 향해 휴지 뭉치를 던졌지만 빗나갔다.

"당신이랑 테사, 둘 다 샴페인을 자제하는 걸 배워야겠어요."

킴벌리가 나를 툭 쳤다. 그때 전자레인지 종료음이 들렸다. 킴벌리는 플라스틱 그릇을 꺼냈다. 그릇에는 고양이 사료 같은 게 잔뜩 담겨 있었다. 킴벌리는 카운터 테이블에 앉더니, 그걸 꾸역꾸역 입에 밀어 넣었다. 그 냄새가 싫어 손으로 코를 막았다.

"냄새가 진짜 구역질나요."

"테사는 어딨어요? 테사가 와야 당신 입을 틀어막을 텐데."

"어림없는 소리."

싱긋 웃음이 나왔다. 크리스찬의 약혼녀를 놀리는 재미도 꽤 쏠쏠하다. 이 여자는 제법 뻔뻔하다. 그동안 나한테도 폭탄을 몇 번이나 날렸다.

"뭐가 어림없는데?"

맨투맨 티셔츠에 스키니 진을 입은 테사가 부엌으로 들어왔다. 그녀는 무슨 헌옷 수거함에서 주워 온 넝마를 주렁주렁 붙여 만든 것 같은 슬리퍼를 신고 있었다. 물론 입 밖에 내진 않았다.

"아무 것도 아니야."

킴벌리를 팔꿈치로 확 찌르려다 꾹 참고 두 손을 주머니에 넣었다.

"하딘이 허풍 떤 거죠."

킴벌리는 중얼거리며 고양이 사료 같은 걸 또 한입 넣고 우물거렸다.

"가자, 너무 짜증나."

일부러 들으라는 듯 큰소리로 말했다.

"그러지 마."

테사가 한소리 한다. 나는 테사의 손을 붙잡고 밖으로 나왔다. 차에 올라타자 번뜩 생각이 났다.

"너 피임약 먹는 게 좋겠어."

요즘 너무 부주의했다. 콘돔 없이 테사를 느끼고 나니 되돌릴 수가 없었다.

"응, 병원 예약해야지 생각하고 있었어. 근데 학생보험으론 예약하기가 쉽지 않더라고."

"그렇지."

"이번 주 중엔 갈 거야. 조심해야겠어. 너 요즘 너무 부주의하더라고."

테사가 내 생각을 정확히 읽었다.

"부주의하다고? 내가?"

뜨끔한 걸 숨기려고 콧방귀를 뀌었다.

"날 정신 못 차리게 만드는 건 너잖아. 난 아무 생각도 할 수가 없었다고."

"아, 제발!"

테사가 키득거리면서 고개를 젖혀 머리 받침대에 기댔다.

"아기 생겨서 인생 망치고 싶으면 계속 그렇게 하든가. 근데 나를 그 불구덩이에 끌고 가진 말고."

나는 테사의 허벅지를 꽉 쥐었고, 테사는 인상을 썼다.

"뭐? 아이 얘긴 꺼내지 않기로 했잖아, 기억 안 나?"

"그랬지…. 네가 피임을 확실하게 하면, 더 이상 얘기할 필요도, 걱정할 필요도 없어.”

“오늘 중으로 병원 예약할게. 네 미래는 위험에 빠뜨리지 않을 테니 걱정 마.”

테사의 말투는 단호했다.

테사를 화나게 만들긴 했지만, 아무튼 말한 건 잘한 거다. 하루에도 몇 번씩이나 눈 마주칠 때마다 나한테 달려들 거면, 피임을 해야 하는 게 당연하니까.

몇 차례 통화를 하더니 테사가 말했다.

“월요일에 예약했어.”

“잘했어.”

라디오를 켜고, 가장 가까운 쇼핑몰로 향했다.

쇼핑몰을 한 바퀴 돌았을 뿐인데, 벌써 나는 시애틀이 지루해졌다. 유일하게 나를 즐겁게 할 수 있는 건 테사뿐이다. 이제 표정만 보고도 무슨 생각을 하는지 읽을 수 있다. 북적거리는 사람들을 바라보는 테사를 물끄러미 보고 있었다. 테사는 가게 한복판에서 어린아이 엉덩이를 팡팡 두들기는 엄마를 보면서 인상을 쓰고 있었다. 그녀가 뭐라고 참견하기 전에 얼른 데리고 나왔다. 우리는 한적한 피자 가게에서 점심을 먹었다. 입안 가득 음식을 우물거리며, 테사는 읽을까 말까 생각 중이라는 책 얘기를 했다. 테사가 요즘 소설들을 얼마나 시답지 않게 생각하는지 아는 나로서는, 참으로 놀라우면서도 당황스러웠다.

“바로 다운 받아야겠어. 너한테 전자책 리더기 돌려받으면.”

테사는 냅킨으로 입을 닦으며 말했다.

"그리고 팔찌도. 참, 편지도."

침착한 척하면서 피자 한 조각을 입안에 쑤셔 넣었다. 대답을 할 수가 없기 때문이다. 차마 다 찢어버렸다고 말할 수는 없었다. 다행히 테사가 바로 다른 주제를 꺼내 얼마나 고마웠는지 모른다.

집으로 오는 길, 테사는 차 안에서 잠이 들어버렸다. 요즘 들어 생긴 습관이다. 몇 가지 이유들이 있긴 하지만, 나는 좋았다. 천천히 오래오래 돌아서 집으로 왔다. 지난번처럼.

테사의 알람 소리를 듣지 못했다. 테사도 나를 깨우지 않았다. 출근전에 테사 얼굴도 보지 못하다니 기분이 언짢았다. 더군다나 오늘은 하루 종일 만나지도 못하는데. 벽에 걸린 시계를 힐끔 보았다. 거의 정오가 다 되어 있었다. 이제 곧 점심시간이다.

재빨리 옷을 챙겨 입고 반스 출판사로 향했다. 매일 아침 함께 출근하고 함께 집에 오고…, 우리가 다시 함께 사는 장면을 상상하니 어쩐지 이상했다.

'하딘, 테사는 숨 쉴 공간이 필요해.'

그 말이 떠올라 웃음이 났다. 우리는 서로에게 공간 같은 건 주지 못한다. 준다고 해도 사흘에서 일주일까지가 한계다. 이렇게 멀리 떨어져서, 한 번 만나려면 몇 시간이나 운전을 해야 하다니. 이러는 건 서로에게 고통만 가중시킬 뿐이다.

건물 안으로 들어섰다. 시애틀 사무실은 터무니없을 만큼 호화로웠다. 전에 일했던 사무실보다 훨씬 더 컸다. 답답한 새장 같은 데서 일하는 게 좋은 건 아니지만, 그래도 이 사무실은 너무 좋은데. 크리스찬은 재택 근무를 허락하지 않았다. 하지만 볼트하우스 사장은 집에서 일하는 걸 권했다. '평화 유지'를 위해서라나 뭐라나. 나한테는 그게 딱 맞는다. 테사가 시애틀에 있으니 더 그렇다. 사무실에서는 내 농담 같은 건 통하지도 않으니까.

이 어마어마한 빌딩의 미로 속에서 길을 잃지 않는 게 놀랍다. 안내 데스크에서 킴벌리가 환하게 웃으며 나를 맞아주었다.

"어서 오세요. 무엇을 도와드릴까요?"

프로페셔널함을 뽐내기라도 하듯이 킴벌리는 힘을 주어 말했다.

"테사는 어딨어요?"

"사무실에 있습니다."

킴벌리는 정면을 바라보며 딱딱하게 말했다.

"거기가…."

나는 벽에 기대며 테사의 사무실을 알려주길 기다렸다.

"아래층에 있습니다. 밖에 명패가 붙어 있습니다."

킴벌리는 모니터에 시선을 고정하고 나에게는 눈길도 주지 않았다. 손님을 대하는 태고 하고는.

반스는 이 여자한테 왜 월급을 주는 거야? 그만한 가치는 있겠지? 하루 종일 옆에 두고, 언제든 같이 잘 수 있을 테니까. 두 사람이 뒤엉켜 있는 모습이 떠올라 얼른 고개를 흔들었다.

"도와주셔서 감사합니다."

투덜거리듯 인사를 던지고, 좁고 긴 복도 쪽으로 향했다.

테사 사무실에 도착하자 노크도 없이 문을 열었다. 방은 비어 있었다. 휴대전화를 꺼내 테사에게 전화를 걸었다. 잠시 후 뭔가 울리는 소리가 들렸다. 책상 위에 놓인 테사의 전화가 진동하는 소리였다.

'대체 어딜 간 거야?'

복도를 어슬렁거리며 테사를 찾았다. 제드 녀석이 시애틀에 아직 있을 텐데. 갑자기 눈앞에서 불이 났다. 혹시라도 그랬다간….

"하딘 스캇?"

직원 휴게실 같아 보이는 곳으로 막 들어가려던 참이었다. 등 뒤에서 여자 목소리가 들렸다. 뒤를 돌아보니 낯익은 얼굴이 눈에 띄었다.

"음…, 안녕?"

이 여자를 어디서 봤더라. 분명히 본 적이 있는 여자다. 옆에 또 다른 여자가 나타나자 그제야 기억이 났다. 아, 세상이 나한테 장난을 치고 있는 거다. 순간적으로 열이 치밀어 올랐다. 그 여자가 반색을 했다. 여자 이름이 겨우 생각났다, 태버사.

"이런…, 이런…, 이거 보게…."

테사는 회사에서 두 여자가 못되게 군다고 했었다.

"네가 테사를 엿 먹인다는 인간이로군?"

태버사가 시애틀 사무실로 옮긴 걸 알았더라면, 테사한테 그따위 말을 했다고 들었을 때 바로 누군지 알았을 거다. 내가 반스 출판사에서 일했을 때를 돌이켜보면 충분히 그러고도 남았다. 그리고 이 여자는 절대 달라지지 않았을 거다.

"뭐라고? 나?"

여자는 머리카락을 어깨 뒤로 넘기면서 실실 웃었다. 뭔가 달라 보인다…, 어딘지 부자연스럽다. 옆에 졸졸 쫓아다니는 여자도 뺨따귀에 똑같이 오렌지색 블러셔를 했다…. 먹는 걸 뒤집어 쓴 것 같은 저딴 화장은 그만해야 할 텐데 말이다.

"테사 건드리지 마. 안 그래도 새 환경에 적응하려고 애쓰는데, 아무 이유도 없이 못되게 구는 짓은 하지 말라고."

"아무 짓도 안 했어! 농담은 좀 했지만."

여자가 화장실에서 내 걸 빨아주던 장면이 머릿속에 스쳐 지나갔다. 별로 기억하고 싶지 않았던 건데, 기분이 더럽다. 여자에게 경고를 보냈다.

"가만 두지 않을 거야. 앞으론 테사한테 말도 걸지 마."

"맙소사, 여전하구나. 더 이상 괴롭히지 않을게. 네가 반스 씨한테 일러바쳐서 잘리기라도 하면 안 되잖아. 저번에 네가 사만다한테 그랬던…."

"그건 내 잘못이 아니야."

"아니, 네 잘못이거든!"

여자가 이를 악물고 속삭였다.

"걔 남자친구한테 너희 둘이 하던 짓을 들키자마자…, 이상하게도 바로 그 주에 걔가 잘렸잖아."

태버사는 쉬운 여자였다, 아니, 헤픈 여자였다. 사만다도 마찬가지였다. 사만다는 남자친구한테 들킨 걸 알고 나한테 사정하기 시작했다. 하지만 나 또한 한 번 자고 나니까 흥미를 잃었다. 괜히 떠올리지 않아도 될 기억까지 떠올라 기분만 더러워졌다. 테사까지 이 진흙탕에 빠지게 하고 싶지는 않았다.

"무슨 일이 있었는지 제대로 모르잖아. 그러니까 닥치고 있어. 테사 건드리지 말고. 그럼 네 밥벌이는 보존하게 될 거니까."

솔직히 크리스찬한테 사만다를 내보내라고, 약간, 아주 약간, 뭐라고 말하긴 했던 것 같다. 사만다가 여기서 일하는 건 나한테 골치 아픈 일이긴 했다. 게다가 걔는 고작 대학교 1학년인데다, 복사나 하는 아르바이트생이었다.

"그 싸가지 없던 여자애 얘기구나."

옆에 있던 여자가 참견을 하며 입구 쪽을 쳐다보았다.

테사가 깔깔 웃으며 휴게실로 들어왔다. 오른쪽 뒤편으로 넥타이에 양복을 쫙 빼입은, 재수 없는 트레버가 테사를 따라 웃으며 들어왔다. 재수 없는 자식이 나를 먼저 발견하고 테사의 팔을 잡아끌었다. 나는 녀석을 후려치지 않으려고 마지막 자제력을 짜내며 참았다. 테사가 휴게실 한쪽에 있는 나를 쳐다보았다. 그녀는 얼굴이 환해지더니 나를 향해 달려왔다. 내 바로 앞에까지 왔을 때 비로소 옆에 서 있던 태버사가 눈에 들어왔나 보다.

"안녕하세요."

테사가 머뭇거리며 인사를 건넸다. 긴장한 거다.

"가봐, 태버사."

볼일 다 본 속물덩어리 여자에게 꺼지라고 손짓을 했다. 여자는 친구한테 뭐라고 속닥거리더니, 같이 휴게실에서 나갔다.

"가봐, 트레버."

테사한테만 들릴 만한 작은 소리로 낮게 말했다.

"하지 마!"

테사는 늘 그랬듯 내 팔을 찰싹 때리며 말렸다.

"안녕하세요, 하딘."

트레버가 정중하게 인사를 건넸다. 그는 머뭇거리며 손을 내밀었다.

안 그러는 편이 나을 뻔했다. 나는 악수하지 않을 거니까.

"안녕."

나는 퉁명스럽게 대꾸했다.

"여긴 웬일이야?"

테사는 두 여자가 사라진 복도를 바라보며 내게 물었다. 뭘 묻고 싶은지 안다.

'저 여자들은 어떻게 아는 거야? 무슨 얘기했어?'

"저 여자가 이젠 문제 안 일으킬 거야."

눈이 동그래지며 테사가 입을 떡 벌렸다.

"무슨 짓을 했는데?"

나는 어깨를 으쓱했다.

"아무 짓도 안 했어. 그냥 너한테 신경 끄라고 했어."

테사는 빌어먹을 트레버 녀석에게 미소를 지어 보였다. 트레버는 다른 테이블에 앉아, 우리의 시선을 피하려 애를 쓰고 있었다. 트레버가 불편해 하다니 꽤나 놀라웠다.

"벌써 점심 먹었어?"

테사는 고개를 가로저었다.

"그럼 뭐 좀 먹자."

염탐꾼을 사납게 노려보며, 휴게실에서 테사를 데리고 나왔다.

"옆 건물에 진짜 맛있는 타코 가게가 있어."

테사의 선택은 틀린 것으로 판명됐다. 타코는 쓰레기 맛이었다. 하지만 테사는 내 것까지 게걸스럽게 먹어치웠다. 그러더니 호르몬 때문에 식욕이 솟구친다며 투덜거렸다. 나한테는 한 번만 더 생리 가지고 놀려대면 탐폰을 내 목구멍에 쑤셔 넣겠다며 으르렁댔다. 나는 그냥 웃기만 했다.

"내일 워싱턴에 가서 사람들 만나고 싶어. 내 볼일도 좀 보고."

테사는 물 한 잔을 벌컥벌컥 마셨다. 살사 소스가 매운 모양이었다.

"다음 주말에 영국에 가는데, 이번 주말도 움직이려고?"

웬만하면 계획을 바꿨으면 했다.

"응, 랜던 만나려고. 랜던이 너무 보고 싶어."

난데없이 질투심이 치밀어 올랐지만 떨쳐버렸다. 랜던은 테사의 유일한 친구니까. 아, 짜증나는 킴벌리도 친구였지.

"우리가 영국에 갔다 올 때까지는 계속 거기 있을 거야…."

"하딘, 제발."

테사가 허락을 구하는 표정으로 나를 올려다보았다. 자주 볼 수 있는 표정은 아니었다. 이번에는 내게 협조를 구하는 거다. 랜던을 볼 수 있다는 생각에서인지 테사의 눈동자는 설렘으로 반짝였다.

"알았어, 젠장."

결국 이럴 줄 알았다. 테사는 자랑스러운 미소를 머금고 있었다. 이 언쟁에서 이긴 자신이 자랑스러운 건지, 나를 두 손 들게 만든 게 자랑스러운 건지는 잘 모르겠다. 어쨌든 테사는 아름답고 편안해 보였다.

"오늘 네가 와줘서 너무 좋아."

복잡한 거리를 거닐며 테사가 가만히 내 손을 잡았다. 시애틀에는 대체 왜 이렇게 사람이 많은 거야?

"정말?"

좋아할 줄은 알았다. 하지만 그러면서도 약간 긴장했다. 연락도 없이 나타났다고 화를 내는 건 아닐까 싶어서 말이다. 그렇대도 상관은 없지만, 어쨌든.

"응."

테사는 사람들에게 이리저리 치이면서 우뚝 서서 나를 향해 두 눈을 깜박였다.

"나…."

테사가 말꼬리를 흐렸다.

"뭐?"

꽁무니를 빼려는 테사를 붙잡아 주얼리 가게 옆 벽으로 끌고 갔다. 쇼윈도에 진열된 다이아몬드 반지들 위로 햇빛이 비쳤다. 혹시나 반지들이 테사 눈에 띌까 봐 몇 발자국 떨어진 벽돌 벽으로 데리고 갔다.

"바보 같은 소리처럼 들리겠지만…."

테사는 아랫입술을 꽉 깨물고 애꿎은 시멘트 바닥만 바라봤다.

"요 몇 달 만에 오늘 처음으로 숨 쉬는 것 같은 느낌이었어."

"좋은 거야, 아니면…."

시선을 돌리지 못하게 테사의 턱을 잡았다.

"좋은 거지. 처음으로 모든 게 제대로 돌아가는 느낌이야. 얼마 되지 않았지만, 지금껏 우리가 지내온 날들 중에 가장 평화로운 것 같아. 언쟁도 없었고, 모든 걸 대화하면서 소통했잖아. 우리가 너무 대견한 것 같아."

테사한테 이런 말을 듣다니 놀랍고도 기뻤다. 우리는 여전히 투닥거리면서 서로를 끊임없이 놀려대고 있다. 하지만 생각해보니 테사의 말이 맞다. 우리는 차츰 대화로 문제를 해결해나가고 있었다. 이런 식의 논쟁 정도라면 괜찮다. 테사도 만족하는 것 같다.

우리는 완전히 다른 사람들이다. 더 이상 다를 수 없을 만큼. 하지만 나는 테사 없인 살 수 없다. 테사가 쉴 새 없이 나를 바로잡아 주고, 엉망진창으로 사는 내게 잔소리를 해대야 한다. 비록 테사는 짜증이 나겠지만.

"평화롭다니. 그건 너무 과대평가 같은데, 베이비."

나는 테사를 안아 올렸다. 테사는 두 다리를 내 허리에 감았다. 나는 벽에 기댄 테사에게 키스를 퍼부었다. 시애틀의 가장 복잡한 도로 한복판에서 말이다.

51 · 테사

"얼마나 더 가야 해?"

하딘이 조수석에 앉아 투덜거렸다.

"5분이면 도착해. 이제 마트 지났잖아."

여기서 아파트까지 얼마 남지 않았다는 걸 뻔히 알면서, 괜히 저렇게 투덜거린다. 오는 내내 하딘이 거의 다 운전을 했다. 내가 사정해서 겨우 마지막에만 운전하게 됐다. 하딘의 눈은 거의 감겨 있었다. 그도 좀 쉬어야 한다는 내 생각이 적중했다. 하딘은 콘솔 박스에 팔을 걸치고 이내 잠에 빠졌다.

"랜던이 아직 집에 있는 거 맞지? 랜던하고 얘기해봤어?"

랜던을 만날 생각을 하니 너무 흥분됐다. 못 본 지 정말 오래됐다. 랜던의 다정한 말과 온화한 미소가 너무도 그리웠다.

"그렇다니까. 백 번 물어보냐."

하딘이 퉁명스레 대답했다. 하딘은 부인하겠지만 오는 동안 바짝 긴장해 있었다. 거리가 너무 멀어서 짜증이 난 거라 했지만, 그것 때문만은 아닌 것 같았다.

한때 우리 집이었던 아파트 주차장에 차를 세웠다. 갑자기 속이 울렁거렸고 신경이 곤두섰다.

"별일 없을 거야."

아파트 정문으로 가는 길에 하딘이 나를 안심시켜 주었다.

작은 엘리베이터에 오르니 기분이 너무 이상했다. 3주밖에 지나지 않았다니 믿기지 않았다. 하딘은 내내 잡은 손을 놓지 않았다. 드디어 현관 키를 넣어 돌리며 문을 열었다.

소파에 앉아 있던 랜던이 펄쩍 뛰며 일어섰다. 그는 세상에서 가장 환한 미소를 지으며 다가왔다. 랜던은 두 팔로 나를 감싸며 반겨주었고, 나는 다시 한 번 그를 얼마나 그리워했는지 실감하게 되었다. 나도 모르게 랜던의 품에 안겨 거친 숨을 몰아쉬며 흐느끼고 있었다.

내가 왜 우는 건지 나조차도 알 수 없었다. 그냥 너무 보고 싶었던 마음과 따뜻한 환대가 나를 감정적으로 만들어버린 거다.

"이 늙은이에게도 차례를 좀 주겠나?"

아빠의 목소리가 들렸다. 랜던이 뒤로 물러서는데 하딘이 한마디 보탰다.

"잠시만요."

하딘이 내 상태를 확인하며 랜던에게 고개를 끄덕였다. 나는 한 번 더 랜던의 품에 안겼다. 익숙한 그의 팔이 내 허리를 감싸 안았다.

"정말 많이 보고 싶었어."

랜던의 귀에 대고 말했다. 그의 어깨는 눈에 띄게 긴장이 풀려 있었다. 랜던이 나를 놓아주자 아빠에게 다가갔다. 랜던은 활짝 웃으며 내 곁에 서 있었다. 아빠는 내가 여기 잠깐 지내러 온 걸 알아챈 눈치였다. 아빠는 랜던 옷을 입은 것 같았다. 아빠한테는 너무 꽉 끼었다. 얼굴은 말쑥하게 면도가 되어 있었다. 나는 아빠를 향해 활짝 웃었다.

"아빠, 수염 깎으셨네요!"

아빠는 큰 소리로 껄껄 웃더니 나를 꽉 안았다.

"그래, 다시는 수염 안 기를 거다."

아빠의 목소리는 명랑했다.

"오는 길은 어땠어?"

랜던이 물었다.

"거지같았어."

"좋았어."

하딘과 내가 거의 동시에 말했다.

랜던과 아빠는 웃음을 터뜨렸고 하딘은 짜증을 냈지만, 나는 그저 행복하기만 했다. 내 가장 친한 친구와 가장 가까운 가족이 함께 집에 있는 지금. 문득 엄마에게 전화해야 한다는 생각이 들었다. 그러고 보니 차일피일 미루고만 있었다.

"네 가방은 침실에 갖다놓을게."

하딘이 한껏 들떠 있는 우리 셋을 남기고 방으로 들어갔다. 한때 우리의 침실이었던 방으로 사라지는 하딘의 뒷모습을 물끄러미 바라보았다. 하딘의 어깨가 한 뼘은 내려앉아 있었다.

"정말 보고 싶었단다, 테시. 시애틀 생활은 어떠니?"

어쩐지 아빠 모습이 낯설고 이상했다. 더벅머리도 아닌데다 말쑥하게 셔츠와 슬랙스를 차려입은 모습이라니. 완전히 다른 사람 같아 보였다. 하지만 아빠의 눈두덩이 아래는 예전보다 더 볼록했고, 손은 약하게 떨리고 있었다.

"좋아요, 아직 적응 중이에요."

내 말에 아빠가 미소를 지었다.

"다행이구나."

아빠가 소파 끝에 앉자 랜던이 다가왔다. 랜던은 은밀한 얘기를 하려는 듯 아빠에게 등을 돌리고 섰다.

"몇 달은 못 본 것 같아."

랜던이 내게 시선을 떼지 않고 말했다. 그의 얼굴이 너무 피곤해 보였다. 혹시 아빠랑 함께 이 아파트에 계속 있어서인가?

"넌 어때, 잘 지냈어? 우리 통화도 거의 못 했잖아."

랜던한테 자주 전화하지 못했다. 랜던도 여기에서 마지막 학기를 보내느라 정신없이 바빴을 거다. 채 3주가 안 되었는데도 이렇게 힘든데, 랜던이 뉴욕으로 가버리면 어떻게 견뎌낼지 모르겠다.

"적응하느라 바빴잖아, 나는 잘 지냈어."

랜던은 내 시선을 피해 벽을 쳐다보았다. 왜 뭔가 놓치고 있는 것 같은 기분이 들지?

"진짜 그래?"

랜던의 표정을 읽으려고, 랜던과 아빠를 번갈아 쳐다보았다.

"그럼, 그 얘긴 나중에 하자."

랜던이 내가 걱정하는 걸 눈치 챈 모양이다.

"이제 시애틀 얘기 좀 해줘!"

랜던의 눈빛이 다시 빛났다. 너무나 그리웠던 행복한 눈빛이다.

"그럭저럭 괜찮아…."

내가 말꼬리를 흐리자 랜던은 미간을 찌푸렸다.

"정말이야. 하딘이 자주 와줘서 요즘엔 더 나아졌어."

"꽤나 거리를 두는 느낌이다?"

랜던은 내 어깨를 툭툭 치며 장난스럽게 말했다.

"헤어졌다면서, 너희 둘 진짜 이상해."

그 말이 틀린 건 아니었지만 나는 살짝 눈을 흘겼다.

"거기서는 하딘이 정말 괜찮거든. 아직까지 좀 혼란스럽긴 해. 근데 하딘이 거기 같이 있을 땐, 시애틀이 정말로 내가 꿈꿔왔던 시애틀인 것 같아."

"그렇다니 나도 좋네."

랜던이 씨익 웃었다. 그 사이 하딘이 방에서 나와 내 옆에 섰다. 랜던은 가만히 그 장면을 보고 있었다. 나는 주위를 둘러보며 세 사람에게 말했다.

"여긴 내가 생각했던 것보다 훨씬 나아진 것 같네."

"하딘이 시애틀 간 사이에 우리가 청소를 싹 해놨단다."

아빠의 말에 나는 웃음을 터뜨렸다. 두 사람이 자기 물건을 엉망으로 만들어놓는다고 투덜거리던 하딘이 떠올랐다.

나는 잘 정돈된 현관을 돌아보았다. 하딘과 이 집을 처음 둘러본 날이 떠올랐다. 고상한 복고풍 분위기의 이 공간에 첫눈에 반했었다. 거칠게 드러나 있는 벽돌 마감은 그 자체로 황홀했고, 한쪽 벽을 꽉 채운 책장을 보면서 감격스러움을 느꼈다. 콘크리트 바닥은 아파트의 개성을 그대로 드러내면서 독특한 아름다움을 발산했다. 이렇게 완벽한 공간을 고른 하딘의 안목까지, 전부 다 믿을 수가 없었다. 이 공간은 우리에게 딱 맞는 곳이었다. 사치스럽지도, 그렇다고 초라하지도 않으면서, 아름답고 고상했다. 내 마음에 들지 않을까 봐 전전긍긍하던 하딘의 모습도 기억났다. 나 역시 긴장했었다. 아직 확실한 관계도 아닌데 같이 살고 싶어 하는 하딘을, 제정신이 아니라고 생각했었다.

처음 얼마간 이곳에서의 기억은 행복한 추억들이었다. 하지만 아직도 울컥 치밀어 오르는 마음속의 동요를 떨쳐버릴 수가 없다. 지금 여기 서 있는 나는 이방인 같은 느낌이 든다. 고상했던 벽돌 마감 벽은 분노의 주먹에서 흘린 피로 얼룩졌다. 벽면을 가득 채운 책장은 거칠게 소리치며 싸우던 우리를 너무 많이 목도했고, 끝없는 다툼 끝에 흘린 눈물로 책들은 흥건히 젖어 있었다. 내 앞에 무릎 꿇던 하딘의 모습은 너무도 강렬해서 아직도 바닥에 그대로 새겨진 것만 같다. 한때 내게 보물 같았던 이곳은, 더 이상 아무 것도 아니다. 구석구석 슬픔과 배신의 기억으로 얼룩진 곳이 되었다. 하딘 뿐만 아니라 스테프에 대한 기억까지 스며 있다.

"왜? 뭐가 잘못됐어?"

내 표정이 멜랑콜리하게 바뀌는 걸 하딘이 귀신같이 눈치챘다.

"아무 것도 아냐."

마음 한구석에 자리 잡은 슬픈 기억들을 떨쳐버리고 싶다. 외롭고 힘든 시애틀에서의 생활 뒤에 겨우 얻은 랜던과 아빠와의 시간을 망치고 싶지 않았다.

하딘은 더 따져 묻지 않고 부엌으로 들어갔다. 잠시 후 하딘의 목소리가 쩌렁쩌렁 울려 퍼졌다.

"집에 먹을 게 하나도 없는 거야?"

"아이고, 또 시작이군. 그동안 조용하고 평화로웠는데."

아빠가 랜던에게 속닥거렸다. 두 사람은 서로만 아는 듯 웃음을 터뜨렸다. 내 인생에 랜던 같은 친구를 얻게 되다니, 감사하고 또 감사했다. 그 친구가 아빠랑 괜찮은 관계를 만들어나가는 것까지도. 나보다 하딘과 랜던이 우리 아빠를 더 잘 아는 것 같긴 하지만 말이다.

"잠깐 옷 좀 갈아입고 올게."

묵직한 맨투맨 티셔츠를 갈아입고 싶었다. 아파트 안에서는 이 옷이 너무 더웠다. 시원한 공기를 좀 쐬고, 무엇보다도 하딘의 편지를 다시 읽고 싶었다. 그 편지는 세상에서 내가 가장 좋아하는 거다. 아니, 좋아하는 것 그 이상의 가치가 있다. 그 편지에는 말로는 하지 못했던 하딘의 사랑과 열정이 고스란히 담겨 있다. 하도 여러 번 읽어서 단어 하나까지도 다 외우고 있었지만, 내 손으로 편지를 직접 만지며 다시 읽어보고 싶었다. 너덜너덜해진 편지를 쥐기만 해도 내가 느끼는 모든 불안이 하딘의 말들 사이로 사라져버린다. 그러면 나는 다시 숨쉴 수 있을 테고, 이곳에서의 주말도 즐겁게 보낼 수 있을 거다.

서랍장 위와 서랍들을 모두 살펴보고, 책상 쪽으로 갔다. 문서 파일들과 연필꽂이까지 뒤져보았다.

'도대체 어디다 둔 거지?'

종교학 저널 노트 위에 놓인 전자책 리더기와 팔찌를 찾아냈다. 하지만 편지는 어디에도 없었다. 팔찌를 책상 위에 올려놓고 옷장으로 갔다. 그 안에서 하딘이 파일들을 넣어놓는 빈 신발 박스를 꺼냈다. 그 안에 달랑 종이 한 장이 있었지만, 그것 역시 편지가 아니었다.

'이건 또 뭐지?'

한 바닥 빼곡하게 하딘의 글씨가 적혀 있는 종이였다. 편지에 정신이 팔려 있지 않았다면, 뭘 적은 건지 꼼꼼하게 살펴봤을 거다. 난데없이 박스 안에 종이 한 장이라니, 이상하기 짝이 없었다. 슬쩍 보고 꺼냈던 상자에 다시 집어넣었다.

서랍장에 둔 걸 못 보고 닫은 게 아닐까 싶어, 서랍장을 다시 뒤졌다.

혹시 버렸으면 어쩌지? 아니다, 그랬을 리 없다. 그 편지가 나한테 얼마나 큰 의미인지 하딘은 잘 알고 있다. 예전 일기장을 다시 꺼내들고 그 안에 끼어 있나 싶어 탈탈 털어보았다. 흰 종잇조각들이 떨어졌다. 나는 패닉 상태가 되었다. 바닥에 떨어진 종잇조각을 주웠다.

미완성의 글귀를 보는 순간 알아차렸다. 내 머릿속에 새겨진 그 글귀였다. 절반도 안 되는 문장이었고 너무 작은 글씨였지만, 하딘의 글씨가 분명했다. 가슴이 철렁 내려앉았다. 하딘 짓이다. 하딘이 편지를 찢어버린 거다. 손이 떨리며 종이가 다시 바닥에 떨어졌다. 가슴이 무너져 내렸다. 대체 상처 받은 내 마음은 얼마나 더 버틸 수 있을까.

52 · 하딘

"이제 가도 돼."

랜던의 족쇄를 풀어주었다.

"안 갈 거야. 테사가 여기 있잖아."

테사가 여기 오려고 했던 가장 큰 이유 중 하나가 랜던이었다. 그게 다는 아니었지만.

"알았어."

발끈 성을 내다가 이내 목소리를 낮췄다.

"나 없는 동안에 테사 아버지는 어땠냐?"

"잘 지내셨어. 떠는 것도 덜해졌고. 어제 아침부터는 토하는 것도 멈췄어."

"빌어먹을 약쟁이 같으니라고."

나는 두 손으로 머리카락을 쓸어 넘겼다.

"진정해, 더 나아질 거야."

랜던이 나를 다독였다. 테사를 찾으러 부엌을 나섰다. 침실 앞에 오자 방 안에서 꺽꺽거리며 흐느끼는 소리가 들렸다. 얼른 방 안으로 들어갔다. 두 손으로 입을 틀어막고 있는 테사가 눈에 들어왔다. 테사는 바닥에 눈물을 뚝뚝 흘리고 있었다. 한 발짝 다가서자 테사가 보고 있던 게 눈에 들어왔다. 빌어먹을. 망했다.

"테스?"

찢어버린 편지를 수습해놓으려 했었다. 하지만 그럴 시간이 없었다. 아니 테사한테 발각되기 전에 미리 얘기하려고 했다. 이젠 너무 늦어버렸지만.

"테스, 미안해!"

눈물범벅이 된 테사의 뺨 위로 다시 눈물이 줄줄 흘러내렸다.

"왜, 그랬어…."

테사는 흐느끼느라 말도 제대로 못 했다. 가슴이 아팠다. 테사보다 내가 더 큰 상처를 받은 것 같았다.

"네가 떠나고 난 다음에, 너무 화가 났어."

다가가며 변명을 했지만 테사는 주춤거리며 뒤로 물러났다. 테사를 탓할 생각은 없었다.

"그땐 머릿속이 하얘져서 아무 생각도 안 들었어. 근데 편지가 있었어, 침대 위에. 네가 두고 갔잖아."

테사는 대꾸를 하지도, 나에게서 시선을 돌리지도 않았다.

"미안해, 진심이야!"

나는 울부짖었다.

"난…."

테사는 목이 메어 말을 못 하면서도, 난폭하게 눈물을 훔쳤다.

"나…, 그냥 시간이 좀 필요해."

테사는 눈을 감았다. 떨리는 눈꺼풀 아래로 눈물이 흘렀다.

테사 말대로 시간을 주고 싶었다. 하지만 한편으론 두려웠다. 이기적인 생각이지만, 시간이 흐를수록 상처가 더 커져서 테사가 나를 보려 하지 않을지도 모르니까.

"안 나갈 거야."

테사는 두 손으로 입을 막았지만, 터져 나오는 울음을 막을 수 없었다. 그 소리는 비수가 되어 내 가슴에 그대로 꽂혔다.

"부탁이야."

테사가 고통스러운 목소리로 애원했다. 내가 편지를 찢어버렸다는 걸 알면 테사가 상처 받을 거라는 건 알았다. 하지만 그게 나에게까지 상처가 될 줄은 몰랐다.

"싫어, 안 나갈 거야."

그녀를 여기 혼자 두고 나갈 순 없다. 대체 이 집에서 몇 번이나 이런 일을 겪어야 하는 걸까?

테사는 내게서 시선을 돌린 채 침대 발치에 가 앉았다. 떨리는 두 손을 다리 위에 올려놓고 눈은 반쯤 감은 채였다. 진정하려고 애쓰는 듯 입술이 파르르 떨렸다. 테사 앞에 무릎을 꿇고 앉아 두 팔로 그녀를 감싸 안으려 했다. 테사가 내 가슴팍을 밀었지만 나는 꿈쩍도 하지 않았다.

몇 번의 실랑이가 오가고, 마침내 테사는 포기한 듯 내 손길을 허락했다.

"정말 미안해."

이만큼 진지하고 진심을 담아 사과했던 적이 있었던가.

"그 편지, 정말 좋아했단 말이야."

테사는 어깨를 들썩이며 흐느꼈다.

"나한테 정말 큰 의미였어."

"알아. 정말 미안해."

변명하고 싶은 생각은 추호도 없었다. 난 정말 멍청한 자식이니까. 그 편지가 테사한테 어떤 의미인지 알면서. 테사의 어깨를 부드럽게 토닥거리며 눈물로 얼룩진 뺨을 두 손으로 감쌌다.

"미안하다는 말밖에 할 말이 없어."

드디어 테사가 입을 열었다.

"괜찮다고는 못 하겠어. 그게 나한텐…."

테사의 눈두덩이는 새빨개졌고 퉁퉁 부었다.

나는 손을 내리며 고개를 푹 숙였다. 잠시 후 테사는 내 턱을 잡아 고개를 들어올렸다. 이건 내가 하던 거였는데.

"너무 속상해…, 절망스럽고, 진짜로."

테사가 말을 이어 나갔다.

"근데 할 수 있는 게 아무 것도 없잖아. 방구석에 앉아서 주말 내내 울고 싶진 않아. 그리고 무엇보다 이 일 때문에 네가 또 퇴보하고 자책하는 건 싫어."

테사의 말투는 단호했다. 동요하지 않으려 애를 쓰는 것 같았다. 참고 있는 줄도 몰랐던 숨이 그제야 쉬어졌다.

"내가 다 되돌려 놓을게."

테사는 아무 대답이 없었다. 다시 말했다.

"알겠지?"

테사는 눈물을 훔쳤다. 눈화장이 손끝에 시커멓게 묻어 나왔다. 테사는 대답하지 않았다. 어쩐지 불안하다. 이렇게 하염없이 눈물만 흘리는 것보다 차라리 소리를 지르는 게 낫다.

"테스, 말 좀 해봐. 시애틀로 다시 데려다줄까?"

테사가 그러겠다고 해도 보내지 않을 생각이었지만, 말이 불쑥 먼저 나와버렸다.

"아니, 괜찮아."

그녀는 고개를 가로저으며 일어나 내 옆을 스쳐 침실을 나갔다. 나도 따라 나갔지만, 테사는 욕실로 들어가 문을 닫았다. 나는 다시 침실로 돌아왔다. 마음을 진정시키기 위해서라도 시커멓게 번진 눈화장을 고치고 싶을 거다.

욕실 문을 두드렸다. 테사가 빼꼼 문을 열었다. 겨우 작은 핸드백이 들어갈 수 있을 만큼.

"고마워."

기어들어가는 목소리였다. 이미 그녀의 주말을 망쳐버렸다. 이제 겨우 시작인데.

"우리 엄마가 내일 집에 테사를 데려오라신다."

랜던이 복도 저편에서 소리쳤다.

"그게…."

"엄마가 테사 보고 싶으시대."

"다른 때 만나도 되는데."

문득 다른 데 정신이 팔리면 테사가 빌어먹을 편지를 잠깐이라도 잊어버릴 거란 생각이 들었다.

"좋아, 그러자."

랜던이 토를 달기 전에 재빨리 덧붙였다.

"내가 내일 데리고 갈게."

랜던이 고개를 갸웃거렸다.

"테사가 우는 거야?"

"네가 상관할 바는 아니잖아, 안 그래?"

나는 매몰차게 쏘아붙였다.

"여기 온 지 20분도 안 돼서 문 잠그고 욕실로 숨어버렸는데?"

랜던이 팔짱을 끼며 따졌다.

"나한테 시비 거는 거면 타이밍 잘못 잡았어."

나는 이를 악물었다.

"나도 폭발 직전이라고. 입 다물지 그래."

하지만 랜던도 물러서지 않았다.

"아, 그러셔. 대체 넌 왜 그러는 거냐?"

'이 자식은 갑자기 왜 이러는 거야?'

랜던은 모든 걸 내 탓으로 돌렸다.

그때 욕실 문이 열렸다. 테사가 초췌한 얼굴로 터덜터덜 걸어나왔다. 걱정을 한가득 담은 표정이었다.

"둘이 무슨 일이야?"

"아무 것도 아니야. 랜던이 피자 시킬 거래. 오늘 밤은 다 같이 행복한 가족처럼 보내자."

나는 랜던을 힐끗 쳐다보았다.

"그게 좋지 않겠어?"

"좋지."

랜던이 테사 눈치를 보며 맞장구를 쳤다. 랜던이 나한테 꼼짝 못 하던 시절이 그리웠다. 몇 달 새에 제법 많이 컸다. 아니면 내가 약해진 건가…. 어디서부터 잘못된 건지 영문을 모르겠다. 어쨌든 이런 전세 역전은 달갑지 않다.

테사가 나지막이 한숨을 내쉬었다. 미소 짓는 테사의 얼굴을 보고 싶었다.

"내일 아버지 집에 가자. 카렌이 너한테 레시피인가 뭔가 하는 나부랭이를 주고 싶다잖아?"

테사의 눈빛이 반짝였다. 마침내 테사가 활짝 웃었다.

"레시피 나부랭이라고?"

테사는 웃음을 참으려 아랫입술을 지그시 물었다. 가슴을 짓누르고 있던 바윗덩어리가 사라지는 느낌이었다.

"뭐, 그딴 나부랭이들."

테사를 향해 미소 지으며, 우리는 같이 거실로 나왔다. 이제 리차드, 랜던과 함께 행복한 가족 놀이를 해야 할 고난의 밤이 시작되었다.

리차드는 소파에 길게 누웠고, 랜던은 의자에 앉았다. 테사와 나는 바닥에 앉아 있었다.

"한 조각 더 주겠나?"

이 끔찍한 영화를 보면서 리차드는 벌써 세 번째 피자 조각을 요구했다. 테사와 랜던을 번갈아 쳐다보았다. 물론 둘도 이 우스꽝스러운 영화에 푹 빠져 있었다. 맥 라이언과 톰 행크스가 이메일로 사랑 타령을 하는 웃기는 영화 말이다. 요즘 영화 같았으면, 첫 번째 이메일을 주고받은 다음에 바로 잤을 거다. 마지막 장면까지 키스도 하지 않고 버티는 게 아니라. 아니, 데이트 앱 같은 걸로 이름만 확인하고 바로 잤을 지도 모른다. 저러는 건 완전 스트레스잖아.

"여기요."

리차드에게 피자 박스를 밀어줬다. 소파를 독차지한 것도 모자라, 이제는 10분마다 빌어먹을 피자 때문에 나를 귀찮게 하고 있다.

"이 마지막 장면, 볼 때마다 네 엄마는 울었는데."

리차드가 테사의 어깨를 꽉 쥐었다. 손을 확 치워버리고 싶은 걸 억지로 참았다. 지난주에 제 아버지가 어땠는지 안다면, 금단 현상으로 온 집에다 토하고 돌아다닌 걸 보기라도 했다면, 테사도 손을 뿌리쳤을 거다. 손이 닿은 어깨를 소독하겠다고 방방 뛰었을 거다.

"정말요?"

촉촉한 눈빛으로 테사는 아버지를 올려다보았다.

"그래. 너랑 네 엄마가 넋을 놓고 영화를 보던 모습이 아직도 눈에 선해. 연말 연휴 때마다 그랬는데."

"거기에….."

심술궂은 소리를 내뱉으려다 말았다.

"뭔데?"

테사가 뒷말을 캐물었다.

"그러니까…, 음, 강아지도 나왔던가?"

이런 말도 안 되는 소리를 하다니. 하지만 테사는 영화의 마지막 장면과 강아지에 대해 한참을 떠들었다. 버클리? 브링클리? 아무튼 그 둘 중 하나라고 했는데, 그 개가 영화를 성공으로 이끈 요소인 것 같다고.

현관문을 두드리는 소리에 테사의 장광설이 중단됐다. 랜던이 몸을 일으켰다.

"됐어, 내가 나가."

어쨌든 이 집구석이 내 집이긴 하니까. 인터폰은 보지도 않고 문을 벌컥 열었다. 하지만 열자마자 후회했다.

"어딨나?"

고약한 악취를 풍기는 약쟁이가 다짜고짜 물었다. 나는 복도로 나와 문을 닫았다. 테사가 이걸 보면 안 된다.

"또 무슨 수작이야?"

"난 그냥, 내 친구를 만나러 온 거야. 그게 다야."

채드의 치아는 전보다 더 누래진 것 같았고, 온 얼굴에 수염이 뒤덮여 있었다. 겨우 30대쯤이겠지만, 남자의 몰골은 족히 50대는 되어 보였다. 더러운 손목에는 아빠가 준 내 시계가 걸려 있었다.

"그 사람 여기 없어. 당신한테 적선 베풀 사람도 없고. 그러니까 면상 박살내기 전에 얼른 꺼지시지."

진심이었다. 나는 복도에 있는 소화기 앞 금속 바를 가리켰다.

"당신이 피를 질질 흘리는 동안 경찰에 신고해서 무단 침입으로 체포하라고 할 거니까."

남자는 약을 가지고 있을 게 뻔했다. 남자가 나를 빤히 쳐다보았다. 나는 남자 앞으로 한 걸음 다가갔다.

"내 인내심을 시험하지 말라고."

나는 으름장을 놓았다. 등 뒤에서 문이 열리자 남자는 헤벌쭉 입을 벌렸다. 제기랄, 망했다.

"무슨 일이야?"

테사가 다가오며 물었다. 본능적으로 테사를 뒤로 밀어냈다.

"아무 일도 아니야. 채드라는 사람인데 금세 갈 거야."

나는 그를 노려보았다. 입만 벙긋해도 가만 안 둘 거다.

테사는 갑자기 눈을 가늘게 뜨고 남자의 손목에 걸려 있는 반짝이는 물체를 뚫어져라 보았다.

"저거, 네 시계지?"

"뭐? 아니야…."

부정했지만 테사는 이미 눈치 채고 있었다. 이런 마약쟁이가 우연히 내 것과 똑같은 값비싼 시계를 갖고 있다는 말을 믿을 만큼 멍청이는 아니었으니까.

"하던…."

테사가 나를 노려보았다.

"왜 이런 사람이랑 어울리는 건데?"

테사는 팔짱을 끼며 나에게서 물러섰다.

"아니야!"

반쯤은 성난 외침이었다. 도대체 왜 테사는 이 장면만 보고 섣불리 결론을 내리는 걸까?

테사 아버지를 불러낼까 아니면 변명을 해야 하나, 갈등하고 있었다.

"이 사람 잘 몰라. 그리고 바로 갈 거야."

나는 채드를 경고의 눈빛으로 쏘아보았다. 그가 내 말을 듣고 복도 저편으로 사라졌다. 내 협박이 더 이상 안 먹히는 건 랜던뿐인 모양이다. 그래도 아직 카리스마는 잃지 않았나 보다.

"누가 왔는데?"

리차드가 복도로 나오고야 말았다.

"저 남자요…, 채드래요."

테사가 냉큼 대답했다. 진상을 밝히고야 말겠다는 말투다.

"아…."

리차드의 얼굴이 창백해지며 도와달라는 듯 나를 쳐다보았다.

"대체 무슨 일인지 꼭 알아야겠어요."

테사는 화가 난 것 같았다. 애초에 테사를 여기에 데리고 오는 게 아니었다. 이 집에 들어온 순간 그 사실을 깨달았다.

"랜던!"

테사가 자기 편을 불러냈고, 나는 테사 아버지를 쳐다봤다. 랜던은 테사한테 전부 일러바칠 거다. 테사 면전에서 거짓말을 하진 않을 테니까. 나는 늘 그랬는데.

"너네 아버지가 저 사람한테 돈을 빌렸어. 그래서 내가 대신 시계로 갚은 거야."

결국 털어놓고 말았다. 테사는 흠칫 하더니 리차드를 돌아보았다.

"아빠가 저 사람한테 돈을 빌렸다고요? 뭣 때문에요? 저 시계, 하딘 아버지가 하딘한테 선물로 주신 거란 말이에요!"

테사가 소리를 질렀다. 이건 내가 예상했던 리액션이 아니다. 자기 아버지가 돈을 빌렸다는 사실보다 내 시계에 더 꽂혀 있었다.

"미안하다, 테시. 내가 돈이 한 푼도 없어서, 하딘이…."

말릴 틈도 없이 테사가 엘리베이터를 향해 달렸다.

'이런 빌어먹을!'

나는 패닉 상태로 테사를 쫓아갔다. 막 따라잡으려는 찰라, 테사가 엘리베이터 안으로 쏙 들어갔다. 이놈의 엘리베이터 문은 평소엔 속이 터지도록 굼뜨더니, 하필 이럴 땐 쏜살같이 닫혀버린다.

"빌어먹을, 테사!"

주먹으로 닫힌 엘리베이터 문을 힘껏 내리쳤다. 이 건물에 계단이 있던가? 복도 쪽을 돌아보았다. 랜던과 리차드가 망연자실한 표정으로 꼼짝도 않고 서 있었다. 고마워 죽겠네, 인생에 도움이 안 되는 인간들.

계단으로 달려가 두 칸씩 성큼성큼 내려갔다. 로비까지 가서 두리번 거리며 테사를 찾아보았다. 보이지 않았다. 마음이 조급해지기 시작했다. 채드가 친구들을 데리고 왔을지도 모른다…. 그들이 테사한테 접근하면….

그때 띵 소리를 내며 엘리베이터 문이 열리며 테사가 나왔다. 무언가 굳은 결심을 한 듯 결연한 표정이다.

"너, 제정신이야?"

테사에게 소리를 질렀다. 내 목소리가 아파트 로비에 쩌렁쩌렁 울려 퍼졌다.

"그 남자한테 네 시계 돌려받아야 해, 하딘!"

테사도 지지 않고 소리를 치더니 현관문을 향했다. 나는 잽싸게 테사의 허리를 낚아챘다.

"내버려 둬!"

테사가 팔을 마구 할퀴어 댔지만, 나는 꿈쩍도 하지 않았다.

"쫓아가면 안 돼. 대체 무슨 생각으로 그러는 거야?"

테사는 아랑곳하지 않고 벗어나려 몸부림을 쳤다.

"진정하지 않으면 들쳐 업고 올라가버린다. 이제 내 말 좀 들어봐."

"저 남자가 가지고 가게 두면 안 돼, 하딘! 아버지가 주신 거잖아. 그건 정말 큰 의미란 말이야. 아버지한테나 너한테나…."

"그런 시계 따위 아무 의미 없어."

"아니, 의미 있어. 너는 인정 안 하겠지만, 나는 알아."

테사의 눈이 다시 촉촉해지기 시작했다. 제기랄, 이번 주말은 지옥이다.

"의미 없다니까…."

'의미가 있는 건가?'

테사는 버둥거리는 걸 멈췄다. 조금 진정되는 것 같았다. 엘리베이터 쪽으로 테사의 등을 가만히 밀었다. 마약상 추격은 애석하지만 실패다.

"우리 아빠가 술값 몇 푼 빚졌다고 네 시계를 가져가는 건 말도 안 돼! 술을 얼마나 마셨다고 시계를 갈취할 만큼 빚을 졌겠어?"

아직도 분이 가라앉지 않는 모양이다. 사실대로 말해야 하나 말아야 하나, 나는 갈팡질팡하고 있었다.

"술 때문이 아니야, 테스."

테사는 내 눈을 쳐다보며 고개를 갸웃거렸다.

"하딘, 우리 아빠가 술 마시는 거 감싸주지 않아도 돼."

테사의 가슴이 불규칙하게 들썩거렸다.

"제발 진정 좀 해."

"그럼 무슨 일인지 사실대로 얘기해, 하딘!"

뭐라고 말을 꺼내야 할지 모르겠다. 테사 아빠의 만행을 더 이상 막아줄 수 없다는 게 속상했다. 나의 끝없는 타락을 엄마에게 숨길 수 없었던 것처럼. 나조차도 낯선 내 모습을 마주하기로 했다. 솔직하게 털어놓는 거다.

"술이 아니라 마약이야."

테사는 그 자리에서 얼어붙은 것처럼 꼼짝도 하지 않았다. 그러다 고개를 세차게 흔들었다.

"아냐…, 아빠가 마약을 하진 않았을 거야."

재빨리 엘리베이터에 오르더니 우리 층 버튼을 사납게 눌러댔다. 테사를 따라 얼른 올라탔지만 테사는 닫히는 문만 빤히 쳐다볼 뿐이었다.

하딘과 함께 다시 집으로 돌아왔다. 주변 공기는 텁텁하고 어색하게 달라져 있었다.

"괜찮아?"

하딘이 들어와 문을 닫았고, 랜던이 나에게 물었다.

"응."

짤막하게 대답했다. 거짓말이다. 너무나 혼란스럽고, 가슴 아프고, 화 나고, 지친다. 여기 온 지 겨우 몇 시간 지났을 뿐인데, 나는 벌써 시애틀로 돌아가고 싶었다. 엘리베이터에서 내려 집까지 걸어오는 동안, 그나마 손톱만큼 여기가 그리웠던 이유마저 사라져버렸다.

"테시…, 이런 꼴을 보여서 미안하구나."

아빠는 나를 따라 부엌으로 들어왔다. 물을 한 잔 마셔야겠다. 머리가 지끈거린다.

"얘기하고 싶지 않아요."

수도꼭지를 잡아당기는데 싱크대에서 삐걱거리는 소리가 났다. 잔에 물이 가득 찰 때까지 참을성 있게 기다렸다.

"그래도 얘기를 좀…."

"제발요…."

아빠를 향해 몸을 돌렸다. 정말 얘기하고 싶지 않았다. 추악한 진실이든 잘 짜여진 거짓말이든, 어떤 말도 듣고 싶지 않았다. 어린 시절 단 한 번도 경험해보지 못했던 따뜻한 관계를 만들려 노력하며 뿌듯했는데. 그저 조금 전 그때로 돌아가고 싶을 뿐이다. 하딘이 우리 아빠가 중독자라는 거짓말을 할 이유는 없다. 아마 다급해져 진심이 튀어나온 거다.

"테시…."

아빠가 자꾸만 질척거린다.

"테사가 얘기하기 싫다잖아요."

하딘이 부엌으로 들어오며 말을 막았다. 이번만큼은 하딘의 간섭이 고마웠다. 하지만 씩씩거리는 하딘을 보니 살짝 걱정이 되기도 했다. 아빠가 한숨을 내쉬더니 부엌을 나갔다. 이제 하딘과 나, 둘만 남았다.

"고마워."

카운터 테이블에 기대서며, 미적지근한 수돗물을 한 모금 더 마셨다.

걱정스러운 듯 하딘의 이마에 주름 하나가 깊게 패였다. 그는 우거지상을 감추려고 하지도 않았다. 두 손으로 관자놀이를 누르며 카운터 테이블 맞은편에 기댔다.

"널 데려오는 게 아니었어. 이럴 줄 알았어."

"나 괜찮아."

"늘 그 소리지."

"늘 괜찮아야 하니까. 안 그러면 다음 번 큰일에 대비할 수가 없잖아."

방금 전까지도 솟구쳐 오르던 아드레날린이 순식간에 사라져버렸다. 이번 주말이 모쪼록 순조롭기를 바라던 소망도 함께 날아가버렸다. 여기 온 걸 후회하지는 않는다. 보고 싶던 랜던을 만났으니까. 편지랑 전자책 리더기, 팔찌도 찾아가고 싶었으니까. 편지 생각만 하면 아직도 억장이 무너진다. 그깟 편지 한 통으로 호들갑 떠는 게 이상해 보일지도 모르지만, 나에게 그 편지는 특별함 그 이상이다. 그 편지에 하딘의 첫 마음이 들어있었다. 처음으로 내게 자기 마음을 보여줬다. 지난 과거를, 사소한 비밀 하나 없이, 들고 있던 모든 카드를 내게 보여줬다. 고백을 강요할 필요도 없었다. 편지를 한 글자씩 써내려갔을 하딘의 모습, 편지를 건네줄 때 떨리던 그의 손은 언제나 내 마음 속에 기억될 거다. 하딘한테 화난 건 아니었다, 진심으로. 찢어버리지 않았더라면 더 좋았겠지만, 하딘의 성질을 모르는 바 아니니까. 그리고 편지를 여기 두고 간 건 나다. 하딘이 편지를 없앴다 해도 사실 비난할 수는 없다. 더 이상 편지 생각에 빠져 있지는 않을 거다. 눈앞에서 나부끼던 종잇조각을 생각하면 아직도 가슴이 아프긴 하지만.

"너한테 이런 꼴을 보여주다니 정말 싫다."

하딘이 나지막이 말했다.

"나도 그래."

맞장구를 쳤지만 한숨이 나왔다. 하딘은 고통에 빠진 얼굴이었다.

"네 잘못이 아니잖아."

"꼭 그렇지는 않지."

하딘은 분노의 손짓으로 머리카락을 쓸어내렸다.

"널 여기 데리고 온 것도 나고, 편지를 찢어버린 것도 나고, 네 아버지가 그런 상태인 걸 숨긴 것도 나야. 네 아버지가 그 자식한테 진 빚을 내 시계로라도 갚아버리는 게 나을 거라고 생각했어."

하딘을 가만히 쳐다보았다. 상처를 받는 건 늘 하딘이다. 하딘을 안아주고 싶었다. 하딘은 자기 걸 기꺼이 내주었다. 말로는 아무 의미도 없다고 하지만, 하딘은 아빠를 구제하기 위해 자기 걸 포기했다. 아빠가 스스로 파놓은 무덤인데 말이다. 맙소사, 하딘은 자기를 희생한 거다. 그런 그를 너무 사랑한다.

"네가 있어서 정말 감사해."

솔직히 털어놓았다. 그의 어깨가 쭉 펴지더니 나를 쳐다보았다.

"왜 그런 말을 하는지 이해가 안 돼. 네 인생에 골치 아픈 일들은 내가 다 만들었는데."

"나도 똑같이 책임이 있는걸."

하딘이 자기 자신을 더 잘 알았으면 좋겠다. 내가 볼 수 있는 걸 하딘도 볼 수 있었으면.

"마음에도 없는 소리."

그러면서도 하딘은 기대에 찬 눈빛으로 나를 보았다.

"하지만 그 말은 받아들이도록 하지."

나는 아무 말 없이 벽을 응시했다. 많은 생각이 스쳐 지나갔다.

"네가 그 미친놈을 무턱대고 쫓아갔던 건 아직도 화가 나."

하딘이 꾸짖듯 말했다. 하딘을 탓하진 않는다. 좋은 생각은 아니었으니까. 하지만 내가 그 남자를 무모하게 쫓아간 건 하딘이 따라올 줄 알았기 때문이다. 난 대체 무슨 생각이었던 거지?

그땐 오로지 시계만 보였다. 그게 하딘 부자의 새로운 관계를 상징하는 중요한 물건이라는 생각밖에 없었다. 하딘은 그 시계가 의미 없다 했지만, 아마 그 자신은 모를 거다. 그가 시계 박스를 물끄러미 바라보는 걸 내가 몇 번이나 봤다는 걸 말이다. 한 번은 시계를 꺼내 들고 샅샅이 살펴보기도 했다. 마치 그 시계가 자신을 치유해주기라도 할 것처럼. 시계를 아무렇게나 상자 안에 던져 넣는 하딘의 표정은 복잡 미묘했다.

"그땐 아드레날린이 날뛰어서 그랬어."

아무렇지도 않은 듯 어깨를 으쓱했다. 그 섬뜩한 남자를 쫓아갔다고 생각하니 온몸이 떨렸다.

처음엔 하딘이 아빠를 아파트에 데려다 놨다는 게 못마땅했다. 하지만 내가 미처 깨닫지 못했던 부분이 있다. 아빠가 제발로 들어왔을 수도 있다는 거다. 남의 시계를 갈취한 약쟁이 남자가 올 줄은 꿈에도 몰랐다. 이 집에서 별의별 일들이 다 일어났지만 이런 일까지 일어날 줄이야…. 하딘이 했던 얘기가 이거였다. 내가 걱정하지 않게 자기가 알아서 처리하겠다고 했던 그 일. 이 모든 걸 몰랐더라면 지금까지도 혼자 행복에 겨워 히죽거리고 있었겠지? 여전히 아빠한테서 희망의 불빛을 찾고 있었을지도 모른다.

"글쎄, 아드레날린은 모르겠고 네 머리에 산소 공급이 제대로 안 되고 있는 건 분명해."

하딘이 성난 듯 말했다. 나와 눈조차 마주치지 않는다.

"우리, 다른 영화 볼까?"

거실에서 아빠 목소리가 들렸다. 가슴이 철렁하여 하딘을 쳐다보았다. 하딘이 대신 대답했다.

"잠시만요."

그의 말투는 단호했다. 하딘이 나를 내려다보았다. 큰 키와 이글이글한 눈빛에 기가 눌렸다.

"싫으면 저기 안 나가도 돼. 내키지 않으면 안 떠들어도 된다고. 내가 너 대신 얘기해줄 테니까."

이 와중에 아빠랑 영화를 보는 건 조금도 내키지 않았다. 하지만 상황을 더 어색하게 만들고 싶지 않았고, 랜던이 가버리는 것도 싫었다. 한숨이 나왔다.

"인정하고 싶지 않겠지. 그 마음 이해해. 근데 결국 너도 조만간 맞닥 뜨려야 할 일이었어."

하딘의 말은 냉정했다. 하지만 나를 내려다보는 그의 눈길에는 연민 이 가득했고, 팔을 쓸어내리는 손길도 따뜻했다.

"근데 지금은…."

애원조로 말하자 하딘은 고개를 끄덕였다.

"그래, 그럼 가봐. 나는 잠깐만 여기 있을게."

하딘은 턱짓으로 거실을 가리켰다.

"알았어. 나 팝콘 좀 만들어줄래?"

나는 어색한 미소를 지었다. 최대한 마음 상하지 않은 듯, 최대한 아 무렇지도 않게 보이려 애를 쓰는 중이다.

"나를 막 부려 먹어…."

하딘은 거실로 내 등을 떠밀었다. 입꼬리에 장난스러운 미소를 머금고.

"해줄게, 가봐."

거실은 어두컴컴했다. 아빠는 늘 앉아 있던 소파 자리를 차지했고, 랜던은 벽돌 벽에 비스듬히 기대어 서 있었다. 아빠는 두 손을 다리 위 에 올려놓고, 손톱 끝을 쥐어뜯었다. 그건 어린 시절, 엄마가 그렇게나 싫어했던 내 나쁜 습관이었다. 그 습관이 어디서 비롯된 건지 이제야 알겠다.

아빠는 어두운 눈빛으로 나를 쳐다봤다. 등골이 오싹했다. 아빠의 까만 눈동자를 보니 어쩐지 속이 메슥거렸다. 아빠가 정말 약을 한 걸 까? 도대체 무슨 약을 얼마나 한 걸까? 마약에 대해 내가 아는 건, 하 딘 때문에 목격한 몇 장면이 전부다. 그것도 스스로 주사를 놓거나 숨가락에 담겨 부글거리는 액체를 가열하는 장면에선 눈을 가렸다. 여러 사람이 지켜보는 데서 자기 삶을 스스로 망쳐버리는 걸 차마 더는 볼 수가 없었다. 하딘 또한 '빌어먹을 약쟁이들'한테는 일말의 동정심도 없었다.

내 아버지가 정말 그런 사람들 중 하나였다고?

"네가 돌아간다고 해도 이해하마…."

아빠는 속도 없이 말했다. 눈빛이 불안하게 흔들리고 있었다. 보잘 것 없고, 나약하고, 망가져버린 눈빛. 가슴이 아렸다.

"아니에요, 괜찮아요."

바닥에 앉아 하딘이 오기를 기다렸다. 팝콘 튀겨지는 소리가 어렴풋이 들리더니 고소한 냄새가 거실에까지 가득 찼다.

"네가 물어보는 건 다 대답해주마…."

"괜찮아요, 진짜예요."

아빠에게 억지로 웃어 보였다.

'하딘은 대체 언제 오는 거야?'

생각과 동시에 하딘이 거실로 성큼성큼 걸어왔다. 한 손에는 팝콘을, 다른 한 손에는 내게 줄 물 한 잔을 든 채였다. 하딘은 말 없이 내 옆에 앉더니, 팝콘 봉지를 내 다리 위에 올려놓았다.

"약간 탔는데, 그래도 먹을 만해."

조용히 귓속말을 했다. 그러더니 텔레비전 화면만 뚫어지게 쳐다봤다. 온갖 생각이 다 드는 모양이었다. 별 말 없이 내 부탁을 들어준 하딘이 고마웠다. 나는 그의 손을 꽉 쥐었다. 오늘 밤, 나 혼자였더라면 이 상황을 감당할 수 없었을 거다.

팝콘은 고소하고 맛있었다. 랜던과 아빠에게 나눠주자 하딘이 투덜 거렸다. 그래서 두 사람이 안 먹겠다고 했나보다.

"지금 보는 개떡 같은 영화는 뭐야?"

하딘이 퉁명스레 물었다.

"시애틀의 잠 못 이루는 밤."

미소를 머금고 대답했다.

"저건 우리가 좀 전에 봤던 거의 더 옛날 버전이잖아!"

"너무 사랑스러운 영화야."

"그러시겠지."

하딘은 나를 쳐다보면서도, 내게 시선을 두지 않았다. 그러면서 손 에 묻은 버터를 셔츠에 쓱쓱 문질러 닦았다. 내일 빨래하기 전에 저 셔 츠를 물에 더 오래 담가 놓아야겠다.

"이 영화 그렇게 별로는 아닌데."

하딘의 귀에 대고 속삭였다. 아빠는 그새 남은 피자를 다 해치웠고, 랜던은 안락의자를 뒤로 젖혀 앉았다.

"아니야."

하딘은 여전히 내 시선을 피했다. 이상했지만 아무 말 않기로 했다. 오늘 밤 벌어진 일들에 이미 모두 예민한 상태였으니까.

영화를 보면서 우리는 깔깔거리며 웃었다. 마음이 그새 많이 풀린 듯도 했다. 하딘은 화면만 뚫어지게 보고 있었다. 양 어깨에 힘이 잔뜩 들어간 걸 보니, 마음은 콩밭에 가 있는 듯했다. 기분을 좀 풀어주고 싶 었다. 뭣 때문에 그러는지 묻고 싶었지만 참기로 했다. 지금은 하딘을 그냥 놔두는 게 제일 좋을 것 같았다. 무릎을 꿇고 비스듬히 앉아 하딘의 가슴팍에 파고들며, 한 팔로 하딘의 몸을 감쌌다. 하딘이 나를 바짝 당겨 머리에 입을 맞췄다.

"사랑해."

입을 맞추며 하딘이 속삭였다. 가만히 하딘을 올려다보았다. 그의 초록색 눈동자가 내 마음에 박혔다.

"나도 사랑해."

나지막하게 대답했다. 잠시 하딘의 깎아놓은 듯한 얼굴을 감상했다. 내가 그렇다지만, 하딘도 나를 미쳐버리게 만든다. 그리고 하딘은 나를 사랑한다. 오늘 밤, 침착함을 잃지 않았다는 게 그 징표다. 하딘이 노력하고 있다는 것만으로도 내게는 큰 위로가 된다. 그 엄청난 폭풍의 소용돌이 속에서, 하딘은 나의 든든한 닻줄이 돼주었다. 하딘이 나를 굴복시킬까 봐 두려웠던 적도 있다. 하지만 지금은 설령 그런다 해도 개의치 않을 자신이 있다.

그때였다. 현관문을 거칠게 두드리는 소리가 들려 벌떡 몸을 일으켰다. 설핏 잠이 들려던 참이었다. 하딘은 팔을 풀어 살며시 나를 바닥에 눕히고 일어섰다. 하딘의 표정을 살폈다. 혹시 화가 나거나 충격을 받은 건 아닐까 했지만, 하딘은 어쩐지… 좀 걱정스러워 보였다.

"넌 가만히 있어."

하딘의 고개를 끄덕였다. 어쨌거나 채드를 다시 맞닥뜨리는 건 나도 싫었다.

"경찰을 불러야 할까 봐. 안 그러면 그 사람 계속 여기에 올지도 몰라."

도대체 이 집이 어쩌다 몇 주 만에 이 지경이 됐을까 궁금했다. 이 와중에도 태평하게 잠이 들어 있는 아빠와 랜던이 눈에 들어왔다. 공포감이 밀려들었다. 텔레비전은 메뉴 화면에서 멈춰 있었다. 모르는 새에 다들 잠에 빠져 있었던 것 같다.

"안 돼."

하딘이 현관문 쪽으로 가면서 내게 말했다. 채드가 혼자 온 게 아니라면 어떡하지? 하딘을 해치려는 걸까? 아빠를 깨우러 소파 쪽으로 갔다.

복도 바닥에 울리는 하이힐 소리는 거의 듣지 못했다. 그래서 문 앞에 서 있는 엄마를 봤을 때 너무 놀랐다. 엄마는 딱 붙는 빨간색 원피스에, 완벽하게 손질한 머리, 반짝거리는 빨간 립스틱을 바르고 있었다. 아름다운 얼굴은 잔뜩 찌푸린 채 어두운 눈빛으로 나를 쳐다보았다.

"여기서 지금 뭐…."

하딘을 힐끗 보았다. 이미 알고 있었다는 듯 하딘은 차분했다. 엄마가 쏜살같이 내 앞으로 다가서는데도 하딘은 가만히 있었다.

"네가 엄마한테 전화했어?"

퍼즐의 마지막 조각이 맞아떨어졌다. 하딘이 시선을 피한 이유가 있었다. 어떻게 엄마한테 전화를 할 수 있지? 우리 엄마가 어떻게 나올지 겪어 봐서 알면서. 왜 또 엄마를 끌어들인 걸까?

"넌 내 전화를 피하더구나, 테레사."

엄마가 내게 쏘아붙였다.

"네 아빠가 여기 있다는 걸 알게 됐지 뭐니! 이 아파트에, 약에 취해서!"

엄마는 쏜살같이 내 옆을 지나쳐 누구 하나는 죽일 듯한 기세로 돌진했다. 그러더니 시뻘건 매니큐어가 칠해진 손으로 아빠의 팔을 움켜쥐었다. 엄마는 자고 있는 아빠를 소파에서 홱 잡아당겼다. 아빠는 힘없이 바닥으로 굴러 떨어졌다.

"일어나요, 리차드!"

엄마가 꽥 소리를 질렀다. 하도 험한 말투여서 나까지도 움찔했다.

아빠는 재빨리 몸을 일으켜 소파에 올라앉으려 애를 쓰면서도 고개를 절레절레 흔들었다. 그러다 앞에 버티고 선 엄마를 보더니 눈알이 튀어나올 것처럼 깜짝 놀랐다.

"캐롤?"

아빠의 목소리는 기어들어갈 것처럼 작았다. 눈을 깜빡이며 휘청거렸다.

"당신이, 감히 어떻게!"

엄마는 손가락질을 해댔다. 아빠는 주춤거리며 뒷걸음질을 치다가 소파에 다리를 부딪쳐 뒤로 넘어졌다. 겁에 질려 있었다. 그럴 만도 했다.

랜던은 의자에서 몸을 일으켰다. 랜던의 표정도 아빠와 별반 다르지 않았다. 혼란스럽고 겁에 질린 표정이었다.

"테레사, 네 방으로 가 있거라."

엄마가 내게 명령조로 말했다.

'뭐라는 거야?'

"안 갈 거예요."

엄마에게 맞서며 대꾸했다. 하딘은 왜 엄마한테 전화해야 했던 걸까? 모든 게 제대로 돌아가고 있었다. 아빠와의 관계도 방법을 찾고 있는 중이었다, 아마도.

"테사는 이제 어린애가 아니야, 캐롤."

아빠가 나서며 말했다. 엄마의 두 볼은 빵빵해지고, 가슴은 부풀어 올랐다. 그 다음 단계는 안 봐도 뻔했다.

"감히 당신이 그런 소리를 해? 테사에 대해 뭘 안다고? 당신이 테사에 대해 이러쿵저러쿵할 자격이라도 있는 줄 알아?"

"까먹은 시간들은 어떻게든 보상하려고 나도 노력 중이고…."

아빠는 방금 잠에서 깬 사람치고는 제법 품위 있게 위신을 지키려는 것처럼 보였다. 아빠의 말투에는 뭔가가 있다. 엄마에게 가까이 가면서 점점 자신감을 되찾는 것 같았다. 어쩐지 이 모습, 익숙하다. 내가 끼어들 틈은 없는 것 같다.

"까먹은 시간들! 이제 와서 뭘 해도 그 시간들을 보상할 순 없어! 게다가 약까지 한다면서?"

"더 이상은 안 해!"

아빠도 지지 않고 맞서 소리를 질렀다. 나는 하딘 뒤에 숨고 싶었다. 하지만 당장은 하딘이 누구 편인지도 알 수 없다. 랜던의 눈동자는 나에게 고정되었고, 하딘은 아빠와 엄마를 노려보고 있었다.

"나갈래?"

랜던은 입모양으로 멀찍이 있는 나에게 물었다. 거절의 의미로 고개를 저었다. 하지만 랜던이 그런 제안을 해준 것만으로도 고마웠다.

"더 이상? 더 이상이란 말이지!"

엄마는 최고로 묵직한 하이힐을 신고 온 게 분명했다. 저렇게 마룻바닥을 쿵쾅거리다가 바닥이 뚫리기라도 하면 어떡하나 싶었다.

"그래, 더 이상! 이봐, 난 완벽한 사람은 아니야."

아빠는 두 손으로 짧은 머리카락을 쓸어 올렸다. 그 모습을 보고 나는 그 자리에서 얼어붙었다. 이 동작, 너무나 익숙하다, 소름끼칠 만큼 낯익다.

"당연히 완벽하지 않지!"

엄마가 기가 찬 듯 웃었다. 어둑한 실내에 엄마의 하얀 치아가 빛났다. 불을 켜고 싶었지만, 발이 떨어지지 않았다. 이 상황을 어떻게 받아들여야 할지 모르겠다. 부모님이 거실 한가운데서 소리 지르며 싸우는 장면을 다 같이 감상해야 하는 건가. 이 아파트는 저주 받았다, 분명히.

"누가 완벽하게 살래? 약이나 하면서 당신 딸까지 악의 구렁텅이로 끌고 들어가려고 하니까 그게 한탄스러운 거지!"

"내가 테사를 구렁텅이로 끌고 들어간다고? 난 지금 최선을 다해서 내 잘못을 만회하려고 노력 중이야. 테사한테나…, 당신한테도!"

"만회? 당신이 테사 곁에 얼쩡거리면 테사는 더 혼란스럽기만 하다고! 벌써 충분히 엉망진창인데!"

"테사가 엉망진창으로 사는 건 아니에요."

하딘이 끼어들었다. 엄마는 잡아먹을 듯 하딘을 노려보다가 다시 아빠에게로 주의를 돌렸다.

"이건 전부 당신 잘못이야, 리차드 영! 전부 다! 당신만 아니었으면 테레사가 얘처럼 독이 되는 남자를 사귀지도 않았을 거라고!"

엄마는 하딘을 가리켰다. 그래, 화살이 하딘한테로 돌아올 줄 알았다.

"쟤가 여자를 제대로 대접하는 남자를 본 적이 있어야 말이지. 그러니 이런 곳에서 저런 애랑 동거나 하지! 결혼도 안 하고, 온갖 범죄는 다 저지르면서. 하느님만 저 애가 무슨 짓거리를 하면서 사는지 아실 거라고! 쟤도 뻔하지, 뭐. 당신이랑 같이 약이나 했겠지!"

이내 피가 거꾸로 솟았다.

"하딘을 끌어들이지 마세요! 하딘이 아빠를 돌봐 드리고, 길거리에서 노숙하는 아빠에게 거처를 드렸단 말이에요!"

엄마를 닮은 이 말투가 나도 참 싫다. 하딘은 거실을 가로질러 오더니 내 옆에 와 섰다. 잠자코 있으라고 경고하려는 듯했다.

"그건 맞는 말이야, 캐롤. 저 애는 좋은 사람이야. 그리고 테사를 정말 사랑한다고."

아빠가 내 말에 맞장구를 쳤다. 엄마의 두 뺨은 붉게 달아올랐다.

"감히 내 앞에서 당신이 저 애 편을 들어?"

엄마는 주먹 쥔 손을 공중에 휘둘렀다.

"이렇게 된 게 다 저 애 때문인데! 테사는 시애틀에 있어야 해. 거기서 새 삶을 일구고, 자기한테 맞는 남자를 찾아야 한다고…."

그 다음부터는 잘 들리지 않았다. 머릿속으로 피가 솟구치는 것 같았기 때문이다. 상황이 이쯤 되자 랜던에게 죽도록 미안해졌다. 랜던은 일찌감치 자리를 피해 방으로 들어갔다. 하딘은 이번에도 엄마의 희생양이 되어버렸다.

"테사는 지금 시애틀 살아요. 아빠를 만나러 온 거라고요. 전화로 다 말씀 드렸잖아요."

난장판 안에 하딘의 목소리가 불쑥 끼어들었다. 말릴 틈도 없었다. 하딘의 말을 듣는 순간, 온몸이 떨리며 두 팔에 소름이 돋았다.

"겨우 전화 통화한 걸로 우리가 친구라도 됐다고 착각하지 마라."

엄마가 단칼에 일축했다. 하딘은 내 팔을 붙잡으며 말렸지만 나는 하딘을 노려보았다. 혼란스러웠다. 하딘이 말리기 전까지는 내가 엄마한테 덤벼들려 했다는 것조차 인식하지 못했다.

"지적질해대는 건 여전하군. 당신은 절대 안 변해. 예나 지금이나 똑같은 여자라고."

아빠는 질렸다는 듯 고개를 흔들었다. 하딘 편을 들어주다니, 아빠가 고마웠다.

"지적질? 당신 얘가 어떤 애인 줄이나 알고 편드는 거야? 얘가 자기 친구들하고 내기해서 돈을 따려고 당신 딸 가랑이를 벌린 애야."

엄마는 경멸하듯 차가운 목소리로 말했다. 순식간에 집 안의 공기가 모두 사라진 듯했다. 나는 목이 졸린 듯 얕은 숨조차 쉬기가 어려웠다.

"테사를 정복하고 온 캠퍼스를 삐기듯 휘젓고 다녔다고. 그러니 내 앞에서 저놈 편들 생각은 하지도 마."

엄마가 씩씩거렸다. 아빠 눈이 동그래졌다. 아빠는 고개를 돌려 하딘을 돌아보았고, 나는 곧 엄청난 폭풍이 몰려올 거란 직감을 했다.

"뭐라고? 그게 사실이냐?"

아빠도 목이 졸린 듯했다.

"그건 중요하지 않아요! 우린 다 넘긴 일이에요."

"봐, 당신 딸이 어떤 놈을 찾았나. 딱 당신 같은 놈팽이를 만났지. 이제 기도나 하시지. 얘가 당신 딸을 임신시켜 놓고, 상황이 어려워지면 도망가지 않게 말이야."

더 이상 듣고 있을 수가 없었다. 부모님이 벌이는 진흙탕 싸움에 하딘까지 끌고 들어가게 둘 순 없다. 이건 재앙이다.

"3주 전 일은 말할 것도 없어. 웬 남자가 의식도 없는 테사를 집까지 데리고 왔어. 그것도 다 쟤….."

엄마는 하딘을 가리켰다.

"친구들 때문에! 개들이 테사를 맘대로 갖고 놓았단 말이야!"

그날 밤의 기억이 아프게 떠올랐지만 그것보다 더 거슬리는 건 엄마가 하던을 비난하는 방식이다. 그날 밤 사건은 하던 잘못이 아니었다. 엄마도 그걸 뻔히 알고 있다.

"이 개자식!"

아빠가 이를 악물며 소리쳤다.

"그만하세요."

하던이 차분하게 말했다. 제발 아빠가 하던 말을 듣기를 간절히 바랐다.

"네놈이 나를 바보 취급했어! 네가 성질이 고약하고 태도가 불량한 녀석이라 생각했다! 하지만 그 정도쯤은 받아줄 수 있었지. 나도 그랬으니까. 근데 내 딸을 이용해먹어?"

아빠가 하던에게 달려들었다. 나는 아빠 앞을 막아섰다.

나도 모르게 마구 말이 쏟아져 나왔다.

"그만 해요, 둘 다!"

있는 대로 소리를 질렀다.

"아빠가 옛날에 저지른 잘못에 대가를 치르고 싶다면, 그건 아빠 몫이에요. 거기에 하던까지 끌어들이지 마시라고요! 그리고 엄마, 하던이 엄마한테 전화한 건 다 이유가 있어서예요. 여기까지 와서 하던을 엄마 분풀이 상대로 삼지 마세요. 여긴 두 분 집이 아니고, 하던 집이란 말이에요. 두 분 다 썩 나가버려요!"

눈가가 뜨거워졌다. 금세라도 눈물이 쏟아질 것 같았지만 꾹 참았다. 엄마 아빠는 멈칫했다. 두 사람은 나를 쳐다보더니 서로를 보았다.

"헛소리를 그만하든지, 아니면 나가세요. 우린 방에 있을 거예요."

나는 하딘의 손을 잡고 방으로 끌고 갔다. 하딘은 잠시 머뭇거리다가 긴 다리로 성큼 앞지르더니 나를 복도로 이끌었다. 손을 잡은 하딘의 손아귀 힘이 너무 세서 참기 힘들었지만 그냥 잠자코 있었다. 엄마가 들이닥쳐서 또 이 난리를 치다니, 아직까지도 어안이 벙벙했다. 그런데 잡힌 손이 너무 아파서 걱정이 줄어드는 것 같았다.

방문을 막 닫는데 복도 저편에서 부모님이 고함치는 소리가 들렸다. 다시 아홉 살 시절로 돌아가 피난처였던 뒷마당 온실로 달려가는 기분이었다. 노아가 옆에서 조잘거렸지만, 싸우는 소리를 막기엔 역부족이었다.

"엄마한테 전화 안 하는 게 나았을 거야."

옛날 기억에서 깨어나오며 하딘을 올려다보았다. 랜던은 책상 앞에 앉아, 신경 쓰지 않는 척 딴청을 피우고 있었다.

"너한텐 필요했어. 인정하진 않겠지만."

하딘의 목소리는 잠겨있었다.

"엄마가 와서 상황을 더 나쁘게 만들었잖아. 아빠한테 괜히 네 얘기하는 바람에."

"그땐 너네 엄마한테 전화하는 게 맞았어. 널 도와주려고 한 거야."

나를 바라보는 하딘의 눈빛에서 정말 그렇게 생각했다는 걸 알았다.

"그래."

일을 저지르기 전에 먼저 말해줬으면 좋았으련만. 암튼 하딘은 자기 생각이 옳다고 믿었을 거다.

"그래도 말썽, 안 그래도 말썽이니, 원."

하딘은 고개를 저으며 침대에 털썩 주저앉았다. 진심으로 고통스러운 듯 했다.

"앞으로도 늘 그 빌어먹을 옛날 얘기를 하겠지?"

하딘은 입을 꾹 다물어버렸다.

"아냐, 그렇지 않을 거야."

대답은 그렇게 했지만 부인할 수는 없었다. 누군가 그 내기 얘기를 알게 된다면, 또 그들 입에 오르내리게 될 테니까. 만약 킴벌리와 크리스찬이 알게 된다면, 우리를 아는 모든 사람들이 그 수치스러운 얘기를 알게 될 거다.

"아니, 그럴 거야. 너도 알고 있잖아!"

하딘은 언성을 높이며 우왕좌왕했다.

"절대 잊혀지지 않을 거야. 매번 우리가 고비를 맞을 때마다, 누군가는 그 얘기를 또 꺼내겠지. 내가 얼마나 쓰레기 같은 놈인지 너한테 상기시키면서!"

말릴 틈도 없이 하딘은 주먹으로 책상을 내려쳤다. 나무가 쩍 갈라졌고, 랜던은 펄쩍 뛰며 일어섰다.

"이러지 마! 엄마 때문에 네가 이러는 거 싫어, 부탁이야!"

또 주먹질을 하려는 하딘의 소맷부리를 있는 힘껏 움켜쥐었다. 하딘이 뿌리쳤지만 나도 호락호락하진 않았다. 이번만큼은 두 손으로 꽉 잡고 있었다. 하딘은 씩씩거리며 돌아섰다.

"이러는 거 지겹지도 않아? 끝도 없이 싸우는 게 지치지도 않냐고? 날 그냥 떠나게 놔두면, 네 삶은 훨씬 더 쉽고 편해질 거라고!"

하딘의 말 한 마디 한 마디가 깊게 와 박혔다. 늘 이런 식이다. 하딘은 늘 스스로 무너져버린다. 하지만 그렇게 놔두지 않을 거다.

"내가 사랑도 없이 그저 그렇게 사는 걸 싫어한다는 거, 너도 알잖아."

나는 두 손으로 하딘의 얼굴을 감싸 쥐고, 나를 똑바로 쳐다보게 했다.

"거기 두 사람, 내 얘기 좀 듣지 그래."

랜던이 불쑥 끼어들었다. 하딘은 랜던을 쳐다보지도 않고 이글이글한 눈빛으로 나를 쏘아보고만 있었다. 나의 가장 친한 친구이자, 하딘의 의붓 형제가 방을 가로질러오더니 우리 앞에 와 섰다.

"너희 둘, 또 이러면 안 돼. 하딘, 다른 사람 말에 흔들리지 마. 테사의 생각만 중요하게 여기면 돼. 네 마음속의 소리는 테사 하나면 충분하다고."

랜던의 말을 듣자, 하딘의 눈 주위는 눈에 띄게 시커매지면서 파르르 떨렸다. 하지만 랜던은 말을 이었다.

"그리고, 테스…."

랜던은 한숨을 내쉬었다.

"넌 죄책감 가질 필요 없어. 하딘 곁에 있겠다고 계속 매달릴 필요도 없고. 네가 옆에서 모든 걸 함께 겪는 거, 그것만으로도 네 마음은 충분히 증명되는 거야."

랜던이 정곡을 찔렀다. 하지만 하딘이 내면의 분노와 고통을 극복하고 랜던의 말을 받아들일지는 잘 모르겠다.

"테사는 지금 위로가 필요해. 얘네 부모님이 밖에서 계속 소리치고 있잖아. 그러니까 넌 여기, 테사 곁에 있어 줘. 네 입장만 생각하지 말란 말이야."

랜던은 진심을 다해 말했다. 랜던의 말에 하딘의 마음이 움직인 모양이다. 하딘은 고개를 끄덕이더니, 머리를 숙여 이마를 내 이마에 갖다 대었다. 거칠었던 숨소리도 점차 가라앉았다.

"미안해…."

하딘이 나지막이 속삭였다.

"난 이제 집에 가볼게."

랜던은 시선을 돌려 먼 산을 바라보았다. 하딘과 내가 벌이는 애정
행각을 보는 게 불편했나 보다.

"너희 올 거라고, 엄마한테 말씀 드려 놓을게."

나는 하딘에게서 떨어져 두 팔로 랜던의 목을 감싸 안았다.

"고마워. 함께 있어 줘서."

랜던의 가슴에 대고 말했다. 랜던은 나를 꽉 안아 주었다. 이번만큼은
하딘도 나를 떼어놓지 않았다. 랜던은 방을 나섰고, 나는 하딘을 돌아보
았다. 하딘은 피가 나는 주먹을 요리조리 보고 있었다. 아득한 옛 기억
이 떠올랐다. 바닥에 피가 뚝뚝 떨어지는 장면을 또 보고 있는 거다.

"랜던이 얘기한 거 말이야."

하딘이 셔츠에 피 묻은 손을 쓱쓱 문지르며 입을 열었다.

"내 마음 속의 소리는 너 하나로 충분하다는 말. 나도 그러고 싶어."

하딘은 나를 다시 쳐다보았다. 겁에 질린 표정이었다.

"나도 그러길 죽도록 원한다고. 다른 사람들한테 흔들리는 모습 보
이기 싫어…. 스테프나 제드, 이제는 너네 엄마, 아빠까지."

"우린 잘 해낼 거야, 분명 그럴 거야."

하딘에게 다짐했다.

"테레사!"

문밖에서 엄마의 목소리가 들렸다. 하딘한테 너무 찰싹 붙어 있느

라, 거실에서 나던 소음이 잦아든 것도 몰랐다.

"테레사, 엄마 들어간다."

말이 떨어지자마자 문이 열렸다. 나는 하딘 뒤로 가서 섰다. 이러는 게 패턴이 돼버렸나 보다.

"얘기 좀 해야겠다, 어떻게 된 영문인지."

엄마는 하딘과 나에게 똑같이 독한 눈빛을 쏘아댔다. 하딘은 고개를 돌려 나를 보았다. 그렇게 하라는 듯, 한쪽 눈썹을 찡긋 올렸다.

"할 얘기는 별로 없을 것 같은데요."

하딘을 방패막이 삼아 대답했다.

"아니, 할 얘기가 많다. 오늘 밤의 경거망동은 사과하마. 몇 년 만에 네 아빠가 여기 있는 걸 보고, 내가 제정신이 아니었나 보다. 부탁인데 설명할 시간을 좀 주렴. 부탁한다."

'부탁'이라는 단어가 엄마 입에서 나오다니, 낯설었다.

하딘이 옆으로 몇 걸음 떨어지자, 나는 엄마와 대면하게 됐다.

"난 어지른 거 치우러 나가볼게."

하딘은 엉망이 된 손을 들어올려 손짓하고는 밖으로 나갔다. 미처 말릴 틈도 없었다.

"앉아라. 우리, 할 얘기가 많아."

엄마는 입고 있던 원피스 매무새를 고치더니, 굽슬거리는 금발을 한쪽으로 단정히 정리했다. 그리고 침대 한쪽 모퉁이에 걸터앉았다.

수도꼭지에서 나온 찬물이 찢어진 살갗 위로 쏟아졌다. 붉은 물이 세면대에 떨어져 하수구로 빨려 들어가는 장면을 멍하니 보고 있었다.

또야? 이런 거지 같은 일을 또 벌인 거야? 물론, 또 이러는 건 시간 문제일 뿐이다.

욕실 문은 그대로 열어두었다. 혹시 비명이라도 들리면 얼른 달려가야 하니까. 내가 무슨 생각으로 저 여자한테 전화를 한 건지 모르겠다. 전화하는 게 아니었다…. 그래도 최소한 테사 면전에서 저 여자 욕을 하진 않을 거다. 저 여자한테 전화했을 땐, 한 가지 생각밖에 없었다. 얼빠진 순진한 표정으로 최면처럼 '아빠가 약을 했을 리 없다'고 되뇌는 테사를 지켜야 한다는 생각밖에는. 그때는 테사가 그대로 무너져 내릴 줄 알았다. 그래서 테사한테 엄마라도 있으면 조금이나마 도움이 될 거라 생각했었다.

이래서 내가 다른 사람을 도와주려 하지 않는 거다. 그래 봤던 경험이 없으니까. 남한테 엿먹이는 데만 도가 텄지, 남을 도와주는 데는 젬병이다.

거울로 뭔가 움직이는 게 보였다. 고개를 들어보니 리차드가 등 뒤에서 나를 노려보고 있었다. 문틀에 비스듬하게 기대 서 있는 그의 표정에 잔뜩 경계심이 묻어 있었다.

"뭐요? 한 대 치게요?"

나는 무덤덤하게 말했다. 리차드는 한숨을 내쉬더니 매끈하게 면도한 턱을 쓰다듬었다.

"아니다, 지금 당장은."

나는 코웃음 쳤다. 어쩌면 나한테 덤벼들기를 바랐는지도 모른다.

"왜 아무도 나한테 얘기하지 않은 거냐?"

리차드가 물었다. 아무래도 내기 얘기를 하는 모양이다.

'제정신이야?'

"왜 말해야 하는데요? 당신, 설마 그렇게나 덜떨어진 거예요? 존재도 없었던 아버지한테 테사가 그런 얘기를 할 거라 생각했어요?"

수도꼭지를 잠그고 주먹을 타월로 꽁꽁 감았다. 이러면 대개 피가 멈췄다. 양손을 쓰는 걸 익혀야겠다. 이제부턴 오른손으로 주먹질해야지.

"모르겠다…, 뒤통수를 세게 맞은 기분이야. 너희 둘, 자석의 반대극이라 끌리는 거라 생각했는데…."

"당신의 허락 따위를 구걸하는 게 아니에요. 그럴 필요도 없고요."

리차드를 지나쳐 복도 쪽으로 걸어갔다. 거실로 가서 바닥에 떨어져 있던 팝콘 봉투를 들었다.

'네 마음 속의 소리는 테사 하나면 충분하다고.'

랜던의 말이 귓가에서 맴돌았다. 말처럼 쉬웠으면 좋겠다. 언젠가는 그렇게 되겠지…, 그러기를 간절히 바란다.

"그럴 필요 없겠지. 그냥 이 상황을 이해해보고 싶어서 그러는 거다. 테사 아버지로서, 네 녀석 엉덩이를 실컷 두드려 패주고 싶다만."

리차드는 고개를 저었다.

"그러시겠죠."

리차드에게 당신은 10년 가까지 아버지 노릇을 못 했다는 사실을 일깨워주고 싶었다.

"젊었을 때 캐롤이 딱 테사 같았는데."

리차드는 부엌까지 나를 졸졸 따라왔다. 그 말에 들고 있던 팝콘 봉지를 놓칠 뻔했다.

"그럴 리가요. 절대 아니에요."

솔직히 처음에는 테사가 내숭 떠는 재수 없는 애인 줄 알았다. 하지만 지금은 그 누구보다 테사를 잘 안다. 그러니 저 얘긴 사실 무근이다. 테사가 모든 걸 완벽하게 해내려고 기를 쓰는 건 저런 여자를 엄마로 두었기 때문이다. 그것만 빼면 테사는 저 여자를 조금도 닮지 않았다.

"사실이야. 쟤 엄마가 부드러운 사람은 아니었지만, 늘 그랬던 것도 아니었지…."

리차드는 냉장고에서 물병을 꺼내며 말끝을 흐렸다.

"뭐요, 성질 더러운 거요?"

내가 대신 리차드의 말을 맺었다. 리차드는 텅 빈 복도를 뚫어지게 쳐다보았다. 그 여자가 다시 나타나 새로 한 판을 시작할 게 될까 봐 두려운 듯이.

"캐롤은 항상 생글거렸어…. 캐롤의 미소는 뭔가 특별했지. 남자들이 전부 캐롤을 원했으니까. 하지만 그녀를 내가 차지했지."

옛날 생각이 나는지 리차드는 씨익 웃었다. 이런 얘기 듣고 싶지 않다…. 내가 무슨 상담사인 줄 아나. 그래, 테사 엄마는 엄청 섹시하다. 하지만 자기 마음에 들지 않는 사람에게 말도 안 되는 적대감을 드러낸다. 대체 이 남자가 무슨 말을 하려는 건지 모르겠다.

"그때는 열정과 연민이 넘치는 여자였어. 테사 할머니가 딱 지금의 캐롤 같은 분이라 다 망쳐버렸지."

갑자기 리차드가 웃음을 터뜨리는 바람에 움찔했다.

"캐롤 부모님은 나를 싫어했다네. 두 분은 그런 증오를 숨기지 않았어. 그분들은 캐롤이 금융인이나 변호사랑 결혼했으면 했지, 아무튼 나 빼곤 다 괜찮다고 생각했어. 나도 그분들을 증오했어. 지금은 평안히 눈 감으셨길 기원하네만."

리차드는 천장을 올려다보았다. 지금까지 한 말이 사실이라면 감사해야겠다. 테사의 조부모님까지 옆에서 이러쿵저러쿵하지 않게 되었다니 말이다.

"글쎄요, 두 분은 결혼 안 하는 게 나을 뻔했네요."

팝콘 봉지를 쓰레기통에 던져 넣었다. 리차드의 엉망이었던 삶이 테사를 화나게 했고, 그것 때문에 나도 기분이 더러웠다. 당장이라도 이 인간을 길바닥으로 내쫓고 싶었다. 하지만 지금 그는 아파트의 붙박이 가구가 된 듯했다. 낡고 앉을 때마다 삐그덕거리는, 그래서 불편하기 짝이 없지만 그렇다고 버릴 수도 없는 낡은 소파. 그게 딱 리차드다.

리차드는 고개를 떨구더니 조용히 말했다.

"우리는 결혼하지 않았네."

무슨 소린가 싶었다.

'뭐라고? 테사가 얘기했었나….'

"테사는 모르고 있다네. 아무도 모르지. 우리는 공식적으로 혼인한 게 아니야. 결혼식은 했지. 캐롤 부모님 때문에. 하지만 혼인신고는 하지 않았다네. 내가 원하지 않았거든."

"왜요?"

하지만 이 상황에서 더 중요한 건 왜 내가 이 얘기에 관심을 갖는가 하는 거다. 불과 몇 분 전만 하더라도 리차드의 머리를 후려갈기는 상상을 하고 있던 내가 말이다. 그러더니 이제는 십대들의 가십거리 같은 얘기에 동참하고 있다. 침실 방문 소리에 귀 기울이고 있어야 하는데. 혹시라도 테사 엄마가 테사를 데리고 가버릴 수도 있으니까.

"결혼은 나한테 어울리지 않았으니까."

리차드는 머리를 긁적였다.

"아니, 그렇다고 생각했지. 우리는 결혼한 부부처럼 할 건 다 했어. 캐롤은 내 성을 따라 성을 바꿨지. 지금도 캐롤이 무슨 생각으로 그랬는지는 모르겠네. 내 생각엔, 그렇게 하면 내가 결국 승복할 줄 알았던 것 같아. 하지만 캐롤은 결국 내 이기심의 희생양이 됐지."

테사가 이 사실을 알면 어떻게 될까···. 테사는 결혼에 심하게 집착한다. 이 얘기를 들으면 그 집착의 불꽃이 사그라들까, 아니면 기름을 붓게 될까?

"몇 해를 지나면서, 캐롤은 내 행태에 질리기 시작했지. 우리는 고양이와 개처럼 앙숙이 되어 싸웠어. 자네는 쟤 엄마를 무정하다고 하겠지만, 그게 다 나 때문이네. 캐롤이 나하고 싸우는 걸 그만뒀을 때, 나는 알았지. 우리 사이가 끝났다는 걸. 해를 거듭할수록 캐롤의 열정도 점점 사그라드는 게 보였어."

리차드의 눈을 들여다보았다. 그는 과거의 한때로 돌아가 있는 듯했다.

"매일 저녁 식탁에서 나를 기다렸다네. 캐롤과 테시는, 옷을 차려입고 머리핀을 꽂고. 그런데 나는 비틀거리면서 들어와 라자냐가 탔네, 어쩌네 하며 불평만 늘어놓았지. 그나마도 절반의 나날은 한 입도 못 먹고 뺄어버렸고. 매일 밤 싸움으로 끝을 맺었지···."

리차드는 몸을 떨었다. 어린 테사가 예쁜 옷을 입고 식탁에 앉아 아빠가 오기만을 손꼽아 기다리는 모습이 눈에 선했다. 하지만 아버지란 사람은 그 딸을 잔인하게 내쳤다. 그 생각을 하니 당장이라도 이 남자의 목을 비틀어버리고 싶었다.

"한마디도 더 듣고 싶지 않아요."

리차드에게 경고했다. 진심이었다.

"그만하겠네."

리차드의 얼굴에 민망한 기색이 역력했다.

"난 그저, 캐롤이 그런 사람이 아니라는 걸 자네도 알아줬으면 해서. 내가 그렇게 만든 거야. 내가 캐롤을 지금의 비틀어지고 성나 있는 사람으로 만든 거네."

55 · 테사

엄마와 나는 말없이 앉아만 있었다. 머릿속이 빙빙 돌고 가슴이 쿵쾅거렸다. 엄마는 차분하고 냉정했다. 마음 졸이고 있는 건 나였다.

"왜 네 아빠를 이리로 오게 한 거니? 그래, 네 아빠를 길에서 우연히 맞닥뜨리고 난 다음에 네가 보고 싶어 했다는 건 이해한다. 그렇대도 집으로 끌어들이는 건 아니지."

엄마가 먼저 입을 열었다.

"내가 그런 거 아니에요. 게다가 난 여기 살지도 않고요. 하딘이 호의를 베풀어서 아빠를 여기서 지내게 한 거예요. 근데 엄마가 그 호의를 엉뚱하게도 하딘 면전에서 뭉개버렸잖아요."

하딘에게 퍼부어댄 엄마에게 나도 적의를 숨기지 않았다.

우리 엄마는, 아니 다른 사람들도 그렇지만, 내가 하딘을 사랑한다는 걸 이해하지 못한다. 하지만 상관없다. 다른 사람의 이해 같은 건 바라지 않으니까.

"하딘이 엄마한테 전화한 건, 엄마가 나를 위해 곁에 있어줬으면 해서였어요."

한숨이 나왔다. 엄마가 나를 밀어붙이기 전에 어떤 입장을 취해야 할지 나는 속으로 단단히 마음먹고 있었다. 엄마는 우울한 눈빛으로 시선을 바닥으로 떨궜다.

"넌 왜 모든 사람들 앞에서 그 아이를 감싸고 도는 거니? 너한테 그런 짓거리들을 했는데. 그만큼 널 못살게 굴었으면 된 거 아니니, 테레사?"

"감싸고 돌만 하니까 그래요, 엄마."

"그래도…."

"그럴 만하다니까요. 엄마하고 이런 얘기 더 하기 싫어요. 전에도 말했잖아요. 엄마가 하딘을 받아들이지 않으면, 난 엄마하고 인연 끊겠다고. 우리는 떨어질 수 없는 사이예요. 엄마가 좋든 싫든 말이에요."

"네 아빠 생각을 했었다."

엄마가 내 앞머리를 부드럽게 쓰다듬었다. 나는 주춤거리지 않으려고 기를 쓰고 버텼다.

"하딘은 아빠랑 손톱만큼도 안 닮았어요."

엄마의 새빨간 입술 사이로 비웃음이 흘러나왔다.

"아니, 갠 네 아빠랑 여러 면에서 판박이 같아."

"그런 소리 계속 하려거든 그냥 가세요."

"진정해라."

엄마는 한 차례 더 내 앞머리를 쓰다듬었다. 다정한 척하는 엄마의 행동에 신물이 났다. 그래도 좋은 기억을 떠올리면서 마음을 가다듬었다.

"너한테 해줄 얘기가 있어."

엄마의 꿍꿍이가 뭔지 미심쩍었지만 한편으론 구미가 당기는 걸 부인할 수 없었다. 자라면서 엄마는 한 번도 아빠 얘기를 해준 적이 없었다. 그러니 당연히 궁금할 수밖에.

"엄마가 무슨 말을 해도 하딘에 대한 내 생각은 변함없을 거예요."

엄마의 한쪽 입꼬리가 슬며시 위로 올라갔다.

"네 아빠하고 난 결혼한 게 아니란다."

"뭐라고요?"

침대에 엉거주춤 앉아 있던 몸을 벌떡 일으켜 세웠다.

'지금 무슨 소리를 하는 거야? 결혼한 적이 없다고?'

아니다, 두 분은 결혼했다. 내가 사진도 봤는걸. 엄마는 공들여 수를 놓은 레이스 드레스를 입고 있었다. 아랫배가 살짝 불룩하긴 했지만. 그리고 아빠는 감자 포대 같은 엉성한 슈트를 입고 있었다. 나는 옛날 앨범에서 그 사진 보는 걸 좋아했다. 아빠는 세상에 사람은 엄마 하나뿐인 듯한 표정으로 엄마를 내려다보고 있었고, 엄마는 불그레한 두 뺨을 반짝이며 웃고 있었다. 하지만 아직도 끔찍했던 그날이 생생하게 기억난다. 내가 앨범을 뒤적이는 걸 엄마에게 들켰던 날 말이다. 그날 이후, 엄마는 앨범을 숨겨버렸고, 다시는 그 앨범을 볼 수 없었다.

"사실이야."

엄마는 한숨을 내쉬었다. 숨기고 있던 사실을 털어놓은 게 민망한 듯했다. 엄마의 손이 살짝 떨렸다.

"결혼식은 했어. 근데 네 아빠가 죽어도 결혼은 싫다고 했다. 나도 그걸 알고 있었어. 아마 널 임신하지 않았더라면, 네 아빠는 진작 집을 나갔을 거야. 네 외할아버지 외할머니가 결혼을 밀어붙였거든. 너도 알다시피, 네 아빠랑 나는 절대 어울릴 수 없는 사이잖니, 단 하루도 말이야. 처음부터 아주 흥미진진하고 스릴 넘치는 생활이었지."

엄마의 푸른 눈동자는 추억 속을 헤매는 듯했다.

"너도 조만간 알게 될 테지만, 사람이 사람을 받아들일 수 있는 데는 한계가 있어. 나는 기도하고 또 기도했어. 네 아빠가 변하기를. 나를 위해서, 또 너를 위해서. 단 하루만이라도 네 아빠가 술 냄새 대신 꽃다발을 들고 들어오기를."

엄마는 등을 기대며 팔짱을 꼈다. 손목에서 엄마의 수입으로는 절대 살 수 없을 것 같은 팔찌가 반짝였다. 그 덕인지 엄마는 과하게 스타일리시해 보였다.

갑작스런 엄마의 고백에 할 말을 잃었다. 엄마는 단 한 번도 속 얘기를 털어놓은 적이 없는 사람이었다. 특히 아빠 문제라면 더욱. 차갑기만 했던 엄마에게 연민이 생기면서 눈물이 흘러나왔다.

"눈물 바람 하지 마라."

엄마는 핀잔을 주고는 이야기를 계속했다.

"세상 모든 여자들은 바라지. 세상에서 자기 남자를 바꿀 수 있는 사람이 오직 자신뿐이기를. 하지만 그건 그저 희망일 뿐이야, 헛된 희망. 난 네가 내 전철을 밟지 않았으면 해. 엄마는 네가 그보단 낫기를 바란다."

속이 메슥거렸다.

"그래서 난 네가 더 큰 곳에서 헤엄치길, 네 삶을 스스로 개척해나가는 사람이 되길 바랐던 거야."

"난 그런 사람이…."

엄마는 손을 들어 내 말을 막았다.

"우리도 좋은 날이 있었단다, 테레사. 네 아빠는 재미있고 매력적인 사람이었어."

이 대목에서 엄마는 살짝 미소를 지었다.

"네 아빠는 내가 바라는 사람이 되려고 최선을 다해 노력했지. 하지만 언제까지나 자신을 숨길 순 없는 법이다. 세월이 흐를수록 네 아빠는 나한테, 또 우리가 함께하는 삶에 지치기 시작했어. 그러다 술을 입에 댔고, 다시는 예전의 그 사람으로 돌아오지 않았어. 그 다음부터는 너도 기억할 거다."

엄마의 목소리는 떨리고 있었다. 엄마는 상처 받았던 거다. 엄마의 눈가가 반짝거렸다. 하지만 금세 평정심을 되찾았다. 엄마는 약한 모습을 보이는 사람이 아니니까.

고함치는 소리, 그릇 깨지는 소리를 숨어서 듣던 시절이 떠올랐다. 엄마는 가끔 '이건 꽃밭 가꾸다가 생긴 멍이야.'라고 변명하곤 했다. 갑자기 뱃속이 뒤틀리는 느낌이 들었다.

"내 눈을 보고 솔직히 얘기해봐. 정말 그 애하고 미래가 있다고 생각하는 거니?"

침묵을 깨며 엄마가 물었다. 나는 대답할 수가 없었다. 내 미래에는 분명히 하딘이 있다. 문제는 하딘도 그걸 원하는가 하는 거였다.

"나도 늘 이런 모습은 아니었단다, 테레사."

엄마는 검지로 양쪽 눈 밑을 가볍게 두드렸다.

"나도 한때는 내 삶을 사랑했어. 내 미래를 생각하며 들뜨기도 했고…. 그런데 지금의 나를 보렴. 넌 내가 끔찍한 사람이라고 생각하겠지. 하지만 난 널 지키려고 발버둥치는 거야. 네가 나 같은 인생을 반복하지 않기를 바라는 마음에서. 네가 후회하지 않기를 바라니까…."

매일이 행복하고 즐거웠던 젊은 시절 엄마를 그려보려고 애를 썼다. 근 5년 동안은 엄마가 소리 내어 웃는 걸 본 게 손에 꼽을 지경이다.

"똑같지 않아요, 엄마."

억지로 말을 꺼냈다.

"테레사, 네가 아무리 우겨도 비슷한 상황이란 걸 부인할 순 없을 거다."

"어떤 면에서는 그렇죠."

인정하고 말았다. 엄마에게라기보다 나 스스로에게.

"근데 엄마와 똑같은 인생을 반복할 거란 생각에는 동의하지 않아요. 하딘은 이미 엄청 변했어요."

"네가 그 아이를 변하게 했다는 거니?"

엄마의 목소리는 차분했다. 엄마는 방을 한 번 돌아보더니 나를 쳐다봤다.

"내가 변하게 한 게 아니에요. 하딘은 스스로 달라졌어요. 내가 사랑하는 모습을 그대로 간직한 채 말이에요. 단지 상황을 다른 방식으로 다루는 방법을 배우고 있을 뿐인데, 더 나아진 버전의 하딘이 된 거죠."

"걔 손이 피투성인 걸 봤다."

엄마가 정곡을 찔러 말했다. 나는 어깨를 으쓱했다.

"한 성질 하니까요."

심각한 문제긴 하지만, 그걸로 엄마가 하딘을 깎아내리게 놔두고 싶진 않았다. 나는 하딘 편이라는 걸 엄마가 받아들여야 한다. 그리고 지금부터라도 하딘을 이해하기 위해 노력해줘야 한다.

"네 아빠도 그랬다."

나는 벌떡 일어섰다.

"하딘은 절대 일부러 나한테 상처 주지는 않아요. 그래요, 하딘도 완벽하진 않아요. 근데 그건 엄마도 마찬가지예요. 나도 그렇고요."

나는 팔짱을 끼고 엄마를 노려보았다. 이런 용기와 자신감이 어디서 나온 건지 나 자신도 놀라웠다.

"단순히 성질 문제가 아니야⋯. 그 아이가 너한테 한 짓을 생각해봐. 걘 널 모욕했어. 넌 다른 캠퍼스를 찾아봐야 할 지경이었잖아."

대꾸할 말이 생각나지 않았다. 틀린 말은 아니었으니까. 항상 시애틀로 가고 싶긴 했다. 하지만 입학 첫 해 겪었던 참사들이 시애틀 행을 부추긴 건 사실이다.

"타투에다가 흉측한 피어싱을 뺀다고 해도 말이다⋯."

역겨운 듯 엄마의 얼굴이 일그러졌다.

"엄마도 완벽하진 않잖아요."

나는 똑같은 말을 반복했다.

"엄마도 목에 있는 흉터를 진주 목걸이로 감추고 있잖아요."

엄마의 눈가가 파르르 떨렸다. 내가 한 말을 되새기고 있는 것 같았다. 결국 이렇게 되고 말았다. 엄마와 정면충돌하게 된 것이다.

"아빠가 엄마한테 심하게 했던 건 나도 마음 아파요, 진심으로. 하지만 하딘은 아빠랑 달라요."

나는 다시 엄마 옆에 앉았다. 그리고 용기를 내어 엄마 손에 내 손을 포갰다. 엄마 손은 얼음장처럼 차가웠지만, 놀랍게도 내 손을 뿌리치지 않았다.

"또 내가 엄마는 아니잖아요."

최대한 부드럽게 말했다.

"그 아이한테서 떨어지지 않으면 너도 나 같은 꼴이 될 거야."

잡았던 엄마 손을 놓고 심호흡을 했다. 마음을 가라앉혀야 한다.

"내가 누굴 사귀든 엄마한테 허락 받을 필요는 없잖아요. 그러니까 엄마도 내 선택을 존중해줘요. 어렵더라도요."

나는 기죽어 보이지 않으려 애를 썼다.

"아니면 엄마와 인연을 끊을 수밖에 없어요."

엄마는 천천히 고개를 가로저었다. 엄마는 내가 백기를 들 거라 예상했을 거다. 하딘과 나는 안 된다는 걸 인정할 거라고. 하지만 엄마가 틀렸다.

"그런 식으로 최후 통첩하는 건 아니다."

"난 어떻게든 인정받을 거예요. 그리고 지쳐 쓰러지더라도 온 세상하고 싸울 거예요."

"너 혼자 아등바등 싸우고 있다는 기분이 든다면, 이제 네가 생각을 바꿔야 할 때인 거야."

엄마는 눈썹을 치켜세웠다. 나는 다시 일어섰다.

"혼자 아등바등하는 거 아니에요. 그러니까 그만하세요, 제발."

엄마를 견디려 최대한 인내심을 발휘하는 중이다. 그런데 그 인내심이 밤이 깊어질수록 약해지는 중이다.

"그 아이를 좋아하게 될 일은 절대 없을 거다."

한 마디 한 마디가 전부 엄마의 진심이다.

"엄마가 하딘을 좋아할 필요는 없죠. 근데 우리 둘 사이의 일을 다른 사람한테 떠벌리진 마세요. 아빠한테도요. 내기 얘길 아빠한테 한 건 엄마 잘못이에요. 변명의 여지가 없어요."

"네 아빠도 그 아이가 무슨 짓을 했는지 알 권리 정도는 있다."

엄마는 진짜 모른다. 아직도 아무 것도 이해 못 했다. 머리가 터질 것 같았다. 화가 목구멍까지 차오르는 느낌이었다.

"하딘은 나를 위해 있는 힘껏 노력하는 중이에요. 더 할 수 없을 만큼 최선을 다해서."

엄마는 아무 말도 하지 않았다. 나를 쳐다보지도 않았다.

"난 그걸로 됐어요."

엄마는 묵묵히 나를 노려보기만 했다. 바쁘게 움직이는 엄마의 눈동자 너머로 머리 굴리는 소리가 들리는 것 같았다. 엄마의 두 뺨에 핏기가 싹 가셨다. 처음 왔을 때 봤던 장밋빛 홍조는 이미 사라진 지 오래였다. 결국 엄마가 웅얼거렸다.

"네 관계를 존중하도록 노력하마. 노력해볼게."

"고마워요."

대답은 했지만, 엄마가 이렇게 나올 줄 몰랐다. 갑자기 휴전 국면이라니…. 하지만 나도 이제 그렇게 순진하진 않다. 증명해 보이기 전까지 엄마 말을 다 믿진 않을 거다. 그래도 한 고비는 넘긴 것 같다. 가슴을 짓누르고 있던 돌덩이 하나가 치워진 듯했다.

"네 아빠는 어떻게 할 생각이니?"

엄마도 자리에서 일어섰다. 족히 10센티미터는 되는 하이힐을 신은 엄마는 나를 내려다보았다.

"모르겠어요."

하던 얘기로 정신이 팔려, 아빠한테까지 신경 쓸 겨를이 없었다.

"내보내야 해. 이 집에서 있으면서 널 골치 아프게 만들 자격 같은 건 없어. 거짓으로 가득 차 있는 주제에."

"아빠가 골치 아프게 한 건 없어요."

엄마에게 쏘아붙였다. 조금이라도 진전이 있을라 치면, 엄마는 늘 이런 식으로 무릎을 꺾는다.

"이미 그랬잖니! 이 집에 낯선 사람을 끌어들이고, 돈도 뜯기게 만들 었잖아! 하딘이 다 얘기해줬어."

대체 하딘은 왜 그런 소리까지 한 거야? 날 걱정하는 건 이해할 수 있다. 하지만 엄마는 이런 상황에 눈곱만큼도 도움이 안 되는 사람이다.

"아빠를 쫓아내진 않을 거예요. 여긴 내 집도 아닌데다, 아빠는 갈 데도 없잖아요."

엄마는 눈을 감고 고개를 가로저었다. 벌써 열 번째다.

"넌 다른 사람을 고쳐주려는 짓 좀 그만둬야 해, 테레사. 넌 평생 그러고 살 거다. 그래도 네 인생에 남는 건 없을 거야. 그 사람들이 네 덕분에 달라졌다고 해도 말이다."

"테사?"

밖에서 하딘 목소리가 들렸다. 미처 대답하기도 전에 하딘이 문을 열고 들어왔다. 들어오자 마자 내 표정을 살폈다.

"괜찮아?"

엄마의 존재 따위는 완전히 무시하는 말투였다.

"응."

이끌리듯 하딘을 향해 다가갔다.

"막 가려던 참이었다."

엄마는 찡그린 얼굴로 옷매무새를 고쳤다.

"잘됐네요."

하딘이 무례하게 한마디 툭 던지고 내 앞을 막아섰다.

나는 하딘을 올려다보았다. 아무 말도 안 했지만 제발 가만히 있으라고 눈짓했다. 하딘은 어이없는 표정을 지었지만, 엄마가 우리를 지나쳐 복도로 나갈 때까지 입을 다물고 있었다. 듣기 싫은 하이힐 굽 소리 때문에 한쪽 머리가 지끈거렸다.

하딘의 손을 잡고 조용히 따라 나갔다. 아빠가 엄마에게 말을 붙이려고 했지만 엄마는 매몰차게 물리쳤다.

"당신, 코트도 안 입고 온 거요?"

아빠가 불쑥 물었다. 어리둥절하고 있는 사이 엄마가 '아니'라고 중얼거리더니 돌아보았다.

"내일 전화하마…. 이번엔 받을 거지?"

강요가 아닌 부탁이었다. 확실한 진전이다.

"네."

나는 고개를 끄덕였다. 엄마는 작별 인사조차 하지 않고 돌아섰다. 그럴 줄 알았지만.

"저 여자는 아무튼 지긋지긋하다니까!"

문이 닫히자 아빠가 소리쳤다.

"우린 자러 갈게요. 누가 그놈의 문을 또 두드리거든, 대답하지 마세요."

하딘은 퉁명스럽게 말했다.

피곤이 몰려왔다. 제대로 서 있기조차 힘들 지경이었다.

"엄마랑 무슨 얘기 했어?"

하딘은 겉옷을 홀렁 벗어서 내게 툭 던졌다. 나는 잠시 머뭇거렸다. 하딘은 바닥에 떨어진 셔츠를 내가 주워 입길 기다리는 듯했다. 버터와 기름으로 얼룩진 셔츠였지만, 나는 기꺼이 내 옷을 벗어던지고 그 셔츠를 뒤집어썼다. 익숙한 하딘의 냄새가 훅 끼쳤다. 곤두섰던 신경이 조금 진정되는 것 같았다.

"지금까지 살면서 엄마가 했던 말보다 더 많은 얘길 했어."

머릿속이 아직까지도 빙빙 돈다.

"그래서 네 생각이 달라졌어?"

나를 바라보는 하딘의 눈동자에 두려움과 공포가 서렸다. 아빠도 하딘한테 비슷한 얘기를 한 모양이다. 아빠도 엄마에게 원한을 품고 있는지 궁금했다. 두 분의 삶에 풍파를 일으킨 장본인이 자신이라는 걸 인정했는지도.

"아니."

나는 헐렁한 바지를 벗어 의자에 걸쳐 놓으며 대답했다.

"정말 걱정 안 돼? 우리가 네 부모님의 전철을…."

"아니, 우린 그렇지 않을 거야. 우린 그분들이 아니니까."

얼른 하딘 말을 막았다. 하딘이 또 쓸데없는 생각을 하는 건 싫었다, 적어도 오늘 밤만은. 내 말을 수긍하는 눈치는 아니었지만, 지금은 확실하게 밀고 나가야 할 것 같다.

"그럼 너네 아빠는 어떻게 해? 내쫓을까?"

하딘이 침대 헤드에 기대앉으며 물었다. 나는 바닥에서 하딘의 지저분한 바지와 양말을 주워들었다. 하딘은 팔베개를 하고 뒤로 기대 있었다. 타투가 가득한 몸이 그대로 드러났다.

"아니. 아빠 쫓아내지 마, 부탁이야."

내가 침대로 기어들자 하딘은 나를 당겨 무릎에 앉혔다.

"그래, 어쨌든 오늘 밤만큼은."

미소를 기대하며 하딘을 올려다보았지만, 하딘은 웃지 않았다.

"너무 혼란스러워."

그의 가슴에 기대 칭얼거렸다.

"내가 도와줄게."

하딘이 엉덩이를 들어올리자, 내 몸이 앞으로 쏠렸다. 나는 떨어지지 않으려고 하딘의 벗은 가슴을 두 손으로 짚으며 살짝 눈을 흘겼다.

"물론 네가 도와주겠지. 매번 작은 못에 무지막지한 망치를 들이대서 그렇지."

하딘이 짓궂게 웃었다.

"지금 나한테 못 박히고 싶다는 말이야?"

구린 농담에 뭐라 대꾸하기도 전에, 하딘이 내 턱을 붙잡았다. 어느새 나는 엉덩이를 들썩거리며 하딘의 몸에 비비적거리고 있었다. 생리가 시작됐다는 사실이 어렴풋이 기억났다. 하지만 뭐, 하딘은 그런 걸 신경 쓸 사람이 아니다.

"너 좀 자야 해, 베이비. 지금 섹스하는 건 아닌 거 같아."

하딘이 부드럽게 속삭였다. 부끄러운 줄도 모르고 내가 삐죽거렸다.

"안 자도 돼."

나는 슬그머니 두 손을 하딘의 아랫배로 미끄러뜨렸다.

"아, 아니야. 하지 마."

하딘이 나를 말렸다. 하지만 정신을 딴 데로 돌려야 한다. 하딘이 완벽한 치유제가 될 거다.

"네가 먼저 시작했잖아."

우는 소리를 했다. 나는 절박했으니까.

"알아, 미안해. 내가 내일 카렌한테 데려다줄게."

하딘은 내 셔츠 속으로 손을 밀어 넣어 등에 알 수 없는 문양을 그렸다.

"그리고 말 잘 들으면, 그 집 서재 책상에 널 엎드리게 할 거야, 딱 네가 좋아하는 스타일로."

하딘이 내 귀에 속삭였다. 숨이 턱 막혔다. 장난스럽게 하딘을 찰싹 때렸고, 하딘은 깔깔 웃었다. 환하게 웃는 얼굴을 보니 섹스한 것만큼 기분이 좋아졌다. 음… 거의.

"오늘 여기선 좀 아닌 것 같아. 너네 아빠가 침대에 묻은 핏자국이라도 보는 날엔 내가 널 죽인 줄 알 거야."

하딘은 웃음을 참는 듯 입술을 깨물었다.

"또 시작이야?"

생리하는 걸로 저속한 농담을 하는 게 싫었다.

"베이비, 그러지 마."

하딘이 내 등을 꼬집었다. 나는 비명을 지르며 그의 다리 사이로 더욱 파고들었다.

"한 달에 한 번은 이걸 해줘야 직성이 풀리거든."

나는 신음을 토해내며 하딘의 입을 막으려 했다. 하딘은 웃으면서 내게 입술을 포겠다.

"네 손 좀 보여줘."

등 뒤로 손을 뻗어 하딘의 손목을 가볍게 잡았다. 중지의 상처가 심했다. 주먹 전체가 깊이 패인 상처투성이었다.

"내일도 계속 이 상태면, 나한테 다시 보여줘야 해."

"괜찮아."

"여기도 마찬가지야."

나는 찢어진 약지를 살펴보았다.

"안달복달 그만하고, 얼른 자자."

나는 고개를 끄덕였다. 잠에 빠져들면서 아빠가 자기 시리얼을 다 먹었다고 구시렁거리는 하딘의 목소리를 어렴풋이 들은 것도 같았다.

56 · 테사

하딘이 일어나길 참을성 있게 기다리며 침대에서 두 시간이나 뭉갰다. 그러다 결국 포기하고 말았다. 샤워를 마치고 옷까지 다 차려입었다. 부엌을 치우고 지끈거리는 두통을 해결하려 약 두 알을 털어넣었다. 더 이상은 안 되겠다. 하딘을 깨워야겠다.

팔을 잡고 가볍게 흔들었다. 꿈쩍도 하지 않는다.

"하딘, 일어나."

하딘 어깨를 거칠게 움켜쥐다가 움찔했다. 갑자기 엄마가 소파에서 잠든 아빠를 잡아채던 모습이 떠올랐다. 오전 내내 어젯밤에 들었던 가슴 아픈 과거사를 떠올리지 않으려 노력했다. 아빠도 아직도 잠들어 있었다. 어제 그 짧은 시간 동안 엄마가 아빠를 얼마나 지치게 했는지 짐작하고도 남았다.

"싫어."

하딘이 잠결에 투덜거렸다.

"안 일어나면, 혼자 갈 거야."

플랫 슈즈를 신으며 중얼거렸다. 스니커즈가 여러 켤레 있지만, 즐겨 신게 되는 건 이 갈색 뜨개 신발이다. 하딘은 이걸 '흉물스러운 모카신'이라고 했지만 상관없다. 발이 편한 게 최고다.

하딘이 신음 소리와 함께 몸을 일으켰다. 눈도 제대로 못 뜨면서 고개를 흔들었다.

"혼자는 못 가."

그럴 줄 알았다. 하딘을 깨우려면 이 방법이 가장 잘 먹힌다.

"그럼 얼른 일어나. 난 준비 다 마쳤단 말이야."

랜던이랑 켄 씨, 카렌을 다시 만날 생각을 하니 가슴이 쿵쾅거렸다. 딸기 자수 앞치마를 입은 상냥한 카렌을 본 게 백만 년은 된 것 같았다.

"빌어먹을."

하딘이 한쪽 눈을 뜨며 투덜거렸다. 피곤이 덕지덕지 묻은 표정이었다. 나도 피곤하긴 했다, 정신적으로, 육체적으로도. 하지만 한시라도 빨리 여기를 떠나야겠다는 생각에 부리나케 움직였다.

"일단 이리 좀 와봐."

하딘은 나머지 눈을 뜨고 두 팔을 벌렸다. 옆에 가서 앉자 하딘은 내 위에 몸을 포갰다. 따뜻한 온기가 전해졌다. 하딘이 딱딱해진 페니스를 나에게 문질렀다. 엉덩이를 들썩거리며 내 허벅지 사이에 편안하게 몸을 맡겼다. 발기된 그의 페니스가 고문하듯 나를 쿡쿡 찔러댔다.

"굿 모닝."

하딘이 눈을 번쩍 떴다. 그 모습에 웃음이 터졌다. 하딘은 느긋하게 엉덩이를 빙빙 돌리며 원을 그렸다. 나는 동요하지 않으려 무진 애를 썼다. 하딘이 따라 웃으며 내 입술에 입술을 포갰다. 하딘의 혀가 내 혀를 감쌌다. 엉덩이를 들썩이며 과격하게 찔러대는 움직임과는 너무도 상반된 느낌이었다.

"꽉 막아 놓았어?"

입술을 포갠 채 하딘이 속삭였다. 두 손이 내 가슴 위에서 움직이고 있었다. 심장이 터질 듯 쿵쾅거렸다. 나른한 하딘의 목소리가 잘 들리지 않았다.

"물론."

이제는 그런 흉측한 표현에도 슬슬 적응이 돼간다. 그는 입술을 떼고 내 얼굴을 찬찬히 훑어보았다.

밖에서 부엌 싱크대 문을 여닫는 소리가 들렸다. 곧이어 단말마의 비명이 들리더니, 와장창 그릇 깨지는 소리가 들렸다. 하딘은 기가 막힌 표정이었다.

"젠장, 잘하고 있군."

하딘은 내 눈을 똑바로 쳐다보았다.

"나가기 전에 한판 하려고 했는데, 저분이 깨셨네…."

그는 담요를 몸에 감고 벌떡 일어섰다.

"금방 샤워하고 올게."

침대 시트를 정리하는데, 채 5분도 안 되어 하딘이 나타났다. 걸친 거라곤 허리에 두른 흰 타월이 전부였다. 하딘의 멋진 몸에서 억지로 눈을 뗐다. 그는 서랍장에서 시그니처인 블랙 티셔츠를 꺼냈다.

"어젯밤은 정말 재앙이었어."

하딘은 진의 버튼을 잠그며 터진 손을 내려다보았다.

"맞아."

나도 한숨을 내쉬었다. 웬만하면 우리 부모님 얘기는 꺼내지 않으려 했는데.

"가자."

그가 서랍장 위에서 열쇠와 휴대전화를 집어 바지 주머니에 쑤셔 넣었다. 그러고 나서 젖은 머리카락을 이마 뒤로 쓸어 넘기며 방문을 열었다.

"어라…?"

내가 뒤따라 나가기도 전에 하딘이 성마르게 소리를 질렀다. 방금 전까지 보였던 장난꾸러기 같은 모습은 온데간데없었다. 지금 같은 기분이라면 오늘도 어제와 다를 바 없이 엉망진창인 하루가 될 거다.

하딘을 따라 방을 나섰다. 욕실 문이 닫혀 있고, 물소리가 들렸다. 아빠가 샤워를 마치고 나올 때까지 기다리고 싶지는 않았다. 하지만 어디에 간다는 귀띔도 없이, 사고 치지 않겠다는 약속도 받지 않고 집을 나서고 싶지도 않았다.

'혼자 있는 동안 아빠는 이 집에서 뭘 할까? 하루 종일 약 생각만 하고 있나? 아니면 다른 사람들을 집으로 불러들이는 걸까?'

두 번째 상황은 생각도 하기 싫었다. 아빠가 불량한 친구들을 집 안에 들였으면 하딘이 모를 리 없다. 만약 그랬다면 아빠를 가만 두지 않았을 테니까.

켄 씨 집으로 가는 내내 하딘은 아무 말도 하지 않았다. 한 손을 내 다리 위에 올려놓고, 시선은 도로를 응시하고 있었다. 오늘도 별만 다르지는 않겠구나.

집에 도착하자, 늘 그랬듯이 하딘은 노크도 없이 안으로 들어갔다. 메이플시럽의 달콤한 향기가 집 안을 가득 채우고 있었다. 우리는 향기에 이끌려 부엌으로 들어갔다. 카렌이 한 손에 주걱을 들고 오븐 옆에 서서, 다른 손으로 손짓을 하며 이야기 삼매경에 빠져 있었다. 낯선 젊은 여자 하나가 아일랜드 식탁 의자에 앉아 있었다. 등을 돌리고 있어서 길고 탐스러운 갈색 머리카락만 보일 뿐이다. 드디어 카렌이 우리를 발견했다.

"테사, 하딘!"

그녀가 새된 소리를 냈다. 들고 있던 주걱을 조심스럽게 카운터 테이블에 내려놓더니, 우리에게 달려와 와락 껴안았다.

"정말 오랜만이구나!"

카렌은 나를 으스러지도록 꽉 안았다. 어젯밤에 내가 필요했던 건 바로 이런 따뜻한 환대였다.

"겨우 3주밖에 안 됐거든요."

하딘이 퉁명스레 대꾸했다. 카렌의 미소에 그늘이 드리워졌다.

"뭐 만드시는 거예요?"

카렌이 하딘 때문에 마음 상하지 않았으면 하는 마음으로 물었다.

"메이플 쿠키랑 메이플 팬케이크, 또 메이플 머핀이야."

카렌은 나를 다정하게 당겼다. 하딘은 인상을 잔뜩 쓰고 구석에 엉거주춤 서 있었다. 나는 젊은 여자를 처다보았다. 내 소개를 해야 할지 말아야 할지 잘 모르겠다.

"아참!"

카렌이 금세 눈치를 챘다.

"미안, 소개부터 시켜줬어야 하는데. 이쪽은 소피아. 부모님이 바로 아랫집에 사셔."

소피아는 미소를 지으며 내 손을 잡았다.

"만나서 반가워요."

소피아는 정말 예뻤다. 눈빛은 반짝거렸고, 미소는 따뜻했다. 나보다 나이는 조금 많아 보였지만, 그래봤자 스물다섯 살 정도?

"랜던 친구, 테사라고 해요."

하딘이 내 뒤에서 헛기침을 했다. 랜던 친구라고 했던 내 말이 거슬린 모양이다. 소피아는 랜던을 알고 있을 것 같았다. 그리고 하딘과 나는…, 아무튼, 지금은 나를 그렇게 소개하는 게 나을 것 같았다.

"아직 랜던은 못 만나봤어요."

소피아의 목소리는 부드럽고 다정했다. 나는 금세 그녀가 좋아졌다. 한 동네에 산다니 당연히 랜던을 알 거라고 생각했는데.

"소피아는 뉴욕에 있는 CIA(Culinary Institute of America)를 졸업했어."

카렌이 자랑스레 말하자 소피아가 미소 지었다. 미국 최고의 요리학교를 졸업했다니 나라도 뻐기고 싶었을 거다.

"가족들 만나러 집에 왔는데, 길에서 우연히 카렌을 만났어요. 시럽사가지고 오시는 걸.”

소피아는 잔뜩 널려 있는 메이플 시럽 음식들을 둘러보며 환하게 웃었다.

“아, 이쪽은 하딘이에요.”

뒤에 부루퉁하게 서 있던 하딘을 소개했다. 소피아는 하딘에게도 미소를 지어 보였다.

“만나서 반가워요.”

하딘은 소피아에게 눈길도 주지 않고 퉁명스럽게 말했다.

“그러네요.”

나는 어깨를 으쓱해 보이며 민망스러운 미소를 지었다. 그리고 이내 카렌에게로 고개를 돌렸다.

“랜던은요?”

카렌은 하딘을 향해 눈을 깜빡거리더니 대답했다.

“위층에 있단다…. 근데 기분이 별로인 것 같더라.”

가슴이 철렁했다. 내 친구에게 무슨 일이 생긴 것 같다. 무슨 일인지 알 것도 같다.

“올라가볼게요.”

하딘이 부엌을 나섰다.

“잠깐만, 내가 갈게.”

혹시라도 랜던한테 무슨 일이 생긴 거라면, 하딘을 맞닥뜨리는 게 좋을 건 없을 듯했다.

“됐어.”

하딘이 고개를 가로저었다.

"내가 가볼게. 넌 여기서 시럽 케이크나 좀 먹든가."

그는 말 붙일 틈도 없이 계단을 성큼거리며 올라갔다. 카렌과 소피아는 하딘의 뒷모습을 보고만 있었다.

"하딘은 켄의 아들이야."

카렌이 자랑스러운 듯 말했다. 하딘이 형편없게 굴었는데도 괜찮은 듯 보였다. 하딘 이름을 편하게 부르는 것만으로도 기분이 좋은 것 같았다. 소피아는 고개를 끄덕였다.

"좋은 사람인 것 같네요."

마음에 없는 소리. 우리 셋은 한꺼번에 웃음을 터뜨렸다.

57 · 하딘

다행히도 랜던이 나를 쫓아내지는 않았다. 아마 안락의자에 앉아 등을 돌리고 있었기 때문일 거다.

"여긴 뭐 하러 왔어?"

잔뜩 쉰 목소리였다.

"오기로 했었잖아."

랜던의 침대 모서리에 내 맘대로 걸터앉았다.

"내 방에 왜 왔냐고."

랜던이 고쳐 말했다. 뭐라고 대답해야 할지 모르겠다. 사실은 내가 왜 이 방엘 왔는지 모르겠다. 아래층에서 호들갑 떠는 세 여자를 피하고 싶었던 건가.

"너, 꼴이 말이 아니다."

툭 말을 던졌다.

"고맙군."

랜던은 읽던 책으로 시선을 돌렸다.

"무슨 일 있냐? 왜 여기서 빈둥거려?"

랜던의 방을 훑어보았다. 평소와 달리 어질러져 있었다. 물론 내 기준으로는 준수했지만, 랜던이나 테사의 눈으로 봤을 땐 어림없다.

"무슨 일인지 얘기해봐. 나, 진짜 잘해. 이를테면 들어주는 거라든지…."

랜던이 내 농담을 받아치길 바랐다. 랜던은 탁 소리 나게 책을 덮더니 나를 노려보았다.

"왜 내가 그런 얘길 해야 돼? 그걸로 나를 비웃기라도 하려고?"

"안 그럴 거야."

말은 그렇게 했지만 놀릴지도 모른다. 실은 랜던이 형편없는 성적을 받은 걸로 골탕을 먹일 참이었다. 그 계획이 틀어져 실망스럽긴 하지만, 지금은 때가 아니다. 불쌍한 표정으로 앉아 있는 녀석을 보니, 녀석을 비참하게 만드는 게 썩 내키지는 않았다.

"그냥 나한테 얘기해봐. 혹시 알아, 내가 도움이 될지?"

나는 왜 또 이딴 소리를 지껄이는 거야? 누굴 도와주는 덴 영 젬병이라는 걸 세상 모두가 아는데. 어젯밤에 일어난 참사만으로도 충분히 증명이 됐다. 리차드가 했던 말이 오전 내내 귓전에서 맴돌았다.

"날, 도와준다고?"

랜던은 기가 찬 듯했다.

"억지로 말하게 만들지는 말라고."

나는 랜던 침대에 누워 천장 팬을 쳐다보았다. 여름이었으면 좋겠다. 그러면 팬이 만들어 내는 서늘한 바람을 만끽할 수 있을 텐데.

키득거리는 소리가 들렸다. 랜던이 옆에 있던 책상 위에 책을 올려 놓았다.

"다코타 하고 끝난 거 같아."

랜던이 담담하게 털어놨다. 나는 벌떡 일어나 앉았다.

"뭐라고?"

생각지도 못한 말이었다.

"잘해 보려고 둘 다 노력했는데…."

랜던은 잔뜩 인상을 썼다. 두 눈이 그렁그렁해졌다. 혹시 녀석이 울기라도 한다면 나는 당장 나가버릴 거다.

"아…."

나는 시선을 피하며 대꾸했다.

"다코타는 벌써부터 끝내기를 원했던 거 같아."

랜던을 힐끗 보았다. 풀이 죽어 축 처진 모습을 똑바로 쳐다볼 수가 없었다. 녀석은 꼭 강아지 같았다, 특히나 지금은 더욱. 사실 강아지는 별로다, 요 녀석만 빼고…. 갑자기 곱슬 머리 그 여자에 대한 적개심이 부글부글 일었다.

"왜 그렇게 생각하는데?"

내 물음에 랜던은 어깨를 으쓱했다.

"글쎄, 잘 모르겠어. 헤어지고 싶다고 말한 것도 아닌데…, 그게 그러니까…, 걔가 요즘 너무 바쁜데다가 내 전화를 못 받아도 리턴콜을 안 하거든. 뉴욕에 갈 날이 얼마 안 남았는데, 어쩐지 다코타는 더 멀어진 것 같아."

"빌어먹을 딴 놈이 생긴 거야."

내가 벌컥 언성을 높이자, 랜던이 움찔했다.

"아냐! 그런 짓을 할 사람이 아니야."

랜던이 다코타를 감싸고 나섰다. 이런 얘기는 하는 게 아니었는데.

"미안."

나는 어깨를 으쓱했다.

"다코타는 그런 부류의 여자가 절대 아니라고."

테사도 그런 부류는 아니다. 하지만 테사가 노아와 사귀고 있을 때, 내가 테사를 뒤흔들어 놨다. 하지만 이 사실은 모두의 정신 건강을 위해 덮어두기로 했다.

"그렇지."

얼른 맞장구를 쳤다.

"다코타랑 하도 오래 사귀어서, 그 전에 어떻게 살았는지 기억도 안 나."

랜던의 목소리는 나지막하고 슬펐다. 한쪽 가슴이 죄어 왔다. 낯설고 이상한 느낌이다.

"나도 그래. 무슨 말인지 알겠어."

테사를 만나기 전 내 인생은 아무 것도 아니었다. 온통 진창이었고 어둡기만 했다. 테사가 곁을 떠나면 또 그렇게 될 거다.

"하지만 넌 적어도 끝난 뒤에 어떻게 해야 할지는 걱정 안 해도 되잖아."

"어떻게 그걸 장담하냐?"

랜던의 실연과는 전혀 상관없는 문제였지만, 그래도 대답은 들어야겠다.

"너희 둘을 갈라놓을 게 뭐가 있을까…, 아직까진 없는 것 같거든."

랜던은 그게 마치 정답인 것처럼 말했다. 나도 그 말이 맞길 바란다.

"이제 어떡할 거야? 그래도 뉴욕엔 갈 거야? 2주 뒤에 떠난다고?"

"응, 근데 모르겠어. NYU에 가려고 무진장 노력했거든. 벌써 여름 학기 등록도 마쳤고, 준비도 다 해놨는데. 이제 와서 안 가는 건 말도 안 되지. 근데 거기 가는 게 무의미한 것 같기도 해."

"가지 말아야 해. 진짜 어색할 거야."

"뉴욕은 대도시야. 우연히 마주칠 일은 절대 없을 거야. 게다가 여전히 친구이긴 하잖아."

"그놈의 '친구' 타령."

기가 막혔다.

"왜 테사한테 말 안 했어?"

테사가 알게 되면 무척 마음 아파할 거다.

"테사는 자기 문제만으로도 골치 아프잖아. 내 걱정까지 보태주긴 싫었어."

"내가 테사한테 입 다물어주길 바라겠구나?"

랜던이 머쓱해하는 걸 보니 맞게 짚은 것 같다.

"한동안만 그렇게 해줘. 테사가 낌새를 채기 전까지. 요즘 테사도 너무 스트레스가 많잖아. 안 그래도 힘든데 이것까지 보탤까 봐 걱정돼서."

내 여자친구를 걱정하는 랜던의 마음이 하도 갸륵해서 살짝 짜증이 났다. 하지만 그냥 입 다물기로 했다.

"테사가 알면 날 죽이려고 할 거야."

그래도 테사한테 말하고 싶진 않았다. 랜던 말이 맞다. 테사는 이미 충분히 골치 아프다. 그 중에 9할은 내 탓이지만.

"더 있어…."

랜던이 다시 입을 열었다.

"우리 엄마 얘기야. 엄마가…."

그때 노크 소리가 들렸다. 랜던이 얼른 입을 다물었다.

"랜던? 하딘?"

문밖에서 테사의 목소리가 들렸다.

"들어와."

랜던이 나한테 눈짓을 하며 입 다물어줄 것을 다짐 받았다.

"알았어."

대답을 하자마자 문이 열리며 테사가 들어왔다. 손에는 접시가 들려 있었다.

"이것 좀 먹어봐."

테사는 책상에 접시를 내려놓고 내 눈치를 보다가 랜던에게 미소 지었다.

"메이플 쿠키야. 소피아가 위에 장식하는 걸 가르쳐줬어. 이거 봐, 요 작은 꽃들 말이야."

테사가 브라운색의 크러스트 위에 놓인 아이싱 덩어리를 가리켰다.

"소피아는 정말 친절한 사람이야."

"누구?"

랜던이 한쪽 눈썹을 찡긋 들어올렸다.

"소피아. 요 아래가 부모님 댁이래. 소피아한테 베이킹 비법을 왕창 전수받고, 너네 어머니 좋아서 흥분 상태셔."

테사는 빙긋 웃더니 쿠키를 입으로 가져갔다. 그 여자가 테사 마음
에 들었나 보다. 셋이 부엌에서 깔깔거리며 수다를 떨었을 거다. 그래
서 내가 탈출한 거다.

"아."

랜던은 어깨를 으쓱하더니 쿠키를 집었다. 테사는 나에게도 쿠키 접
시를 내밀었다. 나는 고개를 저었다. 실망한 것 같았지만 테사는 아무
말도 하지 않았다.

"하나만 먹을게."

테사의 인상이 펴지길 바라며 중얼거렸다. 오전 내내 몹쓸 짓만 하
고 있었다. 테사는 금세 얼굴이 펴지더니 쿠키 하나를 건넸다. 꽃이라
고 만들어 놓은 장식이 꼭 코딱지 뭉치처럼 보였다.

"확실히 네가 만든 것 같다."

테사의 손목을 당겨 내 무릎에 앉히며 놀리듯 말했다.

"그건 연습용이었어!"

테사가 샐쭉하며 변명했다.

"그렇겠지, 베이비."

내가 씨익 웃자, 테사는 노란색 아이싱을 내 셔츠에다 살짝 튕겼다.

랜던에게 시선을 돌렸다. 그는 한입 가득 컵케이크를 쑤셔 넣고 우물
거리고 있었다. 시선은 바닥에 고정한 채. 손가락에 묻은 아이싱을 티셔
츠에 닦으려는데 테사가 말렸다. 그래서 테사 콧등에 아이싱을 발랐다.

"하딘!"

테사가 콧등을 닦으려 했지만, 내가 양손을 꽉 붙들어 못 움직이게
했다. 쿠키 부스러기가 바닥에 흩어졌다.

"왜들 이래!"

랜던은 우리를 보며 고개를 흔들었다.

"안 그래도 방이 엉망인데!"

나는 찡그리고 있는 테사의 콧등에 묻은 아이싱을 혀로 할짝거렸다.

"내가 다 닦아줄게!"

콧등에서 뺨을 따라 혀로 핥아 내리자, 테사가 참지 못하고 깔깔거렸다.

"너희 둘이 내 앞에서 손도 못 잡던 때가 그립다."

랜던이 투덜거렸다. 랜던은 바닥에 떨어진 쿠키 부스러기와 뭉개진 컵케이크를 주워 모았다.

분명한 건 나는 절대 그 시절이 그립지 않다는 거다. 테사도 그렇기를.

"메이플 쿠키는 맛있었니, 하딘?"

카렌이 오븐에서 커다란 햄을 꺼내 도마 위에 올리며 물었다.

"괜찮던데요."

어깨를 한 번 으쓱하며 식탁 앞에 앉았다. 옆 자리에 앉은 테사가 나를 쏘아보았다. 에이, 할 수 없다.

"맛있었어요."

사나운 눈빛의 내 여자에게 미소를 구걸하며 우물거렸다. 이제야 비로소 알게 되었다. 그녀를 웃게 하는 건 아주 작고 사소한 일이라는 걸. 어색하기 짝이 없지만, 어쨌든 그게 먹힌다면 앞으로도 그렇게 할 거다.

아빠가 내게 시선을 돌렸다.

"졸업 계획은 어떻게 되어가고 있는 거냐?"

지난 주, 학교 사무실에서 봤을 때보다는 훨씬 표정이 나아 보였다.

"완벽하게 끝냈어요. 그리고 안 갈 거예요, 기억하시죠?"

분명 기억할 거다. 그러면서도 내가 생각을 바꾸길 바라겠지.

"무슨 소리야? 안 갈 거라니?"

테사가 끼어들었다. 카렌도 햄 썰던 손을 멈추고 우리를 쳐다보았다.

'젠장, 빌어먹을.'

"졸업식에 안 간다고. 졸업장은 메일로 받을 거야."

내 대답은 단호했다. 내 생각을 바꾸려는 거라면 어림없다.

"왜 안 가는데?"

테사가 반문하자, 아빠의 얼굴에 기분 좋은 기색이 역력했다. 이럴 줄 알았겠지, 다 그 머릿속에서 나온 계략이다.

"가기 싫으니까."

지푸라기라도 잡는 심정으로 랜던을 쳐다봤지만, 녀석은 내 시선을 피할 뿐이다. 좀 전에는 죽이 딱딱 맞았는데, 녀석은 테사 편을 들기로 한 모양이다.

"억지로 밀어붙일 생각은 마. 난 안 갈 거고, 절대 바뀌지 않을 거야."

테사한테 한 말이었지만, 다 들으랍시고 일부러 큰 소리로 말했다. 내 결정에 더 이상의 반대 의견은 용납 못 한다.

"나중에 다시 얘기하자."

테사가 얼굴을 붉히며 나지막이, 그러나 위협적으로 말했다.

'물론이지, 당연히 그렇게 나올 줄 알았어.'

카렌이 큰 쟁반에 햄을 담아 들고 왔다. 의기양양한 표정이었다. 그럴 만했다. 냄새가 꽤 그럴 듯했다. 햄에도 메이플 시럽을 쓰는 레시피는 어디서 찾아낸 걸까, 문득 궁금해졌다.

"너 영국에 가기로 했다고, 네 엄마가 말하더구나."

아빠가 아무렇지도 않게 말했다. 카렌 면전에서 엄마 얘기를 꺼내는 게 불편하지도 않은 모양이다. 함께한 시간이 길어서 엑스 와이프 얘기를 꺼내도 어색하지 않은 건가?

"네."

단답형으로 대답하고 햄을 한입 베어 물었다. 더 이상 할 말 없다는 제스처였다.

"너도 함께 가는 거지, 테사?"

"여권 발급이 아직 안 됐지만, 같이 갈 거예요."

테사가 생글거리니까 짜증이 조금은 가라앉았다.

"멋진 경험이 될 게다. 네가 얼마나 영국을 좋아하는지 전에 얘기했 잖니. 찬물 끼얹을 생각은 아니다만, 지금의 런던은 예전과는 사뭇 다를 거야."

아빠가 미소를 짓자 테사도 따라 웃었다.

"미리 말씀해주셔서 감사해요. 근데 찰스 디킨스 소설의 '런던 포그' 가 사실은 스모그라는 것쯤은 저도 알아요."

테사와 아버지는 죽이 척척 맞았다. 새 가족이 나보다 낫네. 테사가 없었더라면 난 이들 누구하고도 말을 섞지 않았을 테니까.

"하딘하고 초튼에 가보거라. 트리시가 사는 햄스테드에서 두 시간 도 안 걸린다."

아빠가 또 잔소리를 한다.

'안 그래도 거기 가려고 했다고요.'

"아, 듣기만 해도 너무 좋아요."

테사가 나를 쳐다보았다. 그리고 테이블 아래로 손을 뻗더니 내 허벅지를 꽉 잡았다. 제발 이 저녁식사 동안 만큼은 얌전하게 굴기를 바란다는 신호다. 근데 문제는 아빠다. 아빠가 일을 어렵게 만든다.

"햄스테드 얘기도 많이 들었어요."

"몇 년 새에 거기도 많이 변했지. 내가 살 때만 해도 조용한 동네였는데, 이젠 작지 않은 곳이 됐어. 부동산 가격도 많이 올랐고."

테사가 내 고향 부동산에 무슨 관심이 있다고 저런 소리를 지껄이는 건지.

"둘러볼 곳들이 제법 많을 거다. 얼마나 머물 계획이지?"

"사흘 있을 거예요."

테사가 내 눈치를 보며 대답했다. 초튼 말고는 아무 데도 안 갈 작정이었는데. 들떠 있는 마음에 초를 치지는 말아야지. 내 과거의 망령 때문에 테사의 첫 해외여행을 망쳐서는 안 되니까.

"내가 생각을 좀 해봤는데…."

아빠는 테이블 냅킨으로 입가를 꾹꾹 눌렀다.

"오늘 오전에 몇 군데 돌아봤어. 네 아버지가 가실 만한 꽤 괜찮은 시설을 찾았다."

테사가 들고 있던 포크를 접시에 떨어뜨려 요란한 소리가 났다. 랜던과 카렌, 아빠까지 테사가 입 열기를 기다리면서 빤히 쳐다보고 있었다.

"뭐라고요?"

테사 대신 내가 무거운 침묵을 깼다.

"괜찮은 치료 시설을 찾았다고. 3개월짜리 중독 치료 프로그램을 운영한다는구나…."

테사가 훌쩍거렸다. 소리가 작아서 아무도 듣지 못했지만, 나에게는 온몸을 관통하는 소리 같았다.

'어쩌자고 이런 얘기를 사람들이 다 모인 저녁식사 자리에서 끄집어내는 거야!'

"…워싱턴에서 가장 좋은 곳이야. 다른 곳도 찾아볼 수는 있지만, 네가 원한다면 말이다."

조곤조곤한 말투였다. 강압적이거나 비난이 섞인 것도 아니었지만, 테사의 두 뺨은 새빨갛게 달아올랐다. 아빠의 입을 틀어막고 싶었다.

"지금 그런 얘기를 꺼내는 건 좀 아닌 거 같아요."

나는 알아듣도록 경고를 보냈다. 거친 말투에 테사가 내 팔을 살짝 잡았다.

"괜찮아, 하딘."

애원이 가득 담긴 눈빛이었다.

"너무 갑작스러워서 조금 당황했어요."

테사가 공손하게 대답했다.

"괜찮지 않아, 테사."

나는 아빠를 쳐다보았다.

"테사 아버지가 약을 하는 건 어떻게 알았어요?"

테사가 나를 툭 쳤다. 이딴 게 저녁 식탁의 화제라니, 이 집구석에 있는 접시를 다 깨버릴까 보다.

"랜던하고 어젯밤에 얘기 나눴다. 재활시설에 대해 테사와 상의해

보는 게 좋겠다는 결론을 내린 거다. 중독자들이 자발적으로 치료하는 건 아주 어려운 일이란다."

"아버지가 잘 아시겠군요, 그렇죠?"

미처 생각할 새도 없이 말이 툭 튀어나왔다. 기분을 상하게 할 의도는 아니었다. 내 말을 들은 아빠는 입을 다물었다. 카렌의 눈에 슬픔이 가득 담겨 있었다.

"그래. 알코올 중독을 극복한 사람으로서, 내가 잘 안다."

아빠가 담담하게 대꾸했다.

"비용은 얼마나 드는데요?"

나는 우리 생활을 꾸릴 정도의 돈을 번다. 하지만 재활 프로그램이라면, 그건 너무 비쌀 거다.

"내가 지불할 생각이다."

아빠가 차분하게 대답했다.

"맙소사, 싫어요."

자리를 박차고 일어서려 했지만, 테사가 내 팔을 꽉 잡았다.

"아빠가 왜요?"

"하딘, 내가 기꺼이 감당할 의향이 있다."

"저기, 두 분이 다른 데 가서 얘기하시면 안 될까요?"

랜던이 끼어들었다. 속마음은 이거였을 거다. '그런 얘기를 테사 앞에선 하는 건 실례죠.' 나와 아빠가 동시에 자리에서 일어섰다. 우리가 거실로 자리를 옮기는데도 테사는 접시에서 고개조차 들지 않았다.

"미안해."

랜던이 말하는 소리가 들렸다. 나는 아빠를 벽 쪽으로 밀어붙였다.

화가 점점 치밀어 올랐다. 아빠가 나를 밀쳐냈다. 생각보다 힘이 셌다.

"저녁 식탁에서, 온 식구들이 다 있는데, 테사 면전에서 그딴 소리를 꺼내요? 그 전에 미리 귀띔이라도 해주면 어디가 덧나요?"

"상황이 어쨌든 의견은 개진해야 할 것 같았다. 그리고 내가 비용을 지불하겠다는 걸 네가 싫어할 줄 알았다."

흥분한 나와 달리 아빠는 차분했다. 피가 거꾸로 솟는 것 같았다. 이 놈의 집구석은 가족 식사랍시고 모이면 꼭 이런 개 같은 일이 생긴다. 이 집구석의 전통인가 보다.

"빌어먹을! 당신 말이 맞아요. 우리한테 돈 쓸 생각 마세요. 그런 돈 필요 없어요."

"특별한 의도가 있는 건 아니다. 그저 내가 할 수 있는 범위 안에서 어떻게든 널 도와주고 싶을 뿐이다."

"테사 아버지를 재활시설에 보내는 게 어떻게 날 돕는 거예요?"

사실 그 답은 내가 더 잘 안다. 아빠는 한숨을 내쉬었다.

"그 사람이 잘 지내면, 테사도 잘 지낼 테니까. 그리고 테사는 너에게 도움이 되는 유일한 사람이니까. 그건 확실하잖니, 너도 알 테고."

깊은 한숨이 나왔다. 더 이상 받아칠 말이 없었다. 그 말이 맞으니까. 다만 마음을 가라앉히고 이성을 되찾을 시간이 필요했다.

58 · 테사

안심이다. 하딘이나 켄 씨, 누구도 코피를 흘리거나 눈두덩에 멍자국 없이 돌아왔다.

켄 씨가 자리에 앉아 냅킨을 다리 위에 펼치며 말했다.

"식탁에서 적절치 못한 화제를 꺼낸 걸 사과하마. 내가 선을 넘었구나."

"괜찮아요, 정말이에요. 그런 제안을 해주셔서 정말 감사해요."

억지로 미소를 지었다. 진심으로 감사하기는 하다. 그럼에도 받아들이기엔 너무 과하다.

"이 얘긴 나중에 다시 해."

하딘이 귀에 대고 속삭였다. 나는 고개를 끄덕였다. 카렌은 식탁을 치우려 자리에서 일어섰다. 음식은 거의 손도 대지 못했다. 아빠 문제가 도마 위에 오르니 입맛이 싹 가셨다. 하딘이 내 의자를 자기 쪽으로 끌어당겼다.

"디저트라도 좀 먹어."

뱃속이 뒤틀렸다. 두통약의 약효가 떨어진 모양이다. 머리가 지끈거리고 속이 좋지 않았다.

"그래."

카렌이 쟁반 가득 메이플 향의 디저트를 들고 왔다. 컵케이크 하나를 집었다. 하딘은 메이플 쿠키를 집어 매끈하게 장식된 꽃을 보고 있었다.

"그거 내가 한 거야."

물론 거짓말이다. 하딘은 고개를 저으며 미소 지었다.

"돌아가기 싫다."

하딘이 힐끗 시계를 쳐다보는 걸 보고 내가 말했다. 시계 생각은 안 하려고 애를 썼지만, 아빠가 진 빚 대신 마약상에게 준 하딘의 시계가 자꾸 생각났다.

'아빠를 재활시설에 보내는 게 정말 최선의 방법일까? 아빠가 그 제안을 받아들일까?'

"시애틀로 짐 싸들고 이사 간 건 너잖아."

하딘이 투덜거렸다.

"내 말은 여기 있고 싶단 뜻이야, 오늘 밤만."

이번에는 하딘이 알아듣기를 바랐다.

"싫어…, 난 여기 안 있을 거야."

"난 있고 싶어."

"테사, 우린 집에 갈 거야. 너네 아빠도 거기 있잖아."

나는 인상을 찌푸렸다. 가고 싶지 않은 이유가 바로 그거다. 찬찬히 생각하고 숨 쉴 시간이 필요했다. 그러기엔 이 집이 안성맞춤이다. 켄 씨가 저녁식사 자리에서 재활시설 얘기를 꺼내기는 했지만, 이곳은 늘 내게 피난처 같은 곳이었다. 이 집이 너무 좋다. 어제부터 그 아파트에 있는 건 괴롭기만 했다.

"알았어."

나는 시무룩해져 컵케이크 귀퉁이를 만지작거렸다. 결국 하딘이 졌다는 듯 한숨을 내쉬었다.

"그래, 여기 있자."

그럴 줄 알았다. 식탁에서 보낸 나머지 시간은 괜찮았다. 근데 랜던이 너무 조용하다. 부엌 정리가 끝나면 꼭 물어봐야겠다.

"이 집에서 너와 함께 보냈던 시간이 얼마나 그리웠는지 몰라."

카렌이 식기세척기를 닫고 손을 닦으며 나를 돌아보았다.

"저도 여기가 너무 그리웠어요."

나는 카운터 테이블에 비스듬히 기대섰다.

"그렇게 얘기해주니 기쁘네. 나는 네가 꼭 딸 같았거든. 그것만은 알 아줬으면 좋겠어."

카렌의 아랫입술이 파르르 떨렸다. 부엌의 밝은 조명 아래서 카렌의 눈가가 촉촉하게 빛났다.

"괜찮으세요?"

나는 카렌 곁으로 다가갔다. 내가 너무도 아끼고 좋아하는 사람이다.

"그럼."

카렌이 웃어 보였다.

"미안, 내가 요즘 너무 감정적이야."

카렌은 금세 환한 미소를 지으며 평상심을 되찾았다.

"잠자리에 들 준비 다 됐어?"

하딘이 불쑥 부엌으로 들어왔다. 한 손에는 메이플 쿠키를 든 채였다. 그게 꽤 입맛에 맞는 것 같았다.

"가보렴."

카렌은 나를 안으며 볼에 입을 맞췄다. 하딘은 나를 반강제로 데리고 나왔다. 계단을 올라가는데 한숨이 나왔다. 뭔가 석연찮은 기분이 들었다.

"좀 걱정스러워, 카렌하고 랜던."

"괜찮을 거야."

하딘이 대수롭지 않게 말했다. 랜던의 방문은 굳게 닫혀 있었고, 밖으로 새어나오는 불빛조차 보이지 않았다.

"랜던은 자네."

하던 방으로 들어가자 방 전체가 환영하며 반기는 것 같았다. 그러고 보니 하던이 마지막으로 이 방에 왔을 때 부숴버렸던 책상과 의자가 새 것으로 바뀌어 있었다. 그 다음에도 이 방에 온 적이 있었는데, 그땐 눈치채지 못했다. 지금이라도 세세한 것 하나까지 다 기억하고 싶어졌다.

"왜 그래?"

하던의 목소리에 퍼뜩 정신이 돌아왔다. 방을 찬찬히 둘러보았다. 처음으로 하던과 이 방에 머물렀던 때가 기억났다.

"추억에 잠겼던 것뿐이야."

하던이 씨익 웃는다.

"추억이라고?"

하던은 티셔츠를 벗어 나에게 건넸다. 추억 속으로 더 깊이 빠져드는 것 같았다.

"나하고 추억을 나누는 건 어때?"

다음 차례는 바지였다. 그는 재빨리 바지를 벗더니 바닥에 툭 던졌다.

"글쎄…."

하던이 기지개 켜듯 몸을 쭉 늘였다. 타투가 그려진 그의 상반신을 느긋하게 감상했다.

"너하고 처음으로 이 방에서 잤던 때가 생각나."

그날, 하던도 이 방에서 처음 자는 거였다.

"그때 뭐?"

"특별한 건 아니야."

나는 어깨를 으쓱해 보이고, 하던의 시선을 한 몸에 받으며 옷을 벗었다. 바지는 벗어 가지런히 개어놓고, 하딘의 셔츠를 뒤집어썼다.

"브라도 벗어."

하딘이 한쪽 눈썹을 찡긋 들어 올렸다. 말투는 엄격했고, 초록 눈동자는 훨씬 진해졌다. 브라까지 벗고 하딘 옆에 누웠다.

"아까 무슨 생각했었는지 얘기해봐."

하딘은 내 허리를 바짝 잡아당겼다. 나는 모로 누워 최대한 하딘에게 바짝 다가갔다. 하딘은 손끝으로 레이스 팬티의 허리밴드를 따라 쓰다듬었다. 짜릿한 느낌이 온몸을 타고 흘렀다.

"랜던이 나한테 와달라고 전화했던 그날 밤 생각."

하딘의 표정을 살폈다.

"네가 이 집을 난장판으로 만들어놨잖아."

그릇장이 엎어지고 접시들이 산산조각 나 바닥에 나뒹굴던 장면이 선명하게 떠올랐다. 저절로 인상이 찌푸려졌다.

"그랬었지."

하딘은 나지막이 대답했다. 하딘의 손이 맨살을 따라 올라와 내 머리카락을 그러쥐었다. 그렇게 자신한테서 눈을 떼지 못하게 만들었다.

"그때 정말 무서웠어."

속내를 털어놓았다.

"네가 한 일 때문이 아니라, 네가 한 말 때문에."

하딘이 인상을 썼다.

"그땐 너한테 겁주는 말만 했지."

"그랬던 것 같아."

얼른 말을 덧붙였다.

"근데 모진 말 했던 거, 다 보상해 줬잖아."

하딘이 키득거리다 결국 먼저 눈을 피했다.

"그랬지, 그러다 그 다음날 더 심한 소리를 해댔고."

무슨 얘기를 할지 알겠다. 일어나 앉으려고 애를 썼지만 하딘이 엉덩이를 꽉 누르며 몸을 눕혔다. 그러더니 먼저 말을 꺼냈다.

"그때도 널 사랑했어."

"정말?"

그는 고개를 끄덕이더니 내 엉덩이를 잡은 손에 힘을 주었다.

"그럼."

"그걸 어떻게 알았어?"

조용히 물었다. 그날 밤에도 날 사랑했다지만, 한 번도 속마음을 자세히 얘기해준 적은 없었다. 이제는 말해줄 수 있을까.

"그냥 알았어. 그리고 네가 지금 뭘 하고 있는지도 알겠어."

하딘은 환하게 미소를 지었다.

"뭘 하고 있는데?"

나는 하딘의 아랫배에 손바닥을 대고 있었다.

"계속 꼬치꼬치 캐물을 거야?"

하딘은 내 머리카락을 쥔 손에 힘을 주고 장난스레 이리저리 당겼다.

내가 키득거리자 하딘이 따라 웃었다.

"너무 오래전 일인 것 같아."

하딘이 코로 내 턱과 목선을 쓸어내렸다.

"오늘 아침부터 참기 힘들었어."

하딘이 속삭였다. 허벅지 사이를 묵직하게 누르는 그의 페니스가 그 말을 증명하는 듯 했다. 살갗에 닿는 그의 숨결이 뜨거웠다. 하딘의 말과 눈빛에 온몸이 깨어나 꿈틀거렸다.

"네가 달래줄 수 있잖아, 그치?"

부탁이라기보다 명령에 가까운 말이었다.

하딘은 내 머리를 꾹꾹 눌러 고개를 끄덕이게 했다. 오늘 아침, 괴롭힌 건 내가 아니라 하딘이었다고 고쳐 말하고 싶었지만, 아무 말도 하지 않았다. 이런 식의 플레이가 재밌다. 하딘이 몸을 일으켰다. 그는 내 티셔츠를 머리 위로 올려 복부와 가슴이 그대로 드러나게 했다. 하딘의 손은 차가웠다. 그는 탐욕스럽게 내 가슴을 움켜쥐었고, 내 입으로 혀를 밀어 넣었다. 금세 온몸이 후끈 달아올랐다. 지난 24시간 동안 쌓였던 스트레스가 단번에 사라져버리고, 내 몸은 오로지 하딘으로 가득 차올랐다.

"일어나서 침대 헤드에 기대봐."

하딘은 내 티셔츠를 완전히 벗겨냈고, 나는 순순히 그의 말에 따랐다. 수퍼킹 사이즈의 회색 침대 헤드에 기대어 앉았다. 그의 팬티를 끄집어 내리려고 하자 그가 팬티를 벗어던졌다.

"조금만 더 내려와봐."

다시 자리를 잡자 하딘이 고개를 끄덕였다. 그가 침대로 달려들어 무릎걸음으로 다가왔다. 나는 그의 맨살을 갈구하듯 혀를 내밀었다. 입을 벌리자 하딘이 한 손으로 발기한 페니스를 감싸 쥐어 내게 밀어 넣었다. 나는 하딘이 내 입술 사이에서 천천히 펌핑하는 모습을 경이롭게 바라보았다. 입을 더 크게 벌렸지만 그럼에도 내 입에 들어오는 건 일부일 뿐이었다. 그는 내 혀의 섬세한 움직임을 음미하듯 천천히 움직였다.

"제기랄."

하딘이 참지 못하고 신음을 토해냈다. 고개를 들어보니 이글거리는 눈빛이 나를 내려다보고 있었다. 그는 침대 헤드를 잡고 몸을 지탱한 채, 진입과 후퇴를 반복했다.

"더, 더 해줘."

하딘이 헐떡였고, 나는 두 손으로 하딘의 엉덩이를 당겨 더 가까이 오게 했다. 입안 가득 그를 담으며, 그가 즐기는 것처럼 나 또한 이 순간을 만끽했다. 혀끝에 닿는 감촉은 실크처럼 매끄러웠고 숨소리는 점점 빨라졌다. 그는 낮은 목소리로 내 이름을 불렀다. 나 또한 온몸이 달아올라 하딘을 갈구하고 있었다.

그는 움직임을 멈추지 않았다. 넣었다 빼고, 또 다시 넣었다 뺐다.

"죽이게 좋아, 나 좀 봐."

하딘이 애원하듯 말했다.

눈을 가늘게 뜨고 그의 얼굴을 바라보았다. 그는 미간을 한껏 찌푸리고 아랫입술을 깨문 채로 나를 쳐다보고 있었다. 목구멍 뒤쪽까지 페니스가 와 닿았다. 하딘 아랫배 근육이 꿈틀거리는 게 보였다. 곧 다음 단계로 접어들 것이다. 내 생각을 읽은 듯 그가 신음을 내질렀다.

"제기랄, 할 것 같아."

하딘의 움직임이 더 힘차고 빨라졌다. 나는 입술에 힘을 주고 더 세게 빨았다. 그가 페니스를 내 입에서 빼내 가슴에다 사정했다. 나는 깜짝 놀랐다. 그는 한 번 더 신음처럼 이름을 부르더니 기진맥진하여 침대 헤드에 이마를 기댔다. 하딘이 숨을 고르고 옆에 누울 때까지 한참을 기다려주었다.

그는 벌거벗은 내 가슴에다 자신의 정액을 천천히 문질렀다. 너무 놀라 꼼짝도 할 수 없었다. 하딘은 그런 내게서 눈을 떼지 못했다.

"다 내 거야."

뻔뻔스럽게 씨익 웃으며, 다물지 못한 내 입에 살짝 입을 맞추었다.

나는 끈적끈적해진 가슴을 내려다보았다.

"너도 좋잖아."

그가 웃는다. 나도 특별히 부인하지는 않았다.

"좋아하는 것 같은데?"

하딘이 번들거리는 내 가슴에서 눈을 떼지 못하는 걸 보니 확실히 그렇게 생각하는 모양이다.

"넌 정말 저질이야."

고작 생각해낸 말이란 게 이거였다.

"그래? 근데 너도 마찬가지야."

하딘은 내 엉덩이를 움켜잡고 확 잡아당겼다. 나는 꺅 비명을 질렀다. 하딘이 내 입을 막았다.

"쉬잇! 널 책상 위에 올려놓고 섹스하는 동안 청중을 모으고 싶진 않아."

59 · 하딘

커피 향이 코끝을 자극했다. 팔을 뻗어 테사를 찾았다. 옆자리가 비어 있는 걸 깨닫고, 번쩍 눈을 떴다. 서랍장 위에 커피 두 잔이 놓여 있고, 테사는 짐을 싸고 있었다.

"몇 시야?"

부디 늦잠 잔 게 아니길.

"12시 다 됐어."

망했다, 하루의 절반을 자버렸군.

"짐 챙겼고, 아침밥도 먹었어. 점심 준비가 곧 끝날 거야."

테사가 방긋 웃었다. 그녀는 벌써 샤워도 마치고 옷까지 다 챙겨 입었다. 게다가 빌어먹을 바지를 또 입고 있네, 딱 붙는 그 바지를.

억지로 침대에서 내려왔다.

"잘됐네."

아무렇지 않게 대답하고, 바닥에 벗어놓은 바지를 찾는데, 아니나 다를까 보이지 않는다.

"여기."

테사가 잘 접힌 내 바지를 건넸다.

"괜찮은 거지?"

시큰둥한 내 눈치를 보는 게 틀림없었다.

"응, 좋아."

"하딘."

목소리에 힘이 들어가 있다. 이럴 줄 알았다.

"괜찮아. 그냥 주말이 너무 빨리 가버린 것 같아서 그래."

테사가 빙긋 웃었다. 이 미소 한 번이면 얼어붙었던 기분이 스르르 풀린다.

"정말 그래."

따로 사는 이 생활이 너무 싫다.

"목요일까지만 버티면 되잖아."

별거 아니라고 세뇌시키려는 듯 말했다.

"점심 메뉴는 뭐래?"

급하게 화제를 바꾸었다.

"제발 메이플 시럽만 아니면 좋겠는데."

테사가 웃었다.

"그건 아니야."

식당으로 막 들어서는데, 카렌이 샌드위치 쟁반을 들고 나왔다. 랜던은 혼자 상념에 빠져 있었다. 테사가 랜던 옆에 가 앉으며 상태를 묻는 모습을 물끄러미 바라보았다.

"괜찮아. 기분이 조금 처져서 그래."

랜던이 테사한테 거짓말하는 걸 보게 될 줄이야.

"정말? 근데 너 쪽…."

"테사…."

랜던이 팔을 뻗었다. 테사 손 잡기만 해봐….

"나 괜찮아."

랜던은 웃으며 손을 테이블 아래로 내렸다. 나는 잽싸게 테사 손을 잡아 내 다리 위에 올려놓았다. 식탁에서는 지루하기 짝이 없는 잡담이 오고 갔다. 한마디도 거들고 싶지 않았다.

드디어 테사를 시애틀에 데려다줘야 할 시간이다. 애초에 테사를 시애틀에 보낸 내가 바보다.

"뉴욕 가기 전에 다시 볼 수 있는 거지?"

랜던이 작별 인사로 포옹을 하자, 테사의 눈가가 촉촉해졌다. 나는 눈을 돌렸다.

"당연하지. 여왕님 알현하고 돌아오면 내가 만나러 갈게."

랜던의 농담에 테사가 웃는다. 랜던의 노력을 치하한다. 랜던이 다코타랑 헤어진 사실을 숨겼다는 걸 알게 되면 또 한 차례 난리가 나겠지.

10분 만에 겨우 테사를 끌어냈다. 카렌은 이해가 안 될 만큼 서운해했다. 테사에게 사랑한다고 말하기까지 했다. 정말 괴상망측한 일이다.

"우리 가족보다 너네 가족과 함께 있는 게 더 좋은 나란 인간은, 형편없는 걸까?"

차에 탄 뒤 15분이 지나서야 입을 연 테사가 말했다.

"응."

테사가 나를 노려보았다. 화난 척하는 거다.

"우리 가족이나 너네 가족이나 거지 같은 건 마찬가지야."

테사가 고개를 끄덕이며 다시 입을 꾹 다물었다.

시애틀에 가까워질수록 불안의 파도가 더 거세졌다. 일주일 내내 떨어져 지내긴 싫었다. 4일 동안 떨어져 있는 것도 평생 같은데.

집으로 돌아오자마자 나는 곧장 체육관으로 향했다.

60 · 테사

월요일 아침, 예약 시간보다 30분 일찍 도착해 북적이는 대기실 의자에 앉았다. 여기저기서 울어대는 아이들, 콜록거리며 기침하는 사람들로 대기실이 가득찼다. 잡지라도 읽어볼까 했지만, 한 권 남은 육아

잡지엔 기저귀 광고와 혁신적인 모유 수유 팁만 가득했다.

"테레사 영 씨?"

나이 지긋한 여자가 차트에서 고개를 들며 내 이름을 불렀다. 나는 재빨리 일어나 바닥에서 장난감 트럭을 가지고 노는 아이를 피해 걸어 갔다. 아이가 장난감 트럭을 내 발등 위로 굴리면서 까르륵 웃었다. 나는 눈높이를 아이에게 맞추며 미소를 지었고, 아이는 나를 향해 사랑 스러운 표정으로 활짝 웃었다.

"얼마나 되셨어요?"

아이 엄마인 듯한 여자가 물었다. 여자의 눈은 내 아랫배에 고정되어 있었다. 나는 본능적으로 아랫배를 가렸다. 어색한 미소를 지을 수밖에 없었다.

"저는 임신한 게 아니에요⋯."

"어머, 미안해요."

여자는 얼굴을 붉혔다.

"전혀 그래 보이지는 않았어요⋯. 난 그냥⋯."

궁색한 답변이었지만 어쩐지 기분이 나아졌다. 여자가 웃음을 터뜨렸다.

"나중에 당신도 엄마가 되면⋯, 가끔 생각의 필터가 사라져버린다는 게 참고가 될 거예요."

거기까지는 생각 안 하기로 했다. 하딘과 미래를 함께한다면 절대 엄마는 될 수 없다는 사실을, 지금은 되새길 겨를이 없다. 내 발등 위로 트럭을 굴리거나, 내 품에 안기는 사랑스러운 아이는 절대 가질 수 없을 거다.

그들에게 다정하게 웃어주고 간호사에게 다가갔다. 간호사는 작은 컵을 건네며 화장실을 안내해주었다. 임신 테스트를 해야 한다. 생리 중이면서도 왠지 긴장이 되었다. 하딘과 관계하면서 요즘 많이 부주의했다. 계획에도 없던 임신이라도 하게 된다면 큰일이다. 그랬다간 하딘을 벼랑 끝으로 내몰고, 내 인생 또한 송두리째 날아가버릴 거다.

화장실에서 나와 컵을 간호사에게 건넸다. 간호사는 나를 빈 방으로 안내하고, 혈압계를 팔에 감았다.

혈압을 재고 나서 간호사는 방을 나갔다. 잠시 후 노크 소리가 들리고 근엄해 보이는 백발의 중년 남자가 들어왔다. 남자는 두꺼운 안경을 벗으며 내게 손을 내밀었다.

"닥터 웨스트입니다. 만나서 반가워요, 테레사 양."

예상 밖의 상냥한 자기소개였다. 여자 선생님이었으면 했지만, 이분도 나쁘지 않은 것 같았다. 불편한 이 경험이 조금이나마 덜 어색하길 바랄 뿐이다.

의사는 끝도 없이 질문을 쏟아냈다. 완전히 발가벗겨진 느낌이었다. 피임하지 않고 했던 섹스에 대해서도 죄다 얘기해야 했다. 의사의 눈을 빤히 쳐다보면서 말이다. 민망하고 호된 시련이 절반쯤 지나자, 간호사가 들어와 책상 위에 서류를 올려놓았다. 의사가 서류를 훑어보는 동안 숨조차 쉴 수 없었다. 마침내 의사가 따뜻한 미소를 지어 보였다.

"임신은 아니네요. 시작할 수 있겠어요."

그제야 참았던 숨을 토해냈다. 의사는 할 수 있는 선택을 줄줄이 읊어댔다. 어떤 것들은 생전 처음 듣는 거였다.

"간단한 골반 검사를 먼저 해야 하는데, 괜찮겠어요?"

긴장감을 꿀꺽 삼키며 고개를 끄덕였다. 왜 이렇게 불편한지 모르겠다. 이 사람은 의사일 뿐이고, 나는 성인이다. 생리가 끝나고 예약을 했어야 했는데. 예약할 때는 이런 검사를 해야 하는 줄 몰랐다. 내가 원했던 건 오직 하딘과의 정상적인 관계일 뿐.

의사는 불쑥 고개를 들었다. 그의 이마에는 깊은 주름 하나가 패어 있었다.

"전에 골반 검사 받았던 적 있어요?"

"아뇨, 처음인데요."

나지막이 대답했다. 나는 의사 앞에 있는 화면으로 시선을 돌렸다. 의사는 초음파 기구를 이리저리 움직였다.

"흠."

의사는 혼잣말을 중얼거렸다. 불안했다. 뭐가 잘못된 건가? 혹시 뱃속에 아기가 있나? 불안감에 속이 울렁거렸다. 나는 아직 대학교도 졸업하지 못했다. 하딘과도 어정쩡한 관계인데….

"자궁 경부 사이즈가 조금 걸리네요."

마침내 의사가 입을 열었다.

"지금은 문제될 건 없는데, 나중에 정밀검사를 받아보세요."

"문제될 건 없다고요?"

입이 바짝바짝 마르고 아랫배가 단단해지는 것 같았다. 손바닥에 땀이 나기 시작했다.

"그게 무슨 말씀이세요?"

"지금은 문제가 아니라는 거예요…, 확실하진 않지만."

의사의 말투는 전혀 설득력이 없었다. 나는 몸을 일으켰다.

"무슨 문제인데요?"

"그게…."

의사는 콧등 위로 두꺼운 안경을 끌어올렸다.

"최악의 경우에는 불임 판정을 받을 수도 있어요. 하지만 그건 추가 검사 없이는 확실히 알 수 없어요. 어쨌든 낭종은 보이지 않으니 그건 정말 좋은 징후예요."

의사는 화면을 가리켰다. 심장이 차가운 타일 바닥으로 툭 떨어졌다.

"그럼…, 가능성이 있다는 말씀이세요?"

내 목소리조차 제대로 들리지 않았다.

"지금은 말할 수 없어요. 이건 확진이 아닙니다, 미스 영. 내가 언급했던 건 최악의 시나리오예요. 그러니까 다른 검사를 더 해보기 전까지 불안해할 필요 없어요. 오늘은 피임 시술을 완료하고, 검사용 채혈을 할게요. 그리고 추후 일정을 다시 잡죠."

의사는 잠시 말을 끊었다 다시 이어 나갔다.

"알겠죠?"

나는 고개를 끄덕였다. 말문이 막혔다. 확진이 아니라고 했지만, 꼭 확진인 것만 같았다. 문제가 될 수도 있다는 얘기를 들었을 때 이미 두려움이 엄습했고, 등골을 따라 긴장감이 온몸으로 퍼져 나갔다. 쥐 죽은 듯 조용한 방에 오로지 내 심장이 쿵쾅거리는 소리만 가득했다. 불쾌한 기분이었다.

"지레 속상해하지 말아요. 이제 정리합시다. 별일 아닐 거예요."

의사는 단호하게 말하고 방을 나갔다. 나를 벼랑 끝으로 몰아넣고,

혼자 남겨둔 채 말이다. 의사는 이런 상황에 익숙한 듯했다.

간호사가 들어와 피임 주사를 놓아주었다. 간호사는 느닷없이 수다쟁이 아줌마로 변신해서, 자기가 만든 쿠키를 손자들이 너무 좋아한다며 떠들어댔다. 나는 조용히 듣고 있다가 이따금씩 맞장구쳐 주었다. 메스꺼운 느낌이 들었다.

간호사가 피임약의 장단점을 설명했다. 이미 닥터 웨스트에게 다 들었는데. 더 이상 생리가 없을 거란 얘기엔 조금 기뻤고, 몸무게가 늘 수 있다는 데엔 조금 걱정스러웠다. 모든 일엔 다 일장일단이 있다.

간호사 말이, 지금 생리 중이라 피임 효과가 금세 나타날 거란다. 그래도 사흘 정도는 안전을 위해 피임 없는 섹스는 참아 달라고 당부했다. 그러면서 피임 효과만 있을 뿐 성병을 방지해주는 건 아니라는 말도 잊지 않았다.

다음 예약을 하고 나는 곧장 시내로 향했다. 여권 사진을 찍고, 여권 발급을 마무리했다. 발급 대금은 크리스찬이 이미 지불한 상태였다. 나 빼고 내 주변에 있는 사람들은 모두 돈을 쓰는 데 거리낌이 없구나. 그런 생각을 하니 왠지 어깨가 움츠러드는 것 같다.

거리의 여자들이 죄다 임신을 했거나, 아이를 안고 있었다. 아는 게 병이다. 의사를 다그쳐 더 정확한 말을 들었어야 했는데. 다음 검진 때까지는 계속 불안 속에서 살아야 될 텐데. 3주나 이런 불안감에 시달려야 하다니… 이러다 미쳐버릴지도 모른다.

내가 임신을 못 할 수도 있다니, 아직 생각해본 적도 없는 그 미래가 왜 이리 고통스러운지 모르겠다. 아이 없이 살 수도 있다는 생각은 이미 했었는데도 말이다. 아직 하딘한테는 얘기할 수 없다. 확실한 결과가 나오기 전까지는 함구할 거다. 뭐, 하딘의 생각은 달라지지 않겠지만.

차로 돌아가며 하딘에게 메시지를 보냈다. 병원 검진은 잘 끝냈고, 집으로 돌아가는 중이라고. 집에 도착한 뒤에는 이 생각을 하지 말자고 스스로 다짐했다. 걱정할 이유가 없다. 닥터 웨스트는 아무 것도 확신할 수 없다고 했다.

가슴이 텅 빈 것 같았지만, 지금은 지금 해야 할 일을 해야 한다. 나는 영국에 갈 거다. 내 생애 처음으로, 워싱턴을 벗어나 여행을 한다. 이보다 더 떨리는 일이 있을까. 긴장되기도 하지만, 그 크기만큼 기대감도 커져만 갔다.

61 · 하딘

테사는 금방이라도 기절해 쓰러질 것 같았다. 입에다 볼펜을 문 채 체크리스트를 보고 또 봤다. 처음 가는 해외여행이라 그런지, 테사의 히스테리가 최고점을 찍고 있었다.

"다 챙긴 거 맞아?"

비아냥거리며 내가 물었다.

"뭐? 그럼."

테사는 발끈하면서도 들고 온 가방에서 눈을 떼지 못하고 확인하고 또 확인했다. 공항에 도착하고 나서 벌써 열 번째다.

"지금 안 들어가면, 비행기 놓칠 거야."

"알아."

테사는 나를 쳐다보았지만, 여전히 그놈의 가방을 뒤적거리고 있었다. 아…, 테사는 미치게 사랑스러운 멍청이다.

"너, 여기다 차 두고 가도 되는 거야?"

테사가 물었다.

"응. 그래서 주차장이라는 게 있는 거거든."

나는 머리 위에 있는 장기 주차장 표지판을 가리켰다. 테사는 무표정하게 나를 쳐다보았다.

"가방 이리 줘."

테사의 어깨에서 흉물스런 가방을 끌어내렸다. 테사가 들고 다니기엔 너무 무거웠다. 이 가방 하나에 짐의 절반은 때려 넣은 모양이다.

"그럼 캐리어는 내가 끌게."

테사는 내 캐리어 손잡이로 손을 내밀었다.

"아냐, 내가 할게. 긴장 풀어, 다 괜찮을 거야."

오늘 아침 테사의 모습은 절대 잊지 못할 거다. 가방 사이즈에 맞을 때까지 옷을 접었다 폈다, 쌌다 풀었다 하면서 난리를 쳤다. 그냥 그러려니 하고 놔뒀다. 이 여행이 테사가 감당할 수 있는 범위를 넘어섰다는 걸 알았다. 테사는 그 어느 때보다 짜증나게 굴었지만, 나 또한 흥분했다는 걸 부인할 수가 없었다. 테사와 함께 하는 첫 해외여행이라는 것, 구름 위를 날고 있는 장면을 커다란 회색 눈동자를 반짝이며 바라볼 테사를 옆에서 지켜본다는 것까지 전부 흥분의 도가니였다. 그래서 테사에게 창가 자리를 잡아주었다.

"준비됐어?"

자동문이 활짝 열렸다.

"아니."

테사는 긴장한 듯 미소를 지었고, 우리는 북적거리는 공항 안으로 들어갔다.

"기절해서 쓰러질 것 같은 표정인데?"

나는 테사에게 몸을 기울이며 속삭였다. 테사의 낯빛은 창백했고 손은 가늘게 떨렸다. 나는 테사의 손을 꽉 잡았다. 테사가 미소를 지었다. 체크인 카운터에서부터 내내 잔뜩 찌푸리고 있었는데, 극적인 변화다.

공항 경비대와 테사가 툭 부딪쳤다. 테사가 미안한 듯 웃어 보이자, 그 남자는 헤벌쭉 바보 같은 미소를 지었다. 나도 남자를 향해 똑같이 웃어 주었다. 그 남자에게 꺼지라고 말하고 싶었만 테사가 동의하지 않겠지. 테사가 나를 잡아끄는 바람에 남자에게 가운뎃손가락을 들어 보였을 뿐이다.

내 옆에 변태 같은 늙은이가 앉았다. 테사를 창가 자리에 앉히길 잘했다. 중간에서 내가 변태의 음흉한 시선을 막아줄 수 있으니. 나는 테사의 카디건을 잡아 올렸다. 테사가 앞섶 단추를 안 채우겠다고 계속 우기는 바람에, 사람들이 죄다 테사의 젖꼭지를 볼 판이다. 말이 그렇다는 거지, 진짜로 셔츠가 그렇게 벌어져 있는 건 아니지만. 그래도 몸을 숙이면 안이 훤히 들여다보일 거다. 테사는 자기를 조종하지 말라며 투덜거렸다. 조종하려는 게 아니라 평범하지 않은 가슴을 다른 사내들의 시선으로부터 보호하려는 것뿐인데.

"이제 곧 이륙할 거야."

승무원들이 머리 위 수납장을 세 번째 확인하고 있었다.

'다 잘 닫혀 있다고, 제발 좀 갑시다.'

여행이 중단되면 내 입장에선 땡큐다.

"비행기에서 뛰쳐나갈 수 있는 마지막 기회야. 비행기 표는 환불이 안 되겠지만."

귀 뒤로 넘긴 테사의 머리카락을 잡아당기며 속삭였다. 테사는 울 듯한 표정으로 웃었다. 이런 표정은 처음이다.

"하딘."

테사는 나지막이 우는 소리를 했다. 머리는 창문에 기대고 눈을 감았다. 너무 긴장한 테사의 모습을 보는 건 별로다. 나까지 안절부절못하게 만드니까. 게다가 이번 여행은 그 자체로도 불안하기 짝이 없다.

"얼마나 더 기다려야 해요?"

참지 못하고 지나가는 승무원에게 꽥 소리를 질렀다. 승무원은 테사와 나를 번갈아 보더니, 건방진 표정으로 말했다.

"몇 분만 더 기다리시면 돼요."

여자가 직업적인 억지 미소를 지었다. 옆자리에 앉은 남자가 불편한 듯 뒤척거렸다. 이럴 줄 알았으면 옆 좌석 티켓도 사버리는 건데. 남자한테서 썩은 담배 냄새가 났다.

"몇 분은 훨씬 지난…."

테사가 내 손을 잡았다. 어느새 눈을 뜨고 있었다. 제발 분란 일으키지 말라는 애원의 눈빛이다. 심호흡을 하고 눈을 감았다.

"알았어."

승무원에게서 고개를 돌렸다.

"고마워."

테사가 입모양으로 말했다. 테사가 내 팔에 머리를 기댔다. 나는 팔을 들어 테사를 감싸 안았다. 안은 팔에 가만히 힘을 주자, 테사가 내 품으로 파고들며 만족스러운 듯 낮게 한숨을 쉬었다. 이 소리, 너무 좋다.

비행기가 활주로를 천천히 움직이기 시작했다. 테사는 다시 눈을 질끈 감았다.

비행기가 이륙하자, 테사는 창문 너머로 작아지는 풍경을 뚫어지게 쳐다보았다.

"멋있다."

테사가 환히 웃었다. 총천연색의 낯빛이다. 테사의 기쁨은 전염성이 꽤 높다. 나는 새어나오는 웃음을 억지로 참으려 했지만 불가항력이었다. 테사는 보이는 걸 죄다 읊어대며 종알거렸다.

"정말 조그맣게 보이네."

"그닥 나쁘지 않지? 우리 아직도 추락 안 했다고."

큰 소리로 마구 지껄였다. 조용하던 기내에 웅성대는 소리, 짜증스럽게 헛기침 하는 소리가 들렸다. 테사는 내 농담을 이해할 거다. 그녀는 살짝 눈을 흘기며 장난스럽게 내 가슴팍을 툭 쳤다.

"입 다물어."

테사의 경고에 나는 키득거렸다.

이제 겨우 3시간이 흘렀다. 테사는 안절부절못하고 있었다. 이럴 줄 알았다. 우리는 비행기에서 상영하는 거지 같은 프로그램을 봤고, 면세 물품 카탈로그를 두 번이나 봤다. 개 집 같은 텔레비전 스탠드가 2천 달러라는 건 말도 안 된다는 데 의견 일치를 보기도 했다.

"길고 긴 9시간이네."

"이제 6시간 남았어."

테사는 손가락으로 내 손목에 있는 무한대 모양 타투를 더듬고 있
었다.

"그래, 겨우 6시간."

"눈 좀 붙여."

"못 하겠어."

"왜?"

테사는 나를 올려다보았다.

"우리 아빠는 뭘 하고 있을까? 저번에는 랜던이 지키고 있었잖아. 이
번엔 사흘이나 집에 없을 거고."

'빌어먹을.'

"잘 계실 거야."

짜증은 나겠지만 리차드는 잘 견뎌낼 거고, 나중엔 테사한테 고마워
하게 될 거다.

"너네 아버지가 하신 제안을 거절한 건 정말 잘한 거 같아."

'이건 또 무슨 소리야?'

"그게 왜?"

목이 꽉 메었다. 나는 가만히 테사의 표정을 살폈다.

"재활시설 비용은 정말 비싸잖아."

"그래서?"

"너네 아버지가 우리 아빠한테 그런 어마어마한 돈을 쓰시는 게 맘
이 편치 않아. 너네 아버지 책임도 아닌데. 그리고 확실치도 않고. 우리
아빠가 정말 중독…."

"마약 중독 맞아, 테사."

아직도 인정하고 싶지 않겠지. 하지만 테사도 진실을 알아야 한다.

"우리 아빠가 리차드의 치료비를 낼 만하기도 하고."

착륙하자마자 바로 랜던에게 전화해봐야겠다. '중재안'이 어떻게 진행되고 있는지. 빌어먹을 테사 아버지가 그 제안에 동의해야 할 텐데. 테사를 이 계획에서 제외시킨 게 마음에 걸렸다. 몇 시간 동안 체육관에서 샌드백을 차고 때리면서 곰곰이 생각했다. 결국에 답은 간단했다. 리차드의 멱살을 잡아 끌어서라도 재활시설에 처넣든가, 아니면 리차드에게 테사 인생에서 영원히 꺼져달라고 하든가. 마약에 찌든 아빠의 존재 때문에 테사가 마음의 짐을 지고 살게 하진 않을 거다. 문제를 일으키는 건 나 하나로 충분하다. 중재는 랜던이 맡기로 했다. 둘 중에 하나를 선택하게 하라고 했다. 재활시설에 들어가거나, 영원히 딸을 떠나거나. 내가 아닌 랜던이라면 분명 이 상황을 분란 없이 처리할거다. 실질적으로 테사를 도와줄 수 있는 사람이 우리 아빠라니, 그 점이 괴로웠다. 아빠가 모든 비용을 감당할 수밖에 없으니, 아빠를 배제할 수 없게 돼버렸다.

"난 잘 모르겠어."

테사가 한숨을 내쉬며 창밖으로 시선을 돌렸다.

"좀 더 생각해봐야겠어."

"글쎄…."

내 말투가 거슬렸는지 테사가 인상을 썼다.

"또 무슨 짓을 한 건 아니지?"

테사는 나를 밀치며 눈을 가늘게 떴다. 그래 봤자 갈 데도 없으면서. 착륙할 때까진 꼼짝 없이 자리에 붙어 있어야 하는데 말이다.

"이 얘긴 나중에 다시 하자."

옆에 앉은 남자를 힐끔 쳐다보았다. 이놈의 비행기는 좌석이 더 넓어야 한다. 테사와 나 사이에 있는 팔걸이를 올리지 않는다면, 이 남자 무릎 위에 올라앉아야 할지도 모른다.

"혹시 아빠를 보냈어?"

테사가 이를 악물며 속삭였다. 험한 꼴을 연출하지 않으려 조심하는 듯했다.

"아무 데도 안 보냈어."

사실이다. 리차드가 동의할지 안 할지, 나도 알 수 없다.

"그런데 그러려고 한 거잖아?"

"어쩌면."

사실대로 인정했다. 믿을 수 없다는 듯 테사가 고개를 저었다. 그리고 의자에 머리를 기대며 눈을 감아버렸다.

"화났어?"

테사는 내 말을 무시했다.

"테레사…."

일부러 언성을 높였다. 그래야 아는 척이라도 할 테니까. 아니나 다를까, 테사가 눈을 번쩍 떴다.

"화 안 났어."

테사가 속삭였다.

"그냥 좀 놀랐어. 그리고 좀 생각해보는 중이었어, 오케이?"

"오케이."

예상했던 것보다는 훨씬 나은 반응이었다.

"나한테 뭔가를 숨기는 건 참을 수가 없어. 너도, 우리 엄마도…. 난 어린애가 아니야. 나한테 벌어진 일쯤은 나도 감당할 수 있어."

퍼뜩 머리에 떠오른 생각은 그냥은 그냥 입 다물기로 했다.

"그래."

나는 차분하게 대답했다.

"근데 그게 골치 아픈 모든 일을 너한테 다 까놓겠다는 의미는 아니야."

눈빛이 한결 부드러워지면서, 테사는 고개를 끄덕였다.

"그건 이해해. 그래도 나한테 숨기지 말았으면 좋겠어. 너나 랜던, 아빠와 관련된 거라면 뭐든 나도 알아야겠어. 어쨌거나 내가 제일 꼴찌로 알게 되잖아. 어차피 알게 될 걸 왜 질질 끌어?"

"알았어."

나는 군소리 없이 맞장구쳤다.

"앞으로는 숨기지 않을게."

예전에 숨겼던 건 빼고, 지금 이 순간부터 숨기지 않겠다는 데 동의한 거다. 테사의 표정에 어떤 감정이 스치고 지나갔지만, 그게 뭔지 읽을 수가 없었다. 왠지 죄책감이 들었다.

"내가 모르는 게 더 낫다면 모르지만."

테사가 조곤조곤 덧붙였다.

'그렇다 이거지….'

"이를 테면 어떤 건데?"

딱 꼬집어 물었다.

"듣지 않는 게 나을 만한 얘기도 있어. 이를 테면, 내 산부인과 주치의가 남자라는 사실 같은 거."

테사가 말했다.

"뭐라고?"

산부인과 주치의가 남자일 거라는 건 꿈에도 생각 못했다. 빌어먹을!

"거봐, 모르는 게 약이었잖아."

짜증과 질투가 뒤섞인 내 얼굴을 보고, 테사는 쌤통이라는 듯 웃었다.

"다른 의사로 바꿔."

테사는 느릿느릿 고개를 저었다. 그럴 일은 없을 거라는 의미였다. 나는 몸을 기울여 테사의 귀에 대고 속삭였다.

"여기 화장실이 좁은 게 행운인 줄 알아. 안 그랬으면 확 끌고 가서 제대로 한 판 해주는 건데."

테사는 놀라 두 손으로 허벅지를 꽉 움켜쥐었다. 내 말 한마디에 금세 달아오르는 테사의 이런 반응이 정말 좋다. 늘 순식간에 효과가 나타난다.

"널 문에다 밀어붙이고 섹스할 거야."

나는 테사 허벅지 안쪽으로 손을 깊숙이 밀어 넣었다.

"입도 막아버릴 거야. 비명 소리 같은 게 새어나오지 못하게."

테사가 숨을 꿀꺽 삼켰다.

"느낌이 죽이겠지. 넌 두 다리로 내 허리를 감쌀 거고, 두 손으로는 내 머리카락을 움켜쥐겠지."

테사의 눈이 커다래졌고, 눈동자는 반짝거렸다. 화장실이 왜 그렇게 작은지 원망스러웠다. 그 공간에서는 팔을 쭉 펼 수조차 없다. 백만 원도 넘게 주고 산 티켓이다. 그럼 적어도 이 지루하고 긴 비행 동안 내 여자랑 화장실에서 즐기는 것 정도는 할 수 있어야 하잖아.

"그렇게 다리를 꽉 오므린다고 고통이 사라지진 않을 텐데."

계속해서 테사 귀에 대고 속삭였다. 테사의 좌석 앞 테이블을 내리고, 한 손을 테사 허벅지 사이의 접점으로 밀어 넣었다.

"그건 나만 할 수 있지."

내 말만으로도 테사는 절정에 오를 것 같은 표정이었다.

"남은 비행 동안 꽤 찝찝하고 불편하겠어. 이렇게 축축한 팬티를 입고 있으려면."

테사의 귀 밑에 입을 맞추며 혀로 살짝살짝 핥았다. 옆에 앉은 남자가 헛기침을 했다.

"뭐 문제라도?"

남자에게 물었다. 테사한테 한 소리를 듣든 말든 상관없다. 남자는 재빨리 고개를 저으며 들고 있던 전자책 리더기로 시선을 돌렸다. 슬쩍 넘겨다보았다. 첫 번째 단락이 눈에 들어왔다. '홀든'이라는 이름이 눈에 띄었다. 거드름 피우는 중년의 얼리어답터라고 우쭐거리는 인간들이 꼭 이걸 읽더라.『호밀밭의 파수꾼』이다. 십대라면 사족을 못 쓰고, 특권층이라고 깝죽대는 인간들은 왜 이 책에 환장하는 걸까?

"계속해도 될까?"

나는 다시 테사에게 몸을 기울였다. 테사는 아직도 헐떡이고 있었다.

"아니."

테사는 테이블을 올리고, 야무지게 잠금 고리를 채웠다. 재미 보는 것도 끝이군.

"이제 딱 다섯 시간 남았네."

테사를 향해 빙긋 웃었다. 테사가 얼마나 젖었는지 상상하는 것만으로 단단해진 내 페니스는 그냥 놔두기로 했다.

"넌 정말 나쁜 놈이야."

테사가 속삭였다. 사랑스러운 미소를 입술에 머금고.

"그리고 그런 나를 넌 사랑하고."

나도 지지 않았다. 미소는 더 크게 번져나갔다.

히스로 공항에서 헤매고 다니는 건 기억만큼 나쁘지 않았다. 가방은 금세 나왔다. 테사는 아무 말 없이 내 손을 꼭 잡고 있었다. 아직까지 화가 나 있는 것 같지는 않았다. 렌터카를 받았다. 나는 테사가 반대인 운전석 쪽으로 가는 걸 웃으며 보기만 했다.(영국 차의 운전석은 오른쪽에 있다 - 옮긴이)

햄스테드에 도착했을 때, 테사는 잠들어 있었다. 창밖을 보며 깨어 있으려 발버둥쳤지만, 눈꺼풀의 무게는 어쩔 수 없었던가 보다. 이 동네를 마지막으로 왔던 때가 겨우 몇 달 전이었다. 테사를 태우고 가는 길이라 그런지, '햄스테드에 오신 것을 환영합니다'라는 표지판이 달라 보였다. 동네 분위기도 조금 달라진 것 같았다.

역사 유적지와 관광지를 지나 주택가로 접어들었다. 햄스테드에서는 아무도 고색창연한 고택에서 흥청망청하며 살지 않는다. 엄마네 집 앞 자갈 도로에 차를 세웠다. 낡은 집은 금방이라도 쓰러질 것 같아 보였다. 앞마당에 세워진 '팔렸음' 표지판이 유난히 반가웠다. 엄마의 새 남편이 사는 옆집이 훨씬 나아 보였다. 이 오두막보다 족히 두 배는 커 보였으니까.

"테사."

잠에 빠진 테사를 흔들어 깨웠다.

집 창문으로 헤드라이트가 비치자, 현관문 앞에 엄마가 나타났다. 엄마는 스크린도어를 열고 미친 여자처럼 뛰어 내려왔다. 테사는 눈을 뜨고 엄마를 쳐다보았다. 엄마는 벌써 테사가 앉은 조수석 문을 열고 있었다. 왜 다들 테사를 이렇게나 좋아할까?

"테사! 하딘!"

엄마는 흥분해서 쇳소리를 냈다. 테사는 안전벨트를 풀고 차에서 내렸다. 둘은 호들갑스럽게 끌어안으며 반갑게 인사를 했다. 그 사이 나는 트렁크에서 가방들을 내렸다.

"너희가 오다니, 너무 좋구나."

엄마가 환하게 웃으며 눈가에 맺힌 눈물을 훔쳤다. 아, 길고 긴 주말이 될 것 같다.

"저희도요."

테사가 나를 보며 대답했다. 엄마는 테사의 손을 이끌고 집으로 들어갔다.

"나는 차를 별로 안 좋아해. 그래서 우리 집에선 영국식 손님맞이는 없단다. 대신 커피를 내려놨어. 너희 둘 다 커피 좋아하잖니."

엄마는 콧노래를 흥얼거렸다. 테사가 웃으며 감사 인사를 했다. 엄마는 여전히 나한테선 멀찍이 떨어져 있었다. 주말에 있을 결혼식 동안 나를 건드리지 않으려 애쓰는 모양이었다. 두 여자는 함께 부엌으로 사라졌다. 나는 가방을 들고 위층의 오래 된 내 침실로 갔다. 집 안에 두 여자의 웃음소리가 울려 퍼졌다. 이번 주말 동안엔 아무 변고도 없어야 한다고 스스로에게 다짐했다. 모든 게 다 잘 될 거다.

낡은 트윈 베드와 서랍장 말고, 내 방엔 아무 것도 없었다. 벽지가 흉측한 풀 자국만 남긴 채 길게 쭉 찢어져 있었다. 새 집주인을 맞을 준비를 하는 중인가 보다. 달라진 내 방이 어쩐지 낯설게 느껴졌다.

62 · 테사

"너희 둘이 같이 오다니, 아직도 믿기지가 않는구나."

트리시가 커피 잔을 내게 건넸다. 내가 좋아하는 딱 그 커피다. 트리시의 배려에 미소로 답했다. 트리시는 반짝이는 눈동자와 빛나는 미소를 머금고 있었다. 짙은 감색의 운동복도 아름다워 보였다.

"저도 정말 기뻐요."

나는 오븐에 있는 시계를 힐끗 보았다. 벌써 밤 10시다. 장시간 비행에다 시차까지 겹쳐 완전히 녹초가 됐다.

"너 아니었으면 하딘도 안 왔을 거야."

트리시는 가만히 내 손을 잡았다. 어떻게 반응해야 할지 몰라 그냥 웃었다.

"비행은 어땠니? 하딘은 얌전했고?"

트리시의 미소는 인자했다. 그런 그녀에게 하딘이 비행하는 절반 정도는 폭군처럼 굴었다는 말을 할 순 없었다.

"네, 괜찮았어요."

따뜻한 커피를 한 모금 마시는데, 하딘이 부엌으로 들어왔다. 집은 오래되고 비좁았으며, 군데군데 벽들이 공간을 막고 있었다. 유일한 장식은 코너에 포개놓은 갈색 무빙 박스뿐이었다. 그럼에도 하딘이 어린 시절이 서려 있어서인지 이상하게 마음이 편안했다. 하딘은 부엌의 아치 모양 입구를 지나오면서 고개를 숙였다. 하딘의 표정을 보니 이 집에 대한 생각이 나와는 다른 모양이었다. 구석구석 너무 많은 기억들이 담겨 있겠지. 갑자기 집이 어두컴컴해 보이기 시작했다.

"벽지는 어떻게 된 거예요?"

"내가 다 떼냈어. 팔기 전에 페인트칠을 하려고. 근데 새 주인이 집을 철거할 예정이라더구나. 이 부지에 완전히 새 집을 짓고 싶대."

트리시가 찬찬히 설명했다. 철거한다는 데, 나는 찬성.

"잘됐네요. 거지 같은 집이었으니까."

하딘은 투덜거리며 내 커피 잔을 들어 한 모금 마셨다.

"피곤해?"

하딘이 나를 향해 고개를 돌렸다.

"괜찮아."

진심이었다. 트리시의 유머와 따뜻한 환대를 만끽하는 중이다. 피곤하긴 했지만 잘 시간은 많으니까. 그리고 아직 이른 시간이었다.

"난 마이크네 집에서 지내. 근데 너희들까지 거기 있고 싶지는 않을 거 같아서."

"당연히 싫죠."

하딘이 냉큼 대답했다. 하딘에게서 내 커피를 다시 받아들었다. 엄마한테 예의 바르게 대해 달라는 무언의 눈짓을 보냈다.

"어쨌든."

트리시가 버르장머리 없는 아들의 발언을 무시한 채 말을 이었다.

"내일 테사랑 할 일이 있으니까, 너는 알아서 시간을 보냈으면 좋겠구나."

"뭐 할 건데요?"

엄마의 계획이 썩 달갑지는 않은 눈치였다.

"결혼식 준비. 시내 미용실에 마사지 예약해놨어. 그리고 웨딩드레
스 가봉하는 데 같이 가 줬으면 하는데."

"당연히 가야죠!"

내 대답과 동시에 하딘이 물었다.

"얼마나 걸리는데요?"

"오후에만 같이 다니면 될 거야."

트리시가 아들을 안심시켰다.

"테사랑 잠깐이라도 함께 시간을 보내면 좋을 것 같아서."

"저는 진짜 좋아요."

트리시에게 미소를 지었다. 하딘은 더 이상 토를 달지 않았다. 다행
이다, 어차피 그래 봤자 소용없었을 테니까.

"어머, 고맙구나."

트리시도 미소를 지었다.

"친구 수잔이 같이 점심 먹으러 올 거야. 널 만나고 싶어서 안달이 났
거든. 전부터 네 얘길 했는데, 통 믿지를 않는 거야."

하딘이 커피를 마시다 사레가 들렸는지 기침을 하는 바람에 트리시
의 호들갑이 갑자기 중단됐다.

"수잔 킹슬리요?"

하딘은 트리시를 똑바로 쳐다보았다. 어깨가 뻣뻣하게 굳었고 목소
리는 떨리고 있었다.

"그래…, 지금은 성이 킹슬리는 아니지만. 재혼했거든."

트리시는 아들을 돌아보았다. 어쩐지 이 사적인 대화가 꺼림칙했다. 하딘은 엄마와 벽을 번갈아 쳐다보았다. 그러더니 우리를 남겨둔 채 부엌을 나갔다.

"난 옆집으로 자러 가마. 필요한 게 있으면 알려주렴."

어느새 흥분이 가라앉고 어쩐지 지친 목소리였다. 트리시는 내 뺨에 입을 맞추고 뒷문을 열고 밖으로 나갔다.

나는 한동안 부엌에 우두커니 서 있었다. 커피를 마저 마셨다. 자러 갈 거라 다 마실 필요는 없는데. 컵을 씻어놓고 위층으로 올라갔다. 2층 복도는 텅 비어 있었다. 좁은 복도 한쪽 벽은 벽지가 다 찢어진 채로 벽이 그대로 드러나 있었다. 자꾸만 켄 씨의 어마어마한 집과 비교가 되었다. 그 간극이 너무 커서 무시할 수가 없었다.

"하딘?"

방문들은 죄다 닫혀 있었다. 안에 뭐가 있는지도 모르는데 아무 방이나 막 열어보기는 싫었다.

"두 번째 문이야."

하딘의 목소리를 따라 두 번째 방문을 열었다. 손잡이가 뻑뻑했다. 문틈에 발을 밀어 넣어 겨우 열었다. 하딘은 침대 한쪽에 팔로 머리를 괴고 앉아 있었다.

"왜 그래?"

하딘의 헝클어진 머리를 쓸어 넘기며 물었다.

"널 여기 데리고 오는 게 아니었어."

나는 깜짝 놀랐다.

"왜?"

나는 하딘 옆으로 가 앉았다.

"왜냐하면."

하딘이 한숨을 내쉬었다.

"…그냥 그러지 말았어야 했어."

하딘은 매트리스에 누워 한 팔로 얼굴을 가렸다. 표정을 도통 읽어 낼 수가 없다.

"하딘…."

"나 피곤해, 테사. 그냥 자자."

팔에 가려 잘 들리진 않았지만, 분명한 건 하딘이 대화를 끝내고 싶어 한다는 거다.

"말 안 해줄 거야?"

한 번 더 졸랐다. 하딘의 셔츠 없이 잠자리에 들고 싶진 않았으니까.

"응, 안 할래."

하딘이 몸을 일으켜 불을 껐다.

63 · 테사

정확하게 9시에 알람이 울렸다. 억지로 몸을 일으켜 침대에서 빠져나왔다. 잠을 거의 못 자고 밤새 뒤척였다. 마지막으로 시계를 봤을 때가 새벽 3시였다. 조금이라도 눈을 붙여야 할지, 아예 밤을 새는 게 나을지 감이 잡히지 않았다.

하딘은 양손을 배 위에 모으고 잠들어 있었다. 어젯밤, 하딘은 나를 안아주지도 않았다, 단 한 번도. 잠결에 내가 옆에 있는지 확인 차 더듬었던 게 전부였다. 그것도 바로 다시 팔을 거두어 갔다. 하딘의 기분이 널을 뛰는 건 전혀 놀랍지 않다. 애초부터 여기 오고 싶어 하지 않았으니까. 그래도 뭔가 불안하고 걱정스러운 표정이 떠나지 않는 건 이해가 되지 않는다. 왜 그런지 말해주지도 않고. 정말 묻고 싶었다. 겨우 주말을 보내러 오는 것도 이렇게 싫어하면서, 어떻게 나랑 영국으로 이사할 생각을 했는지 말이다.

나는 하딘의 이마에 헝클어진 머리카락을 쓸어주며, 파르스름하게 수염 자국이 나 있는 턱선을 만졌다. 하딘의 눈꺼풀이 파르르 떨려서 얼른 손을 떼고 자리에서 일어났다. 깨우고 싶지 않았다. 하딘도 나만큼 못 잤을 거다. 뭣 때문에 그렇게 겁을 내는지 알고 싶었다. 느닷없이 마음의 문을 꼭꼭 닫아걸지 않았으면 좋겠다.

나한테 썼던 편지에서 하딘은 모든 걸 다 털어놓았다. 다 찢어버리긴 했지만. 과거에 저질렀던 끔찍한 실수는 다 고백했고, 나는 모든 걸 받아들이고 넘어갔다. 하딘의 과거가 우리의 미래에 해를 끼치지는 않을 거다. 하딘도 그걸 알아야 할 텐데. 그렇지 않으면 계속 휘청거리기만 할 거다.

욕실은 금방 찾아냈다. 녹물이 맑은 물로 바뀔 때까지 참을성 있게 기다렸다. 샤워기의 물줄기가 너무 세서 아플 지경이었다. 그래도 어깨와 등 근육에 쌓인 긴장을 풀어내기에는 좋았다.

진에 크림색 탱크톱을 입었다. 위에 꽃무늬 레이스 스웨터를 덧입을 예정이다. 이 스웨터에는 단추가 없으니, 하딘이 잠그라 마라 잔소리할 일도 없겠지. 하딘은 내가 탱크톱 하나만 입지 않은 걸 다행으로 여

거야 한다. 이제 봄이고, 이곳 런던은 그걸 확연히 느낄 수 있었다.

트리시는 몇 시에 만날지 정확하게 말해주지 않았다. 그래서 일단 커피를 만들기로 하고 아래층으로 내려갔다. 한 시간이 지나고, 전자책 리더기를 가지러 다시 위층으로 올라갔다. 잠깐 책이라도 읽어야겠다. 하딘은 모로 누워 잠들어 있었다. 잔뜩 찌푸린 표정으로. 하딘을 깨우지 않고 잽싸게 방을 나왔다. 두 시간쯤 더 지나자 트리시가 뒷문으로 나타났다. 비로소 안심이 되었다. 트리시는 갈색 머리를 뒤로 묶어 틀어 올렸다. 나하고 똑같은 스타일이다. 그리고 어제와는 또 다른 운동복을 입고 있었다.

"깨어 있었구나. 어제 힘들었으니까 푹 자라고 여유 있게 왔지."

트리시는 미소를 지었다.

"준비되는 대로 나가자꾸나."

나가기 전, 좁다란 계단을 힐끗 쳐다보았다. 하딘이 달려 내려와 작별의 입맞춤을 해주길 바라면서. 하지만 역시나 그런 일은 벌어지지 않았다. 핸드백을 챙겨 트리시를 따라 나갔다.

64 · 하딘

더듬거리며 테사를 찾았다. 없다. 몇 시인지 모르지만 햇빛이 너무 밝았다. 커튼 없는 창문으로 햇빛이 쏟아져 들어와 도저히 더 잘 수가 없었다. 어젯밤 테사가 밤새 뒤척이는 바람에 거리를 유지하느라 제대로 잠을 자지 못했다. 이 주말을 망치지 않으려면, 어떻게든 테사에게 해명을 해야 한다. 그럼에도 아직 내 두려움조차 떨치지 못했다. 테사와의 점심식사에 수잔 킹슬리를 부르다니, 엄마는 정말 뻔뻔하다.

옷은 갈아입지 않고, 양치질만 하고 머리에 물만 찍어 발랐다. 테사는 샤워까지 마친 모양이었다. 테사의 세면 가방이 텅 빈 욕실장에 단정히 놓여 있었다.

부엌에 반쯤 남아 있는 커피포트가 아직 따뜻했다. 깨끗하게 닦인 커피 머그잔이 카운터 테이블 위에 놓여 있었다. 테사랑 엄마는 벌써 나갔나 보다. 가지 말라고 미리 말했어야 했는데. 오늘이 어떻게 흘러갈지 예측할 수가 없다. 수잔이 저주 받을 주둥이를 놀려 테사를 지옥에 빠뜨리거나, 입을 다물어 모든 게 잘 풀리거나.

엄마가 테사를 데리고 시내를 종횡무진하는 동안, 나는 뭘 해야 하나? 시내를 뒤져 둘을 찾아내는 건 어렵지 않을 거다. 하지만 그랬다간 엄마가 불같이 화를 내겠지. 내일은 엄마 결혼식이다. 테스에게 이번 주말은 온힘을 다해 잘 지내기로 약속했다. 이미 그 약속이 깨지긴 했지만, 상황을 더 나쁘게 만들 필요는 없을 거다.

65 · 테사

"정말 예쁘구나."

트리시가 새 매니큐어를 칠한 손으로 내 머리를 만졌다.

"고맙습니다. 점점 적응하고 있는 중이에요."

테이블 뒤에 있는 거울에 내 모습을 비춰 보며 미소를 지었다. 미용실의 헤어디자이너는 한 번도 염색을 해본 적 없다는 내 말에 아연 실색했다. 몇 분의 실랑이 끝에 뿌리 쪽만 살짝 약간 어두운 색으로 염색하기로 했다. 밝은 갈색의 컬러가 점점 옅어지면서 끝부분의 자연스러운 금발로 그라데이션이 되게 말이다. 눈에 띄게 달라지지는 않았지만 예상했던 것보다 훨씬 더 자연스럽고 예뻤다. 오래 가진 않을 거다. 겨우 한 달쯤. 머리 색깔을 완전히 바꿔볼 생각은 아직 없었다. 거울에 비춰볼수록 점점 더 내 모습이 마음에 들었다.

헤어디자이너는 내 눈썹을 보고 깜짝 놀랐다. 그녀는 눈썹을 완벽한 아치형으로 다듬어주고, 손톱과 발톱도 새빨갛게 칠해 놨다. 트리시가 브라질리언 왁싱까지 제안했지만 한사코 거절했다. 생각을 안 해본 건 아니지만, 하딘 엄마와 같이 한다는 건 어색하기 짝이 없을 것 같았다. 지금은 혼자 면도하는 걸로도 괜찮다. 차까지 걸어가면서, 트리시는 내 시원찮은 신발을 가지고 놀려댔다. 이럴 때 보면 하딘하고 똑같다.

차를 타고 오는 내내 창밖을 내다보았다. 집이며 건물, 상점, 지나는 사람 하나까지도 놓치지 않고 눈에 담았다.

"다 왔다."

트리시는 건물들 사이에 있는 주차장에 차를 세웠다. 우리는 작은 건물 입구로 들어갔다. 벽돌 건물은 온통 이끼로 뒤덮여 있었다. 그 모습에 영화 〈호빗〉이 퍼뜩 생각났다. 랜던이 함께 있었다면 분명 그 이야기를 꺼냈을 거다. 하딘은 그 영화가 얼마나 형편없는지, 작가 톨킨의 작품을 얼마나 망쳐놨는지에 대해 투덜거릴 것이다. 랜던은 하딘에게 숨은 영화 애호가라 놀려댈 거다. 그렇게 하딘과 랜던이 투닥거리겠지. 하딘과 랜던, 그리고 내가 서로 가까이 모여 사는 상상을 해봤다. 랜던과 다코타가 하딘과 내가 사는 같은 건물에 살고 있는 상상을. 나를 진심으로 생각해주는 소수의 사람들이 모여 사는 공간 말이다.

"오늘은 날씨가 따뜻하네. 테라스에서 먹을까?"

트리시가 테라스에 늘어선 메탈 테이블을 가리켰다.

"네, 좋아요."

미소를 지으며 트리시를 따라 제일 끝 테이블로 갔다.

웨이트리스가 물을 가져와 우리 앞에 놓았다. 물병에는 얼음과 동그랗게 자른 레몬 조각이 가득 들어 있었다. 트리시는 길가로 시선을 돌렸다.

"올 때가 됐는데…, 아, 저기 왔다!"

큰 키의 짙은 갈색 머리 여자가 호들갑스럽게 길을 건너왔다. 두 손을 열심히 흔들며. 롱스커트에 하이힐 때문인지 빨리 움직이기 어려운 듯 했다.

"수잔!"

여자가 우당탕거리며 들어오자, 트리시의 안색이 환해졌다.

"트리시, 잘 지냈어?"

수잔은 몸을 굽혀 트리시의 양 볼에 입을 맞췄다. 그러더니 나에게도 똑같이 인사했다. 어색한 이 환영인사를 같이 해줘야 하나 어쩌나 잘 모르겠다. 나는 어정쩡하게 미소만 지어 보였다.

짙은 푸른색 눈동자가 창백한 피부, 짙은 머리카락과 묘한 대조를 이루는 아름다운 여성이었다. 인사를 하려는데 수잔이 먼저 말을 꺼냈다.

"테레사군요. 당신 칭찬을 얼마나 많이 들었는지!"

수잔이 웃으며 내 손을 덥석 잡는 바람에 깜짝 놀랐다. 그녀는 손을 가볍게 쥐며 환하게 웃었다. 그러고 나서 옆에 있는 의자를 빼 앉았다.

"뵙게 되어 반갑습니다."

나도 웃어 보였다. 그녀를 어떻게 대해야 할지 도통 모르겠다. 어젯밤 수잔이라는 이름을 듣고 하딘이 보인 반응이 영 석연치 않았다. 그럼에도 그녀는 호감형인 것 같아 혼란스러웠다.

"오래 기다렸어?"

그녀가 물었다.

"아냐, 우리도 막 왔어. 오전 내내 미용실에 있었거든."

트리시는 어깨에서 찰랑거리는 갈색 머리카락을 튕겨 보였다.

"그런 것 같네. 두 사람한테 꽃다발 같은 향기가 폴폴 나거든."

수잔이 물을 따르며 환하게 웃었다. 억양은 우아했지만 하딘이나 트리시보다 훨씬 강했다.

어젯밤 하딘이 변덕을 부렸음에도, 나는 영국 특히 이 동네에 푹 빠져버렸다. 오기 전에 검색을 해보긴 했지만, 인터넷에 떠도는 사진들은 이 지역의 고색창연한 아름다움을 반의 반도 담아내지 못했다. 주변을 둘러보니 경외감마저 들었다. 어떻게 작은 카페와 상점이 늘어서 있는 심플한 자갈길이 이렇게도 매혹적일 수 있을까.

"마지막 피팅 준비는 다 된 거야?"

수잔이 물었다. 나는 계속 주위를 두리번거렸다. 두 사람의 수다는 거의 귀에 들어오지 않았다. 길 건너에 있는 오래된 도서관 건물에 온통 정신이 팔려 있었다. 그 안에 있는 장서들을 상상해보느라 정신이 없었다.

"드레스가 잘 안 맞으면, 웨딩 숍 주인한테 소송 걸지도 몰라."

트리시가 깔깔거렸다. 하딘이 제대로 관광을 시켜줄 때까지 좀 기다려야겠다.

"그 주인이 나인 것 같은데, 그럼 나 큰일 난 거야?"

수잔의 나지막한 웃음소리는 정말 매력적이었다. 하지만 이 사람이 요주의 인물이라는 사실을 잊지 말아야 한다.

수잔을 물끄러미 바라보면서 온갖 생각이 다 들었다. 혹시 하딘과 개인적으로 친밀한 관계였을까? 나이가 있는 여자들하고도 성관계를 했다는 얘기를 하딘이 하긴 했다. 그럴 때마다 시시콜콜 얘기하려는 걸 내가 막았다. 혹시 이 여자가 그들 중 하나일까? 생각만 해도 소름이 끼친다. 제발 아니길 바란다.

생각을 지우려 군침 도는 샌드위치에 집중하기로 했다.

"테레사, 당신 얘기 좀 해봐요."

수잔은 포크로 양상추를 찍더니 새빨간 입술로 가져갔다.

"테사라고 불러주세요."

왠지 긴장이 됐다.

"WCU에서 1학년을 마칠 예정이고, 최근에 시애틀로 이사 갔어요."

트리시를 힐끗 쳐다보니 울상을 하고 있었다. 하딘이 내가 이사 간 얘기를 하지 않은 모양이었다. 혹시 하딘한테 들었지만, 나와 같이 가지 않았다는 것 때문에 화가 난 걸까?

"시애틀은 굉장히 멋진 도시라고 들었어요. 미국엔 한 번도 안 가봤지만요."

수잔은 콧등을 찡긋했다.

"그래도 남편이 이번 여름에 데려가준다고 약속했어요."

"꼭 와보세요…, 정말 좋아요."

얼치기 같은 대답이었다. 동화에나 등장할 것 같은 마을에 앉아서,

미국이 좋은 곳이라 말하고 있다니. 수잔은 아마 거길 싫어할 거다. 나는 긴장을 조금 풀어보려 떨리는 손으로 핸드백에서 휴대전화를 꺼냈다. 그리고 하딘에게 문자메시지를 보냈다. 간단하게.

보고 싶어.

나머지는 전부 결혼식 얘기뿐이었다. 나는 결국 수잔을 좋아하게 돼 버렸다. 수잔은 지난 여름에 지금의 남편과 결혼했다. 두 번째 결혼식은 모든 걸 혼자 계획했다고 한다. 아이는 없고 조카들뿐이며, 웨딩 숍을 운영하고 있다. 트리시도 그 숍에서 드레스를 맞췄단다. 런던 북구에서는 다섯 손가락 안에 꼽히는 곳이라 했다. 그녀의 남편은 이 지역에서 인기 있는 펍을 세 개나 운영하는데, 세 군데 다 이 근처에 있단다.

수잔의 웨딩 숍은 레스토랑에서 몇 블록 떨어지지 않은 곳에 있었다. 그래서 걸어가기로 했다. 날씨는 따뜻했고 햇빛이 반짝였다. 공기마저 워싱턴보다 상쾌한 것 같았다. 하딘은 여전히 답이 없었다. 그럴 줄 알았다.

"샴페인 마실래요?"

작은 숍 문을 열고 들어가며 수잔이 물었다. 숍은 작지만 완벽하게 꾸며져 있었다. 예스러우면서도 블랙과 화이트의 조화로 모던한 매력이 있었다.

"아니에요, 감사합니다."

트리시는 샴페인 잔을 받으며, 딱 한 잔만 마시겠다고 약속했다. 맘껏 마시라고 권하긴 했지만, 솔직히 영국에서 운전할 자신은 없었다.

조수석에 앉아만 있는 것도 어색했다. 트리시와 수잔이 농담을 주고받으며 깔깔거리는 모습을 보고 있자니, 트리시는 하딘과 참 다르다는 생각이 들었다. 트리시는 발랄하고 생기가 넘치는데, 하딘은…, 뭐랄까…, 하딘은 하딘이다. 모자 관계도 이 일을 계기로 조금이나마 달라졌으면 좋겠다. 적어도 트리시의 결혼식 날만은 하딘이 따뜻하게 대해 줬으면 좋겠다.

"잠깐 다녀올게. 편하게 있으렴."

트리시는 피팅룸에 들어가 커튼을 닫았다. 호화로운 화이트 카우치에 앉아, 트리시가 커튼 안에서 수잔에게 투덜거리는 소리를 들으며 키득거렸다. 어쩌면 트리시와 하딘은 많이 닮았는지도 모르겠다.

"실례합니다."

낯선 목소리에 상념에서 깨어났다. 고개를 들어보니, 푸른 눈동자의 젊은 임산부가 서 있었다.

"죄송한데요, 혹시 수잔 보셨어요?"

여자는 실내를 살피며 물었다.

"저 안에 계세요."

나는 방금 두 사람이 사라져버린 피팅룸 커튼을 가리켰다.

"감사합니다."

여자는 안도의 한숨을 쉬며 살짝 웃었다.

"혹시 물어보시면, 저 2시에 딱 맞춰서 온 거예요."

여자는 동조를 구하듯 웃어 보였다. 여기서 일하는 직원인가 보다. 화이트 셔츠에 붙어 있는 이름표를 슬쩍 보았다. 나탈리.

시계를 보니, 2시 5분이었다.

"비밀은 꼭 지켜드릴게요."

커튼이 열리고 웨딩드레스를 입은 트리시가 모습을 드러냈다. 심플한 캡 소매 드레스를 입은 트리시는 아름다웠다.

"와우."

나탈리와 내가 동시에 감탄사를 내질렀다. 트리시 전신 거울에 자신의 모습을 비추어 보며 흐르는 눈물을 훔쳤다.

"드레스를 입어볼 때마다 저러세요. 이번이 벌써 세 번째예요."

나탈리가 눈치를 보며 싱긋 웃었다. 트리시의 눈에 눈물이 차오르는 걸 보면서 나도 따라 눈물이 났다. 나탈리는 한 손을 불룩한 배에 올리고 있었다.

"너무 예쁘시죠? 마이크 씨는 정말 행운아예요."

나는 하딘의 엄마에게 미소를 지어 보였다. 트리시는 여전히 거울에 비친 모습에서 눈을 떼지 못하고 있었다.

"트리시를 아세요?"

나탈리가 공손한 말투로 물었다.

"나는…."

아무래도 하딘하고 입을 맞춰 봐야겠다. 여기서 나를 뭐라고 소개해야 할지 모르겠다.

"난 저분 아들하고 같이 왔어요."

내 말을 듣고 나탈리의 눈이 동그래졌다.

"나탈리!"

작은 숍 안에 수잔의 목소리가 쩌렁쩌렁 울려 퍼졌다. 트리시는 새하얗게 질려서 나와 나탈리를 번갈아 쳐다보았다. 뭐지? 하는 느낌이

들었다. 다시 나탈리를 돌아보았다. 깊고 푸른 눈동자, 갈색 머리카락, 그리고 창백한 피부색. 혹시 수잔이 나탈리의 엄마인가?

나탈리…. 맙소사. 그 나탈리? 하딘의 마지막 죄책감의 주인공. 하딘이 엉망으로 파괴해버린 그 여자, 나탈리.

"당신이 나탈리군요."

그제야 깨달았다는 듯 말을 건넸다. 나탈리는 고개를 끄덕이며 내게서 눈을 떼지 않았다. 트리시가 다가왔다.

"네, 나예요."

나탈리는 무슨 말을 해야 할지 모르겠다는 표정이었다.

"당신이, 그 사람이군요…. 당신이… 테사군요."

나탈리도 이제야 알겠다는 얼굴이었다.

목이 콱 막혔다. 머릿속이 새하얘지면서 아무 말도 떠오르지 않았다. 하딘이 그랬다. 이제 나탈리는 행복하다고. 이제 자신을 용서했고, 새 삶을 살고 있다고. 나탈리를 보니 듣기만 했던 얘기들이 모두 실감이 되었다.

"미안해요…."

더 이상 말을 잇지 못했다.

"샴페인을 좀 더 가지고 와야겠네. 트리시, 같이 가자."

수잔이 트리시의 팔을 붙잡아 데리고 갔다. 트리시는 문밖으로 사라질 때까지 나와 나탈리에게서 눈을 떼지 못했다.

"뭐가 미안해요?"

밝은 불빛 아래서 나탈리의 눈빛이 반짝였다. 내 앞에 서 있는 이 여자가 하딘과 함께 있는 장면이 도저히 상상이 되지 않았다. 그녀는 너무나 수수하고 아름다웠다. 전에 하딘이 만났던 여자들과는 너무 달랐다. 입가에 어색하고 불안한 웃음이 번졌다.

"잘 모르겠어요…."

나는 뭘 사과한 걸까? 스스로에게 물어보았다.

"그러니까, 하딘이…, 당신한테 저지른 일말이에요."

"당신도 알아요?"

나탈리의 목소리에는 놀라움이 담겨 있었다. 그녀는 무슨 상황인지 알아내려는 듯 나를 뚫어지게 쳐다보았다.

"알아요."

갑자기 당황스러워져서 어떻게든 변명을 해야겠다는 생각이 들었다.

"근데 하딘은…, 이제 달라졌어요. 당신한테 했던 짓을 깊이 후회하고 있어요."

이런다고 과거의 잘못이 용서되는 건 아니겠지만, 그래도 나탈리는 알아야 한다. 한때 자기가 알던 하딘과 지금 내가 아는 하딘은 다른 사람이라는 걸.

"얼마 전에 길에서 우연히 만났어요."

나탈리는 잊고 있던 기억을 되살려 주었다.

"하딘은…, 뭐랄까…, 공허해 보였어요. 그때 만났을 때 말이에요. 지금은 나아졌나요?"

나는 의심스러운 눈빛으로 나탈리의 푸른 눈동자를 들여다보았다.

"네, 정말 나아졌어요."

나는 나탈리의 불룩한 배에서 억지로 시선을 돌리며 대답했다. 나탈리의 손에는 금반지가 끼워져 있었다. 그녀가 정상적인 삶을 되찾은 것 같아서 정말 기뻤다.

"하딘은 끔찍한 일을 많이 저질렀어요. 그리고 지금 내가 선을 넘은 것도 알아요."

나는 자신감을 잃지 않으려 침을 꿀꺽 삼켰다.

"그렇지만 당신이 용서했다는 걸 하딘이 알게 된 건 정말 중요했어요. 그건 진짜 큰 의미가 있었거든요…. 그렇게 큰 사람이 되어주셔서 정말 고마워요."

솔직히 말하자면, 하딘은 자기가 저지른 일에 대해 진심으로 후회하는 것 같지는 않았다. 그럼에도 그녀의 용서는 하딘이 수년간 세상과 쌓아온 담벼락을 조금이나마 허무는 계기가 되었다. 조금이나마 그에게 마음의 안정을 줬으니까.

"당신은 하딘을 진심으로 사랑하는군요."

한참 침묵이 흐른 후, 나탈리가 차분하게 말했다.

"맞아요, 너무 많이 사랑해요."

나는 나탈리의 눈을 똑바로 쳐다보았다. 뭔가 통한다는 느낌이 들었다. 하딘에게 끔찍한 상처를 받은 이 여자와 내가 무슨 접점인지는 모르겠지만. 어쨌든 그녀와 강하게 연결되어 있다는 느낌이 들었다. 하딘 때문에 나탈리가 얼마나 굴욕을 당했을지, 얼마나 상처 입고 아팠을지, 나는 감히 상상조차 할 수 없다. 나탈리는 하딘뿐 아니라 가족에게도 버림받았다. 처음엔 나도 비슷했다. 하딘이 나를 사랑하기 전까지는 나도 그에게 농락당했다. 하지만 하딘은 나를 사랑했고, 이 여자는 사랑할 수 없었다. 그게 이 사랑스러운 임산부와 나의 차이점이라면 차이점일까.

문득 생각하기도 싫은 옛 일이 머릿속을 스쳐 지나갔다. 만약에 하딘이 이 여자를 사랑했더라면 어떻게 됐을까. 그럼 나에게 지금의 하딘은 없었을 거다. 이기적인 생각이지만, 하딘이 이 여자가 아닌 나를 사랑한다는 사실에 감사했다.

"하딘이 잘해주나요?"

나탈리의 질문에 깜짝 놀랐다.

"대부분은…."

말도 안 되는 대답에 나도 모르게 미소가 스며 나왔다.

"점점 더 그렇게 될 거예요."

나의 마지막 말은 확신에 차 있었다.

"내가 바라는 게 그거예요."

나탈리도 나에게 미소를 보냈다.

"무슨 말이에요?"

"기도하고 또 기도했어요. 하딘이 스스로 구원의 길을 찾기를. 근데 마침내 그 일이 일어난 것 같군요."

나탈리는 더 활짝 웃으며, 다시 손을 배 위에 올려놓았다.

"누구나 또 한 번의 기회를 얻을 자격은 있잖아요. 아무리 극악무도한 죄를 저질렀다 해도 말이에요. 안 그래요?"

경이로운 눈빛으로 나탈리를 바라보았다. 하딘이 나탈리한테 한 짓을 나한테 했더라면, 아무리 잘못을 빌더라도 나탈리처럼 용서하지는 못했을 거다. 아마 하딘이 죽어버리길 바랐을 거다. 이 여자처럼 관대하게 하딘의 앞날을 축복해주는 일은 절대 없었을 거다.

"맞아요."

어떻게 그런 용서를 할 수 있었을까.

"당신은 나를 이상한 여자라고 생각하겠죠."

나탈리는 살짝 소리 내어 웃었다.

"하딘이 아니었으면 난 일라이자를 못 만났을 거고, 이렇게 며칠 후 첫 아이도 만나지 못했을 거예요."

하딘은 나탈리 인생의 걸림돌이었다. 아니, 그녀 인생에 느닷없이 덮친 흉포한 교통사고 같은 거였다. 이런 생각이 들자 등골이 오싹했다. 하딘이 내 인생의 걸림돌이 되는 건 싫다. 고통스러운 기억이나, 억지로 용서하고 받아들여야 하는 존재가 되는 것도 싫다. 하딘이 내 인생의 일라이자가 되기를, 그래서 우리의 마지막은 늘 해피 엔딩이기를.

나탈리는 내 손을 잡아 불룩한 배 위에 올렸다. 나는 앞으로도 절대 저렇게 배가 불러질 일은 없겠지. 두려움보다는 슬픔이 밀려 왔다. 그녀의 손가락에 끼워진 금반지도 나에게는 절대 일어날 수 없는 미래처럼 느껴졌다. 손에 움직임이 느껴져 나는 놀라서 펄쩍 뛰며 물러섰다. 나탈리는 웃음을 터뜨렸다.

"이 안에 있는 작은 녀석이 뭐가 그리 바쁜지 모르겠어요. 얼른 나왔으면 좋겠어요."

나탈리는 또 한 번 웃었다. 나는 다시 손을 올려 움직임을 느껴보았다. 뱃속에 있는 아기는 내 손을 또 툭 걷어찼다. 나도 그 행복에 같이 젖어들었다. 전염성이 너무 큰 감정이었다.

"예정일이 언제예요?"

손바닥에 느껴지는 떨림에 여전히 매혹당해 있었다.

"이틀 전이었어요. 정말 고집 센 녀석인가 봐요. 서서 일하면 얼른 나올까 싶어서 다시 일하러 나왔어요."

나탈리가 아기에 대해 너무나도 사랑스럽게 이야기했다. 나도 이럴 수 있을까? 나도 두 볼에서 빛이 나며 다정함이 뚝뚝 떨어지는 말투로 이런 이야기를 할 기회가 있을까? 내 뱃속에서 발길질하는 아기의 떨림을 느껴볼 수 있을까? 처량하고 불쌍한 것 같은 내 처지를 떨쳐내고 싶었다. 아직까지 확실한 건 아무 것도 없다.

'닥터 웨스트는 아직 걱정할 건 없다고 했지만, 하딘이 네 아이의 아버지가 돼줄 거라고 누가 그래?'

마음의 소리가 나를 괴롭혔다.

"괜찮아요?"

나탈리의 목소리에 퍼뜩 정신이 들었다.

"미안해요. 잠깐 딴 생각을 했어요."

얼렁뚱땅 둘러대며 손을 치웠다.

"당신을 만나게 돼서 정말 기뻐요."

나탈리의 말이 떨어지자마자 트리시와 수잔이 나타났다. 수잔의 손에는 부케와 베일이 들려 있었다. 시계를 힐끗 쳐다보았다. 2시 반이다. 이쯤이면 할 얘기는 다 한 것 같다. 트리시는 볼이 약간 상기되었고, 들고 있던 잔은 비어 있었다.

"잠깐만 기다리면 준비가 다 끝날 거야. 근데 네가 운전해야 할 것 같구나!"

트리시가 깔깔거렸다. 잠시 움찔했지만, 하딘한테 전화하느니 내가 운전하는 것도 나쁘지 않을 것 같았다.

"몸조심해요. 그리고 다시 한 번 축하드려요."

가게 밖으로 나오며 나탈리에게 인사했다. 트리시의 드레스는 내가 들고 있었다.

"당신도요, 테사."

나탈리는 문을 닫으며 미소 지었다.

"내가 들고 가마, 너무 무겁지만 않다면 말야."

트리시가 함께 걸어가며 말했다.

"와인은 딱 한 잔밖에 안 마셨어. 그러니까 내가 운전해도 괜찮단다."

"괜찮아요, 정말로."

트리시의 차를 운전할 생각에 끔찍했지만 어쩔 수 없었다.

"아냐, 진짜 내가 운전할 수 있어."

트리시는 앞주머니에서 자동차 키를 꺼냈다.

66 · 하딘

집 안을 백 번은 왔다 갔다 한 것 같다. 거지 같은 동네도 두 바퀴나 돌았다. 심지어 랜던한테 전화도 했다. 점점 미칠 것만 같았다. 테사는 내 전화를 한 번도 받지 않았다.

'대체 둘 다 어디 가 있는 거야?'

휴대전화를 내려다보았다. 벌써 3시가 지났다. 그놈의 미용실은 대체 어디에 있는 거야?

자갈길 진입로에서 차 바퀴 소리가 들렸다. 온몸에 아드레날린이 솟구치기 시작했다. 앞 창문을 내다보니 엄마 차였다. 테사가 먼저 내려 뒷자리로 가더니 커다란 흰색 가방을 꺼냈다. 테사는 뭔가 조금 달라졌다.

"제가 챙겼어요!"

테사는 엄마를 향해 외쳤고, 나는 스크린도어를 열었다. 얼른 달려나가 테사 손에 들려 있던 드레스 가방을 낚아챘다.

"난 마이크한테 갈게!"

엄마가 소리쳤다.

"넌 대체 머리카락에 무슨 짓을 한 거야?"

속에 있던 말이 불쑥 나와버렸다. 테사의 눈빛에서 맹렬히 반짝이는 노여움이 보였다.

'제기랄.'

"그냥 물어본 거야…. 좋아 보여."

말을 건네며 한 번 더 쳐다보았다. 정말 괜찮아 보였다. 하긴 테사는 언제나 예뻐 보이니까.

"염색 했어…, 맘에 안 들어?"

테사는 나를 따라 집 안으로 들어왔다. 나는 들고 온 가방을 소파에 툭 던졌다.

"조심해! 그거 웨딩드레스란 말이야!"

테사가 새된 소리를 내며 바닥에서 가방을 끌어올렸다. 테사의 머리색깔은 평소보다 더 빛났고 눈썹도 달라졌다. 여자들은 이런 쓸데없는 짓을 한다. 차이도 잘 모르는 남자들한테 인상을 남겨 보겠다고 말이다.

"네 머리엔 불만 없어. 그냥 좀 놀라서 그래."

진심이다. 별로 달라진 것도 없다. 윗부분이 조금 어두워졌을 뿐.

"잘됐네. 너 보라고 한 게 아니야. 내 머리는 늘 내가 하고 싶은 대로 할 거라고."

테사는 거만하게 팔짱을 꼈다. 픽, 입술 사이로 웃음이 새어나왔다.

"왜 그래?"

테사가 인상을 찌푸렸다. 심각해 보였다.

"아무 것도 아니야. 그냥 네가 파워 있고 독립적인 여성 코스프레 하는 게 놀라워서."

나는 웃음을 멈추지 않았다.

"그걸 알아차렸다니 기쁘네. 진짜 그렇거든."

테사도 물러서지 않는다.

"알았어."

나는 테사의 스웨터 소맷부리를 붙잡고 끌어당겼다. 스웨터 목선 아래로 가슴골이 보였지만 모르는 척 했다. 그것까지 따지기엔 적절한 타이밍이 아닌 것 같았다.

"농담 아니야, 나 진지해."

테사의 찡그린 표정 사이로 슬며시 미소가 번졌다. 테사는 나를 확 끌어당겼다.

"알았어, 진정해. 엄마가 대체 너한테 무슨 짓을 한 거냐?"

나는 테사의 이마에 살짝 키스했다. 안도감이 밀려왔다. 테사가 수잔에 대해선 한마디도 안 했기 때문이다. 내 과거보다는 염색한 머리가 화제로 오르는 게 나았다.

"아무 짓도 안 하셨어. 계속 내 머리 가지고 무례하게 군다 이거지. 이제 모든 게 변할 때라고 경고하기 딱 좋은 타이밍인 것 같네."

테사는 웃음을 참으려 한쪽 뺨을 꽉 물었다. 짓궂게 장난치는 모습이 사랑스러워 미치겠다.

"좋아, 좋아. 자제할게."

나는 어처구니없다는 표정을 지었고, 테사는 홱 돌아섰다.

"진심이야, 알아들었어."

나는 다시 테사를 품으로 끌어당겼다.

"많이 보고 싶었어."

테사가 내 가슴에 대고 한숨을 쉬었다. 나는 두 팔로 테사를 감싸 안았다.

"그랬어?"

결국 내 과거 얘기는 꺼내지 않았다. 모든 게 잘 풀리고 있다. 이번 주말은 다 잘 될 거다.

"응, 특히 마사지 받는 동안. 마사지사 손이 너보다도 훨씬 크더라고."

테사가 키득거렸다. 테사가 남자한테 마사지를 받은 게 아니라는 건 안다. 진짜 그랬다면 테사는 아마 말도 못 꺼내고, 웃지도 못했을 거다.

분위기가 밝아졌다. 테사가 여기 있고, 우리는 이야기를 나누고 있다. 그리고 늘 그렇듯이 누군가는 우리가 붙어 있는 꼴을 못 본다.

뒷문이 삐걱 소리를 내며 열렸다. 엄마가 우리 둘의 이름을 번갈아 불렀다. 나는 계단 쪽을 향해 갔다.

"곧 내려가요!"

테사가 대답했고, 나는 테사 등을 잡았다.

"사실, 안 갈 건데."

나는 테사의 입꼬리에 입을 맞추었고, 테사는 미소를 지었다.

"넌 안 가겠지."

테사는 장난스럽게 눈썹을 찡긋거렸다. 나는 테사 엉덩이를 철썩 때렸고, 테사는 아래층으로 내달렸다. 가슴을 짓누르던 바윗덩어리가 사라진 것 같았다. 어젯밤엔 쓸데없이 멍청한 놈처럼 굴었다. 엄마가 일부러 테사를 수잔한테 데리고 갔을 리 없다. 그런데 나는 뭘 걱정한 걸까?

"저녁에 뭐 먹을까? 레스토랑 자라에 가면 어떨까 싶은데, 우리 넷이 같이."

우리가 거실에 들어가자, 엄마는 곧 남편이 될 남자를 쳐다보았다. 테사는 거기가 어떤 곳인지도 모르면서 고개를 끄덕였다.

"싫어요. 사람이 너무 북적거려요. 테사도 거기서 파는 건 싫어할 거예요."

내가 투덜거렸다. 테사는 뭐든 먹으려 하겠지만, 간이나 양고기 퓨레 같은 걸 먹고 싶진 않을 거다. 게다가 억지로 웃으면서 세상 최고의 별미를 먹은 척해야 하니까.

"그럼 블루스키친은 어때?"

마이크가 다른 곳을 제안했다. 솔직히 나는 아무 데도 가고 싶지 않았다.

"너무 시끄러워요."

나는 팔꿈치를 카운터 테이블에 기대고 모서리에 일어난 칠을 뜯었다.

"좋아, 그럼 너희가 결정해서 알려줘."

엄마가 열받았나 보다. 인내심이 한계에 다다르고 있는 건 알겠지만, 그게 뭐?

나는 시계를 힐끗 보며 고개를 끄덕였다. 겨우 5시다. 앞으로 한 시간 동안은 나갈 생각이 없다.

"난 위층으로 가요."

"10분 안엔 나가야 해. 어정거리다가는 주차하기 힘들어져."

엄마가 내 뒤통수에 대고 말했다. 나는 서둘러 거실을 떠났다. 테사가 내 뒤를 따라오는 소리가 들렸다.

"그러지 마."

테사가 내 소맷부리를 잡았다. 나는 홱 몸을 돌려 테사를 보았다.

"뭘?"

짜증이 이는 걸 참으며 최대한 부드럽게 대꾸했다.

"왜 그러는데? 얘기해봐, 같이 해결하자."

"오늘 점심식사는 어땠어?"

테사가 아무 말도 꺼내지 않아, 결국 먼저 물어보고야 말았다. 그제야 눈치챈 것 같았다.

"아⋯."

테사는 시선을 아래로 떨궜다. 나는 엄지로 테사의 턱을 받쳐 나를 쳐다보게 했다.

"좋았어."

"무슨 얘기했는데?"

우려했던 것만큼 나쁘지는 않았던 게 분명했다. 그럼에도 얘기하기 꺼려하는 뭔가가 있다.

"나, 그 사람 만났어⋯, 나탈리."

피가 얼어붙는 것 같았다. 나는 무릎을 살짝 굽혀 테사에게 눈높이를 맞추었다.

"뭐?"

"그 사람, 되게 사랑스럽더라."

의외의 대답이었다. 테사가 인상을 쓰거나 분노의 시선을 던지길 기다렸지만, 그런 일은 일어나지 않았다.

"사랑스럽다고?"

테사의 말을 그대로 따라 했다. 머릿속이 완전히 혼란스러웠다.

"참 다정하고…, 만삭이더라고."

테사가 미소를 지었다.

"수잔은 어땠어?"

주저하며 다시 물었다.

"수잔도 굉장히 재밌고 좋은 분이더라."

하지만…, 하지만 수잔은 나를 증오한다. 내가 자기 조카한테 저지른 일 때문에.

"그럼 다 괜찮았어?"

"응. 다 좋았어. 네가 좀 보고 싶었지만, 오늘 꽤 괜찮았어."

테사가 내 셔츠를 움켜잡고 나를 바짝 끌어당겼다. 복도의 흐릿한 불빛 아래에서도 테사는 죽이게 아름다웠다.

"다 잘됐어, 걱정하지 마."

테사에게 머리를 기댔다. 테사는 두 팔로 내 허리를 꽉 안아주었다.

나를 안심시키려는 건가? 테사는 모든 게 다 잘될 거라고 나를 안심시키고 있다. 내가 인생을 망가뜨린 여자를 대면하고 왔는데도 말이다. 그런데도 모든 게 잘될 거란다….

'정말 그럴까?'

"그럴 일은 없을 거야."

테사에게 들리지 않길 바라며 조용히 속삭였다. 설령 무슨 소릴 들었더라도, 나는 아무 변명도 하지 않았을 거다.

"저 사람들이랑 저녁 먹기 싫어."

침묵을 깨며 결국 속내를 털어놓았다. 내가 원하는 건 오로지 하나였다. 테사를 데리고 올라가 그녀의 품에서 편하게 쉬고 싶었다. 하루종일 나를 괴롭히던 고통스러운 기억을 모두 잊고 싶었다. 테사에게만 전념하며, 악몽의 기억과 망령들을 쫓아버리고 싶었다. 내 머릿속에 오로지 테사의 목소리만 담고 싶었다. 지금 당장 테사에게 나를 온전히 맡겨야만 그럴 수 있을 것 같다.

"그래도 해야 해. 어머니 웨딩 주간이잖아. 우린 오래 머물지도 않을 건데."

테사는 내 관자놀이께부터 입을 맞추며 턱선까지 내려왔다.

"정말 재밌겠군."

내가 중얼거렸다.

"그러지 말고 가자."

테사는 다시 나를 거실로 이끌었다. 손을 꼭 쥐고 있었지만, 엄마와 마이크를 보자 얼른 손을 놓았다. 한숨이 나왔다.

"밥 먹으러 가요."

저녁식사는 예상대로 지루하기 짝이 없었다. 엄마는 테사에게 쉬지 않고 결혼식과 하객 리스트에 대해 떠들어댔다. 하객은 대부분 양쪽 가족들이다. 엄마 쪽 가족은 많지 않았다. 사촌 뻘의 먼 친척 한 명만 참석한다고 했다. 할머니 할아버지가 돌아가신 지도 꽤 됐고, 다른 가족들이랑 왕래도 거의 없었다. 마이크는 식사 내내 입을 다물고 있었다. 나도 마찬가지였지만, 마이크는 나처럼 지루해 보이지는 않았다. 그는 엄마를 사랑스러워 죽겠다는 표정으로 쳐다보고 있었다. 머리통을 한 대 후려칠 뻔 했지만, 어쩐지 마음은 편안했다. 마이크가 엄마를 사랑하는 것만은 분명했다. 그러고 보니 나쁜 인간 같지는 않았다.

"내가 손주를 안아볼 수 있는 유일한 기회는 너뿐이란다, 테사."

마이크가 계산을 하는 동안 엄마가 짓궂게 말했다. 물 마시던 테사는 사레들렸고, 나는 등을 두드려줬다. 몇 차례 기침을 하다가 진정이 됐지만 아직도 눈은 커다랗고 당황스러워 보였다. 엄마가 선을 넘는 발언으로 훅 치고 들어왔기 때문이다. 엄마는 내가 열받았음을 이제야 감지한 모양이다.

"농담한 거야, 너희들 아직 어리잖니."

엄마는 유치한 애들처럼 혓바닥을 쭉 내밀어 보였다.

어리다고? 나이가 문제가 아니다. 테사한테는 이런 생각 자체를 심어주면 안 된다. 우리 둘은 이미 합의했다. 아이는 안 갖기로. 본인들의 의사와 상관없이 엄마가 테사한테 죄책감 갖게 만드는 건 아무런 도움도 되지 않는다. 또 다른 다툼만 만들 뿐이다. 우리가 다투는 대부분의 이유는 아이와 결혼 문제다. 나는 둘 다 원치 않고, 앞으로도 원치 않을 거다. 나는 그냥 테사만 원한다. 내 생애 남은 날까지 테사와 함께하겠지만, 결혼은 하지 않을 거다. 리차드의 경고가 잠깐 떠올랐지만, 억지로 밀어냈다.

저녁식사가 끝나고, 엄마는 마이크에게 굿 나이트 키스를 했다. 마이크는 자기 집으로 향했고, 엄마는 집으로 왔다. 결혼식 전날 밤에는 신랑이 신부를 볼 수 없다는 말도 안 되는 전통을 지키겠단다. 엄마는 이게 첫 결혼식이 아니라는 걸 잊어버린 모양이다. 이 어리석은 미신은 재혼엔 적용 안 되는데 말이다.

내 침대에서 테사를 안고 싶지만, 엄마가 같이 있는 이 집에서는 어림도 없다. 이 거지 같은 집은 방음이 전혀 안 된다. 옆방에서 엄마가 뒤척거릴 때마다 낡은 매트리스가 삐걱거리는 소리까지 훤히 다 들렸다.

"호텔을 예약할 걸 그랬어."

테사가 옷 벗는 모습을 보며 내가 신음했다. 차라리 두꺼운 파카를 입고 있지. 그래야 밤새 반나체의 테사한테 고문당하지 않을 텐데. 테사는 내 티셔츠를 입었다. 얇은 천 아래로 보이는 젖가슴의 실루엣과 풍만한 엉덩이 곡선에서 눈을 뗄 수가 없었다. 관능적인 허벅지는 셔츠의 끝자락에 가려져 있었다. 빌어먹을 이 밤이 너무 길 것 같다.

"이리 와, 베이비."

팔을 벌려 테사를 맞았다. 테사는 내 가슴에 머리를 대고 누웠다. 나탈리와 맞닥뜨린 일을 잘 넘겨준 게 얼마나 고마운지 얘기해주고 싶었다. 하지만 적당한 말을 찾을 수가 없었다. 우리 사이에 무슨 일이 생길까 봐 노심초사 했다는 걸 테사가 알아줬으면 좋겠다.

테사는 나에게 꼭 붙어 금세 잠이 들었다. 그녀의 머리카락을 쓸어 넘기며 혼자 중얼거렸다.

"넌 나의 전부야."

땀에 흠뻑 젖어 잠에서 깼다. 테사는 여전히 내게 파묻혀 있었다. 탁한 공기에 숨을 쉬기가 어려웠다. 집 안이 너무 더웠다. 엄마가 히터를 세게 틀어놓은 모양이다. 이제 봄인데, 이럴 필요까지는 없는데. 내 몸을 감고 있는 테사의 다리를 치우고, 땀에 젖은 머리카락을 넘겨 주었다. 몸을 일으켜 온도 조절기를 확인하러 아래층으로 향했다.

잠이 덜 깬 상태로 부엌 쪽 코너를 도는데, 무언가 보여 발걸음을 멈추었다. 눈을 몇 번이나 비비고 깜빡거리며, 내 눈앞에 펼쳐진 말도 안되는 광경을 바라봤다. 꿈일 거다. 그렇겠지?

하지만, 그대로였다…. 수십 번이나 눈을 깜빡거렸는데도 둘의 모습은 사라지지 않았다.

엄마가 카운터 테이블 위에 다리를 벌리고 앉아 있었다. 다리 사이에는 한 남자가 서 있었고, 두 팔로 엄마의 허리를 끌어안고 있었다. 엄마는 두 손을 남자의 금발 머리를 움켜쥐고 있었다. 두 사람의 입술은 포개어져 있었다. 분명한 건, 저 남자가 마이크는 아니라는 사실이다. 남자는, 망할, 크리스찬 반스였다.

67 · 하딘

뭐야? 이게 대체 무슨 상황이야? 내 인생에서 정말 드물게, 말문이 막히는 순간이었다. 엄마의 손길은 크리스찬의 머리에서 턱선으로 내려왔고, 입술을 더 세게 밀어붙이고 있었다.

나도 모르게 인기척을 냈던 것 같다. 아마도 헉, 소리였겠지. 제길, 뭔지는 모르겠다. 아무튼 그 소리에 엄마가 눈을 번쩍 뜨며 반스의 어깨를 밀었다. 남자가 재빨리 고개를 돌려 나를 보았다. 눈이 커다래지면서 카운터 테이블에서 뒷걸음질 쳤다. 저들은 어떻게 내가 내려오는 소리도 못 들었을까? 크리스찬은 왜 여기 있는 거야?

'젠장, 이게 대체 무슨 일이지?'

"하딘!"

엄마는 공포에 질린 하이톤의 목소리를 내지르며, 카운터 테이블에서 펄쩍 내려왔다.

"하딘, 내가 다 설명…."

크리스찬이 말을 꺼냈지만, 나는 손을 들어 그의 말을 막았다. 숨을 고르며 내 앞에 펼쳐진 이 빌어먹을 장면을 이해해보려 했다.

"어떻게…."

말을 꺼내긴 했지만, 계속 입안에서만 맴돌 뿐 머리가 제대로 돌아가지 않았다.

"어떻게…."

뒷걸음질을 치며 똑같은 말을 반복했다. 서둘러 이 자리에서 도망치고 싶었지만, 한편으로는 해명이 필요했다.

나는 두 사람을 번갈아 쳐다보았다. 어떻게든 내가 알던 두 사람의 관계를 납득해보려고 했다. 하지만 실패다. 뭐라 해도 이건 말이 안 된다.

발길을 돌려 계단으로 향했다. 엄마가 뒤따라 왔다.

"그런 거 아니야…."

혼란과 충격이 지나가고 익숙한 감정이 밀려왔다. 분노다. 온몸이 분노에 휩싸이면서 상처 받았던 마음이 흔적도 없이 사라졌다. 충격으로 잠시 망연자실했지만, 이제 정신이 돌아왔다.

나는 두 사람 앞으로 다가갔다. 무슨 짓을 하려는지 나도 모르겠다. 엄마는 거리를 두려는 듯 뒷걸음질을 쳤고, 그 사이를 크리스찬이 가로막았다. 뭣들 하는 거야?

"도대체 왜 이러는 거예요?"

엄마 눈에서 악어의 눈물이 반짝였다.

"엄마, 내일 결혼하잖아요! 그리고 당신!"

옛 상사에게도 화가 치밀어 올랐다.

"당신은 약혼했잖아요. 그래 놓고는, 빌어먹을 부엌 식탁에서 우리
엄마랑 붙어먹어요?"

이미 망가져버린 테이블을 향해 주먹을 내리쳤다. 쩍 하고 나무 갈
라지는 소리가 났다. 다 부숴버리고 싶었다.

"하딘!"

엄마가 소리를 질렀다.

"제기랄, 나한테 소리 지르지 마요!"

비명에 가까운 소리였다. 위층에서 소리가 들렸다. 테사가 깬 거다.
곧 나를 찾으러 내려올 거다.

"네 엄마한테 그런 식으로 말하지 마라."

크리스찬의 목소리는 크지 않았지만 분명히 위협적이었다.

"당신은 나한테 이래라 저래라 할 자격 없어요! 당신은, 당신, 대체
뭐예요?"

두 주먹을 꽉 쥐었다. 금방이라도 폭발할 것만 같았다.

"나는⋯."

그가 말을 꺼냈지만, 엄마가 그의 어깨를 잡았다.

"크리스찬, 제발 하지 마요."

엄마가 애원했다.

"하딘?"

계단 쪽에서 테사의 목소리가 들렸다. 잠시 후 테사가 부엌으로 들어왔다. 테사는 부엌을 둘러보고는 예상치 못한 손님에 시선을 고정했다. 그러더니 내 옆에 와 섰다.

"괜찮은 거야?"

테사는 내 팔에 팔짱을 끼며 속삭이듯 말했다.

"다 괜찮아! 완벽해, 정말!"

테사의 팔짱을 풀며 손을 휘저었다.

"네 친구 킴벌리한테 사랑스러운 자기 약혼자가 우리 엄마랑 붙어 먹었다고 얘기해야 할지도 모르지만 말이야."

테사는 시선을 바닥으로 떨구며 입을 다물었다. 테사가 그냥 위층에 있었으면 좋았겠지만, 내가 테사라도 그러진 않았을 거다.

"사랑하는 킴벌리는 어디 둔 거예요? 근처 호텔에 당신 아들이랑 같이 있는 거예요?"

한껏 빈정거리며 소리를 질렀다. 나는 그가 진심으로 킴벌리는 사랑한다고 생각했다. 확실히, 내 생각은 틀렸다. 크리스찬은 킴벌리나 다가올 자신의 결혼식 따위는 조금도 상관없었던 거다. 그랬더라면, 이 딴 짓을 벌이진 않았겠지.

"하딘, 모두들 일단 진정하자."

엄마는 상황을 진정시키려 애를 썼다.

"진정하라고요?"

엄마의 행동 또한 납득할 수가 없다.

"엄마는 내일 결혼하잖아요. 근데 이게 뭐예요. 한밤중에 식탁에, 꼭 창녀 같잖아요."

내 말이 떨어지자마자 크리스찬이 내게 달려들었다. 나는 그의 몸에 부딪쳐서 부엌 타일 바닥에 나뒹굴며 머리를 세게 박았다. 반스는 쓰러진 내 몸 위에 올라탔다.

"크리스찬!"

엄마가 비명을 질렀다. 그는 온몸으로 나를 짓누르며 꼼짝 못 하게 만들었다. 나는 깔린 채로 그의 멱살을 움켜쥐었다. 그 순간, 반스의 주먹이 내 코를 강타했다. 온몸에서 아드레날린이 솟구쳤다. 눈앞이 온통 핏빛으로 변했다.

68 · 테사

꿈을 꾸고 있는 건가? 이게 다 악몽이라고, 지금 일어나고 있는 일들이 현실이 아니라고 해줬으면 좋겠다.

크리스찬이 하딘 위에 올라탔다. 그가 하딘의 코를 주먹으로 후려치자 끔찍한 소리가 났다. 그 소리가 내 귀에 꽂혀 심장을 짓눌렀다. 그 순간 하딘의 주먹이 공중을 가르더니 크리스찬의 턱을 정통으로 가격했다. 크리스찬은 하딘 위에서 미끄러져 떨어졌다.

잠시 후 하딘이 빠져나오며 크리스찬의 어깨를 잡고 바닥에 밀어붙였다. 둘 사이에 몇 차례의 주먹질이 오갔는지 모르겠다. 누가 우위인지도 가늠할 수 없었다.

"좀 말리세요!"

트리시에게 소리쳤다. 둘 사이에 끼어들어 말리고 싶었다. 하딘이 나를 보면 바로 멈출 테니까. 그러면서도 두려웠다. 둘 다 너무 화가 나 있고, 자제력을 잃었다. 물불 가리지 않는 이 상황에 내가 끼어들어 불상사라도 생기면 나중에 하딘은 그 죄책감에 시달릴 거다.

"하딘!"

트리시가 하딘의 벗은 어깨를 잡으며, 날뛰는 그를 떼어내려 했다. 두 사람은 아랑곳하지 않았다. 혼돈의 도가니 속에, 뒷문이 열리면서 마이크가 나타났다. 아, 맙소사.

"트리시? 무슨 일….."

마이크는 두꺼운 안경 밑으로 두 눈을 껌뻑거렸다. 무슨 일인지 어안이 벙벙한 표정이었다.

잠시 후, 마이크가 난투극에 끼어들며 하딘을 뒤에서 붙잡았다. 힘이 센 마이크는 하딘은 번쩍 들어 벽 쪽에 세웠다. 크리스찬이 발길질을 해댔지만, 트리시가 그를 반대편 벽으로 밀어붙였다. 하딘은 온몸을 떨며 거친 숨을 몰아쉬었다. 혹시 폐를 다친 게 아닐까 걱정스러울 정도였다. 하딘에게 달려갔다. 뭘 어떻게 해줘야 할지 모르겠지만, 어쨌든 곁에 있어야 할 것 같았다.

"대관절 이게 무슨 일이야?"

마이크에게로 시선이 집중됐다. 그의 말투는 명령조였다.

모든 게 너무 순식간에 벌어졌다. 트리시의 눈에는 공포가 가득했고, 분노로 일그러진 크리스찬의 얼굴이며, 코에서부터 입술까지 피를 흘리고 있는 하딘까지…. 이건 너무 심각하다.

"저 사람들한테 물어봐요!"

하딘이 소리를 질렀다. 핏방울이 그의 가슴으로 뚝뚝 떨어졌다. 하딘은 겁에 질린 트리시와 화가 잔뜩 난 크리스찬을 가리켰다.

"하딘."

나는 조용히 하딘을 불렀다.

"우린 위층으로 올라가자."

감정을 최대한 억누르며 하딘의 손을 잡아끌었다. 그가 온몸이 떨렸다. 뜨거운 눈물이 볼을 타고 내렸다. 나 때문에 우는 건 아니었다.

"싫어!"

하딘은 내 손길을 뿌리쳤다.

"얘기해봐요! 당신들이 무슨 빌어먹을 짓거리를 하고 있었는지, 저 사람한테 얘기하라고요!"

하딘이 또 한 번 크리스찬에게 달려들려고 했지만, 마이크가 재빨리 그 앞을 막아섰다. 나는 잠깐 눈을 감았다. 제발 하딘이 크리스찬을 해치지 말길.

옛 기숙사 방에 와 있는 듯했다. 나를 가운데 두고, 하딘과 노아가 양쪽에 있었다. 하딘은 내 인생의 절반을 함께 보낸 남자친구에게 내가 저지른 부정을 스스로 고백하게 만들었다. 그때 노아의 표정도 지금 마이크만큼 상처 받은 것처럼 보이진 않았다. 깨달음과 혼란과 고통, 마이크의 얼굴에는 이 모든 감정이 복잡하게 뒤섞여 있었다.

"하딘, 부탁이야. 이러지 마."

내가 애원했다.

"하딘!"

마이크를 더 이상 곤란하게 만들고 싶지 않았다. 트리시가 자기 방식대로 알아서 할 일이다. 모두의 앞에서 떠벌릴 일은 아니다. 이런 방식은 아니다.

"빌어먹을! 당신들 전부 엿이나 먹어!"

하딘이 소리를 지르며 주먹으로 싸구려 카운터 테이블을 내리쳤다.

"두 사람이 붙어먹든 말든 마이크는 아무 상관 안 할지도 모르지만."

목소리를 낮췄지만, 단어 하나하나가 고의적이고 잔인했다.

"이 꼴을 봤으니, 이제 결혼식이라는 쓸데없는 해프닝에 헛돈 썼다 는 걸 알겠지."

하딘은 비웃었다. 모골이 송연해져 바닥으로 시선을 돌렸다. 하딘의 폭주를 말릴 방법이 없었다. 아무도, 아무 말도 없는 와중에 하딘 혼자 계속 떠들어댔다.

"엄청 잘 어울리는 커플이시네. 한 사람은 술주정뱅이의 전 와이프 고, 한 사람은 그 주정뱅이의 베스트 프렌드라니."

하딘은 조롱하듯 말했다.

"미안해요, 마이크. 당신은 멋진 쇼에 5분 늦었어요. 당신 신부가 저 남자 목을 핥는 장면을 놓쳤거든."

크리스찬은 하딘의 멱살을 잡으려 했지만, 트리시가 그 앞을 가로 막았다. 하딘과 크리스찬은 서로를 잡아먹을 듯 노려보고 있었다. 크 리스찬의 완전히 새로운 면을 보았다. 장난스럽지도, 위트가 넘치지도 않았다. 분노의 기운만 뿜어내고 있을 뿐이다. 킴벌리를 안고 사랑을 속삭이던 다정한 모습은 어디에서도 찾을 수 없었다.

"이 버르장머리 없는 자식…."

크리스찬은 이를 악물며 말했다.

"내가? 버르장머리 없다고요? 나한테 결혼의 신성함이 어쩌고 지껄여대더니, 우리 엄마랑 바람을 피워요?"

무슨 소리인지 아직도 모르겠다. 크리스찬과 트리시가, 왜…. 이건 정말 말도 안 된다. 이 두 사람은 오랫동안 친구로 지냈다. 하딘도 얘기한 적이 있다. 켄 씨가 떠난 뒤, 크리스찬이 트리시와 자기를 돌봐주었다고. 그런데 이제 와서 바람을 피웠다고? 결혼식 전날?

트리시가 그런 짓을 저지를 사람이라고는 결코 생각하지 않는다. 그리고 크리스찬은 늘 킴벌리와 사랑에 푹 빠진 것처럼 보였다. 킴벌리…, 킴벌리를 생각하니 가슴이 아팠다. 킴벌리는 크리스찬을 사랑한다. 킴벌리는 이상형의 남자와 결혼식을 올릴 단꿈에 빠져 있었다. 하지만 킴벌리조차 크리스찬을 다 알지는 못한 것 같다. 킴벌리는 무너져 내릴 거다. 무슨 짓을 해서라도 하딘이 킴벌리한테 말하는 걸 막아야 한다. 마이크에게 했듯이 킴벌리에게도 모욕감을 주게 놔둘 순 없다.

"그런 게 아니야!"

크리스찬도 하딘만큼 한 성질했다. 그의 초록색 눈동자는 분노로 이글거렸다. 당장이라도 하딘에게 달려들어 목을 조를 것만 같았다.

마이크는 잠자코 서서, 눈물로 얼룩진 트리시의 뺨에서 눈을 떼지 못하고 있었다.

"정말 미안해. 이런 일이 벌어져선 안 되는 건데. 나도 모르겠어…."

트리시는 억장이 무너진 듯 흐느꼈다. 차마 볼 수가 없어 시선을 돌리고 말았다.

마이크는 고개를 가로저었다. 트리시의 사과를 받아주지 않은 거다. 마이크는 아무 말 없이 부엌을 성큼성큼 가로질러 뒷문을 쾅 닫고 나가버렸다. 트리시는 주저앉아 두 손으로 얼굴을 감싸 안고 오열했다.

크리스찬의 어깨가 한 뼘은 낮아졌다. 순식간에 분노가 걱정으로 바뀐 듯, 트리시의 옆에 무릎을 꿇고 앉아 트리시를 끌어안았다. 하딘의 숨소리가 다시 거칠어지며, 두 주먹을 꽉 쥐었다. 나는 얼른 하딘 앞을 가로막으며 두 손으로 뺨을 감싸 쥐었다. 얼굴에 흥건한 피를 보니 속이 울렁거렸다. 피가 턱으로 흘러내렸다. 입술이 선홍색으로 얼룩졌다. 피가 너무 많이 나고 있다.

"하지 마."

하딘은 내 손을 치우며 거칠게 말했다. 내 등 뒤로 크리스찬의 팔에 안겨 있는 엄마를 노려보았다. 두 사람은 우리가 여기 있다는 사실을 잊은 것 같았다. 아니면 신경 쓰지 않는 건가? 너무 혼란스럽다.

"하딘, 제발."

나는 눈물을 흘리며 한 번 더 떨리는 손을 하딘의 얼굴로 가져갔다. 마침내 하딘이 나를 쳐다보았다. 하딘의 눈빛이 흔들렸다.

"제발 부탁이야, 위층으로 올라가자."

하딘을 붙들고 애원했다. 하딘의 시선은 내 얼굴에 고정되어 있었다. 나는 일부러 하딘에게서 눈을 떼지 않았다. 분노가 서서히 잦아드는 것 같았다.

"저 인간들한테서 떨어지게 해줘."

하딘이 더듬거리며 말했다.

"여기서 나가게 해줘."

나는 한 팔로 하딘을 감싸 안으며 부엌에서 데리고 나갔다. 계단 앞에 이르자, 하딘이 걸음을 멈추었다.

"아냐…, 이 집에서 나가고 싶어."

"알았어."

사실 나도 이 집에서 나가고 싶었다.

"가방 챙겨서 올게. 넌 차에 가 있어."

하딘에게 조용히 말했다.

"싫어, 내가 밖으로 나가면…."

하딘은 말을 잇지 못했다. 크리스찬과 하딘 엄마를 그대로 두고 나가면 무슨 일이 일어날지는 불 보듯 뻔했다.

"위층으로 가자. 오래 걸리지 않을 거야."

최대한 침착하게, 담대해지려고 애쓰며 하딘을 재촉했다. 다행히 지금까지는 따라주었다.

하딘은 나를 앞세우고는 나를 따라 계단을 올라와 방으로 향했다. 나는 서둘러 짐을 정리해서 가방에 넣었다. 차근차근 정리할 틈이 없었다. 하딘이 서랍장을 후려치는 바람에, 쿵 소리를 내며 가구 조각들이 바닥에 떨어졌다. 나는 놀랐지만 비명을 억지로 참아냈다. 하딘은 빈 서랍을 꺼내 던져버리고는 다음 칸 서랍을 붙잡았다. 당장 이 방에서 데리고 나가지 않으면 방에 있는 모든 걸 깨부술 판이었다.

하딘은 마지막 칸 서랍까지 벽에 던졌고, 나는 있는 힘껏 하딘을 끌어 안았다.

"나랑 같이 욕실로 가자."

하딘을 데리고 가 욕실 문을 닫았다. 욕실 장에서 타월을 꺼내고, 수도꼭지를 틀었다. 변기 뚜껑을 덮고 하딘을 앉혔다. 뜨거운 타월을 뺨에 갖다 댔는데도 하딘은 말은커녕 움찔거리지도 않았다. 피가 흥건한 코를 닦고, 입술과 턱을 닦았다.

"부러진 것 같진 않네."

코를 이리저리 만져보았다. 터진 아랫입술은 부어올랐지만, 더 이상 피가 나지는 않았다. 가슴이 아직도 두 방망이질 치듯 쿵쾅거렸다. 분노에 휩싸여 두 남자가 엉겨 붙어 싸우는 장면이 눈앞에 선명했다.

하딘은 아무 대답도 하지 않았다. 웬만큼 피를 닦아내고, 얼룩진 타월을 몇 번 헹궈 세면대에 그대로 두었다.

"가방 챙겨 나올게. 여기 있어."

하딘이 내 말대로 얌전히 있길 바랐다.

서둘러 방으로 가 가방을 챙기고 트렁크를 열었다. 하딘은 셔츠도 입지 않은데다 맨발이다. 입은 거라곤 반바지뿐이다. 나도 하딘 티셔츠만 걸쳤을 뿐이다. 아래층에서 나는 비명 소리를 들었을 때, 창피한 줄도 모르고 달려 나갔다. 아래층에 그런 장면이 펼쳐져 있을 줄은 꿈에도 몰랐다. 크리스찬과 트리시가 섹스를 한다는 시나리오는 단 한 번도 생각하지 못했던 일이다.

깨끗한 티셔츠를 입혀주고, 양말을 신기는데도 하딘은 얌전히 입을 다물고 있었다. 나는 맨투맨 티와 청바지를 주워 입었다. 스타일 같은 걸 신경 쓸 상황이 아니었다. 손톱에 낀 핏자국을 지우려, 한 번 더 손을 닦았다.

계단으로 향하는 동안에도 침묵 뿐이었다. 하딘은 내가 들고 있던 가방들을 가져가 들었다. 내 가방을 어깨에 멜 때는 통증 때문인지 끙끙거리기도 했다.

집을 나서는데, 트리시의 흐느끼는 소리와 그녀를 달래주는 크리스찬의 낮은 목소리가 들렸다. 차를 세운 곳에 이르자 하딘은 집을 다시 돌아보았다. 그의 두 어깨가 떨리는 모습이 눈에 들어왔다.

"내가 운전할게."

자동차 키를 쥐었지만, 하딘이 재빨리 채갔다.

"안 돼, 내가 운전할 거야."

드디어 입을 열었다. 그의 말에 반대하지 않았다. 어디로 가는 거냐 묻고 싶었지만, 당장은 입을 다물고 있는 게 좋을 것 같았다. 하딘도 제정신이 아닐 테고, 나도 한숨 돌려야 했다. 가만히 한 손을 그의 손 위에 올렸다. 내 손을 뿌리치지는 않아서 그나마 조금 안심이 되었다.

동네를 빠져나오는 몇 분 동안의 침묵이 몇 시간처럼 느껴졌다. 갈수록 긴장감이 더 쌓이는 것 같았다. 창밖을 내다보았다. 오후에 봤던 익숙한 도로에 진입했다. 수잔의 웨딩숍도 지나쳤다. 웨딩드레스를 입고 거울을 보며 눈물을 훔치던 트리시의 모습이 떠올랐다. 트리시는 어떻게 그럴 수가 있지? 내일이 결혼식 날인데, 대체 왜 그런 짓을 한 걸까?

하딘의 목소리가 나를 다시 현실로 돌아오게 했다.

"이런 개 같은 경우가…."

"나도 이해가 안 돼."

나는 하딘의 손을 가볍게 쥐었다.

"내 인생은 전부, 내 인생에 등장하는 인간들은 전부 머저리 같아."

아무 감정도 없는 목소리였다.

"그러게."

맞장구를 쳐줬다. 전부 동의하는 건 아니지만, 지금은 조용히 있어야 할 것 같았다.

하딘은 작은 모텔 주차장에 차를 세웠다.

"오늘 밤만 여기서 묵고, 내일 다른 데로 가자."

하딘은 줄곧 정면을 보고 있었다.

"네 직장에 대해선 뭐라고 해야 할지 모르겠어. 그리고 미국으로 돌아갔을 때 네가 어디서 살아야 할지도."

하딘은 말을 마치고 차에서 내렸다.

부엌에서 벌어진 폭력 사태에 정신이 팔려 미처 생각하지 못했다. 하딘과 마루를 뒹굴던 그 남자는 내 직장 보스일 뿐만 아니라, 내가 살고 있는 집의 주인이라는걸.

"들어갈 거지?"

하딘이 물었다. 나는 대답 대신 조용히 그의 뒤를 따랐다.

69 · 테사

데스크의 남자가 한껏 미소를 띠고 하딘에게 키를 건넸다. 하딘은 무뚝뚝하게 받기만 했다. 나는 최선을 다해 미안한 표정을 지었지만, 어색하기 짝이 없었다.

침묵 속에서 로비를 지나 방을 찾아갔다. 복도는 길고도 좁았다. 벽에는 온통 종교화 같은 게 그려져 있었다. 잘생긴 천사가 소녀 앞에 무릎을 꿇고 있었고, 두 연인이 서로 안고 있었다. 마지막 그림으로 시선을 옮기자 전율이 일었다. 악마 루시퍼의 새까만 눈동자와 눈이 딱 마주쳤기 때문이다. 그 그림은 우리 방 바로 밖에 그려져 있었다. 나는 텅 빈 동공에서 눈을 떼지 못하며 서둘러 하딘을 따라 방으로 들어갔다. 불을 켜자 어두운 방이 환해졌다. 하딘은 내 가방을 구석에 있는 일인용 의자에 던져 놓고는, 트렁크를 방문 옆에 두었다.

"나, 샤워할게."

하딘은 돌아보지도 않고 욕실로 직행해서 문을 닫았다.

따라 들어가고 싶었지만 잠시 갈등했다. 하딘을 더 이상 화나게 만들고 싶지는 않았다. 하지만 동시에 괜찮은지 확인하고 싶었다. 하딘이 이 상황에 너무 깊게 매몰되지 않았으면 했다. 적어도 혼자 있게 하고 싶지는 않았다.

신발과 청바지, 셔츠까지 벗고 완전히 알몸이 되어 하딘을 따라 좁은 욕실로 들어갔다. 문을 열었지만 하딘은 돌아보지 않았다. 벌써 수증기가 잔뜩 피어올라 좁은 욕실을 가득 채웠다. 하딘의 벗은 몸도 뭉게뭉게 피어오른 수증기에 가려 있었다.

나는 벗어던진 옷 뭉치를 넘어 하딘의 뒤로 가서 섰다. 우리 사이의 거리를 조금이라도 줄이려고 더 다가갔다.

"이렇게까지 안 해도…."

건조한 말투였다.

"알아."

나는 하딘의 말을 막았다. 그는 화가 났고 상처 받았다. 이미 자기가 쌓은 벽 뒤로 숨어들기 시작했다. 내가 무너뜨리기엔 너무나 단단한 벽. 하딘은 최근 분노를 잘 조절해왔다. 그걸 트리시와 크리스찬이 물거품으로 만들어버린다면, 두 사람을 죽여버릴지도 모른다. 이런 끔찍한 생각을 하다니, 나 자신이 놀라웠다. 고개를 저어 험악한 생각을 떨쳐버렸다.

한마디 말도 없이, 하딘은 샤워 커튼을 젖히고 쏟아지는 물줄기를 온몸으로 맞았다. 나는 심호흡을 하고 내 안에 있는 마지막 자신감까지 짜내어, 샤워를 하는 하딘의 뒤에 섰다. 물줄기는 견디기 힘들 정도로 뜨거웠다. 하딘을 방패 삼아 뜨거운 물줄기를 피했다. 하딘이 그걸 알아챘는지 물 온도를 조절해주었다.

바디워시를 샤워볼에 짜서 조심스럽게 하딘의 등을 문질렀다. 하딘이 흠칫하며 떨어지려 했지만, 나는 더 바짝 다가갔다.

"아무 말 하지 마. 그냥 곁에만 있을게."

내 속삭임은 하딘의 깊은 한숨과 물소리에 섞여 흘러가버렸다.

침묵이 흐르는 가운데 하딘은 꼼짝도 하지 않았고, 나는 익숙한 레터링 타투가 새겨진 하딘의 살갗을 문질렀다. 내 타투다.

하딘이 돌아서서 나를 마주보았다. 이제 가슴을 닦을 수 있게 되었다. 그의 시선은 내 손이 움직일 때마다 따라 움직였다. 뜨거운 수증기에 하딘의 분노가 섞여서 뿜어져 나오는 것 같았다. 나를 바라보는 하딘의 눈빛이 이글거렸다. 곧 폭발해버릴 것처럼 보였다. 눈 깜짝할 새에 하딘의 두 손이 내 턱에 닿았다. 그러더니 턱에서 목까지 감싸 쥐었다. 간절한 몸짓으로 하딘의 입이 내 입술을 찾았다. 거친 입맞춤에 내 입술은 무의식적으로 벌어졌다. 부드럽지도 달콤하지도 않은 키스였다. 내 혀가 하딘의 혀에 닿으며 얽혔다. 나는 하딘의 아랫입술을 가만히 깨물었다. 하딘은 신음하며 나를 젖은 타일 벽으로 밀어붙였다.

하딘이 입술을 떼자 나도 모르게 흐느꼈고, 하딘은 다시 내 목과 가슴에 거친 키스를 퍼부었다. 그는 터지고 멍든 손으로 내 가슴을 감싸 쥐고, 입술로 핥고 빨고 깨물기를 반복했다. 나는 고개를 뒤로 젖히며 두 손으로 하딘의 머리카락을 움켜쥐었다.

갑자기 하딘이 몸을 낮추더니, 쏟아지는 물줄기 아래에 무릎을 꿇었다. 순간적으로 기억이 흐릿해졌다. 바로 다음 순간, 그가 나를 다시 만졌다. 그게 무엇인지도 기억나지 않았다.

70 · 하딘

테사는 내 머리를 당겨, 그녀의 붉게 부풀어 오른 속살에 입 맞추게 했다. 테사를 만지는 동안 고통스러운 마음이 사라졌다. 내 혀의 움직임에 따라 테사는 울부짖었고, 절박한 몸짓으로 더 깊이 닿으려 엉덩이를 들어올렸다.

나는 일어서서 테사의 한쪽 다리를 들어 내 허리를 감싸게 하고, 다른 쪽 다리도 들어올렸다. 테사를 안고 천천히 안으로 들어가자 신음이 터져나왔다.

"제기랄…."

나 또한 겨우 소리를 짜낼 수 있었다. 콘돔이 막지 않은, 날 것 그대로의 따뜻함과 촉촉함에 완전히 빠져들었다. 그녀를 가득 채우며 들어올릴 때마다 테사는 고개를 젖히며 눈을 감았다. 거칠게 움직이며 오늘 일을 다 날려버리고 싶은 충동에 휩싸였지만, 반대로 천천히 움직이며 입과 손으로 테사의 맨살을 탐했다. 테사는 두 팔로 내 목을 단단히 붙들고 있었고, 나는 입술로 그녀의 부푼 젖가슴을 마구 유린했다. 혀끝에서 비릿한 피 맛이 느껴졌다. 그녀의 살갗에 핑크색 자국이 남아 있었다.

테사는 우리가 한 몸이 되어 있는 아래쪽을 내려다보고 있었다. 키스마크를 남겼다고 인상을 찌푸리지도 않았다. 그녀는 방금 생긴 키마크를 황홀한 눈길로 바라보았다. 그러더니 손톱으로 내 등을 긁었고, 나는 더 힘차게 테사를 타일 벽으로 밀어붙였다. 허벅지를 꽉 쥐고 테사 안으로 깊숙이 밀어 넣으며, 그녀의 이름을 부르고 또 불렀다. 테사는 두 다리로 내 허리를 꽉 조였고, 나는 밀었다가 당기기를 반복했다. 우리는 점점 절정을 향해 갔다.

"하딘."

테사가 부드럽게 신음했다. 그녀는 숨조차 제대로 쉬지 못했다. 아무 걱정 없이 테사 안에 쏟아내도 된다는 데 생각이 미치자 곧 절정으로 치달았다. 나는 테사의 이름을 부르며 모든 것을 쏟아냈다.

"사랑해."

입술을 그녀의 관자놀이에 대고 키스하며 숨을 골랐다.

"사랑해."

테사도 헐떡이며 말했다. 눈은 감은 채였다. 나는 테사 안에서 페니스를 빼지 않고, 속살이 닿는 이 따뜻한 느낌을 한껏 즐겼다.

정신이 들자, 그제야 샤워기 물이 너무 뜨겁다는 걸 깨달았다. 뜨거운 물을 10분 넘게 맞고 있었으니 이제 그만해도 될 것 같다. 조심스레 테사를 내려놓았다. 그녀에게서 페니스를 빼자, 다리 사이로 내가 남긴 오르가슴의 흔적이 흘러내렸다. 죽인다, 이 장면만으로도 지난 7개월을 버틴 보람이 있다.

테사에게 고맙고 사랑한다고 말하고 싶었다. 깊은 어둠에서 나를 꺼내준 그녀에게 감사한다. 비단 오늘만이 아니었다. 클럽하우스 내 방에서 갑자기 키스했던 그날부터 테사는 내게 고마운 존재였다. 그럼에도 뭐라고 표현해야 할지 모르겠다.

뜨거운 물을 다시 세게 틀고 욕실 벽을 바라보았다. 안도의 한숨이
나왔다. 조금 전 테사가 문지르던 보드라운 샤워볼의 감촉이 느껴졌
다. 뒤를 돌아보았다. 테사가 샤워볼을 내 목으로 가져왔고, 나는 잠자
코 있었다. 분노는 여전히 남아 있었다. 잠잠한 표면 아래 숨어 금방이
라도 터질 듯 부글거렸다. 그러나 테사는 오로지 자신만이 할 수 있는
방법으로 그런 나를 잠재우려 애쓰고 있었다.

71 · 테사

"우리 엄만 정말 구제불능이야."

하딘은 한참 만에 입을 열었다. 갑작스러운 말에 놀랐지만, 마음을
가다듬고 다시 하딘을 닦아주었다.

"이건 톨스토이도 썼던 거야."

톨스토이의 작품들을 헤아려봤다. 뜨거운 샤워를 하고 있는데도 소
름이 돋았다.

"크로이처 소나타?"

내가 착각했거나, 하딘과 내가 이 작품의 어두운 면을 다르게 해석
했길 바랐다.

"응."

하딘이 다시 무덤덤해져서 욕실 벽 뒤에 몸을 웅크렸다.

"이… 상황을 그런 어두운 얘기와 비교하지는 말자."

주춤거리며 그의 말에 반기를 들었다. 그 작품은 피와 질투와 분노

로 가득하다. 하지만 지금 벌어진 이 일은 잘 마무리가 될 거라고 생각하고 싶었다.

"똑같지는 않지만, 그래도 맞아."

하딘은 내 마음을 읽기라도 한 듯했다. 그 작품의 내용을 되짚어봤다. 하딘 어머니의 부정과 무슨 연관이 있는지. 하지만 결국 알아낸 건 하딘이 믿고 있는 결혼에 대한 불신뿐이었다. 또 한 번 소름이 돋았다.

"한 번도 결혼하겠다고 생각한 적 없어. 이건 아니잖아. 내 생각은 늘 같아."

하딘이 냉정하게 말했다. 가슴 속 아픔은 일단 접어두고, 하딘에게 집중하기로 했다.

"그래."

나는 하딘의 팔을, 그리고 다른 팔을 문질렀다. 고개를 들어보니 그는 눈을 감고 있었다.

"그럼 우리한테는 누구의 작품이 어울릴까?"

하딘이 샤워볼을 뺏어가며 물었다.

"잘 모르겠어."

솔직한 대답이었다. 나도 그 질문의 대답을 알고 싶었다.

"나도 모르겠어."

하딘은 샤워볼에 바디워시를 붓고 내 가슴을 문질렀다.

"우리는 우리만의 이야기를 만들 순 없을까?"

나는 혼란스러워 하는 하딘의 눈동자를 바라보았다.

"너도 알잖아. 결말은 둘 중에 하나라는 거."

하딘은 어깨를 으쓱했다.

그래, 그는 상처 받았다. 그리고 화도 나 있다. 하지만 트리시의 잘못이 우리 관계에 영향을 미치는 건 싫었다. 하딘은 초록색 눈동자를 굴리며 계속 그 생각을 할 게 뻔하다. 대화를 다른 방향으로 돌려야 한다.

"결혼식이 내일…, 아니 이제 오늘이구나."

벌써 새벽 4시가 다 됐다. 결혼식은 오늘 오후 2시다. 우리가 그 집을 나온 후에 무슨 일이 있었을까? 마이크가 다시 돌아와 트리시랑 얘기를 했을까? 크리스찬과 마이크는 이 상황을 어떻게 정리하기로 했을까?

"나도 모르겠어."

하딘은 한숨을 쉬며 샤워볼을 내 아랫배에서 엉덩이로 옮겼다.

"결혼식을 하든 말든 상관 안 해. 다 끔찍한 사기꾼들 같아."

"미안해."

"미안해 할 사람은 우리 엄마야. 그 집을 팔아버린 것도 엄마고, 결혼식 전날 바람을 피운 것도 엄마잖아."

하딘의 손놀림이 거칠어졌다. 화가 다시 치밀어 오르는 모양이다. 나는 그의 손에서 샤워볼을 빼앗아 뒤에 있는 선반에 걸었다.

"크리스찬은 대체 얼마나 개자식이면 자기 절친의 엑스 와이프랑 바람을 피우는 거지? 우리 아빠하고 크리스찬 반스는 어릴 때부터 친구로 지냈단 말이야."

하딘의 말투는 고통스럽고도 위협적이었다.

"아빠한테 전화할 거야. 아빠도 알아야 해. 그 배신자들이…."

손을 들어 하딘의 입을 막았다.

"그래도 어머니잖아."

하딘에게 상기시켰다. 아무리 화가 나더라도 엄마는 엄마다.

입을 가렸던 손을 치웠다. 그러자 하딘은 다시 말을 이어 나갔다.

"그런 여자가 우리 엄마든 아니든 상관 안 해. 크리스찬도 상관 안 해. 나중에 누가 웃는지 보자고. 내가 킴벌리한테 다 까발리고, 네가 회사 그만두면, 엿 먹는 건 그 인간이야."

하딘이 그게 최고의 복수라도 되는 양 말했다.

"킴벌리한테 얘기하지 마."

나는 애원조로 하딘을 쳐다보았다.

"크리스찬이 킴벌리한테 얘기 안 하면, 내가 할게. 너까지 나서서 킴벌리를 난처하게 만들거나 괴롭히지는 말아줘. 네가 어머니하고 크리스찬한테 화난 건 이해해. 근데 킴벌리는 아무 잘못 없잖아. 킴벌리까지 상처 받는 건 싫어."

나는 단호하게 말했다.

"좋아. 아무튼 넌 그만두는 거다."

하딘은 샴푸한 머리를 헹구며 말했다. 한숨이 흘러나왔다.

"농담 아니야, 계속 그 회사에 다닐 순 없잖아."

화난 건 이해하지만, 지금 내 직장까지 왈가왈부할 건 아닌 것 같다.

"그건 나중에 다시 얘기하자."

물이 점점 차가워지고 있었지만, 머리는 감고 싶었다.

"안 돼!"

하딘이 벌컥했다. 나는 최대한 침착하고 차분하게 대하려고 기를 쓰는 중이었다. 그런데도 하딘은 상황을 자꾸만 어렵게 만들고 있다.

"하루아침에 인턴십을 관둘 순 없어. 그렇게 간단한 문제가 아니야. 학교에도 알려야 하고, 서류도 엄청 많이 작성해야 해. 무슨 일 때문인지 설명도 해야 하고. 반스 출판사에서 일 안 하는 만큼 학점도 새로 신청해야 하는데, 이미 학기 중이잖아. 학자금 융자 신청 기간도 다 지나서, 등록금도 내 힘으로 마련해야 하고. 그렇게 쉬운 일이 아니야. 다른 방법을 찾아볼게. 시간이 좀 필요해, 부탁이야."

머리 감는 건 그만두기로 했다.

"테사, 이건 내 가족 문제란 말이야."

하딘의 마지막 말에 죄책감이 들었다.

'하딘 말이 맞아, 그렇지만….'

솔직히 말하면, 나도 잘 모르겠다. 그럼에도 하딘의 터진 입술과 멍든 코를 보니 그래야 할 것 같았다.

"미안해. 일단 다른 인턴십부터 찾아볼게. 그때까지만 부탁할게."

근데 내가 왜 부탁을 해야 해?

"그러니까… 내 말은… 시간이 좀 필요하다는 거야. 벌써 호텔로 옮기려고 생각은 하고 있었고…."

결국 또 집도 직장도 없는 신세가 되다니, 불안감이 엄습했다. 거기다 또 친구 하나 없는 처지가 됐다.

"다른 유급 인턴십은 찾을 수 없을 거야."

하딘이 잔인한 현실을 깨우쳐주었다. 나도 안다. 하지만 실낱 같은 희망이라도 갖고 싶었다.

"어떻게 해야 할지 모르겠어. 시간을 좀 줘. 모든 게 엉망진창이잖아."

나는 샤워 부스를 나오며 타월을 집었다.

"글쎄, 수습할 시간은 많지 않을걸. 넌 다시 워싱턴으로 돌아와야 해."

하딘의 말에 발걸음을 멈추었다.

"거기로 돌아가라고?"

생각만으로도 구역질이 날 것 같았다.

"절대 돌아가지 않아. 특히나 지난 주 이후로, 다신 가기 싫어졌어. 그러니까 내버려둬. 그건 선택지가 아니야."

나는 젖은 몸을 타월로 감고 욕실을 나왔다.

휴대전화를 보고 깜짝 놀랐다. 전화가 다섯 통에, 메시지도 두 개나 와 있었다. 모두 크리스찬에게서였다. 하딘에게 바로 전화해 달라는 부탁이었다.

"하딘."

"뭔데?"

하딘이 사납게 대꾸했다. 짜증이 밀려왔지만 꿀꺽 삼켰다.

"크리스찬이 전화했어, 아주 많이."

하딘은 허리에 타월을 두르고 욕실에서 나왔다.

"근데?"

"혹시 어머니한테 무슨 일이 생겼으면 어떡해? 괜찮으신지 전화 안 해볼 거야?"

하딘에게 물었다.

"아니면 나라도…."

"둘 다 엿이나 먹으라고 해. 전화하지 마."

"하딘, 정말…."

"안 돼."

하딘이 단호하게 말했다.

"벌써 문자메시지 보냈어. 너네 어머니 괜찮으신지."

내가 실토했다. 하딘은 있는 대로 인상을 썼다.

"당연히 그러셨겠지."

"화난 건 알겠는데, 제발 그런 식으로 말하는 것 좀 그만둬. 나도 지금 최선을 다해 네 곁에 있어주려 노력하잖아. 그러니까 나한테 사납게 굴지 말아줘. 내 잘못이 아니잖아."

"미안해."

하딘은 두 손으로 젖은 머리를 쓸어 넘겼다.

"이제 전화기는 꺼버리고 잠이나 자자."

하딘의 목소리는 차분했고, 눈빛은 놀랄 만큼 부드러워졌다.

"내 티셔츠가 너무 더러워졌어."

하딘은 바닥에 던져진 피 묻은 셔츠를 질질 끌고 왔다.

"근데 다른 옷이 어디 있는지 모르겠어."

"트렁크에서 새 옷 꺼내 줄게."

"고마워."

하딘이 한숨을 내쉬었다. 나는 하딘의 셔츠를 걸쳤고, 그 모습을 본 하딘이 조금은 편안해진 것 같았다. 이 재앙 같은 밤, 그것만으로도 나는 기뻤다. 오늘 입었던 티셔츠는 챙기고, 하딘에게 깨끗한 박서 팬티를 건넸다. 받은 옷가지들은 다시 잘 개어 넣었다.

"자고 일어나서 비행기표 바꿀게. 지금은 아무 것도 못 하겠어."

하딘은 잠깐 침대 모서리에 앉았다가 바로 누웠다.

"내가 할게."

나는 하딘 가방에서 노트북을 꺼냈다.

"고마워."

반쯤은 자는 듯 하딘이 중얼거렸다. 잠시 후, 하딘이 또 웅얼거렸다.

"널 데리고 멀리 도망가버렸으면 좋겠어, 아주 멀리."

무슨 말을 또 하겠지 싶어 두 손을 키보드 위에 올리고 얌전히 기다렸다. 그러나 곧 가볍게 코 고는 소리가 들렸다. 항공사 웹사이트를 막 열었는데, 전화기가 진동했다. 화면에 크리스찬의 이름이 떠 있었다. 받지 않고 놔뒀지만, 금세 또 전화가 왔다. 키를 쥐고 조용히 나가서 전화를 받았다. 최대한 목소리를 낮춰 속삭였다.

"여보세요."

"테사? 하딘은 좀 어떤가?"

패닉에 빠진 목소리였다.

"하딘은…, 하딘은 괜찮아요. 코는 멍들고 좀 부었고, 입술이 터졌어요. 여기저기 다른 데도 멍들고 찢어졌고요."

말투에 드러나는 적개심을 굳이 숨기려고 하지도 않았다.

"빌어먹을."

크리스찬이 한숨을 쉬었다.

"일을 이 지경으로 만들어 정말 미안하네."

"저도요."

눈앞에 펼쳐진 흉측한 그림에서 억지로 시선을 돌리며 쌀쌀맞게 말했다.

"하딘과 얘기를 좀 해야겠는데. 지금 많이 혼란스럽고 화가 났겠지만, 해명해야 할 게 있어서."

"지금은 싫대요. 그리고 솔직히, 왜 하딘이 그 얘기 들어야 하는데요? 하딘은 당신을 믿었어요. 아시잖아요, 하딘이 그런 신뢰를 가볍게 주는 사람이 아니라는 거."

나는 목소리를 최대한 낮췄다.

"당신은 정말 사랑스러운 사람과 약혼했고, 트리시는 내일 결혼하기로 했었잖아요."

"트리시는 예정대로 결혼할 거야."

"뭐라고요?"

나는 복도로 조금 더 걸어 내려왔다. 평화롭게 무릎 꿇은 천사 그림 앞에서 발걸음을 멈췄다. 허나 그림을 자세히 보니 이것도 어두운 장면이었다. 천사 뒤에 또 다른 천사가 있었다. 몸은 반투명하고 손에 양날의 비수를 들고 있었다. 갈색 머리의 소녀는 사악하게 미소를 지으며 그 모습을 보고 있었다. 마치 무릎 꿇은 천사를 공격하길 기다리는 듯한 표정으로. 뒤에 있는 천사의 표정은 일그러져 있었고, 언제라도 앞에 있는 천사를 찌를 태세였다. 나는 그림에서 시선을 돌리며 수화기 속 목소리에 집중했다.

"결혼식은 취소되지 않았어. 마이크는 트리시를 사랑하고, 트리시도 마이크를 사랑하네. 오늘 불미스러운 일이 있었지만, 그 둘은 예정대로 결혼할 거야."

마치 두 사람을 끌고 들어가기라도 할 것처럼 들렸다.

물어볼 게 너무 많았지만, 그만두었다. 크리스챤은 내 보스이고, 그의 불륜 상대는 하딘의 어머니다. 이건 내가 관여할 범위를 넘어서는 문제다.

"무슨 생각하고 있는지 다 안다, 테사. 근데 내가 제대로 해명만 할 수 있다면, 너희 둘 다 이해해줄 거야."

"하딘이 비행기 표 바꿔서 내일 오전에 출국한다고 했어요."

"엄마한테 작별 인사도 없이 가는 건 안 돼. 그랬다간 걔네 엄마, 죽으려고 할 거야."

"하딘이랑 어머니가 다시 맞닥뜨리는 건 좋은 생각은 아닐 듯해요."

나는 다시 방 쪽으로 발걸음을 옮기다 방문 앞에서 멈춰 섰다.

"네가 하딘을 보호하려는 건 이해한다. 또 하딘에게 충실한 모습을 보여줘서 기쁘기도 하고. 하지만 트리시는 너무 힘든 삶을 살아왔어. 이제야 좀 행복하게 살 수 있게 되었지. 그래, 하딘이 결혼식에 참석하리란 기대는 안 한다. 하지만 적어도 제 엄마한테 작별 인사는 하게 힘써 줬으면 한다. 이제 돌아가면, 언제 또 영국에 오게 될지 아무도 모르잖니."

크리스찬은 한숨을 내쉬었다.

"잘 모르겠어요."

루시퍼 그림의 청동 액자를 손가락으로 더듬었다.

"상황을 좀 볼게요. 약속은 못 드려요. 하딘을 밀어붙이진 않을 거니까요."

"그래, 이해한다. 어쨌든 고맙구나."

크리스찬의 말투에는 안도감이 배어 있었다.

"크리스찬?"

끊기 전에 한 가지는 물어야겠다.

"킴벌리한테 얘기할 거예요?"

내가 묻기에 부적절한 질문이다. 대답을 기다리는 동안 숨을 쉴 수가 없었다.

"물론 얘기할 거다."

크리스찬은 순순히 대답했다. 진지하면서도 부드러운 말투였다.

"킴벌리를 그 누구보다 사랑…."

"알았어요."

이해해 보려고 애를 썼다. 하지만 머릿속에 떠오르는 장면은 하나뿐이었다. 킴벌리가 환하게 웃는 모습, 고개를 젖히며 활짝 웃는 모습, 크리스찬이 킴벌리를 보며 기쁨으로 눈빛을 반짝이던 모습이었다. 마치세상에 하나밖에 없는 여자를 바라보는 것 같은 눈빛이었는데. 크리스찬은 트리시도 그런 눈빛으로 바라봤을까?

"고맙다. 필요한 일 있으면 알려줘. 그런 모습 보여서 미안하다. 사과하마. 나에게 너무 실망하지 않았으면 한다."

크리스찬이 전화를 끊었다.

벽에 있는 흉측한 괴물을 마지막으로 힐끗 보고, 방으로 들어갔다.

72 · 하딘

"어딨는 거야?"

화가 잔뜩 난 남자의 목소리가 집 안에 쩌렁쩌렁 울려 퍼졌다. 현관문이 꽝 소리를 내며 닫혔다. 나는 얼른 읽던 책을 안고 식탁 의자에서 내려왔다. 식탁 위에 있던 병이 어깨에 부딪쳐 떨어지며 산산조각이 났다. 갈색 액체가 바닥에 흥건했다. 남자가 나를 찾아내기전에 허둥거리며 엉망이 된 바닥을 치워야 한다.

"트리시! 여기 있는 거 다 알아!"

남자는 또 다시 소리를 질렀다. 남자의 목소리가 더 가까워졌다. 손을 뻗어 오븐에 있던 타월을 가져와 엉망이 된 바닥을 덮었다.

"엄마는 어디 있냐?"

남자가 다가오며 소리 질렀다.

"엄마는…, 여기 없어요."

나는 일어서며 대답했다.

"빌어먹을, 무슨 짓을 한 거냐?"

남자는 나를 밀치며 엉망이 된 바닥을 보고야 말았다. 일부러 그런 건 절대 아니다. 엄청 화를 낼 게 뻔하니까.

"저 스카치는 너보다 더 오래된 거란 말이다."

나는 고개를 들어 남자의 시뻘건 얼굴을 쳐다보았다. 남자는 비틀거리고 있었다.

"이 비싼 술을 깨먹다니."

아빠의 목소리는 느릿느릿했다. 요즘 들어 집에 올 때마다 이런 식이다.

나는 뒷걸음질을 쳤다. 계단까지만 갈 수 있으면 도망 칠 수 있다. 남자는 너무 취해서 나를 쫓아올 수 없을 테니까. 저번에도 남자는 계단에서 넘어졌다.

"그건 뭐냐?"

남자는 성난 눈으로 내가 들고 있던 책을 보았다. 나는 책을 가슴에 꼭 끌어안았다. 안 돼, 이 책만은 안 돼.

"이리 와라, 이 녀석."

남자는 내 주변을 빙글빙글 돌았다.

"제발, 하지 마세요."

나는 애원했지만, 남자는 내 손에서 책을 빼앗았다. 내가 가장 좋아하는 책이었다. 존슨 선생님은 나에게 책을 아주 잘 읽는다고 하셨다. 다섯 살 먹은 애들 중에선 내가 최고라고.

"내 술병을 깨뜨렸으니, 나도 네 걸 망쳐야겠다."

남자는 징그럽게 웃었다. 나는 뒤로 물러서서 남자가 내 책을 갈기갈기 찢는 걸 보고 있었다. 나는 귀를 막고, 개츠비와 데이지(소설 『위대한 개츠비』의 두 남녀 주인공 - 옮긴이)가 산산조각 나 부엌 바닥에 흩어지는 걸 바라보았다. 남자는 분이 안 풀리는지 몇 장씩 잡아 뜯으며 조각으로 만들었다.

나는 아기가 아니야, 울면 안 돼. 저건 그냥 책이야. 눈두덩이 뜨거워지기 시작했다. 그래도 난 아기가 아니니까 울면 안 돼.

"너도 이놈이랑 똑같아, 알아? 이 거지 같은 책에 있는 놈."

남자는 입에서 혀 꼬인 소리가 흘러나왔다.

누구랑 똑같다는 거지? 제이 개츠비?

"네 엄마는 나를 멍청이로 알겠지만, 난 아니야."

남자는 넘어지지 않으려고 의자를 짚었다.

"네 엄마가 무슨 짓을 했는지 난 다 알아."

갑자기 남자의 얼굴이 굳어졌다. 그는 곧 울음을 터뜨릴 것 같았다.

"이거 다 치워."

남자는 으르렁거리며 부엌을 나섰다. 나가면서 누더기가 된 책 조각들을 걷어찼다.

"하딘! 눈 떠봐!"

엄마 집 부엌에서 누군가 나를 부르고 있다.

"하딘, 꿈일 뿐이야. 눈 좀 떠봐."

번쩍 눈을 떴다. 걱정스러운 눈빛과 낯선 천장이 눈에 들어왔다. 여기가 엄마 집 부엌이 아니라는 걸 깨닫기까지 시간이 걸렸다. 쏟아진 스카치와 찢어진 책도 없었다.

"혼자 두고 나갔다 와서 미안해. 아침에 먹을 걸 좀 챙겨오려고 했는데…."

테사의 목소리는 흐느낌으로 바뀌었다. 테사는 땀으로 범벅이 된 나를 끌어안았다.

"쉬이…."

나는 테사의 머리를 쓰다듬었다.

"나 괜찮아."

눈을 몇 차례 깜박거렸다.

"무슨 꿈이었는데?"

테사가 나지막이 물었다.

"잘 기억도 안 나."

테사가 부드러운 손길로 내 어깨와 등을 쓰다듬었다. 악몽은 점점 희미해졌다. 나는 잠깐 동안 테사에게 그대로 안겨 있었다.

"먹을 거 가져왔어."

테사는 입고 있던 내 맨투맨 셔츠 소매에 코를 쓱 문질렀다.

"아, 미안."

테사는 코 묻은 소맷자락을 보이며 수줍게 웃었다. 웃음이 나왔다.

어느새 악몽도 잊어버렸다.

"그 옷은 더한 일도 많이 겪었어."

뻔뻔하게 말했다. 테사가 웃었으면 좋겠다. 그녀가 아파트를 뛰쳐나가던 날, 이 옷을 입고 있었다. 테사의 두 볼이 빨갛게 물들었다. 나는 테사가 들고 온 음식 쟁반으로 손을 뻗었다. 다양한 종류의 빵과 과일, 치즈를 겹겹이 쌓았다. 게다가 내가 좋아하는 시리얼까지 챙겨 왔다.

"그 시리얼 때문에 어떤 할머니랑 싸웠어."

테사는 턱짓으로 시리얼 박스를 가리키며 활짝 웃었다.

"네가 그런 짓을?"

테사는 포도를 입으로 가져갔다.

"응."

이 모텔에 도착한 이래, 처음으로 분위기가 밝아졌다.

"비행기 표 바꿨어?"

시리얼 박스를 뜯으며 물었다. 쟁반 위에 놓인 그릇에 시리얼을 전부 쏟았다.

"하딘, 너하고 할 얘기가 있어."

테사의 목소리가 차분해졌다. 비행기 표를 안 바꾼 거다. 나는 한숨을 쉬었다.

"크리스찬이랑 통화했어. 어젯밤…, 아니, 오늘 새벽에."

"뭐? 왜? 내가 싫다고 했잖아…."

벌떡 일어섰다.

"알아. 내 말 좀 끝까지 들어봐."

"좋아."

나는 다시 침대에 걸터앉아 테사의 해명을 기다렸다.

"크리스찬이 정말 미안하대. 그리고 전부 설명해주겠대. 네가 듣고 싶지 않대도 이해해. 크리스찬이랑 어머니하고 얘기하고 싶지 않은 것도. 지금 바로 비행기 표 바꿀게. 근데 그 전에 너한테 먼저 선택권을 주고 싶었어. 너도 크리스찬이 신경 쓰이잖아…."

테사의 눈에 눈물이 차올랐다.

"아니."

"그럼 비행기 표 바꿀까?"

"응."

단호하게 대답했다. 테사는 인상을 쓰며 침대 옆 탁자에 있던 노트북을 들어올렸다.

"또 무슨 말을 했는데?"

나는 머뭇거리며 물었다. 중요하진 않았지만, 그냥 궁금했다.

"결혼식은 그냥 진행할 거래."

'이건 또 무슨 개소리야?'

"크리스찬이 킴벌리한테 다 얘기하겠대. 그리고 킴벌리를 목숨보다도 더 사랑한단 얘기도 했고."

친구의 이름이 언급되자, 테사의 아랫입술이 파르르 떨렸다.

"마이크는 완전 명청한 인간이야. 그러니까 결혼을 한대지."

"마이크가 너네 어머니를 어떻게 그렇게 금세 용서했는지 모르겠지만, 어쨌든 그랬나 봐."

테사는 잠시 말을 끊고, 내 기분을 살피려는 듯 나를 쳐다보았다.

"크리스찬이 부탁했어. 떠나기 전에 엄마한테 작별 인사만이라도 해달라고. 네가 결혼식에 오지 않을 건 알겠대. 그래도 엄마한테 작별 인사는 해줬으면 좋겠다고 했어."

"맙소사, 싫어. 말도 안 되는 소리. 옷만 입으면, 이 거지 같은 데서 당장 나갈 거야."

말도 안 되게 비싼 이 모델 방을 가리켰다.

"알았어."

테사가 수긍했다. 뭔가 너무 쉽다.

"알았다는 게 무슨 뜻이야?"

"그냥 알았다는 거지. 네가 엄마한테 인사 안 하겠다고 해도 이해해."

테사는 어깨를 으쓱하며, 헝클어진 머리카락을 귀 뒤로 넘겼다.

"진짜야?"

"응."

테사는 희미하게 미소를 지었다.

"가끔씩 네 편을 들어주는 게 어려울 때도 있지만, 이번에는 네 편을 들어줄 거야. 네가 화날 수밖에 없는 상황인 걸 알거든."

"그래."

안심이 되었다. 테사가 결혼식에 가라고 억지를 부릴 줄 알았다.

"빨리 돌아가고 싶어."

두 손으로 관자놀이를 문질렀다.

"나도."

테사가 힘없이 대답했다.

돌아간다 해도 테사는 어디서 살아야 하나? 이 난리를 쳤는데, 다시 크리스찬네 집으로 돌아갈 순 없다. 그렇다고 내 아파트로 갈 수도 없다. 앞으로 테사가 어떻게 해야 할지, 나도 잘 모르겠다. 하지만 이거 하나만은 분명하다. 상황을 이렇게 꼬이게 만들어버린 크리스찬 반스의 머리통을 쪼개버리고 싶다는 거.

내가 일하는 볼트하우스에 테사도 취직하면 좋을 텐데. 그러나 그건 불가능하다. 테사는 아직 1학년이다. 출판사에서 일자리를 구하는 건 졸업자한테도 어려운 일이다. 테사가 새 직장을 찾기란 굉장히 힘든 일이 될 거다. 시애틀에서는 더욱. 학위를 받기 전까지는 불가능한 일이다.

노트북을 가져와 비행기 표 교환을 마무리 지었다. 애초부터 영국에 오지 말았어야 했다. 크리스찬은 테사를 데리고 가라고 종용하더니, 자기가 이 여행을 망쳐버렸다.

"욕실에서 물건들만 챙겨 갖고 나올게. 바로 공항으로 가자."

테사가 더러워진 옷가지를 내 트렁크에 쑤셔 넣으며 말했다. 테사의 얼굴은 일그러져 있었다. 눈썹도 한껏 처져 있다. 미간에 움푹 파인 주름을 펴주고 싶었다. 그녀의 축 처진 어깨를 보는 건 고문이다. 아마 내 문제들로 인한 부담을 두 어깨에 잔뜩 짊어지고 있겠지. 나는 테사를 사랑하고, 테사의 넓은 아량을 사랑한다. 그저 바라는 건, 테사가 내 문제들을 자기 인생에까지 끌어들이지 않는 거다. 내 문제는 내가 안고 갈 수 있다.

"괜찮은 거지?"

테사가 나를 올려다보았다. 그녀의 얼굴엔 여태껏 한 번도 본 적 없던 어색한 미소가 그득했다.

"응, 너는?"

주름이 더 깊어보였다.

"네가 안 괜찮으면 나도 안 괜찮아. 테사, 내 걱정은 하지 마."

"안 해."

거짓말이다.

"테스…."

방을 가로질러 테사 앞에 섰다. 그리고 열 번도 넘게 갰다 폈다 하는 셔츠를 뺏었다.

"나 괜찮아, 아직도 화는 나지만. 내가 난폭한 짓을 할까 봐 걱정하는 거 알아. 하지만 안 그럴 거야."

나는 터진 손을 내려다보았다.

"어쨌든 다신 안 그럴 거야."

나는 멋쩍게 웃었다.

"하딘, 지금껏 잘해왔잖아. 앞으로 어떤 일이 있더라도 네가 위험에 빠지는 건 싫어."

"알아."

나는 머리카락을 쓸어 넘겼다. 화내지 않고 제대로 판단하려고 애쓰는 중이다.

"난 네가 이미 정말로 자랑스러워. 이번 상황에 잘 대처했잖아. 널 먼저 공격한 건 크리스찬이었어."

"이리 와봐."

나는 두 팔을 벌렸고, 테사는 내게 다가와 안기면서 가슴에 얼굴을 묻었다.

"그 인간이 나한테 덤벼들지 않았더라도 싸움은 났을 거야. 내가 먼저 한방 날렸을 거니까."

두 손을 테사의 셔츠 아래로 집어넣었다. 따뜻한 그녀의 살갗에 차
가운 손이 닿자, 테사가 움찔했다.

"나도 알아."

테사가 맞장구를 쳤다.

"너, 수요일까지 쉬잖아. 우리 아빠 집으로 가자…."

그 순간 테사의 휴대전화가 진동하는 바람에 말이 끊겼다. 우리의
시선이 동시에 테이블로 향했다.

"안 받을 거야."

테사가 말했다. 내가 휴대전화를 잡았다. 액정에 뜬 이름을 보고, 심
호흡을 한 후 전화를 받았다.

"테사 좀 괴롭히지 마세요. 나한테 할 얘기가 있으면, 나한테 전화를
하라고요. 이 거지 같은 일에 자꾸 테사 끌어들이지 말고."

상대편에서 입도 벙긋할 틈도 없이 먼저 쏘아붙였다.

"너한테 전화했었다. 근데 네가 전화를 꺼 놨잖아."

크리스찬이 대꾸했다.

"왜 그랬을까요?"

벌컥 성을 냈다.

"당신하고 얘기하고 싶었으면, 벌써 했겠죠. 근데 하기 싫거든요. 그
러니까 그만 좀 괴롭히세요."

"하딘, 네가 화난 건 잘 안다. 그래도 우리, 이번 일로 할 얘기가 있어."

"없다고요!"

급기야 소리를 버럭 질렀다. 테사가 걱정스러운 눈빛으로 보는 바람

에 성질을 죽이려 애를 썼다.

"아니야, 있어. 해야 할 얘기가 많아. 딱 15분, 15분만 내주길 부탁한다."

크리스찬은 대놓고 애원했다.

"내가 왜요?"

"네가 배신당했다고 생각하는 거 알아. 하지만 해명할 기회를 좀 줘. 넌 정말 중요한 사람이니까. 나한테나, 네 엄마한테나."

"그래서 이제 두 사람이 양동 작전이라도 펼치게요? 엿이나 먹어요."

"아무 관심도 없다는 듯 행동하지만, 아니잖아. 네 분노가 그렇다고 말해주고 있으니까."

전화기를 귀에서 뗐다. 있는 힘껏 벽에 집어 던지려다 겨우 참았다.

"15분이네."

크리스찬이 같은 말을 반복했다.

"결혼식은 몇 시간 후에 시작될 거야. 하객들은 가브리엘 바에서 점심식사를 하기로 했고. 거기서 만났으면 하네."

나는 다시 전화기를 귀에 갖다댔다.

"바에서 만나자고요? 미친 거 아니에요?"

술이라니, 지금으로선 솔깃하긴 하다…. 혀끝에 타들어갈 것 같은 위스키 한 모금….

"술 마시자는 게 아니야, 얘기를 하자는 거지. 사람 많은 곳에서 만나는 게 좋을 것 같네. 이유는 딱히 말하지 않아도 알 거고."

크리스찬이 한숨을 내쉬었다.

"싫으면 네가 원하는 다른 장소를 정해도 돼."

"아니에요, 가브리엘 바 괜찮아요."

순순히 크리스찬의 말에 수긍했다. 테사의 눈이 동그래지며 고개를 갸우뚱했다. 내가 느닷없이 마음을 바꾼 게 혼란스러운 모양이다. 크리스찬한테 설득 당한 건 아니다. 이건 그냥 순수한 호기심이다. 해명할 게 있다고 우기니, 그게 뭔지 좀 들어봐야겠다. 안 그랬다간 그렇잖아도 실낱 같은 엄마와의 관계가 끝장날 판이니까.

"알았다···."

크리스찬은 내가 동의할 걸 예상치 못한 듯했다.

"지금이 12시니까, 1시에 만나자."

"좋아요."

어떻게 해야 이 짧은 만남을 유혈 사태 없이 끝낼지 잘 모르겠다.

"테사는 히스에 데려다주고 와. 킴벌리하고 스미스가 거기 있어. 가브리엘 바에서 멀지 않은 곳이네. 킴벌리도 친구가 필요할 테고."

수치스러운 듯한 크리스찬의 말투를 비웃어주고 싶었다. 빌어먹을 나쁜 자식.

"테사는 나랑 같이 갈 거예요."

"폭력 사태가 생길지도 모르는데, 또 테사를 데리고 오고 싶은 거냐?"

내 곁에서 테사가 사라지는 게 싫었다. 하지만 테사에게 폭력이 난무하는 상황을 너무 많이 보였다.

"그 말의 저의를 잘 아니까요. 실컷 바람피우고 나서, 당신 약혼자를 테사가 달래줬으면 하는 거잖아요."

"아니다."

반스는 잠시 말을 끊었다.

"그냥 우리가 따로 조용히 얘기했으면 한다. 그 자리에 여자들이 없는 게 더 나을 거 같아서 하는 소리야."

"좋아요. 한 시간 후에 만나요."

전화를 끊고 테사를 돌아보았다.

"우리가 얘기할 동안 넌 킴벌리랑 같이 있는 게 좋겠대."

"킴벌리도 알아?"

테사는 조용히 물었다.

"그런 거 같았어."

"하딘, 진심으로 크리스찬을 만나고 싶은 거야? 억지로 그러는 게 아니었으면 좋겠어."

"너도 그를 만나야 한다고 생각해?"

잠시 후, 테사가 고개를 끄덕였다.

"그랬으면 좋겠어."

"그럼 만나야지."

나는 방 안을 이리저리 왔다 갔다 했다. 테사가 일어서더니 두 팔로 내 허리를 감싸 안았다.

"사랑해, 너무 많이."

테사가 내 벗은 가슴에 대고 말했다.

"나도 사랑해."

아무리 들어도 지겹지 않은 말이었다.

테사가 욕실에서 나왔다.

"제기랄."

나는 방을 가로질러 세 걸음을 떼었다.

"이 옷 괜찮아?"

테사는 천천히 한 바퀴 돌았다.

"음, 그럼."

숨이 막히는 것 같았다. 테사는 지금 제정신인가? 아빠와 카렌의 결혼식 때 입었던 화이트 드레스를 입고 있었다. 그 어느 때보다 아름다웠다.

테사가 미소를 지으며 뒤로 돌더니 늘어진 머리카락을 들어올렸다.

"지퍼 좀 올려줄래?"

이런 모습은 몇 백 번을 다시 봐도 좋다. 테사의 두 뺨을 발그레했다. 아직도 수줍어하다니 테사는 여전히 너무 순수하다. 내가 완전히 망쳐 버린 건 아닌 모양이다.

"확실히 마음 정한 거야? 불편하면 가지 마."

테사의 목소리는 부드러웠다.

"딱 15분만 줄 거야. 뭐라고 지껄이는지 들어줘야지."

한숨이 나왔다. 지금 당장 가고 싶은 곳은 공항이다. 하지만 짐을 쌌다 풀기를 반복하는 테사의 표정을 보니, 이러지 않을 수 없었다. 테사를 위해서만이 아니라 나를 위해서이기도 했다.

"네 옆에 있으니까, 내가 꼭 망할 범죄자처럼 보이네."

테사가 빙긋 웃었다.

"그러지 마!"

테사가 웃음을 터뜨렸다. 나는 입고 있던 블랙 티셔츠와 찢어진 진을 내려다보았다.

"면도는 좀 했으면 좋겠어."

테사는 웃고 있었지만 긴장한 게 분명했다. 어떻게든 분위기를 밝게 만들려고 애쓰고 있었다.

"너 이거 좋아하잖아."

나는 테사의 손을 잡고 꺼칠꺼칠한 턱에 문질렀다.

"특히 다리 사이에 문지르는 거."

테사의 손가락 하나하나에 입을 맞췄다. 검지를 입에 넣자 테사는 손을 홱 빼내며 내 가슴을 찰싹 때렸다.

"정말 멈출 줄을 모르는구나."

이렇게 장난치는 사이, 아주 잠깐이지만 이 거지 같은 일들은 잊을 수 있었다.

"절대 안 멈출 거야."

두 손으로 엉덩이를 힘껏 쥐자, 테사는 비명을 질렀다.

킴벌리가 있는 햄스테드 히스까지 운전하고, 만나기로 한 장소에 차를 대는 동안은 내내 긴장의 연속이었다. 테사는 창밖을 바라보며 손톱을 쥐어뜯었다.

"크리스찬이 아무 말도 안 했으면 어떡하지? 내가 얘기해야 하나?"

테사가 입을 열었다. 걱정을 하면서도 시선은 공원의 아름다운 경치에 꽂혀 있었다.

"와우."

그녀는 어린애마냥 소리를 질렀다.

"네가 여기 좋아할 줄 알았어."

"정말 아름답다. 도심 한복판에 어쩜 이렇게 아름다운 곳이 있지?"

테사는 사방을 둘러보며 감탄을 연발했다. 런던 시내에서 스모그와 빽빽한 건물에 뒤덮이지 않은 몇 안 되는 곳이었다.

"저기 있네…."

벤치에 앉아 있는 금발의 여자를 향해 천천히 차를 몰았다. 스미스는 조금 떨어진 다른 벤치에서 다리 위에 장난감 기차를 올려놓은 채 앉아 있었다. 저 꼬맹이는 아무리 봐도 좀 이상하다.

"내가 필요하면 언제든지 전화해. 바로 달려갈게."

테사는 한 번 더 다짐하듯 말하고 차에서 내렸다.

"너도 마찬가지야."

나는 테사를 끌어당겨 입을 맞추었다.

"진심이야. 혹시 뭐라도 잘못 되면, 바로 전화해."

테사에게 말했다.

"너보다 내가 더 걱정이야."

내 입술에 대고 테사가 속삭였다.

"난 괜찮을 거야. 이제 가봐. 네 친구한테 약혼자라는 인간이 얼마나 머저리인지 말해주라고."

나는 한 번 더 입을 맞췄다. 테사는 인상을 썼지만 아무 말도 하지 않았다. 그녀가 잔디밭을 가로질러 간다. 킴벌리를 만나러.

73 · 테사

잔디밭을 가로지르며 생각을 정리하려고 애를 썼다. 무슨 얘기를 해야 하지? 혹시 지난 밤 일을 모르고 있는 건 아닐까 생각하니 덜컥 겁이 났다. 그 사건을 내 입으로 말하고 싶진 않았다. 그건 크리스찬의 책임이니까. 그렇다고 아무 일도 없었던 척을 할 수도 없다. 킴벌리가 아무 것도 모르고 있다 하더라도 말이다.

킴벌리가 나를 바라보는 순간, 복잡했던 마음이 단번에 해결됐다. 진하게 눈 화장을 했지만, 킴벌리의 눈은 퉁퉁 부어 있었고, 슬픔에 찬 눈빛이었다.

"정말 유감이에요."

옆자리에 앉으며 킴벌리를 달랬다. 킴벌리는 두 팔로 나를 끌어안았다.

"울고 싶어요. 근데 눈물이 다 말라버린 거 같아요."

킴벌리는 억지로 웃으려 했지만, 내 눈을 쳐다보지 못했다.

"무슨 말을 해야 할지 모르겠어요…."

솔직하게 시인하며 스미스를 힐끗 쳐다봤다. 다행히 스미스는 한눈을 팔고 있었다.

"그럼, 일단 암살 계획 세우는 걸 도와줘요."

킴벌리가 말했다.

"그거라면 가능해요."

픽 웃음이 나왔다. 킴벌리의 강철 멘탈에 절반만이라도 따라갔으면 좋겠다.

"좋아요."

킴벌리는 미소를 지으며 내 손을 꼭 잡았다.

"근데 오늘 정말 예쁘네요."

"고마워요. 당신도 아름다워요."

눈부신 햇살이 킴벌리의 드레스에 달린 비즈가 반짝였다.

"결혼식에 갈 거예요?"

킴벌리가 물었다.

"아니요. 그냥 기분이 별로라서 옷이라도 예쁘게 입어 봤어요."

나는 속내를 털어놓았다.

"당신은요?"

"난 가려고요."

킴벌리가 한숨을 쉬었다.

"그 후엔 어떻게 될지 모르겠어요. 그래도 스미스를 혼란스럽게 만들긴 싫어요. 쟨 눈치가 빠르고 똑똑해서, 안 좋은 일이 생길 걸 금세 눈치 채거든요."

킴벌리의 시선은 꼬마 과학자와 그의 장난감 기차에 고정됐다.

"게다가 사샤, 그 정신 빠진 여자랑 맥스가 여기 와 있거든요. 그 여자한테 입방정거리를 주기도 싫고."

"사샤가 맥스랑 여기 왔다고요? 드니즈랑 릴리안은 어쩌고요?"

맥스는 참 간도 크다.

"내 말이요! 창피한 줄도 모르고 유부남이랑 결혼식에 참석하려고 영국엘 오다니. 화가 풀릴 때까지 그 여자를 흠씬 패주고 싶어요."

킴벌리는 누가 봐도 알 만큼 온몸에서 긴장감을 뿜어내고 있었다. 킴벌리가 느끼는 고통이 얼마나 큰지 감히 짐작할 수도 없었다. 그렇지만 스스로 그 고통을 제어하는 모습을 보니, 킴벌리가 존경스러워졌다.

"근데 혹시…, 캐묻고 싶진 않지만…."

"테사, 내가 하는 일이 뒤를 캐는 거잖아요. 그러니까 당신도 그래도 돼요."

킴벌리의 미소는 따뜻했다.

"계속 크리스찬하고 같이 지낼 거예요? 대답하고 싶지 않으면, 안 해도 괜찮아요."

"당신한테는 다 얘기할래요. 안 그랬다간 너무 화가 나서 머리가 터져버릴지도 몰라요."

킴벌리는 으드득 이를 갈았다.

"크리스찬과 같이 지낼지 어쩔지 잘 모르겠어요. 그래도 나는 그 사람을 사랑해요."

킴벌리는 스미스를 한 번 더 쳐다보았다.

"그리고 난 저 아이도 사랑해요. 나한테 일주일에 한 번만 말을 걸긴 하지만요."

킴벌리는 힘없이 웃었다.

"이 일 때문에 놀랐다고 말하고 싶지만, 사실은 안 놀랐어요."

"무슨 말이에요?"

생각할 새도 없이 물었다.

"그 사람들은 오래 된 관계죠. 길고 깊은 역사가 있어요. 내가 범접할 수 없는 그런 역사죠."

킴벌리의 목소리에는 상처가 가득했다. 나는 눈물을 참으려 눈을 깜박였다.

"역사요?"

"그래요. 크리스찬이 당신들한테 해주지 않은 얘기예요. 하딘한테 먼저 말하지 전까지는 안 된다고 했지만, 당신도 알아야 할 것 같아요…."

가브리엘 바는 햄스테스 부촌에 있는 럭셔리한 술집이었다. 그럼 그렇지, 이런 데서 만나자고 할 줄 알았지. 주차장에 차를 세우고 정문으로 들어갔다. 후텁지근한 실내 공기에 숨이 막혔다. 일단 술집 안을 한번 훑어보았다. 구석 자리에 있는 둥근 테이블에 반스와 마이크, 맥스, 그리고 금발 여자가 앉아 있었다. 저 여자는 왜 여기 있는 거야? 그보다 더 황당한 건, 대체 마이크는 왜 크리스찬 옆에 있는 거야? 불과 12시간 전에 자기랑 결혼할 여자랑 몹쓸 짓을 벌인 걸 아랑곳 하지 않는 것처럼.

모인 사람들은 모두, 나 빼고는, 빌어먹을 넥타이를 매고 있었다. 지배인 여자가 내게 말을 걸려 했지만 무시하고 그대로 들어갔다.

"하딘, 만나서 반갑네."

맥스가 일어나며 손을 내밀었지만 그것도 무시해버렸다.

"어디 얘기해 봅시다."

테이블로 가자마자 크리스찬에게 쏘아붙였다. 그는 술이 찰랑거리게 가득 차 있는 잔을 들어 꿀꺽 마시더니 자리에서 일어섰다. 마이크는 테이블만 뚫어지게 쳐다보고 있었다. 그에게 얼마나 머저리 같은 인간인지 말해주고 싶었지만, 그 꼴을 보니 그럴 수가 없었다. 마이크는 늘 조용한 사람이었다. 엄마가 달걀이나 우유 같은 게 떨어졌을 때마다 성가시게 굴었지만, 한 번도 찡그린 적 없는 듬직한 이웃이었다.

"여행은 어땠어요?"

여자 목소리가 쩌렁쩌렁 울렸다. 어이가 없어서 여자를 쳐다보았다. 이 와중에 나한테 말을 걸다니.

"당신 와이프는 어디 있어요?"

나는 맥스를 노려보며 말했다. 화장을 떡칠한 금발 여자의 얼굴에서 웃음기가 사라졌다. 여자는 애꿎은 빈 마티니 잔을 빙빙 돌리기 시작했다.

"하딘…."

크리스찬이 감히 내 말을 막았다.

"닥쳐요."

그에게 고함을 쳤다. 크리스찬이 벌떡 일어섰다.

"당신 와이프하고 딸이 당신을 보고 싶어 하겠네요. 여기서 외간 여자랑 이딴 짓…."

"됐어, 거기까지."

크리스찬이 테이블에서 끌어내리려고 내 팔을 잡았다. 나는 그의 손을 거칠게 뿌리쳤다.

"내 몸에 손대지 마."

화가 머리끝까지 올랐다. 갑자기 여자가 새된 소리를 질렀다.

"아버지를 그렇게 대접하면 쓰나?"

이 여자, 정신이 어떻게 된 거 아니야? 내 아버지는 워싱턴에 있다.

"뭐라고?"

여자는 의미심장한 미소를 지었다.

"들었잖아. 네 아버지를 좀 더 존중해야 하지 않냐고."

"사샤!"

맥스가 여자의 가녀린 팔뚝을 우악스럽게 잡아끌었다.

"어머나, 말하면 안 되는 건가?"

술집에 여자의 웃음소리가 울려 퍼졌다. 이 여자, 미친 거다. 나는 마이크를 쳐다보았다. 그의 낯빛은 창백하기만 했다. 금세라도 기절할 것처럼 보였다. 어안이 벙벙해져 크리스찬을 쳐다보았다. 그도 역시 창백해져서 한쪽 다리에 몸을 지탱하고 위태롭게 서 있었다.

'왜 다들 정신 빠진 여자의 미친 소리에 이런 반응을 하는 거야?'

"입 좀 다물어, 이제!"

맥스는 여자를 질질 끌고 술집에서 데리고 나갔다.

"사샤가 할 얘기는 아니지만…."

반스는 한 손으로 머리카락을 쓸어 넘겼다.

"내가 얘기하려고 했다…."

크리스찬이 두 주먹을 꽉 쥐었다. 그 여자가 할 얘기가 아니었다고? 크리스찬이 내 아버지라는 말도 안 되는 소리를? 분명 내 아버지는….

나는 패닉에 빠져 내 앞에 서 있는 남자를 쳐다보았다. 그의 초록색 눈동자는 이글이글 타올랐다. 그는 연신 머리카락을 쓸어 넘겼다. 나 또한 머리카락을 쓸어 넘기고 있다는 사실을 깨닫는 데는 그리 오래 걸리지 않았다.

〈7권〉으로 이어집니다.

wattpad

세상 모든 이야기가 살고 있는 곳

전 세계의 다양한 작가들이 쓴
수백만 개의 이야기를
만나보세요.

앱을 다운로드하거나 아래 사이트에 접속하세요.
www.wattpad.com